本书为国家社会科学基金西部项目（项目批准号：13XTQ010）研究成果，
获国家社科基金项目经费资助。

元杂剧校勘研究

窦开虎◎著

中国社会科学出版社

图书在版编目(CIP)数据

元杂剧校勘研究/窦开虎著. —北京：中国社会科学出版社，2022.5

ISBN 978-7-5227-0001-4

Ⅰ.①元… Ⅱ.①窦… Ⅲ.①杂剧—校勘—研究—中国—元代 Ⅳ.①I207.37

中国版本图书馆CIP数据核字(2022)第054762号

出 版 人 赵剑英
责任编辑 郭晓鸿
特约编辑 杜若佳
责任校对 师敏革
责任印制 戴 宽

出 版 中国社会科学出版社
社 址 北京鼓楼西大街甲158号
邮 编 100720
网 址 http://www.csspw.cn
发 行 部 010-84083685
门 市 部 010-84029450
经 销 新华书店及其他书店

印 刷 北京明恒达印务有限公司
装 订 廊坊市广阳区广增装订厂
版 次 2022年5月第1版
印 次 2022年5月第1次印刷

开 本 710×1000 1/16
印 张 34.75
插 页 2
字 数 606千字
定 价 198.00元

序

曲是文学的主要源头之一，中国文学基本是从它滥觞的。应该说，曲乃中国文学鼻祖，承载着华夏先民的感情寄托，是他们表达生活愿望与精神诉求的几乎唯一的方式。它不可或缺，颇受青睐，享有尊崇地位。华夏先民远古时代的文化叙事就是仰赖曲来实施和完成的。中国古代文学源远流长，众体兼备，除以甲骨卜辞和铜器铭文为嚆矢的散文外，散曲、南戏、杂剧、传奇固不待言，其他文体诸如诗、赋、词、变文、话本以至章回小说都是曲的延伸和蝉蜕。它们虽未冠曲名，但肯定是曲的枝叶，无疑属于一个谱系。从诗歌、散文、戏剧和小说四大文学样式看，中国古典诗歌、戏剧和小说三大文学样式都与曲具有直接或间接的关系。此因缘背景，都超拔群类，无与伦比，堪称非同寻常，自是不容小觑。

元曲是曲最成熟、最典型的代表，也是继唐诗宋词之后的又一种新文体。在它之前，曲自远古诞生一直发展演变，但都处在隐微的边缘地位，没有成为中心和主体，而元曲则以吞吐万象的气势和腾冲霄汉的成就雄踞元代文学之首，孕育和创作出一批杰出作家与优秀作品，把原本低贱的根本没有一席之地的曲提升到了“一代之文学”的高度。与唐诗宋词比，元曲的题材扩大了，主题不仅仅囿于传统观念的歌颂和弘扬，叙事体出现了，完成了从抒情向叙事的跨越，结构的伸缩性也突破了唐诗宋词的超稳定模式，风格向诙谐、调侃、讽喻过渡，已经显现诗体解构端倪。以往所谓庄严、肃穆代之以嘲笑和戏谑，从元曲开始，中国文学的路径发生了不同于以往的巨大变化。从元曲可以寻觅到中国现当代文学以至西方现代主义和后现代主义的蛛丝马迹。

从成就和影响看，元杂剧自然是元曲的主体和重镇。但在传统观念里，并非如此。传统观念一直把元散曲作为元曲的主体和重镇，所谓“元曲四大家”就是基于此种认识提出的。实质上这仍是受了诗体文学的前传后承的影响。尽管元曲是指元散曲和元杂剧、元南戏，但散曲是广义的诗歌，杂剧和南戏则是戏曲。前者是叙述体，后者却是代言体。又因为具有故事性、情节性以及舞台表演性，元杂剧的影响力早就盖过了元散曲。从后世接受程度看，所谓元曲乃只指元杂剧，研究元曲就意味着研究元杂剧，而王国维所谓“一代之文学”更侧重指元杂剧，并不是元散曲。元散曲被严重遮蔽了，如今研究元曲的学者，十有八九以专治元杂剧为业。而在古典戏曲里，元杂剧也是独树一帜，明清杂剧固然不能跟它媲美，即使南戏、传奇也很难跟它抗衡，虽然传奇的数量、规模都超过了元杂剧，但元杂剧的拓荒和逆袭却独一无二，尤其是那种市井、民间、通俗的时代特质，而不是书面、庙堂、文雅的历史风貌，给中国古典文学、中国语言提供了一次继佛教之后的伟大飞跃。

曲无疑是所有文体里最难做的样式，它要求作家不仅要懂得自己，还要懂得演员和观众，更要懂得剧场、音乐、舞蹈，而不是只像诗人、词人或小说家那样，只要创作出来就万事大吉了。所以从全世界来看，作家里面，戏剧作家最少，尤其到当代，戏剧作家更是寥落。近几十年，文学只是小说家桂冠的一枝独秀，甚至连诗人都湮没无闻了。其中原因恐怕与文体大有关系。因为创作难，涉及因素多，故戏剧研究起来也比诗歌、散文和小说难。在整个研究队伍里，戏曲研究者最少。这不是因为戏曲恶劣，而是因为它与音乐等诸多因素的关系，让人望而生畏，畏而却步。不说别的，就是宫调、曲牌之类，即使治曲耆宿也不一定就能明白无误地道出究竟。毋庸讳言，自王国维以来，绝大多数高校系统的曲学家都是曲学文献学家，像吴梅那样通曲律、齐如山那样熟剧场的曲学家实在少之又少。更不要说亲自创作剧本了。所谓戏曲研究只是戏曲文献研究而已。对这个庞大而复杂的府库，即使做基本轮廓的审视都无可能。如今古典戏曲研究大致是从本体、历史、文献、文学、语言、生态等方面入手，这当然很不够。

即使文献学，要做到极致也非常困难。唐代李匡乂《资暇录》所引稷下谚语“学识何如观点书”，就是说即使在今人眼里被不屑一顾的断句，也包含着大学问。对戏曲尤其元杂剧校勘来说更是如此。戏曲是时空性很强的艺术活动，不比相对静止的诗文辞赋，口语、俚语、俗语非常多，而且又是出自民间艺人，乃坊间抄本刻本，版本更复杂多样，一个字词，一个标点，很难定夺是非，即使一些校勘大家名家，如果没有戏曲演出的经历或对戏曲演出深入的了解，要说得准确妥帖而令人信服也相当不容易，鲁鱼亥豕、举烛鼠璞之类时有发生，这种现象于戏曲尤其元杂剧更是司空见惯。故而要校勘元杂剧，不仅需要学问和阅历，还需要勇气和见识。

王季思说："治曲当从元人入手。"这真是从事曲学研究的一个颠扑不破的真理。元杂剧研究，除了古代赵琦美、王骥德、凌濛初、张深之、毛西河、孟称舜和何煌，迄今为止，元杂剧校勘也出现过很多大家名家，仅以校《元刊杂剧三十种》闻名于世的就有郑骞、徐沁君、宁希元、王季思、田中谦二等，而卢冀野、王季烈、隋树森、吴晓铃、张燕瑾、王学奇、蓝立萱等，也对元杂剧校勘做出了卓越贡献。他们构成元杂剧校勘的一道亮丽风景，给中国古典文献学树立了一座令人难以逾越的高峰。然而，元杂剧校勘却没有一个全面、系统的研究，这也与曲学研究很难有关，虽然发表了一些论文，谈到了元杂剧校勘的得失，但没有把元杂剧校勘作为一个对象进行整体观照和深入解读。

窦开虎博士的《元杂剧校勘研究》是他在2013年获批的一个国家社科基金西部项目终期成果的基础上修订而成的，此成果结项时鉴定等级为优秀。全书包括九个部分：绪论通过对元明清及近现代以来校勘著作检索、搜集和著录，整体梳理、勾勒元明清及近现代主要校勘成果与元杂剧校勘发展演变历程，总结元杂剧校勘所具有的文化特征，提出研究背景、意义、目标和重点、难点。第一章对赵琦美整理选编的《脉望馆钞校本古今杂剧》过程进行深入考证，并对其校语给予系统论述。第二章通过明清时期王骥德、凌濛初、张深之、毛奇龄《西厢记》校勘个案的解剖和分析，概括明清时期《西厢记》文本演变的规律。第三章围绕孟称舜《古今名剧合选》、何煌《脉望馆钞校本古今杂剧》校语研究和曲谱、曲论之于元杂剧校勘从整体上考察了元杂剧的校勘全貌，认为这些校勘研究虽然零碎和随意，却是元杂剧校勘不可分割的一部分。第四章考证了《孤本元明杂剧》的整理出版过程，论述了王季烈对这批杂剧的校勘贡献。第五章以郑骞、徐沁君、宁希元三家《元刊杂剧三十种》校勘为个案，对郑骞、徐沁君、宁希元校勘成果进行了详细论述。第六章以王季思、吴晓铃、张燕瑾《西厢记》校勘为个案，考察王季思《西厢记》校勘的演变过程，对三家《西厢记》校勘进行了比较。第七章以关汉卿戏曲集校勘为中心，对吴晓铃、北京大学中文系、吴国钦等七家校勘成果作了分析和解读，同时对其他名家如白朴、马致远等校勘著作给予阐述。第八章从元杂剧选集校勘角度以王学奇《元曲选校注》和王季思《全元戏曲》为中心作了个案剖析和全面审视。

应该说，《元杂剧校勘研究》是一部较有分量的学术著作。作者认为元杂剧校勘是一个承续性研究课题，它的成果形态几乎涵盖了文献所有种类，为元杂剧和中国戏曲研究提供了具体可考的第一手资料，其对象的不平衡性反映了各个时期学术关注焦点，元杂剧校勘整理的滞后性为学术研究提供了巨大空间。值得庆幸的是，随着元杂剧校勘整理的深入，戏曲文献理论著作应运而生，这标志着戏曲校勘学理论的建立。此著是对自元末以来长达七百多年元杂剧校勘的一次整体检阅，通过它可以透视元杂剧研究的动态和走向，也是对元杂剧生存态势的一次全面观照。它第一次将元杂剧校勘予以系统考察，通过研究对认识元杂剧校勘历史、了解元杂剧校勘状况、分析元杂剧校勘方法，并在此基础上探索元杂剧校勘所遵循的规律，为今后戏曲研究开拓新领域都有不可忽视的积极意义。作者在观念、范畴和方法上尽可能有所创新和尝试，希望使该著成为对以前研究的一个新突破，能为今后研究提供新思路、新格局。这些论述和认识都颇有见地，很值得肯定。

窦开虎博士籍贯甘肃古浪，耿介笃定，勤奋刻苦。2009 年秋在西北师范大学攻读中国古典文献学专业博士学位。他的硕士学位读的是西北师范大学中国古代文学元明清文学方向。多年的连续学习使他获得了比较坚实的基础和严格的训练，而在多所学校任职的履历又使他具备了一定的社会经验和处事能力。除了攻读博士学位，他还承担着繁重的教学任务。2012 年夏，以优异的成绩如期参加博士学位论文答辩并顺利拿到了文学博士学位。近几年来，他仍非常努力，在教学和科研方面都取得了优异的成绩。我期待他在今后的学术征程中能够不畏艰辛，知难而进，勇于攀登，成果更丰。

李占鹏

2020 年 6 月 10 日于海口

目　录

绪　论

一　元杂剧校勘发展演变历程

元杂剧的校勘是在元代中后期开始的。最早的记载出自周德清《中原音韵》，他在“定格四十首”中举《黄鹤楼》〔仙吕金盏儿〕曲为例：“据胡床，对潇湘，黄鹤送酒仙人唱，主人无量醉何妨？若卷帘邀皓月，胜开宴出红妆；但一樽留墨客，是两处梦黄粱。”其后评曰：“此是《岳阳楼》头折中词也。妙在七字‘黄鹤送酒仙人唱’，俊语也。况‘酒’字上声以转其音，务头在其上。有不识文意，以送为斋送之义，言‘黄鹤岂能送酒乎’？改为‘对舞’，殊不知黄鹤事——仙人用榴皮画鹤一只，以报酒家，客饮，抚掌则所画黄鹤舞以送酒。初无双鹤，岂能对舞？且失饮酒之意。送者，如吴姬压酒之谓。甚矣，俗士不可医也!”① 元杂剧是一种说唱文学，它不同于诗文文本，“诗文文本一般不允许他人加工或改动，文本较为稳定。戏曲文本在流传过程中往往被加工、改动乃至成为常见现象”②。可以说，元杂剧一经剧作家创作后，便成为公众的东西，任何人都可以根据自己的理解对之进行相应的改动，这种举动正如周德清所说的“甚矣”，是“俗士”之行径。元杂剧的改动在元杂剧创作后就已存在，但元杂剧的校勘却是在元代中后期才有人开始关注，或许在周德清之前就有人进行过此类校勘，但没有将之记载下来，有元一代仅有周德清对之进行了校勘并予以记载，虽然吉光片羽，却也弥足珍贵。从这个方面来说，将周德清称为元杂剧校勘的第一人亦不为过。可惜周德清在《中原音韵》中出于体例的原因，有关元杂剧校勘的记载

① （元）周德清：《中原音韵》，《中国古典戏曲论著集成》（一），中国戏剧出版社 1959 年版，第 242 页。

② 王季思：《全元戏曲前言》，《全元戏曲》（一），人民文学出版社 1999 年版。

仅此一条，使人无法管窥元代元杂剧校勘的真实情况。周德清此条记载不仅开启了元杂剧校勘的先河，同时他的这种记载元杂剧校勘的方法，也为后来明清乃至近代一些剧论者所承袭，可谓影响深远。

（一）明代的元杂剧校勘

明代元杂剧校勘最初体现在剧本整理中。明嘉靖、万历年间，北曲杂剧表演渐趋衰微，北曲几不可见，一些有识之士对元杂剧做了整理编订工作。其中校勘是必不可少的一项重要内容，如李开先编刊《改定元贤传奇》时“精选十六种，删繁归约，调有不协、句有不稳、白有不切及太泛者，悉订正之”①，臧懋循编刻《元曲选》时，“戏取诸杂剧为删抹繁芜”②，“因为参伍校订，摘其佳者若干，以甲乙厘成十集”③。臧懋循的元杂剧校勘虽有“妄加笔削”之嫌，但却不能抹杀其对元杂剧的校勘整理之功，徐复祚说：“晋叔所刻元人百剧……俱曾一一勘过。”④

点评型校勘在整理过程中开始出现。赵琦美《脉望馆钞校本古今杂剧》中校语即为其代表。现存《脉望馆钞校本古今杂剧》几乎每一剧都留下了赵琦美的校勘痕迹。他在校语中说明底本来源、校勘方法，记录校勘时间和过程，内容主要是考证作者、重订作品题名，校曲牌、勘曲词、理宾白。“其考证功夫亦非决不可企及者。然其一一勘定，为后人省精力不少。吾人今日读也是园曲，能开卷即知其作者，审其剧名异同，不烦检索，实觉有无穷方便。此皆出琦美之赐。是则琦美考订之功有不可泯灭者也。”⑤ 赵琦美元杂剧校勘虽仍属于戏曲整理范畴，但他以批、跋的校勘方式对后来元杂剧校勘发展起了示范推动作用。他的这种校勘方式沿袭至今，成为学人治剧的一种有效手段。从这个角度来说，赵琦美元杂剧校勘可以说是元杂剧校勘在明代的一个分水岭。

元杂剧校勘的真正揭橥者是王骥德。明代《西厢记》的整理蔚为大

---

① （明）李开先撰，路工辑校：《李开先集》，中华书局1959年版，第316页。

② （明）臧懋循：《负苞堂集》，古典文学出版社1958年版，第92页。

③ （明）臧懋循：《元曲选序二》，《元曲选》，中华书局1958年版，第4页。

④ （明）徐复祚：《曲论》，《中国古典戏曲论著集成》（四），中国戏剧出版社1959年版，第241页。

⑤ 孙楷第：《也是园古今杂剧考》，上杂出版社1953年版，第159页。

观，浸淫了刊刻者校勘心血，如继志斋刊本序云："余园庐多暇，粗为点定。"①《新刻考正古本大字出像释义北西厢引》云："胡氏少山，……恳余校录。不佞构求原本，并诸刻之复校阅，订为三帙。"②《新刊合并王实甫西厢记叙》云："今则辑其近似，删其繁衍，补其坠阙，亦庶几乎全文矣。"③ 且佳本迭出："毗陵徐士范、秣陵金在衡、锡山顾玄纬三本稍称彼善。"④ 王骥德有感于《西厢记》"流传既久，其间为俗子庸工之篡易，而以其故步者至不胜句读"，且"恨为盲声学究妄夸笺释，不啻呕哕"⑤之故，以碧筠斋本为底本，以朱石津本等为校本，依据《中原音韵》等曲谱，吸收时人戏曲研究，取前人之本汇校而为《新校注古本西厢记》。他首次将《西厢记》分为五折二十出，基本解决了以往版本脚色混标现象，定宫调曲牌，勘宾白曲词，"以经史证故实，以元剧证方言"⑥，"不废古今……使历史文献的原始性与真实性得以保存"⑦，第一次将诗文校勘方法运用于戏曲领域，并是折后集中出校的第一部著作。就其在校勘方式上的开创性和校勘成就而言，称其为《西厢记》校勘之里程碑式著作亦不为过。

凌濛初也对《西厢记》做了校勘。他针对徐渭本"牵强迂僻，令人勃勃"、王骥德本"悍然笔削"及"赝本盛行，览之每为发指，恨不起九原而问之"⑧ 等现象，以"周宪王原本"为底本而成《西厢记五本》。在《西厢记》作者方面，凌濛初赞成王作关续说，"以前四本属王，后一本属关"；在剧本体制方面，"分为五本，本各四折，折各有题目正名四句，始为得体"；在脚色方面，"外扮老夫人，正末扮张生，正旦扮莺莺，旦徕扮红娘，自是古体，确然可爱"。凌濛初校勘遵循以下原则：一是不轻改旧本；二是

---

① 转引自陈旭耀《现存明刊〈西厢记〉综录》，上海古籍出版社 2007 年版，第 41—42 页。

② 陈旭耀：《现存明刊〈西厢记〉综录》，上海古籍出版社 2007 年版，第 21 页。

③ 陈旭耀：《现存明刊〈西厢记〉综录》，上海古籍出版社 2007 年版，第 79 页。

④ （元）王实甫撰，（明）王骥德校注：《新校注古本西厢记》，明万历四十二年（1614）王氏香雪居刻本。

⑤ （元）王实甫撰，（明）王骥德校注：《新校注古本西厢记》，明万历四十二年（1614）王氏香雪居刻本。

⑥ （元）王实甫撰，（明）王骥德校注：《新校注古本西厢记》，明万历四十二年（1614）王氏香雪居刻本。

⑦ 黄季鸿：《论王骥德在〈西厢记〉研究上的贡献》，《东北师大学报》2001 年第 3 期。

⑧ （明）凌濛初：《凌刻套版绘图西厢记》，上海古籍出版社 2005 年影印明凌濛初刻初印本。

从整体剧情考虑，避免前后矛盾；三是保持成语、俗语的完整性，不随意割裂生造；四是对不能解决的问题，不是硬性地得出一个结论，而是采取一种客观的存疑态度。他的校勘是“现今唯一未受传奇体制影响，体例保存完好、改动较小，与元杂剧最相契合的相当妥善的刊本”①。

张深之也对《西厢记》做了校勘。崇祯十二年（1639），张深之有感“天子浩荡恩”，“图所以报恩天子”②，完成了《张深之正北西厢秘本》（下称《秘本》）的校刻。据前列参订词友，除已仕不列者外，还有32位当时名士参与了校刻。他称所据底本为“正谱”，但并没有明说是何版本。蒋星煜先生考证后认为《秘本》是和“徐文长本、王骥德本、李廷谟亭阁刊本一脉相承的”③。参校本有徐文长本、王骥德本、诸本、俗本、别本等。校勘时对不合“正谱”者、字义无考者、曲白正衬混淆者、曲词句数字数多寡等方面依据“正谱”做了校勘，并以眉批方式加以说明。所谓“正语”部分主要是对《西厢记》中曲牌的句数及每句字数做了规定，少则一字，多则三字，用“第某某句多（少）几字”的方式加以提示，但遗憾的是他没有明确指出多（少）的字到底是什么，也没有解释自己的根据。这也导致学者对其诟病，指出他所依据的“正谱”只能“是他自己的心中之谱”，“张深之‘所正’者，便大都难以禁得起推敲，学术意义也就有限了”④。在《西厢记》校勘中，《秘本》的价值和地位远远逊色于王骥德本和凌濛初本。

孟称舜也对元杂剧进行了零星的校勘。他于崇祯六年癸酉（1633）“取元曲之工者，分其类为二……一名《柳枝集》，一名《酹江集》”⑤，对部分元杂剧评点时偶亦涉及校勘。他的校勘只是他对元杂剧整理、点评的一个部分，属于戏曲作品整理编订中的校勘范畴，校勘仅是其批点戏曲作品的一种手段，是与“圈点、短评，并与读法、总评和序跋合为有机整体，从而对文本进行阐释归纳与导引升华，充分体现评点家本人的基本思

---

① 黄季鸿：《〈西厢记〉研究史（元明卷）》，中华书局2013年版，第399页。

② （明）张深之：《张深之正北西厢秘本·序》，西泠印社1993年版。

③ 蒋星煜：《张深之本〈西厢记〉与徐文长本、王骥德本的血缘关系》，上海古籍出版社1997年版，第339页。

④ 黄季鸿：《〈西厢记〉研究史（元明卷）》，第425页。

⑤ （明）孟称舜：《古今名剧合选序》，《续修四库全书》本，上海古籍出版社2002年版，第210页。

想、审美情趣和哲学观念”①，但他与臧懋循等人对元杂剧作品改订有所不同，其校勘是“校以他本而斟酌损益之，……他所改之处，多于眉批中加以说明，这就有了校勘上的价值”②。

（二）清代的元杂剧校勘

清代对元杂剧的整理改订亦如明代，主要集中在《西厢记》上。总体来说略显寂寥，无论在元杂剧校勘的数量、成果还是校勘者方面都远远不能与明代相提并论。清代《西厢记》校勘最突出的是毛奇龄。毛奇龄不满王骥德“义多拘葸，解饶傅会……谬加新订，反乖旧文”和金圣叹批点本“家为改窜，户起删抹，拗曲成伸，强就狂臆……妄肆讥弹，任情删抹”③的做法，以一部不知为“何人攫去久矣”④的元末明初所刻“古本《西厢记》”⑤为底本而成《论定〈西厢记〉》。校勘受凌濛初影响，甚至以凌濛初校本为主要依据，尤其是体例方面，毛奇龄很多观点与凌濛初如出一辙。毛奇龄的元杂剧校勘几乎是清代唯一一本成体系的校勘成果。

此外，清代元杂剧的校勘还有一些零星的、随笔式的校勘。其中，何煌的元杂剧校勘值得一提。今存《脉望馆钞校本古今杂剧》中何煌对五本杂剧做了校勘，尤其《王粲登楼》一剧据李开先本逐字逐句加以校勘，较《古名家杂剧》多十七曲（何煌云二十二曲，当为错误），较《元曲选》多十二曲，又有数曲文字与《元曲选》完全不同。后世元杂剧校勘亦将其作为主要的校勘文本，与《元刊杂剧三十种》可以“等量齐观”，“其文字胜于《古名家》及《元曲选》处甚多，不仅多出若干曲为可贵，洵善本也”⑥。

（三）近现代的元杂剧校勘

近现代以来，尤其是王国维的《宋元戏曲史》对中国古代戏曲学在文学史上进行了准确定位，对“戏曲学这一新兴的学科门类进行了全面

---

① 齐森华等主编：《中国曲学大辞典》，浙江教育出版社 1997 年版，第 18 页。

② 赵山林：《中国戏剧学通论》，安徽教育出版社 1995 年版，第 950 页。

③ （清）毛奇龄：《论定西厢记自序》，《毛西河论定西厢记》卷首，康熙间学者堂刻本。

④ （清）毛奇龄：《论定西厢记自序》，《毛西河论定西厢记》卷首，康熙间学者堂刻本。

⑤ （清）毛奇龄：《论定西厢记自序》，《毛西河论定西厢记》卷首，康熙间学者堂刻本。

⑥ 郑骞：《钞本王粲登楼跋》，《校订元刊杂剧三十种》，世界书局 1962 年版，第 457 页。

系统的建构，确定了戏曲学的本体观念和学科品格”①。元杂剧研究成为学人关注的热点，元杂剧校勘亦水涨船高，诸多学者开始将研究目光投诸这一领域。

1.《元刊杂剧三十种》校勘

王国维是近代研究戏曲第一人，也是对元杂剧进行校勘的第一人。他首次对《元刊杂剧三十种》“厘定时代，考订撰人”②，撰写《写定元本元杂剧》系列共4种，以及《元刊本霍光鬼谏》《元剧曲文之佳者》《元刊小张屠焚儿救母杂剧》等，开了近代元杂剧校勘之先河。

近代一些学者也有零星校勘。有《元刊杂剧三十种》部分剧作校勘，如1935年卢前《元人杂剧全集》收入了11种他本所无的杂剧进行了简单校订，1958年吴晓铃等编校的《关汉卿戏曲集》、1976年北京大学中文系编校的《关汉卿戏剧集》对《元刊杂剧三十种》中关汉卿3种杂剧进行了校订。有《元刊杂剧三十种》孤本整理，如1958年，隋树森《元曲选外编》收入14种他本所无的海内孤本，并订正了其中的一些错误。另外，王季思《诈妮子调风月写定本》是很独特的一种整理本，不仅补写了此剧的空缺，还撰有23种校语。这些都是对《元刊杂剧三十种》部分杂剧进行编辑和校订的成果。

对《元刊杂剧三十种》集中校勘的学者有五位。最早对《元刊杂剧三十种》进行全面校勘的是姚华。姚华戏曲研究与王国维同时，对元杂剧有深入研究，曾撰有《元刊杂剧三十种校正》，是对现存元杂剧进行校勘之第一人。惜书稿未曾得见，故不知其体例如何。

郑骞是第二个对这部杂剧集全面校勘的学者。民国二十一年（1932），郑骞始阅此书，并随手校订。中途数次搁笔，前后持续三十年时间，使《校订元刊杂剧三十种》成为一般通用读本。郑骞采用剧后集中出校的方式。其校勘内容，关于文字者三千五百多条，包括正误、补缺、删衍三项；关于格律者一百四十余条，包括曲牌名目及曲文格律；根据他本增补全曲十六支。以上诸项，有问题需要说明或存疑者，都写入校勘记，共一千五百余条，分附各剧之后。郑骞校订还有两点发明：一是纠正了王国维《叙录》中因元刊《古今杂剧》原题“乙编”，从而推断“必尚有甲编”

① 郑海涛：《王国维与〈宋元戏曲史〉》，《光明日报》2008年5月5日。

② 王国维：《元刊杂剧三十种叙录》，《王国维文集》（1），中国文史出版社1997年版。

之误；二是将《脉望馆钞校本古今杂剧》中发现何煌校李中麓钞本《王粲登楼》清缮附录，在《元刊杂剧三十种》之外又增加了一种探索元杂剧原来面目的重要资料。

徐沁君是第三个对《元刊杂剧三十种》进行系统校勘的学者。早在1966年即完成校勘，1980年《新校元刊杂剧三十种》由中华书局出版。徐沁君以《古本戏曲丛刊》所载《元刊杂剧三十种》为底本，以日本京都帝国大学文科大学覆刻本等11种为校本，以赵琦美《脉望馆钞校本古今杂剧》等11种为参校本。为方便阅读，他还在每剧前列写剧情说明和剧中人物表。采用折后出校方式，校勘内容大致分为三大类：第一类是征引类，所引用古书、古诗、古人、古史，以及故事传说、当代俗语，凡可稽考者属之；第二类是体式类，凡涉及元曲体例、格律等属之；第三类是释文类，凡属误字、漫漶、变形、残损、空缺、墨丁、脱漏、衍文、删节、倒错等，皆入此类。[①] 这是大陆出版的第一部整理此籍的著作。徐沁君对郑骞校订本有所耳闻，故书名用“新校”以示区别，但他没有机会看到郑骞校订本，实际上也是在做着拓荒的工作和开创的事业[②]。直到书出版后，才见到郑本，颇有“相见恨晚之感”[③]。

宁希元是第四个对《元刊杂剧三十种》集中校勘的学者。自1962年起，宁希元开始元曲方言俗语研究，遂及此书校勘。后六易其稿，直到1988年《元刊杂剧三十种新校》才由兰州大学出版社出版。宁希元校勘以《古本戏曲丛刊》第四集影印本为底本，日本覆刻本如有当心之处，间亦采用。参校的总集、曲选、曲谱共有13种。校订主要体现在以下几个方面：第一，分折分楔子；第二，补充脱落宫调和曲牌；第三，校错正讹；第四，新式标点断句。第五，根据需要还有一定的注释。因此书吸收了各家成果，多次修订增删，“譬如积薪，后来者自然居上了”[④]。

另外，日本佐贺大学教养部学报从1987年起陆续刊载了由田中谦二教授指导，高桥繁树、井上泰山等一大批中青年汉学家参与校勘的《新校订

① 徐沁君：《元刊杂剧三十种校勘举例》，《扬州师院学报》1983年第1期。

② 李占鹏：《〈元刊杂剧三十种〉整理研究综述》，《通化师范学院学报》2012年第3期。

③ 徐沁君：《元刊杂剧三十种校勘举例》，《扬州师院学报》1983年第1期。

④ 吴小如：《元刊杂剧三十种新校序》，宁希元：《元刊杂剧三十种新校》，兰州大学出版社1988年版。

元刊杂剧三十种》，这是迄今为止最为详备的一部校刊本[①]。因此书不易获取，故不知此书校勘体例及内容如何。

自宁希元后，《元刊杂剧三十种》的校勘成为绝响，再无人对此进行系统全面的校勘。

2.《西厢记》校勘

近现代以来，《西厢记》校勘仍然是元杂剧校勘的热点之一。近代最早对《西厢记》进行校勘和研究工作的是吴梅。吴梅在系统研究前人成果的基础上对各家校本做了精湛的点评。对徐渭评本随意更改文字之举提出批评："徐天池评本，世传佳妙，顾亦有任意率书，不尽合窾者。……至如《听琴》折'幽室青灯'改作'幽室灯红'、'一层儿红纸，几晃儿疏棂'改为'一匙儿糨刷，几尺儿纱笼'，竟将原文涂抹，又未免武断矣。"[②] 他对金圣叹删抹腰斩《西厢记》提出了尖锐的批评，在《霜崖曲话》中多次提及，如"诸典提要"中论及王实甫《西厢记》时说："《西厢》之工，夫人而知，至其布置之妙，昔人多所未论，惟为金采所涂窜，又为之强分章节，支离割裂，而分局布子之法，遂不得见，此亦实甫之一厄也。"[③] 指出金圣叹涂窜《西厢》主要表现有三："《西厢》之所以工者，就词藻论之，则以蕴藉婉丽，易元人粗鄙之风，一也。""以衬字灵荡，易元人板滞呆塞之习，二也。" "以出语之艳，易元人直率鄙倍之观，三也。"[④] 分析金圣叹涂窜《西厢记》之所以孟浪之原因为："盖圣叹以文律曲，故于衬字删繁就简，而不知腔拍之不协，至一牌划分数节，拘腐最为可厌。所改未必无胜处，特以今人刻古书，而为古人行笔削之权，即使古人心服，其如面目全非何。"[⑤] 并说金圣叹《西厢记》的盛传于世对王实甫《西厢记》传播来说是一大灾难，说："《西厢》之工，人所共喻，即无圣叹，何尝不传。吾谓自有圣叹，而《西厢》乃真不传也。何也？盖时俗所通行者，非实甫之《西厢》，圣叹之《西厢》也。而读《西厢》者，则以圣叹之《西厢》，即为实甫之《西厢》也。二者交盭，而《西厢》之真本，乃为孟浪汉所摈。是今日所行之《西厢》，非真正之《西厢》，而《西

---

① 李占鹏：《〈元刊杂剧三十种〉整理研究综述》，《通化师范学院学报》2012年第3期。

② 吴梅：《霜崖曲话》，《吴梅全集》（理论卷下），河北教育出版社2002年版，第1220页。

③ 吴梅：《霜崖曲话》，《吴梅全集》（理论卷下），河北教育出版社2002年版，第1159页。

④ 吴梅：《霜崖曲话》，《吴梅全集》（理论卷下），河北教育出版社2002年版，第1160页。

⑤ 吴梅：《霜崖曲话》，《吴梅全集》（理论卷下），河北教育出版社2002年版，第1226页。

厢》乃竟无传本，即间有传者，皆为藏家之珍秘，而世莫能遘焉。吾于是为实甫悲也。”① 在诸多校本中，认为《西厢记》刊本“当以碧筠斋为首，朱石津次之，金在衡、顾玄纬诸刻，亦有可取处。即空观好与伯良操戈，局度太偏。此外坊刻，等诸自郐。其有假托名人评校，如汤临川、徐天池、陈眉公等，所见颇多，概非佳椠”②。他尤为推崇王骥德校本，盛赞王伯良《西厢》古注校本“真是前无古人，自有此注，而实甫真面目可见矣。以经史证故实；以元剧证方言，至千古蒙垢，旧为群小所窜，众喙所訾者，具引据精博，洗发痛快，真天下第一奇书也”③，云其“每折皆细针密缕，切实考订，可谓天衣无缝，词意熨帖矣”④。他也曾对《西厢记》进行校勘，如他阅读《元本出相北西厢记》时，“尝细校一过，词句间窜改至多，疑坊间射利者所为。凡句旁用套圈者，皆经改易处也。标名曰原本，不过易动人目而已”⑤。因见各本大异，亦有志于校勘《西厢记》，“往昔曾见《西厢》旧本，与今所见者大异，屡欲志其异同处，而苦未得间，兹以所忆者得者，略论于下，然十忘八九，仅撮其最著者而已，其他一二字之同异，则不能悉举也”⑥，这是对《西厢记》部分曲词的校勘。吴梅此举或许最终功成，“余有校勘记一册，行箧中未带出来”⑦，惜其校勘记最终并未行世，实为《西厢记》校勘史上一大损失，至今我们只能从他的著作中窥见零星的记载。

《西厢记》校勘成就最突出者当属王季思。有学者指出“王季思先生是国内外著名的文学史家，对中国古代文学做过全面深入而系统的研究；重点尤在戏曲；在戏曲研究中，元曲研究的成就最突出；在元曲研究中，以《西厢记》研究的时间最长，付出的心血最多，成果最辉煌”⑧。1943年，浙江龙吟书屋出版王季思《西厢五剧注》。这是王季思治元剧的最早著作。《西厢五剧注》以暖红室复刻明凌濛初本作底本，校对了王伯良、

① 吴梅：《霜崖曲话》，《吴梅全集》（理论卷下），河北教育出版社2002年版，第1161页。
② 吴梅：《读曲记》，《吴梅全集》（理论卷中），河北教育出版社2002年版，第729页。
③ 吴梅：《读曲记》，《吴梅全集》（理论卷中），河北教育出版社2002年版，第729页。
④ 吴梅：《读曲记》，《吴梅全集》（理论卷中），河北教育出版社2002年版，第1224页。
⑤ 吴梅：《读曲记》，《吴梅全集》（理论卷中），河北教育出版社2002年版，第729页。
⑥ 吴梅：《霜崖曲话》，《吴梅全集》（理论卷下），河北教育出版社2002年版，第1224页。
⑦ 吴梅：《霜崖曲话》，《吴梅全集》（理论卷下），河北教育出版社2002年版，第1224页。
⑧ 黄秉泽：《王季思先生研究〈西厢记〉的杰出贡献》，黄天骥主编：《王季思从教七十周年纪念文集》，中山大学出版社1993年版，第15页。

金圣叹、毛西河诸家刻本，并就《雍熙乐府》校正它的部分曲文，又对原本中的异体字做了划一的工作。1948 年，王季思将之略加补充，改名《集评校注西厢记》由开明书店出版。1954 年，新文艺出版社出版了王季思《西厢记校注》。此书用以参校的版本，增加了王骥德本、汲古阁《六十种曲》本、毛西河刻本。可能因为未能对大量明刊本《西厢记》一一加以比勘，所以校注评释虽然有所增加，故不称为《集评校注西厢记》。此书在 20 世纪 50 年代、60 年代、80 年代多次重印。在再版过程中，王季思根据他后来看到的刘龙田本、何璧本、张深之本做了进一步的校勘。1987 年，上海古籍出版社出版了王季思的《集评校注西厢记》。

在王季思稍后，吴晓铃也对《西厢记》做了校勘工作。1954 年完成校勘，1963 年由人民文学出版社出版。吴晓铃本着“初步地搞出一个比较接近于旧本（不是原本）而又适合于一般阅读欣赏的本子”[①] 的目的对《西厢记》做了校勘。以凌初成和王伯良的本子做底本，用其他九种本子对校。在元杂剧校勘史上，用两种版本作底本的做法是很少见的。《校注西厢记》未出校勘记，其具体校勘过程和成果无从得知。故吴晓铃《校注西厢记》和臧懋循《元曲选》等一样，属于元杂剧整理型校勘。

对《西厢记》进行校勘的还有弥松颐与张燕瑾。1979 年，江西人民出版社出版两人合作的《校注西厢记》。该书是以弘治岳刻本为底本，以王骥德、凌濛初刻本和毛西河本为主要参校版本，其中对凌濛初刻木的优点都继承了。体例全是依据凌刻本，注释与异文的取舍也都以凌濛初刻本为准，堪称较为理想的校注评释本，可惜后来没有再版。

3. 名家作品集校勘

现代元杂剧校勘中一个主要中心工作就是对元代名家作品集的整理校勘。其中，关汉卿戏剧（曲）集校勘最受学者关注。

最早对关汉卿戏曲集进行校勘的是吴晓铃。1957 年，中国戏剧出版社邀请吴晓铃担任《关汉卿戏曲集》的编校工作。1958 年，《关汉卿戏曲集》由中国戏剧出版社出版。吴晓铃等人在校勘中主要做了以下工作：第一，以作品内容的时代先后安排杂剧排列顺序；第二，交代所收杂剧的版本情况；第三，确定杂剧行款规格和断句原则；第四，制定了四条校勘的基本原则和十二条具体的校勘条例，并在全剧后编订校勘记。

① 吴晓铃：《校注西厢记》，人民文学出版社 1963 年版。

第二次对关汉卿戏曲集进行集中校勘的是北京大学中文系。1976 年，北京大学中文系编校小组编校的《关汉卿戏剧集》由人民文学出版社出版。校勘底本的选择不是以最早、最接近原作的面貌为依据，而是主要从文字完整性、思想性、艺术性较高着眼。凡《元曲选》入选的九种以《元曲选》为底本，以六种明钞本为底本，三种以《元刊杂剧三十种》为底本；其次，编排杂剧顺序；再次，制定杂剧排印的行款格式；全书一律加新式标点；最后，根据制定的校勘原则在杂剧每折后编写校勘记。

第三次对关汉卿戏曲集进行校勘的是王学奇、吴振清、王静竹。1988 年，三人校注之《关汉卿全集校注》由河北教育出版社出版。在校勘中，首先确定底本、校本；其次，确定了校勘原则，并据此在每折后撰写校勘记。由于书注释占据主要地位，故校勘记与注释混合在一起。

与此同时，吴国钦也对关汉卿戏曲集进行了校勘。1988 年，吴国钦《关汉卿全集校注》由广东教育出版社出版。同年，此书由台北里仁书局以《关汉卿戏曲集校注》为名出版，此书校注分列，折后注解，剧后总列校勘记。选取底本时有《元曲选》者均以此为底本，其数有九，《元曲选》中无者则以其中一种为底本，其中以《脉望馆钞校本古今杂剧》为底本者有六，以《元刊杂剧三十种》为底本者有三。参校本主要有明清时期的一些版本和近人研究成果。

马欣来是第五位对关汉卿戏曲进行集中校勘的学者。1996 年，马欣来《辑校关汉卿集》由山西人民出版社出版。校勘尽量保存和追寻关汉卿作品的本来面貌，尽可能选用年代较早的版本为底本，并以其后主要流传版本参校之。底本有缺漏处，以校本斟酌补定，而不以校本为准。校勘时对底本文字一般不予改动，但凡讹、脱、衍文，有所校订，一律在每折后记中出校。校本中改窜之处，择重点录入校记以供比照，避免与底本原文相混淆。而对于显著的笔误或异体字，则斟酌改定，一般不出校。

最后对关汉卿戏曲集进行集中校勘的是蓝立萱等人。2006 年，蓝立萱校注《汇校详注关汉卿集》由中华书局出版。本书所收杂剧共二十一种（残剧三种），因关著亡佚过甚，故本书名曰“集”而不称“全集”。校勘时，取时代最早的本子作底本，以稍晚时期的其他本子作校本，并参以清代、民国以来有代表性的诸家校本、注本入校。是者从之，误者辨之。杂剧所用底本、校本、参校本，于各剧总题后说明。凡改、删、补之处均在校记中说明，凡不明者，阙疑俟考，注“待校”“未详”。总体来说，该书因采纳前贤关于关汉卿杂剧校勘研究成果，且后出专精，是所有关汉卿杂剧校勘中最充实、详尽的一部集大成著作。

其他名家如白朴、马致远、郑光祖等人的元杂剧作品的校勘也是学者关注的重点。

王文才对白朴戏曲进行了校勘。1984 年，王文才《白朴戏曲集校注》由人民文学出版社出版，这是继关汉卿戏曲校勘后最早的元代名家戏曲集校注。校勘中，尽量保存底本面貌，每剧后集体出校。校记仅就本编个别订正底本处，和后世擅改原作，以及各本差异较大，或别本有显见错误的地方略加说明，至于普通异文改字，则不一一罗列。

黄竹三对石君宝杂剧进行了校勘。1990 年 2 月完成校勘，1992 年 10 月《石君宝戏曲集》由山西人民出版社出版。所收三剧因存本多寡不同，故校勘方法略异。《秋胡戏妻》采用自校方法。《曲江池》采用互校法。

冯俊杰对郑光祖杂剧进行了校勘。1990 年 7 月完成校勘，1992 年 10 月《郑光祖集》由山西人民出版社出版。校勘时，原文之部分古今字、异体字，多改为通行字，少数可以引起误解的则留用。

马致远的杂剧也是元杂剧校勘的主要内容。1997 年，傅丽英、马恒君等人有感于"被学人誉为散曲史上坐第一把交椅、元人称为第一的剧坛名将马致远，迄今却不见一部全集校注本刊行于世"①，对马致远部分剧作、散曲进行校勘。经过一年时间，完成《马致远戏剧散曲选注》，交由语文出版社准备刊行。王学奇教授提议"最好将未校注完的剧本抓紧时间完成，争取一同出版"②。余剧校勘完毕后，改名为《马致远戏剧散曲校注》准备出版，但因超过年度出版计划而搁浅。随后，在河北师范大学学术著作出版基金的资助下，校注者又加入马致远残剧和有争议的作品，在 2002 年以《马致远全集校注》为名由语文出版社出版。校勘底本为《元曲选》，校勘中，不作烦琐考证和列示各校本异文，重点出校的是文字上有错误的地方，如脱字、文字颠倒和衍文等。凡有改动处均作了校记，为方便阅读，将校记与注释放在一个序列中。

4. 杂剧选集、总集校勘

20 世纪 30 年代以来，涌现了一批元杂剧总集、选集的校勘著作，包

---

① 傅丽英等：《马致远全集校注》，语文出版社 2002 年版。

② 傅丽英等：《马致远全集校注》，语文出版社 2002 年版。

括卢前《元人杂剧全集》、王季烈《孤本元明杂剧》、隋树森《元曲选外编》、王学奇《元曲选校注》、王季思《全元戏曲》等。因卢前、隋树森在校勘中并没有就具体校勘内容编写校记，故本书仅就王季烈《孤本元明杂剧》、王学奇《元曲选校注》及王季思《全元戏曲》加以说明。

1938年，郑振铎在上海购得失传已久的《脉望馆钞校本古今杂剧》后不久，关于此书的整理就开始了。郑振铎有感于“此种孤本书如不流传，终是危险也”①，致信张元济，希望商务印书馆承印此书，张元济请当时曲学家王季烈担任初校，经两年多时间，《孤本元明杂剧》于1941年由商务印书馆出版，初为铅印线装32册。1957年中国戏剧出版社据原书纸型重印，改为精装四册。所收元明杂剧144种，皆为《脉望馆钞校本古今杂剧》中的孤本与罕见之本。王季烈在校勘中主要做了以下工作。一是编排目录次序，“首元人所撰，次无撰人姓名可确定为元人所撰者，次明人所撰，次历朝故事，次古今杂传，次释氏神仙，而以教坊所编演者殿于后”②；二是通过单圈断句、分折分楔子、整理舞台提示语等方式统一杂剧体例和版式；三是校正曲白文字；这方面工作是王季烈用力至深、成就最高的地方。王季烈采用新的校勘方法，就是在正文需要校勘文字后括号内注明，而非采用传统的折后出校或剧后出校的方式。他的这种校勘方式归根结底还是沿用了赵琦美等人眉批出校的方式而略有变革。

1981年，王学奇有感于“《元曲选》的旧版本，显然已不适应当前形势的需要”③，对《元曲选》进行全面整理。1990年校勘结束，1994年《元曲选校注》四册由河北教育出版社出版。王学奇在整理《元曲选》时，主要做了以下工作：一是版式方面，改竖排为横排，改繁体为简体，改旧式句读为新式标点；二是杂剧体例方面，宾白按人物上下场次分段；三是曲白文字注音释义；四是对作家、作品进行简单介绍、述评；五是对杂剧进行校勘。因整理者认为校勘也起一定的注释作用，故将校记与注释统一在一个序列中，在每折后罗列。此书出版后，颇得学者赞誉，指出它“不仅在古籍整理上，而且在文化史上亦是一件值得大喜大贺的事”④，“在元

① 张元济：《张元济全集》第二卷《书信》，商务印书馆2009年版，第516页。

② 王季烈：《孤本元明杂剧》，商务印书馆1941年版。

③ 王学奇：《元曲选校注》，河北教育出版社1994年版。

④ 霍三吾：《一部划时代的曲学巨著——读王学奇教授的〈元曲选校注〉》，《渤海学刊》1996年第1期。

曲研究史上是空前的"，"对于元曲的传播、曲家的评传，曲论的研究、近代语言规律的探索以及当代的戏剧创作将会生深远的影响"①。

1986年，王季思先生会集老、中、青三代学者，开始《全元戏曲》的编辑工作，1990年，《全元戏曲》由人民文学出版社出版。《全元戏曲》收录了现存的元代杂剧和南戏，对说白不全的元刊本和残折残曲均网罗摭拾。全书十二卷，其中杂剧八卷，南戏四卷。校勘主要工作为：一是确定杂剧作品收录时限；二是编排作家、杂剧顺序并确定剧作归属；三是确定校勘底本、校本；四是确定版式；五是编撰校记，并在每折后罗列。

二　元杂剧校勘的文化特征

贯穿中国戏曲界的一个独特现象，就是大量卷帙浩繁、价值卓荦的元杂剧校勘著作不断涌现。这些著作，版本数目纷繁庞杂，名目形态各异，手稿与抄本、刻本并备，片言只语、孤文单篇与别集、选集、总集并列，时间跨度几近七百年。它为中国戏剧提供了弥足珍贵的阅读、研究文本，对保护中国古代文化遗产做出了巨大贡献，具有不容忽视的重要价值，呈现出多方面的文化特征。

第一，元杂剧校勘是一个承续性研究课题。元杂剧校勘具体开始时间今已无从得知，最早文献记载始自周德清《中原音韵》，虽只言片语，却拉开了元杂剧校勘的序幕。自此后，星火燎原之势不可遏制，虽忽疏忽密，却断断续续贯穿了将近七百年时间。明代如徐渭、臧懋循、王骥德、凌濛初等人的整理校勘，清代如毛奇龄、张深之、何煌等人的校勘，近代如王国维、吴梅、郑骞、冯沅君、吴晓玲、宁希元、王季思等人的著作以及见诸公众的单篇论文，无不昭示了元杂剧校勘的持续性和恒久性，充分展示了古今学人的不懈探索和无私奉献。

第二，元杂剧校勘成果形态几乎涵盖了文献所有种类。从校勘名目来看，纷纭繁多，有校、注、评、新校、新注、新评等。从校勘方式来看，既有戏曲整理本、校注本、校评本，也有眉批本，还有一些单篇校勘成果和片言只语的论述。从编纂结果来说，有总集、选集、作家集及单行本。从文本来看，有抄本、刻本、抄校本、稿本。从校勘地域来说，形成了以大陆学者为主干，中国台湾地区学者和国外学者为补充的校勘队伍。从主

① 张拱贵等：《〈元曲选校注〉的成就》，《江苏教育学院学报》1997年第1期。

体身份来说，有明清时期在戏曲学领域享有盛誉的曲学家，有近现代中西方学术思想结合的鸿儒大家，甚至一些刚投身此领域的新人也间有参与。这一特征说明了古今中外对戏曲艺术的喜爱和重视，也是中国古典戏曲艺术多元化和兼容性的充分体现。

第三，元杂剧校勘所体现出的鲜明阶段特性反映了学术研究的动态和走向。纵观元杂剧校勘全过程，虽时断时续，几经起伏，但薪火不断。明代中晚期，大批造诣高深的曲学家投身于此，涌现了数目繁多的校勘成果，既有杂剧整理，也有点评，更显著的是出现了堪称典范的校勘著作。这一阶段的校勘虽还没有从戏曲研究中分离出来单列一门，但为后世校勘提供了珍贵的版本文献和方法论启示。清代校勘略显寂寥，但仍沿着明代学者开启的道路继续前行。近现代以来，元杂剧校勘再度勃兴，成果纷现。在一些珍贵典籍纷纷问世的带动下，元杂剧校勘蔚然风起，名作、名家作品集、总（选）集校勘层出不穷，并逐步迈向深入。这一阶段是杂剧校勘的丰收期，不仅校勘成为戏曲研究的一个重要门类，而且方法科学，渐趋成熟。20 世纪 90 年代以后，杂剧校勘陷入了沉寂，虽然也有一些单篇论文出现，但不复前期风光。这种极不正常现象的出现，“反映的是 90 年代学术精神对传统方法的远离”，没有哪个学者会“穷十几年、甚至几十年之力知难而进去啃《元刊杂剧三十种》这样的硬骨头了”①。

第四，元杂剧校勘成果的丰富性为研究提供了具体可考的第一手资料。几近七百年的元杂剧校勘历程中，成果的丰富自不待言。明清时期，除了《西厢记》校勘，学者以各种方式进行开拓，如臧懋循、李开先等杂剧典籍整理，徐渭、李贽等蕴含个性的点评式校勘，赵琦美、孟称舜等人的整理点评，都在不同程度上推进了杂剧校勘的前进，拓宽了杂剧校勘的范围，提供了珍稀的版本。近现代成果更显丰硕，从校勘作品来说，有总集，如卢前《元人杂剧全集》、王季思《全元戏曲》、王学奇《全元杂剧》等；有选集，如吴梅《古今名剧选》、王季烈《孤本元明杂剧》、郑骞《校订元刊杂剧三十种》、徐沁君《新校元刊杂剧三十种》、日本田中谦二《新校订元刊杂剧三十种》、宁希元《元刊杂剧三十种新校》、王学奇《元曲选校注》等；有作家作品集，如王学奇《关汉卿全集校注》、王文才《白朴集校注》、黄竹三《石君宝戏曲集》、冯俊杰《郑光祖集》等；有名作校

① 李占鹏：《二十世纪发现戏曲文献及其整理研究论著综录》，人民出版社 2013 年版，第 64 页。

勘，这主要集中在《西厢记》，吴晓玲、王季思等人先后做了校勘，尤其是王季思以数十年之功爬梳耕耘，后出转精。

第五，元杂剧校勘对象的不平衡性反映了各个时期学术研究之热点焦点。明清时期的校勘主要集中在《西厢记》上，虽然有一些其他剧作的校勘，但成就远远赶不上前者。近代以来，《西厢记》的校勘仍是热点之一。作品选集方面，主要集中在《元刊杂剧三十种》，前后有五位学者集中进行校勘。名家作品集也是关注热点之一，关汉卿、白朴、马致远、郑光祖等人的作品集深受关注。即或在名家作品集方面，也呈现出显著的不平衡性，关汉卿戏曲集前后有六位学者（单位）集中校勘，而白朴等人相对显得寂寥，至于其他作家作品和无名氏作品，则鲜有问津。

第六，元杂剧校勘研究的滞后性为学术研究提供了巨大的发展空间。校勘成果的丰富性与校勘研究的薄弱性形成鲜明对照。自周德清始，元明清戏曲理论家在理论著述中虽涉及元杂剧校勘，但由于进行元杂剧校勘仅出于整理目的或兴趣爱好，校勘仅是整理的服膺或进行论证的工具，加之戏曲是“小道”，其地位远不及诗文辞赋，杂剧校勘就更加等而下之，他们在校勘研究方面仅留下片言只语，更没有形成理论。20世纪以来，元杂剧研究颇得研究者青睐，校勘亦水涨船高，成果丰富，但校勘理论依旧滞后，方法论更为缺失，虽偶有学者进行研究，也只侧重某一方面，未能从视野、观念和方法等角度把元杂剧校勘研究作为一个整体加以全面观照和审视，未对其给予重点论述，致使元杂剧校勘研究长期处于边缘位置。值得庆幸的是，随着元杂剧校勘及研究的深入，21世纪初戏曲文献理论著作应运而生，孙崇涛《戏曲文献学》第三编《戏曲校勘学》从戏曲校勘任务、基本方法、体例、曲谱述略四个方面对戏曲校勘做了系统论述，标示着戏曲校勘学理论的建立。

近七百年来的元杂剧校勘，带动了古典戏曲整理和研究的繁荣，推动了戏曲研究的不断拓展，填补了戏曲史表述的不少空白，纠正了古代戏曲学认识的许多偏颇之处，是中国古典戏曲不可分割的组成部分，在中国戏曲研究史上占有非同寻常的重要位置。

三　国内外研究现状述评及本书研究意义

（一）研究现状

元杂剧校勘研究是一个新课题，对它进行初步审视和自觉观照严格地说是从20世纪才开始的。此前，元明清戏曲理论家如周德清等人虽有零星有关校勘的记载，但还没有人对这些校勘进行关注。20世纪以来，随着古代戏曲研究体系的建立，元杂剧的校勘亦取得了显著成绩，校勘作品迭出，元杂剧校勘研究亦被纳入研究视域，学者在校勘元杂剧的同时，以序言等方式对自己校勘的目的、版本、方法、体例、注意问题等加以说明，若将这些内容单独摘出，就是一部元杂剧校勘的发展史和研究史。除此以外，还有学者就元杂剧校勘做了研究，有的着眼于理论指导，如徐沁君《谈元曲的校勘、标点和注释——以〈中国历代作品选〉、〈中国历代文论选〉为例》、王季思与黄天骥《我们的几点想法》、王季思《怎样校订、评价〈单刀会〉和〈双赴梦〉》、朱光荣《略论元杂剧的校勘》、蒋星煜《元杂剧的版本与标目》等；有的就前人校勘成果进行评介，如隋树森《读〈新校元刊杂剧三种〉》、若水《古籍整理的一项新成果——〈集评校注西厢记〉简介》、霍三吾《一部划时代的曲学著作——读王学奇教授的〈元曲选校注〉》、张拱贵等《〈元曲选校注〉的成就》、黄季鸿《论王骥德在〈西厢记〉研究上的贡献》、王学奇《评〈新校元刊杂剧三十种〉》、杜海军《赵琦美校勘杂剧之功及对戏曲文学发展的贡献——兼论孙楷第说赵琦美于脉望馆杂剧校勘无功说》、陈云发《〈元杂剧选解〉校勘有感》、黄仕忠《〈全元戏曲〉的校勘特点和意义》、裴雪莱《追寻文本的真实——〈新校元刊杂剧三十种〉的文献价值》等；有的对前人校勘进行补纠，如张增元《〈新校元刊杂剧三十种〉补》、李崇兴《〈新校元刊杂剧三十种〉商榷》、包建强与胡成选《〈元刊杂剧三十种〉的版本及其校勘》等；有的就自己校勘元杂剧的点滴做了记录，如徐沁君《〈元刊杂剧三十种〉校勘举例》、邓绍基《元杂剧〈魔合罗〉校读记》、许巧云《〈元刊杂剧三十种〉及其校勘释例》《〈元刊杂剧三十种〉校勘释例三则》、李蕊《元曲校勘札记》等。

综上所述，元杂剧校勘研究呈现出以下特点。(1) 校勘的不平衡性导致校勘研究的不平衡。明清时期的元杂剧校勘主要集中在《西厢记》；20世纪以来，元杂剧校勘主要集中在《元刊杂剧三十种》《西厢记》和关汉卿、白朴、郑光祖等名家作品。与之相适应，元杂剧校勘研究亦聚焦于此。(2) 校勘成果的丰富性与校勘研究的薄弱性极不匹配。自元代周德清始，元杂剧校勘成果之丰富自不待言，有总集、选集、作家作品集、名作等方面的校勘，其中以关汉卿剧作和《西厢记》校勘最为突出。相较而言，校勘研究的开展则极为滞后，成果极为薄弱。或为片言只语，不成系统；或仅着眼于自己校勘之点滴记录，视野不够开阔。虽偶有学者着力于此，亦只侧重某一方面，在元杂剧校勘的方法、观点、视野等方面均未突破诗文校勘园囿。迄今为止尚无人将元杂剧校勘作为一个整体加以观照和审视。这是本书的根据依据和学术背景。

基于此，本书研究意义有三。首先，拓宽古代戏曲研究视野。许多专家学者都致力于元杂剧校勘，而研究相对落后，就此进行系统观照，对元杂剧研究来说无疑是开辟了一个广阔的新天地。其次，展示古代戏曲研究方法。通过系统整理古代及近代学者对元杂剧的校勘，论证、分析、归纳其研究成果，为弘扬中华民族优秀文化传统服务。最后，为今后元杂剧整理研究提供理论依据和方法。元杂剧校勘研究在戏曲研究史上属于待开发领域，通过研究，可将前人理论和方法运用于今后的戏曲文献整理之中。

（二）本书研究的主要内容、基本思路、研究方法和创新之处

1. 主要内容

第一，元杂剧校勘学史研究。元杂剧校勘自元代周德清就已开始，明清时期，“南曲盛行于世”，北杂剧渐趋衰歇，其整理开始受到关注，臧懋循、赵琦美、王骥德等人均对其做了校勘，但都是有校无论。20 世纪戏曲学家开始对此有所探讨，留下了富有启发性的观点和论述，对这些材料进行研究梳理，即可勾勒出元杂剧校勘的历史。

第二，《西厢记》校勘研究。自明以来，学者留下丰富的《西厢记》校勘文本，渗透了他们对元杂剧研究的理念、方法、特点、风格，对这些文本进行解读，既是对《西厢记》校勘的回顾，也是对《西厢记》自明以来生存环境的探讨。

第三，《元刊杂剧三十种》校勘研究。《元刊杂剧三十种》发现以来，戏曲研究者对其加以校勘整理着力最多且成就最显，对相关校勘进行研究是对以往校勘成果的有益总结和提升。

第四，关汉卿、白朴等名家杂剧校勘研究。自明以后，特别是 20 世纪以来，元杂剧名作家如关汉卿、白朴、郑光祖等人剧作的校勘亦备受关注，其中以关汉卿剧作尤为突出，对这些校勘成果进行研究，也是本书的重要命题。

第五，其他元杂剧校勘研究。其他元杂剧校勘成果虽不及上述杂剧突出，但对它们进行系统分析亦是元杂剧校勘研究不可或缺之一环。

第六，元杂剧校勘理论研究。前人在对元杂剧进行校勘时，都非常重视校勘理论的创新和发展，像吴梅、王季烈、郑骞、徐沁君、邓绍基、孙楷第、王季思、宁希元等人不但致力于元杂剧校勘，还在元杂剧校勘理论构建方面颇有建树，留下较为丰富的论述，本书将对这些论述在前述各部分中进行全面考察和审视。

2. 基本思路

首先，钩稽元明清三代关于元杂剧校勘理论和实践，举凡涉及者均予以留意，并对其进行归纳分析，以复原元杂剧校勘在元明清时期真实状况。其次，搜集20世纪以来元杂剧校勘的各类论文和著作，凡以元杂剧校勘为对象的不拘何种形式的文字如随笔漫感和札记心得均纳入研究范围，尤其那些由不同专家在不同时期以不同形式完成的不同风格的校勘成果（像《元刊杂剧三十种》《西厢记》、关汉卿戏曲等），努力搜集不同版本；论文搜集则比专著搜集更为艰难，但唯有知难而进，才能全面展示20世纪以来元杂剧校勘全貌。再次，对上述两项以专题形式排列归纳，加以审视，分析它的体例、结构、内容、风格及其在治学门径上的独特之处与对整个戏曲研究的价值和意义，为未来戏曲研究提供资讯和借鉴，以期使本书研究成为具有真正文献价值、实用价值与学术价值的成果。

3. 研究方法

本书在完成过程中主要运用了以下四种方法。第一，全面调查法。举凡元、明、清三代戏曲理论著述中有关元杂剧校勘的点滴记载，自元以来对元杂剧全本或部分曲词的校勘文本，现代学者在前人校勘基础上所做的补充和修正，以及现代学者对元杂剧校勘的理论性文章，均属于本书搜集范围。第二，具体整理法。将搜集资料按一定原则和标准进行详细分类，写出本书研究提纲，为深入研究提供基础、平台和依据。第三，允当评介法。以专题形式对元杂剧校勘文本的时间、作者、内容、体例、方法进行评介，力求确凿客观。第四，审慎研究法。对每个元杂剧校勘文本进行解剖，分析其优缺点，尤其要指出其不足和错误之处，并尽可能地加以补纠，为后续研究和学习提供可信参考。

4. 创新之处

《元杂剧校勘研究》属于具有实际学术价值和应用价值的承续性研究课题。它的学术价值和应用价值体现在本书的终期成果，这一成果是对自元末以来长达近七百年元杂剧校勘的一次整体检阅，通过它可以透析元杂剧研究的动态和基本走向，也是对元杂剧生存态势的一次整体观照。其创新之处主要体现在以下三个方面。第一，视野开拓。本书是第一次将元杂剧校勘作为一个观照对象予以全面考察的有益探索，通过研究，明确元杂剧校勘历史、了解元杂剧校勘真实状况、分析元杂剧校勘方法，并在其基础上探索元杂剧校勘所遵循的规律，为今后戏曲研究开拓一个新领域。第二，方法探索。在观念和范畴上尽可能有所创新和尝试，从整体上对以前研究有所突破，能为今后研究提供一些新思路。第三，理论启示。通过对元杂剧校勘历史和成果的考察，对其有一个比较全面的了解和认识，并尝试构建戏曲校勘理论框架，这也是本书试图创新的一方面。

第一章 赵琦美《脉望馆钞校本古今杂剧》校勘

明代嘉靖、万历年间，为了保存北曲杂剧，一些有识之士对元杂剧做了整理编订的工作，涌现出一批明刊、明钞元杂剧选本。这些戏曲选本在编选过程中，校勘是其中必不可少的一项重要内容。李开先在编刊《改定元贤传奇》时说："予尝病焉，欲世人之见元词，并知元词之所以得名也，乃尽发所藏千余本，付之门人诚庵、张自慎选取，止得五十种，力又不能全刻，就中又精选十六种，删繁归约，调有不协、句有不稳、白有不切及太泛者，悉订正之。"① 其"删繁归约"即是对元杂剧的校勘，其校勘的内容广泛，举凡元杂剧的曲调之协调、字句之妥帖、宾白之切泛均为其校勘对象。臧懋循编刻《元曲选》时，在《寄谢在杭书》中说得明白："于锦衣刘延伯家得抄本杂剧三百余种。……然止二十余种稍佳，余甚鄙俚不足观，反不如坊间诸刻皆其最工者也。比来衰懒日甚，戏取诸杂剧为删抹繁芜。其不合作者，即以己意改之。"② 《元曲选序》也说："顷过黄，从刘延伯借得二百五十种，云录之御戏监，与今坊本不同。因为参伍校订，摘其佳者若干，以甲乙厘成十集，藏之名山而传之通邑大都，必有赏音如元朗氏者。若曰妄加笔削，自附元人功臣，则吾岂敢。"③ 他在编刻时"删抹繁芜""参伍校订"，对所选元杂剧进行了校勘，尤其是他在校勘时，在每折后均附有音释，为后来研究者校勘戏曲提供了珍贵的资料。同时代人亦明确指出了臧懋循对元杂剧校勘的事实，徐复祚《曲论》曰："北词，晋叔所刻元人百剧……俱曾一一勘过。"④ 臧懋循的元杂剧校勘虽有"妄加笔

① （明）李开先撰，路工辑校：《李开先集》，中华书局 1959 年版，第 316 页。

② （明）臧懋循：《负苞堂集》，古典文学出版社 1958 年版，第 92 页。

③ （明）臧懋循：《元曲选序二》，《元曲选》，中华书局 1958 年版，第 4 页。

④ （明）徐复祚：《曲论》，《中国古典戏曲论著集成》（四），中国戏剧出版社 1959 年版，第 241 页。

削”之嫌，但却不能抹杀其对元杂剧的校勘整理之功。赵琦美编选《脉望馆钞校本古今杂剧》现存 242 种中，几乎每一剧都留下了他的校勘痕迹，这些内容丰富，举凡校勘的内容均有涉及。

第一节　赵琦美与《脉望馆钞校本古今杂剧》

一　赵琦美

赵琦美，明赵文毅公用贤长子。《脉望馆书目》卷首所附《家乘》云其原名开美[①]。赵用贤《松石斋诗集》六《送地理曾时统诗序》中称儿子为琦美。《松石斋文集》八《刻东坡志林序》亦称其为琦美。而瞿汝稷《少宰定宇赵公行状》称赵用贤有四子，长子名为开美。赵用贤在生前即名其子为琦美，缘何瞿汝稷在用贤殁后两年却又称其为开美呢？琦美、开美二者到底有何关系？这些问题因没有明确的文献记载，无法给予明确的解释，可能如孙楷第所推测“疑开美是谱名，而琦美是学籍仕籍之名。汝稷撰《定宇行状》，所书是谱名。文毅撰诗文，则以学名呼之也”[②]。

《家乘》云其字仲郎，号玄度。而钱谦益《刑部郎中赵君墓表》一文中称赵琦美字玄度。丁祖荫《重修常昭合志艺文志》称赵琦美号为仲郎。二者必有一误。《家乘》为赵琦美自撰，其记载当正确无误。而钱谦益与赵用贤、赵琦美父子二人相交多年，撰写墓表之资料为琦美之子提供的资料，“君之子某状君之生平，属余为传”[③]，按理不会在琦美字的称呼中出现差错。丁祖荫在撰写《重修常昭合志》时也一定掌握有可靠的资料，亦不会出现错误。这种情形的出现，只有一种可能，那就是《家乘》在刻写时将赵琦美的字、号混淆颠倒。如是解，则琦美字玄度，号仲郎。另钱谦益《刑部郎中赵君墓表》云琦美一字如白[④]。丁祖荫《重修常昭合志艺文志》亦有同样记载。赵琦美撰文时常自署“清常道人”“清道

---

① （明）赵琦美：《家乘》，《脉望馆书目》卷首所附，《玉简斋丛书》本。

② 孙楷第：《也是园古今杂剧考》，上杂出版社 1953 年版，第 4 页。

③ （明末清初）钱谦益：《刑部郎中赵君墓表》，《初学集》，上海古籍出版社 1985 年版，第 1537 页。

④ （明末清初）钱谦益：《刑部郎中赵君墓表》，《初学集》，上海古籍出版社 1985 年版，第 1537 页。

人”“清常”。

瞿汝稷《少宰定宇赵公行状》一文中称赵用贤长子开美为国子生，可知琦美在文毅公殁后两年之万历二十六年（1598）戊戌，尚未得官。钱谦益撰《赵君墓表》云：

> 君之历官，以父任也。……官南京都察院炤磨。修治公廨，费约而工倍。公曰：吾取宋人将作营造式也。升太常寺典簿，转都察院都事。及其承太仆，印烙之事，人莫敢欺。君曰：吾自有相马经也。……神宗末年，建州人躏辽左。赵君官太仆寺丞，有解马之役。匹马出山海关，周览要害。归，上书于朝，条上方略。君意天子将使执政召问，庶几得以献其奇。仅如例报闻而已。君以此默然不自得。以使事归里。用久次，再迁刑部郎中。是年八月，君还朝。明年，病没于长安邸舍。天启四年正月十八日也。享年六十有二。①

赵琦美病殁于天启四年（1624）正月十八日，享年六十有二，据此可推知琦美生年在嘉靖癸亥年（1563），卒于天启甲子年。其仕宦经历为：以父荫官南京都察院照磨、升太常寺典簿、转都察院都事、承太仆、官太仆寺丞、迁刑部郎中。钱文所记琦美仕宦经历较详，但没有明确说明年月。清光绪二十年重印乾隆本《常昭合志》卷八《赵用贤传》所附琦美事迹即据此文，但记载多有删略。结合赵琦美收藏诸书题跋，我们约略可知其任职大概时间。

钱曾《读书敏求记》引赵琦美《洛阳伽蓝记跋》云：“岁已亥，览吴琯《古今逸史》本，中《洛阳伽蓝记》读未数字，辄龃龉不可句。因购得陈锡九、秦西岩、顾宁宇、孙兰公四家钞本，改其伪者四百八十八字，增期脱者二百廿字。丙午，又得旧刻本，校于燕山龙骧中。复改正五十余字，凡历八载，始为完善。”②

已亥为明万历二十七年，此时为文毅公殁后第三年。丙午为万历三十四年。章钰在“校于燕山龙骧邸中”一句下注云：“琦美以荫官刑部。《明

---

① （清）钱谦益：《刑部郎中赵君墓表》，《初学集》，上海古籍出版社1985年版，第1537页。

② （清）钱曾撰，管庭芬、章钰校证：《读书敏求记校证》，上海古籍出版社2007年版，第176页。

史·职官志》刑部十三司掌分省刑名外，各有兼领职务，江西司所带管者有前龙骧卫。此跋龙骧邸中，未知是否记其卫斋所在。”[①] 章钰认为当时赵琦美任职刑部。孙楷第考证赵琦美官刑部当为天启三年，此跋作于丙午年，相距甚远。孙楷第又据《京师五城巷胡同集》考证有二龙骧卫，西单牌楼东北有龙骧卫胡同，阜成门南有龙骧卫街[②]。赵琦美寓所当在其一。据前可知，赵琦美在万历二十六年尚未荫官，万历三十四年已在北京，期间在南京任都察院炤磨，并升为太常寺典簿。另《文房四谱跋》云：“戊申八月，友人孙唐卿自家山来，借录此书，校其言伪者。复从《徐骑省集》中录出是书之序。”末署“万历三十六年（岁次戊申）九月十三日海虞清常道人书于柏台公署”[③]。柏台即御史台，据此可知赵琦美于万历三十四年至三十六年转都察院都事。神宗末年即万历末年，赵琦美官太仆寺丞，期间匹马出山海关，周览要害，戊午归，上书条陈，未得到重视。于万历四十六年缘事归里。家居五年，至天启三年八月还朝任刑部郎中，第二年正月十八日病殁于长安邸舍。另赵琦美著有《容台小草》，容台为礼部别称，似琦美曾在礼部任职，但不知何时。

赵氏自明以来世为常熟人，但钱谦益《刑部郎中赵君墓表》记载，赵琦美寓所在武康，文中说赵琦美在天启三年过钱谦益云：“武康之山，老屋数间，庋书数千卷。吾将老焉。子有事于宋以后四史，愿以平生所藏供笔削之役。书成而与寓目焉，死不恨矣!”[④] 赵琦美在武康长居，所收藏之书都在此地，故有此说。文中又说琦美死后葬在武康。但玉简斋丛书本《脉望馆书目》卷首所附《家乘》说琦美配徐氏，赠宜人，继吕氏，封宜人，俱葬桃源涧。《常熟合志》卷四十三“塚墓志”记载桃源涧为赵氏茔。赵琦美难道和自己妻室分葬两处？这在当时社会是不可能发生的。孙楷第推测可能是琦美死后，其妻、子或返常熟，殆继配吕氏卒，遂由武康迁琦美之柩归葬常熟。

赵琦美是以藏书家名之于世的，他将一生精神投注于搜书藏书上，而其最大的贡献亦在于此。丁祖荫《重修常昭合志》即将之列入藏书家作传，云其“天性颖发，博闻强记。以父荫，历官刑部郎中。生平损衣削

---

① （清）钱曾撰，管庭芬、章钰校证：《读书敏求记校证》，上海古籍出版社2007年版，第176页。

② 孙楷第：《也是园古今杂剧考》，上杂出版社1953年版，第6页。

③ 黄丕烈撰，屠友祥校注：《荛圃藏书题识》，上海远东出版社1999年版，第315页。

④ 钱谦益：《刑部郎中赵君墓表》，《初学集》，上海古籍出版社1985年版，第1537页。

食，假书缮写，朱黄雠校，欲见诸使用。得善本，往往文毅公序而琦美刊之。其题跋自署‘清常道人’，有藏书之室曰‘脉望馆’”①。钱谦益《刑部郎中赵君墓表》亦云：“琦美天性颖发，博闻强记。居恒厌薄世儒以治章句取富贵为能事，而不知其日趋于卑陋。欲网罗古今载籍，甲乙铨次，以待后之学者。损衣削食，假借缮写。三馆之秘本，兔园之残册，刓编蠹翰，断碑残壁，梯航访求。朱黄雠较，移日分夜，穷老尽气。好之之笃挚，与读之之专勤，盖近古所未有也。”②《脉望馆书目》即为赵琦美藏书底簿，其中题识有琦美著者，有门仆所著者，门仆所记题识中提到“老爷”“老老爷”多处，“老爷”即为赵琦美，“老老爷”为琦美父文毅公。琦美藏书为父子二代共同努力的结果，《脉望馆书目》为琦美与门徒合编。琦美与其父相待如师友，“琦美得善本，往往文毅公序而琦美刊之”，琦美有时也为文毅公著作写序，如《松石斋文集》八之《刻东坡先生志林小序》即为琦美所撰。文毅公藏书甚富，著有《赵定宇书目》一卷，其书不存。琦美父子两世搜书求书，著录之富，甲于吴中。其藏书数量据董其昌云：“赵玄度藏书万卷。”③ 明龚立本云：“玄度嗜典籍，所裒聚凡数万卷。”④

二　赵琦美选编脉望馆本的时地

现存《脉望馆钞校本古今杂剧》二百四十二种，其中赵琦美题跋的杂剧有一百二十九种。从这些题跋不仅可以看出赵琦美收藏的年月，而且可以据此考察赵琦美录校的过程。今据此将赵琦美录校的顺序以年月予以排列：

万历四十年

《女学士明讲春秋》：于小谷本录校，此必村学究之笔也，无足取，可去。四十年五月十四日，清常道人。

万历四十二年

《立功勋庆赏端阳》：万历四十二年甲寅正月廿一日灯下校本，清常道人；

---

① 丁祖荫等辑，常熟市地方志编纂委员会办公室标校：《重修常昭合志》，上海社会科学院出版社2002年版，第1208页。《中国方志丛书》本。

② （明末清初）钱谦益：《刑部郎中赵君墓表》，《初学集》，第1537页。

③ （明）董其昌：《少微许公墓志铭》，《容台集》（八），影印《文渊阁四库全书》本。

④ （明）龚立本：《烟艇永怀》，转引自孙楷第《也是园古今杂剧考》。

《望江亭中秋切鲙旦》：万历甲寅四十二年十二月二十日校内本于真如邸中；

《看财奴买冤家债主》：甲寅十二月廿五日校内本，清常记。

万历四十三年

正月

《包待制智赚生金阁》：乙卯四十三年孟春三之（日）校内本，清常道人；

《赵匡义智娶符金锭》：万历四十三年正月初三日校内本，清常记；

《马丹阳三度任风子》：内本世本，各有损益，今为合作一家。清常道人记，时万历四十三年孟春人日；

《祝圣寿金母献蟠桃》：乙卯正月十一日抄内并校，清常；

《东堂老劝破家子弟》：万历四十三年乙卯孟春十三日四鼓校内本，清常道人琦记；

《锦云堂美女连环记》：四十三年正月朔，旦起朝贺待漏之暇校完，清常道人记；

《孙真人南极登仙会》：乙卯正月十七日校内本，清常道人；

《梁山七虎闹铜台》：万历四十三年乙卯正月十八日三鼓校内本，清常记；

《众僚友喜赏浣花溪》：万历四十三年孟春念有五日，校（此字似当作“假”）山东于相公子中舍小谷本抄校，清常道人琦。

二月

《十八学士登瀛洲》：于小谷本录校，乙卯二月初八日有事昭陵，书于公署，清常道人；

《飞虎峪存孝打虎》：万历乙卯四十三年二月十二日校内本，清常记；

《二郎神锁齐天大圣》：万历四十三年二月十七日校内本，清常记；

《董秀英花月东墙记》：万历四十三年乙卯二月十九日，校抄于小谷藏本。于即东阿谷峰于相公子也，清常道人记；

《韩元帅暗度陈仓》：万历四十三年乙卯二月廿日校内本，清常记；

《破苻坚蒋神灵应》：校抄内本，乙卯二月廿一日，清常记；

《阀阅舞射柳蕤丸记》：内本与世本稍稍不同，为归正之。时万历四十三年乙卯仲春念有一日也，清常道人；

《田穰苴伐晋兴齐》：内本校抄，时乙卯二月廿二日，清常记；

《秦月娥误失金环记》：于小谷本录校，大略与《东墙记》不甚相远。乙卯二月廿二日，清常道人记；

《刘千病打独角牛》：万历四十三年仲春二十三日校内本，清常道人志；

《汉姚期大战邳仝》：乙卯仲春念四日校内本，清常道人；

《后七国乐毅图齐》：四十三年二月二十六日校内本，清常道人；

《张翼德单战吕布》：万历四十三年乙卯仲春二十有八日，清常道人校内府本；

《诸葛亮博望烧屯》：万历四十三年乙卯二月廿九晦日校内本，大约与《诸葛亮挂印气张飞》同意，此后多管通一节，笔气老干，当是元人行家。清常道人记。

三月

《硃砂担滴水浮沤记》：清常道人校内本，时乙卯三月初二日；

《风月南牢记》：四十三年乙卯季春二之日校于本，清常记；

《女姑姑说法升堂记》：内本校过，乙卯三月初二日，清常记；

《施仁义刘弘嫁婢》：校内本过，清常道人，乙卯季春五之日；

《庆丰门苏九淫奔记》：于小谷本抄校，词采彬彬，当是行家。乙卯三月初五日，清常道人记；

《广成子祝贺齐天寿》：校抄内本，清常道人乙卯季春七之日；

《黄眉翁赐福上延年》：万历四十三年乙卯季春初九日校内本，清常道人；

《王矮虎大闹东平府》：乙卯三月十二日校内本，清常记；

《摩利支飞刀对箭》：万历四十三年乙卯三月十六日校录内本，清常记；

《张子房圯桥进履》：乙卯三月二十三日校内本，清常道人；

《邓禹定计捉彭庞》：乙卯三月廿五日校内本，清常道人。

四月

《梁山五虎大劫牢》：乙卯孟夏三之日校内本，清常记；

《边洞玄慕道飞升》：万历四十三年孟夏五日校内本，清常道人；

《张于湖误宿女真观》：乙卯四月初七日校抄于小谷本，清常道人记；

《云台门聚二十八将》：四十三年四月十一日校录内本，清常道人；

《立成汤伊尹耕莘》：万历四十三年孟夏十九日校录内本，清常道人琦识；

《隋何赚风魔蒯通》：万历四十三年四月十九日校录内本，清常道人；

《小尉迟将斗将将鞭认父》：乙卯四月廿一日校内本，清常记；

五月

《马援挝打聚兽牌》：万历四十三年五月初六日校内本，清常道人记；

《十八国临潼斗宝》：万历四十三年五月初八日校抄内本，清常道人；

《运机谋隋何骗英布》：乙卯五月初九日校内本，清常；

《吕蒙正风雪破窑记》：乙卯五月十二日校内本，清常记；

《阳平关五马破曹》：乙卯五月廿三日校内本，清常道人；

《争玉板八仙过沧海》：四十三年乙卯五月廿三日校内本，清常道人；

《相国寺公孙汗衫记》：万历乙卯五月晦日（二十九日）校内本，清常道人琦。

六月

《宋大将岳飞精忠》：万历四十三年六月初五日校内本，清常道人。

七月

《守贞节孟母三移》：万历四十三年七月初三日校内本，时自四十二年甲寅雨，至是日，始得两寸许，晚禾稍苏矣，清常道人记；

《宝光殿天真祝万寿》：乙卯七月初三日校内本，清常记；

《观音菩萨鱼篮记》：乙卯七月初三日校内本，清常记；

《许真人拔宅飞升》：万历四十三年七月初三日校内本，清常道人；

《徐茂公智降秦叔宝》：乙卯孟秋四之日校内本，清常琦；

《狄青复夺衣袄车》：乙卯七月五之日校内本，清常；

《灌口二郎斩健蛟》：万历四十三年七月五之日校抄内本，清常道人；

《群仙庆赏蟠桃会》：乙卯孟秋六之日校内本，清常记；

《庆冬至共享太平宴》：乙卯孟秋六之日校内本，清常；

《山神庙裴度还带》：万历四十三年乙卯七月初八日校内本，清常道人；

《保成公径赴渑池会》：万历四十三年七月初八日校内本，清常记；

《海门张仲村乐堂》：万历四十三年乙卯七月初十日校内本，是日瑞五成婚并记，清常道人琦；

《八大王开诏救忠臣》：乙卯七月十一日校内本，清常道人；

《周公瑾得志娶小乔》：乙卯孟秋十有一日校内本，清常记；

《十探子大闹延安府》：万历四十三年乙卯七月十九日校内本，清常道（人）；

《关云长大破蚩尤》：万历四十三年岁次乙卯孟秋之月二十有二日大雨中校内本，清常道人；

《司马相如题桥记》：万历四十三年七月廿三日漏下二鼓校于小谷本。于相公云不似元人矩度，悬隔一层，信然。相公，东阿人，拜相见。朝后便殂，观其所作笔尘，胸泾渭了了，惜也，不究厥施云；

《录鬼簿》有关汉卿《升仙桥相如题柱》，满不是此册。四十五年丁巳十二月十八日清常又题；

《庆丰年五鬼闹钟馗》：乙卯七月廿七日校内本，清常道人。

八月

《刘玄德独赴襄阳会》：万历乙卯仲秋二之日校内，清常记；

《奉天命三宝下西洋》：万历四十三年乙卯八月初二日校内，清常道人记；

《请阴阳八卦桃花女》：万历乙卯仲秋朔校内本，清常；

《立成汤伊尹耕莘》：《太和正音》有《伊尹扶汤》，或即此，是后人改今名也。然词句亦通畅，虽不类德辉，要亦非俗品，姑置郑下，再考，清常。万历四十三年孟夏十九日校录内本，清常道人琦识。

十月

《李云卿得悟升真》：万历四十三年乙卯建辰之月念有五日校内本，清常；

万历四十四年

二月

《楚昭公疏者下船》：内本录校，时万历四十四年丙辰二月廿八日，清常赵琦美识。

三月

《赵匡胤打董达》：内本校录，丙辰三月十五日，清常记。

四月

《众神圣庆贺元宵节》：万历丙辰孟夏二之日校录于本，清常。此种杂剧不堪入目，当效楚人一炬为快；

《太乙仙夜断桃符记》：于小谷本录校，万历四十四年丙辰四月朔日校，是日始雷电雨，清常书于真如邸中。

十一月

《包待制智斩鲁斋郎》：万历四十四年十一月十二日长至夜校于小谷本，清常道人记；

《包待制三勘蝴蝶梦》：万历四十四年十一月十三日长至未刻校，清常道人；

《河南府张鼎勘头巾》：万历四十四年十一月十四日，朝贺冬（至）节，四鼓起，侍班梳洗之余，校于小谷本，清常道人记。

万历四十五年

正月

《南极星度脱海棠仙》：于小谷本，丁巳王正月二十二日校，清常道人；

《冲漠子独步大罗天》：丁巳正月廿八日校于小谷本，清常道人；

《洛阳风月牡丹仙》：丁巳正月廿九日于小谷本校抄，清常道人。

三月

《张天师明断辰钩月》：丁巳三月廿八日校，清常道人。

四月

《张公艺九世同居》：此册与于小谷本大同小异，又别录一册，丁巳四月十五日，清常道人；

《吕翁三化邯郸店》：万历丁巳四月十八日校录于小谷本，清常道人。

五月

《雷泽遇仙记》：录于小谷本，此词是村学究之笔，丁巳仲夏端日，清常道人；

《紫薇宫庆贺长春节》：于小谷本录校，丁巳仲夏二十三日，清常；

《老庄周一枕蝴蝶梦》：于小谷本录校，时丁巳五月二十四日，清常。

六月

《王文秀渭塘奇遇记》：于小谷本录，此村学究之笔也，姑存之。时丁巳六月初七日，清常记；

《卓文君私奔相如》：于小谷本，丁巳六月初七日校，清常；

《张孔目智勘魔合罗》：校过于小谷本，丁巳六月初八日，清常；

《吕洞宾三度城南柳》：校过于小谷本，丁巳六月初八日记，清常；

《萧淑兰情寄菩萨蛮》：万历四十五年丁巳季夏初八日校于山谷；

《刘晨阮肇误入天台》：丁巳六月初八日四鼓，侍班待漏次校于小谷本。自八月雨后，此日方有两寸许。清常道人记；

《铁拐李度金童玉女》：于小谷本校，丁巳六月十一日，清常；

《好酒赵元遇上皇》：于小谷本录校，丁巳六月十七日，清常道人。

十二月

《刘玄德醉走黄鹤楼》：内本录校清常道人。《录鬼簿》有《刘先主襄阳会》，是高文秀所作，意者即此词乎？当查。清常道人丁巳十二月十九日。

不明月份：

《雁门关存孝打虎》：丁巳年借于小谷本录校，清常记。

不明年份月份者为：

《江州司马青衫泪》：校录于小谷本；

《苏子瞻风雪贬黄州》：录于小谷本；

《死生交范张鸡黍》：于本作费唐臣；

《刘夫人庆赏五侯宴》：内本校录；

《钱大尹智宠谢天香》：校录于小谷本；

《邓夫人苦痛哭存孝》：内本校录，清常记；

《陶母剪发待宾》：于小谷本录校；

《布袋和尚忍字记》：于谷峰先生查元人孟余卿作；

《郑月莲秋夜云窗梦》：于小谷本录校，清常；

《降桑椹蔡顺奉母》：内本录校，道人清常记；

《黄廷道夜走流星马》：于小谷本录校；

《汉公卿衣锦还乡》：内本校录，清常记；

《孝义士赵礼让肥》：内本录校，清常记；

《走凤雏庞掠四郡》：内本校录，清常记；

《陶渊明东篱赏菊》：内本校录，道人清常记；

《程咬金斧劈老君堂》：是集余于内府阅过乃是元人郑德辉笔，则布置郑下；

《认金梳孤儿寻母》：于小谷本；

《释迦佛双林坐化》：于小谷本；

《吕纯阳点化黄龙》：内本录校，清道人；

《二郎神射锁魔镜》：内本录校，清常道人记；

《鲁智深喜赏黄花峪》：校于过；

《降丹墀三圣庆长生》：于小谷本录校，清常道人记；
《祝圣寿万国来朝》：小谷本；
《河嵩神灵芝庆寿》：于小谷本录；
《贺万寿五龙朝圣》：内本录校，清常记；
《众天仙庆贺长生会》：内本校录，清常记；
《庆千秋金母贺延年》：内本校录，清常记。

从以上杂剧跋语可以看出，赵琦美从万历四十年五月开始录校这批杂剧，但在是年仅据于小谷本录校了一本杂剧《女学士》①。后来的两年却不知什么原因再没有录校杂剧，直至万历四十二年十二月二十日又开始这批杂剧的录校，先后用了三年时间，完成了这项伟大的工程。最早用内本所校的息机子本是《切鲙旦》，录校于万历四十二年十二月二十日。可以确定录校日期的第一个内府本为《任风子》，时间为万历四十三年正月七日。可以确定日期的第一个《古名家杂剧本》为《鲁斋郎》，以于小谷本校之，时间为万历四十四年十一月十二日。最迟的一种为万历四十五年十二月十九日所校的《黄鹤楼》。

在这三年之中，以万历四十三年录校杂剧为最多，共录校杂剧 73 种。四十五年次之，共录校杂剧 20 种。四十四年最少，共录校杂剧 7 种。而万历四十三年以七月所录校杂剧最多，有 19 种。其他月份依次为正月 9 种，二月 14 种，三月 11 种，四月、五月均为 7 种，八月 4 种，六月、十月各 1 种。四十四年中录校杂剧分别为二月 1 种、三月 1 种、四月 2 种、十一月 3 种。四十五年最多的为六月，有 8 种，正月、五月各 3 种，四月 2 种，三月、十二月各 1 种，不明月份者有 1 种。另有不明年份月份者有 27 种。从万历四十三年至四十五年，有些月份没有录校杂剧的记载。四十三年有三个月无录校杂剧记载，分别为九月、十一月、十二月。四十四年仅二月、三月、四月、十一月有录校杂剧之记载，其他月份均无。四十五年无录校杂剧记载的月份为二月、七月、八月、九月、十月、十一月。即以赵琦美在某一天所录校杂剧看，以某一天录校一种杂剧居多数情况，这些杂

① 关于赵琦美校钞《古今杂剧》之最早时间，郑振铎、孙楷第等人均认为当为万历四十二年十二月二十日，此说已成为研究《古今杂剧》之共识。但此剧跋语明说“四十年五月十四日”，应为赵琦美所校之最早杂剧。但大批量的录校杂剧是从万历四十二年至万历四十五年，故分析时云“三年”而非“五年”。

剧的录校或中间时间有所间隔，如他在万历四十三年孟春人日校录《马丹阳三度任风子》后过了四天才又录校《祝圣寿金母献蟠桃》，这种情形在他所录校的杂剧中居多数。有些杂剧的录校时间是相连续的，如他在万历四十三年正月十七日据内本录校《孙真人南极登仙会》的第二天又完成了内本《梁山七虎闹铜台》的录校。又如在万历四十三年二月二十二日完成了两本杂剧的录校，一为据内本校抄的《田穰苴伐晋兴齐》，一为据于小谷本录校的《秦月娥误失金环记》，第二天他完成了内本《刘千病打独角牛》，第三天又完成了内本《汉姚期大战邳仝》的录校。这种情形在他所录校的杂剧中亦不在少数。甚或在一天中录校几本杂剧，其中某一天录校两种杂剧的情形较多，如万历四十三年之正月三日、二月二十一日、二十二日、三月五日、四月十九日、五月二十三日、七月五日、七月六日、七月八日、七月十一日、八月二日，万历四十五年之六月七日均录校了两本杂剧。有时一天录校三本杂剧，如万历四十三年三月二日录校了三本杂剧，一为于小谷本《风月南牢记》，二为内本《硃砂担滴水浮沤记》《女姑姑说法升堂记》。甚或在一天中录校四本杂剧，如万历四十三年七月三日他据内本录校了《守贞节孟母三移》《宝光殿天真祝万寿》《观音菩萨鱼篮记》《许真人拔宅飞升》四本，在万历四十五年六月八日据于小谷本录校了《萧淑兰情寄菩萨蛮》《刘晨阮肇误入天台》《张孔目智勘魔合罗》《吕洞宾三度城南柳》四本。

在这三年，赵琦美利用一切可利用的时间来录校杂剧，夜间灯下、公余之际、家人结婚的日子都可见他录校杂剧的影子，不论天阴下雨还是刮风打雷，倾注了很大的精力。从跋语看，赵琦美钞校杂剧大致有以下几种情况：

一是起早录校，如：

四十三年正月朔，旦起朝贺待漏之暇校完。（《锦云堂美女连环记》）

万历四十三年乙卯孟春十三日四鼓校内本。（《东堂老劝破家子弟》）

万历四十四年十一月十四日，朝贺冬（至）节，四鼓起，侍班梳洗之余，校于小谷本。（《河南府张鼎勘头巾》）

丁巳六月初八日四鼓，侍班待漏次校于小谷本。（《刘晨阮肇误入天台》）

二为晚睡录校，如：

万历四十二年甲寅正月廿一日灯下校内本。（《立功勋庆赏端阳》）

万历四十三年乙卯正月十八日三鼓校内本。(《梁山七虎闹铜台》)

万历四十三年七月廿三日漏下二鼓校于小谷本。(《司马相如题桥记》)

三为公私之余录校，如：

万历四十四年十一月十四日，朝贺冬（至）节，四鼓起，侍班梳洗之余，校于小谷本。(《河南府张鼎勘头巾》)

丁巳六月初八日四鼓，侍班待漏次校于小谷本。(《刘晨阮肇误入天台》)

于小谷本录校，乙卯二月初八日有事昭陵，书于公署。(《十八学士登瀛洲》)

万历四十三年乙卯七月初十日校内本，是日瑞五成婚并记。(《海门张仲村乐堂》)

四为阴雨天气时录校，如：

万历四十三年岁次乙卯孟秋之月二十有二日大雨中校内本。(《关云长大破蚩尤》)

万历四十三年七月初三日校内本，时自四十二年甲寅雨，至是日，始得两寸许，晚禾稍苏矣。(《守贞节孟母三移》)

于小谷本录校，万历四十四年丙辰四月朔日校，是日始雷电雨，清常书于真如邸中。(《太乙仙夜断桃符记》)

以上所述并不是赵琦美在这三年中每一月所录校杂剧的准确数目，也不能完全说赵琦美在这三年无录校杂剧记载的月份没有录校杂剧的事实。这是因为这242种杂剧中，有部分杂剧有题识而不署年月，此类杂剧共27种，其中息机子本有2种，新安龙峰徐氏刊本有2种，于小谷本有10种，内本有13种。而另外116种杂剧并没有赵琦美题识，这些杂剧中，息机子本有5种，新安龙峰徐氏刊本有44种，内本有22种，不知何本者有45种。四十五年七月至十一月无录校杂剧之记载，因此年琦美任太仆寺丞，七月解马出山海关，至十一月方回，故此段时期无录校杂剧之记载①。这段时间以外的以上所述之无录校杂剧记载的月份，赵琦美或许在录校这些有题识而不署年月之杂剧或无题识之杂剧。

① 孙楷第：《也是园古今杂剧考》，上杂出版社1953年版，第163页。

从赵琦美跋语可以发现，他录校杂剧的主要来源为内本与于小谷本。在万历四十四年四月之前主要录校的为内本，于小谷本仅有为数极少的几种，即录校于万历四十三年正月二十五日的《众僚友喜赏浣花溪》、二月初八日的《十八学士登瀛洲》、二月十九日的《董秀英花月东墙记》、二月二十二日的《秦月娥误失金环记》、三月二日的《风月南牢记》、三月五日的《庆丰门苏九淫奔记》、四月七日的《张于湖误宿女真观》、七月二十三日的《司马相如题桥记》。从万历四十四年四月开始，赵琦美大规模地校勘于小谷本，仅有万历四十五年十二月十九日的《刘玄德醉走黄鹤楼》是据内本录校。其他杂剧均为于小谷本。从这可知，赵琦美前期主要集中精力大批录校内本，即或中间穿插一二于小谷本亦一并录校，但从万历四十四年四月开始则集中精力录校于小谷本。

从赵琦美录校杂剧的顺序看，同日或在前后衔接之日所校杂剧并没有什么必然的联系。如赵琦美在万历四十三年二月二十一日校《阀阅舞射柳蕤丸记》，二十二日校《田穰苴伐晋兴齐》，二十三日校《刘千病打独角牛》，此三剧之间并没有什么关联。《蕤丸记》，《太和正音谱》古今无名氏杂剧目失载，现存《古今杂剧》题下有一“元”字，当为元无名氏作。《田穰苴》剧《也是园书目》归“春秋故事”类，为教坊编演。《病打独角牛》，《录鬼簿续编》《太和正音谱》《元曲选目》均归元无名氏目。此三日所校三种杂剧，一种为元无名氏作，一种为教坊编演，一种为元名家作。前后衔接之日所校杂剧如此，同日所校杂剧亦是如此。如万历四十三年七月三日他据内本录校了《守贞节孟母三移》《宝光殿天真祝万寿》《观音菩萨鱼篮记》《许真人拔宅飞升》。《孟母三移》为“春秋故事”类，《祝万寿》为“教坊编演”，《鱼篮记》为“释氏”类，《许真人》为“神仙”类，四者亦无甚关涉。另以元明有名姓作家之剧作为例看，赵琦美在录校杂剧时，并不是将同一剧作家之剧作放在相衔接之日或同日录校。如元李文蔚之剧，《张子房圯桥进履》：录校于万历四十三年三月二十三日，《破苻坚蒋神灵应》校抄于四十三年二月二十一日。二剧录校时间相隔一月。同一作家之作的录校时间甚至有相隔几近一年者，如高文秀《刘玄德独赴襄阳会》录校于万历四十三年八月二日，而在时隔一年之后，才于四十五年六月十七日录校《好酒赵元遇上皇》。

从以上所分析可知，赵琦美在录校杂剧的时候，基本是随钞随校，事先并没有做什么计划，而各本为分散之本，并不曾加以整理装订。若赵琦美对这批杂剧作了装订，则其有题识之杂剧顺序应与今存《古今杂剧》之顺序相同。但其实并不然。今依赵琦美题识有月日之杂剧录校先后顺序与今本之装订序号予以比较：

《女学士明讲春秋》(181)① 《立功勋庆赏端阳》(160) 《望江亭中秋切鲙旦》(18)
《看钱奴买冤家债主》(51) 《赵匡义智娶符金锭》(88) 《包待制智赚生金阁》(89)
《马丹阳三度任风子》(2) 《祝圣寿金母献蟠桃》(227) 《东堂老劝破家子弟》(45)
《锦云堂美女连环记》(58) 《孙真人南极登仙会》(202) 《梁山七虎闹铜台》(220)
《众僚友喜赏浣花溪》(163) 《十八学士登瀛洲》(169) 《飞虎峪存孝打虎》(172)
《二郎神锁齐天大圣》(215) 《董秀英花月东墙记》(28) 《韩元帅暗度陈仓》(137)
《破苻坚蒋神灵应》(41) 《阀阅舞射柳蕤丸记》(82) 《田穰苴伐晋兴齐》(130)
《秦月娥误失金环记》(198) 《刘千病打独角牛》(67) 《汉姚期大战邳仝》(141)
《后七国乐毅图齐》(131) 《张翼德单战吕布》(150) 《诸葛亮博望烧屯》(55)
《硃砂担滴水浮沤记》(63) 《风月南牢记》(197) 《女姑姑说法升堂记》(187)
《施仁义刘弘嫁婢》(66) 《庆丰门苏九淫奔记》(196) 《广成子祝贺齐天寿》(240)
《黄眉翁赐福上延年》(241) 《王矮虎大闹东平府》(221) 《摩利支飞刀对箭》(78)
《张子房圯桥进履》(39) 《邓禹定计捉彭庞》(144) 《梁山五虎大劫牢》(219)
《边洞玄慕道飞升》(205) 《张于湖误宿女真观》(180) 《云台门聚二十八将》(140)
《立成汤伊尹耕莘》(33) 《隋何赚风魔蒯通》(136) 《小尉迟将斗将将鞭认父》(167)
《马援挝打聚兽牌》(139) 《十八国临潼斗宝》(129) 《运机谋隋何骗英布》(135)
《吕蒙正风雪破窑记》(11) 《阳平关五马破曹》(147) 《争玉板八仙过沧海》(231)
《相国寺公孙汗衫记》(184) 《宋大将岳飞精忠》(178) 《守贞节孟母三移》(133)
《宝光殿天真祝万寿》(225) 《观音菩萨鱼篮记》(200) 《许真人拔宅飞升》(201)
《徐茂公智降秦叔宝》(166) 《狄青复夺衣袄车》(77) 《灌口二郎斩健蛟》(216)
《群仙庆赏蟠桃会》(226) 《庆冬至共享太平宴》(237) 《山神庙裴度还带》(24)
《保成公径赴渑池会》(30) 《海门张仲村乐堂》(185) 《八大王开诏救忠臣》(175)
《周公瑾得志娶小乔》(149) 《十探子大闹延安府》(179) 《关云长大破蚩尤》(154)
《司马相如题桥记》(138) 《庆丰年五鬼闹钟馗》(232) 《刘玄德独赴襄阳会》(32)
《奉天命三宝下西洋》(224) 《请阴阳八卦桃花女》(70) 《立成汤伊尹耕莘》(33)
《李云卿得悟升真》(206) 《楚昭公疏者下船》(50) 《赵匡胤打董达》(182)
《众神圣庆贺元宵节》(229) 《太乙仙夜断桃符记》(210) 《包待制智斩鲁斋郎》(90)
《包待制三勘蝴蝶梦》(22) 《河南府张鼎勘头巾》(62) 《南极星度脱海棠仙》(211)

① 括号内数字为今存本序号。

《冲漠子独步大罗天》(93)《洛阳风月牡丹仙》(117)《张天师明断辰钩月》(116)
《张公艺九世同居》(91)《吕翁三化邯郸店》(203)《雷泽遇仙记》(189)
《紫薇宫庆贺长春节》(234)《老庄周一枕蝴蝶梦》(42)《王文秀渭塘奇遇记》(195)
《卓文君私奔相如》(94)《张孔目智勘魔合罗》(43)《吕洞宾三度城南柳》(97)
《萧淑兰情寄菩萨蛮》(100)《刘晨阮肇误入天台》(95)《铁拐李度金童玉女》(98)
《好酒赵元遇上皇》(31)《刘玄德醉走黄鹤楼》(72)

在有月日题识之杂剧中，唯有几例与今存本《古今杂剧》装订顺序相合，如万历四十三年正月初三日录校之《赵匡义智娶符金锭》《包待制智赚生金阁》二种与今存本顺序相符。《众僚友喜赏浣花溪》（万历四十三年正月二十五日）、《十八学士登瀛洲》（万历四十三年二月八日）、《飞虎峪存孝打虎》（万历四十三年二月十二日）三本录校时间相连接，且中间未掺入其他有年月题识之杂剧，与今存本顺序相符。《广成子祝贺齐天寿》（万历四十三年三月七日）与《黄眉翁赐福上延年》（万历四十三年三月九日），时间相连，与今存《古今杂剧》顺序亦同。其他均失其伦次，杂乱无章，与今存本大为不合。大概这三例亦为偶然，并非特意为之。通过以上分析，赵琦美所录校的这批杂剧中，或同日所校及隔日所校之曲之间几乎没有什么关涉，或同一作者之剧录校时间间隔较长，且与今存《古今杂剧》之装订顺序有较大差异，据此可知赵琦美当时只是录校了这批杂剧，整理装订并不是由他完成的。

第二节 赵琦美《脉望馆钞校本古今杂剧》校勘

赵琦美在录校《脉望馆钞校本古今杂剧》时，几乎在每册都留有校语，这些校语涉及内容广泛，体现了赵琦美的校勘思想。对此，学者已有初步研究，如孙楷第《也是园古今杂剧考》之“校勘”篇便是这方面的成果。他将赵琦美校曲分为两种，一种以原本校重抄本，如内本、于小谷本，不过改正书手误写之字，此为抄书者应有之义，无足注意。另一种为以他本校所藏本，如以内府本及于小谷本校所藏息机子本、以于小谷本校所藏新安龙峰徐氏刊本，其事甚可注意。但他指出“唯琦美所据明内府本、于小谷本，与琦美所藏息机子刊本新安徐氏刊本同源。故琦美校曲，于是正文字方面，无甚收获。琦美之于元明旧曲，其功不在于校而在于抄”[①]。他的这一说法对后世学者有较大影响，如赵山林将赵琦美校勘的戏曲分为三种，其中第一种所说便是赵琦美“对内府本、于小谷本，先行抄录，再以原本校核”[②]。在孙楷第所说赵琦美校勘杂剧“其功不在于校而在于抄”的影响下，再加上《脉望馆钞校本古今杂剧》所收杂剧数量较多，很少有人对其中校语一一摘录，对其作出分类研究。

从现存校语看，赵琦美录校《脉望馆钞校本古今杂剧》时，主要做了三个方面的工作，一是校勘，二是考证，三是评价。这三项相结合，体现了赵琦美的杂剧校雠思想，特别是第一方面最为明显集中，是赵琦美对这批杂剧校勘贡献的最好说明，也体现了赵琦美对戏曲剧本的文学审美方面的努力。

一　校勘

赵琦美在完成一剧的抄校后，通常会简单地写一则跋语，以记录抄校所用的底本和过程。从这些跋语及校语看，赵琦美在录校这批杂剧时做了五个方面的工作。

第一，将内府本、于小谷本或世本抄录相互校勘。如抄内府本《阀阅舞射柳蕤丸记》，跋语说：“内本与世本稍稍不同，为归正之。”抄内府本《马丹阳三度任风子》跋语说：“内本、世本，各有损益。今为合作一家。”《张公艺九世同居》跋写云：“此册与于小谷本大同小异，又别录一册。”前者是既未就内本，亦未就刻本，而是以正确者校改。后者是按剧情将内本、刻本互补，使其成为善本。除了跋语，在杂剧具体语句的校勘中亦体现了这一点。如《守贞节孟母三移》是赵琦美“校内本”，第四折写孟子功成名就后，齐田忌命陈贾前去请孟子，科白云：“小官乃齐大夫陈贾是也，奉公子的命请的孟轲来国，先报公子云。可早来到也。”此段科白有不通处，如“先报公子云”。赵琦美抄本将其中“国先报公子云”六字抹去，夹批说：“于本‘国先报公’。”校勘后便改成了“小官乃齐大夫陈贾是也，奉公子的命请的孟轲来国，先报公。可早来到也”。几字夹批让我们明白了赵琦美这里是以于小谷本校内本。

① 孙楷第：《也是园古今杂剧考》，上杂出版社1953年版，第156页。
② 赵山林：《中国戏剧学通论》，安徽教育出版社1995年版，第990页。

第二，以于小谷本校刻本。如息机子本《九世同居》跋云："此册与于小谷本大同小异，又别录一册。"这显然是将于小谷本与息机子本做了对校。王季烈称于小谷本为善本，《孤本元明杂剧》此本提要云："赵氏校改之处颇有胜于刻本者，当是别有善本也。"以内府本校刻本者，证据比较显然，就是凡校过内府本，皆将所载的穿关移录于刻本之后。赵琦美以内府本校过的息机子刊本并移抄有穿关者计七种，即《望江亭》《冤家债主》《东堂老》《连环记》《符金锭》《生金阁》《留鞋记》。

第三，是抄录内本、于小谷本，再将抄录本进行校勘，这样做一方面使抄录本与原本保持一致；另一方面使抄录本与原本所有的错误得到改正。跋语中所云"内本校录""内本录校""校抄内本""校抄于小谷藏本"之类皆属于此类。这方面的校勘大多为改正常识性错误及讹字，虽如孙楷第所云为"为抄书者应有之义，无足注意"，但却是赵琦美费力最多，亦最能体现其校勘之功，体现了赵琦美对戏曲剧本的文学努力。

首先，赵琦美对剧本中所涉及的人名作了校勘。对人名的纠正主要体现在三国题材杂剧中，如无名氏的《刘玄德醉走黄鹤楼》《诸葛亮博望烧屯》《走凤雏庞掠四郡》，还有高文秀的《刘玄德独赴襄阳会》等剧中刘封，几乎所有的原抄本皆写作"刘峰"，个别或作"寇峰"。刘封史有其人，《三国志》卷十《蜀志》："刘封者，本罗侯氏之子，长沙刘氏之甥也。先主至荆州，以未有继嗣养封为子。"又如糜竺、糜芳，原抄本有时写为梅竺、梅芳，如《刘玄德独赴襄阳会》。简雍，抄录本写作"蹇雍"，如《刘玄德独赴襄阳会》。在其他历史题材杂剧中亦是如此，《长安城四马投唐》，李密在楔子中介绍自己是大将李广之子李密，赵琦美校李广为李宽。按《旧唐书》卷五十三记载，李密字玄邃，本辽东襄平人，魏司徒弼曾孙，后周赐弼姓徒何氏。祖曜周太保，魏国公。父宽，隋上柱国，蒲山公。肯定李宽为是。卫武侯改为魏武侯，殷盖赵琦美改为英盖，袁宪改为原宪，康军利改为康君利，张国霸改为张归霸，葛苏文改为盍苏文，尉迟公改为尉迟恭，徐茂公改为徐茂功等。

其次，对一些地名作了校勘。如《长安城四马投唐》楔子中李靖介绍自己是西川城都府人士，赵琦美校改为"京兆三原"，还有将离山老母校改为黎山老母，离阳校改为黎阳，苍州改为沧州，浪州改为阆州，汉洋江改为汉阳江，华策道改为华容道等。

另外赵琦美对一些常识性错误作了修正。如"明府"，是执法的意思，校勘前皆作“盟府”。“人爵”本是典故，校勘前作“人道”。“大纛高牙”本为成语，校勘前作“大纛高衙”，赵琦美都作了校勘。

赵琦美用力最多的是改正字词的错误，这在钞本，尤其是内本中体现得最为集中。如对同音字或音近字的校勘，普遍者有“试说”“试听”“试看”的“试”字，校勘前皆作“是”；“尽忠”“尽心”“尽力”“尽节”等，校勘前“尽”字皆作“进”；“甚么”在校勘前皆作“是么”；“及早下马受降”校勘前作“闻早下马受降”；“三通鼓罢”校勘前作“三鼕鼓罢”；“状貌堂堂”校勘前作“壮貌堂堂”；“寸铁在手”校勘前作“存铁在手”；“姓甚名谁”校勘前作“姓字名谁”；“军师”校勘前作“君师”；“霸占”校勘前作“霸战”；“带累”校勘前作“殆累”；“辛勤”校勘前作“心勤”；“脑袋”校勘前作“脑戴”；“办道修行”校勘前作“扮道修行”；“料定”“料理”校勘前作“略定”“略理”；“一春儿”校勘前作“一椿儿”等。以上这些字在杂剧中的使用是频率很高的。还有偶然出现的别字，如内本《施仁义刘弘嫁婢》中“指渴思梅”“驷马车车”，《硃砂担滴水浮沤记》中的“腰”“单凤”“眼躯”，校于小谷本《河南府张鼎勘头巾》中的“萑”，《请阴阳八卦桃花女》第四折中的“世”“贪嗔痴恶”。《雁门关存孝打虎》中的“誓剑金牌”，《张翼德单战吕布》中的“愤发”“汉青”“意兄”，《海门张仲村乐堂》中的“决强”“咱家”等，这些字赵琦美分别校为“止渴思梅”“驷马高车”“要”“丹凤”“眼眶”“旧”“事”“贪嗔痴爱”“势剑金牌”“奋发”“汗青”“义兄”“掘（应为倔——笔者注）强”“洒家”等。

第四，据所校勘之本补抄了原本所缺的宾白与曲词。这主要体现在息机子本中。如《布袋和尚忍字记》为息机子本，此剧赵琦美云“于谷峰先生查孟寿卿作”，当为据于小谷本校勘。第三折开头缺大段宾白，赵琦美为补抄。又［双调新水令］后本无［驻马听］曲，据于小谷本补抄。第四折本无［尾声］，据于小谷本补抄。《王月英元夜留鞋记》为息机子本，后补穿关，为据内本录校之剧。第一折第一［金盏儿］后补抄［醉扶归］曲，第二［金盏儿］后补抄宾白与唱词：

（梅云）姐姐，约定几时相会说的明白着。（旦唱）［么］约佳期在他时上元节夜，重相会金莲灯下效于飞。常言道秀才每无信行，我则说识字人有诚实。你则索惜花春起，爱月夜眠迟。（梅云）将甚么为定。

所补抄之内容，使剧情更为连贯，后曲［后庭花］所云锦纹笺为定之唱词亦有了根由。第二折［呆骨朵］后补抄［醉太平］［倘秀才］［滚绣球］［倘秀才］［滚绣球］［煞尾］六曲。第三折［上小楼］曲后补：

［么］他高声叫打，见公人两边排下，打的我肉颤身摇、胆战心慌、手脚昏麻，把拶指的麻绳根前放下，交俺女孩儿怕也不怕。(孤云）你若不招，枉着你皮肉受苦，快实说了罢。

补抄之曲写出了王月英在衙门逼供下的状态和心态。［十二月］曲陈述送手帕绣鞋之经过，若无补抄之［朝天子］曲，则剧情前后发生断裂。［尧民歌］后补抄［耍孩儿］［四煞］［三煞］［二煞］［煞尾］五曲。第四折［驻马听］曲后补宾白“秀才也你生死在这寺中”及［水仙子］曲。［太平令］曲后补抄［川拨棹］［七弟兄］［梅花酒］［收江南］及包待制断语与题目正名。息机子本《包待制智赚生金阁》第四折宾白云没头鬼魂子因门神当道无法进入衙门，包待制云“老夫已知，大家小家怎生无个门神户尉”后据内本补录宾白“老夫心下自裁划，你将金纸银钱快安排，邪魔外道当道，屈死冤魂放入来”，致使魂子入衙门申冤，与前面魂子三番五次不得进入衙门相互呼应。又如息机子本《赵匡义智娶符金锭》第四折［沉醉东风］后补抄宾白“（符彦卿云）孩儿，我闻知韩松领人来追赶，多亏郑恩定计救了这件事，众人不知详细，小姐，尔试说一遍俺试听咱。(正旦云）父亲听我说”，后接［雁儿落］［得胜令］等曲叙说此事，所补抄宾白使剧情连贯。

在一些钞本中，亦补抄了一些宾白，使剧情前后进展自然。如《争玉板八仙过沧海》第二折后楔子中龙毒宾白云“哥哥见了，说俺这海藏内虽有百般异宝，可不曾见这一串玉板，吊在海里，不想吕洞宾躧着水面仗剑大骂，索取彩和”，赵琦美在“吊在海里”前补抄“就差巡夜叉和水卒夺了玉板，把蓝采和来”，使语意得以连续。又如《海门张仲村乐堂》楔子宾白“（正末做叫六斤个云）唆狗、唆狗。(六斤云）问不道唆狗也”。赵琦美补抄宾白“口有传神的叫我哩，弟子孩儿，我叫做唆狗，我出这门来。(正末云）阿哥”，使句意更为明朗。第三折［逍遥乐］曲后宾白本为“（正末云）可知是牢门，牢门里门上拴一条绳子，里面那铃子铎琅响一声”，赵琦美在“里面”前补抄宾白“绳子上拴着铃子，有人来扯动这绳子”，使句意得以连贯。

第五，赵琦美对剧中语言作了润饰，增强了杂剧的文学性。这主要体现在抄本杂剧，尤其是内府本中。内府本杂剧为艺人所编写，为舞台表演本，无论在曲词还是宾白叙事均显啰唆，赵琦美录校杂剧时删去曲中衬字，使语句更为精练。如《楚昭王疏者下船》第二折［越调斗鹌鹑］：“他念父兄萦心，借吴兵应口，我虽楚国青春，今日过昭关皓首。太宰嚭为参军，孙武子为帅首。”改为“他与那父兄萦心，借吴兵应口。离楚国青春，过昭关皓首。柳盗跖为先锋，孙武子为帅首”。《飞虎峪存孝打虎》［尾声］：“赳赳雄威杀气高，忘生舍死显英豪。我这里义儿家将千般勇，我去那长安城内破黄巢。”删为“赳赳雄威杀气高，忘生舍死显英豪。义儿家将千般勇，长安城内破黄巢”。《八大王开诏救忠臣》杂剧头折杨令公与韩延寿交战前唱词有：“威风赳赳统干戈，两军相对战千合。时间略展英雄手，我着他尸横千里血成河。”删为“威风赳赳统干戈，两军相对战千合。时间略展英雄手，尸横千里血成河”。呼延赞骂潘仁美一曲：“杨六郎父子尽忠，于宋国竭力见功。潘仁美心怀毒忿，我见大王奏说奸雄。”删为“杨六郎父子尽忠，于宋国竭力见功。潘仁美心怀毒忿，见大王奏说奸雄”。

赵琦美在录校时对一些杂剧之曲词作了改动。如《张公艺九世同居》，赵琦美以于小谷本校《古今杂剧》本，第一折［油葫芦］：“自比千乘君，大隋仁圣主，拂差徭，免赋税，加优恤。”改为“北齐千乘君，大隋仁圣主，省差徭，免赋税，加优恤”。使曲词对仗。［六么序］：“我这里频嘱咐，孩儿们自暗伏……不二过，不迁怒，修其天道，人爵从诸。”改为“我这里频嘱咐，孩儿们自窨伏……不二过，不迁怒，修其天爵，人爵从诸”。［赚煞尾］：“便好道一子受皇恩，满家食天禄。”改为“便好道养育受亲恩，仕宦食天禄”。第二折［南吕一枝花］：“昨日春，今日秋，到无常，万事皆休。”改为“昨日春，今日秋，过中年，万事俱休”。原抄本“到无常”三字从字意看，基本与剧情是无关联的，而改为“到中年”，便将剧情发展与剧中人物张公艺对年龄的感受及其心理描写紧紧连在了一起。又如《铁拐李度金童玉女》据于小谷本校《古名家杂剧》本，第一折［寄生草］：“满溪流水天台梦，你叹空空，一襟清露游山梦。”改为“满溪流水天台梦，你看湿莹莹，一襟清露游山梦”。［大德歌］：“碧泠泠，玉铿铿，七政匏为定。”改为“碧泠泠，玉铿铿，翠鸾吟，彩凤鸣，七政匏为定”。又如《诸葛亮博望烧屯》

第一折［点绛唇］："常有那尊道德参玄意。"改为"待龙虎风云会"。原意更多显示了隐居不出的心愿，改动后则突出诸葛亮虽隐居而志在天下的志向，且与后曲［混江龙］曲意相符。还有一些改动关系甚大，如《马丹阳三度任风子》第一折［六煞］："打悲科休想我有还俗意"，"科"改为"呵"，若作"科"，则会误认为是舞台动作提示语，作"呵"，则明为曲词。当然，赵琦美对曲白之校勘亦有错误之处，如《关云长大破蚩尤》第四折［沽美酒］："这的是害生灵的果报，将孽畜紧缚了"，"缚了"改为"拴缚"，这样改动则韵脚不合。

赵琦美对曲词进行删衍补缺、改正颠倒。删衍者如《马丹阳三度任风子》［五煞］"我昨见匆匆月出东，恹恹的日落西"删去"的"，使曲词对仗；"则这个魔合罗孩儿知他是谁是谁"，删去第一个"是"，语意更为紧凑。补缺者如《王月英元夜留鞋记》第二折［倘秀才］"你个梁山伯不採台"，"台"前补"祝英"二字。［滚绣球］"秀才每些辜恩负义乔才"，"每"后补"都是"二字。又如《破苻坚蒋神灵应》第一折［油葫芦］"魏英俊广"，改为"魏吴刘英俊广"；"了青史写贤良"改为"不枉了青史写贤良"。《马丹阳三度任风子》［满庭芳］"我止过则是两头来往搬兴废"，"止"后补"不"。互乙者如《吕洞宾三醉岳阳楼》第三折［离亭筵煞］"低言无语"改为"无语低言"。《卓文君私奔相如》［圣药王］"咫尺间千里云水赊"，"云水"改为"水云"。《铁拐李度金童玉女》第三折［大拜门］"诗题在绿苔，吹箫在凤台"，"吹箫"改为"箫吹"，使曲词对仗。

赵琦美的校勘最明显者为《货郎担》《阀阅舞射柳蕤丸》《伍子胥鞭伏柳盗跖》等。如《伍子胥鞭伏柳盗跖》头折写秦穆公为称霸事，与百里奚策划召开十八国会议临潼斗宝时，秦穆公与百里奚有大段对白，这一段原本五百多字的杂剧科白中，赵琦美校勘时删去了九十四字，增补了七字，改动了九字，共一百一十字，也就是对五分之一的内容做了变动。但赵琦美的大多校勘中，杂剧剧本的文学性得到明显提高，体现在语言表达的通顺流畅、准确、文雅、简洁和节奏感的增强。应该说，赵琦美校勘后的剧本更耐人品味、更适合案头阅读①。

① 杜海军：《赵琦美校勘杂剧之功及对戏曲文学发展的贡献——兼论孙楷第说赵琦美于脉望馆杂剧校勘无功说》，《戏曲艺术》2007 年第 4 期。

二 考证

1. 作者、题名考证

赵琦美抄校杂剧时不仅对曲白做了校勘，对杂剧作者也进行了考证，如《立成汤伊尹耕莘》，原抄本为无名氏作品，赵琦美校内本后有考云："《太和正音谱》有《伊尹扶汤》，或即此，是后人改今名也。然词句亦通畅，虽不类德辉，要亦非俗品，姑置郑下，再考。"《死生交范张鸡黍》宫大用著，赵琦美批语说"于本作费唐臣"。《布袋和尚忍字记》原署郑廷玉著，赵琦美批曰"于谷峰先生查元人孟寿卿作"。《河南府张鼎勘头巾》原署元孙仲章撰，赵琦美说"《太和正音》作无名氏"。《大妇小妻还牢末》赵琦美校内本说："别作马致远，非也。"依《太和正音》作无名氏。《罗李郎大闹相国寺》本题"元张国宾"，赵琦美批云："《太和正音》作元无名氏。"《苏子瞻风雪贬黄州》补题作者为"元费唐臣"。《黄廷道夜走流星马》原抄缺名，据于小谷本录校，补作者名"黄元吉"。《硃砂担滴水浮沤记》，原抄本缺名，抄后补作家"元无名氏"。

其次是对作品题名作考证。《请阴阳八卦桃花女》，无名氏作，赵琦美说"《太和正音》作《智赚桃花女》。"《刘玄德醉走黄鹤楼》跋语："《录鬼簿》有《刘先主襄阳会》，是高文秀所作，意者即此词乎？当查。"《降桑椹蔡顺奉母》赵琦美云："《太和正音》作《蔡顺分椹》。"赵琦美还对有些杂剧的作者与题名同时做了考证，如《保成公进赴渑池会》补题"高文秀"，批云："《太和正音》作《廉颇负荆》。"《钟离春智勇定齐》补题"郑德辉"，批云："《太和正音》作《无盐破环》。"考《太和正音谱》高文秀、郑德辉名下实有《廉颇负荆》《无盐破环》剧，若不是赵琦美之批，则今日不得知《渑池会》《钟离春》为高文秀、郑德辉之剧。又如《尉迟恭单鞭夺槊》，赵琦美补题"关汉卿"，批云："《太和正音》名《敬德降唐》。"

赵琦美对一些原抄本之作者朝代亦作了考证。如《马丹阳度脱刘行首》本题"元杨景贤"，赵琦美改元为明，批云："《太和正音》本朝人。"又批云："《太和正音》作无名氏。"《吕洞宾三度城南柳》本题"元谷子敬"，赵琦美改元为明。《铁拐李度金童玉女》本署"明贾仲明"，赵琦美改明为元，批云："《太和正音》作本朝人，非也，今正之。"这些作者均为由元入明之人，赵琦美据《太和正音谱》对其朝代作了考证。赵琦美对有些原抄本之作者误写亦有考证，如《东华仙三度十长生》《群仙庆寿蟠桃会》《吕洞宾花月神仙会》《李亚仙花酒曲江池》《紫阳仙三度常椿寿》等剧署“国朝杨诚斋”，赵琦美均改为“国朝周王诚斋”。又如《慧禅师三度小桃红》《张天师明断辰钩月》《善知识苦海回头》本署“诚斋”，赵琦美补题“周王”。《清河县继母大贤》《赵贞姬身后团圆梦》《刘盼春守志香囊怨》本署“国朝诚斋”，赵琦美补题“周王”。朱有燉有些杂剧，明代如祁彪佳等人均误标为“杨诚斋”，赵琦美对其一一作了考证，有些杂剧署名“诚斋”，为了避免与杨诚斋混淆，赵琦美均补写“周王”二字。当然，赵琦美此类考证亦有错误缺漏之处，如将《善知识苦海回头》误作朱有燉，又如《四声猿》剧不署作者姓名。

总之，赵琦美的这些考证极少断语，非常审慎。这些考证大多依据《太和正音谱》，其结果虽有商榷之处，但有些考证结果也多有为后人所取者，如《大妇小妻还牢末》的作者，赵琦美判定为无名氏。《黄廷道夜走流星马》，赵琦美据于小谷本补作者“黄元吉”。邵曾祺著《元明北杂剧总目考略》一并从之。赵琦美的考证之功不可没，孙楷第即指出：“其考证功夫亦非决不可企及者。然其一一勘定，为后人省精力不少。吾人今日读也是园曲，能开卷即知其作者，审其剧名异同，不烦检索，实觉有无穷方便。此皆出琦美之赐。是则琦美考订之功有不可泯灭者也。”①

2. 曲牌、曲词考证

赵琦美在录校这批杂剧时，还涉及一些曲学知识之考证。这些考证有时是曲牌排列顺序，如《铁拐李度金童玉女》原抄本第一曲为［南吕梁州第七］，第二曲为［一枝花］，赵琦美为之订正顺序，［南吕梁州第七］上批“此一枝后”，［一枝花］上批“此一枝前”。考《中原音韵》等书，南吕宫曲［一枝花］在［梁州第七］前，赵琦美订正为确。有时赵琦美亦对一些曲牌之异名作了考证，如《铁拐李度金童玉女》第三折［挂搭沽］，赵琦美批云“挂搭沽一作挂玉钩”。考《中原音韵》《太和正音谱》等书均有此记载。

3. 文献考证

赵琦美对一些杂剧之文献记载也作了考证。如《吕洞宾桃柳升仙梦》《萧淑兰情寄菩萨蛮》《荆楚臣重对玉梳记》《包待制智赚生金阁》《包待制智斩鲁斋郎》《二郎神醉射锁魔镜》等剧或题“此本《太和正音》不

---

① 孙楷第：《也是园古今杂剧考》，上杂出版社 1953 年版，第 159 页。

收”，或注“《太和正音》不收”。又如《张公艺九世同居》剧，赵琦美批云：“此后俱《太和正音》不收。”这些考证在今天看来没有任何意义，但在明代却是难能可贵的。

有时赵琦美也对一些曲白之含义及语音作了解释，如《吕洞宾三醉岳阳楼》第二折之“杏泥”，赵琦美批云：“杏泥即杏酪，北方人多食之。”又如《招凉亭贾岛破风诗》第三折［端正好］“题起入雍州城丧胆亡魂”，赵琦美批云：“雍读作瓮声。”这些考证虽偶一为之，但对理解曲白之含义有重要的意义。

三　评价

赵琦美在对这批杂剧校勘、考证的基础上，从文学的角度对一些剧本作了切中肯綮的评价。如《诸葛亮博望烧屯》批云：“大约与《诸葛亮挂印气张飞》同意，此后多管通一节，笔气老干，当是元人行家。”《司马相如题桥记》批云：“于相公云不似元人矩度，悬隔一层，信然。相公，东阿人，拜相见。朝后便殂，观其所作笔尘，胸泾渭了了，惜也，不究厥施云。”《立成汤伊尹耕莘》批云：“然词句亦通畅，虽不类德辉，要亦非俗品。”《庆丰门苏九淫奔记》批云：“词采彬彬，当是行家。”《女学士明讲春秋》批云：“此村学究之笔也，无足取，可去。”《众神圣庆贺元宵节》批云：“此种杂剧不堪入目，当效楚人一炬为快。”《雷泽遇仙记》云：“此词是村学究之笔。”《王文秀渭塘奇遇记》云：“此村学究之笔也，姑存之。”赵琦美不仅在跋语中对剧本作了总体评价，有时在剧中对曲词亦有评跋，如《王月英元夜留鞋记》第一折［混江龙］“竹战风微绣帘低，怎展放相思意”，赵琦美评云“奇甚”。有时对所据以校勘之本作出评跋，如《包待制智斩鲁斋郎》第二折鲁斋郎白云：“我着他今日不犯明日”，赵琦美改“明”为“红”，评云：“红日，日色红，改明非。此古本所以可贵也。”此剧是据于小谷本录校，赵琦美称于小谷本为古本，其所收杂剧是较接近元刊本的一类，或者就是元刊本。

从这些跋语可以看出，赵琦美在品评时崇尚古本，讲究词采，注重剧本的文学性。正是赵琦美校勘杂剧时对戏曲文学取向的有意识追求，将杂剧剧本从俗向雅、从演出脚本向案头剧本推进一步，为戏曲文学的发展做出了贡献。赵琦美对《脉望馆钞校本古今杂剧》的系统校勘，在今日杂剧研究中仍具有不可替代的重要意义，正如孙楷第所说：“自明以来，绩学之士，嗜书之人，遇有异本莫不悉心雠校，然而鲜有校曲者。惟琦美与煌肯从事于此，为他人所不屑为之业。是二人实开风气之先，其在曲学考校方面应占重要地位，自不待言。"①

第三节 从词语校勘看脉望馆本失考剧目之渊源

《脉望馆钞校本古今杂剧》中钞本杂剧有三类。第一类为据于小谷本录校之杂剧，共 33 种；第二类为据内府本录校之杂剧，赵琦美在剧后留有题识且附有穿关者有 73 种，另有 22 种无赵琦美题识但附有穿关，郑振铎、孙楷第均认为这 22 种为内府本；第三类为不明来历之钞本，共有 44 种②。这类杂剧后既无赵琦美题识，且没有穿关，故无从得知其来源。对此，一些学者据自己认识做了推测，如郑振铎"怀疑凡清常钞本里没有注明来源，而且也不附有穿关的，大抵都是于氏的藏本"③。但孙楷第并不认同郑振铎的这种说法，他据《述古堂书目》考证这批杂剧，认为这批杂剧"核其词笔，皆大致相同，如出一手，显是同时同地所编者。且词意呆滞，不惟不类元人曲，且亦不类明初人曲，故余疑《述古目》所编历史剧，除少数为旧本外，其余皆为教坊新编。其本曾呈演之内庭，故历史剧内府本独多"，"其钞本无题识之历史剧，既可作如是解，则其他非历史剧之无题识钞本剧，亦可作如是解"④。虽然孙楷第对这批杂剧作出了初步的判断，但却没有充分的证据，故有待进一步考证。

赵琦美在校录《脉望馆钞校本古今杂剧》之内府钞本时，"每钞讫即以原本校对一过改正其讹字"，其中一些书写错误的词语频繁出现，赵琦美亦不惮其烦，对其一一作了朱笔校勘。赵琦美所做的这些校勘并没有引起后人的重视，孙楷第认为赵琦美这样做"不过改正书手误写之字，此为抄书者应有之义，无足注意"⑤。孙楷第言下之意为赵琦美在校勘杂剧时，雇用书手抄

① 孙楷第：《也是园古今杂剧考》，上杂出版社 1953 年版，第 174 页。

② 孙楷第《也是园古今杂剧考》中罗列 45 种，其中《黄廷道夜走流星马》后明云"于小谷本"，孙楷第误列此剧，应为 44 种。

③ 郑振铎：《跋脉望馆钞校本古今杂剧》，《文学集林》1959 年第 1 期。

④ 孙楷第：《也是园古今杂剧考》，上杂出版社 1953 年版，第 114、115 页。

⑤ 孙楷第：《也是园古今杂剧考》，上杂出版社 1953 年版，第 115 页。

写杂剧，这些错误为书手误写而致，后来赵琦美又据原本，对这些书写错误之词语做了校勘。在此论的影响下，后来学者在谈到这一问题时，把它看作赵琦美校勘杂剧的内容之一，如杜海军《赵琦美校勘杂剧之功及对戏曲文学发展的贡献——兼论孙楷第说赵琦美于脉望馆杂剧校勘无功说》① 一文。但截至目前还没有学者对此问题做深入的考察与论述。其实孙楷第认为赵琦美“不过改正书手误写之字”的说法并非确论。遍观赵琦美所钞校之内府本杂剧，几乎95种杂剧中都会出现这些书写错误，一名以抄书为业的书手在抄写时是不可能出现如此之多的错误。事实应该是这些杂剧为内府供奉之舞台表演本，这些舞台表演本为内府戏曲艺人书写，戏曲艺人文化水平不高，加之他们注重表演不重文本，编写剧本的目的亦不是流传后世，故在编写时会出现这些书写错误，这在《元刊杂剧三十种》中已经得到证实。赵琦美在录校杂剧时，请书手依原本抄写，书手本着忠于原本的原则将这些书写错误的词语保留了下来。后来赵琦美在对钞讫之本进行录校时，据句意作了修正工作。孙楷第因对赵琦美的这些校对工作评价不高，故没有给予高度的重视，所以他在考察这些杂剧来源时，只能依据文献记载进行推论，没有从文本本身入手进行研究，导致其结论只能是一种推测。

同时，这些词语的校勘也不是孙楷第所云为“无足注意”，相反在其中透露出大的玄机，这些频繁出现的书写错误有助于解决一个悬疑不决的问题，即可以有助于判断《脉望馆钞校本古今杂剧》中那些不明来历钞本之来源。

经统计，内府本杂剧中频繁出现的错误词语有“是看”“是说”“是听”“说是么”“做是么”“姓字名谁”“进忠”“进孝”“存铁在手”“闻早下马受降”“三鼕鼓罢”“壮貌堂堂”“略”等，赵琦美分别将其改为“试看”“试说”“试听”“说甚么”“做甚么”“姓甚名谁”“尽忠”“尽孝”“寸铁在手”“及早下马受降”“三通鼓罢”“状貌堂堂”“料”等。在对《脉望馆钞校本古今杂剧》赵琦美校语进行统计的基础上，就会发现这些词语的错误书写不仅非常广泛，在有赵琦美题识且后附穿关的73种内府本杂剧中有，在无赵琦美题识但附有穿关的22种杂剧中也频繁出现，而且在某一种杂剧中的出现频度非常高，如《阳平关五马破曹》杂剧中，

① 杜海军：《赵琦美校勘杂剧之功及对戏曲文学发展的贡献——兼论孙楷第说赵琦美于脉望馆杂剧校勘无功说》，《戏曲艺术》2007年第4期。

“略”改为“料”有11处，“闻早”改为“及早”有3处，“是”改为“试”有3处，“是”改为“甚”有2处。又如《走凤雏庞掠四郡》杂剧中，“是”改为“甚”有6处，“是”改为“试”有1处，“进”改为“尽”有3处，“略”改为“料”有1处，“姓字名谁”改为“姓甚名谁”有2处。这正如孙楷第所云“核其词笔，皆大致相同，如出一手”。据此可以初步推断具有这些错误书写的杂剧即为内府本。

若如此就断定具有这些错误词语的杂剧即为内府本，理由尚有不足。《脉望馆钞校本古今杂剧》所收之刊本、于小谷钞本为这一结论提供了佐证。翻检《脉望馆钞校本古今杂剧》之息机子刊本、新安龙峰徐氏刊本及于小谷钞本，发现源自这三类的杂剧中并没有赵琦美校对这些错误词语的踪迹。据此可知，这些错误词语为内府本所独有，故我们可以得出一个结论，即那些没有赵琦美题识且不附穿关的杂剧中，其中有赵琦美校对这些错误词语的杂剧应该属于内府本，而那些没有赵琦美校对这些错误词语的杂剧则为于小谷本。

据此结论，对照这44种杂剧后发现，这44种杂剧中并没有出现大量校勘这些词语的现象，故大致可以推断出这些杂剧并不似孙楷第所云除个别几本为旧本外，大部分为内府本，而郑振铎所云此类杂剧“大抵是于氏的钞本”确为的论。

另外，赵琦美在校勘时，据内府本录校之杂剧后都附有穿关，这也是判断赵琦美录校杂剧来源之根据之一。如前所云，《脉望馆钞校本古今杂剧》录校杂剧之第二类为据内府本录校之杂剧，其中73种杂剧后既留有赵琦美题识者，且附有穿关，22种杂剧后虽没有赵琦美题识，但附有穿关，郑振铎、孙楷第均认为这22种为内府本。可说在杂剧后附写穿关为内府本之剧本体制。同时赵琦美在录校息机子刊本时，还据内府本对其中7种杂剧补写了穿关，这7种杂剧为《望江亭》《冤家债主》《东堂老》《连环记》《符金锭》《生金阁》《留鞋记》。这显然是赵琦美在录校这批杂剧时，将自己所能得到的内府本均予以收录，如内府本与刊本有同名杂剧时，则将内府本之穿关移录于刊本杂剧后。而在赵琦美录校之不明来历的44种杂剧后，杂剧后并没有附写穿关。如果这类杂剧仅有少数几种，后面不载录穿关或许是抄手漏写而致，但44种杂剧均未载录穿关就非偶然现象，只能说明这些杂剧的来源并不是内府本，这也正好从另一个侧面印证了前面之结论。如此推论正确，则赵琦美据于小谷本录校杂剧的总数当为78种。

第二章　明清时期《西厢记》校勘

明代《西厢记》校勘始于王骥德。《新校注古本西厢记》是《西厢记》校勘中最为精深的一部，它是《西厢记》校勘中第一部将诗文校勘方法运用于戏曲校勘中，并用折后集中出校的方式将校勘结果呈现在读者面前的一部著作。其后，续有学者对《西厢记》进行了校勘，如凌濛初《西厢记五本》、张深之《正北西厢记》。到了清代，《西厢记》校勘乃至元杂剧成就远远比不了明代。《西厢记》校勘方面，仅有毛奇龄《毛西河论定西厢记》。

第一节　王骥德《新校注古本西厢记》

元杂剧校勘的真正揭橥者是王骥德。王骥德有感于《西厢记》“流传既久，其间为俗子庸工之篡易，而以其故步者至不胜句读”，且“恨为盲声学究妄夸笺释，不啻呕哕”① 之故，取前人之本汇校而为《新校注古本西厢记》。

《西厢记》校勘并不始于王骥德，亦不终于王骥德，其前其后均有人对其进行了校勘，从《现存明刊〈西厢记〉综录》② 中可以看出，在题目中带有“校”字样的明代《西厢记》刊本即有《新编校正西厢记》、《重校北西厢记》（继志斋刊本）、《重校北西厢记》（无穷会藏本）、《重校北西厢记》（文学所藏本）、《重校北西厢记》（三槐堂刊本）、《重校北西厢

---

① （元）王实甫著，（明）王骥德校注：《新校注古本西厢记自序》，明万历四十二年王氏香雪居刻本。

② 陈耀旭：《现存明刊〈西厢记〉综录》，上海古籍出版社 2007 年版。

记》（罗懋登注释本）及《重校元本大版释义全像音释北西厢记》等，这些题目中特意注明“校”的《西厢记》版本，都是明代学者有感于《西厢记》版本多舛，力图恢复《西厢记》本真面目而做的努力，如继志斋刊本序云：“余园庐多暇，粗为点定。”凡例中多次出现校勘经过，对用韵之阴阳、开合“恨无的本正之，故仍其旧”，对衬垫字“有元本可据者，悉削之”，对曲中市语、谑语、方语、隐语、反语、折白、调侃语“悉正之”，对宾白间效南调、增偶语类“从元本一洗之”，对诸本句读于调韵不协者“一一正之”等。① 其他现存本中均存在诸如此类的语句。另外，即使那些在题目中并没有明显出现“校”字样的《西厢记》版本，如《碧筠斋古本西厢记》、《新刻考正古本大字出像释义北西厢》、《新刊合并王实甫西厢记》、《北西厢记》（李校本）、《北西厢记》（何璧校刻本）、《元本出像北西厢记》（起凤馆刊本）、《元本出像北西厢记》（挖改本）及《重刻订正元本批点画意北西厢》等，从这些版本现存本序言、凡例、引、正文卷端题字等中亦可以看出，这些版本同样浸淫了刊刻者的校勘心血。如《碧筠斋古本西厢记》卷首《会真记》后所附《凡例》云：“曲中多市语、方言、谑语，又有隐语、方语，有拆白，有调侃。率以己意妄解，或窜易旧句，今悉正之。”“您、恁二字，往往混眷，兹为分别。”②《新刻考正古本大字出像释义北西厢引》云：“胡氏少山，……恳余校录。不佞构求原本，并诸刻之复校阅，订为三帙。”③《新刊合并王实甫西厢记叙》云：“今则辑其近似，删其繁衍，补其坠阙，亦庶几乎全文矣。”④ 当然，我们不能就此断定那些没有上述两种现象的《西厢记》刊刻本没有经过校勘。所有这些共同构成了明代《西厢记》校勘的洪流，并为后世《西厢记》校勘提供了更多可供参考的可贵资料。而且，在这些《西厢记》刊刻本中，亦有校勘精良、足称善本者，如徐士范刊本、金在衡刊本、顾玄纬刊本，深受后此戏曲校勘者称道，王骥德云：“毗陵徐士范、秣陵金在衡、锡山顾玄纬三本稍称彼善。”⑤

---

① 陈耀旭：《现存明刊〈西厢记〉综录》，第41—42页。

② 陈耀旭：《现存明刊〈西厢记〉综录》，第2页。

③ 陈耀旭：《现存明刊〈西厢记〉综录》，第21页。

④ 陈耀旭：《现存明刊〈西厢记〉综录》，第79页。

⑤（元）王实甫著，（明）王骥德校注：《新校注古本西厢记自序》，明万历四十二年王氏香雪居刻本。

王骥德《新校注古本西厢记》是《西厢记》校勘中最为精深之一部，它是《西厢记》校勘中第一部将诗文校勘方法运用于戏曲校勘中，并用折后集中出校的方式将校勘结果呈现在读者面前的一部著作。就其在校勘方式上的开创性和校勘成就而言，称之为《西厢记》校勘之里程碑式著作亦不为过。

一　王骥德校勘版本

王骥德《新校注古本西厢记》所采用版本较多，在此书中，他明确提到了11种版本，其实远不止此，他说当时“余刻纷纷殆数十种”①，只是这些版本因价值甚小而未被他采用。从其凡例可知主要版本有碧筠斋本（筠本）、朱石津本（朱本）、天池先生本（徐本）、金在衡本（金本）、顾玄纬本（顾本）以及各坊本（诸本、今本、俗本）。若碧筠斋本与朱石津本文字相同，则统称为古本，碧筠斋本、朱石津本与徐渭本、金在衡本、顾玄纬本文字相同，则统称为旧本。

碧筠斋本。刻于嘉靖癸卯（1543）年间。王骥德自序中说“既觅得碧筠斋若朱石津氏两古本”，凡例云“古本惟此二刻为的，余皆讹本”，注释中亦“大氏取碧筠斋古注之十二”，因此，他将其作为底本校注《西厢记》。自序说筠本前有淮干逸史序。淮干逸史，不详何人，他说碧筠斋本是前元旧本，并署名董解元作，是不知另有董本的缘故。在体例上，筠本将《西厢记》分为五大折，“每折漫书，更不割截另作起止”。筠本每折不标目，也没有剧名，剧末有总目四句：

张君瑞要做东窗婿　　法本师住持南禅地
老夫人开宴北堂春　　崔莺莺待月西厢记

总目后，筠本还附有“浦东萧寺景荒凉”诗八句，王骥德认为是后人咏《西厢》之作，将之删去。

朱石津本。王骥德自序说“朱石津，不知何许人，视碧筠斋大较相同。关中杜逢霜序，言朱没而其友吴厚丘氏手书以刻者。并属前元旧文，

① （元）王实甫著，（明）王骥德校注：《新校注古本西厢记自序》，明万历四十二年王氏香雪居刻本。

世不多见”，凡例中说朱本较碧筠斋本间有一二字异同，是朱本“稍以己意更易”所造成的。并说此书刻于万历戊子（1588）年。从《新校注古本西厢记》后的注释与校勘可知，朱石津本较其他版本有两方面尤其可堪注意。一是此书是曲文“海南水月观音院”的始作俑者，开启了后世“观音院”“观音现”的争论。二是此书是最早试图将《西厢记》雅化的版本。如第四折〔沉醉东风〕“为曾、祖、父先灵，礼佛、法、僧三宝”句，“曾、祖、父”朱本作“曾、祖、祢”，表现出雅化倾向。王骥德校勘中对朱石津本采用较少，主要原因就是此本“稍以己意更易”，以自己理解随意擅改古籍。

金在衡本。金在衡，生卒年不详，名銮，号白屿，陇西（今属甘肃）人，明代散曲家。金在衡本刊于万历乙卯（1579）年前，朱孟震《河上楮谈》卷二最早提到金在衡本，云：“友人金山人在衡作《西厢正讹》，亦校阅精当，余家有旧注《琵琶》，殊不佳。《西厢》有近刻校正古本，俱列某家本于句读之上，颇佳。金《正讹》内若‘眼将流血，心已成灰’，仍作‘中’‘内’二字，尚当订之也。”[①] 金在衡本是当时曲家公认的善本。焦竑《重校北西厢记序》说：“北词转相摹梓，踳驳尤杂，惟顾玄纬、徐士范、金在衡三刻，庶几善本，而词句增损，互有得失。”[②] 王骥德《新校注古本西厢记》序亦认为“余刻纷纷殆数十种，仅毗陵徐士范、秣陵金在衡、锡山顾玄纬三本稍称彼善”。金在衡自己“少既喜其咏，旁搜远绍积五十年”，其刊本在当时获得一致好评，是有其原因的。今存其序于屠隆《新刊合并王实甫西厢记》中，现过录如下：

> 《西厢记》为崔张传奇，莫详其始。说者谓有风流之士，沉思幽怨，托以自露焉尔。董解元者，取而演之，制为北曲。至王实甫乃更新之，始于创见，终于梦思，为套数凡十有七。仍析而为二，以条其支；会而为一，以要其成。顾其委曲蕴藉，靡丽华藻，为古今绝唱。既而关汉卿再续四折以系于末，词虽不殆，而意自足，世遂并为汉卿所制云。于是薄海内外咸歌乐之，即其传写岂下千百。惜乎梓行者未

① （明）朱孟震：《河上楮谈》，《四库全书存目丛书》子部第104册，齐鲁书社1995年版，第643—644页。

② （明）焦竑：《重校北西厢记序》，《重校北西厢记》，万历二十六年秣陵继志斋刊本。

免于亥豕，口授者莫辨乎黄王。甚有曲是而名则非，曲非而名则是。亦或迂腐附会，妄自援引，强为臆说，因仍既久，牢不可破。故虽老于词宗者，且将忽之，矧其他乎！其尤甚者，淮本是也。至吴本之出，号称详订，自今观之，得不补失。何也？盖由南人不谙乎北律，风气使之然耳。故求调于声者，则协以和；求声于调者，则舛以谬。然则是刻也，固可苛乎？且以一字之讹病及一句，一句之讹病及一篇，姑举其大者而正之：如以〔村里迓鼓〕为〔节节高〕，并〔耍孩儿〕为〔白鹤子〕，合〔锦上花〕二篇为一，〔小桃红〕则窜附〔幺篇〕，〔搅筝琶〕则混增五句。习故弊而不知，略大纲而不问，抑又何哉？下逮一字一句误者，亦夥。今则辑其近似，删其繁衍，补其坠阙，亦庶几乎全文亦。嗟乎！音律之学古以为难，虽前辈极力模拟，仅达影响；至于排腔订谱，自愧茫然。彼以不知强为知者，非其罪人欤！余少既喜其咏，旁搜远绍积五十年，其所得者不过调分南北、字辨阴阳而已……

顾玄纬本。刻于明万历十年前。顾玄纬，生卒年不详。《无锡金匮县志·文苑志》卷二十八《顾玄纬传》云：

顾起经，字长济，更字元纬。为从父可学后，浸淫坟典，从可学官京师，严嵩知其才，要置直庐，属为应制之文，起经逡巡，谢不能，去。以国子生谒选，授广东课盐副提举，兼署市舶。起经素负才气，不能堪下人。嵩婿袁生者，为参议，奴视其属。起经长揖径出曰："吾尚不为尔妇瓮客，而辱鼠子乎？"少詹士黄佐修《广东西通志》，起经与黎惟敬、欧桢佐之。①

焦竑《重校北西厢记序》最早提及顾玄纬本，云："北词转相摹梓，踳驳尤杂，惟顾玄纬、徐士范、金在衡三刻，庶几善本，而词句增损，互有得失。"王骥德自序中亦将之称为善本。顾玄纬本现已佚失，现存《增编会真记杂录序》，现过录如下：

---

① 蒋星煜：《西厢记的文献学研究》，上海古籍出版社1997年版，第371—372页。

《会真记》者，唐仆射元公微之追忆往遇而作也。初微之弱冠客蒲，私于郑女莺莺氏。每酬欢，缚札以通惠好。不数载，萌悔，各弃之去。乃亵放自嫌，侂避他姓，称张生云。其游杨景李公垂知，异之，赠以诗歌，备载《丽情传奇》即《野客丛书》。盖昉之《会真》者，种有几也。迨宋《比红儿诗解》并苏内翰注，指张生为张籍，是不惟与张、元放榜时日矛盾，第于铏、楙、君房诸编，并未之参諗邪！况元《铭》其郑姨并白、韩两家为元《志》，已妻，二文犹为左券。此固不待王铚所辨，亦彪彪明矣。昔称《周秦纪》、《春梦录》并《会真记》，钧之自陈其失，余为不然。尝闻《诗》之《抑》戒，《书》之《泰誓》，《易》之《复》自道，孔子咸有取焉。乃知元之震于无咎，犹有秦卫之遗，岂徒自陈之耳哉！余独怪夫金元晚代，肇填曲子，故校士敹题崔张事。时董学士、关院尹辈，矌美元《记》而记之，悉署其褍曰《西厢》。其嘲风弄月之思，钉壁投梭之态，咸自《会真》始。犆乐府者流，知《西厢》作于关、董，不知《录鬼簿》疏云王实甫作。岂实甫、汉卿俱家大都而遂误邪？抑关本有别行者邪？今董记已刻之吴门，惟王四大出外，或称关补。是徒竞斗纤秾，漫积篇什，罄且狗袭，讹舛谁暇远叶制作之原？若其教坊部头，不过究坐立之伎，习乐句之节，于二《记》盲然，孰知为阿谁作乎？兹咨凡俗所宜契者，附《西厢记》契之；其諳律杀调旧相鳌者，余粗为删夷而栉比之，复拾崔张本末以益之于誃帙，岂但为鼎革悔尤、标帜材俊而已乎！爰语辞客，为歌工告之故。壬戌中秋前摄朱明，洞天仙史顾玄纬漫题于洴澼溪上。（越五稔，隆庆改元。春仲仍过阳羡，棹溪湄，载出旧编对勘一过，曾无错漏，寔惟题之。昔校之，今尽客斯境，起数之偶尔邪？迨行李抵舍，居三岁而入之梓。汉人云：书非一顿而成者，自古记之矣。况头白易而汗青难，毋特居巢子所叹。玄纬重题）

顾玄纬是明代较早提出《西厢记》作者为王实甫，反对“关补说”，但他认为关汉卿另有一本《西厢记》别行于世的说法则未免臆测。王骥德认为顾玄纬本“类辑他书，似较该洽，恨去取弗精，疵缪间出”，但校勘中对顾玄纬本“该洽”之处亦多所采用。如第二折《投禅》〔四煞〕：“《礼记》，妇人四德：德言容功，旧俱作德言容貌，容与貌重，且四德缺一。顾玄纬本作工貌，今从之。工，本作功，今更正。”

另外，从校文中看，王骥德校勘中还采用了董解元《西厢记诸宫调》本、秣陵本、徐士范本、夏本、《雍熙乐府》本等版本。

董本。相较于后来其他《西厢记》校注者来说，王骥德《新校注古本西厢记》所做工作中比较突出的一点就是他不仅用各种《西厢记》版本进行校勘，还将其与董解元《西厢记诸宫调》做了从头到尾的全面的对照比勘。如第一折《遇艳》〔胜葫芦〕“董词‘宫样眉儿山势远’。古本作弓样，殊新，但下既言月偃，又曰弓样，两譬喻似重，今从宫”。第五折《解围》〔混江龙〕“首句，古本作‘落花成阵’。与下‘燕泥句’两落花矣。秦淮海词‘落红万点愁如海’。又‘落红万点’，亦董语也。从今本作‘落红’，是”。〔油葫芦〕“‘睡又不稳’，诸本作‘不宁’，‘宁’字是庚清韵，非。‘登临不快勿断’，七字句，衬二字。董词‘待登临又不快，间行又闷，坐地又昏沉睡不稳，只倚着个鲛绡枕头盹’，朱本作‘间行又困’，较俊，似胜‘闷’字，第董本作‘闷’，今并存之”。第十一折《逾垣》〔搅筝琶〕“‘身子诈’，古本作‘乍’。打扮的诈，犹言打扮得乔也。董词‘不苦诈打扮，不甚艳梳掠’可证。‘乍’字无据，今不从”。第十三折《就欢》〔元和令〕“半拆，言半开，董词‘穿对儿曲弯弯的半拆来大弓鞋’。诸本俱作‘折’，非。”〔煞尾〕“下香阶二句，形容其会合之后，倦态难胜也，此时将及天晓，故曰今夜早些来，董词‘嘱咐你，那可人的姐姐教今夜早些来’。俗本作‘明夜’，非”。第十五折《伤雅》〔收尾〕“大小，北人乡语，谓多少。词隐生云：‘犹言偌大也。’徐云：‘宋儒语录多用之。’邵康节谓：‘程明道兄弟大小聪明。’董词：‘大小身心，特下打叠不过。’又‘闷打孩儿地倚着窗台儿盹，你寻思大小郁闷。’又《蓝采和》剧‘出来的偌大小年纪。’又马东篱《荐福碑》剧‘他那年纪儿是大小可证。’俗本却改云‘量着这些大小车儿。’而释之者于大字下一断，谓‘这些大的小车儿如何载得起’，以为独得之见，俗士复群然赏之。毋论元本元意，元不如此。即如此作句，宁得成语也。盖莺莺从荒郊众旅中，见往来之车甚多，其形如已之离愁，无可比拟，故言举目之间，量着这多少车儿可载得起耶，非真大小之谓也”。从这些校语来看，王骥德对《西厢记诸宫调》是十分重视的，将之视为校勘的主要依据，某种程度上其重要性还要超过作为古本“准的”的碧筠斋本和朱石津本。他这样做，很多都是可取的，如上举诸例，但也有一些地方墨守其旧，正如他在凡例中所云：“注中，凡曲语袭用董记者，虽单言片语，必曰董本云云。”他的这一标准不仅适用于注释中，校勘中亦严格遵循这一准则。这样必然在校勘中存在牵强附会之误。如第一折《遇艳》〔柳叶儿〕“粉墙儿高似青天，恨天，天不与人方便”，王骥德认为：“天天，连读勿断。董词‘天天闷得人来彀’，《琵琶记》‘问天天怎生结束’一例，恨字，是衬字，俗以‘恨天’作句，谬甚。”他将“恨”字看作衬字，而强行把“天天”二字连读，造成曲牌少句的错误。在这里“谬甚”的显然是他而不是俗本。

秣陵本。王骥德校勘中两次引用到秣陵本，如第十九折《拒婚》〔小桃红〕“古本及诸本调首有若不是三字，遂并全调文理不通，惟秣陵本无之，今从”。第二十折《完配》〔搅筝琶〕“今本‘不甫能得做夫妻’，妻字不韵，古本作‘妻夫’，良是，但与上句下了些死工夫，押两夫字重，秣陵本作‘夫妇’，妇字，复仄声，不叶，今并存。金本以至如夫人诰敕，县君名称二句，作白，渠以较元谱多此两语，且俱不韵故耳。朱本亦遂因之。不知此调未瑕增减句字，与句不必韵，元有此体。白仁甫《秋夜梧桐雨》剧‘他不如吕太后般弄权，武则天似篡位，周褒姒举火取笑，纣妲己敲筋观人，早间把他哥哥坏了，贵妃有千般不是，看寡人也合饶过他一面擒拿’。上六句全不用韵，直至末句，以一韵收之，正此体也”。他在校勘中，涉及秣陵本的地方一概据此为准。因自序中他曾提到“秣陵金在衡本”，〔小桃红〕曲中提到“古本”与“诸本”，古本为碧筠斋本与朱石津本，诸本为各坊本，唯独没有提到顾本与金本，所以大多数人将秣陵本看作金在衡本。但通过后一例却可看出，秣陵本并不是金在衡本。若秣陵本就是金本，校语中就不会出现自相矛盾之处。

徐士范本。王骥德自序说昆陵徐世范本“稍称彼善”“徐本间诠数语，偶窥一斑”。此书今尚存，可与《新校注古本西厢记》两相比勘。王骥德校勘中时采其说，如第二折《解围》〔混江龙〕“金粉，徐本作胭粉，清减，作玉减。用金粉无谓，不若从胭粉”。又如第十二折《订约》〔圣药王〕“徐本以此曲置〔东原乐〕后，观上下语势，良是。但自来〔圣药王〕曲，必与〔秃厮儿〕相次。今并存之”。

徐士范本是今存最早以二十出体例排列的《西厢记》刊本，且每出以四字标目。徐士范本标目有两种：一为书前总目：

第一出佛殿奇逢	第二出僧房假寓	第三出墙角联吟
第四出斋坛闹会	第五出白马解围	第六出红娘请客

第七出母氏停婚　第八出琴心写恨　第九出锦字传情
第十出玉台窥简　第十一出乘夜逾垣　第十二出倩红问病
第十三出月下佳期　第十四出堂前巧辩　第十五出秋暮离怀
第十六出草桥惊梦　第十七出泥金捷报　第十八出尺素缄愁
第十九出诡谋求配　第二十出衣锦还乡

一为书后《北西厢记释义大全》标目：

第一出佛殿奇逢　第二出僧房假寓　第三出墙角联吟
第四出斋坛闹会　第五出白马解围　第六出红娘请客
第七出夫人停婚　第八出莺莺听琴　第九出锦字传情
第十出妆台窥简　第十一出乘夜逾垣　第十二出倩红问病
第十三出月下佳期　第十四出堂前巧辩　第十五出长亭送别
第十六出草桥惊梦　第十七出捷报及第　第十八出尺素缄愁
第十九出郑恒求配　第二十出衣锦还乡

两目不尽完全相同，如第七、八、十、十五、十七、十九出，且第八出书前总目与正文亦不同，正文为琴心写怀，总目为琴心写恨。对于这种现象，学者指出："这表明两者有不同的来源，从《释义大全》有许多地方不仅不与徐士范本的题评和行批相一致，而且后者还经常对前者提出质疑和驳难的情况来看，《释义大全》的形成时间要比徐士范本的题评和行批早，它并非是徐士范本所原有，而是从其他刊本移植来的。这说明在徐士范本前，有出目的《西厢记》刊本已存在。"①

《新校注古本西厢记》所采用版本还有夏本。夏本具体情况不明，王骥德在其中也没有做更多的说明。在校勘中仅有一例。如第六折《邀谢》〔脱布衫〕"古本'启蓬门'，或作'启朱唇'，遂以张生唱，误。词隐生云'寺中不必言蓬门'，不若从夏本作'朱扉'。今并存"。

《雍熙乐府》本亦是王骥德校勘所用版本。在凡例中王骥德虽说"《雍熙乐府》，全集皆散见各套中，然亦今本，不足凭也"，但在校勘中对其合理之处亦加以采用。如第二十折《完配》〔乔牌儿〕末句"《雍熙乐府》作'有些事故'，以'甚'字仄声，不叶耳，然此句谱只五字，以'有'

① 张人和：《今传"仇文书画合璧西厢记"辨伪》，《文献》1997年第4期。

字作衬字，自叶矣”。

另外，王骥德除采用当时版本作为校勘依据外，还将当时一些曲家对《西厢记》的研究成果作为立论根据，来加强自己校勘结论的合理性。这些曲家有徐渭、沈璟、何元朗等人。

徐渭。王骥德自序云：“故师徐文长先生论曲大能解颐之，尝订存别本。”此本即指徐尔兼藏本。徐尔兼，徐渭之子。卷六附录说徐渭“时口及崔传，每举新解，率出人意表”，“余往见凡数本，惟徐公子尔兼本较备而确，今尔兼没不传。世动称先生注本，实多赝笔，且非全本也”。可见当时就出现了多种徐渭批点《西厢记》版本，仅王骥德所见徐尔兼本最为详备，但因其去世而不得流传。王骥德此书所存徐渭点评则对考证此类版本具有绝大价值。凡例所云天池先生本即此本，在校勘中通常以“徐云”提点。王骥德虽尊从徐渭，但对其《西厢记》研究并没有盲从，《新校注古本西厢记》卷六《附评语十六则》说：“天池先生解本不同，亦有任意率书不合窾者，有前解未当，别本更正者。大都先生之解，略以机趣洗发，逆志作者，至声律故实，未必详审。余注自先生口授而外，于徐公子本，采入较多。今暨阳刻本，盖先生初年厓略之笔，解多未确；又其前题辞，传写多讹，观者类能指摘。至以实甫本为董解元本，又疑董本有二，此尤未定之论。”如《听琴》《问病》诸折中出现的错误，所以王骥德说：“盖先生实不知此调，故中有数句不韵一体，故余注本皆弃去不录。”

沈璟，明代著名的戏曲家和戏曲理论家，吴江派领袖。沈璟对此书亦颇为关注，王骥德在书信后跋语中说：“先生以注本寄还，谆谆嘱其人勿风雨渡江，致使不虞。越三日而别书之踵间已至。”可见此书曾寄沈璟阅过，其间二人应就此进行了充分的讨论。王骥德在校注中亦对沈璟点评之语颇为看重，将之作为评判是非的重要依据。如第一折《遇艳》〔混江龙〕“词隐生云：俗人机，俗字，《中原音韵》叶作平声，似不如改为世字为妥。”第二折《投蝉》〔尾〕“古本首有‘谁想’二字。花解语，玉有香，古有是语，今于莺莺始信，故曰‘谁想’，言不想真有这样人也。词隐生云‘有此二字反滞，不若从今本删去’”。第六折《邀谢》〔脱布衫〕“古本‘启蓬门’，或作‘启朱唇’，遂以张生唱，误。词隐生云‘寺中不必言蓬门’，不若从夏本作‘朱扉’。今并存”。第十折《省简》〔醉春风〕“朱本‘玉斜横’，诸本俱作‘玉横斜’，但对下‘云乱挽’则当，从‘玉斜横’为的。诸本‘日高犹自不明眸’语颇费力，诸本作‘凝眸’，谓注视也。言日高而月尚朦胧未开也。词隐生引《洛神赋》'明眸善睐'，谓语非无出，今并存之，然似终有误字"。〔斗鹌鹑〕"古本'畅好乾'，今本作'奸'，徐云'畅好乾，乾之甚也。巧语花言，即上觅人破绽之意。谓我着甚要紧，管你这事，你今日对我有许多巧语花言伤犯着人，到背地里却又愁眉泪眼，不能自持也'。词隐生云'乾似不如奸字明白'。言莺之奸诈为甚也。然接上文受艾句语气，则'乾字'就红娘言，又似较胜耳，今并存"。〔三煞〕"古本'为头看'，今本作'回头'。'为头看'，犹言从头看也。谓莺约你偷期，而又以恶言伤我，我且从头看你这离魂倩女与掷果潘安两个，到其间如何做事，如何瞒我也。离魂掷果俱不作用力看，只借言倩女潘安而带言之耳。如此解，庶与上下文势相贯。古注谓起初就看见你倩女欲投果潘安，言莺莺先去调戏张生，语气既懈。徐说'红恨莺瞒己，又辱己，而拟欲管束之，谓我且看这倩女如何离魂，如何掷果，犹言决瞒我不得也'。此又与上下意不属。词隐生云'为字难解，不如回头明白'。今并存"。第十一折《逾垣》〔雁儿落〕"古本'中长话'，今本作'衷肠'。中长话，犹言有道理好说话也。言非是我每妄自尊大，待说几句中长好话以教训你，你读书人，缘何不用心文学，而如此大胆好色也。古注以中长话无由，欲从衷肠。词隐生亦云'中长二字似太生涩，然安知非当时常用方语也'。今并存"。第十四折《说合》〔麻郎儿么〕"记中凡'乾休'，或作'干休'，朱本作'甘休'，词隐生云'甘休、乾休皆可。干休，则传讹耳'"。第十五折《伤雅》〔朝天子〕"'玉醅'，古本作'玉杯'，词隐生云'玉醅胜'。古词'莫恨银饼酒尽，但将妾泪添杯'。董词'一盏酒里，白泠泠的滴够半盏来泪'"。第十七折《报第》〔醋葫芦〕"古本'泪点儿固自有'，犹言元自有也。词隐生欲作兀自，固、兀，声相近似"。第二十折《完配》〔折桂令〕"'吃敲才'，骂郑之词。《曲江池》剧'那其间，悔去也吃敲贼'。《酷寒亭》剧'吃剑敲才'。罗贯中《龙虎风云会》剧'一个个该剐该敲'。古本作'敲头'，无据。敲亦刑也。词隐生云'南曲所谓乔才，乃敲才之省文讹字也'。孙继昌散套：'寄与你个三负心的敲才自思省。'"在这些校勘中，或是将其点评作为结论，或是并存，都可见对其点评的推崇之重。

何元朗，当时曲家、理论家。王骥德在校注中亦采用了其点评一例。如第八折《写怨》〔绵搭絮〕"何元郎谓后第三折'眉黛远山不翠'四句为失韵，此四句亦然。俗士对群然疵之，至有欲私为改易者，不知北词故有此法。元诸剧中，如〔混江龙〕调有中段全不用韵，三字或四字成文，至一二十句许，〔搅筝琶调〕末段不韵，至六七句许者，实甫守法故严，且两曲俱〔绵搭絮〕，前却寻归路一调，又复不尔，故知此属变体，特庸人未考耳”。

在音韵方面，王骥德所据准的为《中原音韵》，“记中用韵最严，悉协周德清《中原音韵》，终帙不借他韵一字，其有开闭不分，甲乙互押者，皆后人传误，今悉订正”。① 如第一折〔混江龙〕“俗人机”之“俗”字，“《中原音韵》叶作平声，似不如改为世字为妥”。又如第四折〔折桂令〕“心痒难猱之猱，诸本作挠，朱本及元人诸剧，用此语者，皆作猱。挠，本上去二声，平声诸韵书无此字，惟周德清《中原音韵》有之，盖亦元人相沿之误。揉，本音柔，又皆猱字字形相近之误。猱，猴属，能为虎猱痒而食其脑，故世谓妓女为猱。今改正”。第十一折〔德胜令〕“诸本旧作非奸做贼拿，于本调不叶，今更定。词隐生云：《中原音韵》贼字，叶平声，易作盗字佳。今从”。偶尔也采用《太和正音谱》以作校勘，“各调曲有限句，句有限字，世并衬、增、抢带等字漫书，致长短参差，不可遵守。今一从《太和正音谱》考定其衬、增等字，悉从中细书，以便观者”②。如第五折〔元和令〕“盖〔元和令〕末句末字，《正音谱》元作平韵，他曲间有用仄韵者”。

二　王骥德校勘中引证书目、剧目

《新校注古本西厢记》在校勘中，还引用了大量的古书加以佐证，诗、词、曲以及各种笔记小说均广泛应用，显现出其校勘的科学性。现将其罗列如下：

折数	曲牌	引用书目剧目等
第一折	点绛唇	杜诗、乔梦符《金钱记》
	天下乐	杜诗、《博物志》《独异志》《荆楚岁时记》《杜诗》
	胜葫芦	南戏《琵琶记》
	赚煞	关汉卿《玉镜台》、郑廷玉《王粲登楼》、贾仲名《重对玉梳记》、白仁甫《墙头马上》、《虎头牌》、《单鞭夺槊》、《渔樵记》、《萧淑兰》、《后庭花》、《符金锭》、《射柳蕤丸》、诸散曲

① （元）王实甫著，（明）王骥德校注：《新校注古本西厢记例》，明万历四十二年王氏香雪居刻本。

② （元）王实甫著，（明）王骥德校注：《新校注古本西厢记例》，明万历四十二年王氏香雪居刻本。

续表

折数	曲牌	引用书目剧目等
第二折	耍孩儿四煞	《礼记》
第三折	调笑令	乔梦符《两世姻缘》、白仁甫《梧桐雨》
第五折	混江龙	秦淮海词
	寄生草	杂剧《冤家债主》、南戏《王魁负桂英》
	叨叨令	杂剧《蓝采和》
	白鹤子一煞	《墨蛾小录》、《辍耕录》、元院本
第六折	上小楼	《㑇梅香》
第七折	五供养	《梧桐雨》、《汉宫秋》、散套
	庆宣和	马东篱词
	离亭宴带歇拍煞	骆宾王《帝京篇》
第八折	调笑令	《神僧慧乡传》
第十折	小梁州么	《西汉天文志》《淮南子》《博雅》《青衫泪》
	上小楼	马东篱《岳阳楼》、《鲁斋郎》
	耍孩儿四煞	李公垂《莺莺歌》
第十一折	离亭宴带歇拍煞	《辍耕录》
第十二折	天净沙	王元鼎词
	秃厮儿	马东篱《荐福碑》、《风雪渔樵记》、周献王《曲江池》
第十四折	斗鹌鹑	关汉卿《谢天香》
	调笑令	王实甫《芙蓉亭》
	小桃红么	元刘庭信词、《百花亭》
第十五折	朝天子	古词
	收尾	《蓝采和》《荐福碑》
第十六折	搅筝琶	《梧桐雨》
	水仙子	《礼记》《史记》《诗经》
第十八折	迎仙客	《汉宫秋》
	耍孩儿二煞	《南史·陆凯寄范晔诗》
第十九折	斗鹌鹑	《举案齐眉》
	圣药王	《蓝采和》
第二十折	乔牌儿	《雍熙乐府》
	搅筝琶	《梧桐雨》
	折桂令	《曲江池》、《酷寒亭》、《龙虎风云会》、孙继昌散套

三 王骥德校勘方法与内容

王骥德在《新校注古本西厢记》凡例三十六则中明确其校勘方法，现抄录如下：

一 记中，凡碧筠斋本曰筠本，朱石津本曰朱本，二文同，曰古本。天池先生本，曰徐本。金在衡本，曰金本。顾玄纬本，曰顾本。古今本文同，曰旧本。各坊本曰诸本，或曰今本、俗本。

一 碧筠斋本，刻嘉靖癸卯，序言是前元旧本，第谓是董解元作，则不知世更有董本耳。朱石津本，刻万历戊子，较筠本间有一二字异同，则朱本稍以己意更易，然字画精好可玩。古本惟此二刻为的，余皆讹本。今刻本动称古本云云，皆呼鼠作朴，实未尝见古本也，不得不辨（《雍熙乐府》，全集皆散见各套中，然亦今本，不足凭也）。

一 订正概从古本，间有宜从别本者，曰古作某，今从某本作某。其古本今本两义相等，不易去取者，曰某本作某，某本作某，今并存，俟观者自裁。或古今本皆误宜正者，直更定，或疏本注之下。

一 注，与註通，古注疏之注，皆作注，今从注。

一 元剧体必四折，此记作五大折，以事实浩繁，故创体为之，实南戏之祖，旧传实甫作，至草桥梦止，直是四折，汉卿之补，自不可阙，然古本止列五大折。今本离为二十，非复古意。又古本每折漫书，更不割截另作起止，或以为稍刺俗眼，今每折从今本，仍析作四套，每套首，另署曰第一套、第二套云云，而于下方，则更总署曰今本第一折、第二折至二十折而止（此折与五大折之折不同），以取谐俗，折取转折之义。元人目长曲曰套数，皆本古注旧法《辍耕录》云：成文章曰乐府，有尾声曰套数。

一 元人从折，今或作出，又或作齣，出既非古，齣复杜撰，字书从无此字，亦无此音。今试举以问人，辄漫应曰：摺，旧戏往往取以标其节目。恬不知怪，是大可笑事。近《詅痴符》传以为齣，盖齝字之误，良是。其言谓牛食已复出嚼曰齝，音答，传写者误以台为句，齝、出声相近，至以出易齝。又引元乔梦符云：牛口争先，鬼门让道语。遂终传皆以齝代折，不知字书齝本作䶗，又作呞，以䶗作齣，笔画误在毫厘，相去更近，非直台、句之混已也。即用䶗，元剧以不经见，又刺今人眼益甚，故标上方者，亦止作折。

一　古本以外扮老夫人，署色止曰夫人，又店小二、法本、杜将军皆曰外，本又曰洁。张生曰末，莺莺曰旦，红娘曰红，欢郎曰徕，法聪、孙飞虎及郑恒，皆曰净。慧明曰慧，琴童曰仆，今易末曰生，易洁曰本，易徕曰欢，店小二直曰店小二，亦为谐俗设也。

一　北词以应弦索，宫调不容混用，惟楔子时不相蒙（谓引曲也）。凡宫调不伦、句字鄙陋，是后人伪增者，悉厘正删去。

一　记中用韵最严，悉协周德清《中原音韵》，终帙不借他韵一字，其有开闭不分，甲乙互押者，皆后人传误，今悉订正。

一　古剧四折，必一人唱，记中第一折四套皆生唱，第三折四套皆红唱，典刑具在。惟第二四五折，生旦红间唱，稍属变例。今每折首总列各套宫调，并疏用某韵，及某唱于下，亦使人一览而知作者之梗概也。

一　《中原音韵》凡十九韵，记中前四折，各套各用一韵，惟第二折第二套中吕曲，重用庚青一韵，稍称遗恨。至第五折之重用尤侯、支思、真文三韵，补用鱼模一韵，此亦他人续成之一验也。

一　元剧首折多用楔子引曲，折终必收以正名四语，记中第一三四五者，皆有楔子，如〔赏花时〕、〔端正好〕等一二曲，每折后皆有正名等语，古法可见。至诸本益以〔络丝娘〕一尾，语既鄙俚，复入他韵，又窃后折意提醒为之，似挡弹说词家，所谓且听下回分解等语，又止第二三四折有之，首折复阙，明是后人增入，但古本并存。又《太和正音谱》亦收入谱中，或篡入已久，相沿莫为之正耳。今从秣陵本删去正名四语。今本误置折前，并正。

一　今本每折有标目四字，如佛殿奇逢之类，殊非大雅，今削二字，稍为更易，疏折下，以便省检，第取近情，不求新异。

一　各调曲有限句，句有限字，世并衬茺抢带等字漫书，致长短参差，不可遵守，今一从《太和正音谱》考定其衬茺等字，悉从中细书以便观者。衬字以取谐声，不泥文字，识曲者当自得之。

一　记中曲语，有为俗子，本不知曲，妄加雌黄（如谓幽室灯青等曲为失韵之类）、字面妄加音释者（如风欠音作风要之类），悉绪正其枉，并详载注中。

一　记中有古今各本异同，义当两存者，已疏注中，于文本复揭曰某，古作某，或今作某。第省一字字，及本字，恐观者未遑检注，故不避复。

一　唱曲字面，与读经史不同，故记中字音，悉从《中原音韵》，与他韵书时有异同。

一　各曲平仄有法，其入声字，元派入平上去三声，不能字为音切，用朱本例。每字加圈以识。惟遇叶韵处，有同声者加音，无同声而恐混他音者加反，或止曰叶某字某声，值难识字面，间加音反，遇入声亦派入三声，云叶某某字，或一字再见，于前一字加音，后止加圈，以从省例。韵脚字有作他音者，虽易识字亦加音，后有仍押此韵者，曰后同，或不尽载，当以类推。宾白遇难识字面，间疏本白下，余则止于转借加圈。

一　记中有一字而具二音或三四音者，不能遍释，须人自理会，其易识者，遵古发字例，止以圈代音，亦从省例发字例，见《史记》。二音，如朝（昭）、朝（潮）、相（去声）、相（去声）、著（张略反）、著（直略反）、厮（平声）、厮（入声）之类，止于后一字加圈（凡入声之著，尽叶作平声，厮，尽叶作去声）。三音如平声强弱之强，上声勉强之强，去声倔强之强之类。止于后二字加圈。皆本古法，余可类推。其易混字，如脸之或音检（如“脸儿淡淡搽”之脸音检或音作敛上声，如“把个发慈悲脸儿蒙著”之脸音敛），用各不同，于敛音特加区别。俗音字，如的字本作上声，今人尽读作平声，概不加音，俟人通融为用。他如善恶之恶，《中原音韵》，元叶作去声，加圈则混于好恶之恶之类，更不著圈，又更字之平去二声加圈，那字之平上去三声加圈之类，皆以便观者。

一　记中，凡入声字，俱准《中原音韵》，叶作平上去三声。其中间有其字叶，而施于句中，与本调平仄不叶者，不得不还本声，及借叶以取和声如（第一折第一套〔赏花时〕曲“人值残更浦东郡”之值字，元以入叶平，然句中法宜用仄，却加圈，借作去声。第四套〔锦上花〕曲“怎得到晓”之得字，元以入作上，然句中法宜用平，却加圈，借作平声之类），仍疏本曲下，观者勿訾其失叶。

一　记中，每与们时通用，得与的时借用，惟恁之为如此也，您之为你也，俺、喒、咱之为我也，咱又与波沙呵、偌兀地之为助语也，皆当分别。

一　各调，句或一字，或二字、三字以至七字，参错不一，惟至八九字以外，是加衬字，自来歌者，于一、二字句，多误连上下文，致本调遂少一句，或断一句为两，致本调遂多一韵，今于本文悉加句读，令可识别。其有句中字必不可摘作衬书者，间从大书，亦正音谱例也（读音窦。意尽为句，从傍断；意未尽为读，从中略断）。

一　记中，有成语（如惺惺惜惺惺之类），有经语（如靡不有初，鲜克有终之类），有方语（如颠不剌之类），有调侃语（如渌老之类），有隐语（如四星为下梢之类），有反语（如与我那可憎才之类），有歇后语（如不做周方之类），有掉文语（如有美玉于斯之类），有拆白语（如木寸、马户、尸巾之类），皆当以意理会。

一　俗本宾白，凡文理不通及猥冗可厌、及调中多参白语者，悉是伪增，皆从古本删去。

一　注中，凡曲语袭用董记者，虽单言片词，必曰董本云云，以印所自出，仍加长围，恐其与注语前后文相混也。

一　凡注，从语意难解，若方言，若故实稍僻，若引用古诗词句，时一著笔，余浅近事，概不琐赘，非为俗子设也。

一　凡引证诸剧，首一见，曰元某人某剧云云，后止曰某剧，亦从董例，以长围围之。若见他书者，止曰某书云云，更不著围。

一　凡采用碧筠斋旧注及天池先生新释，并不更识别，时间揭一二。筠注曰古注，徐释曰徐云，今本直曰俗注。凡词隐先生笔，曰词隐生云，盖先生自称也。

一　注中，词隐先生评语，若参解颇繁，载仅十五；惟时著朱圈处，手泽尚新，今悉标入。

一　《考正》中，莺莺本传见《太平广记》。《虞初志》、《侯鲭录》、《艳异编》，各文互有异同，俗本转为讹谬，今悉本四书参定。即有未妥，亦仍旧文。其彼此不同，宜并存者，间疏上方。

一　王性之，故宋博雅君子。《辨正》作，而千古疑事，烂在目睫。偶附所见，业为性之补阙，非敢云猥乘其隙也。

一　顾本杂录唐宋以来诗词及题跋诸文，间有佳者。或鄙猥可嗤，或无系本传事者，悉删去。其旧本未收，及各志、铭宜采者，俱续补入。

一　逐套注，即附列曲后，一便披阅。亦惧漫置末简，易作覆瓿资耳。

一　坊本有点板者，云传自教坊，然终未确，不敢溷入。

一　本记正讹，共八千三百五十四字曲一千八百二十五字，白六千五百二十九字。其传文及各考正共三百七十三字。

一　绘图似非大雅，旧本手出俗工，益憎面目。计他日此刻传布，必有循故事而附益之者。适友人吴郡毛生出其内汝媛所临叔宝《会真卷》索诗，余为书《代崔娘解嘲四绝》，既复以赋命，曰“千秋绝艳”，盖其郡人周公瑕所题也。叔宝今代名笔，汝媛摹手精绝，楚楚出蓝，足称闺阁佳事。漫重摹入梓，所谓未能免俗，聊复尔尔。

王骥德此凡例明显受到继志斋刊本《重校北西厢记》凡例的影响。继志斋刊本《重校北西厢记》是现存最早的元杂剧校勘凡例，据学者考证，此凡例系农洞山农（焦竑）《重校北西厢记》，后来秣陵继志斋陈邦泰重刊时将其保留了下来。① 现过录如下：

一　诸本首列“名目”，今类作“题目”，但教坊杂剧并称“正名”，今改“正名”二字，亦末泥家本色语。

一　旧本以外扮老夫人，末扮张生，净扮法本作洁，扮红娘曰旦俫，亦今贴旦之谓也。按：由来杂剧、院本皆有正末当场男子谓之末。末，指事也，俗称为末泥、副末古为苍鹘，故可以扑靓者，靓盖孤也。如鹘之可以击孤，若副末常执磕瓜以扑靓也、狚当场妓女谓之狚。狚，猿之雌者也，又曰猵狚，其性好淫，俗呼为旦、孤当场扮官长者、靓傅粉墨者谓之靓，当场善顾盼献笑者也，俗呼为净，非、鸨妓之老者曰鸨。鸨，似雁而大，无后趾，身如虎文，性淫无厌，诸鸟就之即合。俗呼独豹，今称鶬者是也、猱妓女总称。猿属，喜食虎肝脑。虎见而爱之，常负于背以取虱，辄溺其首，虎即死，随求肝脑食之。故古以虎喻少年，以猱喻妓也、捷讥古谓之滑稽，即院本中便捷讥讪是也。俳优称为乐官、引戏即院本狚也九色之名，但今名与人俱易，正之实难，姑从时尚。

一　《中原音韵》有阴阳、有开合，不容混用。第八出〔绵搭

① 黄季鸿：《〈西厢记〉研究史（元明卷）》，中华书局2013年版，第242页。

絮〕"幽室灯青"、"几棍疏棂"，八庚入一东；十二出"秋水无尘"，十一真入十二侵，俱属白璧微瑕，恨无的本正之，姑仍其旧。

一 词家间有衬垫字，善歌者紧抢带叠用之，非其正也。《中原音韵》载〔四边静〕"今宵欢庆"一折，止三十一字。今诸本俱三十六字，则为流俗妄增者多矣。又载〔迎仙客〕："雕檐红日低，画栋彩云飞，十二玉阑天外倚。望中原，思故国，感叹伤悲，一片乡心碎。"七句三十二字，今十八出〔迎仙客〕，俱作十句，五十八字。甚者，衬字视正腔不啻倍蓰，岂理也哉？今有元本可据者，悉削之。

一 曲中多市语、谑语、方语，又有隐语、反语，有折白，有调侃。不善读者率以己意妄解，或窜易旧句，今悉正之。

一 杂剧与南曲，各有体式，迥然不同。不知者于《西厢》宾白间效南调，增〔临江仙〕、〔鹧鸪天〕之类。又增偶语，欲雅反俗。今从元本一洗之。

一 沙、波、么，是助词；俺、喒、咱，是"我"字；"您"是"你"字；"恁"是"这般"。惟"您""恁"二字，往往混誊，读者切须分辨。

一 〔络丝娘煞尾〕随尾用之，〔双调〕、〔越调〕不唱，悉从元本删之。

一 诸本释义浅肤讹舛，不足多据，予以用事稍僻者而诠释之，题于卷额，余不复赘。

一 诸本句读于词义虽通，于调韵不叶者，今皆一一正之。

秣陵陈邦泰校录

从王骥德凡例三十六则可知，王骥德在校勘《西厢记》时做了以下几个方面的工作。

第一，在杂剧体例方面，将《西厢记》分为五折二十出，每折二字标目。

今存最早为《西厢记》分折的版本是弘治本《西厢记》①。"弘治本是现存最早的能反映古代将《西厢记》全剧分作五折而不是五本或五卷的刊

① 学者据弘治本注释中重见条目考证，认为弘治本前就已存在分折本。

本。"[①] 弘治本将《西厢记》分为五卷，各卷首题《奇妙全相注释西厢记卷之×》，每卷下分折，各卷四折，仅第二卷五折，共二十一折。每卷下列名目，分别是：焚香拜月、冰弦写恨、诗句传情、雨云幽会、天赐团圆。

此后，《西厢记》分折开始成为一种普遍现象，呈现出两大系统。一是分本系列，有两种类型：一种是分本（卷）不分折的刊本，如《新编校正西厢记》残叶；一种是分本（卷）分折的刊本，如弘治本、凌濛初本等。另一系列为不分本系列，也有两种类型：一种为有出目的刊本，如徐士范本等；一种则是无出（折）目的刊本，如屠隆校正本等。[②]

王骥德《新校注古本西厢记》属于分本系列。王骥德依据碧筠斋本与朱石津本体例将其分为五大折，但依今本体例在折下分二十出则为自己独创。"元剧体必四折，此记作五大折，以事实浩繁，故创体为之，实南戏之祖。……然古本止列五大折。今本离为二十，非复古意。又古本每折漫书，更不割截另作起止，或以为稍刺俗眼，今每折从今本，仍析作四套，每套首，另署曰第一套、第二套云云，而于下方，则更总署曰今本第一折、第二折至二十折而止。（此折与五大折之折不同）以取谐俗，折取转折之义。"王骥德认为"五大折"的做法是受到了当时传奇的影响，是《西厢记》传奇化的结果。因"古本每折漫书，更不割截另作起止"，故顺应当时习惯，"每折从今本，仍析作四套"，于每折下分四套，并在每出前署"今本第×折"字样加以说明。他对自己为何分作五折而非五本的原因做了解释，说："元人从折，今或作出，又或作齣，出既非古，齣复杜撰，字书从无此字，亦无此音。今试举以问人，辄漫应曰：摺，旧戏往往取以标其节目。恬不知怪，是大可笑事。近《詅痴符》传以为齣，盖齝字之误，良是。其言谓牛食已复出嚼曰齝，音笞，传写者误以台为句，齝、出声相近，至以出易齝。又引元乔梦符云：'牛口争先，鬼门让道'语。遂终传皆以齝代折，不知字书齝本作齨，又作呞，以齨作齣，笔画误在毫厘，相去更近，非直台、句之混已也。即用齨，元剧已不经见，又刺今人眼益甚，故标上方者，亦止作折。"以出划分杂剧是今人做法，亦是受传奇影响的结果，故据古制，仍以折分剧。

《西厢记》四字标目，现存最早的为徐士范刊本，这一点在前面已有

① 黄季鸿：《〈西厢记〉研究史（元明卷）》，中华书局2013年版，第146页。

② 黄季鸿：《〈西厢记〉研究史（元明卷）》，中华书局2013年版，第349页。

阐述。二字标目始自王骥德，他说："今本每折有标目四字，如'佛殿奇逢'之类，殊非大雅。今削二字，稍为更易，疏折下，以便省检，第取近情，不求新异。"四字标目亦是受传奇影响而致，是今人的做法而非古制。王骥德五折二十出划分如下：

第一折：遇艳　投禅　赓句　附斋
第二折：解围　邀谢　负盟　写怨
第三折：传书　省简　逾垣　订约
第四折：就欢　说合　伤离　入梦
第五折：报第　酬缄　拒婚　完配

王骥德将《西厢记》分为五折二十出的结果虽然没有被后世学者普遍认同，但他以折分剧而非以出分剧的做法却更为符合元杂剧体制，是有自己独到的见解的。而他二字标目的做法却对后世产生了不小的影响，后世学者或沿袭此论，或对此做了适当修正，但大要不出王骥德所云。即或今天人们提到《西厢记》一些精彩出目，仍津津乐道解围、听琴、传书，可见其影响深远。

第二，王骥德对《西厢记》脚色作了统一。《西厢记》脚色标注，前此的各种版本均存在不同程度上的混乱现象，"古本以外扮老夫人，署色止曰夫人，又店小二、法本、杜将军皆曰外。本又曰洁。张生曰末，莺莺曰旦，红娘曰红，欢郎曰徕。法聪、孙飞虎及郑恒皆曰净。慧明曰惠，琴童曰琴。"王骥德在校勘中，对剧中脚色作了统一，"今易末曰生，易洁曰本，易徕曰欢，店小二直曰小二"，基本解决了脚色混乱的现象。他将末改为生的做法亦是受到当时传奇的影响。

他在统一脚色的基础上，对脚色唱词做了规定，"古剧四折必一人唱，记中第一折四套皆生唱，第三折四套皆红唱，典刑具在。惟第二、四、五折，生、旦、红间唱，稍属变例。"为了读者方便，他在每出前表明宫调、用韵及唱者，"今每折首总列各套宫调，并疏用某韵，及某唱于下，亦使人一览而知作者之梗概也"。在校勘中对各种版本中出现的误唱现象做了纠正。如《附斋》〔锦上花〕曲云："自来北词惟一人唱，此参旦唱。且黄昏这一回后，词意太露，不宜莺莺，遽为此语，殊属可疑。金本作红唱，较是。今并存之。"《邀谢》〔脱布衫〕"古本'启蓬门'，或作'启朱唇'，遂以张生唱，误”，改为“红唱”。《负盟》〔庆宣和〕“此曲诸本俱作生唱，即古本亦然。然‘目转秋波’语，殊不类，断作莺唱无疑”。

王骥德还从曲意出发，将一些脚色说白做了纠正。如《说合》〔斗鹌鹑〕“（白）巧语花言二句，指夫人说，言夫人能为巧语花言，将没尚要作有，况实有之事，其能掩乎。俗本添使不着三字，却属红娘身上，谬甚”。《拒婚》〔金蕉叶〕“有信行，知恩报恩，俱是说张生好处，观文势自见。俗本添俺家里三字，却属老夫人。非”。

第三，王骥德对《西厢记》曲牌联套结构及曲牌内容做了规整。元杂剧曲牌联套结构具有明确的规定，但元杂剧在流传过程中，种种原因导致曲牌误写、颠倒、删衍等错误，王骥德《新校注古本西厢记》对诸如此类现象做了规整。主要表现如下。

改正曲牌误写，如《遇艳》〔村里迓鼓〕“旧作〔节节高〕，误。〔节节高〕是黄钟宫曲，字句亦稍不同”。《解围》〔耍孩儿〕后二曲，今本俱混作前面〔白鹤子煞〕，王骥德对此予以订正。

对曲牌颠倒者加以乙转。如《解围》〔白鹤子〕后〔二煞〕〔一煞〕二曲，俗本次序颠倒，王骥德据古本更定。《订约》〔圣药王〕曲，“徐本以此曲置〔东原乐〕后，观上下语势，良是。但自来〔圣药王〕曲，必与〔秃厮儿〕相次。今并存之”。一从内容出发，一从曲牌联套出发，虽都有理，在校语中以并存处理，但正文中仍采用曲牌联套顺序，亦可见王骥德更倾向于此。又如《邀谢》〔满庭芳〕曲及曲前宾白，古本放在〔四边静〕曲后，曲牌顺序作〔快活三〕〔朝天子〕〔四边静〕〔满庭芳〕，王骥德从上下文势分析认为“张生既诺赴席，便当有整饬衣冠之事，下红娘既称赞其打扮之俏丽，然后有一事精百事精之语”，故从今本将〔四边静〕曲放在〔快活三〕前。

析分二折混合为一折者。如《解围》〔元和令〕〔后庭花〕二曲，今本合作一调，名〔后庭花〕，�本前调作〔后庭花〕，后调作〔带后庭花〕，金本亦并作〔后庭花〕，王骥德认为致误的症结主要在于“须是崔家后代孙”之押韵上，分析云：“第六句后代孙，孙字元误，宜作去声。旧因平韵难唱，以腔就字，扭入〔元和令〕，至第七句又入本腔。后人楚，遇有易作‘他也是崔家后乱’者，遂改弦和入本调始叶。不知此元是〔元和令〕，与〔后庭花〕两调犁然自别，特句字稍似，遂起俗工之误。盖〔元和令〕末句末字，《正音谱》元作平韵，他曲间有用仄韵者。渠却疑作

〔后庭花〕，遂欲以孙字易作去声。又〔后庭花〕句字元可增减，故益附会其说，遂沿无穷之误，即�本亦作〔带后庭花〕，亦缘旧有以〔元和令带后庭花〕，冠调首者，觉其非是，遂厘为二，后调却不去带字。不知元人作单题小令，有以二调，并填一词，而曰带某调者，如〔雁儿落带德胜令〕、〔水仙子带折桂令〕之类，全套中不当复言带也。盖由俗士谓此二调，语势必须接去，遂妄自并而为一，不知记中两调而意却接搭者不可胜数，彼分之者，亦非透彻之识，遂不去带字，均之误也。”

合并二折拆分为一折者。如《伤雅》〔满庭芳〕曲，俗本作二曲，至“俺则厮守得一时半刻”为〔满庭芳〕，以下作〔么篇〕。王骥德说此曲为“怨夫人令己与张生异席而不得亲近之词”，分为二折不妥，故将之合并为一曲。

删重复伪增者。重复者如《赓句》〔小桃红〕曲后俗本伪增一曲，王骥德从曲意分析说：“前既曰‘剔团圞明月如悬镜’，又曰‘一轮明月’，又曰‘似对鸾台镜’，又曰‘常恨团圆’。前既曰‘玉宇无尘’，又曰‘万里长天净’，前既有‘轻云薄雾’三语，又曰‘风云乱生’，前既曰‘长吁了两三声’，又曰‘喟愁声’，重叠如此，又皆张打油语，鄙猥可恨，知决为贫子窜入无疑。”据古本删去。伪增者如《解围》〔收尾〕后俗本伪增〔赏花时〕二曲，王骥德认为“鄙恶甚”而从古本削去。

在曲牌、曲句方面，王骥德调整了某句误入前后曲者和增添某本误删曲句者的规整工作。前者如《投禅》〔石榴花〕“俺先人甚的是浑俗和光，真一味风清月朗”二句，各本均误置〔斗鹌鹑〕首，王骥德认为上曲均说先人事，此下皆说己事，将此二句放在〔斗鹌鹑〕曲，曲意混杂，故放在上曲末。后者如《入梦》〔搅筝琶〕曲比元调多“自别离已后”以下四句，变体也。金在衡将其删去。王骥德分析说：“此调多句，元谱不载，然亦不能备载。元词诸调增减，他曲类可考见。白仁甫《秋夜梧桐雨》剧〔搅筝琶〕曲较元谱亦多数句，正此格也。金本不知，遂妄以己意削去。”故将此四句增入。

第四，王骥德将他认为不属于和无关于《西厢记》的内容删去，使版本显得更为省净。这主要体现在〔络丝娘煞尾〕的删削中。他说：

> 诸本益以〔络丝娘〕一尾，语既鄙俚，复入他韵，又窃后折意提醒为之，似捣弹说词家，所谓且听下回分解等语，又止第二、三、四

折有之，首折复缺，明是后人增入，但古本并存。又《太和正音谱》亦收入谱中，或篡入已久，相沿莫为之正耳，今从秣陵本删去。

〔络丝娘煞尾〕随尾用之，〔双调〕、〔越调〕不唱，悉从元本删之。

俗本每折后各有伪增〔络丝娘煞尾〕二句，皆俗工搊弹引带之词，今悉削去。

《西厢记》前四本每本末尾皆有〔络丝娘煞尾〕一曲，是《西厢记》体例上的独有特色，是连接上下两本的有机纽带，上两句总括上本曲意，下二句暗示下本剧情，即王骥德所云“窃后折意提醒为之”。王骥德认为碧筠斋本与朱石津本等本仅二、三、四折有此曲，“首折复缺，明是后人增入”，依据秣陵朱石津本将之删去。王骥德的这种做法开启了后世《西厢记》刊刻中〔络丝娘煞尾〕阙如的先河。今存徐士范本完整保留了这四支曲子，王骥德在校勘时也参考了此本，他缘何置若罔闻？《太和正音谱》亦收录此曲，缘何王骥德会得出“篡入已久”的结论，而简单地依据秣陵本将之删去？这些在今日都已成谜。他这种草率的做法颇受诟病。当时就有学者不认同他的这种做法。沈璟在收到王骥德校注本后，就说：

犹有越调小〔络丝娘煞尾〕二句体，先生已删之矣。然查《正音谱》，亦已收于越调中，且此等非实甫不能作。乞仍为录入于四套后，使成全璧。①

沈璟认为〔络丝娘煞尾〕“非实甫不能作”，是全剧的有机组成部分，王骥德这种行为破坏了《西厢记》一剧的完整性，但王骥德没有采纳。后来，凌濛初对其给予了更为严厉的指责：

此有〔络丝娘〕尾者，因四折之体已完，故复为引下之词结之，见尚有第二本也，非复扮色人口中语，犹说词家有分交以下之类，是其打院本家数，王谓是搊弹引带之词而删去之，太无识矣。②

① （元）王实甫著，（明）王骥德校注：《新校注古本西厢记》卷六附录《附词隐先生手札二通》。

② 凌濛初：《凌刻套版绘图西厢记》，上海古籍出版社2005年影印明凌濛初刻初印本，第29页。

闵寓五对王骥德此种做法也提出了不同看法，他说：

此因四折已完，故为引起下文之词以结之，尽而不尽，见有第二本在此，非复扮色人口中语，乃自为众伶人打散语，犹演义小说每回说尽，有“有分教”云云之类，是宋元原本家数，或删去者，非矣！①

王骥德对《西厢记》宾白亦作了整理削减。元杂剧宾白是否作者创作，在元杂剧研究史上一直聚讼不已，近来虽有学者撰文予以肯定，但仍有人提出异议。《西厢记》宾白为王实甫所撰这一结论却为学者所普遍认同。这也是《西厢记》的一大特色。明清时期的元杂剧校勘中，宾白校勘一直备受冷落。一方面是宾白校勘较之曲词更为复杂；另一方面，也与明清戏曲研究者普遍存在重曲轻白思想有关。即或偶有涉及，亦以己意随意更改删削者居多。王骥德对《西厢记》宾白整理削减也存在这样的倾向，他说：“俗本宾白，凡文理不通及猥冗可厌及调中多参白语者，悉是伪增，皆从古本删去。”其中亦有可取者。王骥德时期，受传奇影响，《西厢记》被高度雅化，宾白中增加〔临江仙〕〔鹧鸪天〕词多有出现，宾白的对偶化亦普遍存在，王骥德将此叱为“不知者”而坚决反对，云：

杂剧与南曲，各有体式，迥然不同。不知者于《西厢》宾白间效南调，增〔临江仙〕、〔鹧鸪天〕之类。又增偶语，欲雅反俗。今从元本一洗之。

另外，诸本曲后，附录有盲瞽说场诗《感谢将军成始终》一首。碧筠斋刊本后附有后人咏《西厢记》诗“浦东萧寺景荒凉”一首。这些都与《西厢记》杂剧没有关系，王骥德对其进行了删削，使《西厢记》版本更为省净。

第五，王骥德对《西厢记》中曲词进行了校勘。这是王骥德《新校注古本西厢记》中用力至深之处，亦是其中最为精彩的部分。王骥德自序中明确交代自己校勘原则：“订其讹者，芟其芜者，补其阙者，务割正以还

① （明）闵齐伋：《西厢记五剧笺疑》，《会真天行》，崇祯十二年（1640）刊本。

故吾。”这是第一次明确揭示元杂剧校勘原则：订讹芟芜补缺而还其本真面貌。据此，他共正伪八千三百五十四字，其中曲一千八百二十五字，白六千五百二十九字。

具体来说，王骥德校勘《西厢记》的方法是：

> 订正概从古本，间有宜从别本者，曰古作某，今从某本作某。其古本今本两义相等，不易去取者，曰某本作某，某本作某，今并存，俟观者自裁。或古今本皆误宜正者，直更定，或疏本注之下。

他在校勘时，当古本与其他版本有不同时，一般是“订正概从古本”，如《赓句》〔小桃红〕“始也月如悬镜，因香烟人气之氤氲，月遂不明，见怨气之多也。俗本此后伪增一曲，两古本所无。前既曰‘剔团圞明月如悬镜’，又曰‘一轮明月’，又曰‘似对鸾台镜’，又曰‘常恨团圆’。前既曰‘玉宇无尘’，又曰‘万里长天净’，前既有‘轻云薄雾’三语，又曰‘风云乱生’，前既曰‘长吁了两三声’，又曰‘喟愁声’，重叠如此，又皆张打油语，鄙猥可恨，知决为贫子窜入无疑，今直删去。”所增之曲古本无，且与〔小桃红〕曲意重复较多，故直接删去。他的这种做法是可取的。又如《附斋》〔折桂令〕“‘心痒难猱’之‘猱’，诸本作‘挠’，朱本及元人诸剧，用此语者，皆作‘猱’。挠，本上去二声，平声诸韵书无此字，惟周德清《中原音韵》有之，盖亦元人相沿之误。揉，本音柔，又皆猱字字形相近之误。猱，猴属，能为虎猱痒而食其脑，故世谓妓女为猱，今改正”。

但他并没有完全定古本为一尊，而是采用审慎的态度，不废古今，当古本确实有疑惑或今本说法有理的情况下，他在校勘中还采用了以下三种方法。

宜从别本者。王骥德在校勘中，当古本不当时，亦采用别本的说法。如《赓句》〔拙鲁速〕“对着盏碧荧荧短檠灯，倚着扇冷清清旧帏屏。灯儿又不明，梦儿又不成”句“灯儿又不明”，筠本作“灯儿又不灭”，王骥德认为因与前“碧荧荧”相应而言，不如诸本作“不明”。又如《解围》〔混江龙〕首句，古本作“落花成阵”，王骥德认为与下“燕泥句”中“落花”重复。并指出“落红”词出秦淮海《千秋岁》：“落红万点愁如海”，且董解元《西厢记诸宫调》亦作“落红万点”，于是从今本作“落红”。《投蝉》〔尾〕古本首有“谁想”二字，王骥德认为“花解语，玉有香，古有是语，今于莺莺始信，故曰谁想”。意思是不想真有这样人也。同时沈璟亦说有此二字反滞，所以“不若从今本删去”。《解围》慧明所唱〔耍孩儿〕二曲，古本第一曲为“欺软怕硬”调，诸本第一曲为“斑斑驳驳”调。王骥德详细体察后认为“以上文〔白鹤子〕次序观之，当接言己之悍劣喜杀，而后及戏张之词，如古本则文势颠倒矣，不若从今本为是”。

不易去取而并存者。在校勘中，若二者皆有理，不易去取的情况下，王骥德并不是硬性地得出一个结果，而是采用一种更加灵活的方式，将二者以并存加以处理。如《附斋》〔锦上花〕之“黄昏这一回”后，王骥德认为是“皆想象张生之自苦，凡夜凡日，凡行凡卧，无处非无聊之境也”。古本此曲属莺莺唱，金本则作红娘唱。对此，王骥德分析说：“自来北词惟一人唱，此参旦唱。且‘黄昏这一回’后，词意太露，不宜莺莺遽为此语，殊属可疑。今本作红唱较是，今并存之。”他认为从北杂剧一人主唱的体例方面看，此曲应属莺莺，但从曲子的内容、情调方面看，应属红娘。二者不易确定，因此“并存之”。又如《负盟》〔离亭宴带歇拍煞〕之“缕带同心”，古本作“寿带同心”，王骥德认为诸本“缕带同心”与上“双头花蕊”及下“连理琼枝”是三对法，然于调不合，此句按谱当用仄仄平平。古本虽合调，但对复不整，并引唐骆宾王《帝京篇》“同心结缕带”为证说“寿带”无出处。二者不能去取，故并存。

王骥德不易去取而并存者的校勘中，有时也透露出自己的倾向性。如《邀谢》〔醉春风〕第一句筠本及诸本作“今日个东阁玳筵开”，朱本却作“今日个东阁带烟开”，王骥德说：“‘带烟’对‘和月’，似整，然亦好奇之过。徐云言早早开门以待客也。今并存之。”虽认为徐渭说法不无道理，但用“带烟”为“好奇之过”，则透露出他实际上还是倾向于“玳筵开”一说。

古今本皆误直更定者。王骥德对曲白直接作出更定，多半是根据内容是否恰切，上下是否衔接，对于曲子来讲，有时根据定格。如《负盟》〔庆宣和〕曲，古本及诸本作生唱，王骥德从曲词内容与情调分析认为“然‘目转秋波语’殊不类，断作莺唱无疑”。末二句“倒躲、倒躲”，俗本有去下二字者，非。古本亦如上句“增唬得我”三字者，亦非。他举马东篱词“魏耶、晋耶”一例，判断此为各二字成文，是二句也。这样的判断都是很有根据的。又如《逾垣》〔甜水令〕“良夜迢遥”三句对句，迢遥，原作迢迢，王骥德认为此句独用叠句，与其他二句不对，故直更定。

王骥德有时也根据韵部来作出判断。用曲韵校勘元杂剧是《新校注古本西厢记》的一个显著特点，首开元杂剧校勘中方法论之先河。对此，王骥德在《凡例》明确说明：

> 记中用韵最严，悉协周德清《中原音韵》，终帙不借他韵一字。其有开闭不分，甲乙互押者，皆后人传误。今悉订正。

校勘中凡遇此类，均严格依据《中原音韵》更定。如《解围》〔六么序么〕“贼军”，古本今本俱作“贼兵”，王骥德指出“兵”字，入庚青韵，而此曲应为真文韵，认为“当作军字无疑”而改正。

当然，这种校勘法亦微有不足之处。有些直更定者“疏本注之下”，但有些则没有加以疏注，导致读者不明所误者为何字，也存在一些古、今本不误而直更定者欠妥之处。这一点亦深受凌濛初指责。

四 王骥德《新校注古本西厢记》的文献学意义

元杂剧校勘学史上，王骥德是首次将《西厢记》校勘“凡例”发扬光大的肇启者。现存最早的《西厢记》校勘凡例是继志斋刊本《重校北西厢记》，据学者考证此凡例系农洞山农（焦竑）所撰，后来继志斋重刊时将其保留了下来。[①] 王骥德校勘“凡例”吸收了其中部分关于体例、音韵、正衬、语言等方面的内容，尤其是在删去前四本〔络丝娘煞尾〕方面深受影响。但王骥德不囿于此，对元杂剧校勘凡例在诸方面均有所突破，这才是他在元杂剧校勘史上的重要贡献。

王骥德校勘“凡例”数量远超焦竑，焦竑为10条，王骥德将之扩充为24条（凡例共36条其中注释方面12条）。具体而言，首先，新增了一些内容，主要体现在校勘方法论方面，是首次在元杂剧校勘史开篇明义地将具体的版本、校勘方法在“凡例”中呈现出来。另外，王骥德之前的元杂剧校勘的关注点主要为曲词，宾白被有意无意地忽视，焦竑就是如此。王骥德“凡例”中有1条涉及宾白，自此始，宾白校勘开始在元杂剧校勘

① 黄季鸿：《〈西厢记〉研究史（元明卷）》，中华书局2013年版，第242页。

中占据一席之地。其次，王骥德对焦竑“凡例”内容做了扩充。如体例方面，焦竑4条，内容包括题目正名、脚色；王骥德增为6条，内容包括分折、脚色、唱词分属、题目正名、标目等。音韵方面，焦竑2条，涉及阴阳开合者依据《中原音韵》，但“恨无的本正之，姑仍其旧”，句读于调韵不叶者，“皆一一正之”；王骥德涉及此方面者有7条，内容包括宫调、用韵、唱曲、平仄、字音等。正衬方面，焦竑1条，王骥德2条。语言方面，焦竑2条，王骥德3条。总体来说，在元杂剧校勘史上，王骥德第一次将杂剧校勘“凡例”以条分缕析、该洽精博的方式系统呈现在世人面前，为后世《西厢记》及元杂剧校勘树立了典范。

从戏曲文献学方面来说，王骥德《西厢记》校勘保存了丰富珍贵的版本。《新校注古本西厢记》所采版本较多，明确提到的有十一种。其实远不止此，他说当时“余刻纷纷殆数十种”，只是这些版本因价值甚小而未被他采用。这些版本除徐士范本今存外，其他都已佚，《新校注古本西厢记》为考察这些版本面目提供了宝贵的资料，邓绍基先生指出：“当年王骥德校《西厢记》，自言根据5种（应为6种）旧本，如果他真的将各本异文一律注出，那么，人们得了他的校本，不就等于得了5种版本吗？万一那5种版本中有一二种在流传过程中佚失了，只要校本存在，还可恢复。”① 邓先生是就凡例所提六种而言，其实对于校勘中所采用的各种《西厢记》版本来说，都可以根据《新校注古本西厢记》的校记一窥其本来面貌。

从校勘方法论角度而言，他是明确元杂剧校勘方法并将之付诸实践的第一人。首先他开创了元杂剧校勘折后出校的先河。《新校注古本西厢记》之“新”表明《西厢记》校勘并非始于王骥德，但前此《西厢记》校勘本有的不成系统，或以整理刊刻为主，不明所以，或以点评题跋为主；有的已经佚失在历史长河中，后人无从得知其面目。《新校注古本西厢记》是现存最早的将诗文校勘方法应用于元杂剧校勘的著作，其折后出校的校勘方式成为后来元杂剧校勘的主要方式，王骥德卓著贡献足以使其在元杂剧校勘史上占据一席之地。其次，他所提出的“订其讹者，芟其芜者，补其缺者，务割正以还故吾”的校勘原则及“订正概从古本”“宜从别本者”

① 邓绍基：《关于戏曲研究“基本建设”的卓见——读吴晓玲先生〈我研究戏曲的方法〉》，《中国韵文学刊》2008年第1期。

“古今不易去取并从者”“古今皆误直更定者”四种校勘方法首次从校勘方法论角度出发，是明代元杂剧校勘确立发凡起例、确立方法论系统的导言。有些校勘内容虽有失偏颇，后世《西厢记》及元杂剧校勘者或对其进行订正，或对其进行发扬，大概不出其要。王骥德《新校注古本西厢记》是现存最早的在元杂剧校勘中将戏曲理论与校勘实践有机结合的著作。王骥德在校勘中不仅采用了徐渭、沈璟、何元朗等人的戏曲理论作为自己校勘依据，还将自己对元杂剧研究理论付诸《西厢记》校勘中，如第二本第二折〔满庭芳〕“风欠酸丁”条云：“风欠，呆也、痴也，北人方言，犹今俗语，说人之呆者为欠气。欠气，即呆气之谓。风欠，言其如风狂而且呆痴也。……自俗本作要字音，遂纷然起庸愚之信。至崔时佩《南西厢》改作文魔秀才欠酸丁，并文理亦不通矣。盖字书从无此字，不知是何盲瞽倡为此说。金在衡又载入正讹，读者猥自不察，群为吠声之助，正须寸磔以谢实甫耳。”《曲律》“论讹字第三十八”云：“《西厢》‘风见酸丁’之‘欠’，俗子作‘要’字音，至去其字之转笔处之‘丿’，并字形亦为改削，不知字书，从无此字。元贾仲名《萧淑兰》剧［寄生草］曲：‘改不了强（去声）刘牧醋饥寒脸（音敛，不作检音），断不了诗云子曰酸风欠，离不了之乎者也腌穷俭。’以欠与上文‘脸’、下之‘俭’叶韵，明白可证。盖起于南人，但知有‘风要’俗语，不知北音，遂妄倡是说。不意全在衡辈亦为所误笔之正讹。夫使果为‘风要’之义，何不迳用‘要’字，而以‘欠’字代之耶?”① 《新校注古本西厢记》完全采用这一说法并详细之。另外，《曲律》中有关宫调、平仄、阴阳、声调、衬字等理论成果在《西厢记》校勘中都有所体现。可以说，王骥德《新校注古本西厢记》就是其《曲律》理论研究在元杂剧校勘领域中的延伸。元杂剧校勘史上，王骥德是带着明确的校勘意识和历史使命：“大抵刻本中误处，须以意理会，不可便仍其误。彼优人俗子，既不能晓，吾辈又不为是正，几何不令千古之聩聩耶！”②，并将时人及自己理论研究付诸杂剧校勘实践的第一人，这些都昭示着元杂剧校勘从王骥德开始走向成熟。

---

① （明）王骥德：《曲律》，《中国古典戏曲论著集成》（四），中国戏剧出版社 1959 年版，第 144、146 页。

② （元）王实甫著，（明）王骥德校注：《新校注古本西厢记》，明万历四十二年（1614）王氏香雪居刻本。

第二节 凌濛初校注《西厢记》

明代后期，《西厢记》刊刻成为一时潮流，刊本多达一百多种，凌濛初刊刻的朱墨套印绘图《西厢记》即为其中佼佼者。

凌濛初（1580—1644），早年字玄房，号初成，又名凌波，一字遐厈，别号空观主人，浙江乌程（今并入湖州）人。晚明著名戏曲作家、戏曲理论家、小说家。凌濛初工诗文，精曲学，汤显祖称其“烂漫陆离，叹时道古，可笑可悲，定时名手”。著有戏曲著作《南音三籁》《谭曲杂札》，还刊刻了不少戏曲小说。校刻精良的《西厢记》即在其中，学者称其《即空观鉴定西厢记》、《即空观主人全定西厢记》及《西厢记五本》是明代《西厢记》校勘的典范之作。

《即空观鉴定西厢记》刊于明末天启（1621—1627）年间，全书体例包括《西厢记凡例十则》《西厢记旧目》、插图20幅、正文、每本后“解证”及附录。

一 凌濛初《西厢记》校勘的底本及校本

凌濛初在校勘《西厢记》时，与王骥德一样制定了凡例。为了后面论述方便，现将《西厢记凡例十则》过录如下：

> 一 《北西厢》相沿以为王实甫撰，《太和正音谱》于王实甫名下首载之。王元美《卮言》则云：“《西厢》久传为关汉卿撰，迩来乃有以为王实甫者，谓至《邮亭梦》而止，又云至‘碧云天’而止，此后乃汉卿所补也。”徐士范重刻《西厢》则云：“人皆以为关汉卿，而不知有实甫，盖自《草桥梦》以前，作于实甫，而其后则汉卿续成之者也。”俱不知何据。元人咏《西厢》词〔煞尾〕云：“董解元古词章，关汉卿新腔韵，参订《西厢》的本，晚进王生多议论，把《围棋》增。”则似谓汉卿翻董词而为此记，实甫止《围棋》一折耳，于五本无涉也。又〔满庭芳〕云：“王家好忙，沽名吊誉，续短添长，别人肉贴在你腮颊上。”又似乎王续关者。盖当时关之名盛于王也，亦无从考定矣。但细味实甫别本，如在《丽春堂》、《芙蓉亭》，颇与

前四本气韵相似，大约都冶纤丽。至汉卿诸本，则老笔纷披，时见本色，此第五本亦然，与前自是二手。俗眸见其稍质，便谓续本不及前，此不知观曲者也。兹从周本，以前四本属王，后一本属关。

一　评语及解证，无非以疏疑滞、正讹谬为主，而间及其文字之入神者。至如兜率宫、武陵源、九里山、天台、蓝桥之类，虽俱有原始，恐非博雅所须，故不备。近又有注“孤孀”二字云“孤谓子，孀谓母”，此三尺童子所不屑训诂也。诸如此类，急汰之。

一　近有改窜本二：一称徐文长，一称方诸生。徐，赝笔也；方诸生，王伯良之别称。观其本所引徐语，与徐本时时异同。王即徐乡人，益征徐之为讹矣。徐解牵强迂僻，令人勃勃。王伯良尽留心于此道者，其辨析有确当处，十亦时得二三。但其胸中有痼如认红娘定为帮丁、崔氏一贫如洗之类，故阿其所好，悍然笔削，而又大似村学究训诂《四书》，如首某句贯下、后某句承上、某句连上看、某句属下看之类，为可惜耳，然堪采者一一录上方。伯良云：“其复有操戈者，原不为此辈设也。”第此刻为表章《西厢》，未尝操戈伯良，具眼自能阳秋者，此辈也欤哉？

一　北曲每本止四折，其情事长而非四折所能竟者，则又另分为一本。如吴昌龄《西游记》，则有六本；王实甫《破窑记》《丽春园》《贩茶船》《进梅谏》《于工高门》，各有二本；关汉卿《破窑记》、《浇花旦》亦各有二本，可证。故周王本分为五本，本各四折，折各有题目正名四句，始为得体。时本从一折直递至二十折，又复不敢去题目正名，遂使南北之体，淆杂不辨矣。

一　北体脚色，有正末、付末、狚、孤、鸨、猱、捷讥、引戏共九色。然实末、旦、外、净四人换妆，其更须多人者，则增付末亦称冲末、旦徕亦称冲旦、副净女妆者曰花旦，总之不出四色名。故周王本外扮老夫人，正末扮张生，正旦扮莺莺，旦徕扮红娘，自是古体，确然可爱。自时本悉易以南戏称呼，竟蔑北体，急拈出以俟知者，耳时辈勿反生疑也。

一　北曲衬字，每多于正文，与南曲衬字少者不同。而元之老作家，益喜多用衬字，且偏于衬字中着神作俊语，极为难辨。时本多混刻之，是观者不知本调实字；徐、王本亦分别出，然间有误出。兹以《太和正音谱》细核之，而衬字、实字了然矣。

一　北体每本止有题目正名四句，而以末句作本剧之总名，别无每折之名，不知始自何人，妄以南戏律之，概加名目如佛殿奇逢、僧房假寓之类，王伯良复易以二字名目如遇艳、投禅之类，皆系紫之乱朱，不思北曲非止一《西厢》，可能一一为之立名乎？

一　此刻止欲为是曲洗冤，非欲穷崔张真面目也。故止存《会真记》，若《年谱》、《辨证》及诗词题咏之类，皆不录。其《对弈》一折时本所无，不详何人所增，然大有元人老手，亦非近笔所能，且即莺、红事，弃之可惜，故特附录之以公好事。

一　是刻实供博雅之助，当作文章观，不当作戏曲相也，自可不必图画。但世人重脂粉，恐反有嫌无像之为缺事者，故以每本题目正名四句，句绘一幅，亦猎较之意云尔。

一　此刻悉遵周宪王元本，一字不易置增损。即有一二字凿然当改者，亦但明注上方，以备参考，至本文不敢不仍旧也。

自赝本盛行，览之每为发指，恨不起九原而问之。及得此本，始为洒然。久欲公之同好，乃扬扢未备，兹幸而竣事，精力虽殚，管窥有限，间犹有一二未决之疑如染病非韵、心忙宜仄、打参宜仄之类，或是元本有挂误，海内藏书家倘有善本在此前者，不惜指迷，亦艺林一快！余必不敢强然自信也。

即空观主人识①

在凌濛初看来，前此的《西厢记》校勘之所以令人“发指”，是因为“赝本盛行”，校者没有选择好的底本，所以他在校勘中特别注意底本的选择。他说：“及得此本，始为洒然。”此本即周宪王本。而其“洒然”的缘由在“凡例”中亦从《西厢记》作者、剧本体制、脚色三个方面作了交代。

关于《西厢记》的作者，历来众说纷纭，有王作、关作、王作关续、关作王续等说法。凌濛初是王作关续说的支持者，他说：“细味实甫别本，如在《丽春堂》、《芙蓉亭》，颇与前四本气韵相似，大约都冶纤丽。至汉卿诸本，则老笔纷披，时见本色，此第五本亦然，与前自是二手。俗眸见其稍质，便谓续本不及前，此不知观曲者也。”从剧本气韵风格分析，认

① 凌濛初：《凌刻套版绘图西厢记》，上海古籍出版社 2005 年影印明凌濛初刻初印本。后引本出此书者不另出注。

为前四本与后一本截然不同。因周宪王本题为王作关续，所以“兹从周本，以前四本属王，后一本属关”。

《西厢记》剧本体制上节已有论述，凌濛初属于分本分折类。他说：“北曲每本止四折，其情事长而非四折所能竟者，则又另分为一本。如吴昌龄《西游记》，则有六本；王实甫《破窑记》、《丽春园》、《贩茶船》、《进梅谏》、《于工高门》，各有二本；关汉卿《破窑记》、《浇花旦》亦各有二本，可证。”遂据周宪王本“分为五本，本各四折，折各有题目正名四句，始为得体”。虽对“二本”理解有所偏差，但五本二十折的做法却普遍为后世所接受。其五本是据他所说的《点鬼簿》目录。《点鬼簿》即《录鬼簿》，这一点学者已有考证①。现将其所列目录过录如下：

西厢记旧目

《太和正音谱》目录

王实甫

《西厢记》

《点鬼簿》目录与周宪王本合

王实甫

张君瑞闹道场

崔莺莺夜听琴

张君瑞害相思

草桥店梦莺莺

关汉卿

张君瑞庆团圆

日新堂目录

第一本　焚香拜月

第二本　冰弦写恨

第三本　诗句传情

第四本　雨云幽会

第五本　天赐团圆

俗本目二十条不载

① 张人和：《〈点鬼簿〉与〈录鬼簿〉》，《戏曲研究》，文化艺术出版社1984年第11辑。

二十折每折前无标目，前四本后有〔络丝娘煞尾〕，每本后有题目正名四句，且以最后一句作为杂剧名，现将其过录如下：

第一本　张君瑞闹道场杂剧

〔络丝娘煞尾〕则为你闭月羞花相貌，少不得剪草除根大小。

题目　老夫人闲春院　崔莺莺烧夜香

正名　小红娘传好事　张君瑞闹道场

第二本　崔莺莺夜听琴杂剧

〔络丝娘煞尾〕不争惹恨牵情斗引，少不得废寝忘食病症。

题目　张君瑞破贼计　莽和尚生杀心

正名　小红娘昼请客　崔莺莺夜听琴

第三本　张君瑞害相思杂剧

〔络丝娘煞尾〕因今宵传言送语，看明日携云握雨

题目　老夫人命医士　崔莺莺寄情诗

正名　小红娘问汤药　张君瑞害相思

第四本　草桥店梦莺莺杂剧

〔络丝娘煞尾〕都则为一官半职，阻隔得千山万水。

题目　小红娘成好事　老夫人问由情

正名　短长亭斟别酒　草桥店梦莺莺

第五本　张君瑞庆团圆杂剧

题目　小琴童传捷报　崔莺莺寄汗衫

正名　郑伯常干舍命　张君瑞庆团圆

从脚色方面来说，凌濛初认为："北体脚色，有正末、付末、妲、孤、鸨、猱、捷讥、引戏共九色。然实末、旦、外、净四人换妆，其更须多人者，则增付末亦称冲末、旦徕亦称冲旦、副净女妆者曰花旦，总之不出四色名。"元杂剧脚色虽多，但用得最多的只有四种，"故周王本外扮老夫人，正末扮张生，正旦扮莺莺，旦徕扮红娘，自是古体，确然可爱"。

在这里，凌濛初提到了"冲末""旦徕""冲旦"三脚色。"冲旦"，元杂剧中未见。"旦徕"，元杂剧中分指旦和徕两个脚色，并非一个。翻检元杂剧，仅继志斋本及凌本有此脚色，其他刊本未见。曲论也未见有关此

脚色的论述。王骥德《曲律·论部色第三十七》云：

> 按：丹丘先生谓杂剧、院本有正末、副末、狚、孤、靓、鸨、猱、捷讥、引戏九色之名。……又按：元杂剧中，名色不同，末则有正末、副末、冲末（即副末）、砌末、小末，旦则有正旦、副旦、贴旦（即副旦）、茶旦、外旦、小旦、旦儿（即小旦）、卜旦——亦曰卜儿（即老旦）。①

凌濛初《西厢记五本》中“旦徕”扮红娘。这是凌濛初对弘治本的误解。弘治本卷一第一折中，老夫人等人上场时科介提示语为“外扮老夫人上开二旦徕随上”。本来“二旦徕”指莺莺、红娘、欢郎随老夫人一同上场，但凌濛初以“旦徕”看作一个脚色名，指红娘一人，将莺莺、欢郎删去。继志斋刊本“凡例”在论脚色时说：

> 旧本以外扮老夫人，末扮张生，净扮法本作洁，扮红娘曰旦徕，亦今贴旦之谓也。按：由来杂剧院本，皆有正末……副末……狚……孤……靓……鸨……猱……捷讥……引戏九色之名。但今名与人俱易，正之实难，姑从时尚。

对于旧本中脚色名称“今名与人俱易”现象有清醒认识，虽然想正之，却无从着手，无奈选择“姑从时尚”。而凌濛初则直接托名周宪王本，将之作为古制看待，发生错误也就无可避免了。

关于“冲末”，凌濛初认为是“付末”的别称，其实不然。

“冲末”，元刊本未见，《脉望馆钞校本古今杂剧》中出现频率较高，如《任风子》“冲末扮东华洞八仙上”、《魔合罗》中“冲末扮李彦实引李文道上”，元刊本中为“外”；《单刀会》中“冲末扮鲁肃上”，元刊本中为“外末”；《陈抟高卧》中“冲末扮赵大舍引郑恩上开”，脉望馆本中后面赵大舍出场时脚色为“外”；《疏者下船》中“冲末扮吴姬光上”，后面出场一律径题姓名，不标脚色；《看钱奴》中“冲末扮正末同旦儿徕儿

---

① （明）王骥德：《曲律》，《中国古典戏曲论著集成》（四），中国戏剧出版社1959年版，第143页。

上”，扮周荣祖，元刊本中周荣祖为“正末”，脉望馆本中周荣祖后面出场一律标“正末”；《博望烧屯》中“冲末扮刘末同关末张飞领卒子上”，下一律以“刘末”称之；《范张鸡黍》中“冲末正末引净王仲略同孔仲山张元伯上”，“冲末”即为“正末范巨卿”，后一律以称“正末”。《汗衫记》中“冲末扮正末净卜儿张孝友旦儿兴儿同上”，“冲末”即为“正末张文秀”，后一律以“正末”称之。“冲末”这一脚色，论曲者多视之为“副末”。王骥德云：“元杂剧中，名色不同，末则有正末、副末、冲末（即副末）、砌末、小末。”① 王国维《古剧脚色考》谓：“正末、副末之外，又有冲末……然则日冲……谓于正色之外，又加某色以充之也。”② 这就是说，“冲末”是正末之外的一种末脚。后来的研究者一般沿承王国维说法。如青木正儿云：“副末、冲末、外末、副旦、贴旦、外旦都是副演员。”③ 如这样解释，那么脉望馆本《范张鸡黍》“冲末正末引净王仲略同孔仲山张元伯上”、《看钱奴》“冲末扮正末同旦儿俫儿上”、《汗衫记》“冲末扮正末净卜儿张孝友旦儿兴儿同上”等剧中一个人物用两种脚色称谓且均扮演正色而非正色外另一副演员的现象就无法得到解释。在脉望馆本中“冲末”这一脚色几乎都使用于杂剧开头第一个上场人物身上，同一人物第二次出现时，则以另外的脚色名称称之或径题姓名，可见这一名称并不是如凌濛初、王国维等人所说的副色，它仅是提示初次出场的意思，并不是一个严格意义上的脚色名称。

关于凌濛初所据为蓝本的周宪王本是否存在，学界分歧较大。一派倾向于此书为伪造，代表为郑振铎、黄季鸿等。郑振铎说：“即空观主人的所谓周宪王本西厢记，据我看来，也便是‘子虚公子’一流的人物。我想，在西厢记的版本考上，大约是不会有周宪王刊行的这一本子的。凌初成所谓周宪王本，与王伯良之所谓‘古本’，其可信的程度是不相上下的。这都不过是‘托古改制’的一种手段而已。”④ 陈耀旭认为“他一定是用与弘治岳刻本有渊源关系的早期刊本作底本，这一刊本也不会是什么

---

① 王骥德：《曲律》，《中国古典戏曲论集成》（四），中国戏剧出版社1959年版，第143页。

② 王国维：《古剧脚色考》，《王国维戏曲论文集》，中国戏剧出版社1984年版，第191—192页。

③ 青木正儿：《元人杂剧概说》，隋树森译，中国戏剧出版社1957年版，第25页。

④ 郑振铎：《〈西厢记〉的本来面目是怎样的——〈雍熙乐府〉本〈西厢记〉题记》，《郑振铎文集》（五），人民文学出版社1988年版，第547页。

'周宪王本'，而是一种坊间刻本"，"凌氏所谓'悉遵周宪王元本'，不过是幌子"[1]。黄季鸿通过多方论证，认为"其在历史上未曾出现过"[2]。一派倾向于此书确实存在，以蒋星煜为代表。他认为凌濛初对"周宪王本的记载应该是可以信赖的"[3]。关于此，笔者倾向于后者，否则凌濛初缘何以此为底本的三点理由便无从谈起。

凌濛初校勘《西厢记》时虽没有明言参考了哪些校本，但其眉批及解证频繁提到一些当时流行的刊本，如徐士范刊本、金在衡本、王骥德本、徐文长本、王文璧本、一本、旧本、俗本、今本等，实际来说是借鉴了这些校本，只是没有王骥德那么明说罢了。王骥德本与徐文长本留待下文阐释，这里主要就其他各本举例说明。

徐士范本。如第一本第二折〔中吕粉蝶儿〕"徐士范曰：打当，犹云打迭"，〔三煞〕后白"徐士范曰：此白语却自真境"，〔二煞〕"徐士范曰：此处微见痕疵"，第三折〔紫花儿序〕"徐士范曰：没揣的，犹云不意中"，〔秃厮儿〕"徐士范云：埋没下字入神"；第二本第二折〔寄生草〕"徐士范曰：西厢词多用儿字，于情近，于事谐，故是当家"；第三本第一折〔后庭花〕"徐士范曰：不勾思三字，可登词场神品"；第四本第一折〔柳叶儿〕"徐士范曰：此处语意少露，殊无蕴藉，昔人有浓盐赤酱之诮，信夫"；等等。

金在衡本。如第五本第二折〔贺圣朝〕，凌濛初云："此调是黄钟，金在衡疑为窜入，王伯良以语句不伦，前后重复，工拙天渊，宜删去，良是。然旧本悉有，故存之。"

王文璧本。如第三本第四折〔鬼三台〕"足下其实啉，休妆唔"，凌濛初注云："王伯良曰：啉，愚也，唔，撒也，见王文璧本韵注。"

一本。如第三本第三折〔沉醉东风〕"饿得你个穷神眼花"句，凌濛初云："穷神，嘲酸子之常语，一本作穷酸，无味。"

旧本。如第四本第一折宾白（红云）"来拜你娘张生你喜也，姐姐，咱家去来"，凌濛初眉批云："一旧本此白下有末念'上堂已了各西东'之诗，此王播诗也，与此无涉，想因引以解碧纱二字，而误混白中耳，

---

① 陈耀旭、罗念：《凌濛初校刻〈西厢记〉之底本、校本考》，《文献》2009年第2期。

② 黄季鸿：《论周宪王本〈西厢记〉之真伪》，《社会科学战线》2001年第1期。

③ 蒋星煜：《明刊本〈西厢记〉的古本、元本问题》，《明刊本西厢记研究》，第2页。

不从。"〔煞尾〕"你是必破工夫明夜早些来"，凌濛初云："明月，徐、王作今夜，以量词正之然。旧本不然，且上有两今宵，此自应为明夜矣。"

俗本、时本、今本。凌濛初校勘中亦参考了俗本、时本与今本，但对其所云往往加以贬斥。如第五本第四折末"使臣上科"，凌濛初眉批云："旧本有使臣上科四字，此必有敕赐常套科分，故后清江引云，然以常套，故止言科而不详耳，犹前云发科了，双斗医科范了之类，俗本以四海无虞为使臣上唱，谬非。"第五本第二折〔满庭芳〕"怎不教张生爱尔"句，凌濛初云："尔，时本作你，非韵。"第三本第二折〔三煞〕"我为头儿看"，凌濛初云："为头看，从头看也，今本作回头，非。"

另外，凌濛初还借鉴了一些当时曲家的理论，主要有王元美与何元朗。如第一本第一折〔天下乐〕"王元美以滋洛阳二语、雪浪拍长空四句、东风摇曳二句、法鼓金铎不近喧哗二对为骈俪中景语。元美七子之习喜尚高华，不知实本是其胜场"，第一本第二折〔二煞〕"少可有一万声长吁短叹，五千遍倒枕槌床"句，凌濛初云："二语何元朗所摘，以其太着相也。只易一万声五千遍二衬语便妙矣。"

二　凌濛初校勘原则

凌濛初《西厢记》校勘凡例云："此刻悉遵周宪王元本，一字不易置增损，即有一二字凿然当改者，亦但明注上方，以备参考，至本文不敢不仍旧也。"凌濛初校勘原则较王骥德迈进了一步。王骥德在校勘时个别地方的"直更定者"还有不少值得商榷的地方，凌濛初校勘则"一字不易置增损，即有一二字凿然当改者，亦但明注上方，以备参考"，在元杂剧校勘史上，严格意义上的校勘原则的提出，这是第一次。凌濛初与王骥德一道，在使《西厢记》乃至元杂剧校勘迈向科学规范之路上提供了典范意义。

从眉批及解证所记载来看，凌濛初"一字不易置增损"主要表现在以下几个方面。

一是不轻改旧本。如第三本第一折〔胜葫芦〕"你个馋穷酸徕没意儿"，"馋穷"，王骥德、徐文长作"挽弓"。王骥德认为："张、章二姓，俗有挽弓、立早二说。挽弓，拆白张字也。"但凌濛初认为"旧本不然"，而不从。又如第三本第三折末白："俺是猜诗谜的社家"，徐本改“社家”为“杜家”，并引《辍耕录》“杜大伯猜诗谜”为证。凌濛初以其“非古本不敢从”，并认为“社家犹言作家也”，这是完全有道理的。

二是尊重语言习惯，保持成语、俗语等的完整性，弄清其来历，以免割裂生造。如第一本第一折〔寄生草〕“你道是河中开封府相公家，我道是南海水月观音现”句，“观音现”，徐文长从朱石津本改为“观音院”，并改“南海”为“海南”，王骥德从其说。凌濛初不从，《五本解证》说：“徐以朱氏本作‘院’，以为对‘家’字工而改之，并改‘南海’为‘海南’，以对‘河中’，工则工矣，然自来无‘海南水月’之语，况实甫惯用董解元词。董云‘我恰才见水月观音现’，正直取其句，不以属对为工耳。旧本作‘现’，不敢喜新而从徐也。”又如第三本第三折〔得胜令〕“谁着你夤夜入人家，非奸做贼拿”，王伯良以次句拗第二字当仄、第四字当平而易为“非盗做奸拿”，凌濛初说“第四字不可不平，第二字用平者极多”，并举本剧第四本第四折“庄周梦蝴蝶”、第五本第四折“难忘有思处”为例，认为第二字“奸”平声、第四字“贼”字“入声叶平，非仄也”，均不误，最重要的是“况非奸即盗是成语，亦无非盗做奸之说”，所以不赞成更改。

三是尊重元杂剧押韵习惯，讲究平仄。如第三本第四折“他眉弯远山不翠，眼横秋水无光，体若凝酥，腰如弱柳”四句，“无光”二字，俗本强叶韵而易以“无尘”，在第二本第四折〔绵搭絮〕“疏帘风细，幽室灯清，都则是一层儿红纸几榥儿疏棂”中，何元朗讥其失韵，凌濛初认为“清字棂字，本调原不用韵，非失韵耶”，并举《苦海回头》“移商刻羽，流徵旋宫，心随流水，志在高山，没了知音绝了弦”、知机词“门迎童稚，架满琴书，囷盈仓积，水色山光，被俺闲人每结揽绝”为例，认为此四句不用韵，讥其犯真文韵及强改者均为“愦愦”行径。

四是着眼全局，联系上下文，从整体考虑问题，避免出现矛盾。如第二本楔子慧明所唱〔滚绣球〕“凭着这济困扶危书一缄，有勇无惭”中的“惭”字，徐文长改为“憨”，认为“谓杜帅勇且智也”。凌濛初认为不妥，他说：“只看上下文，此时何与推许杜帅耶？”指出“有勇无惭”应为“慧明自负之言甚明”，主张不改为妥。又如第四本第二折〔紫花儿序〕“老夫人猜那穷酸做了新婿，小姐做了娇妻，这小贱人做了牵头”，徐文长、王骥德改“牵头”为“饶头”，王骥德说：“此正夫人之巧语花言，将没作有处，猜字总管三语，饶头妙甚。今本作牵头，谬。”凌濛初不从此说，认为："牵头本自妥当，徐、王皆改为饶头，且曰妙甚，不知越人苦认红娘为帮丁何谓。如前'写与从良'及'那里发付我'俱作是解，可笑。不思《会真》本记：张生内秉坚孤，终不及乱，未尝近女色，止留连尤物，仅惑于莺，此岂易沾染者而必以馋目酸态扭煞乱红娘耶。即玩全剧中曲白，张惟注意莺尔，曾有一语面调红者否，红亦止欲成就二人耳，别无自衒之意也。"且在夹批中又说："弋阳梨园作生先与红乱，丑态不一而足，无怪越人有饶头之癖矣。"

五是对无法解决的问题采取存疑态度处理。"凡例"云："久欲公之同好，乃扬扢未备，兹幸而竣事，精力虽殚，管窥有限，间犹有一二未决之疑，如染病非韵、心忙宜仄、打参宜仄之类，或是元本有挂误，海内藏书家倘有善本在此前者，不惜指迷，亦艺林一快！余必不敢强然自信也。"其所举之例分别为第一本第一折〔赚煞〕、第一本第二折〔醉春风〕。如〔赚煞〕"空着我透骨髓相思染病"，凌濛初眉批云："病染，染字犯廉纤韵，必有误。朱石津本作蹇，金自屿本作怎遣。王伯良改为病缠，以为独得。盖此字原可平声，三字皆可未知谁为本体耳。"

凌濛初《西厢记》校勘虽基本做到了"一字不易置增损"，但校勘中仍有个别地方尚有不足。首先，他以周宪王本为底本，但眉批中却几乎未出现周宪王本字样，这也是学者对周宪王本是否存在提出异议的主要原因所在。其次，他所参考的一些版本如旧本、一本、俗本、时本、今本等随处可见，这些版本具体为何不明，从而使其校勘在科学性、严密性方面有所欠缺。再次，他的校勘中存在明显的重古轻今的倾向。从他对待这些版本的态度可见，旧本、一本的重要性要远远高于俗本、时本、今本的，其地位甚至在徐文长本与王骥德本之上。当然，在元杂剧校勘的发展历程中，存在这样的问题是不可避免的，这一点亦不妨碍凌濛初在元杂剧校勘史上所取得的成就。

三　凌濛初校勘内容

首先，凌濛初在前人校勘的基础上，提出了一个与元杂剧最相吻合的体例。

第一，五本二十折的划分。凌濛初将《西厢记》分为五本，每本又各分四折，自行起止，总计二十折，每折无标目。每本末尾均有题目正名四句，现将其过录如下：

第一本	老夫人闲春院	崔莺莺烧夜香	小红娘传好事	张君瑞闹道场
第二本	张君瑞破贼计	莽和尚生杀心	小红娘昼请客	崔莺莺夜听琴
第三本	老夫人命医士	崔莺莺寄情诗	小红娘问汤药	张君瑞害相思
第四本	小红娘成好事	老夫人问由情	短长亭斟别酒	草桥店梦莺莺
第五本	小琴童传捷报	崔莺莺寄汗衫	郑伯常干舍命	张君瑞庆团圆

每本题目正名末句分别为各本之名，即第一本《张君瑞闹道场》，第二本《崔莺莺夜听琴》，第三本《张君瑞害相思》，第四本《草桥店梦莺莺》，第五本《张君瑞庆团圆》。

凌濛初五本二十折的划分与《录鬼簿》中对《西厢记》的记载正相契合。《录鬼簿》王实甫名下著录《西厢记》，云“五本”，从这方面说，凌濛初所依据的底本或许如此，抑或是凌濛初有意识地依据元杂剧体例对《西厢记》进行分本分折。

凌濛初《西厢记》校勘中每折无标目，正是认识到这是时人以南戏律元杂剧的结果，他说：“不思北曲非止一《西厢》，可能一一为之立名乎？”将《西厢记》校勘放在元代杂剧整体体例中进行考虑，从而对所谓“紫之乱朱”的现象进行拨乱反正。

第二，凌濛初《西厢记》校勘中值得肯定的另一个方面是全部保留了前四本末尾的〔络丝娘煞尾〕。《西厢记》前四本以〔络丝娘煞尾〕作为连接上下两本的有机纽带，是《西厢记》作为连本戏体例结构上的独特之处。徐世范本是今所见最早保留有四首〔络丝娘煞尾〕的刊本，其他刊本如弘治本、《雍熙乐府》、毛西河论定本均缺第一本〔络丝娘煞尾〕曲。王骥德《新校注古本西厢记》是最早删去此四曲的刊本，他认为该曲“语既鄙俚，复入他韵，又窃后折意提醒为之，似搊弹说词家，所谓且听下回分解等语，又止第二、三、四折有之，首折复缺，明是后人增入，但古本并存。又《太和正音谱》亦收入谱中，或篡入已久，相沿莫为之正耳”，故依据秣陵本删去此四曲。他的这种做法在当时就受到沈璟的批评，凌濛初明确指出：

> 此有〔络丝娘〕尾者，因四折之体已完，故复为引下之词结之，见尚有第二本也，非复扮色人口中语，及自为众伶人打散语，犹说词家有分交以下之类，是其打院本家数，王谓是搊弹引带之词而删去之，太无识矣。

凌濛初的这种做法是完全符合元杂剧体例的。王骥德因“首折复缺”而径行删除的做法未免犯了以自己好恶随意更改古籍的错误，这也就难怪凌濛初批评其为“太无识矣”。

第三，以审慎的态度对待一些颇有争议的内容。这主要体现在第二本中“《惠明下书》”时所唱两支〔赏花时〕。曲文如下：

〔仙吕赏花时〕那厮掳掠黎民德行短，将军镇压边廷机变宽。他弥天罪有百千般。若将军不管，纵贼寇，骋无端。

〔幺〕便是你坐视朝廷将帝主瞒，若是扫荡妖氛着百姓欢。干戈息，大功完。歌谣遍满，传名誉，到金銮。

凌濛初此处评注云：“俗本有慧明唱〔赏花时〕二段。金白屿（金在衡）谓‘周宪王增《西厢》〔赏花时〕，此意似谓不止此’。臧晋叔谓：‘止此是其笔。’然宪王所撰，尽可逼之，不学究庸俗乃尔。其本原无，故不载，聊附之《解证》中。”在《五本解证》中，凌濛初在誊录〔赏花时〕后，又说：“此亦楔子也。楔子无重见，且一人之口，必无再唱楔子之体。周宪王故是当家手，必不出此，定系俗笔。徐以前后白多，去之觉冷淡而姑存之，不知剧体正套前后原不妨白多者，王伯良去之为是。”他在剧本中没有保留这两支曲子，是因为感到曲文过于迂腐庸俗，并非周宪王所撰。但为了后世学者研究时提供材料之便利，他又采取了一种较为审慎的态度，把二曲收入《五剧解证》中，并再次依据元杂剧体例否定此二曲为宪王所撰，并对徐文长保留二曲的说法提出反对，赞同王骥德将二曲删去的做法。

第四，脚色名称的复原。王骥德《新校注古本西厢记》中脚色名称虽有所统一，但仍以生扮张生，还保留有南戏影响的影子。凌濛初在此基础上，指出“时本悉易以南戏称呼，竟蔑北体，急拈出以俟知者”，由正末扮张生，恢复了元杂剧这一脚色的本真面目。

凌濛初从以上四个方面对恢复本剧本来面目做了尽可能的努力，从文献学角度来说，其校勘成果是“现今唯一未受传奇体制影响，体例保存完好、改动较小，与元杂剧最相契合的相当完善的刊本”①。

① 黄季鸿：《西厢记研究史（元明卷）》，中华书局 2013 年版，第 399 页。

当然，凌濛初校勘也非尽善尽美，是完全符合元杂剧体例的。这主要体现在第二本楔子的划分上。第二本慧明所唱〔正宫端正好〕一套，凌濛初没有将之看作一折，而以楔子处理，这是与元杂剧体例相抵牾的。

其次，凌濛初对徐文长、王骥德的校勘成果做了更进一步的商榷。

凌濛初校勘《西厢记》，带有一定的针对性。"凡例"云："近有改窜本二：一称徐文长，一称方诸生。徐，赝笔也；方诸生，王伯良之别称。观其本所引徐语，与徐本时时异同。王即徐乡人，益征徐之为讹矣。徐解牵强迂僻，令人勃勃。王伯良尽留心于此道者，其辨析有确当处，十亦时得二三。但其胸中有痼如认红娘定为帮丁、崔氏一贫如洗之类，故阿其所好，悍然笔削，而又大似村学究训诂《四书》如首某句贯下、后某句承上、某句连上看、某句属下看之类，为可惜耳，然堪采者一一录上方。伯良云：'其复有操戈者，原不为此辈设也。'第此刻为表章《西厢》，未尝操戈伯良，具眼自能阳秋者，此辈也欤哉?"

凌濛初在校勘中，对王骥德"辨析有确当处"时有采用，如第一本第一折〔柳叶儿〕"恨天天不与人行方便"句，王伯良曰"天天连读勿断"。第三折〔调笑令〕"我这里甫能，见娉婷"句，王伯良曰"甫能二字作句"。第二本第三折〔元和令〕眉批云："王伯良曰：俗本谓'五瘟使'是'氤氲使'之误，渠自不识调，五字当用仄声，用不得平声也。"第三本第一折〔油葫芦〕眉批："王伯良曰：'潘郎、杜韦娘二句参差相对，带围句对鬓有丝。'俗本添一个二字，谬。"

然更多的是对徐、王二人的校勘提出商榷。如前举数例均是如此，又如第二本第一折〔八声甘州〕"风袅篆烟不卷帘"与第二本第三折〔五供养〕"篆烟微"，徐本改"篆烟"为"串烟"，解释为挂香。凌濛初不同意徐本改动与解释，《五本解证》认为"篆烟"为"香烟之文，屈曲如篆，与袅字合"。他说："元曲篆烟、篆香、篆饼、宝篆之类，用篆字者不少。"并举《竹坞听琴》剧"宝篆氤氲热香鼎"、《连环计》剧"炉焚着宝篆香"、《误入桃源》剧"焚尽金炉宝篆空"、《赤壁赋》剧"雕盘霭篆香"、《明皇望长安》剧"宝篆烟消"为佐证。徐本之所以改动的原因是"其意只为寄居萧寺，止是佛前盘香串，陋视崔家，如前所云途路穷之见不化耳"。徐本误改是未从全曲着眼，"不思本曲有宝鼎香浓，会真诗有衣香染麝，岂亦可谓挂香耶"。〔赚煞〕"果若有出师表文，吓蛮书信"，徐本改

“吓蛮”为“下燕”，凌濛初不认可这种“信传疑经”的不尊重正文的做法，认为：“吓蛮书信，盖小说家有《李翰林醉草吓蛮书》，以为李太白有是事，故往往用之。元剧用事，正不必正史有也。”第四本第三折〔小梁州〕之〔么篇〕“虽然久以后成佳配，奈时间怎不悲啼”，徐、王本改“奈时间”为“这时节”，凌濛初不赞同这种改动，眉批说：“‘奈时间’，俗本作‘那其间’，徐、王本作‘这时节’，俱无味。”

凌濛初校勘中还时常涉及元杂剧的一些规律性的认识。这除了前面杂剧体例方面，集中体现在他的校勘中特别注重区别元杂剧与时下南戏在戏曲表现形式方面的不同上。南戏盛行后，一些曲论家往往将元杂剧中某部分等同于南戏，以南戏名称呼，如第一本楔子，王骥德就认为其作用等同于南戏之“引戏”，凌濛初则从杂剧体例方面着手加以反对，说：“院本体止四折，其有情多用白而不可不唱者，以一二小令为之，非〔赏花时〕即〔端正好〕，如垫棹之以木楔，其取义也。今人不知其解，妄去之，而合之于第一折，殊谬。王伯良谓‘犹南之引曲’，亦未是。”

另外，有些刻本因受南戏影响，在第一本楔子〔么篇〕后加下场诗，凌濛初将其删去，并说：“此曲终竟下，亦是北体。时本有落场诗四句，则是南戏矣。”

这也同样体现在对杂剧脚色名称的变动上，除上述改“生”为“末”外，有些刻本还将老夫人所扮脚色名称改为“老旦”。凌濛初亦从元杂剧脚色体例方面加以纠正：“剧体止末、旦、外、净四脚色，故老夫人以外扮。今人妄以南体律之，易以老旦者，误。”

总之，凌濛初校勘中提出的“一字不易置增损”“至本文不敢不仍旧也”的原则，极具现实针对性与可操作性，为元杂剧校勘确立了一种新的规范。他的《西厢记》校勘在试图恢复元杂剧原貌的基础上所作出的规律性的探索，为后世学者提供了与元杂剧体例最为契合的版本，从而使其在元杂剧校勘中占据了突出而重要的位置。

第三节　张深之《西厢记》校勘

一　张道濬与《正北西厢秘本》

张道濬（？—1642），字深之，山西沁水人。祖父张五典，曾任大理寺卿。父张铨，曾任巡按御史等职。天启元年（1621），清兵围攻沈阳，城破时，辽东经略袁应泰和巡按御史张铨等壮烈殉职。张铨死后，朝廷予以优抚，赐谥号“忠烈”，并“荫一子锦衣世指挥佥事世袭”①，张道濬以此世袭锦衣卫佥事，升南镇抚司佥事指挥同知，再升为都督同知。在都督同知任上，因上疏朝廷流弊而得罪权贵，“出戍雁门”。后又被巡按御史以“离任冒功”之罪再次降调浙江海宁。崇祯十五年（1642）放归故乡，不久病卒。

山西沁水是戏剧盛行之地，“吉祭亦必于墓品物，士大夫家作神主置祠堂，四时致祭墓祭，各有其时。吉祭亦必于墓品，物各于常，时用鼓吹，或演杂剧，柔知观礼。备于常时，用鼓吹或演杂剧”②，生活在这里的张道濬自幼受戏曲熏陶。被贬海宁后，张道濬又结识了当地的文人谈以训、郭浚等。张道濬时往杭州，和文人接触更多，其中包括对戏曲研究有素的会稽孟称舜、吴江沈自征、嘉兴王浚等。此外，张道濬还和当时著名画家陈洪绶成为知交。

崇祯十二年（1639），张道濬在与这些人交往的同时，完成了《张深之正北西厢秘本》（下称《秘本》）的校刻。陈洪绶为此书行草题写了马权奇于崇祯十三年撰写的《叙》，云：

> 此深老爱惜古人也。深老今日者，得晞发溜歌于湖海间，又得远收太原薄田租以脱粟饭客。老雨苦风，无天涯沦落之感。呼门人鼓筝，侍儿斟酒，以得成此书者，非天子浩荡恩乎？闻深老善左右射，搅此书时，自不宜醉卧于紫箫红友之间、辞客伶倌之队，当张侯苏公堤上与虎头健儿戟射焉，图所以报天子耳！己卯莫冬雪中马权奇题于定香桥。③

《叙》中说张深之有感“天子浩荡恩”，“图所以报恩天子”而成此

① （清）秦丙煃重修，田同旭校注：《光绪沁水县志》，田同旭、马艳主编：《沁水县志三种》，山西人民出版社2009年版，第265页。

② ［嘉庆六年（1801）重修］（清）徐品山重修，马艳点校：《嘉庆沁水县志》，田同旭，马艳主编：《沁水县志三种》，山西人民出版社2009年版，第816页。

③ （明）张深之：《张深之正北西厢秘本》，《古本西厢记汇集》初集（4），国家图书馆出版社2011年版。

书。《叙》并没有像其他刻本一样对《西厢记》进行评述，这种方式在明代《西厢记》刻本中独出新裁。

据《张深之正北西厢秘本·参订词友》所云，郭浚诸人都参加了此书校刻。现将《参订词友》过录如下：

海盐姚士粦\叔祥	浮梁张遂辰\卿子	仁和顾　圤\山臣	钱唐沈孟诸\泽民
沁水王廷玺\渭桥	会稽孟称舜\子塞	泽州孔文纶\钓雪	吴江沈自征\君庸
泽州庞还初\雪涛	秀水李明岳\青来	海宁谈以训\仲木	钱唐沈应节\汉圭
休宁吴怀古\今生	嘉善薄　珏\子珏	阳城贾之鹏\程寰	绛州韩　霖\雨公
诸暨陈洪绶\章侯	嘉兴王　翃\介人	海宁郭　濬\彦深	仁和沈宗埴\以冲
嘉兴王　庭\言远	蒲州王溯元\元昭	长洲范能適\祇哉	归安韩绎祖\茂贻
泽州赵嗣美\祥元	无锡顾　宸\修远	鄞县钱光绣\圣月	山阴祁鸿孙\奕远
襄陵高　晫\玄中	休宁吴　玙\于廷	泽州宗兄京\绿雪	天台宗侄璞\若婴

已仕不列

参订词友阵容庞大，除已仕不列者外，还有32位当时名士参与了校刻。其中陈洪绶已知为此书行草题写马权奇《叙》，他人在校刻中有什么贡献，批注中并没有作具体交代，故有学者“怀疑此《参订词友》乃刊者虚张声势用以炫耀者”[①] 之讥。具体事实如何今已不可得知，但上述说法略显武断。马权奇《叙》中曾说张深之“又得远收太原薄田租以脱粟饭客”，这些“参订词友”或许也在“饭客”行列。他们在“呼门人鼓筝，侍儿斟酒”“醉卧于紫箫红友之间、辞客伶倌之队”时，对元明杂剧相互研发，终成《秘本》，它“实际上是那些包括孟称舜、沈自征、王浚（注：当为郭濬）、陈洪绶等人在内的‘参订词友’们集体的劳动，为了答谢用‘太原薄田租’招待他们的主人张道濬的盛意，就把主人作为校刻者了”。[②]

二　张深之所据正谱、诸本考

《秘本》卷首有《秘本西厢略则》六条，体现了此书校刻原则。过录如下：

---

① 黄季鸿：《西厢记研究史（元明卷）》，中华书局2013年版，第424页。

② 蒋星煜：《明刊本西厢记研究》，中国戏剧出版社1982年版，第161页。

一　词有正谱，合弦索也。其习俗讹烦者删。
一　字义错谬，诸本莫考者改。
一　曲白混淆者正。
一　衬字宛转谐声，不碍本调者辨。
一　方言调侃，不通晓者释。
一　圈句旁者，不同俗句；圈字者，不同俗字。

“略则”性质等同于“凡例”，虽有校订原则，但相较于王骥德、凌濛初而言则显得过于简略。其中提到正谱、诸本，但这些正谱、诸本究竟为何物，在批注中并没有交代，致使在科学操作的精准性方面显得模棱两可。这也是此书在元杂剧校勘学史上的价值、地位远逊于王骥德《新校注古本西厢记》、凌濛初《西厢记五本解证》等的主要原因之一。

先说“正谱”。

张深之说“词有正谱，合弦索也”。元杂剧曲谱在清代之前，主要是周德清《中原音韵》与朱权《太和正音谱》两种。那么张深之所据正谱是这两种的哪一种呢？我们以《中原音韵》与《太和正音谱》所载《西厢记》曲谱与《秘本》予以对比，列表如下：

曲牌	《秘本》	《中原音韵》本	《太和正音谱》本
麻郎儿么	忽听一声猛惊（卷一第三折）	忽听一声猛惊	
四边净	今宵欢庆，俺那软弱莺莺那惯经？索款款轻轻，灯前交颈。端详可憎，好煞人无干净！（卷二第二折）	今宵欢庆，软弱莺莺可曾惯经？款款轻轻，灯下交鸳颈。端详着可憎，好杀人无干净！	
拙鲁速么①	怨不能恨不成，坐不安睡不宁。有一日柳遮花映，雾帐云屏，夜阑人静，海誓山盟。恁时节风流佳庆，锦片前程，美满恩情，画堂春自生（卷一第三折）		恨不能怨不成，卧不安睡不宁。有一日柳遮花映，雾帐云屏，夜凉人静，海誓山盟。恁时节风流佳庆，锦片前程，美满恩情，画堂春自生
小络丝娘			都只为一官半职，阻隔着千山万水（卷四第四折）

① 《太和正音谱》标曲谓为〔拙鲁速〕。

《中原音韵》收《西厢记》中〔越调〕〔麻郎儿么〕与〔中吕〕〔四边净〕（张深之本作〔四边静〕）二曲。其中〔麻郎儿么〕中曲词与《秘本》完全相同。因此句曲词在所有版本中都相同，故无从作为判断标准。而〔四边净〕则有所差异。《秘本》眉批云："'那'讹'何曾'非。'前'讹'下'并添'鸳'字非。"其中"鸳"字，黄季鸿《西厢记研究史》认为是"盌"，且在引用《秘本》"灯前交颈"时误为"灯前交鸳颈"，多一"鸳"字。① 是"鸳"还是"盌"？细检《秘本》，此字下半与书围相连而略显模糊，且"盌"义为容器，与此处曲意毫无关联，且《中原音韵》作"灯下交鸳颈"，则此字当为"鸳"而非"盌"。《中原音韵》所据之"可曾""灯下"，正是张深之所正之内容，唯"可曾"为"何曾"之一音之转。由此可见，张深之所据之"正谱"并非《中原音韵》。

《太和正音谱》收《西厢记》中〔越调〕〔拙鲁速〕与〔小络丝娘〕二曲。〔拙鲁速〕曲中，《太和正音谱》"恨不能怨不成，卧不安睡不宁""夜凉人静"，秘本为"怨不能恨不成，坐不安睡不宁""夜阑人静"，"恨""怨"二字颠倒，"坐""卧"、"凉""阑"不同外，其余均相同。至于〔小络丝娘〕，因张深之秘本前四卷均删去，无从得知异同。《西厢记》前四本后〔小络丝娘〕曲，有些戏曲整理者予以保留，如凌濛初本，有些将其删去，如王骥德本、张深之秘本等。这并不能作为其是否参考某版本的依据，如王骥德本以《太和正音谱》为参考，但并没有依据此书保留〔小络丝娘〕曲，我们不能据此就断言王骥德本不是以《太和正音谱》为依据的。从明代 1398 年（戊寅）的《太和正音谱》到 1639 年（崇祯十二年）的《秘本》，二百多年间，《西厢记》刻本层出不穷，二者在一曲之十句曲词中仅有寥寥数字的异同，就遽断二者非一版本系统，似乎是不能站住跟脚的。就二者关系而言，笔者更倾向于张深之在《秘本》中参考了《太和正音谱》所收《西厢记》同一系统版本的说法。那么张深之《秘本》所采用的正本虽然不是《太和正音谱》所收《西厢记》版本，但至少与这一版本是属于同一系统。

再说"诸本"。

《秘本》批语中出现的诸本有俗本。俗本在张深之《秘本》中出现次数较多，如卷一第二折〔石榴花〕"（生）小生无意求官，有心听讲。途

① 黄季鸿：《西厢记研究史（元明卷）》，中华书局 2013 年版，第 424 页。

路无可申意，聊具白金一两与常住公用，伏望笑留。穷秀才人情纸半张，怎如七青八黄。”批语云：“白应入此处，俗本在后，没关会矣。”〔朝天子〕“硬着头皮上”句批语云：“上言硬着来强也，俗求之不得，遂改作撞。徐文长亦妄作两强字分别，上字为平，下字为去。亦非。”卷一第四折〔锦上花么〕“窗儿外头，那会镬铎”批云：“俗竟少头字，作一句可笑。”卷二第三折〔新水令么〕“知他我命福如何”批云：“知他我是衬，俗于福下添又字，遂讹为正文，作两句非。”

有别本。如卷五第二折〔朝天子〕〔耍孩儿〕中间批云：“别本此处有〔贺圣朝〕一曲，不惟本宫内无此调，且词与末折内〔雁儿落〕意同，更俗甚，删之。”

俗本、别本具体所指为何，因校者模糊其词，现已无从得知。

有徐文长本。张深之《秘本》对徐本持批评态度，言辞颇多尖锐指责者。如卷一第二折〔上小楼〕“（背科）您若是有主张”批语云：“您若下是背言，若作当面语，则卤莽甚矣。徐文长更为央挽法聪之言，改有主张为把小张，益非。”〔朝天子〕曲批语云：“怎么耶，乃三衬字。耶读呀，北方带口声。即是说你烦恼何为。徐文长以怎么耶为僧名，不惟与唐三藏重叠，且与烦恼字隔碍。强作解事，可笑甚。”卷一第四折〔甜水令〕“可意冤家”批云：“冤家，徐文长作他家，勾深其词，西厢正不尔。”卷二第三折〔新水令么〕“你看没查没立慌偻科”批云：“没查立，犹云没正经。徐文长解作无准诚，杜撰。”第四折〔调笑令〕“莫不是梵宫夜撞钟”批云：“撞平声，用木撞也。俗讹作去声，徐文长亦以为然，嫌不谐调，遂改声字。成何文理。”卷三第一折〔后庭花〕“虽是些假意儿，小可的难办此”批云：“办言此书非小可人儿所能办者，讹到这，既非实。徐文长又改辨，谓作简题诗，恭敬意儿虽是假，小可人儿亦难辨，更支离不通。”第三折〔搅筝琶〕“燕侣莺俦”批云：“成语言配偶也，徐文长改燕子莺儿无味。”卷五第三折〔金蕉叶〕“俺家人有信行，知恩报恩”批云：“有信行，言张生为人如此。俺家人知其恩，自然报他。徐文长删俺家人，非。”

张深之虽对徐文长本颇多指摘，但在一些关键性的地方却又盲从徐文长本，“并没有能辨别徐文长本、王骥德本的精华和糟粕”①。如卷四第二折红娘所唱〔紫花儿序〕：

① 蒋星煜：《明刊本西厢记研究》，中国戏剧出版社 1982 年版，第 151 页。

猜你那穷酸做了新婿，
猜你个小姐做了娇妻，
猜我这贱人做了饶头。

“饶头”一词，在徐文长前所有版本均作“牵头”，徐文长始改为“饶头”，王骥德从之。张深之亦从徐本作“饶头”，并说：“牵头饶头俱好，牵头人人说得出，不如饶字佳尔。”此处虽没有明说是依据徐文长本，但他受徐文长本的影响是显而易见的。

“牵头”，即牵线之意。“饶头”，意谓红娘作为莺莺出嫁的添头。虽一字之差，但曲意相去甚远。就张生而言，因其“志诚种”品行而获得了永久的艺术生命，如果他与红娘先发生关系，其就会成为一个滥用感情的花花公子，其“志诚种”艺术品质就失去根脚，变得没有意义。故从张生方面来说，红娘是“牵头”而非“饶头”。就红娘来说，她戏讽张生为“志诚种”，正是因为看重张生诚恳仗义、对莺莺一往情深的一面，她才冒着被老夫人责罚的危险积极“牵头”。若用“饶头”，则红娘完全是为了自己奔走，无疑红娘热情、无私的艺术力就会大大削弱。对此，凌濛初做了尖锐的指责，此曲《集评》云：

“牵头”本自妥当，徐、王皆改为“饶头”，且曰“妙甚”，不知越人苦认红娘为帮丁何谓，如前写“与从良反及那里发付我”俱作是解，可笑。不思《会真记》，张生内秉坚孤，终不及乱，未尝近女色，止留连尤物，仅惑于莺。此岂易沾染者，而必以馋目酸态扭煞，乱红娘耶！即玩全剧中曲白，张惟注意莺尔，曾有一语面调红娘否？红亦止欲成就二人耳，别无自炫之意也。

〔紫花儿序〕曲后夹注又云：

弋阳梨园，作生先与红乱，丑态不一而足，无怪越人有饶头之癖矣！①

① （明）凌濛初：《凌刻套版绘图西厢记》，上海古籍出版社2005年影印明凌濛初刻初印本。

凌濛初认为徐、王改“牵头”为“饶头”是受了当时《西厢记》舞台表演中渐次抬头的色情庸俗思想的影响。当然，当时“越人有饶头之癖”的风俗亦发挥了不可忽视的作用。蒋星煜先生也指出：

> 张深之盲从了徐文长、王骥德面且居然说：“牵头人人说得出，不如饶头佳尔”。这就完全离开了剧本，因为这不是别出心裁就行的问题，而是符合不符合张生和红娘的性格和思想活动的问题。玩世不恭的徐文长虽然改“牵头”为别人说不出的“饶头”，张道濬还是应该摈弃的。①

在这里，蒋星煜先生针对这个问题，指出戏曲校勘应该遵循剧本人物性格和思想活动，而非别出心裁，否则戏曲校勘的严肃性就荡然无存。

张深之《秘本》在《西厢记》体例上也受到徐文长批点画意本的影响。秘本前目录有标目，具体是：

一卷	四折	奇逢	假馆	倡和	目成
二卷	四折	解围	初筵	停婚	琴挑
三卷	四折	传书	窥简	逾垣	问病
四卷	四折	佳期	巧辩	送别	惊梦
五卷	四折	报捷	缄愁	求配	荣归

这些二字标目仿王骥德本，内容均为从批点画意本中标目的变化，大都是批点画意本标目的后二字。张深之《秘本》与批点画意本不同之处是将全剧分为五卷四折，并为每折标明宫调，但总体来说张深之《秘本》与徐文长本和王骥德本之间具有“血缘关系”②，“其正文内容是据批点画意本等碧筠斋古本一系校订而成，虽然在曲文、说白两方面均做了较大改动，然而还是能看出批点画意本的模样”③。

---

① 蒋星煜：《明刊本西厢记研究》，中国戏剧出版社 1982 年版，第 152—153 页。

② 蒋星煜：《西厢记的文献学研究》，上海古籍出版社 1997 年版。

③ 陈耀旭：《现存明刊〈西厢记〉综录》，上海古籍出版社 2007 年版，第 225 页。

三　张深之"正语"

张深之《秘本》"正语"中很大一部分就是依据"正本"对《西厢记》中曲牌的句数及每句字数作了规定。兹举数例：

卷一第一折〔油葫芦〕

这河是白，下应七字句，折讹带为实字，又于秦晋上添分字，作三句读。非。

第四、五句俗以多三字，讹作四句，今分别之。

第六、七句俱少一字。

卷二第一折〔那吒令〕

第二四六句俱少一字。第七八九句俱少二字。

卷四第一折〔油葫芦〕

第二句少三字。第七句少三字。

他在对每句曲词的字数规定时，少则一字，多则三字，用"第某某句多（少）几字"的方式加以提示，但遗憾的是他没有明确指出多（少）的字到底是什么，也没有解释自己的根据。这也导致学者对其的诟病，指出他所依据的"正谱"只能"是他自己的心中之谱"。在"正语"中，这类校语频繁出现，几乎占了整个"正语"的三分之一强，这就显得有些不合常理了。"以常理推断，《西厢记》也不太可能动辄每句减少或增多几个字，因为曲是要合乐演唱的，曲文可以有别，多字少字就是有，也不会那么多。以此而论，张深之'所正'者，便大都难以禁得起推敲，学术意义也就有限了。"①

《秘本》对曲牌曲词的句读也给予了关注。但有些句读却改得十分不尽如人意。如卷一第一折〔村里迓鼓〕末句"正撞着五百年风流业冤"批注云："五百年风流是一句，业冤两字是一句不应混渎。"这样断句完全撇开了《西厢记》曲律文法，显得别出心裁。翻检《秘本》《西厢记》其他〔村里迓鼓〕曲和其他版本此曲，均不是如此断句。如《秘本》卷三第一折："不病死多应闷死。"卷四第一折："姐姐则可怜俺为人在客。"此二处

① 黄季鸿：《西厢记研究史（元明卷）》，中华书局2013年版，第425页。

均作一句读。另外，弘治岳刻本此曲作〔节节高〕（〔村里迓鼓〕异名），也是作一句读。另外，曲谱在此句断句中均不见此种断法。如《太和正音谱》仙吕套举无名氏散套〔村里迓鼓〕，末句“直吃得驴背上醺醺带酒”亦是七字一句。

《秘本》对《西厢记》曲词校勘的一些结果也显示出张深之别出心裁的一面。如卷一第二折《初筵》〔朝天子〕“硬着头皮上”，秘本批云：“上，言硬着来强也，俗求之不得，遂改作撞。徐文长亦妄作两强字，分别上字为平，下字为去。亦非。”徐文长为了分平去而改为“强”，本来就显得十分勉强。张深之指出这一点是值得肯定的，但他又改为“上”则仍值得商榷。

有时，《秘本》的校勘“信传疑经”，从而本末倒置，这样得出的结果必然不能令人信服。如卷二第一折《解围》〔赚煞尾〕“下燕的书信”一句，除徐文长本与张深之《秘本》外，从弘治岳刻本开始的《西厢记》刊刻本均作“吓蛮的书信”。这本是采用了李太白醉草吓蛮书的故事，弘治岳刻本释义采用《通鉴·韩信记》开始出现误导，其他刊刻本亦沿用其误。释义云：

> 破赵，令军中有得李左车者，与千金。有缚至麾下者，信解其缚，东面坐。师问之曰：“仆欲北攻燕，东伐齐，若何而有功？”左车曰：“将军不终朝破赵二十万，威振天下，此将军之所长也。燕若不服，齐必自强，此将军之所短也。今为将军计，莫若按甲休兵，镇抚赵民，遣辩士奉咫尺之书，燕必听从。燕已从而东临齐，虽有智者亦不知为齐计矣！”信从其策。①

张深之据此而从徐文长本作“下燕的书信”，这种罔顾剧本内容“就典释典”② 的方式得出的校勘结果势必是错误的。

《秘本》校勘有时以文字的是否对称为依据，来决定曲词某字是否合适，有时甚至为了追求文字对仗而刻意改动曲词。如卷二第一折《解围》〔八声甘州〕“风袅篆烟不卷帘，雨打梨花深闭门”，“篆烟”系“串烟”之改，注云：“篆是实字，对梨字，讹串非。”他在这里不是根据文字的含

① 弘治岳刻本。
② 傅晓航：《西厢记集解·贯华堂第六才子书西厢记》，甘肃人民出版社 2013 年版，第 5 页。

义或依据古本，而是从文字对仗的角度作出判断。又如卷五第三折《求配》〔紫花儿序〕“君瑞是君子清贤，郑恒是小人浊民”注云：“贤字不用韵，且与民对，讹贫非。”他的这种校勘方法，是“不可能符合校勘工作的根本要求的”，校勘结果有可能把正确的改为错误，如第一例，有时则改动了王实甫原文。

当然，《秘本》在校勘中有些结果值得称道，他发前人所未发，为《西厢记》校勘提供了新的视角。如卷一第一折《奇逢》〔油葫芦〕“东西汇九州，南北贯北川”之“汇”“贯”，他本均作“溃”“串”，张深之云：“汇言合众水，贯言总大地，讹溃与串，非。”这样一改，文意更为通顺，且更合文法。又如卷五第一折《报捷》〔集贤宾〕“旧愁似太行山稳稳，新愁似天堑水悠悠”之“稳稳”，他本多作“隐隐”，张深之注云：“稳稳，言不转动也。讹隐隐非。”

第四节　《毛西河论定西厢记》

一　毛奇龄与《西厢记》

毛西河，即毛奇龄（1623—1716），原名甡，又名初晴，字大可，又字齐于，号西河，学者称其西河先生。萧山城厢镇人。他四岁识字，由其母口授《大学》，即能琅琅成诵。少时聪颖过人，以诗名扬乡里，十多岁就中秀才。明亡，清兵南下，他与沈禹锡、蔡仲光、包秉德避兵于县之南乡深山，筑土室读书。毛奇龄生性倔强而恃才傲物，曾谓：“元明以来无学人，学人之绝斯三百年矣。”评判言辞过激，得罪人多，因此仇家罗织罪名，几度遭诬陷。后辗转江淮，遍历河南、湖北、江西等地。赖友人集资向国子监捐得廪监生。清康熙十八年（1679），毛奇龄中博学鸿词科，被授翰林院检讨，国史馆纂修等职。其间以《古今通韵》一卷进呈，得到康熙帝的赞赏，诏付史馆。康熙二十四年离馆回乡，专心从事著述。

毛奇龄博览群经，治经学重考据，是乾嘉汉学的先驱，被乾嘉之际汉学家焦循、阮元、凌廷堪等奉为清代汉学的开山，焦循云：“有明三百年，以时文相尚，其弊庸陋谫僿，至有不能举经史名目者。国朝经学盛兴，检讨首出于东林、蕺山讲学标榜之余，以经学自任，大声疾呼，而一时之废疾顿起。当是时，充宗名于浙东，朏明名于浙西，宁人百诗名于江淮之间，检讨以博辩之材，睥睨一切，论不相下而道实相成。迄今，学者日益昌明，大江南北著书授徒之家数十，视检讨而精核者固多，谓非检讨开始之功不可。”①

毛奇龄素晓音律，能吹箫。淹贯群书，度曲，间效元人作小词杂曲以自娱。“善诗歌乐府填词，所为大率托之美人香草，缠绵绮丽，按节而歌，使人凄怆，又能吹箫度曲。”② 他对王实甫的《西厢记》杂剧加以评点，书名《论定西厢记》，立论新颖，颇多创见，与金圣叹的评批齐名，并称为《西厢记》评点中的双璧。康熙十五年，毛奇龄《毛西河论定西厢记》由学者堂刊行。吴兴祚为其作序，云：“西河善音律，尝欲考定乐章，编辑宫徵，而蹉跎有待。洪钟之响，发于寸莛，岂其志与?”③ 毛奇龄以经学家身份论定《西厢记》降而治词曲小道，“他不像李卓吾、汤显祖那样同时以思想家而影响当时的学术界，也不像金圣叹那样主要从欣赏、批评的角度来对待《西厢记》，和王骥德所花的劳动比较接近，在参考有关材料进行校订、注释、考据这方面化的功夫较多，因此也是在这方面成就最为显著”④。

二　《毛西河论定西厢记》的校勘依据

毛奇龄在自序中对他校勘《西厢记》所采用的版本作了说明，现将其过录如下：

> 旧时得古本《西厢记》，为元末明初所刻，曲真而白清，为何人攫去久矣。万历中，会稽王伯良作《新校注古本西厢记》，音释考据尚称通核，然义多拘葸，解饶傅会。揆厥所由，以其所据本为碧筠斋、朱石津、金在衡诸讹本，而谬加新订，反乖旧文，虽妄题曰古，实鼠璞耳，然犹孔阳丑顷之间也。今则家为改窜，户起删抹，拗曲成伸，强就狂臆。漫不知作者为何意，词曲为何物，宫调为何等。换形吠声，一唱百和，数年后是书独遭秦炬矣。予薄游临江，闳闭萧寺。

① （清）焦循：《焦里堂先生轶文·代阮抚军撰〈毛西河全集〉序》，《丛书集成续编》第133册，上海书店出版社1994年版，第522页。

② 《四库全书总目》卷一九九《词话条》。

③ （清）吴兴祚：《毛西河论定西厢记序》，《毛西河论定西厢记》，清康熙学者堂刻。

④ 蒋星煜：《毛奇龄对〈西厢记〉本来面目的探索——〈毛西河论定西厢〉的校注的依据》，《西厢记的文献学研究》，上海古籍出版社1997年版，第430页。

客有语及者，似生忧患。因就临江藏书家，遍搜得周宪王、大观堂本凡二本。他无有矣。既而返临安，又得碧筠斋、日新堂、即空观、徐天池、顾玄纬诸本，凡八本，然而犹是鲁卫也。且拟为论列，以未遑卒舍之去。既后，则骤得善本于兰溪方记室家，与向所藏本颇相似，特不署所序名。镌字委刓而副窄，称为元至正旧本，而重授刻于初明永乐之一十三年。较之碧筠斋诸本刻于嘉隆以后者，颇为可信。且曲白皦，与元词准；比诸传谱，与《雍熙乐府》诸所载曲，尤称明晰。遂丐实之箧而携之归。

越二年，复以避人，故假居山阴白鱼潭，乃始与张氏兄弟约为论列。出箧所实本，并友人所藏王伯良本，并他本。竟以兰溪本为准，矢不更一字，宁为曲解，定无参易。凡论一折，限一昼，凡二十二昼不足。已而之吴，寓邵明府署，又凡二十昼，合四十二昼。盖既悲时曲之漫填，而又惧是书之将终迷于世也。①

从序中可知，毛奇龄所据底本为兰溪方记室家所得善本，此本与他早期所拥有的一本“不知为何人攫去”的元末明初刻《西厢记》颇相似。他根据善本镌字说其为元至正旧本，而重授刻于初明永乐之一十三年。故在山阴白鱼潭假居避祸之时，与张氏兄弟相约为《西厢记》做校订工作。此张氏兄弟大概就是张梯、张杉、张楞三兄弟，《西河集》卷九十一云：“山阴有三张子：张梯、张杉、张楞也……此三张子与萧山毛甡友善。”他用王伯良等本为校本，先校订了一部分，后来到了吴地邵明府署，又完成了一部分。在校勘中，他“以兰溪本为准，矢不更一字，宁为曲解，定无参易”。

从自序可知，毛奇龄是针对王骥德“义多拘葸，解饶傅会”与金圣叹“家为改窜，户起删抹，拗曲成伸，强就狂臆”二种现象起而论定《西厢记》的。同时，他将王骥德所据碧筠斋本、朱石津本、金在衡本称为讹本。他对所据兰溪方记室家所得善本称誉甚高，说善本“较之碧筠斋诸本刻于嘉隆以后者，颇为可信。且曲白皦，与元词准；比诸传谱，与《雍熙乐府》诸所载曲，尤称明晰”。但此善本究竟为何本，在行文中并没有明说，只是含糊其词地说是元至正旧本，重刻于明永乐十三年，是“不知为

① （清）毛奇龄：《论定西厢记自序》，《毛西河论定西厢记》，清康熙十五年学者堂刻。后引此书者不另出校。

何人攫去”的“旧本”，再没有对版本作更详细的描述，甚至连版本是何名称也没有交代。论定中，虽然也提到了旧本，如第一折〔赚煞〕“这透骨髓相思怎遣”，毛西河云：

> 相思怎遣，诸本作相思病染，染字属廉纤闭口韵，固非。若朱氏本改作病蹇，王本改作病缠，则亦非是。初见而曰病缠、病蹇，情乎。且赚煞第三句正末二字须用去上，病缠为去平，终是误也。旧本怎遣最当，而或反讥其与怎当他有碍，不知怎当他月起作转，与怎遣字参差呼应，最有语气，若云这相思怎遣得耶，然非不欲遣也，怎当他临去时如许传情，则虽铁石人也遣不得也。

这里，也未对旧本作具体描述。另外，毛奇龄在校注中也常常提到“原本”。如卷首关于《西厢记》作者的论述中云：“原本不列作者姓氏，今妄列者若著若续，皆非也。”第一折楔子“外扮老夫人引旦儿红娘欢郎上开”条云：“他本或称外扮老夫人，科例也。此不署扮色者，以本与杜皆外扮，恐杂出相混，故任其扮演。此与惠明不署扮色正同。若张为正末而俗称生，则入南曲爨色矣。原本之不可更易如此。”第二折〔石榴花〕针对王骥德将“也则待”改“他则待”的做法不妥，说：“读此知原本之一点一画，总不可移易乃尔。”这样的例子还有很多，但在所有的论述中，他都没有具体说明原本版本的名称。这种对“旧本”“原本”讳莫如深的做法对一位治学严谨的经学家来说是一件令人费解的事。他的这种做法也导致了其所用版本到底是何物的疑惑，从而被论者讥此举为“故弄玄虚”①。

自序中，毛奇龄自言其参校所用版本有八种，分别是王骥德本、周宪王本、大观堂本、碧筠斋本、日新堂本、即空观本、徐天池本、顾玄纬本。下面分别论述之。

王骥德本。毛奇龄对王骥德《新校注古本西厢记》一方面肯定其“音释考据尚称通核”，另一方面又反对王本“义多拘葸，解饶傅会”。所以毛奇龄在《论定西厢记》中，较多地征引了《新校注古本西厢记》的校注。对赞同者仅引用其文而不加评论，对欠妥者则引其文再予以批评辨析。后者如第一本第一折〔点绛唇〕“望眼连天，日近长安远”之“望眼”，王

① 蒋星煜：《西厢记的文献学研究》，上海古籍出版社1997年版，第427页。

骥德本作“醉眼”，毛奇龄认为不确：“‘望眼’勿作‘醉眼’，与《金钱记》‘醉眼迷芳草’不同，非郊游也。”同折〔寄生草〕“你道是河中开府相公家，我则道南海水月观音现”之“现”，朱石津本作“院”，徐渭本、王骥德本从之，毛奇龄认为不妥，说“水月观音现”系元人习语，本不容改，况董词亦作“我恰才见水月观音现”语，尤不得改。针对徐渭“‘观音院’对‘相公家’，天成妙语”之说，毛奇龄云：“若云‘现’对‘家’不整，则《抱妆盒》剧有云‘若不是昭阳宫粉黛美人图，争认做落伽山水月观音现’，亦以‘现’对‘图’”，那么此处‘现’对‘家’”亦可。同折张生曰：“小生姓张，……年方二十三岁……”王骥德认为从《莺莺传》为二十二岁，毛奇龄则谓：“二十三岁，出董解元本”，“此从董者，正以由历在董耳，词例之严如此”。

徐天池本。毛奇龄在校勘中提到“徐天池本”的次数也不少。有时独列，如第一折〔天下乐〕“俺也曾泛浮槎到日月边”，徐本删“俺”字，毛奇龄认为删去“俺”字，则“以为也曾指河，则泛滥无理矣”。又如第五折〔混江龙〕“香消了六朝金粉，渐减了三楚精神”句，“香消”诸本误作“春消”，王伯良又改作“消疏”。“渐减”诸本误作“清减”，徐天池又改作“玉减”，毛奇龄云：“不知看与香、渐与清俱字形相近之误，改则益误矣。”

有时与碧筠斋本共列，如第五折〔后庭花〕曲，毛奇龄云：“〔后庭花〕一曲，王本与碧筠斋本俱改作〔元和令〕。〔后庭花〕二曲最多事，〔后庭花〕曲调可增可减，本自恰合，何必尔也。”认为碧筠斋本与王骥德本如此改动曲调为多事之举。

有时与王伯良本共列，如第一折〔元和令〕“颠不剌的见了万千”之“颠不剌”之解释，徐渭、王骥德认为是“美女”，毛奇龄认为“徐天池、王伯良辈以颠作轻佻起莺凝重，亦非也。千般袅娜，莺固不在凝重，即以轻佻起凝重，可谓凝重乎。颠，即颠倒，犹言没头绪也，言颠颠倒倒的看了万千，今才看著也。颠，张自指，不指所看者”。并举董词、《举案齐眉》剧证之。又如第三折〔络丝娘〕“今夜把相思折正”之“折正”，毛奇龄认为：“折正即折证，言向来枉相思耳，今夜且折证果何如也，正起下曲，与尾照证相呼应。诸本作再整，固谬。他本或误作投正。”“伯良、天池凿俗本再整之误，而仍得误本，遂起妄解，始知较覆不精，虽称古本无益也，况趁臆改窜耶。”

碧筠斋本。毛奇龄在校勘中，凡出现碧筠斋本者，均持否定态度。如第一折“折不作齣，但碧筠斋诸本，以一本为一折，无据”，第四折：“〔锦上花〕本二曲，然必两列，〔么〕起句必五字，诸本与元曲细考皆然。碧筠斋诸本合作一曲，王本因之且引《正音谱》为据，乌知谱凡〔么〕两列者，皆不分，如〔六么序〕〔麻郎儿〕，分明有〔么〕而合，下不分可验也。”第十二折〔紫花儿序〕“怒时节把个书生来迭窨”之参释云：“元词无正字，故跌窨亦作迭窨，碧筠斋称为古本，而以窨作害，此何说也。”

日新堂本。毛奇龄参释中出现一次日新堂本。第一折在提到标目时云：“按日新堂本目录，又有第一本焚香拜月、第二本冰弦写恨、第三本诗句传情、第四本雨云幽会、第五本天赐团圆，则又每本各总标一句，与《点鬼簿》张君瑞闹道场诸句同，亦似一例。但彼此各异，或亦后人所增耳。”认为《西厢记》原本无标目，所谓四字标目及二字标目均为后人伪增。

自序中所提到的周宪王本、大观堂本、顾玄纬本、即空观本四种，在校勘中并没有提及。在今天我们也不能准确判断毛奇龄是否看到过这几个版本并把它们作为校勘的依据。

自序中所没提到的版本还有金在衡本、朱石津本。校勘中两次提及金在衡本，持否定态度。如第四折：

> 〔洁云〕风灭灯也。〔正末云〕小生点灯烧香。（红对旦儿云）那生忙了一夜。
>
> 〔锦上花〕（唱）外像儿风流，青春年少；内性儿聪明，冠世才学，扭捏著身子儿百般做作，来往向人前卖弄俊俏。
>
> （旦儿云）则我猜那生呵
>
> 〔幺〕（唱）黄昏这一回，白日那一觉，来窗儿外那会镬铎。他到晚向书帏里比及睡著，千万声长吁怎得到晓。

此二曲有些版本或俱莺唱，或前莺后红，金在衡本俱作红唱，毛奇龄认为不然，说：“北曲每折必一人唱，而院本则每本正末折参唱数曲，此定例也。此互参莺红二曲，一调笑，一解惜，如挡弹家词，于铺叙中笑搀旁观数语，最为奇绝。他本俱作莺唱，两曲不贯。金在衡本俱作红唱，则与生曲又不接。诸本或前莺后红，则两曲语气又各不相肖。至若妄者不识词例，目为搀入，一概删去，则了措矣。乌知作者本意，元自恰好如此。”

又如第十八折〔贺圣朝〕曲，金本疑此曲为衍文，王骥德本删去，毛奇龄云："此曲虽是黄钟宫调，然与中宫商调本自出入，此正答休别继良姻。一嘱只莺莺意儿二句，与贺圣朝本调不合，似有错误。金在衡疑此曲为窜入，而王伯良憬删之，则妄甚矣。元词作法必有参白，参白一删则势必删曲，何者以曲中呼应尽无著耳。伯良顾识词例，亦曾取元剧参白一探讨耶，岂有通本参白一笔删尽而犹欲分别曲文定是否者，卷首所谓以曲解曲，以词覆词，真百世论词之法也。想莺莺二句另起，起下曲收拾寄物，正元词三昧，但其文似有误耳。今悉照原本，不敢增易，以俟知者。"

朱石津本。毛奇龄在校勘中有三处提到朱石津本，对其亦持否定态度。如第一折〔寄生草〕反对朱石津改"观音现"为"观音院"，认为其"不知此句系元人习语"，是不需要改动的。同折〔赚煞〕反对朱氏本改"相思怎遣"为"相思病蹇"。第四折〔折桂令〕"心痒难揉"句，毛奇龄反对朱石津本改"揉"为"猱"。

另外，毛奇龄在校勘《西厢记》时还参考了《雍熙乐府》，基本持否定态度。如第十六折〔锦上花么〕"下下高高，道路回折"，校勘云："回折，俗作凹折，《雍熙乐府》作曲折，皆字形之误。"第二十折〔乔牌儿〕"莫不我身边有甚事故"，校勘云："有甚事故，或以《雍熙乐府》作有些事故，遂疑甚字宜平，非也。有字是正文，则甚与些字总衬字，可不拘耳。"

除了上述诸本明确提到的刊本，毛奇龄校勘《西厢记》时还提到了"他本""诸本""俗本""伪古本"等，这些版本面目究竟如何，因校勘者没有加以说明，今天已无从得知。

另外，毛奇龄还引用了沈璟、刘丽华、萧研邻、汤显祖、邵赤文、萧孟昉等人题评数则。沈璟题评一，如第十三折〔胜葫芦么〕后参释云："词隐生曰：'檀口句最难解，生口无点檀，理自称香腮，又不当揾者，以手抆物如揾泪之揾，从手此推就之际，似羞其不洁而抆口在颊，真刻魂镂象语。'"刘丽华题评有三，如卷一参释云："明隆万以前刻西厢者，皆称西厢为关汉卿作，虽不明列著名，然序语悉归汉卿，如金陵富乐院妓刘丽华刻《口授古本西厢记》在嘉靖辛丑，尚云董解元关汉卿为西厢传奇。"卷四第十六折〔新水令〕后参释云："刘丽华曰：旅舍魂惊，春闺梦断，此篇隐语。"卷五附辨云："金陵富乐院妓刘丽华作《西厢记》题辞有云：长君尝示予崔氏墓文，始知崔氏卒屈为郑妇，又不书郑讳氏。其题在嘉靖辛丑，则知是时又有伪为崔氏墓志，与诸本崔郑合志书讳氏者又异。第其所称长君，不知何人，即志文亦不传。”萧研邻题评一，如第十七折〔挂金锁〕后参释云：“萧氏研邻《词说》：‘四句兼比赋，榴花睡皱，芙蓉纽宽，此赋也，衣泪湿而断线如珠，柳眉蹙而秋花减尽，此比也。’”邵赤文题评五，如第三折〔东原乐〕后参释云：“赤文曰：‘诸曲前后多矛盾，此曲尤甚。如恰才悄悄相问一语，痴人必以为真问真应矣，〔圣药王〕隔墙酬和，〔络丝娘〕相思折正与此曲问应徯倖，俱非大解人不得。’”第五折〔六么序幺〕后参释云：“赤文曰：‘王本改贼兵为贼军，自夸独见，乌知元曲反不拘者，天下强解人最误事，况妄改耶。’”第七折〔甜水令〕后参释云：“赤文曰：‘王本以此作莺唱，删去则见二字。不知粉颈蛾眉等自指，指生不可解。’”第九折〔仙吕点绛唇〕后参释曰：“赤文曰：‘祠字是阴字，然元词不拘。’”第十五折〔上小楼幺〕后参释云：“赤文曰：‘为相国婿，便夫荣妻贵，不惟作者额无此陋词，莺亦定无此秽语，且通体转折俱断续不合。不知向来何以能耐此二语，不一体贴也。’”萧孟昉题评一，如第十三折〔天下乐〕后参释曰：“萧梦昉曰：‘前疑一会等一会，悔一会撇一会，此又等一会猜一会，步步转变。’”曹受可题评一，如第十三折〔青哥儿〕后参释曰：“曹受可曰：‘浑身通泰甚俗，然与医可九分不快句相应，正十分也，不然前欠一分无谓耳。’”汤显祖题评二，如第十折〔普天乐〕后参释曰：“汤若士曰：‘则见三句，递伺其发怒次第也，眉将欲决撒也，垂头又踟蹰也，变朱颜则决撒矣。’”卷五附辨参释云：“汤若士曰：‘只求一看者，大抵始初时亦只作如是想耳。’”汪道明题评一，如卷五附辨云：“又临安汪明然于崇祯甲申岁刻《西厢记》，其发凡有云：‘崔郑元配墓志，崇祯壬申方发于古塚，则知伪本叠出，复有在前所称数本之外者，考古之宜慎如此。’”屏侯题评三，如第五折〔赚煞〕后参释云：“屏侯曰：‘也隄防句，似张生已，可怜咱句，似张为莺杂出矛盾，非是，二句直下，则也字当与字看为是。’”第七折〔月上海棠幺〕后参释云：“屏侯曰：‘一杯六句，顺文自晓，索解实难。向或于饮次悬觥属解人各沾醉解，终不得。大抵误认末句为劝饮释闷，便索然矣，始知顺文亦非易也。’”第十五折〔一煞〕后参释云：“屏侯曰：‘若去后何迟作恨归去迟解，于义不合。今作逆问意，则甚急，甚字即作因甚之甚，亦得，但下曲只答得曲后一句耳。’”梁伯龙题评一，如第二十折〔乔木查〕后参释云：“梁伯龙曰：‘一句一断，咄咄逼人，真元人本色。’”这些题评涉及《西厢记》作者、章法、句法、字词等，也为校勘提供了有力的根据。

三　毛奇龄《西厢记》校勘的方法

毛奇龄《西厢记》校勘中大量地引用了董解元《西厢记诸宫调》。下面将参释之语中引用董词之处逐一列出并简要分析。

折数	曲牌	曲词	分析
一	油葫芦	九曲风涛何处显，则除是此地偏	张至河中府，故二曲咏河。何处显，只作何处见解，故曰此地偏，言偏见得也。董词：黄河那里最雄，无过河中府
	天下乐	高源（渊泉）云外悬	高源二字句勿作渊泉。董词：上连星汉泛浮槎，正是高源
	元和令	颠不剌的见了万千	颠不刺俗解甚恶，即徐天池、王伯良辈以颠作轻佻起莺凝重，亦非也。千般袅娜，莺固不在凝重，即以轻佻起凝重，可谓凝重乎。颠，即颠倒，犹言没头绪也，言颠颠倒倒的看了万千，今才看著也。颠，张自指，不指所看者。董词有怕曲儿捻到风流处，教普天下颠不剌的浪儿们许以。颠，指浪儿，正此意。况此曲亦全抄董词
		魂灵儿飞在半天	魂灵句，人皆憎其恶，不知原本董词
	胜葫芦	宫样眉儿新月偃	宫样勿作月样。董词：曲弯弯宫样眉儿
	幺	行一步可人怜……	行一步五句，亦本董词解舞的腰肢诸句
	后庭花	投至到栊门儿前面……风魔了张解元	栊门，犹槛门，言有槛之门也，董词：忽听得栊门儿哑的开。风魔，亦本董词：被你风魔了人也，嗏
	寄生草	你道是河中开府相公家，我则道南海水月观音现	河中开府、水月观音，直顶前么篇后宾白来。俗本于此曲前，又增聪云宾白一段，赘矣。观音现，本是现字，朱石津改作院字，而天池伯良从之，不知此句系元人习语，本不容改，况此本董词：我恰才见水月观音现语，尤不得改。若云现对家不整，则抱妆盒剧有云：若不是昭阳宫粉黛美人图，争认做落伽山水月观音现，亦以现对图，何也
二	醉春风	呀，心儿里早痒、痒。撩拨的肠荒	痒痒勿连读，后痒字，一字句也，然。用董词眼狂心痒、痒语，肠荒，肠热也。董词：满坛里热荒
	小梁州	鹘鸰渌老不寻常，偷睛望，眼挫里抹张郎	北词指伶俐为鹘伶，或作鹘鸰，或作胡伶。渌老，调侃谓眼也，亦作睩老，亦作六老，是衬字，如身为躯老，手为爪老类。抹曰睫撩撇也。抹张郎，言红之撩己。正用董词：见人不住偷情抹。语陋者妄欲抬红声价，解云：抹煞张郎，犹目中无张也，则两世姻缘剧云：他背地里斜的眼梢抹，彼指韦皋视玉箫也，岂非眼中无萧郎

续表

折数	曲牌	曲词	分析
	快活三	既不沙，可怎生睃趁著显毫光，打扮的特来晃	睃趁，做眼而趁逐也……董词：食趁眼前人。王伯良以睃趁为看，非也。既不沙，犹言若不然，沙，助词。晃，晐人貌。董词：诸僧与看人惊晃，言此艳妆者，莫不弄上你耶，若不然何以看著你妆来的特艳也。佛眉间放光为毫光，故戏指本
		（正末云）小生姓张……年方二十三岁	二十三岁出董解元本，会真记作二十二岁，此从董者，正以由历在董耳，词例之严如此
	哨　遍	听说罢心怀悒怏，把一天愁都撮在眉尖上	首二句用董词
三	斗鹌鹑	玉宇无尘，银河泻影	董词：玉宇无尘，银河泻露
	金蕉叶	听角门儿呀的一声，风过处花香细生	此写莺与首折又异，故以初见时一语微作分别。花香不实指花门一开而香已袭，似风过生花香者。董词：听得哑地门开，袭袭香至听琴时，朱扉半开，哑的响，风过处唯闻兰麝香，皆指莺可验
	圣药王	小名儿不枉了唤做莺莺	小名句亦本董词：小名儿叫得惬人意诸语
	络丝娘	今夜把相思折正	折正即折证，言向来枉相思耳，今夜且折证果何如也，正起下曲，与尾照证相呼应。诸本作再整，固谬，他本或误作投正，致使纷纷之说，谓今夜酬和相思得著曰投正，竟与上下文不相接，又与下今夜凄凉有四星句重，若王伯良引董词便做了受这惸惶也正本为据，则不知正本亦即是证本，如冻苏秦剧：苏秦只是旧苏秦，今日个证本。朱太守剧：直将你那索离休的冤仇待证了本。证本，照本，总言不折本也。折证之证，盖折本为亏本，证本为得本，故折证者或亏或得，两两参酌之义，折与投，此字形偶误耳。伯良天池凿俗本再整之误，而仍得误本，遂起妄解，始知较覆不精，虽称古本无益也，况趁臆改窜耶
四	乔牌儿 甜水令 折桂令		三曲参错写看莺处如陌上桑曲，虽本董词，而章法特妙
	折桂令	心痒难揉	揉，本音柔，然元曲心痒难揉语最多，俱叶萧豪韵。想曲韵另有读例，如睃趁字，韵书皆读俊，而元曲读梭，入歌戈韵，可知也。诸作挠，朱石津本改作猱，俱失之矣，且子是本，并不敢擅易原本一字，以为妄改者之戒。虽曲为参解，不无未当，应俟识者更定，但子例如此耳
	锦上花么	来窗儿外那会镬铎	镬铎又作和铎，总是闹意，曲江池剧：阶垓闹镬铎。董词譬如这里闹镬铎，把似书房里睡取一觉

续表

折数	曲牌	曲词	分析
五	八声甘州		能消句用赵德麟词，雨打句用秦少游词，无语句用孙光宪词，人远句用欧阳修词，风飘句用杜诗：若怕黄昏罗衣褪，掩重门手卷朱帘，目送行云诸语，又俱出董词
	混江龙		
	寄生草	他脸儿清秀身儿韵，性儿温克情儿顺，不由人口儿里作念心儿里印	脸儿三句元时习语，亦杂见董词
	后庭花	第一来免摧残你个老太君；第二来免殿堂作灰烬；第三来诸僧无事得安存；第四来先君灵柩稳；第五来欢郎虽是未成人	第一来诸语俱本董词
	正宫 端正好	不念《法华经》，不礼梁皇忏，彪了僧伽帽，袒下偏衫。杀人心逗起英雄胆，两只手将乌龙尾钢椽揝	元曲少监咸韵，故其下语颇险峻，但此与钹刀杆棒科数又自不同，此曲用董词：不会看经，不会礼忏，只有天来大胆诸语
	滚绣球		二曲似杂出不伦，要只发挥董词：送斋时做一顿馒头馅语。前曲言我非搀出而好搅事也。其所以好厮杀者，亦非是贪与敢也，以久吃菜馒头颇口淡耳，然则这五千人也，无暇炙煿，只生食可矣。后曲又一转，言虽是如此，既是吃菜馒头口淡，则且将羹粉与腐糁备下凭着甚黑面，且将这五千人作了馒头馅，亦得其包，余者则青盐蘸食耳。二曲一气转折，殊妙
	叨叨令		
	滚绣球	戒刀头近新来将钢蘸，铁棒上怎生教半星儿土渍尘含	戒刀二句，用董词腰间戒刀诸语
	白鹤子	著几个小沙弥把幢幡宝盖擎，壮行者将杆棒火叉担，你这壁排阵脚将众僧安，我那里撞钉子把贼兵探	首曲用董词：或拿着切菜刀擀面杖，著绣幡做甲，把钵盂做头盔，带著头上诸语
	耍孩儿	不似恁惹草拈花没掂三	没掂三，没紧要也。惹草拈花，因生激己而故作刺生之词。董词：没掂三没三思，俱指浪子，可验

续表

折数	曲牌	曲词	分析
	收　尾	您与我借神威擂几声鼓，仗佛力纳一声喊	董词：开门但助我一声喊
六	上小楼	和他那五脏神愿随鞭镫	称五脏神者，则用董词五脏神儿都欢喜语
	满庭芳	下工夫将额颅十分挣，……茶饭已安排定，淘下陈仓米数升，碟下七八瓮软蔓菁	挣，擦拭也。董词把脸儿挣得光莹。……茶饭数语，用董词春了几升陈米，煮下半瓮黄齑语，此嘲生也，与《鸳鸯被》剧“他这般黄瓮怎的吃，粗米但充饥”同
七	新水令么	知他命福是如何？做一个夫人也做得过	知他，他是活字，北人凡称知道为知他，如董词：知他是我命薄你缘业。以我你上重著他自，可验
	乔木查	则这酬贺间礼当酬贺	酬谢曰酬贺，与董词：些儿礼物莫嫌薄，待成亲后再有别酬贺同。诸本或作和，而天池先生且解作唱和之和，不通。此顶宾白言。据所云果是两下相思，今日较可耶。也则为酬谢他，于理当合，故殷勤耳。此一语缴上起下，且直与首二曲照应，最妙
	得胜令	谁承望这即世老婆婆，……扢搭地把双眉锁纳合	即世与积世同，董词被这个积世的老虔婆瞒过我，勿作即即世世。……双眉锁，以愁眉如锁也，即董词“顿不开眉尖闷锁”，与《鲁斋郎》剧“双眉不锁”正反
	月上海棠	争奈母亲侧坐，成抛躲，咫尺间如间阔	争奈诸句，用董词“咫尺如天边，奈夫人间阻”诸语
	乔牌儿	黑阁落甜句儿将人和，请将来教人不快活	黑阁落，不明白也，和即回和之和，甜句指婚姻，与末句“甜句儿落空他”相应，谓不明不白以婚姻许人，请将来教人烦恼耳。董词“及至请得我这里来，教我腌受苦”
八	圣药王	娇鸾雏凤失雌雄	董词：恰似娇鸾配雏凤
	绵搭絮	疏帘风细，幽室灯清	疏帘二语，亦本董词
	拙鲁速	紧摩弄，倒索将他攔纵	有话儿摩弄语，董词：莺莺何曾改怪娇痴，似要人攔纵，攔，俗作拦，字形之误，元词多有调排而气转者，如紧摩弄类
九	村里迓鼓	我将这纸窗儿润破	润破勿作湿破，此用董词：把纸窗儿润破，见君瑞披衣坐语，《㑳梅香》剧：润破纸窗儿偷瞧

续表

折数	曲牌	曲词	分析
十	小梁州幺	我做个缝了口的撮合山	缝口，诟人语。董词：打折你大腿，缝合你口，与下缝合唇送暖偷香一意，但此重缝口，下重偷送耳。王解缝口为不漏泄，大非
	斗鹌鹑	对人前巧语花言；背地里愁眉泪眼	巧语花言，顶觅绽言。愁眉泪眼，顶狂为言，言对面抢白，背地又胡做耳。董词：花言巧语抢了俺一顿
		（正末云）和他哩也波哩也罗哩	董词读诗时亦有哩哩啰哩哩来，诸和声，皆合欢调语
十一	乔牌儿	好教贤圣打	贤圣，解见第一折，此以日不下教贤圣打日，用董词：不当道你个日光菩萨没转移，好教贤圣打语
	搅筝琶	打扮的身子诈	巧样曰诈，伪古本作乍，非。董词：不苦诈打扮燕子莺儿，见张小山词。俗作燕侣莺俦，非，《百花亭》剧：成就他燕子莺儿
	沉醉东风	那里叙寒温，并不曾打话。（正末搂住红科）（红云）禽兽，是我，你看得好仔细著，若是老夫人怎了。（正末云）小生害得眼花，搂得慌了些儿，却不知是谁，望乞恕罪！（红唱）便做道搂得慌呵	那里不曾也搂慌一段，亦用董词：你便做搂慌敢不开眼
	折桂令	指头儿告了消乏	指头儿告消乏，亵词谑生，奋发即动弹，言怜其被底时时动弹，使指头劳苦告消乏耳。后折有手势指头儿恁语，董词弹琴时有十个指头儿自来不孤，你今夜里弹琴，你也须得替诸语亦同
	离亭宴带歇拍煞	淫词儿早则休，简帖儿从今罢	淫词儿早则休诸语用董词
十二		（红云）不意当时完妾幸，岂防今日作君灾？	完妾幸，以全我为幸也，即董词岂防因妾幸却被作君灾语，俗改妾行，非。今宵亦作明宵，此亦照董词而误者
	东原乐	至如不脱解和衣儿更待甚？	待甚，非待衾枕也，犹言怕甚耳，董词“便是六丁黑煞待甚么”
	绵搭絮	他眉似远山铺翠，眼如秋水无尘，体若凝酥，腰如嫩柳，	首四句用董词而改数字者，王本仍改照董词，最为多事

续表

折数	曲牌	曲词	分析
十三	混江龙	身心一片，无处安排；则索呆答孩倚定门儿待。越越的表鸾信杳，黄犬音乖	身心一片数语，俱由董词
	天下乐	我则索倚定门儿手托腮	则索倚定门儿手托腮，出董词。此正与前作照应，而王伯良指为重，何也
	寄生草	端的太平车约有十余载	太平车，牛车也。董词：欲问俺心头闷打颏，太平车见难载
	村里迓鼓		此曲杂用董词
	元和令	绣鞋儿刚半折，柳腰儿恰一搦，羞答答不肯把头抬，只将鸳枕捱。云鬟仿佛坠金钗，偏宜鬏髻儿歪	绣鞋六句，从下数上，以捱枕故也。半折，他本作半拆，王本又引董词：穿对曲弯弯的半拆来大弓鞋为证。今考董本亦作折，盖中绝曰折半，折亦犹言折半，没多许耳
	上马娇	不良会把人禁害	不良句，正指下怎不肯句，言专会乃何人，如董词：薄情的奶奶被你刁蹬得人来实志地咱。不良犹可憎，与董词“不良的下贱人”不同
	后庭花	胸前着肉揣	胸前着肉揣，非又揣莺也，但自揣其肉耳，与董词“犹疑梦寐之间，频掐肌肤”同
	青哥儿	今夜和谐，犹自疑猜。露滴香埃，风静闲阶，月射书斋，云锁阳台；审问明白，只疑是昨夜梦中来，愁无奈	今夜九句，犹今夕何夕意，风月在望，庭阶俨然，岂其梦耶，以时及天晓故，既称今宵，亦称昨宵，与末曲称今夜同。天池生谓昨宵曾梦，今恐仍然，则真说不得梦矣。董词“犹疑虑，实曾相见是梦里相逢”
	煞　尾	你是必破工夫今夜早些来	王伯良曰：此时将晓，故称今夜。董词：嘱咐你那可人的姐姐，教今夜早来些
十四	越调斗鹌鹑	不争你握雨携云，常使我提心在口。你则合带月披星，谁许他停眠整宿？老夫人心数多，情性㑳；使不巧语花言没作有	提心在口惊恐之意，犹言魂离了壳也。《朱砂担》剧：諕得我战兢兢提心在口。旧解挂念，非也。停眠整宿指生，故曰谁许他。㑳犹乔，亦作㑳。董词：不隄夫人清性㑳

续表

折数	曲牌	曲词	分析
	紫花儿序	比著你旧时肥瘦，出落得精神，别样的风流	出落即出色，与别样同。此用董词陡恁地精神偏出跳诸语。然是红自说，王解作代夫人说，谬矣
	金蕉叶	谁著你迤逗的胡行乱走?	迤逗，即拖逗。董词：迤逗得莺莺去推探张生病
	调笑令	你绣帏里效绸缪	绣帏二字句宜韵，此用董词“绣帏深处效绸缪”句而偶失之者
	鬼三台		诸曲大概本董词。此事休将恩变仇是七字一句，俗本误认休字是韵，遂截作两句。而改此事为事已，已非调法。至他本或删去将字，遂尽失本来矣。乌知休将是连字耶。著小生句，亦承休将来，端不为以下，正检举处，俗改端不为为我则道，不通。言端不为彼，然亦谁料其有此也，以投首为推乾法，若与身无预者然，故下连著两他字，最妙。何须一一问缘由句。下考秃厮儿调，尚有二字一句，诸本皆缺。词隐生云：“当作何须一一问从头缘由”，似有理，然亦不敢增入。至有改问字为究字，以究为韵，则此剧须仄仄仄平平，何须一一究俱相反矣
	秃厮儿		
	圣药王		
	络丝娘	不争和张解元参辰卯酉，便是与崔相国出乖弄丑	不争二句，言发露其事，不过与张离异，但家丑可念耳。董词到头赢得自家羞
	小桃红幺	何须把定通媒媾	把定谓聘定。董词：不须把定，不用通媒媾。《风光好》剧：我等驷马高车为把定物。俗改约定，不通
十五	正宫端正好	晓来谁染霜林醉?总是离人泪	晓来二句用董词
	快活三		二曲多用董词
	朝天子		
	四边静	车儿投东，马儿向西	车儿投东，马儿向西二句出董词
	耍孩儿	未饮心先醉，眼将流血，心已成灰	未饮心先醉，留恋应无计诸句，并用董词
	三　煞	留恋应无计，见据鞍上马，各泪眼愁眉	
十六	新水令	望蒲东萧寺暮云遮，惨离情半林黄叶。马迟人意懒，风急雁行斜。离恨重叠，破题儿第一夜	元词多以惊梦写离思，如《梧桐雨》《汉宫秋》类，原非创体，况此直本董词，毫无增减，谓《西厢》之文青出于蓝，可也必欲神奇，惝恍谓《西厢》能作郑人蕉鹿之解，吾不知之矣，嗟乎，痴人不可说梦乃尔

续表

折数	曲牌	曲词	分析
	搅筝琶	愁得来陡峻，瘦得来咋嗻	陡，险阻也，咋嗻，已甚也。董词：那一和烦恼啅嗻
	清江引	呆答孩店房儿里没话说，闷对如年夜。暮雨催寒蛩，晓风吹残月，今宵酒醒何处也？	此何处困歇来，董词：床上无眠，愁对如年夜
	庆宣和	是人呵疾忙快分说，是鬼呵合速灭。听说罢将香罗袖儿拽，却元来是俺姐姐、姐姐	是人呵数语，全用董词。却元来是俺姐姐、姐姐。后二字另作句，调法如此。然勿作小姐，此亦用董词：却是姐姐那姐姐。……不藉，犹不顾，董词：几番待撇了不藉
	水仙子	指一指教你化做醬血	血，碧筠斋改作脓血，王本又改作膋血，引诗取其血膋为据。但董词亦有都教化醬血语。汉书：中山淫醬醬，酗酒意，言醬与血也
		（正末念）无端燕鹊高枝上，一枕鸳鸯梦不成！	高枝上，董词作高枝噪，似较妥
	鸳鸯煞	柳丝长咫尺情牵惹	咫尺，相近也，与仿佛同。别恨离愁即旧恨新愁。千种相思对谁说，原用柳耆卿词：纵教千种风流待与何人说。董词亦屡引之。但此改相思二字耳，或仍作千种风流，不通
十七	商调集贤宾	虽离了我眼前，却在心上有；不甫能离了心上，又早在眉头。忘了时依然还又，恶思量无了无休。大都来一寸眉峰，怎当他许多颦皱。新愁近来接著旧愁，厮混了难分新旧	此怀远词也。虽离了眼前指人，言其上眉头，亦怀仁之见于颦眉者也，俗以人上眉头难解，遂于眼前下增一闷字，与下文愁字、思量字杂见，无理。不知此曲起调只宜七字一句，离了眼前心上有，此实七字也，岂有闷是实字而填作衬字之理，况眼前心上俱著人言，亦元词袭语，如关汉卿《金线池》剧：这厮闲散了，虽离了眼底，忔憎著又上心头，可验。向非原本，则数百年含冤之句无雪日矣。况此曲纯以空笔掀翻，最妙。大略云虽离了眼前，而忽在心上，才离心上，又在眉头，其怀思之无已如此。但眼前心上，尚无痕可寻，而眉则颦皱俨然矣。眉有几何容得如许颦皱耶。且思有新旧，去时为旧，今来为新，既则新旧厮混而不可别然，且旧愁如山推不去，新愁似水方再来也。李易安词：此情无计可消除，才下眉头，又上心头。范希文词：都来此事，眉间心上，无计相回避。元词：忽的眼前无，依然心上有。并前所引关汉卿《金线池》剧诸句，与此俱同。陋者但知为用李易安词，而不知元词用法。原白如此，反訾为缭戾，亦可怪矣。况新愁接旧愁，本用董词：眉上新愁压旧愁句，乃并蒙杀，且谓未成婚前为旧愁，彼几曾认古词而强分新旧，妄解断耶

续表

折数	曲牌	曲词	分析
	逍遥乐	何处忘忧？看时节独上妆楼，手卷珠帘上玉钩，空目断山明水秀；见苍烟迷树，芳草连天，野渡横舟	何处忘忧七句，但一路填词，而意儿言外如云必欲忘忧，除非望远，但空见尔尔，则又何能忘忧耶。空字，内有止，见此而不见人，意此正如昔人所称王龙标诗，外极其象内，极其意此填词最高处，且亦本董词：无计谩登楼，空目断故人何许，并楚天空阔烟，迷古树诸句。而或者訾为填句无理，且手卷真珠上玉钩出李景词，凭高不见芳草连天远出王和甫词，竟痛加涂抹，谓珠玉等字随手杂用，则病在甚矣，他可勿复道耳
	金菊花	早是我只因他去减了风流，不争你寄得书来又与我添些证候。说来的话儿不应口，无语低头，书在手，泪盈眸	此曲接书后曲开书，又后曲念书，步骤甚细，故未开书已前，纯是写怨，见书以后，然后略及捷音耳，无语低头二句，似挡弹家词，最妙，此尚得董西厢遗法，近不能矣
		（旦儿念书科）张珙再拜奉书莺娘芳卿可人妆次：自去岁暮秋拜违，倏尔半载。托贤妻之德，叨中甲第。即于招贤馆寄迹，以伺御笔除授。惟恐夫人与贤妻忧念，特令琴童赍书驰报，庶几免虑。小生身遥心迩，恨不作鹣鹣比翼，邛邛并躯。重功名而薄恩爱者，诚有浅见贪饕之罪。他日面会，自当请谢不备。后缀一绝，以奉清照。珙顿首再拜。诗曰：玉京仙府探花郎，寄语蒲东窈窕娘，指日拜恩衣昼锦，定须休作倚门妆。（云）惭愧也，探花郎是第三名	此诗与此白，俱出董词，或抹此诗，或删此白，天下固不乏马肿背者，但李代桃僵则不甘耳。再拜，俗作百拜，字形之误。邛邛即蛩蛩，倚门谓倚门望也，与倚市门不同

续表

折数	曲牌	曲词	分析
	后庭花	当初五言诗紧趁逐，后来因七弦琴成配偶。他怎肯冷落了诗中意，我则怕生疏了弦上手。我须有个缘由，他如今功名成就，则怕撇人在脑背后。湘江两岸秋，当日娥皇因虞舜愁，今日莺莺为君瑞忧。这九嶷山下竹，共香罗衫袖口	赠诗寓物，昉于汉秦嘉徐淑，然元稹本记亦原有赠贻一段，故董词与此皆用之。九嶷山下竹诸语，尚出董词。他若是和衣卧，单指卧时，因衣而想至卧，其不忍卸也。但粘著皮肉，则又不止卧时矣。裹肚本概前后左右然，故折作三层说。此以絮见纱，系在心头，以系结在心也。趁逐，犹追随。苏小卿剧：冯员外怕人相趁逐，此指联诗说，因琴及诗，是因主及客法，以联诗听琴从前二大关目也。董词亦有瑶琴是你咱抚，夜间曾挑逗奴语。撇人脑背后，犹言撩在一边也，北凡言僻处皆称闹背后。如李逵负荆剧：把烦恼都丢在闹背后，以此脑字关说耳。娥皇虞舜，总比夫妇，然亦用董词：当日湘妃别姚虞诸语。这九嶷山下竹起至曲末，又因泪斑将衫袖，与湘管比观，以见不可忘旧总有意，为长短参错，以示章法。丁宁二语，亦杂用董词：一件件对他分付并并休把文君不顾诸语
	金菊香	书封雁足此时修，情系人心早晚休？长安望来天际头，倚遍西楼，人不见，水空流	书封二语，对仗精确。早晚犹言多早晚，即几时也。长安望来三句，非更倚楼也，正紧承几时休来追往事耳，言西楼倚遍矣人何在耶，此用董词：望野桥西畔，小旗沽酒是长安路并地里又远关山阻诸句
	浪里来煞	他那里为我愁，我这里因他瘦。临行时啜赚人的巧舌头，指归期约定九月九，不觉的过了小春时候。到如今悔教夫婿觅封侯	煞曲俱拟致生语，妙在全不及得官一句，且结出悔字，若反以得官为恨者，一何俊也。董词诸曲原如此
十八	中吕粉蝶儿	向心头则是横傥著俺那莺儿	向心头横傥著莺儿用董词
	醉春风	莺莺呵，你还知道我害相思，我甘心儿死、死。四海无家，一身客寄，半年将至	四海三句，言今乃如此，甘心为你相思死，与四海无家，一身客寄俱出董词
	上小楼幺	这上面若签个押字，使个令史，差个勾使，则是张忙不及印赴期的咨示	掌字者曰字史，掌文书者曰令史，勾人者曰勾使。款识古钟鼎铭也。张颠即张旭，古词不照顾每如此，此亦用董词：若使颗硃砂印，便是偷期贴儿私期会子
	四　煞	温润有清香，莹洁无瑕玼	温润有清香，莹洁无瑕玼，此用董词：玉取其洁白纯素，微异纤瑕不能污诸语

续表

折数	曲牌	曲词	分析
	三　煞	这斑管，霜枝栖凤凰，泪点渍胭脂，当时舜帝恸娥皇，今日教淑女思君子	王伯良曰：旧注谓双枝并两管而吹之，不知此笔管非箫管也。董词紫毫管未曾有可证
十九	紫花儿序	当日个三才始判，二气初分；乾坤：清者为乾浊者坤，人在其中厮混。君瑞是君子清贤，郑恒是小人浊民	三才始判数语，正诨匹之最奇者，《来生债》剧：别是个乾坤叹浊民。董词亦有教我怎不晒，是阎王的爱民。正类此
二十	乔牌儿	我谨躬身问起居	元词曲身为躬身，如董词：饮罢躬身向前施礼类
	庆东原	莺莺呵，嫁个油炸来猢狲丈夫；红娘呵，伏侍个烟薰过猫儿姐夫；君瑞呵，撞著个水浸的老鼠姨夫	猢狲丈夫诸句，亦一气作教坊讪匹急遽无转顾语。犹董词：坐似一猢狲，口啜似猫坑诸句
	搅筝琶	不甫能得做妻夫	妻夫或作夫妻，或作夫妇，妻既失韵，妇亦不叶，况妻夫习称，如董词：不如是权做妻夫类
	沉醉东风	不见时准备著千言万语，得相逢都变做短叹长吁。他急穰穰恰才来，我羞答答的怎生觑。将腹中愁恰待申诉，及至相逢一句也无。刚道个先生万福	此曲用董词，比及夫妻每重相遇，各自准备下千言万语，及至相逢却没一句
	雁儿落	他曾笑孙庞真下愚，论贾马非英物；正授著征西元帅府，兼领著陕右河中路	孙庞二句，用董词文章贾岛岂是大儒，智略孙庞是真下愚。征西二句，亦用董词白：特授镇西将军蒲州太守兼右兵马处置使。故他本称杜为孤，以其为太守也，但与前杜自开白又不合，又子虚耳
	德胜令	那厮不识亲疏，啜赚良人妇	良人妇，言己已为生妇也，此正用董词：郑衙内与莺莺旧关亲戚，恐使为妻室，不念莺莺是妹妹语。若以亲指张，疏指郑，则亲疏不伦，且以中表许配之人而称良人妇，更不当，且啜赚亦不合，从来误解
		（净怒云）罢罢罢！妻子被人要了，有何面目见江东父老，要这性命怎么，不如触树身死。（念）妻子空争不到头，风流自古恋风流；三寸气在千般用，一日无常万事休(下)	郑死科目，悉蓝本董词以完由历，实不得不然者，董词郑恒对众但称死罪，非君瑞之愆，我之过矣。倘见亲知，有何面目，今日投阶而死诸语，正与此间科白字字廓填。而陋者必痛诟作者为忍心。田父见伯喈，乌得不切齿不孝耶

续表

折数	曲牌	曲词	分析
	随　煞	则因月底联诗句，成就了怨女旷夫。显得那有志的君瑞能，无情的郑恒苦	独拈联诗，从所始也，且亦见古来行文者不尚周到意。此以君瑞郑恒双收，董词反单收，郑恒更奇，无情顶上曲有情，一块作结如神龙之尾。或改无情作无缘，彼必以郑非无情，但无分耳。不知情不如是解也。《会真记》不明云登徒子，非好色者也

引用董词主要有两种作用。一者指出《西厢记》曲词与董词的关系。如第二折〔哨遍〕后参释云："首二句用董词。"二者为曲词注释之例证，如第四折〔乔牌儿〕〔甜水令〕〔折桂令〕三曲参释云："三曲参错写看莺处如陌上桑曲，虽本董词，而章法特妙。大师至元宵一端是总写，稔色至难揉又一断，写莺与己也，下即从泪眼接入写众僧耳，稔色丰于色者，指莺。他家，自指也，言莺可意己，而又惧人知，故假泪眼窥视己也。董词：齐齐整整忒稔色。迷留没乱，迷乱也。董词：迷留没乱没处著。"三者为曲文取舍判断之依据，凡是引用了诸宫调中字词的，无一例外地以此为准的，这在《西厢记》校勘中可说是独一无二的。他的这种做法，被后世曲学家指摘为"毛氏没有遵循考据家校注家'择善而从'的原则，而是遵循了'择董而从'的原则"。①

据现存文献，在《西厢记》校勘中将董词作为依据最早始于王骥德。《新校注古本西厢记》凡例云："注中，凡曲语袭用董记者，虽单言片语，必曰董本云云。"对董本十分重视，视其为主要校勘依据，某种程度上其重要性还要超过作为古本"准的"的碧筠斋本和朱石津本。他这样做，很多是可取的，如《遇艳》〔胜葫芦〕"宫样眉儿山势远"、《解围》〔混江龙〕"落红成阵"等。但也有一些地方墨守其旧，存在牵强附会之误。如《遇艳》〔柳叶儿〕"恨天，天不与人方便"，王骥德认为："天天，连读勿断。"并举董词"天天闷得人来彀"为例，认为"恨"是衬字，强行把"天天"二字连读，造成曲牌少句的错误。在这里显然"谬甚"的是他而不是俗本。毛奇龄对此作了进一步的发挥，几乎达到了"以董为准"的地步，甚至罔顾对《西厢记》曲词的曲解。他的这种做法正契合了他在凡例中所说："竟以兰溪本为准，矢不更一

① 蒋星煜：《毛奇龄对〈西厢记〉本来面目的探索——〈毛西河论定西厢记〉的校注的依据》，《西厢记的文献学研究》，上海古籍出版社1997年版，第426页。

字，宁为曲解，定无参易。”则蒋星煜先生所云其所据古本为董本的说法当无大谬。

毛奇龄在校勘中，还参考了大量元杂剧，通过他校的方式对《西厢记》曲词进行勘误纠谬。这在他的《西厢记》校勘中可谓一大特色。毛奇龄之前，王骥德甚为重视这一方法，并被沈璟盛赞为“以元剧证方言”①。毛奇龄也非常重视这一方法，“他没有照搬王骥德的例证，也不是在这一基础上略作补充，而是更为广泛地搜集例证，不带任何成见地作比勘考证，就得出了前人所未能取得的成果”②。毛奇龄在校勘中所引用的元明杂剧列表如下：

折数	曲牌	引用剧目
楔子	么后白	勘头巾、伍员吹箫、双献功
第一折	混江龙	猪八戒、金钱记、两世姻缘
	元和令	举案齐眉、玉壶春
	上马娇	倩女离魂、玉壶春、对玉梳、争报恩
	胜葫芦	抱妆盒
第二折	粉蝶儿	唐三藏
	小梁州	两世姻缘
	快活三	㑳梅香、度柳翠、勘头巾、黄粱梦
	朝天子	合汗衫、李逵负荆、伍员吹箫、魔合罗
	四边静	金线池
第三折	斗鹌鹑	㑳梅香、苏小卿
	调笑令	梧桐雨、两世姻缘
	麻郎儿么	㑳梅香、冻苏秦、朱太守
	东原乐	梧桐雨、朱砂担
	绵搭絮	两世姻缘
	拙鲁速么	曲江池
第四折	驻马听	连环计
	锦上花么	曲江池、百花亭

① （元）王实甫著，（明）王骥德校注：《新校注古本西厢记》。

② 蒋星煜：《西厢记的文献学研究》，上海古籍出版社 1997 年版，第 429 页。

续表

折数	曲牌	引用剧目
第五折	天下乐	窦娥冤、老生儿
	六么序	负桂英、虎头牌
	六么序么	燕青博鱼、青衫泪、梧桐雨、两世姻缘、误入桃源
	青歌儿	神奴儿、对玉梳、虎头牌
	端正好	对玉梳
	滚绣球	萧淑兰
	叨叨令	蓝采和、黑旋风
	滚绣球	昊天塔、萧淑兰
	白鹤子二煞	黑旋风、昊天塔
	一煞	昊天塔
	耍孩儿	抱妆盒
	二煞	误入桃源
第六折	小梁州	梧桐雨
	上小楼	鸳鸯被、东堂老
	满庭芳	㑳梅香、萧淑兰、竹坞听琴
	快活三	误入桃源
	四边静	陈抟高卧
	三煞	救风尘
第七折	五供养	汉宫秋、梧桐雨
	新水令么	争报恩
	搅筝琶	货郎旦
	雁儿落	黑旋风、货郎旦、黄粱梦、勘头巾
	得胜令	争报恩、鲁斋郎、酷寒亭
	甜水令	猪八戒、琵琶记、汉宫秋、黄粱梦
	折桂令	酷寒亭
第八折	绵搭絮	苦海回头
	尾声	误入桃源
第九折	混江龙	蝴蝶梦
	村里迓鼓	㑳梅香
	上马娇	倩女离魂、刘行首、㑳梅香

续表

折数	曲牌	引用剧目
	后庭花	谢天香
	青歌儿	谢天香
	煞尾	隔江斗智
第十折	快活三	切鲙旦
	脱布衫	㑳梅香
	小梁州么	扬州梦、辰勾月
	石榴花	岳阳楼
	斗鹌鹑	㑳梅香
	上小楼么	酷寒亭
	三煞	勘头巾
第十一折	搅筝琶	两世姻缘、梧桐雨、百花亭
	乔牌儿	看钱奴
	折桂令	琵琶记
	清江引	李逵负荆、误入桃源
	雁儿落	青衫泪
	德胜令	昊天塔、合汗衫、任风子
	离亭宴带歇拍煞	岳阳楼、竹坞听琴、两世姻缘
第十二折	小桃红	萧淑兰
	秃厮儿	朱砂担
	圣药王	萧淑兰
	绵搭絮么	墙头马上
第十三折	那吒令	蝴蝶梦
	元和令	墙头马上
	上马娇	墙头马上
第十四折	斗鹌鹑	朱砂担
	金蕉叶	酷寒亭
	小桃红	金线池
	么	风光好、气英布
第十五折	脱布衫	萧淑兰
	上小楼么	谢天香

续表

折数	曲牌	引用剧目
	朝天子	虎头牌
第十六折	新水令	梧桐雨、汉宫秋
	乔木查	百花亭
	搅筝琶	黑旋风
	乔牌儿	伍员吹箫
第十七折	集贤宾	金线池
	醋葫芦么	李逵负荆
	后庭花	苏小卿、李逵负荆
	浪里来煞	杀狗劝夫
第十九折	斗鹌鹑	举案齐眉
	圣药王	蓝采和
	麻郎儿么	酷寒亭
	络丝娘	争报恩
第二十折	德胜令	绯衣梦、魔合罗
	搅筝琶	梧桐雨
	甜水令	薛仁贵
	折桂令	曲江池、对玉梳、薛仁贵、㑳梅香、蝴蝶梦、窦娥冤、王粲登楼
	德胜令	岳阳楼
	沽美酒	墙头马上
	清江引	墙头马上

为更好地说明问题，将其引用剧作情况列表如下：

引用次数	剧作
9	㑳梅香
8	梧桐雨
7	两世姻缘
6	萧淑兰
5	对玉梳、误入桃源、酷寒亭、墙头马上
4	勘头巾、金钱记、李逵负荆、黑旋风、昊天塔、争报恩
3	伍员吹箫、黄粱梦、朱砂担、百花亭、虎头牌、汉宫秋、蝴蝶梦、谢天香、岳阳楼

续表

引用次数	剧作
2	猪八戒、举案齐眉、玉壶春、倩女离魂、抱妆盒、合汗衫、魔合罗、苏小卿、曲江池、窦娥冤、燕青博鱼、青衫泪、蓝采和、竹坞听琴、货郎旦、琵琶记、薛仁贵
1	双献功、唐三藏、度柳翠、冻苏秦、朱太守、连环计、老生儿、负桂英、神奴儿、鸳鸯被、东堂老、陈抟高卧、救风尘、鲁斋郎、苦海回头、刘行首、隔江斗智、切鲙旦、扬州梦、辰钩月、看钱奴、任风子、风光好、气英布、杀狗劝夫、绯衣梦、曲江池、王粲登楼

毛奇龄所引用的剧作有六十八种。在这些剧作中，引用次数最多的为《㑇梅香》，累计引用九次。其次为《梧桐雨》，累计引用八次。再次为《两世姻缘》，累计引用七次。更多的为被引用两次或一次。这些剧作引用总计则有 163 次。

毛奇龄在引用元杂剧其他剧作进行校勘时，内容涉及杂剧体例、宫调组织、韵律归属等问题，当然，更多的是曲文的校勘。在这里主要就曲文校勘进行简单说明，其他三个问题留待下文具体论述。

毛奇龄校勘中，通过不同元杂剧之间的对照、比较，并从这些解释中选择与《西厢记》近似的，舍弃与《西厢记》相互抵触的，得出他认为更合理的结论。而且他的很多校勘是针对王骥德校注本而言，如第九折〔村里迓鼓〕“我将这纸窗儿润破，悄声儿窥视”，毛奇龄认为此处王骥德改“润破”为“湿破”不妥，理由是《西厢记诸宫调》原文为“把纸窗润破，见君瑞披衣坐”，而且《㑇梅香》剧中也作“润破纸窗儿偷瞧”。又如第十二折〔秃厮儿〕:“冻得来战兢兢，不煞知音。”毛奇龄认为王骥德改“兢兢”为“钦钦”是错误的，他以《朱砂担》“唬得我战兢兢提心在口”为例，认为“兢兢”是元代通用语言，而且此处并未失韵，实在没有必要改动。我们在这里并不是说毛奇龄的校勘一定是正确的，只是相较于王骥德而言，毛奇龄引用的元人杂剧剧目更多，范围更广，所以他得出的结论更有说服力，且更容易为人所接受。正因为毛奇龄的这种做法，评论者认为在元杂剧校勘中，明清之际，在利用其他元杂剧校勘《西厢记》中取得成就最高的“当推毛奇龄为第一”①。

① 蒋星煜:《西厢记的文献学研究》，第 430 页。

四 毛西河对《西厢记》体例的探索

《西厢记》体例的探索，一直是明清之际校勘中的一个难点问题，也是校勘中无法避开的一个问题。《毛西河论定西厢记》对《西厢记》的分折、楔子、标目、〔络丝娘煞尾〕等各个方面都有详细的考论，他所考订的“体例在明清两代《西厢记》刊本中是最为特殊的”①。下面就这些逐一论说。

关于分折。元杂剧通例为一本四折，毛奇龄说：“故四折称一剧，亦称一本。”如闵寓五称其校注为《五剧笺疑》，凌濛初称其校注为《五本解证》。《毛西河论定西厢记》全书分五卷。前面列有目录，为：

卷一 第一本
楔子 第一折 第二折 第三折 第四折
卷二 第二本
第五折 楔子 第六折 第七折 第八折
卷三 第三本
楔子 第九折 第十折 第十一折 第十二折
卷四 第四本
楔子 第十三折 第十四折 第十五折 第十六折
卷五 第五本
楔子 第十七折 第十八折 第十九折 第二十折

从目录来看，毛奇龄《西厢记》体例是分卷分本分折，每卷一本，每本四折一楔子。但在正文中，却没有出现分本的痕迹，是分卷分折，将全剧分为二十折。仅卷一前有《张君瑞闹道场杂剧》字样，其他各卷前均无。他在分本分折的处理上完全违反了他自己的“故四折称一剧，亦称一本”的说法，所以他对这种做法做了解释，说：“元曲有院本有杂剧。杂剧限四折，院本则合杂剧为之，或四剧，或五剧，无所不可。”“且院本虽合杂剧，然仍分为剧，如西厢仍作五本是也。”他认为四本或五本的杂剧构成院本，将院本和杂剧等同为一。这种对院本的解释是独一无二的，是没有确证的，毛

① 蒋星煜：《西厢记的文献学研究》，上海古籍出版社 1997 年版，第 434 页。

奇龄也没有办法举出另外一部像《西厢记》这样篇幅、体例的作品来作为自己的根据，实际上造成杂剧、院本在名目上的混乱，是不可取的。这也是后世学者说毛奇龄《西厢记》体例特殊之处的表现之一。

关于楔子。《西厢记》楔子有三种情况。第一种是不分折而分出的刊本是没有楔子的；第二种是将全剧分为二十一折的也没有楔子；第三种是唯一出现楔子的，就是分本分折的刊本，如凌濛初本，共出现两次楔子，第一次是在第一本第一折前，第二次是第四本第一折前。明清曲家对《西厢记》楔子有各种看法，其说法都有道理。毛奇龄在论定《西厢记》时对楔子的运用也是其体例独特的表现之一。他说：

> 楔子，楔隙儿也。元剧限四折，倘情事未尽，则从隙中下一楔子，此在套数之外者，故名楔。他本列此在第一折内固非。若王伯良以楔为引曲尤非也。一曲不引四折，况元剧有楔在二三折后者，亦引曲耶。

他对楔子的解释及其把楔子误作引曲的做法的批判都是符合常理的，也没有超出明清曲家论述的范畴。但他在实际校注中却别出一格，在每一本中都有楔子，分别在第一折前、第六折前、第九折前、第十三折前和第十七折前。他在第五折后楔子“参释”中对曲家删去〔仙吕赏花时〕〔么〕二曲的做法提出了尖锐的批评：

> 院本例有楔子，已见前解，俗不识例，并不识楔子，妄删此二曲，遂致如许科白而不得一楔，殊为可怪。若以二曲为俚，则白中书词俚恶百倍于曲，此正作者故为卖弄处，今不敢删白而独删曲，何也。其曲白互见意不复出，故坐视不救，获罪朝廷诸语，不见于书而传之惠明口中。今诸本既删二曲而又增朝廷知道，其罪何归数语于小弟之命之下，则前后不接。明是周旋补入，而反称古本，何古本之不幸也。且二曲虽俚，其词连调绝语排气转处，真元人作法三昧。即末句将已寄书意急作一照顾，亦殊俊妙。只俗本误重与为传誉，遂有妄改边庭为关城，捷书为歌谣者。不知边庭本书词，捷书非凯歌，不容改也。且后本楔子俚恶忒甚，灵犀一点，与楚襄王先在阳台上，殊不是西厢俊笔，皆不蒙删，而独删此，岂此亦汉卿续耶。

他的理由是“如许科白而不得一楔，殊为可怪”，“且二曲虽俚，其词连调绝语排气转处，真元人作法三昧”，“且后本楔子俚恶忒甚，灵犀一点，与楚襄王先在阳台上，殊不是西厢俊笔，皆不蒙删，而独删此”。至于为什么在每卷中都加一楔子的做法根据，毛奇龄并没有做出合理的解释，当然我们也没有办法从他的体例中看出他在楔子问题上的取舍标准。

关于标目，毛奇龄采取否定态度，他说：“俗本每折标四字，如佛殿奇逢类，此南曲科例也。王本又改四字为二字，如以佛殿奇逢为遇艳，则更可笑。每本正末已有正名四句，如老夫人闲春院、崔莺莺烧夜香类，是四折已标过四句矣，而又蛇足耶。按日新堂本目录，又有第一本焚香拜月、第二本冰弦写恨、第三本诗句传情、第四本雨云幽会、第五本天赐团圆，则又每本各总标一句，与《点鬼簿》张君瑞闹道场诸句同，亦似一例。但彼此各异，或亦后人所增耳。”他认为四字标目和两字标目都是南曲所有，元杂剧中本来没有，可能是后人所加。所以论定本中每折前不再以四字或两字标目，这是有一定道理的。

关于题目正名，也体现了论定本体例的特殊之处。毛奇龄认为元杂剧有题目正名四句，且以最后一句作为剧目，他说：“西厢记三字，目标也。元曲末必有正名题目四句，而标取正末句，如杂剧有《城南柳》，因题目正末句曰‘吕洞宾三度城南柳’也，此名《西厢记》，因题目正末句曰‘崔莺莺待月西厢记’也。推此，则明曲之伪，如《徐天池渔阳三弄》，而题目正末句曰‘曹丞相神仙八洞’者，不知凡几矣。特目列卷正末，今误列卷首，如南曲开演例，非是。”他对明清时期将题目正名四句列于卷首的做法提出批评，认为他们是受到了南戏的影响。正是在这种理解下，毛奇龄认为《西厢记》的题目正名是：

张君瑞巧做东床婿　　法本师主持南禅地
老夫人开宴北堂春　　崔莺莺待月西厢记

第四句就是剧名，简称为《西厢记》。这和明清时期大多数刊本都是相同的。但在实际上，因囿于元杂剧四折一楔子为一本的观念，认为一本后应有四句题目正名，分别在第四折、第八折、第十二折、第十六折、第二十折结束处加了四句作为一本的“正名”。现罗列如下：

正名

老夫人闭春院，崔莺莺烧夜香

俏红娘问好事，张君瑞闹道场

正名

张君瑞破贼计，莽和尚生杀心

小红娘昼请客，崔莺莺夜听琴

正名

老夫人命医士，崔莺莺寄情诗

小红娘问汤药，张君瑞害相思

正名

小红娘成好事，老夫人问由情

短长亭斟别酒，草桥店梦莺莺

正名

小琴童传喜信，老夫人悔姻缘

杜将军大断案，张君瑞两团圆

这五处“正名”分别关涉一本内容，并非全剧剧情，于是，他又在第二十折正名后加了四句。因前面已经用了“正名”，这四句再不能以“题目正名”命名，否则就会造成重复，只好标为“总目”。他的这种做法在明清《西厢记》刊本中是独一无二的。

毛奇龄论定本四句题目正名内容上也和其他明清刊本有所不同。如凌濛初刊本第五本题目正名为：

题目　小琴童传捷报　崔莺莺寄汗衫

正名　郑伯常干舍命　张君瑞庆团圆

凌濛初声称以周宪王本为底本，这四句也应该来自周宪王本。毛奇龄没有交代第五本后正名四句来自何处，而且“杜将军大断案”一句在明清刊本也是罕有的。

关于《西厢记》本与本之间的过渡衔接，毛奇龄认为〔络丝娘煞尾〕功不可没。他说：“院本亦以四折为一本，中用〔络丝娘煞尾〕联之，此作法也。且《正音谱》已收《西厢》〔煞尾〕入谱中，第一本偶亡耳。王伯良将后本三曲俱删去，妄矣。又杂剧间有用〔络丝娘煞尾〕作结者，见《两世姻缘》剧。”虽然其中“院本亦以四折为一本”的说法有所欠缺，将院本与杂剧概念混淆为一，但“中用〔络丝娘煞尾〕联之，此作法也”的看法却很有道理，这不仅是因为《正音谱》中收录了〔煞尾〕一曲，而且其他元杂剧如《两世姻缘》中亦用以作结。《正音谱》中收录普遍被大家关注，但《两世姻缘》剧中用以作结的情况却是毛奇龄第一次提及，这正是他的细心之处。在第四折、第八折、第十二折、第十六折的结束处都用了〔络丝娘煞尾〕作结。在第四折后，他没有找到曲文，但仍保留了这种体例，上标〔络丝娘煞尾〕，下面注明“曲亡”。在这个问题上，王骥德和凌濛初校本采取了截然不同的做法，王骥德因第四折后曲亡，而径行删去其他三处。毛奇龄对此坚决反对，认为其“妄矣”。凌濛初校本则保留了〔络丝娘煞尾〕并补充了第四折后的〔络丝娘煞尾〕曲文。毛奇龄校本既不是像王骥德校本那样删去〔络丝娘煞尾〕，也没有参照凌濛初校本的做法，而是以一种非常客观审慎的学术态度对待这个问题，在第四折后〔络丝娘煞尾〕处注明“曲亡”。毛奇龄虽然对后者没有作出评价，但他在实际做法上认为凌濛初贸然补充曲文亦是“妄矣”，是没有根据的。

毛奇龄对《西厢记》的参白、参唱等体例亦有深入的分析。他认为参白是戏曲中必不可少的因素，他说：

> 元曲曲中皆有参白，一名带白，唱者自递一句所称带云者是也；一名挑白，旁人搀问一句作挑剔是也。碧筠斋、王伯良诸本，将曲中参白一概删去，作法荡然矣。
>
> 此曲虽系黄钟宫调，然与中宫、商调本自出入，此正答“休别继良姻”一嘱。只“莺莺意儿”二句，与〔贺圣朝〕本调不合，似有错误。金在衡疑此曲为窜入，而王伯良径删之，则妄甚矣。元词作法必有参白，参白一删则势必删曲，何者以曲中呼应尽无著耳。伯良顾识词例，亦曾取元剧参白一探讨耶，岂有通本参白一笔删尽，而犹欲分别曲文定是否者？卷首所谓以曲解曲、以词覆词，真百世论词之法也。“想莺莺”二句另起，起下曲收拾寄物，正元词三昧，但其文似有误耳。今悉照原本，不敢增易，以俟知者。

他从戏曲创作的角度指出一些明刊本因前后可能没有或无法呼应而删去参白的做法并不可取，至于为了弥补删除参白的痕迹而删去曲文的做法就更不可取了。这体现了毛奇龄对《西厢记》本来面貌的尊重。这在论定本中是始终贯彻的一个准则，如第一本第二折：

〔正末上云〕自夜来见了那小姐，著小生一夜无眠，若非法聪和尚呵，那小姐到有顾盼小生之意。今日去问长老借间僧房，早晚温习些经史；倘遇小姐出来，饱看一会儿。

〔中吕粉蝶儿〕（唱）不做周方，枉埋怨煞你个法聪和尚！你则借与我半间儿客舍僧房，与俺那可憎才居止处门儿相向。虽不能勾窃玉偷香，且将这盼行云眼睛打当。

毛奇龄指出："首二句跟宾白'若非法聪和尚呵'来言，昨见莺时，既不为我周旋方便，虽埋怨煞那也枉然耳。你今则借寓与我，使我打点一看，这便是周方也。此皆未见聪时自忖之语，俗子忘却宾白，妄为对聪语，遂至改曲删白，无所不至，嗟乎，何至此。"正因为曲白相生，如妄删宾白或不顾宾白而妄改曲文均会造成理解上的不必要的误解，也是不符合元杂剧创作的规范的。

关于参唱，毛奇龄说："北曲每折必一人唱，而院本则每本正末折参唱数曲，此定例也。"指出参唱亦是杂剧创作的规范，若不熟悉这一定例，势必会改动脚色或删去曲文，如一本第四折：

〔锦上花〕（红唱）外像儿风流，青春年少；内性儿聪明，冠世才学。扭捏著身子儿百般做作，来往向人前卖弄俊俏。

（旦儿云）则我猜那生呵。

〔幺〕（唱）黄昏这一回，白日那一觉，来窗儿外那会镬铎。他到晚向书帏里比及睡著，千万声长吁怎得到晓。

毛氏指出："此互参莺红二曲，一调笑，一解惜，如挡弹家词，于铺叙中笑搀旁观数语，最为奇绝。他本俱作莺唱，两曲不贯。金在衡本俱作红唱，则与生曲又不接。诸本或前莺后红，则两曲语气又各不相肖。至若妄者不识词例，目为搀入，一概删去，则了措矣。乌知作者本意，元自恰好如此。"

毛奇龄对《西厢记》的校勘、参释都另行穿插在曲文间，既不是集中在每折之后，也不是放在眉栏。在校勘中，他对《西厢记》的脚色、宾白、曲词等问题都从学术角度作出了有益的探索，试图在最大限度上反映《西厢记》的原貌。他没有被种数众多的明刊本拘泥，而是跳出这一个圈子，从体例上着手探索、考证，从而在王骥德、凌濛初外另辟蹊径，取得了《西厢记》校勘上的突出成就。他的这种独立思考、勇于探索的精神，正是他在《西厢记》校勘中能取得不可磨灭的突出贡献的主要根源。

第五节　明清《西厢记》校勘比较研究

明清时期《西厢记》现存版本多达一百多种，是《西厢记》的流传和演变中不可或缺的重要一环。本章选择王骥德《新校注古本西厢记》、凌濛初《西厢记五剧》、张深之《正北西厢记秘本》、毛奇龄《毛西河论定西厢记》四种在《西厢记》校勘史上重要的版本进行比较分析。

一　剧本体例比较

首先从剧本体制上来说，这四种分为两类，一类是较为合乎元杂剧的体制，如凌濛初《西厢记五剧》和毛奇龄《毛西河论定西厢记》；另一类是在保留元杂剧部分体制特点的同时受到南戏、传奇影响而带有明显的南戏、传奇烙印的体制，如王骥德《新校注古本西厢记》和张深之《正北西厢记秘本》。

在分卷分折分本方面，四本各有不同。凌濛初本、毛西河本二种为分卷（本）、卷（本）下之分折没有标目，保留了元杂剧体制特点。而王骥德本、张深之本同样分卷（本或折）分折（套），都有题目正名，但每折（套）前皆有二字标目，带有明显的南戏、传奇影响的痕迹。现将四本剧本体制列表如下：

<table>
<tr><th colspan="3">王骥德本</th><th colspan="3">张深之本</th><th colspan="2">凌濛初本</th><th colspan="2">毛西河本</th></tr>
<tr><td rowspan="5">第一折</td><td rowspan="2">一套</td><td rowspan="2">遇艳</td><td rowspan="5">卷一</td><td rowspan="2">第一折</td><td rowspan="2">奇逢</td><td rowspan="5">第一本
张君瑞闹道场杂剧</td><td>楔子</td><td rowspan="5">卷一
第一本</td><td>楔子</td></tr>
<tr><td>第一折</td><td>第一折</td></tr>
<tr><td>二套</td><td>投禅</td><td>第二折</td><td>假馆</td><td>第二折</td><td>第二折</td></tr>
<tr><td>三套</td><td>赓句</td><td>第三折</td><td>倡和</td><td>第三折</td><td>第三折</td></tr>
<tr><td>四套</td><td>附斋</td><td>第四折</td><td>目成</td><td>第四折</td><td>第四折</td></tr>
</table>

续表

王骥德本			张深之本			凌濛初本		毛西河本	
第四套后无〔络丝娘煞尾〕，有正名四句			卷一前有楔子四句，即全剧题目正名，第一折前有正名四句，第四折后无〔络丝娘煞尾〕			第四折末有〔络丝娘煞尾〕和题目正名四句		第四折末有〔络丝娘煞尾〕和题目正名四句	
第二折	一套	解围	卷二	第一折	解围	第二本 崔莺莺夜听琴杂剧	第一折	卷二 第二本	第五折
							楔子		楔子
	二套	邀谢		第二折	初筵		第二折		第六折
	三套	负盟		第三折	停婚		第三折		第七折
	四套	写怨		第四折	琴挑		第四折		第八折
第四套后无〔络丝娘煞尾〕，有正名四句			第一折前有正名四句，第四套后无〔络丝娘煞尾〕			第四折末有〔络丝娘煞尾〕和题目正名四句		第八折末有〔络丝娘煞尾〕和题目正名四句	
第三折	一套	传书	卷三	第一折	传书	第三本 张君瑞害相思杂剧	楔子	卷三 第三本	楔子
							第一折		第九折
	二套	省简		第二折	窥简		第二折		第十折
	三套	逾垣		第三折	逾垣		第三折		第十一折
	四套	订约		第四折	问病		第四折		第十二折
第四套后无〔络丝娘煞尾〕，有正名四句			第一折前有正名四句，第四套后无〔络丝娘煞尾〕			第四折末有〔络丝娘煞尾〕和题目正名四句		第十二折末有〔络丝娘煞尾〕和题目正名四句	
第四折	一套	就欢	卷四	第一折	佳期	第四本 草桥店梦莺莺杂剧	楔子	卷四 第四本	楔子
							第一折		第十三折
	二套	说合		第二折	巧辩		第二折		第十四折
	三套	伤离		第三折	送别		第三折		第十五折
	四套	入梦		第四折	惊梦		第四折		第十六折
第四套后无〔络丝娘煞尾〕，有正名四句			第一折前有正名四句，第四套后无〔络丝娘煞尾〕			第四折末有〔络丝娘煞尾〕和题目正名四句		第十六折末有〔络丝娘煞尾〕和题目正名四句	
第五折	一套	报第	卷五	第一折	报捷	第五本 张君瑞庆团圆杂剧	楔子	卷五 第五本	楔子
							第一折		第十七折
	二套	酬愁		第二折	缄愁		第二折		第十八折
	三套	拒婚		第三折	求配		第三折		第十九折
	四套	完配		第四折	荣归		第四折		第二十折

续表

王骥德本	张深之本	凌濛初本	毛西河本
第四套后无〔络丝娘煞尾〕，有正名四句	第一折前有正名四句，第四套后无〔络丝娘煞尾〕	第四折末有〔络丝娘煞尾〕和题目正名四句	第二十折末有〔络丝娘煞尾〕和题目正名四句

凌濛初本、毛奇龄本为分本（卷）分折，全剧分为五本（卷），每本（卷）分别为四折一楔子。不同之处是凌濛初本每本分折为楔子、第一折、第二折、第三折、第四折，唯第二本楔子在第一折后其他均在第一折前。而毛奇龄本为卷一第一本：楔子、第一折、第二折、第三折、第四折；卷二第二本：第五折、楔子、第六折、第七折、第八折，卷三第三本：楔子、第九折、第十折、第十一折、第十二折；卷四第四本：楔子、第十三折、第十四折、第十五折、第十六折；卷五第五本：楔子、第十七折、第十八折、第十九折、第二十折。每折无标目。凌濛初本是迄今为止发现现存《西厢记》中最符合元杂剧体制的。全剧分为五本，每本均有本名，分别是：

第一本张君瑞闹道场杂剧、第二本崔莺莺夜听琴杂剧、第三本张君瑞害相思杂剧、第四本草桥店梦莺莺杂剧、第五本张君瑞庆团圆杂剧

本下分折，没有标目，每本均为四折一楔子，第四折后均有题目两句、正名两句。同时在前四本第四折后还有〔络丝娘煞尾〕一曲。王骥德本、张深之本在体制上颇多南戏、传奇影响，为分折（卷）分套（折）。王骥德本为五折二十套，张深之本为五卷二十折，二本在每套（折）前均有二字标目。毛奇龄本也是力图恢复《西厢记》本来面目的一个刊本，全剧分为五卷，无卷目，每卷也为四折一楔子，下分二十折，不是如凌濛初每卷从第一折开始，而是从第一折到第二十折依次排列。凌濛初本有一个地方值得注意，就是都把惠明下书一折戏均作为楔子处理，而不是单独标出。而毛奇龄本对此的处理最为特别，他把惠明下书一套唱词放在第五折内，而又在后面加一楔子，其中惠明唱〔仙吕赏花时〕〔幺〕二曲。这是其他三本所没有的。但他的这种做法却为近现代《西厢记》校勘提供了一个依据，大多数版本都采用这种做法，只是将惠明下书一套唱词单独作为一折处理。

王骥德本与张深之本是分折（卷）分套（折）刊本，部分打上了传奇烙印。王骥德本的分折之折，不是一般意义上元杂剧的四折一楔子之折，而是“转折之意”[1]。王骥德本每折第一套、张深之本每卷第一折分别是凌濛初本每本第一折和楔子、毛奇龄每卷首折和楔子之和。从这两种分卷（本）分折来看，也可明显地看出王骥德本、张深之本是一个系统，而凌濛初本和毛奇龄本为另一个系统。尤为值得注意的一点是，王骥德本在每折第一套前均有对各套曲数之统计、用韵情况及主唱脚色，这是其他三本所没有的。具体如下：

第一折

楔子引曲二章　用东钟韵　夫人　旦

第一套仙吕宫曲一十五章　用先天韵　生

第二套中吕宫曲二十章　用江阳韵　生

第三套越调曲一十五章　用庚青韵　生

第二折

第一套仙吕宫曲一十四章　用真文韵　红

正宫曲一十一章　用监咸韵　慧明

第二套中吕宫曲一十六章　重用庚青韵　红

第三套双调曲一十六章　用歌戈韵　旦

第四套越调曲一十五章　用东钟韵　旦

第三折

楔子引曲一章　用廉纤韵　红

第一套仙吕宫曲一十四章　用支思韵　红

第二套中吕宫曲一十九章　用寒山韵　红

第三套双调曲一十三章　用家麻韵　红

第四套越调曲一十三章　用侵寻韵　红

第四折

楔子引曲一章　用江阳韵　红

第一套仙吕宫曲一十八章　用皆来韵　生

第二套越调曲十四章　用尤侯韵　红

---

① （明）王骥德本：《新校注古本西厢记·凡例》。

第三套正宫曲一十九章　用齐微韵　旦
第四套双调曲一十六章　用车遮韵　生　旦参

第五折

楔子引曲一章　用皆来韵　生
第一套商调曲一十二章　重用尤侯韵　旦
第二套中吕宫曲一十九章　重用支思韵　生
第三套越调曲一十六章　重用真文韵　红
第四套双调曲二十章　用鱼模韵　生　旦红参

王骥德本所统计的各套曲数中，在第一折、第三折、第四折、第五折都有楔子，而且曲子数量和凌濛初本、毛奇龄本楔子曲子数量完全相同，而第二折慧明所唱正宫曲一十一章，亦和凌濛初本、毛奇龄本第二本（卷二第二本）楔子曲子数量相同。这正好和他在《新校注古本西厢记·凡例三十六则》中所说的“元剧首折多用楔子引曲，折终必收以正名四语。记中第一、三、四、五折，皆有楔子，如〔赏花时〕〔端正好〕等一二曲，每折后皆有正名等语，古法可见”相呼应，由此可见，王骥德并非不知元杂剧四折一楔子体例，他是明确知道元杂剧首折用楔子是“古法可见”，但因为受到传奇影响，试图将《西厢记》传奇化，再加上他将每折下分为四套，如果说将楔子独立划分出来，则成四套一楔子，显得不伦不类，故在具体分套时并没有将楔子独立出来，而是和第一套混合在一起，但从宫调上却可以明显地区别开来，即使第二折虽然没有出现楔子字样，但第一套中用仙吕和正宫两种宫调，后一宫调的内容其实正好相当于后世的楔子或者单独一折。从这也可以看出，王骥德虽然按照传奇体制试图改编《西厢记》，但是在这些统计中却仍然保留了元杂剧体制的痕迹。而到了张深之本，则更向传奇靠近了一步，不仅删去了王骥德上述统计中的元杂剧痕迹，而且将全剧题目正名作为楔子放在最前，并在每卷开始第一折前书写本卷题目正名。

这四种明清《西厢记》刊本除上述不同外，还在其他元杂剧体例方面存在明显的差异。

一是在题目正名的位置和内容上存在差异。王骥德本题目正名在每套第四折后，标署时仅为“正名”四句，而无题目二字。全剧结束后为总目四句。张深之本题目正名的标署则完全不同，将本应放置剧末的题目正名移到全剧之首并标署“楔子”四句，同时将各卷卷末的题目正名移到卷首并标署“正名”四句，同样没有题目二字。张深之本全剧末还有诗八句：“蒲东萧寺景荒凉，至此行人暗断肠。杨柳尚牵当日恨，芙蓉犹带昔年香。问红夜月人何处，共约东风事已忘。惟有多情千古月，夜深依旧下西厢。”王骥德早就指出：“诸本曲后有‘感谢将军成始终’一诗，此盲瞽说场诗也。�本总目后有‘蒲东萧寺景荒凉’一诗，亦后人咏《西厢》之作。本记五折，每折后有正名四语，末简以总目四语终之，此外不容更加一字矣。今并删去。”[①] 凌濛初、毛奇龄等均赞同这种做法，而张深之却在最后以此诗作结，实为多此一举。凌濛初本题目正名在每本第四折末，题目两句，正名两句。全剧末不像王骥德本那样有总目。毛奇龄本卷之一“参释”云：“西厢记三字，目标也。元曲末必有正名题目四句，而标取正末句，如杂剧有《城南柳》，因题目正末句曰《吕洞宾三度城南柳》也，此名《西厢记》，因题目正末句曰‘崔莺莺待月西厢记’也。推此，则明曲之伪，如《徐天池渔阳三弄》，而题目正末句曰‘曹丞相神仙八洞’者，不知凡几矣。特目列卷正末，今误列卷首，如南曲开演例，非是。”[②] 他对张深之等人将每卷（本）题目正名四句放在卷首的做法提出了批评，指出这是南曲体例，而非元杂剧体例。他在每卷最后一折列正名四句。全剧终有总日四句。

从题目正名及总目的内容来看，在一些字词上还是有所差别的。现将四本题目正名及总目内容罗列如下：

王骥德本	张深之本	凌濛初本	毛奇龄本
一 折	卷 一	一 本	卷 一
老夫人闭春院	老夫人开春院	老夫人闲春院	老夫人闭春院
崔莺莺烧夜香	崔莺莺烧夜香	崔莺莺烧夜香	崔莺莺烧夜香
俏红娘怀好事	小红娘传好事	小红娘传好事	俏红娘问好事
张君瑞闹道场	张君瑞闹道场	张君瑞闹道场	张君瑞闹道场
二 折	卷 二	二 本	卷 二
张君瑞破贼计	张君瑞破贼计	张君瑞破贼计	张君瑞破贼计

① （明）王骥德：《新校注古本西厢记》第五折“注二十一条”。

② （清）毛奇龄：《毛西河论定西厢记》。

莽和尚生杀心	莽和尚生杀心	莽和尚生杀心	莽和尚生杀心
小红娘昼请客	小红娘昼请客	小红娘昼请客	小红娘昼请客
崔莺莺夜听琴	崔莺莺夜听琴	崔莺莺夜听琴	崔莺莺夜听琴
三折	卷三	三本	卷三
老夫人命医士	老夫人命医士	老夫人命医士	老夫人命医士
崔莺莺寄情诗	崔莺莺寄情诗	崔莺莺寄情诗	崔莺莺寄情诗
小红娘问汤药	俏红娘问汤药	小红娘问汤药	小红娘问汤药
张君瑞害相思	张君瑞害相思	张君瑞害相思	张君瑞害相思
四折	卷四	四本	卷四
小红娘成好事	小红娘成好事	小红娘成好事	小红娘成好事
老夫人问由情	老夫人问由情	老夫人问由情	老夫人问由情
短长亭斟别酒	短长亭斟别酒	短长亭斟别酒	短长亭斟别酒
草桥店梦莺莺	草桥店梦莺莺	草桥店梦莺莺	草桥店梦莺莺
五折	卷五	五本	卷五
郑衙内施巧计	小琴童传捷报	小琴童传捷报	小琴童传喜信
老夫人悔姻缘	崔莺莺寄汗衫	崔莺莺寄汗衫	老夫人悔姻缘
杜将军大断案	郑伯常干舍命	郑伯常干舍命	杜将军大断案
张君瑞两团圆	张君瑞庆团圆	张君瑞庆团圆	张君瑞两团圆
总目	楔子		总目
张君瑞要做东床婿	张君瑞巧做东床婿		张君瑞巧做东床婿
法本师主持南赡地	法本师主持南禅地		法本师住持南禅地
老夫人开宴北堂春	老夫人开宴北堂春		老夫人开宴北堂春
崔莺莺待月西厢记	崔莺莺待月西厢记		崔莺莺待月西厢记

在第一卷（折、本）中，有三个关键词各家不同。一是王骥德本“老夫人闭春院”之“闭”，毛奇龄本作“闭”，凌濛初本作“闲”，张深之本作“开”。唯有毛奇龄本作了说明：“闭即门掩重关之意，虽出游犹闭也。俗子倡为莺不游寺之说，必谓院开而莺见，遂易闭为开，嗟乎乃尔。”① 另一处是王骥德本“俏红娘怀好事”之“怀”，凌濛初本和张深之本作“传”，毛奇龄本作“问”。同样只有毛奇龄本作了说明：“好事即道场也，

① （清）毛奇龄：《毛西河论定西厢记》。

他本以问为怀，非。”① 蒋星煜先生在《新发现的最早的西厢记残叶》中对这两点有详尽的论述，指出“闲”“也可以理解”，“开”“乍看不通，其实也可理解”，但“最早的本子用‘老夫人闭春院’的可能性较大”②。二、三、四折（卷、本）题目正名基本完全相同。第五折（卷、本）差别较大。从整体来看，王骥德本四句为第五折第四套内容的总结，而不是整个第五折剧情的概括。毛奇龄本后三句亦是卷五第二十折内容的概括，同样不能关涉全剧剧情。而凌濛初本和张深之本则完全相同，每一句关涉其中一折内容，相对来说更为符合元杂剧体例。

在总目的运用方面，除凌濛初本无总目外，其他三本均有总目四句。且仅在前面两句中有个别字词不同。“要做”和“巧做”虽一字之差，但并没有大的区别。而“南赡”还是“南禅”区别较大，王骥德云：“南赡地，旧作南禅，今佛家南赡部州之赡，皆读作平声，盖赡、禅声相近之故，俱误，今改正。”意思是用佛家所在地代指普救寺，而南禅则不明何义。王骥德本、毛奇龄本均是第四折（卷）第四套（折）结束处先用正名四句，然后又用了总目四句总括全剧。张深之本将这部分内容放在全剧之首，且标目为“楔子”，他是受到传奇体制的影响，把这四句当作家门大意来看待。蒋星煜先生在分析毛奇龄总目四句时说：“毛氏本在结束全剧时，先用了四句‘正名’……这四句所概括的内容只是第十七折至二十折的剧情，不是全剧的剧情，因此后面又再加上‘张君瑞巧做东床婿’这四句，无以名之，只好称之为‘总目’。在明刊本中极少是如此处理的。”③其实早在王骥德本中就是如此做的。总目四句其实作用等同于全剧题目正名，因为前面已有正名四句，为免重复，故改用总目，这也是有可能的。至于凌濛初本缺失总目四句，却是与其在凡例中所说“北体每本止有题目正名四句，而以末句作本剧之总名”相矛盾。按照凌濛初全剧结束之题目正名四句最后一句为“张君瑞庆团圆”，那么全剧总名应为《庆团圆》而非《西厢记》，如此推断，则凌濛初本显然缺失了全剧的题目正名四句，这也可以说是他在《西厢记》体例中的一大缺陷。

① （清）毛奇龄：《毛西河论定西厢记》。

② 蒋星煜：《新发现的最早的西厢记残叶》，《西厢记的文献学研究》，上海古籍出版社1997年版，第30页。

③ 蒋星煜：《毛奇龄对西厢记本来面目的探索》，《西厢记的文献学研究》，上海古籍出版社1997年版，第436页。

二是在如何对待〔络丝娘煞尾〕上有差异。王骥德本全部删去。他认为《西厢记》原本并没有四支〔络丝娘煞尾〕，他说："至诸本以〔络丝娘〕一尾，语既鄙俚，复入他韵，又窃后折意提醒为之，似挡弹说词家，所谓'且听下回分解'等语，又止第二、三、四折有之，首折复缺，明系后人增入，但古本并存，又《太和正音谱》亦收入谱中，或篡入已久，相沿莫为之正耳，今从秣陵本删去。"① 并在第一折后"注二十一条"中说："俗本每折后各有伪增〔络丝娘煞尾〕二句，皆俗工挡弹引带之词。今悉削去。"② 从这段话可知，〔络丝娘煞尾〕曲在明初《太和正音谱》就已经存在，王骥德认为此曲用韵与正文不同，且第一折缺失，故从金在衡本删去。作为同一系统的张深之本也删去不录。王骥德这种做法当时就遭到了曲家的反对和批判，沈璟在见到王骥德邮寄的《新校注古本西厢记》后，认为王骥德做法不妥，建议他收入。他说："小柬封后，犹有〔越调·小络丝娘煞尾〕二句体，先生皆已删之矣。然查《正音谱》亦已收于越调中，且此等语，非实甫不能作。乞仍为录入于四套后，使成全璧，何如?"③ 但王骥德并没有采纳他的意见。后来凌濛初、毛奇龄等人均对王骥德的处理结果提出批评。凌濛初说："此有〔络丝娘煞尾〕者，因四折之体已完，故复为引下之词结之，见尚有第二本也。此非复扮色人口中语，乃自为众伶人打散语，犹说词家'有分交'以下之类，是其打院本家数。王谓是挡弹引带之词而削去之，太无识矣。"④ 他根据周宪王本补充了第一本第四折后的曲文。毛奇龄也批评王骥德此举"非矣""妄矣"，他在第八折、第十二折、第十六折结束时都用了。第四折结束处没有曲文，而标出了〔络丝娘煞尾〕，下注"曲亡"，并解释说；"院本亦以四折为一本，中用〔络丝娘煞尾〕联之，此作法也。且正音谱已收西厢煞尾入谱中，第一本偶亡耳，王伯良将后本三曲俱删去，妄矣。又杂剧间有用〔络丝娘煞尾〕作结者，见《两世姻缘》剧。"他认为院本（其实是杂剧）中用〔络丝娘煞尾〕是杂剧做法，这是之前曲家所未见之言论，不知何据。对是否保留〔络丝娘煞尾〕，蒋星煜先生在研究各本情况后，持肯定态度，他说："这四支〔络丝娘煞尾〕，尤其是弘治岳刻本也没有的第一支《煞尾》都能

① （明）王骥德：《新校注古本西厢记·凡例三十六则》。

② （明）王骥德：《新校注古本西厢记》第一折"注二十一条"。

③ （明）王骥德：《新校注古本西厢记·附录·词隐先生手札》。

④ （明）凌濛初：《西厢记五剧》第一本第四折眉批。

够保存了下来，徐士范本是有贡献的。”他虽然没有明确说是否保留，但他肯定徐士范本保留第一支《煞尾》的贡献，表明他是持赞同态度的。周续赓根据现存最早的《西厢记》残叶分析说：“第一卷末无‘络丝娘煞尾’。不知仅第一卷脱落，还是其他各卷也都没有，很难断定。但就与其关系最为密切的弘治本来看，很可能是第一卷的‘络丝娘煞尾’从‘残页本’就佚失了，而其他各卷还是有的。这一点在王伯良《新校注古本西厢记》的凡例中也曾提到，他所见到的几种古本《西厢记》，也都缺少第一卷的‘络丝娘煞尾’，这说明‘残页本’与王伯良所看到的‘古本’是完全一致的。”“‘残页本’卷一之后无‘络丝娘煞尾’，弘治本亦无。但弘治本其他各卷均有，可以证明卷一末之‘络丝娘煞尾’，从‘残页本’时就脱落了，而弘治本要忠于底本，没有随意增补，只是到了徐士范本才补上。”①

三是在脚色标注方面存在差异。在《西厢记》校勘中，校者对剧中脚色安排作了详细的说明。王骥德在《新校注古本西厢记·凡例三十六则》中说：“古本（碧筠斋本、朱石津本）以外扮老夫人，署色止曰夫人。又店小二、法本、杜将军，皆曰外，本又曰洁。张生曰末，莺莺曰旦，红娘曰红，欢郎曰徕，法聪、孙飞虎及郑恒皆曰净，慧明曰慧，琴童曰仆。今易末曰生，易洁曰本，易徕曰欢，店小二直曰小二，亦皆谐俗设也。”② 王骥德对古本（碧筠斋本、朱石津本）中的脚色标注进行了更易，他更易脚色标注的目的是“亦皆谐俗设也”，就是适合时人的欣赏习惯，也就是按照传奇的脚色标注方式对元杂剧脚色体例进行了改变，是对元杂剧脚色标注体例的随意化背离。凌濛初在《西厢记五剧·凡例十则》中也谈到了元杂剧脚色标注问题，他说：“北体脚色，有正末、付末、狚、狐、靓、鸨、猱、捷讥、引戏共九色。然实末、旦、外、净四人换妆，其更须多人者，则增付末（亦称冲末）、旦徕（亦称冲旦）、副净（女妆旦者曰花旦），总之不出四名色。故周王本，外扮老夫人，正末扮张生，正旦扮莺莺，旦徕扮红娘，自是古体，确然可爱。自时本易以南戏称呼，竟蔑北体，急拈出以俟知者，耳食辈勿反生疑也。”③ 在校勘中也涉及一些具体脚色的标注，

① 周续赓：《谈〈新编校正西厢记〉残页的价值》，《文学遗产》1984 年第 1 期。

② （明）王骥德：《新校注古本西厢记·凡例三十六则》。

③ （明）凌濛初：《西厢记五剧·凡例十则》。

如第一本楔子眉批中对时人改老夫人脚色“外”为“老旦”的做法提出了批评，他说：“剧体止末、旦、外、净四脚色，故老夫人以外扮。今人妄以南体律之，易以老旦者，误。”凌濛初本是按照元杂剧脚色称谓标注脚色的，是对元杂剧脚色体例回归本原的一种努力。毛奇龄虽然没有从总体对元杂剧脚色体例进行论述，但他的论定对一些具体脚色标注有所判断，如他在卷一楔子论定中说：“他本或称外扮老夫人，科例也。此不署扮色者，以本与杜皆外扮，恐杂出相混，故任其扮演。此与惠明不署扮色正同。若张为正末而俗称生，则入南曲爨色矣。原本之不可更易如此。”毛奇龄也是以恢复元杂剧和《西厢记》本来面目为己任的，故他在脚色标注时也遵从元杂剧脚色体例，但他将崔莺莺脚色标注为“旦儿”而非“正旦”，却是不恰当的。下面将四本脚色标注作一比较：

	王骥德本	张深之本	凌濛初本	毛奇龄本
老夫人	老夫人、夫人	夫人、夫	外、夫人	外、夫人
崔莺莺	旦	莺	正旦、旦	旦儿
张君瑞	生	生	正末、末	正末
红娘	红	红	旦徕、红	红娘、红
琴童	仆	琴、童	徕人、童、仆	仆
店小二	店小二、外	末、小二	小二	小二
法聪	净、聪	聪	法聪、聪	法聪、聪
法本	外、本	本	净、洁	外、洁
孙飞虎	净、孙飞虎	虎	孙飞虎、飞虎	净、飞虎
慧明	慧	惠	惠明、惠	惠明、惠
杜确	外、杜将军、白马将军、杜	杜	杜将军、将军	外、（杜）将军、杜
欢郎	欢	欢	俫	欢郎、俫
郑恒	净	恒、郑	净	净
使臣	外	外	使臣	无此脚色

上述四本脚色列举时，前面一个均为人物第一次出场时的标注，后面一个或多个则为此后出场时的标注。相较而言，四本中脚色标注数毛奇龄本最为统一，所有脚色第一次出现时或标注脚色名称，如外扮老夫人、旦儿扮莺莺、正末扮张君瑞、外扮杜将军、外扮洁郎法本和尚、净扮孙飞

虎、净扮郑恒等，或姓名全称，如红娘、法聪、惠明等，或称呼身份，如琴童、小二。而到了第二次出现时或为脚色名称，正末、旦儿在全剧中一以贯之没有变化，琴童所扮仆全剧没有变化，另外净扮郑恒在第五本中亦用净称呼，其他一些脚色均不用脚色名称标注，且用简称，如老夫人简称为夫人、红娘为红、惠明为惠、法聪为聪、法本为洁、孙飞虎为飞虎、杜将军为将军或杜等。当然，毛奇龄本也有几处标注有变化，如毛奇龄本孙飞虎为净扮，后面多数标注为“净”，但在被杜将军擒拿后，最后下场时标注为“飞虎谢了下”。欢郎第一次出现在第一本楔子，标注姓名，第二次出现时在第四本第十四折，又标注为“徕”。

其他三本脚色标注大致和毛奇龄本同理，但在具体脚色标注上并没有毛奇龄本那么统一，较多变化之处。如王骥德本，法本和尚上场时，仅第一次用外扮法本，后面均标注本。法聪，第一折第一套中标注为净，而到了第二套开始则净、聪并用。从第四套开始则为聪。孙飞虎在第一次出现时标注净，第二折第一套中第一出面用净，如“净卒上云”，后面则用“飞虎”。最后一次出场则为“孙飞虎”。老夫人在第一折第一套中标注老夫人，从第四套开始则简省为夫人，至第三折四套开始出现一次“老夫人上云”。杜确第一次出场用“外扮杜将军”，后面标注为“将军”，到第五本第三套出现时又标注为“白马将军”，第四套中既有“杜将军”，又有“杜”。红娘，大部分为红，第二折二套〔中吕粉蝶儿〕前宾白中出现一次“红娘上云”，本套中其他地方均为红。欢郎，除第一折第一套中出现一次徕外，后面出现均为欢。店小二，第一折第一套中直接标注“店小二”，而第四折第四套为“外扮店小二哥上云”。郑恒标注有变化，第三折中，既有恒，又有郑。张深之本一般在人物第一次出场时用全名，仅有一个主要脚色标注，那就是张君瑞为生扮，其他场上人物均无脚色标注。第一次出现时为全称，如夫人、法本、孙飞虎等，后面则均为简称，如夫人简称夫、法本简称本、孙飞虎简称虎等。琴童标注有所变化，第一卷第一折为琴，第四卷第四折标注为童。值得注意的是，张深之本对其中一个次要人物出现脚色标注，就是店小二，第一卷第一折中第一次上场时用“末”标注，后面变为小二。而到了第四卷第四折又为小二，而不用脚色标注。凌濛初本中人物第一次上场或者标注脚色名称，如“外扮老夫人上开”，“旦徕扮红娘”，“正旦扮莺莺”，“正末扮骑马引徕人上开”，“净扮洁上开”，等等，或者用人物全称，而不标注脚色名称，如小二、法聪等。但是到了第二次出现时，除了正末、正旦用末、旦标注，其他均不用脚色标注称呼，且为简称，如老夫人为夫、红娘为红、琴童为童、法本为洁、法聪为聪。有时也有例外，如崔莺莺两次出现回顾动作，第一次在第一本第一折“旦回顾觑末下”，第二次为第一本第三折“莺回顾下”。又如惠明和尚，第一次上场为全称惠明，后面大多数均为简称“惠”，但第二本楔子“（卒子引惠明和尚上开）（惠明云）”中却为全称。也有标注比较多变的，如琴童，第一本第一折中首次出现为“倈人”扮，此后简称为“童”。而第四本第四折、第五本楔子中又标注为“仆”。抑或凌濛初认为此琴童非彼琴童也。

从曲牌的组合来看，各本也有不同之处。为了更好地比较，现将四本所有曲牌及曲词演唱者安排列表如下：

		王骥德本	张深之本	凌濛初本	毛奇龄本
第一本	楔子	老夫人：〔仙吕赏花时〕、旦：〔幺〕	老夫人：〔仙侣赏花时〕莺：〔幺〕	老夫人：〔仙吕赏花时〕旦：〔幺篇〕	老夫人：〔仙吕赏花时〕旦：〔么篇〕
	第一折	生：〔仙吕点绛唇〕〔混江龙〕〔油葫芦〕〔天下乐〕〔村里迓鼓〕〔元和令〕〔上马娇〕〔胜葫芦〕〔幺〕〔后庭花〕〔柳叶儿〕〔寄生草〕〔赚煞〕	生：〔仙吕点绛唇〕〔混江龙〕〔油葫芦〕〔天下乐〕〔村里迓鼓〕〔元和令〕〔上马娇〕〔胜葫芦〕〔么〕〔后庭花〕〔柳叶儿〕〔寄生草〕〔赚煞尾〕	正末：〔仙吕点绛唇〕〔混江龙〕〔油葫芦〕〔天下乐〕〔村里迓鼓〕〔元和令〕〔上马娇〕〔胜葫芦〕〔幺篇〕〔后庭花〕〔柳叶儿〕〔寄生草〕〔赚煞〕	正末：〔仙吕点绛唇〕〔混江龙〕〔油葫芦〕〔天下乐〕〔村里迓鼓〕〔元和令〕〔上马娇〕〔胜葫芦〕〔幺篇〕〔后庭花〕〔柳叶儿〕〔寄生草〕〔赚煞〕
	第二折	生：〔中吕粉蝶儿〕〔醉春风〕〔迎仙客〕〔石榴花〕〔斗鹌鹑〕〔上小楼〕〔幺〕〔脱布衫〕〔小梁州〕〔幺〕〔快活三〕〔朝天子〕〔四边静〕〔哨遍〕〔耍孩儿〕〔五煞〕〔四煞〕〔三煞〕〔二煞〕〔尾〕	生：〔中吕粉蝶儿〕〔醉春风〕〔迎仙客〕〔石榴花〕〔斗鹌鹑〕〔上小楼〕〔么〕〔脱布衫〕〔小梁州〕〔么〕〔快活三〕〔朝天子〕〔四边静〕〔哨遍〕〔耍孩儿〕〔五煞〕〔四煞〕〔三煞〕〔二煞〕〔尾声〕	正末：〔中吕粉蝶儿〕〔醉春风〕〔迎仙客〕〔石榴花〕〔斗鹌鹑〕〔上小楼〕〔幺篇〕〔脱布衫〕〔小梁州〕〔幺〕〔快活三〕〔朝天子〕〔四边静〕〔哨遍〕〔耍孩儿〕〔五煞〕〔四煞〕〔三煞〕〔二煞〕〔尾〕	正末：〔中吕粉蝶儿〕〔醉春风〕〔迎仙客〕〔石榴花〕〔斗鹌鹑〕〔上小楼〕〔幺〕〔脱布衫〕〔小梁州〕〔幺〕〔快活三〕〔朝天子〕〔四边静〕〔哨遍〕〔耍孩儿〕〔五煞〕〔四煞〕〔三煞〕〔二煞〕〔尾〕
	第三折	生：〔越调斗鹌鹑〕〔紫花儿序〕〔金蕉叶〕〔调笑令〕〔小桃红〕〔秃厮儿〕〔圣药王〕〔麻郎儿〕〔幺〕〔络丝娘〕〔东原乐〕〔绵搭絮〕〔拙鲁速〕〔幺〕〔尾〕	生：〔越调斗鹌鹑〕〔紫花儿序〕〔金蕉叶〕〔调笑令〕〔小桃红〕〔秃厮儿〕〔圣药王〕〔麻郎儿〕〔么〕〔络丝娘〕〔东原乐〕〔绵搭絮〕〔拙鲁速〕〔么〕〔尾〕	正末：〔越调斗鹌鹑〕〔紫花儿序〕〔金蕉叶〕〔调笑令〕〔小桃红〕〔秃厮儿〕〔圣药王〕〔麻郎儿〕〔幺篇〕〔络丝娘〕〔东原乐〕〔绵搭絮〕〔拙鲁速〕〔幺篇〕〔尾〕	正末：〔越调斗鹌鹑〕〔紫花儿序〕〔金蕉叶〕〔调笑令〕〔小桃红〕〔秃厮儿〕〔圣药王〕〔麻郎儿〕〔幺〕〔络丝娘〕〔东原乐〕〔绵搭絮〕〔拙鲁速〕〔幺〕〔尾〕

续表

		王骥德本	张深之本	凌濛初本	毛奇龄本
	第四折	生:〔双调新水令〕〔驻马听〕〔沉醉东风〕〔雁儿落〕〔德胜令〕〔乔牌儿〕〔甜水令〕〔折桂令〕生唱(一作红唱):〔锦上花〕生:〔碧玉箫〕〔鸳鸯煞〕	生:〔双调新水令〕〔驻马听〕〔沉醉东风〕〔雁儿落〕〔得胜令〕〔乔牌儿〕〔甜水令〕〔折桂令〕旦:〔锦上花〕〔么〕[1] 生:〔碧玉箫〕〔鸳鸯煞〕	正末:〔双调新水令〕〔驻马听〕〔沉醉东风〕〔雁儿落〕〔得胜令〕〔乔牌儿〕〔甜水令〕〔折桂令〕旦:〔锦上花〕正末:〔碧玉箫〕〔鸳鸯煞〕	正末:〔双调新水令〕〔驻马听〕〔沉醉东风〕〔雁儿落〕〔得胜令〕〔乔牌儿〕〔甜水令〕〔折桂令〕红:〔锦上花〕旦:〔幺〕[2]正末:〔碧玉箫〕〔鸳鸯煞〕
第二本	第一折	旦:〔仙吕八声甘州〕〔混江龙〕〔油葫芦〕〔天下乐〕〔那吒令〕〔鹊踏枝〕〔寄生草〕〔六幺序〕〔幺〕〔元和令〕〔后庭花〕〔柳叶儿〕〔青歌儿〕〔赚煞〕	莺:〔仙吕八声甘州〕〔混江龙〕〔油葫芦〕〔天下乐〕〔那吒令〕〔鹊踏枝〕〔寄生草〕〔六幺序〕〔么〕〔元和令带后庭花〕[1]〔柳叶儿〕〔青哥儿〕〔赚煞尾〕	旦:〔仙吕八声甘州〕〔混江龙〕〔油葫芦〕〔天下乐〕〔那吒令〕〔鹊踏枝〕〔寄生草〕〔六幺序〕〔幺篇〕〔后庭花[2]〔柳叶儿〕〔青歌儿〕〔赚煞〕	旦:〔仙吕八声甘州〕〔混江龙〕〔油葫芦〕〔天下乐〕〔那吒令〕〔鹊踏枝〕〔寄生草〕〔六幺序〕〔幺〕〔后庭花〕〔柳叶儿〕〔青歌儿〕〔赚煞〕惠明:〔正宫端正好〕〔滚绣球〕〔叨叨令〕〔倘秀才〕〔滚绣球〕〔白鹤子〕〔二煞〕〔一煞〕〔耍孩儿〕〔二煞〕〔收尾〕楔子:惠明唱:〔仙吕赏花时〕〔幺〕
	楔子	惠明:〔正宫端正好〕〔滚绣球〕〔叨叨令〕〔倘秀才〕〔滚绣球〕〔白鹤子〕〔二煞〕〔一煞〕〔耍孩儿〕〔二煞〕〔收尾〕	惠明:〔正宫端正好〕〔滚绣球〕〔叨叨令〕〔倘秀才〕〔滚绣球〕〔白鹤子〕〔二〕〔一〕〔耍孩儿〕〔么〕〔收尾〕	惠明:〔正宫端正好〕〔滚绣球〕〔叨叨令〕〔倘秀才〕〔滚绣球〕〔白鹤子〕〔二〕〔一〕〔耍孩儿〕〔二〕〔收尾〕	
	第二折	红娘:〔中吕粉蝶儿〕〔醉春风〕〔脱布衫〕〔小梁州〕〔幺〕〔上小楼〕〔幺〕〔满庭芳〕〔快活三〕〔朝天子〕〔四边静〕〔耍孩儿〕〔四煞〕〔三煞〕〔二煞〕〔尾〕	红娘:〔中吕粉蝶儿〕〔醉春风〕〔脱布衫〕〔小梁州〕〔么〕〔上小楼〕〔么〕〔满庭芳〕〔快活三〕〔朝天子〕〔四边静〕〔耍孩儿〕〔四煞〕〔三煞〕〔二煞〕〔收尾〕	红娘:〔中吕粉蝶儿〕〔醉春风〕〔脱布衫〕〔小梁州〕〔幺篇〕〔上小楼〕〔幺篇〕〔满庭芳〕〔快活三〕〔朝天子〕〔四边静〕〔耍孩儿〕〔四煞〕〔三煞〕〔二煞〕〔收尾〕	红娘:〔中吕粉蝶儿〕〔醉东风〕〔脱布衫〕〔小梁州〕〔幺〕〔上小楼〕〔幺〕〔满庭芳〕〔快活三〕〔朝天子〕〔四边静〕〔耍孩儿〕〔四煞〕〔三煞〕〔二煞〕〔收尾〕

① 张本〔锦上花〕〔么〕相当于王本、凌本〔锦上花〕。

② 毛本〔锦上花〕〔幺〕相当于王本、凌本〔锦上花〕。

③ 相当于王本〔元和令〕〔后庭花〕二曲。

④ 相当于王本〔元和令〕〔后庭花〕二曲。

续表

		王骥德本	张深之本	凌濛初本	毛奇龄本
	第三折	旦：〔双调五供养〕〔新水令〕〔幺〕〔乔木查〕〔搅筝琶〕〔庆宣和〕〔雁儿落〕〔德胜令〕〔甜水令〕〔折桂令〕〔月上海棠〕〔幺〕〔乔牌儿〕〔江儿水〕〔殿前欢〕〔离亭宴带歇拍煞〕	莺：〔双调五供养〕〔新水令〕〔么〕〔乔木查〕〔搅筝琶〕〔庆宣和〕〔雁儿落〕〔德胜令〕〔甜水令〕〔折桂令〕〔月上海棠〕〔么〕〔乔牌儿〕〔清江引[3]〕〔殿前欢〕〔离亭宴带歇拍煞〕	旦：〔双调五供养〕〔新水令〕〔幺篇〕〔乔木查〕〔搅筝琶〕〔庆宣和〕〔雁儿落〕〔得胜令〕〔甜水令〕〔折桂令〕〔月上海棠〕〔幺篇〕〔乔牌儿〕〔江儿水〕〔殿前欢〕〔离亭宴带歇拍煞〕	旦：〔双调五供养〕〔新水令〕〔幺〕〔乔木查〕〔搅筝琶〕〔庆宣和〕〔雁儿落〕〔得胜令〕正末：〔甜水令〕旦：〔折桂令〕〔月上海棠〕〔幺〕〔乔牌儿〕〔清江引[4]〕〔殿前欢〕〔离亭宴带歇拍煞〕
	第四折	旦：〔越调斗鹌鹑〕〔紫花儿序〕〔小桃红〕〔天净沙〕〔调笑令〕〔秃厮儿〕〔圣药王〕〔麻郎儿〕〔幺〕〔络丝娘〕〔东原乐〕〔绵搭絮〕〔拙鲁速〕〔尾〕	莺：〔越调斗鹌鹑〕〔紫花儿序〕〔小桃红〕〔天净沙〕〔调笑令〕〔秃厮儿〕〔圣药王〕〔麻郎儿〕〔么〕〔络丝娘〕〔东原乐〕〔绵搭絮〕〔拙鲁速〕〔尾〕	旦：〔越调斗鹌鹑〕〔紫花儿序〕〔小桃红〕〔天净沙〕〔调笑令〕〔秃厮儿〕〔圣药王〕〔麻郎儿〕〔幺篇〕〔络丝娘〕〔东原乐〕〔绵搭絮〕〔拙鲁速〕〔尾〕	旦：〔越调斗鹌鹑〕〔紫花儿序〕〔小桃红〕〔天净沙〕〔调笑令〕〔秃厮儿〕〔圣药王〕〔麻郎儿〕〔幺〕〔络丝娘〕〔东原乐〕〔绵搭絮〕〔拙鲁速〕〔尾〕
第三本	楔子	红娘：〔仙吕赏花时〕	红娘：〔仙吕赏花时〕	红娘：〔仙吕赏花时〕	红娘：〔仙吕赏花时〕
	第一折	红娘：〔仙吕点绛唇〕〔混江龙〕〔油葫芦〕〔天下乐〕〔村里迓鼓〕〔元和令〕〔上马娇〕〔胜葫芦〕〔幺〕〔后庭花〕〔青哥儿〕〔寄生草〕〔煞尾〕	红娘：〔仙吕点绛唇〕〔混江龙〕〔油葫芦〕〔天下乐〕〔村里迓鼓〕〔元和令〕生：〔上马娇〕〔胜葫芦〕〔么〕红娘：〔后庭花〕〔青哥儿〕〔寄生草〕〔赚煞尾〕	红娘：〔仙吕点绛唇〕〔混江龙〕〔油葫芦〕〔天下乐〕〔村里迓鼓〕〔元和令〕〔上马娇〕〔胜葫芦〕〔幺篇〕〔后庭花〕〔青歌儿〕〔寄生草〕〔煞尾〕	红娘：〔仙吕点绛唇〕〔混江龙〕〔油葫芦〕〔天下乐〕〔村里迓鼓〕〔元和令〕〔上马娇〕〔胜葫芦〕〔幺〕〔后庭花〕〔青歌儿〕〔寄生草〕〔煞尾〕
	第二折	红娘：〔中吕粉蝶儿〕〔醉春风〕〔普天乐〕〔快活三〕〔朝天子〕〔四边静〕〔脱布衫〕〔小梁州〕〔幺〕〔石榴花〕〔斗鹌鹑〕〔上小楼〕〔幺〕〔满庭芳〕〔耍孩儿〕〔四煞〕〔三煞〕〔二煞〕〔尾〕	红娘：〔中吕粉蝶儿〕〔醉春风〕〔普天乐〕〔快活三〕〔朝天子〕〔四边静〕〔脱布衫〕〔小梁州〕〔么〕〔石榴花〕〔斗鹌鹑〕〔上小楼〕〔么〕〔满庭芳〕〔耍孩儿〕〔四煞〕〔三煞〕〔二煞〕〔煞尾〕	红娘：〔中吕粉蝶儿〕〔醉春风〕〔普天乐〕〔快活三〕〔朝天子〕〔四边静〕〔脱布衫〕〔小梁州〕〔幺篇〕〔石榴花〕〔斗鹌鹑〕〔上小楼〕〔幺篇〕〔满庭芳〕〔耍孩儿〕〔四煞〕〔三煞〕〔二煞〕〔煞尾〕	红娘：〔中吕粉蝶儿〕〔醉春风〕〔普天乐〕〔快活三〕〔朝天子〕〔四边静〕〔脱布衫〕〔小梁州〕〔幺篇〕〔石榴花〕〔斗鹌鹑〕〔上小楼〕〔幺〕〔满庭芳〕〔耍孩儿〕〔四煞〕〔三煞〕〔二煞〕〔煞尾〕

① 为王本、凌本〔江儿水〕别名。

② 为〔江儿水〕别名。

续表

		王骥德本	张深之本	凌濛初本	毛奇龄本
	第三折	红娘:〔双调新水令〕〔驻马听〕〔乔牌儿〕〔搅筝琶〕〔沉醉东风〕〔乔牌儿〕〔甜水令〕〔折桂令〕〔锦上花〕〔清江引〕〔雁儿落〕〔德胜令〕〔离亭宴带歇拍煞〕	红娘:〔双调新水令〕〔驻马听〕〔乔牌儿〕〔搅筝琶〕〔沉醉东风〕〔乔牌儿〕〔甜水令〕生:〔折桂令〕〔锦上花〕〔么〕[1]〔清江引〕〔雁儿落〕〔得胜令〕〔离亭宴带歇拍煞〕	红娘:〔双调新水令〕〔驻马听〕〔乔牌儿〕〔搅筝琶〕〔沉醉东风〕〔乔牌儿〕〔甜水令〕〔折桂令〕〔锦上花〕〔清江引〕〔雁儿落〕〔得胜令〕〔离亭宴带歇拍煞〕	红娘:〔双调新水令〕〔驻马听〕〔乔牌儿〕〔搅筝琶〕〔沉醉东风〕〔乔牌儿〕〔甜水令〕〔折桂令〕〔锦上花〕〔么〕[2]〔清江引〕〔雁儿落〕〔德胜令〕〔离亭宴带歇拍煞〕
	第四折	红娘:〔越调斗鹌鹑〕〔紫花儿序〕〔天净纱〕〔调笑令〕〔小桃红〕〔鬼三台〕〔秃厮儿〕〔圣药王〕〔东原乐〕〔绵搭絮〕〔幺〕〔煞尾〕	红娘:〔越调斗鹌鹑〕〔紫花儿序〕〔天净沙〕〔调笑令〕〔小桃红〕〔鬼三台〕〔秃厮儿〕〔圣药王〕〔东原乐〕〔绵搭絮〕〔么〕〔煞尾〕	红娘:〔越调斗鹌鹑〕〔紫花儿序〕〔天净纱〕〔调笑令〕〔小桃红〕〔鬼三台〕〔秃厮儿〕〔圣药王〕〔东原乐〕〔绵搭絮〕〔幺篇〕〔煞尾〕	红娘:〔越调斗鹌鹑〕〔紫花儿序〕〔天沙净〕〔调笑令〕〔小桃红〕〔鬼三台〕〔秃厮儿〕〔圣药王〕〔东原乐〕〔绵搭絮〕〔幺〕〔煞尾〕
第四本	楔子	红娘:〔仙吕端正好〕	红娘:〔仙吕端正好〕	红娘:〔仙吕端正好〕	红娘:〔仙吕端正好〕
第四本	第一折	生:〔仙吕点绛唇〕〔混江龙〕〔油葫芦〕〔天下乐〕〔那吒令〕〔鹊踏枝〕〔寄生草〕〔村里迓鼓〕〔元和令〕〔上马娇〕〔胜葫芦〕〔幺〕〔后庭花〕〔柳叶儿〕〔青歌儿〕〔寄生草〕〔煞尾〕	生:〔仙吕点绛唇〕〔混江龙〕〔油葫芦〕〔天下乐〕〔那吒令〕〔鹊踏枝〕〔寄生草〕〔村里迓鼓〕〔元和令〕〔上马娇〕〔胜葫芦〕〔么〕[1]〔柳叶儿〕〔青歌儿〕〔寄生草〕〔赚煞尾〕	正末:〔仙吕点绛唇〕〔混江龙〕〔油葫芦〕〔天下乐〕〔那吒令〕〔鹊踏枝〕〔寄生草〕〔村里迓鼓〕〔元和令〕〔上马娇〕〔胜葫芦〕〔幺篇〕〔后庭花〕〔柳叶儿〕〔青哥儿〕〔寄生草〕〔煞尾〕	正末:〔仙吕点绛唇〕〔混江龙〕〔油葫芦〕〔天下乐〕〔那吒令〕〔鹊踏枝〕〔寄生草〕〔村里迓鼓〕〔元和令〕〔上马娇〕〔胜葫芦〕〔幺〕〔后庭花〕〔柳叶儿〕〔青哥儿〕〔寄生草〕〔煞尾〕
第四本	第二折	红娘:〔越调斗鹌鹑〕〔紫花儿序〕〔金焦叶〕〔调笑令〕〔鬼三台〕〔秃厮儿〕〔圣药王〕〔麻郎儿〕〔幺〕〔络丝娘〕〔小桃红〕旦:〔幺〕红娘:〔东原乐〕〔收尾〕	红娘:〔越调斗鹌鹑〕〔紫花儿序〕〔金焦叶〕〔调笑令〕〔鬼三台〕〔秃厮儿〕〔圣药王〕〔麻郎儿〕〔么〕〔络丝娘〕〔小桃红〕〔么〕〔东原乐〕〔收尾〕	红娘:〔越调斗鹌鹑〕〔紫花儿序〕〔金焦叶〕〔调笑令〕〔鬼三台〕〔秃厮儿〕〔圣药王〕〔麻郎儿〕〔幺篇〕〔络丝娘〕〔小桃红〕〔小桃红〕〔东原乐〕〔收尾〕	红娘:〔越调斗鹌鹑〕〔紫花儿序〕〔金焦叶〕〔调笑令〕〔鬼三台〕〔秃厮儿〕〔圣药王〕〔麻郎儿〕〔幺〕〔络丝娘〕〔小桃红〕〔小桃红〕〔幺〕〔东原乐〕〔收尾〕

① 张本〔锦上花〕〔么〕相当于王本、凌本〔锦上花〕。

② 毛本〔锦上花〕〔么〕相当于王本、凌本〔锦上花〕。

③ 张本此处少〔后庭花〕一曲。

续表

<table>
<tr><th></th><th></th><th>王骥德本</th><th>张深之本</th><th>凌濛初本</th><th>毛奇龄本</th></tr>
<tr><td></td><td>第三折</td><td>旦:〔正宫端正好〕〔滚绣球〕〔叨叨令〕〔脱布衫〕〔小梁州〕〔幺〕〔上小楼〕〔幺〕〔满庭芳〕〔快活三〕〔朝天子〕〔四边静〕〔耍孩儿〕〔五煞〕〔四煞〕〔三煞〕〔二煞〕〔一煞〕〔收尾〕</td><td>莺:〔正宫端正好〕〔滚绣球〕〔叨叨令〕〔脱布衫〕〔小梁州〕〔么〕〔上小楼〕〔么〕〔满庭芳〕〔快活三〕〔朝天子〕〔四边静〕〔耍孩儿〕〔五煞〕〔四煞〕〔三煞〕〔二煞〕〔一煞〕〔收尾〕</td><td>旦:〔正宫端正好〕〔滚绣球〕〔叨叨令〕〔脱布衫〕〔小梁州〕〔幺篇〕〔上小楼〕〔幺篇〕〔满庭芳〕〔快活三〕〔朝天子〕〔四边静〕〔耍孩儿〕〔五煞〕〔四煞〕〔三煞〕〔二煞〕〔一煞〕〔收尾〕</td><td>旦:〔正宫端正好〕〔滚绣球〕〔叨叨令〕〔脱布衫〕〔小梁州〕〔幺〕〔上小楼〕〔幺〕〔满庭芳〕〔快活三〕〔朝天子〕〔四边静〕〔耍孩儿〕〔五煞〕〔四煞〕〔三煞〕〔二煞〕〔一煞〕〔收尾〕</td></tr>
<tr><td></td><td>第四折</td><td>生:〔双调新水令〕〔步步娇〕〔落梅风〕旦:〔乔木查〕〔搅筝琶〕〔锦上花〕〔清江引〕生:〔庆宣和〕〔乔牌儿〕旦:〔甜水令〕〔折桂令〕〔水仙子〕生:〔雁儿落〕〔德胜令〕〔鸳鸯煞〕</td><td>生:〔双调新水令〕〔步步娇〕〔落梅风〕莺:〔乔木查〕〔搅筝琶〕〔锦上花〕〔么〕①〔清江引〕生:〔庆宣和〕〔乔牌儿〕莺:〔甜水令〕〔折桂令〕〔水仙子〕生:〔雁儿落〕〔得胜令〕〔鸳鸯煞〕</td><td>正末:〔双调新水令〕〔步步娇〕〔落梅风〕旦:〔乔木查〕〔搅筝琶〕〔锦上花〕〔清江引〕正末:〔庆宣和〕〔乔牌儿〕旦:〔甜水令〕〔折桂令〕〔水仙子〕正末:〔雁儿落〕〔得胜令〕〔鸳鸯煞〕</td><td>正末:〔新水令〕②〔步步娇〕〔落梅风〕旦:〔乔木查〕〔搅筝琶〕〔锦上花〕〔么〕③〔清江引〕正末:〔庆宣和〕〔乔牌儿〕旦:〔甜水令〕〔折桂令〕〔水仙子〕正末:〔雁儿落〕〔德胜令〕〔鸳鸯煞〕</td></tr>
<tr><td rowspan="2">第五本</td><td>楔子</td><td rowspan="2">生:〔仙吕赏花时〕旦:〔商调集贤宾〕〔逍遥乐〕〔挂金索〕〔金菊香〕〔醋葫芦〕〔幺〕〔梧叶儿〕〔后庭花〕〔青歌儿〕〔醋葫芦〕〔金菊香〕〔浪里来煞〕</td><td rowspan="2">生:〔仙吕赏花时〕莺:〔商调集贤宾〕〔逍遥乐〕红娘:〔挂金索〕莺:〔金菊香〕〔醋葫芦〕〔么〕〔梧叶儿〕〔后庭花〕〔青哥儿〕〔醋葫芦〕〔金菊香〕〔浪里来煞〕</td><td>正末:〔仙吕赏花时〕</td><td>正末:〔仙吕赏花时〕</td></tr>
<tr><td>第一折</td><td>旦:〔商调集贤宾〕〔逍遥乐〕〔挂金索〕〔金菊香〕〔醋葫芦〕〔幺篇〕〔梧叶儿〕〔后庭花〕〔青哥儿〕〔醋葫芦〕〔金菊香〕〔浪里来煞〕</td><td>旦:〔商调集贤宾〕〔逍遥乐〕〔挂金索〕〔金菊香〕〔醋葫芦〕〔幺〕〔梧叶儿〕〔后庭花〕〔青哥儿〕〔醋葫芦〕〔金菊香〕〔浪里来煞〕</td></tr>
</table>

① 张本〔锦上花〕〔么〕相当于王本、凌本〔锦上花〕。

② 毛奇龄后面注云:"原本失标双调二字"。

③ 毛本〔锦上花〕〔么〕相当于王本、凌本〔锦上花〕。

续表

	王骥德本	张深之本	凌濛初本	毛奇龄本
第二折	生：〔中吕粉蝶儿〕〔醉春风〕〔迎仙客〕〔上小楼〕〔幺〕〔满庭芳〕〔白鹤子〕〔四煞〕〔三煞〕〔二煞〕〔一煞〕〔快活三〕〔朝天子〕〔耍孩儿〕〔四煞〕〔三煞〕〔二煞〕〔尾〕	生：〔中吕粉蝶儿〕〔醉春风〕〔迎仙客〕〔上小楼〕〔么〕〔满庭芳〕〔白鹤子〕〔二煞〕〔三煞〕〔四煞〕〔五煞〕〔快活三〕〔朝天子〕〔耍孩儿〕〔二煞〕〔三煞〕〔四煞〕〔煞尾〕	正末：〔中吕粉蝶儿〕〔醉春风〕〔迎仙客〕〔上小楼〕〔幺篇〕〔满庭芳〕〔白鹤子〕〔二煞〕〔三煞〕〔四煞〕〔五煞〕〔快活三〕〔朝天子〕〔贺圣朝〕④〔耍孩儿〕〔二煞〕〔三煞〕〔四煞〕〔尾〕	正末：〔中吕粉蝶儿〕〔醉春风〕〔迎仙客〕〔上小楼〕〔幺〕〔满庭芳〕〔白鹤子〕〔四煞〕〔三煞〕〔二煞〕〔一煞〕〔快活三〕〔朝天子〕〔贺圣朝〕⑤〔耍孩儿〕〔四煞〕〔三煞〕〔二煞〕〔尾〕
第三折	红娘：〔越调斗鹌鹑〕〔紫花儿序〕〔天净沙〕〔小桃红〕〔金焦叶〕〔调笑令〕〔秃厮儿〕〔圣药王〕〔麻郎儿〕〔幺〕〔络丝娘〕〔收尾〕	红娘：〔越调斗鹌鹑〕〔紫花儿序〕〔天净沙〕〔小桃红〕〔金焦叶〕〔调笑令〕〔秃厮儿〕〔圣药王〕〔麻郎儿〕〔么〕〔络丝娘〕〔收尾〕	红娘：〔越调斗鹌鹑〕〔紫花儿序〕〔天净沙〕〔小桃红〕〔金焦叶〕〔调笑令〕〔秃厮儿〕〔圣药王〕〔麻郎儿〕〔幺篇〕〔络丝娘〕〔收尾〕	红娘：〔越调斗鹌鹑〕〔紫花儿序〕〔天净沙〕〔小桃红〕〔金焦叶〕〔调笑令〕〔秃厮儿〕〔圣药王〕〔麻郎儿〕〔幺〕〔络丝娘〕〔收尾〕
第四折	生：〔双调新水令〕〔驻马听〕〔乔牌儿〕〔雁儿落〕〔德胜令〕〔庆东原〕红：〔乔木查〕生：〔搅筝琶〕旦：〔沉醉东方〕生：〔落梅风〕红娘：〔甜水令〕〔折桂令〕旦：〔雁儿落〕〔德胜令〕生：〔落梅风〕旦与红齐唱〔沽美酒〕〔太平令〕使臣：〔锦上花〕〔江儿水〕〔随煞〕	生：〔双调新水令〕〔驻马听〕〔乔牌儿〕〔雁儿落〕〔得胜令〕〔庆东原〕红：〔乔木查〕生：〔搅筝琶〕莺：〔沉醉东方〕生：〔落梅风〕红娘：〔甜水令〕〔折桂令〕莺：①〔得胜令〕生：〔落梅风〕〔沽美酒〕〔太平令〕众：②〔清江引〕③〔随尾〕	正末：〔双调新水令〕〔驻马听〕〔乔牌儿〕〔雁儿落〕〔得胜令〕〔庆东原〕红：〔乔木查〕正末：〔搅筝琶〕旦：〔沉醉东方〕正末：〔落梅风〕红娘：〔甜水令〕〔折桂令〕旦：〔雁儿落〕〔得胜令〕正末：〔落梅风〕〔沽美酒〕〔太平令〕〔锦上花〕〔江儿水〕〔随尾〕	正末：〔双调新水令〕〔驻马听〕〔乔牌儿〕〔雁儿落〕〔德胜令〕〔庆东原〕红：〔乔木查〕正末：〔搅筝琶〕旦：〔沉醉东方〕正末：〔落梅风〕红娘：〔甜水令〕〔折桂令〕旦：〔雁儿落〕〔德胜令〕正末：〔落梅风〕〔沽美酒〕〔太平令〕众：〔锦上花〕正末旦同唱：〔清江引〕〔随煞〕

在所有的曲牌及演唱者安排方面来看，四本在个别地方有所差异。第

① 此曲王本、张本无。

② 此曲王本、张本无。

③ 张本此处少〔雁儿落〕一曲。

④ 张本此处少〔锦上花〕一曲。

⑤ 为王本、凌本〔江儿水〕别名。

一本第四折中，王骥德本所有曲词均为生唱，仅在〔锦上花〕曲前注："一作红唱。"而张深之本、凌濛初本则此曲为旦唱，而毛奇龄本为红娘唱〔锦上花〕，旦唱〔幺〕。张深之本、毛奇龄本将王本、凌本中〔锦上花〕分为〔锦上花〕〔幺〕。凌本作：

〔锦上花〕外像儿风流，青春年少；内性儿聪明，冠世才学。扭捏着身子儿，百般做作，来往向人前，卖弄俊俏。（红云）我猜那生，黄昏这一回，白日那一觉。窗儿外那会镬铎，到晚来向书帏里比及睡着，千万声长吁，挨不到晓。

王本无"（红云）我猜那生"，"窗儿外"作"来窗儿外"，"到晚"前多一"他"，"挨不到晓"作"怎得到晓"。而毛本作：

〔锦上花〕（唱）外像儿风流，青春年少；内性儿聪明，冠世才学。扭捏著身子儿百般做作，来往向人前卖弄俊俏。

〔旦儿云〕则我猜那生呵，

〔幺〕（唱）黄昏这一回，白日那一觉，来窗儿外那会镬铎。他到晚向书帏里比及睡著，千万声长吁怎得到晓。

张本为：

〔锦上花〕（红）外像儿风流，青春年少；内性儿聪明，冠世才学。扭捏身子百般做作，来往人前卖弄俊俏。

〔幺〕黄昏这一回，白日那一觉，窗儿外头那会镬铎。到晚书帏里比及睡著，千万长吁怎得到晓。

第二本第一折，王骥德本〔元和令〕〔后庭花〕二曲，其他三本均将此二曲曲词合为一曲，张深之本作〔元和令后庭花〕，凌濛初本和毛奇龄本为〔后庭花〕，无曲牌〔元和令〕名称。

第二本第一折中，毛奇龄本将旦唱〔仙吕八声甘州〕套和惠明唱〔正宫端正好〕套作为第五折，而为了保持《西厢记》每卷四折一楔子的体例，遂在楔子中加进了惠明唱〔仙吕赏花时〕〔幺〕二曲，这是其他三本所没有的。这二曲为：

〔仙吕赏花时〕（唱）那厮掳掠黎民德行短，将军镇压边庭机变宽。他弥天罪有百千般。若将军不管，纵贼寇骋无端。

〔幺〕便是你坐视朝廷将帝主瞒。若是扫荡妖氛著百姓欢，干戈息，大功完。捷书未达，重与寄金銮。

王骥德说："俗本此后（惠明唱〔收尾〕曲）有伪增〔赏花时〕二曲，鄙恶甚，从古本削去。"① 可见这二曲在王骥德前的《西厢记》版本中就已经存在，只是王骥德、凌濛初、张深之等人在校勘时删去了，而毛奇龄却持反对态度，认为：

院本例有楔子，已见前解。俗不识例，并不识楔子，妄删此二曲，遂致如许科白而不得一楔，殊为可怪。若以二曲为俚，则白中书词俚恶百倍于曲，此正作者故为卖弄处。今不敢删白而独删曲，何也？其曲白互见意不复出，故坐视不救，获罪朝廷诸语，不见于书而传之惠明口中，今诸本既删二曲而又增朝廷知道，其罪何归数语于小弟之命之下，则前后不接，明是周旋补入，而反称古本，何古本之不幸也？且二曲虽俚，其词连，调绝语排气转处，真元人作法三昧。即末句将已寄书意急作一照顾，亦殊俊妙。只俗本误重与为传誉，遂有妄改边庭为关城，捷书为歌谣者，不知边庭本书词，捷书非凯歌，不容改也。且后本楔子俚恶忒甚，灵犀一点，与楚襄王先在阳台上，殊不是西厢俊笔，皆不蒙删，而独删此，岂此亦汉卿续耶。②

此折中，王骥德本〔二煞〕〔一煞〕，凌濛初本作〔二〕〔一〕，但二曲曲词内容颠倒，为王本〔一煞〕〔二煞〕。张本〔耍孩儿〕〔二〕二曲内容与其他三本虽然曲牌完全相同，但曲牌下曲词正好颠倒。

第二本第三折中，王骥德本、张深之本、凌濛初本均为旦（莺）唱，而毛奇龄本正末唱〔甜水令〕，其他则为旦唱。毛奇龄说："此曲参生唱，

① （明）王骥德：《新校注古本西厢记》。

② （清）毛奇龄：《毛西河正北西厢记》。

于忙中反写莺二比，且与上〔雁儿落〕彼此模写，最有意趣。他本将生唱错注，反以此为莺唱，觉莺写张于‘粉颈、蛾眉、芳心、星眼、檀口，并低微朦胧’诸语，多少不合。”他根据曲词内容认为此曲为描写莺莺此时状貌，如果再由莺莺唱则不合适，而从张生眼中见出则较为合理，故作了如此处理，这是有一定道理的。此折中，张本〔月上海棠〕〔么〕与其他三本曲牌相同，但下面曲词颠倒。

第三本第一折中，王骥德本、凌濛初本、毛奇龄本均为红娘主唱，而张深之本中由生主唱〔上马娇〕〔胜葫芦〕〔么〕三曲，其他为红娘主唱。

第三本第三折中，王骥德本、凌濛初本、毛奇龄本均为红娘主唱，而张深之本中由生主唱〔折桂令〕〔锦上花〕〔么〕三曲，其他为红娘主唱。王骥德本、凌濛初本〔锦上花〕曲，在张深之本和毛奇龄本中被分为〔锦上花〕与〔么（幺）〕二曲。王骥德本为：

〔锦上花〕为甚媒人心无惊怕；赤紧的夫妻意不争差。蹑足潜踪，悄地听咱：一个羞惭，一个怒发。张生无一言，莺莺变了卦。一个悄悄冥冥，一个絮絮答答。迸定隋何，噤住陆贾。叉手躬身，装聋做哑。

凌濛初本为：

〔锦上花〕为甚媒人心无惊怕；赤紧的夫妻每意不争差。我这里蹑足潜踪，悄地听咱：一个羞惭，一个怒发。张生无一言，呀！莺莺变了卦。一个悄悄冥冥，一个絮絮答答。却早噤住隋何，迸定陆贾。叉手躬身，装聋做哑。

张深之本为：

〔锦上花〕为甚媒人心无惊怕；赤紧夫妻意有争差。蹑足潜踪，悄地听咱：一个羞惭，一个怒发。

〔幺〕张生无一言，小姐变了卦。悄悄冥冥，絮絮答答。迸定隋何，噤住陆贾。叉手躬身，装聋做哑。

毛奇龄本为：

〔锦上花〕为甚媒人心无惊怕；赤紧的夫妻每意不争差。我这里蹑足潜踪，悄地听咱：一个羞惭，一个怒发。

〔幺〕张生无一言，莺莺变了卦。一个悄悄冥冥，一个絮絮答答。却早噤住隋何，迸定陆贾。叉手躬身，装聋做哑。

第四本第一折中，王骥德本、凌濛初本、毛奇龄本曲牌组合为：

〔仙吕点绛唇〕〔混江龙〕〔油葫芦〕〔天下乐〕〔那吒令〕〔鹊踏枝〕〔寄生草〕〔村里迓鼓〕〔元和令〕〔上马娇〕〔胜葫芦〕〔幺〕〔后庭花〕〔柳叶儿〕〔青歌儿〕〔寄生草〕〔煞尾〕

张深之本〔柳叶儿〕前少〔后庭花〕曲。

第四本第四折，王骥德本、凌濛初本〔锦上花〕曲，在张深之本、毛奇龄本中为〔锦上花〕〔么（幺）〕二曲。

王骥德本为：

〔锦上花〕有限姻缘，方才宁贴；无奈功名，使人离缺。害不倒愁怀，恰才较些：掉不下思量，如今又也。清霜净碧波，白露下黄叶。下下高高，道路回折；四野风来，左右乱踅。我这里奔驰，他何处困歇？

凌濛初本为：

〔锦上花〕有限姻缘，方才宁贴；无奈功名，使人离缺。害不了的愁怀，却才觉些：掉不下的思量，如今又也。清霜净碧波，白露下黄叶。下下高高，道路凹折；四野风来，左右乱踅。我这里奔驰，他何处困歇？

张深之本为：

〔锦上花〕有限姻缘，方才宁贴；无奈功名，使人离缺。害不倒愁怀，恰才较些：掉不下思量，如今又也。

〔幺〕清霜净碧波，白露下黄叶。下下高高，道路坳折；四野风来左右乱踅。我这里奔驰，他何处困歇？

毛奇龄本为：

〔锦上花〕有限姻缘，方才宁贴；无奈功名，使人离缺。害不倒愁怀，恰才较些：撇不下思量，如今又也。

〔幺〕清霜净碧波，白露下黄叶。下下高高，道路回折；四野风来左右乱踅。我这里奔驰，他何处困歇？

第五本第一折，王骥德本、凌濛初本、毛奇龄本均为旦主唱，张深之本则为红娘参唱〔挂金索〕曲，其余为旦主唱。

第五本第二折，凌濛初本、毛奇龄本曲牌组合为：

〔中吕粉蝶儿〕〔醉春风〕〔迎仙客〕〔上小楼〕〔幺〕〔满庭芳〕〔白鹤子〕〔四煞〕〔三煞〕〔二煞〕〔一煞〕〔快活三〕〔朝天子〕〔贺圣朝〕〔耍孩儿〕〔二煞〕〔三煞〕〔四煞〕〔尾〕（毛本作〔四煞〕〔三煞〕〔二煞〕〔尾〕）

王骥德本、张深之本〔耍孩儿〕前少〔贺圣朝〕曲。凌濛初本、毛奇龄本为：

〔贺圣朝〕少甚宰相人家，招婿的娇姿。其间或有个人儿似尔，那里取那温柔，这般才思？想莺莺意儿，怎不教人梦想眠思？

毛奇龄认为王骥德删去此曲不妥，他说："此曲虽是黄钟宫调，然与中宫、商调本自出入。此正答'休别继良姻'一嘱，只'莺莺意儿'二句，与〔贺圣朝〕本调不合，似有错误。金在衡疑此曲为窜入，而王伯良憬删之，则妄甚矣。元词作法必有参白，参白一删则势必删曲，何者以曲中呼应尽无著耳。伯良顾识词例，亦曾取元剧参白一探讨耶，岂有通本参白一笔删尽，而犹欲分别曲文定是否者。卷首所谓以曲解曲，以词覆词，真百世论词之法也。'想莺莺'二句另起，起下曲'收拾寄物'，正元词三昧，但其文似有误耳。今悉照原本，不敢增易，以俟知者。”而凌濛初则认为王骥德本删去此曲是合适的，只是因为旧本中有，所以没有删去。他在眉批中说：“此调（〔贺圣朝〕）是黄钟。金在衡疑为窜入，王伯良以语句不伦，前后重复，工拙天渊，宜删去，良是。然旧本悉有，故存之。”

第五本第四折，王骥德本、凌濛初本、毛奇龄本曲牌组合为相同，为：

〔双调新水令〕〔驻马听〕〔乔牌儿〕〔雁儿落〕〔德胜令〕〔庆东原〕〔乔木查〕〔搅筝琶〕〔沉醉东方〕〔落梅风〕〔甜水令〕〔折桂令〕〔雁儿落〕〔德胜令〕〔落梅风〕〔沽美酒〕〔太平令〕〔锦上花〕〔江儿水〕〔随煞〕

而张深之本在〔得胜令〕前少〔雁儿落〕曲，〔太平令〕后少〔锦上花〕曲。〔雁儿落〕曲王骥德本为：

〔雁儿落〕这个人笑孙庞真下愚，论贾马非英物；正授着征西元帅府，兼领着陕右河中路。

凌濛初本“这个人”作“他曾”，“着”作“著”。毛奇龄本“这个人”作“杜将军呵，他曾”，“着”作“著”。

〔锦上花〕曲三本同，为：

〔锦上花〕四海无虞，皆称臣庶；诸国来朝，万岁山呼；行迈羲轩，德过舜禹；圣策神机，仁文义武。朝中宰相贤，天下庶民富；万里河清，五谷成熟；户户安居，处处乐土；凤凰来仪，麒麟屡出。

本折参唱脚色较多，且各本有较大差别。王骥德本为：

（生）〔双调新水令〕〔驻马听〕〔乔牌儿〕〔雁儿落〕〔德胜令〕〔庆东原〕（红）〔乔木查〕（生）〔搅筝琶〕（旦）〔沉醉东方〕（生）〔落梅风〕（红）〔甜水令〕〔折桂令〕（旦）〔雁儿落〕〔德胜令〕（生）〔落梅风〕（旦与红齐唱）〔沽美酒〕〔太平令〕（使臣）〔锦上花〕〔江儿水〕〔随煞〕

而张深之本则最后数曲为：

（生）〔落梅风〕〔沽美酒〕〔太平令〕（众）〔清江引〕〔随尾〕

将〔沽美酒〕和〔太平令〕安排为生唱，最后两曲为众唱。

凌濛初本最后几曲则均为正末唱：

（正末）〔落梅风〕〔沽美酒〕〔太平令〕〔锦上花〕〔江儿水〕〔随尾〕

毛奇龄本则为：

（正末）〔落梅风〕〔沽美酒〕〔太平令〕（众）〔锦上花〕（正末旦同唱）〔清江引〕〔随煞〕

四本此数曲参唱脚色均有变化，各有不同。除凌濛初本没有合唱外，其他三本均出现了合唱。

二　宾白曲词比较

从宾白、曲词来看，各本《西厢记》差别较大。对此，伏涤修有较为充分的论述，他说："《西厢记》众多的明刊本，一方面曲文乃至宾白主体大致相同，这反映出《西厢记》传播的经典化、稳定化趋势，另一方面其曲文又或多或少的存有不同，具有明显的不断经人改篡、增删的痕迹。文人们喜爱《西厢记》，玩味《西厢记》，也因此逐字逐句地斟酌《西厢记》文本，经过不同书坊或文人修改'润色'的《西厢记》各刊本间就呈现出文字的异同，面对经过修改'润色'的《西厢记》刊本，有些文人感到不满，认为这已不是《西厢记》的本来面目，于是他们又按照自己的理解来揣度《西厢记》的原来面貌，并且按照己意再加以添删，这样就更加导致《西厢记》面目繁多甚至距离原来面目有较大不同。"① 明清时期这四种《西厢记》校勘本均是按照自己的理解试图恢复《西厢记》本来面貌的代表，因为各位校勘者的

① 伏涤修：《〈西厢记〉接受史研究》，黄山书社2008年版，第45页。

认识理解不同而造成了曲白之间异文。在这里如果将所有异文逐一列举，并无必要。笔者这里主要就异文之间较大的差别作归纳分析。

一是宾白和曲词位置安排上的不同。如第一本楔子（这是按照一般的体例划分而言），老夫人唱〔仙吕赏花时〕，崔莺莺唱〔幺〕，各本对此二曲位置安排不同。王骥德本是在“老夫人引二旦欢郎上开”后，大段说白结束，老夫人唱〔仙吕赏花时〕，旦唱〔幺〕。具体为：

（老夫人引二旦欢郎上开）老身姓郑，……相扶回博陵去。目今正遇着春间天道，好生困人也呵，红娘，佛殿上没人烧香呵，和小姐闲散心耍一遭去。我想先夫在日，食前方丈，从者数百人。今日至亲则这三口人儿，好生伤感人也呵。

（唱）〔仙吕赏花时〕（旦唱）〔幺〕

凌濛初本则是“外扮老夫人”独自上，说白结束唱〔仙吕赏花时〕，又是一段说白，此后“旦俫扮红见科夫人云”“红云”“夫人下”“红云”后，“正旦扮莺莺上”“红云”后才是莺莺唱〔幺篇〕，结束楔子。不仅人物上场时间不同，而且还对其中宾白作了内容改动和位置调整。具体为：

（外扮老夫人上开）老身姓郑，……相扶回博陵去。我想先夫在日，食前方丈，从者数百。今日至亲则这三口人儿，好生伤感人也呵。

（唱）〔仙吕赏花时〕

今日暮春天气，好生困人。不免唤红娘出来分付他。红娘何在？（旦俫扮红见科夫人云）你看佛殿上没人烧香呵，和小姐闲散心耍一回去来。（红云）谨依严命。（夫人下）（红云）小姐有请。（正旦扮莺莺上）（红云）夫人着俺和姐姐佛殿上闲耍一回去来。

（旦唱）〔幺〕

（并下）

凌濛初本因为老夫人先上场，其他人物后上场，为了使红娘、莺莺出场显得合理，故调整宾白内容和位置。他在楔子眉批中也指出了这一点，他说：“凡楔子不宜同唱。故夫人独上独唱先下，而莺自上自唱为得体。时本亦有犯此者。乃他本竟作夫人莺红同上同唱同下，殊失北体矣。”而对于旦唱〔幺篇〕后是否需要宾白，他认为此处唱毕即可下场，他说："此曲终竟下，亦是北体。时本有落场诗四句，则是南戏矣。"此后版本基本上采用这两种处理方式。如毛奇龄本大致和王骥德本相似，仅仅将"如今春间天道好生困人，红娘，佛殿上没人烧香呵，和姐姐闲散心要一遭去"一句调整到〔幺〕曲后，并说："他本以此白掺入前白'往博陵去'下，意谓司唱者唱毕即下，无吊场理耳，不知元曲《勘头巾》、《伍员吹箫》、《双献功》等原自有此。"他认为唱曲结束即下场于演出来说不太合理，应该由老夫人以说白掉场，然后人物下场才符合演出惯例。张深之本则介乎王骥德本和凌濛初本之间，且多了一句下场诗。具体为：

(夫人莺莺红娘欢郎上)(夫) 老身姓郑，……相扶回博陵去。俺想先夫在日，食前方丈，从者数百人。今日至亲则这三口人儿，好生伤感人也呵。

(唱)〔仙吕赏花时〕

今日暮春天气，好生困人。红娘，你看佛殿上没人烧香呵，和小姐闲散心要一遭去。(红) 晓得。(夫下)(红向莺) 夫人着我和姐姐佛殿去要一回去来。

(旦唱)〔幺〕

(莺) 小院回廊春寂寂，落花飞絮雨悠悠。(下)

又如第一本第三折，〔圣药王〕后宾白和〔麻郎儿〕〔幺篇〕曲各本处理不同。王骥德本是生、红宾白后生唱〔麻郎儿〕〔幺〕，二曲中间没有间隔。具体为：

(生云) 我这里撞出去，看小姐说怎么词。(旦做相见科)(红云) 姐姐，有人，咱家去来，怕夫人嗔责。(旦回顾生下)(生唱)

〔麻郎儿〕〔幺〕

凌濛初本则对宾白位置和崔莺莺舞台提示语作了调整，他将"旦做见科"放在〔麻郎儿〕曲中，且移红娘说白和"莺回顾下"于二曲之间。具体为：

我撞出去，看他说什么。

〔麻郎儿〕我拽起罗衫欲行。（旦做见科）……

（红云）姐姐，有人，咱家去来，怕夫人嗔着。（莺回顾下）（末唱）

〔幺〕

第三本第二折，王骥德本〔朝天子〕〔四边静〕二曲相连，莺莺大段说白在〔四边静〕后。凌濛初则将说白分解开来，分别放在〔朝天子〕后和〔四边静〕后，并适当增加了内容和舞台提示语。具体为：

〔朝天子〕……

（旦云）红娘，不看你面皮，我将与老夫人看，看他有何面目见夫人。虽然我家亏他，只是兄妹之情，焉有外事。红娘，早是你口稳哩，若别人知呵，甚么模样？<u>（红云）你哄着谁哩，你把这个饿鬼，弄的他七死八活，却要怎么？</u>

〔四边静〕……

（旦云）将描笔儿过来，我写将去回他，着他下次休是这般。（旦做些科）（起身科云）红娘，你将去说，小姐看望先生，相待兄妹之礼如此，非有他意，再一遭儿是这般呵，必告夫人知道，和你个小贱人都有说话。<u>（旦掷书下）</u>

其中画横线者即为增加内容。因增加了“旦掷书下”舞台提示语，所以又在下一曲〔脱布衫〕后增加了“红做拾书科”舞台提示语以作呼应。

第三本第三折〔得胜令〕中，王本曲中无夹白，所有宾白均在曲后。凌濛初本则将其中一些说白放在曲中作为夹白，并在曲后增加了一些说白，并将王本中红娘部分宾白改为张生宾白。具体为：

〔得胜令〕谁着你夤夜入人家，非奸做贼拿。你本是个折桂客，做了偷花汉。不想去跳龙门学骗马。姐姐，且看红娘面，饶过这生者。（旦云）若不看红娘面，扯你到夫人那里去，看你有何面目见江东父老。起来。（红唱）谢小姐贤达，看我面遂情罢，若到官司详察，<u>你既是秀才，只合苦志于寒窗之下，谁教你夤夜辄入人家花园，做得个非奸即盗。先生呵，</u>整备着精皮肤吃顿打。

(旦云)先生虽有活人之恩，恩则当报。既为兄妹，何生此心，万一夫人知之，先生何以自安？今后再勿如此，若更为之，与足下绝无干休。(下)(末朝鬼门道云)你着我来，却怎生有偌多说话。(红扳过末云)羞也羞也，却不风流隋何、浪子陆贾。(末云)得罪波社家，今日便早则死心塌地。

二是有些宾白的所属不同。如第五本第四折，〔搅筝琶〕曲后科白，王骥德本为：

(红对夫人云)……(叫旦科)姐姐快来问张生。(旦上云)听得张生得官回来，我不信他直恁般薄情，我见他呵，且问他几句，出我这怒气。(旦见末科)

凌濛初本则无“旦上云”，所有宾白均属红娘，因改变了宾白所属，故删去“听得张生得官回来”，改“且问他几句，出我这怒气”为“怒气冲天，实有缘故”。〔沽美酒〕前，王骥德本：“(夫人云)俺不曾逼死他，我是他亲姑娘，他又无父母，我做主葬了者。(杜云)请小姐出来，今日做个庆喜的筵席，着他两口儿成合者。”凌濛初本无“杜云”，所有宾白均属老夫人。

三是四本存在大量异文。四本中一些非关键性的宾白异文比比皆是，这些异文“多数不是涉及校刊者对《西厢记》文本认识上的根本性差异，而是在辗转翻刻中，各本逐渐形成的文字相异，有的是一个字，有的是一句话，有的是一段话”①，但也有少数属于校刊者有意识的改动所造成的。笔者对四本宾白异文进行了详细对勘，从总体上来说，凌濛初本宾白最多，意思也较为连贯，和曲词的联系也更为紧密。首先在曲词前后的宾白增多，较王本而言，凌本、张本、毛本有时多整段宾白，如第一本第二折，王本〔小梁州〕〔么〕后无宾白，而凌本则有大段法本、红娘、张生之间的对白。〔三煞〕后王本亦无白，凌本则有张生和法本大段对白，他认为王本缺少对西厢来源的交代，漏去了法本下场的舞台提示语，他在眉批中说：“王本去此一段白，将西厢根据尽抹杀矣。况法本复在何时下场

① 伏涤修：《〈西厢记〉接受史研究》，黄山书社 2008 年版，第 47 页。

耶。”其次，凌本增加的宾白加强了说白的文学色彩，如第一本第二折〔四边静〕后，当张生问红娘“敢问小姐常出来么”时，红娘回应之白，凌本将王本“先生既读孔圣之书，不知周公之礼”扩充为“先生是读书君子。孟子曰：‘男女授受不亲，礼也。’君知瓜田不纳履，李下不整冠。道不得个非礼勿视，非礼勿听，非礼勿言，非礼勿动”，为人物语言增强了文学色彩。另外，凌本在曲词中增加了大量插白，曲白相生，为理解曲词内容提供了方便。如第一本第二折〔朝天子〕，凌本作：

〔朝天子〕过得主廊，引入洞房，好事从天降。我与你看着门儿，你进去。（洁怒云）先生，此非先王之法言，岂不得罪于圣人之门乎？老僧偌大年纪，焉肯作此等之态。（末唱）好模好样忒莽撞，没则罗便罢，烦恼则么耶唐三藏。怪不得小生疑怪你，偌大一个宅堂，可怎生别没个儿郎，使的梅香来说勾当。（洁云）老夫人治家严肃，内外并无一个男子出入。（末背云）这秃厮巧说，你在我行、口强，硬抵着头皮撞。

王本则没有上述画线的插白。这样的例子在全本中不胜枚举。张本虽然也有插白，但缺少“我与你看着门儿，你进去。（洁怒云）先生，此非先王之法言，岂不得罪于圣人之门乎？老僧偌大年纪，焉肯作此等之态”，没有凌本具体。

四是各本在上、下场诗的处理上有较大差异。从总体来说，张深之本上、下场诗数量较多，其他三本则较少。下面将张本所增上、下场诗一一罗列。

第一本楔子，莺莺下场诗两句：“小院回廊春寂寂，落花飞絮两悠悠。”凌濛初眉批说：“此曲终竟下，亦是北体。时本有落场诗四句，则是南戏矣。”时本此处本来应该是四句诗，而张本少了两句，不知所据为时本还是别本。第一折正末到普救寺游览时的第二次出场时，有两句上场诗“曲径通幽处，禅房花木深”。第三折正旦第一次下场处张本有落场诗两句：“无端春色关心事，间倚熏笼待月华。”第四折开头正末有上场诗两句：“云轻雨湿天花乱，海藏风翻贝叶轻。”

第二本第四折开头“旦引红上红云”“旦云”后有上场诗两句：“自来只恨红轮促，今夕方知玉漏长。”

第三本第二折开头红娘有上场诗两句："绿窗睡起迟迟日，紫燕啼残寂寂春。"本折〔煞尾〕后，其他三本张生均有大段说白，但没有下场诗，张深之对此白作了修改，结尾处加了两句下场诗："为盼洞房春，专待西厢月。"第四折〔越调斗鹌鹑〕前，王本、张本红娘有上场诗两句："异乡易得离愁病，妙药难医肠断人。"

第四本第三折〔一煞〕前，王本、凌本仅有张生说白，张本则张生念白后增诗两句："忍泪佯低面，含情半敛眉。"且其后又增莺莺念诗两句："不知魂已断，空有梦相随。"〔收尾〕曲后，王本、凌本为张生说白后念诗两句："泪随流水急，愁逐野云飞。"第四本第四折〔鸳鸯煞〕前王本、张本正末说白后有诗四句："执手临歧别细君，据鞍未语已消魂；举头日近长安远，暮暮朝朝莫倚门。"凌本、毛本无。

其他三本有上、下场诗而张深之本无的情形也有，如第二本惠明下书〔收尾〕曲后，杜将军上场时有诗四句："林下晒衣嫌日短，池中濯足恨鱼腥。花根本艳公卿子，虎体鸳班将相孙。"有些上下场诗的缺失是由于张深之对宾白作了有意识的改动所造成的。如第二本"惠明下书"杜将军捉拿孙飞虎后，人物一段对白王本、凌本、毛本基本相同，而毛本对其中大段内容作了删减，最终导致其中王本有而凌本无的两句诗歌自然也被删去。现将这段对白过录如下，王本作：

> ……（夫人云）安排茶饭者。（将军云）不索，尚有余党未尽，小官去剿捕了，却来望贤弟。左右那里，去斩孙飞虎去。诗曰英雄将判从今止，扰乱贼徒到此休。（拿贼下科）（将军云）本当斩首示众，具表文奏丁文雅失守之罪，恐有未叛者，今将为首者各杖一百，余党为从者尽归旧营去者。（孙飞虎谢了下）（将军复归寺见夫人云）夫人，张生建退军之策，夫人面许结亲，不可忘也。若不违前言，淑女可配君子也。（夫人云）恐小女有辱君瑞。请将军筵席者。（将军云）不吃筵席了，我回营去，异日却来庆贺亲事。……

张本此处作：

> ……（夫人云）老身尚有处分，安排茶饭者。（将军云）不索，尚有余党未尽，小官尚须料理，异日却来庆贺亲事。……

第四本第三折王本、凌本〔朝天子〕曲后法本下场时有下场诗两句："从今经忏无心礼，专听春雷第一声。"张本无。

第五本第二折，凌本有末上场诗两句；"画虎未成君莫笑，安排爪牙始惊人。"王本、张本无。

另外，张本有些地方将念诵之诗移到别处。第二本第三折，凌本、王本"红扶末科"后末念诗两句："有分只熬萧寺夜，无缘难遇洞房春。"而张本将其移到本折结束处"下"后，人物已经下场，再念诵两句诗，显然不合杂剧体例。

张本有时还将念诵诗歌的脚色进行了变换。如第四本第三折〔收尾〕曲后，王本、凌本为张生说白后念诗两句："泪随流水急，愁逐野云飞。"而张本则删去了说白，改为莺莺念上句，红娘念下句。

从曲词来看，各本之间差异没有宾白那么明显。前面已经对明清四种《西厢记》校勘刊本在曲牌数量的多寡、曲牌归属等方面作了归纳。现将《西厢记》曲词在四本中的差异进行考论辨析。

一是曲词句子数量的多寡上存在不同。王骥德本、凌濛初本、毛奇龄本差别较小，而张本较之其他三本差别较大。张本有时删去其中一句曲词，如第一本第二折〔快活三〕，王本、凌本、毛本"既不沙却怎睃趁，着你头直上放毫光"，"既不沙却怎""着你"为衬字。张本作"既不沙睃趁放毫光"仅有"沙"为衬字。第四折〔沉醉东风〕，王本、凌本、毛本"红娘休劣，夫人休焦，犬儿休恶"，张本少"犬儿休恶"一句。有时将两句曲词合为一句，从而造成曲词句子数量多寡不同。如第一本第二折〔迎仙客〕"面如童，少年得内养"，张本改为"面如少年得内养"。第四折〔沉醉东风〕"为曾祖父先令，礼佛法僧三宝"，张本改为"为先令礼三宝"。〔折桂令〕"着小生迷留没乱，心痒难挠"，张本作"着小生心痒难挠"。

二是正衬处理方面存在差异。这方面差异各本差别较大，尤其是张本和其他三本之间更为明显。如第一本第四折〔锦上花〕"窗儿外那会镬铎，到晚来向书帏里比及睡着"，其他三本"窗儿外""到晚来向书帏里"为衬语，而张深之均作为正语，且改后者为"到晚书帏"。

三是曲词关键字词各本存在差异。蒋星煜先生在《西厢记的文献学研究》中专列"曲文研究"对《西厢记》一些关键词进行了考证论述。如第一本第一折〔寄生草〕最后一句，王骥德本作"我则道海南水月观音院”，张深之本作“我道是海南水月观音院”，凌濛初本作“我道是南海水月观音现”，毛奇龄本作“我则道南海水月观音现”。蒋星煜先生根据佛教文献认为王实甫原作应该是“我则道是南海水月观音现”，而“王骥德校注本则全都错了”①。蒋星煜先生在《西厢记异文四考》和《“不邓邓”和“赤腾腾”》两文中所列举的五种异文，在这四种版本中也是非常鲜明的。首先是《西厢记》第二本第二折红娘唱〔粉蝶儿〕中一句，凌濛初本、毛奇龄本作“列山灵，陈水陆”，王骥德本、张深之本作“列仙灵，陈水陆”。蒋星煜先生认为此处应是“仙灵”而不是“山灵”。这显然是因为校勘者对于曲文内容的不同认识所致。其次是第二本第三折莺莺唱〔五供养〕中一句，凌濛初本、张深之本、毛奇龄本作“篆烟微，花香细”，而王骥德本则作“串烟微，花香细”。蒋星煜先生认为应为前者，并提出了自己的理由。王季思先生亦认为应是前者。再次是第二本第一折中莺莺唱〔赚煞〕中一句，凌濛初本、毛奇龄本作“出师表文，吓蛮书信”，王骥德本、张深之本则作“出师表文，下燕书信”。“吓蛮书信”用李太白醉草吓蛮书的故事，也有些版本认为应按照李左车故事改为“下燕书信”，而王骥德虽然作“下燕书信”，但他认为此处依据不应为李左车故事，而应为鲁仲连事。蒋星煜先生认为应为“吓蛮书信”。这是由于校勘者对曲文的不同认识所导致的异文。复次是第四本第三折莺莺唱〔滚绣球〕中一句，王骥德本作“马儿运运行，车儿快快随”，凌濛初本、张深之本、毛奇龄本作“马儿迍迍行，车儿快快随”。对此，王骥德、凌濛初、张深之等人都有具体解释，也是对曲文不同理解而致的异文。最后是第二本第三折莺莺唱〔得胜令〕中一句，王骥德本、凌濛初本作“不邓邓点着祆庙火”，张深之本作“赤腾腾点着祆庙火”，毛奇龄本作“赤邓邓点著祆庙火”。蒋星煜先生认为应为“赤腾腾”。他说：“在这一个问题上，这三位明代《西厢记》校注者刊行者（按：即张深之、闵寓五、槃薖硕人）都很严肃认真，尤其张深之，他对徐文长本、王骥德可以说十分推崇，所以他的《西厢记》的校订吸收了徐文长、王骥德的许多观点和资料。而对于‘不邓邓’他并没有盲从，没有采用徐文长、王骥德的处理办法，但也不明讲徐文长、王骥德都错了，想

① 蒋星煜：《从佛教文献论证“南海水月观音现”》，《西厢记的文献学研究》，上海古籍出版社 1997 年版，第 513 页。

尽可能为之掩饰下。"① 既指出了张深之本和徐文长、王骥德本的关系，也说明了张深之对《西厢记》曲文的独特理解，这是完全符合实际的。

四是曲词语序的不同。如第二本第一折〔那吒令〕凌本、毛本"往常但见个外人，氲的早嗔；但见个客人，厌的倒褪"，王本"外人""客人"互乙，而张本则为"我往常但见个客人厌的倒褪，但见个外人氲的早嗔"。〔后庭花〕中，王骥德自言据碧筠斋本作"将伽蓝火内焚，诸僧众污血痕"，张本从之，但作了删减，作"伽蓝火内焚，诸僧污血痕"。凌濛初说王骥德"不思前首言老太君，而此未言慈母恩，何尝一一照序耶"，认为按照前文所言，正常次序应为"诸僧众污血痕，将伽蓝火内焚"。第二本楔子〔滚绣球〕王本、张本"非是我挽，不是我揽……非是我贪，不是我敢"，凌本、毛本次序正好颠倒。

总之，明清时期《西厢记》各校勘版本在剧本体例、宾白、唱词方面均体现了或多或少的不同，这些不同明显是经过校勘者不断改篡增删，这是《西厢记》流传过程中无可避免的现象。但从总体上来说，明清《西厢记》校勘本还是同大于异，这又从另一方面"反映出《西厢记》传播的经典化、稳定化趋势"②。

① 蒋星煜：《"不邓邓"和"赤腾腾"》，《西厢记的文献学研究》，上海古籍出版社 1997 年版，第 504 页。

② 伏涤修：《〈西厢记〉接受史研究》，黄山书社 2008 年版，第 44 页。

第三章　明清时期其他元杂剧校勘

第一节　孟称舜《古今名剧合选》

孟称舜也对元杂剧进行了零星的校勘。他于崇祯六年癸酉（1633）“取元曲之工者，分其类为二，而以我明之曲继之。一名《柳枝集》，一名《酹江集》。……元曲自吴兴本外，所见百余十种，共选得十之七，明曲数百种，共选得十之三”①，共收五十六本，内《柳枝集》二十六本，其中明代十本，《酹江集》三十本，其中明代十二本。二集合称《古今名剧合选》，在对其中部分元杂剧进行评点时偶尔亦涉及校勘。

一　校勘版本

孟称舜在对元杂剧的校勘时采用版本从眉批中可知有吴兴本、原本、元本、今本四种。吴兴本为臧懋循《元曲选》，至于原本、元本、今本具体为何版本则没有明确说明。在为数不多的校语中，今本出现三次，如《老生儿》第三折〔尾声〕评“不若今本为佳，从之”，《窦娥冤》第二折〔贺新郎〕评云“改从今本”，《柳毅传书》第一折〔混江龙〕评云“此今本用韵犯重”。元本仅一见，如《李逵负荆》第三折〔醋葫芦〕后二〔幺篇〕评云“二枝元本所无”。他在校勘中主要还是用原本和吴兴本进行校勘。据统计，原本共出现23处，吴兴本共出现38处，且二者多所对举。

孟称舜虽对元杂剧校勘不多，但在其中贯穿了自己的校勘准则，即他

① 孟称舜：《古今名剧合选序》，《续修四库全书》第1763册，第210页。

在《汉宫秋》第三折〔梅花酒〕〔收江南〕眉批所说："吾意古本非甚讹谬，不宜轻改。改本有胜前者，始不妨稍从之耳。"一方面，他秉承了不轻改古本的原则；另一方面，他在校勘中并不是尽信某本，当别本中有可取之处，他亦酌情采用。从此可见，他的校勘并不算是严格的戏曲校勘，校勘只是他对元杂剧整理、点评的一个部分。

二　校勘内容

孟称舜元杂剧校勘中主要依靠的版本是吴兴本，他也认识到臧懋循"吴兴本多所改窜"，在校勘中往往对其中"意旨胜原本者亦从之"。眉批中多次称引臧懋循改本，如《竹坞听琴》第二折〔耍孩儿〕"喧哗场里二句出吴兴本，胜过原句"，《汉宫秋》第四折〔十二月〕"末句出吴兴改本，说情事甚熨折"，《梧桐雨》楔子"〔幺篇〕吴兴本改数句，觉胜原本，从之"。尤为常见的是指出其他各本与吴兴本的异同之处，如《青衫泪》第一折〔后庭花〕"今人不饮二句，吴兴本作'都似你朦胧酒戒，那醉乡候安在哉?'"《扬州梦》第一折批云："此折是杨升庵重订，故后人混收入升庵黄夫人集内，其中间有异同，则出吴兴臧晋叔本。"这样的批语在校勘中占大多数，兹不一一例举。

孟称舜校勘中对吴兴本中不妥之处亦时有指摘。如《任风子》第二折〔穷河西〕："我待跨鹤来二句是任屠自说，要飞飞不得也。吴兴本改作'他不是跨鹤来，怎生有这般翅羽'。非。"这些校勘，或是从上下文语意的连贯而言，如《窦娥冤》第一折〔后庭花〕："吴兴本首二句改云'避凶神要择好日头，拜家堂要将香火修'，与下'梳着个霜雪般'二句语气不贯，不如原本为佳。"或从曲词艺术效果而言，如《窦娥冤》第二折〔黄钟尾〕"婆婆，若是我不死呵，如何救得你"句批云："此句一字一点泪，吴兴本删去，照原本增入。"《汉宫秋》第一折〔混江龙〕曲批云："如仙音院里以下不可随意增加，别出一韵。吴兴本率多删改，反不如原词迢递，今仍改旧。"或广求诸本、择善而从，力求人物语言与人物身份、地位、处境等相一致，如《窦娥冤》第一折〔混江龙〕："吴兴本增有'催人泪的是锦烂漫花枝横绣榻，断人肠的是剔团圆月色佳粧楼'等语，太觉情艳，不似窦娥口角，依原本删之。"第二折〔贺新郎〕："原本云'这婆娘心如风刮絮，那里肯身化望夫石'，似非媳妇说阿婆语，改从今本。"《张生煮海》第三折"仙母作媒，吴兴本改做石佛寺长老，今看曲辞，与长老口角不肖，仍改从原本。”

孟称舜校勘中还对其中一些字词作了音读，如《李逵负荆》第二折宾白“旗帜无非人血染，灯油尽是脑浆熬。鸦嗛人肉扎煞尾，狗咽骷髅抖搜毛”之“嗛，唧，同咽，坤上声”。这样的音释虽不多，但为后世戏曲校勘留下了可靠的校勘资料。

从总体来说，孟称舜的元杂剧校勘和臧懋循、赵琦美等人一样，属于戏曲作品整理编订中的校勘范畴，校勘仅是其批点戏曲作品的一种手段，是与“圈点、短评，并与读法、总评和序跋合为有机整体，从而对文本进行阐释归纳与导引升华，充分体现评点家本人的基本思想、审美情趣和哲学观念”①，但他与臧懋循等人对元杂剧作品改订有所不同，其校勘是“校以他本而斟酌损益之，……他所改之处，多于眉批中加以说明，这就有了校勘上的价值”②。

第二节　何煌及其他元杂剧校勘

一　何煌元杂剧校勘

何煌，字心友，一字仲友，又字畏三，号小山，长洲人。何煌喜好收藏古籍，遇宋椠即一二残本皆购藏之。其收藏之书往往有题跋，自署“何仲子”“仲子”“仲老”“耐中”。今存《脉望馆钞校本古今杂剧》，有何煌跋语五则。一处在抄本《单刀会》，跋云“雍正乙巳八月十日用元本校”。四处在刊本上，息机子刊本有二：一为《死生交范张鸡黍》，跋云“雍正己酉秋七夕后一日元椠本校，中缺十二调，容补录，耐中”；一为《看财奴买冤家债主》，跋云“雍正乙巳八月二十六日灯下用元刻校勘，仲子”。新安龙峰徐氏刊本有二：一为《张孔目智勘魔合罗》，跋云“用李中麓所藏元椠本校讫了，清常一校为枉废也，仲子，雍正乙巳八月二十一日”；一为《醉思乡王粲登楼》，跋云“雍正三年乙巳八月十八日，用李中麓钞本校，改正数百字。此又脱曲二十二，倒曲二，悉据钞本改正补录。钞本不具全白，白之缪陋不堪，更倍于曲，无从勘正。冀世有好事通人，为之

① 齐森华等主编：《中国曲学大辞典》，浙江教育出版社1997年版，第18页。

② 赵山林：《中国戏剧学通论》，安徽教育出版社1995年版，第950页。

依科添白。更有真知真好之客，力足致名优演唱之，亦一快事。书以俟之。小山何仲子记”。从跋语可知，在雍正初年这批杂剧为何煌所藏，但不知何煌是从何处得到这批杂剧。尤其其中《王粲登楼》之校勘，郑骞校勘《元刊杂剧三十种》时予以参考，为之撰写《钞本王粲登楼跋》，并将其分列于书眉及行间校语摘录单列。后来王季思主编《全元戏曲》校勘时全文过录。先将其移录如下：

> 《脉望馆钞校古今杂剧》所收《王粲登楼》，为《古名家杂剧》本，其上有何煌（仲子）校录李中麓钞本全文，与《古名家》及《元曲选》大异。后有何氏跋云："雍正三年乙巳八月十八日，用李中麓钞本校，改正数百字。此又脱曲二十二，倒曲二，悉据钞本改正补录。钞本不具全白，白之缪陋不堪，更倍于曲，无从勘正。冀世有好事通人，为之依科添白。更有真知真好之客，力足致名优演唱之，亦一快事。书以俟之。小山何仲子记。"骞按：中麓为李开先别号，李家所藏词曲甚富，有词山曲海之称，元刊三十种即李旧藏。细观此一钞本，不仅与三十种同出李氏，其体裁形式亦完全相同。一，只有正末之白，且甚为简略质俚，其他脚色之白皆仅以"某云"或"某云了"代之，又多"某人一折了"或"某上开住"等语。二，各曲文字简劲，所用衬字远较《古名家》及《元曲选》二本为少。三，曲数多于上述二本，全剧合计，较《古名家》多十七曲（何校云多二十二曲，计数错误），较《元曲选》多十二曲，又有数曲文字与《元曲选》完全不同。凡此三者，皆为元刊本杂剧与一切明人刊本之主要区别。可知此钞本若非元钞，即是自元刊或元钞传录，盖与元刊三十种可以等量齐观者。其文字胜于《古名家》及《元曲选》处甚多，不仅多出若干曲为可贵，洵善本也。何校分列书眉及行间，不便阅读，乃重加校录，附于三十种之后。予素嗜读元本元剧，常恨传本之数仅有三十，今又多见一种，其喜可知。何跋之后列有《㑇梅香》、《竹叶舟》、《倩女离魂》、《汉宫秋》、《梧桐雨》、《梧桐叶》、《留鞋记》、《借尸还魂》等八剧名目，未详何意，或是与此类似之钞本，不知尚在天壤间否？果为同类钞本，则甚惜何氏之仅校其一也。①

① 郑骞：《校订元刊杂剧三十种》，第457页。

何煌所校勘五种，所用校本为“元本”“元椠本”“元刻”“李中麓所藏元椠本”“李中麓钞本”，这五种杂剧在现存《元刊杂剧三十种》中都保留了下来，可见何煌是见到过这部杂剧或者和这部杂剧相同性质的版本的。另外《王粲登楼》跋语中所提到的八种杂剧，仅有《竹叶舟》《借尸还魂》二剧有元刊本留存，其他六剧则无，或许何煌当时也看到过类似刊本，但没有流传下来，正因为如此，郑骞才会有“甚惜何氏之仅校其一也”的感慨。这也导致何煌所留校语弥足珍贵，为后世校勘元杂剧者所普遍采纳。

二　元明清曲谱、曲论中的元杂剧校勘

元明清时期曲谱、曲论中也有一些关于元杂剧校勘的片言只语。现存最早的当属元周德清《中原音韵》，其“定格四十首”〔仙吕宫〕引《岳阳楼》〔金盏儿〕曲，评曰：“此是《岳阳楼》头折中词也。妙在七字‘黄鹤送酒仙人唱’，俊语也，况‘酒’字上声以转其音，务头在其上。有不识文意，以送为斋送之义，言‘黄鹤岂能送酒乎’？改为‘对舞’，殊不知黄鹤事——仙人用榴皮画鹤一只，以报酒家，客饮，抚掌则所画黄鹤舞以送酒。初无双鹤，岂能对舞？且失饮酒之意。送者，如吴姬压酒之谓。甚矣，俗士不可医也！”[①] 这也是最早涉及元杂剧校勘的一条记录。

此后，曲谱、曲论中或摘录曲文，为后世校勘提供了校勘依据。曲谱如明朱权《太和正音谱》、清李玉《北词广正谱》、清叶堂《纳书楹曲谱》等收录元杂剧套曲、支曲，曲论如明李开先《词谑》中所收录元杂剧套曲、支曲等，都具有此类性质。相较而言，曲谱中所收录元杂剧套曲、支曲较为严谨，而曲论中所收则往往经过论者的随意改动，如明李开先《词谑》收录之费唐臣《夜月追韩信》，云：“此套元刻有〔水仙子〕、〔夜行船〕，亦只平常，有〔尾声〕，他刻皆不载。予为之删其前而存其尾。”[②] 无名氏《郑月莲秋夜云窗梦》〔点绛唇〕一套，并云：“《郑月莲秋夜云窗梦》第一出，不知何人作，大势亦中选。止有〔那吒令〕不成词，摘取《玉箫女》套中一咏易之。”[③] 《梧桐雨》〔中吕粉蝶儿〕一套，云：“《梧

① （元）周德清：《中原音韵》，《中国古典戏曲论著集成》（一），第242页。
② （明）李开先：《词谑》，《中国古典戏曲论著集成》（三），第321页。
③ （明）李开先：《词谑》，《中国古典戏曲论著集成》（三），第334页。

桐雨》中〔中吕〕，白仁甫所制也，亦甚合调；但其间有数字误入先天、桓欢、监减等韵，悉为改之。”①

有些则在论述时明确说明自己有过校勘元杂剧的过程。如明徐复祚《曲论》：“北词，晋叔所刻元人百剧及我朝谷子敬《三度城南柳》、《闹阴司》，贾仲名《度金童玉女》，王子一《刘阮天台》，刘东生《月下老世间配偶》，丹丘先生《燕莺蜂蝶》、《复落娼》、《烟花判》，俱曾一一勘过。”②清李调元《雨村曲话》不仅过录了周德清《中原音韵》关于《岳阳楼》之论述，而且提到对马致远《黄粱梦》的校勘：“致远《黄粱梦》，周德清取〔雁儿落〕为定格，云：‘洞宾出世超凡，本有神仙分。一抹绦，九阳巾。君人，真人！’谓‘此调极罕，伯牙琴也。’今曲谱首句无‘洞宾’二字，‘分’字下作‘系一条一抹绦，戴一顶九阳巾。君，敢作个真人！’与此不同。”③

有些则对元杂剧流传过程中擅改现象提出批评，并对擅改之处一一列出。如清梁廷枏《曲话》卷五就对金圣叹轻改《西厢记》提出批评：

> 金圣叹强作解事，取《西厢记》而割裂之，《西厢》至此为一大厄；又以意为更改，尤属卤莽。惊艳云：“你道是河中开府相公家，我道是南海水月观音院。”改为“这边是河中开府相公家，那边是南海观音院。”借厢云：“我若共你多情小姐同鸳帐，怎舍得你叠被铺床。”改为“我若与你多情小姐同鸳帐，我不教你叠被铺床。”又：“你撇下半天风韵，我舍得万种思量。”改为：“你也掉下半天风韵，我也飏去万种思量。”酬韵云：“隔墙儿酬和到天明，方信道惺惺自古惜惺惺。”改为：“便是惺惺惜惺惺。”又：“便是铁石人，铁石人也动情。”删去“铁石人”三字。寺警云：“便将兰麝熏尽，只索自温存。”改为：“我不解自温存。”又：“果若有出师的表文、吓蛮的书信，但愿你笔尖儿横扫了五千人。”改为：“他真有出师的表文、下燕的书信，只他这笔尖儿敢横扫五千人。”请宴云：“受用些宝鼎香浓、绣帘风细、绿窗人静。”改为：“你好宝鼎香浓。”又：“请字儿不曾出声，

① （明）李开先：《词谑》，《中国古典戏曲论著集成》（三），第337页。
② （明）徐复祚：《曲论》，《中国古典戏曲论著集成》（四），第241页。
③ （清）李调元：《雨村曲话》，《中国古典戏曲论著集成》（八），第13页。

去字儿连忙答应。”改为“我不曾出声，他连忙答应。”赖婚云：“谁承望你即即世世老婆婆，教莺莺做妹妹拜哥哥。”改为：“真是即世老婆婆，甚妹妹拜哥哥。”前候云：“一纳头安排着憔悴死。”改为：“一纳头只去憔悴死。”闹简云：“我也回头看，看你个离魂倩女，怎发付掷果潘安。”改为“今日为头看，看你那离魂倩女，怎生的掷果潘安。”拷艳云：“我只神针法灸，谁承望燕侣莺俦。”改为：“定然是神针法灸，难道是燕侣莺俦。”“猛凝眸，只见你鞋底尖儿瘦。”改云：“怎凝眸”。又：“那时间可怎生不害半星儿羞。”改为：“那时间不曾害半星儿羞。”哭宴云：“两意徘徊，落日山横翠。”改为：“两处徘徊，大家是落日山横翠。”惊梦云：“愁得陡峻，瘦得咔嗻，却早掩过翠裙三四褶。”改为：“愁得陡峻，瘦得咔嗻，半个日头早掩过翠裙三四褶。”此类皆以意为更易。又有过为删减者。借厢云：“过了主厢，引入洞房，你好事从天降。”删为：“曲厢洞房。”又：“软玉温香，休道是相偎傍。”删为：“休言偎傍。”请宴云：“聘财断不争，婚姻立便成。”删为：“聘不见争，亲立便成。”琴心云：“靡不有初，鲜克有终。”删为：“靡不初，鲜克终。”惊梦云：“瞅一瞅着你化为醯酱，指一指教你变做醬血，骑着一匹白马来。”删去三“一”字。近日嘉应吴日华学博，以六十家本、六幻本、琵琶本、叶氏本与金本重勘之，科白多用金本，曲多用旧本。(原序以六十家以下为旧本。)取金本所改，录其佳者。如借厢云：“若今生难得有情人，则除是前世烧了断头香。”改为：“若今生不做并头莲，难道前世烧了断头香。”寺警云：“学得来一天星斗焕文章，不枉了十年窗下无人问。”改为：“我便知你一天星斗焕文章，谁可怜你十年窗下无人问。”又：“你那里问小僧敢也那不敢，我这里启大师用咱那不用咱。”改为：“你休文小僧敢去也那不敢，我要问大师真个用咱也不用咱。”又：“劣性子人皆惨，舍着命提刀仗剑，更怕我勒马停骖。”改为：“就死也无憾，我便提刀仗剑，谁劝勒马停骖。”又：“我将不志诚的言词赚，倘或纰缪，倒大羞惭。”改为：“便是言词赚，一时纰缪，半世羞惭。”琴心云：“则为那兄妹排连，因此上鱼水难同。”改为：“将我雁字排连，着他鱼水难同。”赖简云：“恁般的受怕担惊，又不图甚浪酒闲茶。”改为：“我也不去受怕担惊，我也不图浪酒闲茶。”又：“从今悔非波卓文君，你与我学去波汉司马。”改为：“小姐你息怒回波俊文君，张生你游学去波渴司马。”后候云：“将人的义海恩山，都做了远水遥岑。”改为：“甚么义海恩山，无非远水遥岑。”又：“虽不曾法灸神针，犹胜似救苦难观世音。”改为：“他不用法灸神针，他是一尊救苦观世音。”哭宴云：“留恋别无意，见据鞍上马，阁不住泪眼愁眉。”改为：“留恋应无计，一个据鞍上马，两个泪眼愁眉。”其实圣叹以文律曲，故每于衬字删繁就简，而不知其腔拍之不协。至一牌画分数节，拘腐最为可厌。所改纵有妥适，存而不论可也。李笠翁从而称之，过矣。①

总体来说，曲谱、曲论中所涉及的元杂剧校勘显得零碎、随意，其成就虽远远不能和赵琦美、王骥德、凌濛初等人相较，但为保存和校勘元杂剧提供了必不可少的依据，同时这种保存、校勘元杂剧的方式也为后世及近现代曲家所借鉴。

① （清）梁廷枏：《曲话》，《中国古典戏曲论著集成》（八），第288—290页。

第四章　王季烈《孤本元明杂剧》整理与校勘

第一节　《孤本元明杂剧》的整理出版

一　《孤本元明杂剧》的出版与整理

（一）《孤本元明杂剧》的出版

1938 年，《脉望馆钞校本古今杂剧》在上海现世。郑振铎经多方努力，从书商处购归北京图书馆（即今国家图书馆）。《脉望馆钞校本古今杂剧》为国家图书馆收藏的同时，整理工作也开始展开。1938 年 6 月 9 日，郑振铎写信给商务印书馆的张元济，说：

> 也是园元曲发现后，几得而复失者再。但此绝世国宝万不能听任其流落国外。故几经努力，费尽苦心，始设法代某国家机关购得（价九千元），现已付定洋千元，俟款到即可取书。从此，此国宝乃为国家所有矣。在文化上来看，实较克一城、得一地尤为重要也。而在此国难严重之际，犹能节省抗敌的急需，而购藏此书，实足表示政府方面之有办法，之对文化事业的关心。此书购妥，一重心事可放下矣。闻潘博山先生言，先生对于此书亦至为关切，知保存国宝实人同此心。不知商务方面有影印此书之意否？因此种孤本书如不流传，终是危险也。如一时不能承印，则最好用黑白纸晒印数份，分数地保存。不知商务愿否保存一份？闻商务有此种晒印机器，盼能设法晒印三份，其中商务可得一份，余二份即送给国家。此办法如先生同意，俟书取得后，即当送到先生处，以极快的方法晒照出来，因原书不日即

将移藏他地也。①

字里行间“充分体现了一位热爱古籍收藏家在艰难时局中苦苦支撑仍不忘为国家保存文化遗产的高尚境界和坦荡胸襟”②。

张元济回复说晒印机器已毁，无法晒印，只能照存。同时，张元济就此事致函香港总部，最初，“前商影印也是园曲事，七月五日得电，示复部意不愿出版，当请作罢”，十一月四日，张元济致信郑振铎，云：“今复得部函允许，至为欣幸。”

1939 年 1 月，郑振铎拟定排印剧目，将拟排印剧目分为天字类与地字类。张元济阅后认为其中部分剧目有通行本，可以不予排印，并将两份契约汇寄郑振铎，商定三月开始影印工作，拟定一年后完成。其后，张元济请当时曲学家王季烈担任初校，帮助他校勘的是姜殿扬，张元济担任复核。此时战乱已起，加之机器损毁，张元济决定改影印为排印，且只排印未见其他传本的孤本杂剧。从张元济写给王季烈的书信可知，当时王季烈是在身体患病状况下完成了这次整理。2 月，张元济给王季烈汇寄“元明曲复校本四十五种”③。1939 年 5 月 29 日，王季烈将校例寄于张元济。6 月，《渑池会》《东墙记》校本二种完成，张元济与王季烈就相关问题作了商讨。1940 年 1 月 30 日完成校本三十种，2 月 7 日完成四十五种，此后半月完成全部校勘。1941 年 2 月王季烈写成序言。4 月开始排印。排印时王季烈所撰提要已经完成排版，此时收到孙楷第《述也是园旧藏古今杂剧》，王季烈参考孙楷第书中部分内容，对提要进行了修正。5 月提要完成后，汇寄张元济。但适值商务印书馆罢工，书之出版遂暂时搁置。直至 7 月 18

① 张元济：《张元济全集》第二卷《书信》，商务印书馆 2009 年版，第 516 页。

② 李占鹏：《20 世纪发现戏曲文献及其整理研究论著综录》，人民出版社 2013 年版，第 70 页。

③ 此四十五种为：刘关张桃园三结义、张翼德大破杏林庄、陶渊明东篱赏菊、长安城四马投唐、魏征改诏风云会、程咬金斧劈老君堂、徐茂公智降秦叔宝、尉迟恭鞭打单雄信、十八学士登瀛洲、唐李靖阴山破虏、立功勋庆赏端阳、贤达妇龙门隐秀、众僚友喜赏浣花溪、招凉亭贾岛破风诗、李嗣源复夺紫泥宣、压关楼叠挂午时牌、存仁心曹彬下江南、八大王开诏救忠臣、杨六郎调兵破天阵、焦光赞活拿萧天佑、赵匡胤打董达、穆陵关上打韩通、宋大将岳飞精忠、十探子大闹延安府、张于湖误宿女真观、鲁智深喜赏黄花峪、梁山五虎大劫牢、梁山七虎闹铜台、宋公明排九宫八卦阵、王矮虎大闹东平府、奉天命三保下西洋、女学士明讲春秋、海门张仲村乐堂、女姑姑说法升堂记、清廉长官勘金环、若耶溪渔樵闲话、雷泽遇仙记、薛苞认母、认金梳孤儿寻母、王文秀渭塘奇遇、秦月娥误失金环记、风月南牢记、庆丰门苏九淫奔记、释迦佛双林坐化、徐柏株贫富兴衰记。

日才开工印刷。

（二）《孤本元明杂剧》的整理

《孤本元明杂剧》从筹备到出版期间，张元济与郑振铎、王季烈就校勘具体剧目、书之分集、分集界限、校勘中存在问题进行书信讨论。张元济看了郑振铎提供的剧目总目后，认为其中部分有通行本，决定只排印未见剧目。在这总目基础上，王季烈删去十一种，这十一种为：

23.《豫让吞炭》25.《风云会》36.《渔阳三弄》37.《骂红莲》38.《木兰女》39.《女状元》41.《使酒骂座》42.《寒衣记》45.《度脱蓝采和》46.《野猿听经》57.《赤壁赋》

后来，张元济编订《校订也是园曲丛总目》，《总目》为：

一、破窑记　二、裴度还带　三、哭存孝　四、单刀会　五、绯衣梦　六、状元堂　七、五侯宴　八、东墙记　九、襄阳会　十、遇上皇　十一、渑池会　十二、金凤钗　十三、圯桥进履　十四、破苻坚　十五、庄周梦　十六、贬黄州　十七、桑椹奉母　十八、伊尹耕莘　十九、虎牢关　二十、钟离春　二十一、剪发待宾　二十二、黄鹤楼　二十三、不伏老　二十四、卓文君　二十五、大罗天　二十六、灵芝庆寿　二十七、赛娇容　二十八、海棠仙　二十九、十长生　三十、神仙会　三十一、升仙梦　三十二、流星马　三十三、洞天玄记　三十四、独乐园　三十五、九世同居　三十六、符金锭　三十七、锁魔镜　三十八、博望烧屯　三十九、云窗梦　四十、病刘千　四十一、刘弘嫁婢　四十二、千里独行　四十三、存孝打虎　四十四、衣袄车　四十五、摩利支　四十六、阀阅舞　四十七、鞭盗跖　四十八、临潼斗宝　四十九、伐晋兴齐　五十、乐毅图齐　五十一、吴起挂印　五十二、孟母三移　五十三、骗英布　五十四、渡陈仓　五十五、衣锦还乡　五十六、题桥记　五十七、聚兽牌　五十八、云台门　五十九、战邳仝　六十、定时捉将　六十一、捉彭庞　六十二、十样锦　六十三、陈仓道　六十四、阳平关　六十五、掠四郡　六十六、娶小乔　六十七、战吕布　六十八、石榴园　六十九、

刀劈四寇　七十、破蚩尤　七十一、斩关平　七十二、三出小沛　七十三、桃园结义　七十四、杏林庄　七十五、东篱菊　七十六、四马投唐　七十七、魏征改诏　七十八、老君堂　七十九、智降叔宝　八十、鞭打雄信　八十一、登瀛洲　八十二、阴山破虏　八十三、赏端阳　八十四、龙门隐秀　八十五、浣花溪　八十六、招凉亭　八十七、紫泥宣　八十八、午时牌　八十九、下江南　九十、救忠臣　九十一、破天阵　九十二、活拿天佑　九十三、打董达　九十四、穆陵关　九十五、岳飞精忠　九十六、延安府　九十七、女贞观　九十八、黄花峪　九十九、五虎劫牢　一百、闹铜台　一百另一、公明排阵　一百另二、东平府　一百另三、下西洋　一百另四、五学士①

一百另五、村乐堂　一百另六、升堂记　一百另七、勘金环　一百另八、渔樵闲话　一百另九、雷泽遇仙　一百十、贫富兴衰　一百十一、薛苞认母　一百十二、认金梳　一百十三、渭塘奇遇　一百十四、失金环　一百十五、南牢记　一百十六、苏九淫奔　一百十七、僧尼共犯　一百十八、释迦坐化　一百十九、鱼篮记　一百二十、拔宅飞升　一百二十一、登仙会　一百二十二、邯郸店　一百二十三、度黄龙　一百二十四、边洞玄　一百二十五、李云卿　一百二十六、王兰卿　一百二十七、太平仙　一百二十八、玩江亭　一百二十九、桃符记　一百三十、锁白猿　一百三十一、齐天大圣　一百三十二、哪吒三变　一百三十三、斩健蛟　一百三十四、宝光殿　一百三十五、献蟠桃　一百三十六、庆长生　一百三十七、贺元宵　一百三十八、万国来朝　一百三十九、八仙过海　一百四十、闹钟馗　一百四十一、长春寿　一百四十二、五龙朝圣　一百四十三、长生会　一百四十四、太平宴　一百四十五、群仙祝寿　一百四十六、贺延年　一百四十七、广成祝寿　一百四十八、黄眉赐福　一百四十九、群仙朝圣　一百五十、苦海回头

最后，又删去六种：绯衣梦、不伏老、符金锭、鞭盗跖、题桥记、苦海回头，决定排印一百四十四种。

1939年6月15日，张元济收到王季烈《渑池会》《东墙记》二剧校

① 应为《女学士》。

本后，写信说其校勘“精密整饬，钦佩无既”，同时提出“尚有奉商者”：

> 一、郑君原目指为地字类各种，有无刊行之价值？
>
> 二、全书次序如何编排？此书因也是园而得名，可否除去元字一类外，仍依也是园原目次序？
>
> 三、全书同时出版，既需耽阁时日，且定价亦昂，购者不无退缩。拟分为数集，未知以几集为宜？如分集应以何为界限？统祈指示。再《渑池会》原稿中有遗漏，经兄校补，鄙见凡校补之词句，不论多少，拟另加一符号，似较慎重，亦不没吾兄校阅之劳。未知卓见以为何如？……再来示依《诚斋乐府》例，用二三号字，实系三四号，特为陈明。

他就这批杂剧的编排顺序、分集、编排字号等问题和王季烈进行探讨，尤其是其中提到《渑池会》中校补之词句拟加一符号以示区别的建议亦得到王季烈采纳。

郑振铎收到张元济寄来《渑池会》《东墙记》校本后，提出了一些看法。6月27日，张元济致信郑振铎，对此作了一一回应，并提出自己一些看法：

> 复印也是园《元明杂剧》，尊意竭力保全原书面目，极佩卓见，指出各条谨答复如下：
>
> 一、原书不分折者，不必分折一节，按王君校《东墙记》，将全剧分为楔子五折，卷面上本有商榷之语，今承指示，谨当转达王君。
>
> 二、“交”字不宜改为“教”字一节，查本剧用“教”字者，第四页后二行，五页后六行（系原来校改，原底不知作何字），六页前六行（亦系原改），九页后七行，均作“教”，并不作“交”，则“教”、“交”互见，乃似抄手以意为之。且赵清常亦先有改正之处。又抄本“已”作“以”，“醜”作“丑”，“道”作“到”，“踏”作“搭”，均似抄手贪一时之便。又第十二页后九行“何时害彻相思病”，病字叶韵，乃抄作“病相思”。第廿一页后六行“眼见的各西东”，东字叶韵，乃抄作“各东西”，尤可见抄者并不在行。鄙见以为此等讹

误，不必曲从。

三、原书不分大小字者，亦不宜代为分别。揣尊意恐分别之后，不免误大为小，误小为大。鄙意此层似可无虞，若分得确当，不至有损原书价值。

四、曲牌上原书不注宫调者，不宜注，并指本剧第一页后三行“赏花时”上加“仙吕”二字为证一节，弟意王君于曲学素有研究，所加宫调当不致误。惟既承指示，当为转达王君。

五、原书有朱墨校者，应留原字，而以校正之字附于原字之下，“原校作□”一节。鄙意原字与校正之字两通者，自可如此办理，以示郑重。但如本剧抄本第五页后二行“汉相如下寒窗下”，第四字“下”王校作“坐”；第九页后六行“隔望董宅好花”，“望”字王校作“壁”；第十四页前六行“你快此来”，“此”字王校作“去”；第十六页“盼得眼暗穿”，“暗”王校作“睛”；第十九页后九行“我欲董家为妇”，“欲”字王校作“人”；第二十页前八行“不能掩骨之醜”，“骨”字下王校加“肉”字；又后一行“先父后三原县令”，“后”字王校作“拜”；第廿五页前二行“年少先截帝里春”，“截”字王校作“栽”，类此者甚多，鄙见认为原字无可留之价值，不敢勉遵。

六、上下场诗以照原来式样跳行者为宜一节，鄙见以为应当一律。

七、所加圈点，应说明为王君所加一节，王君所拟校例，仅云一律用小圈作句读，并未效批评家之以圈点定文字之高下，将来校勘例言中，想有说明。至前人校笔中有浓圈密点者，此不过阅者一人临时兴到之作，鄙见以为应当删去，合并声明。

八、《东墙记》王君所附跋语云云，鄙意拟俟排印时再行酌定。仅见一种，不能遽决。

尊意爱护古书，至所钦佩。弟前此为商务印书馆校印古籍千数百册，亦同此意。王君研究曲学有素，当必不肯贸焉从事也。(二十八年六月二十七日)

全书校勘完毕后，王季烈将所撰提要呈张元济审阅，此时正值孙楷第《述也是园旧藏古今杂剧》出版，张元济建议王季烈采纳孙楷第部分观点，说：“其于编序次第与吾兄所定微有不合。如有可采，则提要、次第略有更动。”并托北平商务印书馆分馆为王季烈觅得此书。王季烈收到书信后，对提要、编次作了改动，张元济盛赞王季烈此举“具征虚怀若谷”。

同时，张元济在与郑振铎、王季烈商讨的基础上，前后为此书拟定了“元明杂剧版式清单”、“元明杂剧分集清单”及“元明杂剧格式排版清单”①。过录如下：

元明杂剧版式清单

全书参照吴瞿安《曲丛》格式

一、（小曲）应加区别，已于校时注意，排印时当再加意。

二、分折：初校间有未能标分，统遵复校标定分排。

三、首尾标题撰人名氏。卷尾标题原阙者，当一律照补。撰人名氏另占一行。无名者题不著撰人或阙名。

四、中缝：元明杂剧、曲牌简名、叶号、涵芬楼校印。

曲版简名先行排入，如有不合，候复校核改。

五、穿关　另叶　穿关初校标定行款，前后间未一致，现排稿时应一律订正。

标题（顶格）占一行。

楔子分折（视标题低一格），各占一行。

脚色人名（与楔子分折同）　人名下，衣装各空一格接排。

六、赵氏等校款题识（用曲文同号字排在卷尾标题前或穿关后）。

此外如有未尽，随时发生窒碍，在排稿上声请复校加核。

七、校注用六号字双行夹注。

元明杂剧分集清单

约计排成二五六五叶

甲、假定以一四四种匀分四集，每集三十六种如左：

一、一至三六种　六一〇叶

二、三七至七二种　七一六叶

三、七三至一〇八种　六三九叶

四、一〇九至一四四种　六〇〇叶

① “元明杂剧分集清单”及“元明杂剧格式排版清单”本作“元明杂剧一四四种”与“元明杂剧”，现据其内容姑定此名。

乙、假定以二五六五叶匀分四集，每集六百四十叶如左：

一、六五二叶　一至三八种

二、六四九叶　三九至七一种

三、六三二叶　七二至一〇六种

四、六三二叶　一〇七至一四四种

不论照甲或照乙，每集拟一律订十册。

如照甲，各集叶数相差较多，定价不能一律，前印涵芬楼秘笈，各集定价，亦不一律。

二十九年三月十六日

元明杂剧格式排版清单

原本每行字数不等者，平均计算，如某种每行二十至二十四字不等，作二十二字算；原本有双行夹注者，加半计算，如某种二十页有双行夹注，作三十叶算。《锁魔镜》及《存孝打虎》两种，有天、地两字两本，均照出，今照天字本叶数算。照《奢摩他室曲丛》格式排版，每叶作七二〇字算。

书名	叶数	半叶		双行夹注	全数字数	约计排成叶号
		行	字			
1. 破窑记	29	十	十七	无	9860	14
2. 裴度还带	55	十	十七	无	18700	26
3. 哭存孝	26	十一	二十	无	11440	16
4. 单刀会	25	十	十七	无	8500	12
5. 状元堂	41	十	十七	无	13940	20
6. 五侯宴	50	十	十六 十七	无	17000	24
7. 东墙记	28	十	二十	无	11200	16
8. 襄阳会	41	十	十七	无	13940	20
9. 遇上皇	27	十	二十	无	10800	15
10. 渑池会	50	十	十七	无	17000	24
11. 金凤钗	31	十	二十	无	12400	18
12. 圯桥进履	58	十	十七	无	19720	28

续表

书名	叶数	半叶		双行夹注	全数字数	约计排成叶号
		行	字			
13. 破苻坚	24	十一	二十	无	11800	17
14. 庄周梦	24	十	二十	无	9600	14
15. 贬黄州	24	十	十九 十六	无	8640	12
16. 桑椹奉母	79	十	十七	无	26860	38
17. 伊尹耕莘	35	十	十七	无	11900	17
18. 虎牢关	72	十	十七	无	24480	34
19. 钟离春	44	十	十七	无	14960	21
20. 剪发待宾	21	十	二十	无	8400	12
21. 黄鹤楼	47	十	十七	无	15980	23
22. 卓文君	23	十	二十	无	9200	13
23. 大罗天	28	十	二十	无	11200	16
24. 灵芝庆寿	18	十	二十	无	7200	10
25. 赛娇容	19	十	二十	无	7600	11
26. 海堂仙	13	十	二十	无	5200	8
27. 十长生	10	十	二十一	无	4200	6
28. 神仙会	19	十	二十一	无	7980	11
29. 升仙梦	17	十	二十一	无	7140	10
30. 流星马	30	十	十七	无	10200	15
31. 洞天玄记	36	十	二十一	无	15120	21
32. 独乐园	21	十	二十一	无	8820	13
33. 九世同居	18	九	十八	有	8748	12
34. 锁魔镜	13	十	二十一	无	5460	8
35. 博望烧屯	39	十一	二十	无	17610	24
36. 云窗梦	19	十	二十	无	7600	11
37. 病刘千	28	十	十七	无	9520	14
38. 刘弘嫁婢	59	十	十七	无	20060	28
39. 千里独行	42	十	十八	无	15120	21
40. 存孝打虎	26	十	十八	无	9360	13

续表

书名	叶数	半叶		双行夹注	全数字数	约计排成叶号
		行	字			
41. 衣袄车	22	十一	二十	无	9680	14
42. 摩利支	36	十	十七	无	12240	17
43. 阀阅舞	14	十二	二十四	有	12096	17
44. 临潼斗宝	51	十	十七	无	17340	24
45. 伐晋兴齐	36	十一	十七	无	12240	17
46. 乐毅图齐	25	十二	二十	无	11000	16
47. 吴起挂印	2	十	二十四	无	16128	23
48. 孟母三移	45	十	十七	无	15300	22
49. 骗英布	38	十	十七	无	12900	18
50. 渡陈仓	60	十	十七	无	20400	29
51. 衣锦还乡	42	十	十七	无	14280	20
52. 聚兽牌	38	十	十七	无	12900	18
53. 云台门	34	十	十七	无	11560	16
54. 战邳仝	37	十	十七	无	12580	18
55. 定时捉将	36	十二	二十四	无	20736	29
56. 捉彭庞	30	十	十七	无	10200	15
57. 十样锦	22	十二	二十一 二十四	无 无	11616	16
58. 陈仓道	23	十二	二十一 二十四	无 无	12144	17
59. 阳平关	45	十	十七	无	15300	22
60. 掠四郡	40	十	十七	无	13600	19
61. 娶小乔	32	十	十七	无	10880	15
62. 战吕布	58	十	十七	无	19720	28
63. 石榴园	34	十	十七	无	11560	16
64. 刀劈四寇	49	十二	二十四	无	28224	40
65. 破蚩尤	33	十	十七	无	11220	16
66. 斩关平	41	十	十七	无	13940	20

续表

<table>
<tr><th rowspan="2">书名</th><th rowspan="2">叶数</th><th colspan="2">半叶</th><th rowspan="2">双行夹注</th><th rowspan="2">全数字数</th><th rowspan="2">约计排成叶号</th></tr>
<tr><th>行</th><th>字</th></tr>
<tr><td rowspan="2">67. 三出小沛</td><td rowspan="2">18</td><td rowspan="2">十二</td><td>二十</td><td rowspan="2">无</td><td rowspan="2">9072</td><td rowspan="2">13</td></tr>
<tr><td>二十一</td></tr>
<tr><td rowspan="2">68. 桃园结义</td><td rowspan="2">19</td><td rowspan="2">十二</td><td>二十三</td><td rowspan="2">无</td><td rowspan="2">10944</td><td rowspan="2">16</td></tr>
<tr><td>二十四</td></tr>
<tr><td rowspan="2">69. 杏林庄</td><td rowspan="2">17</td><td rowspan="2">十</td><td>二十</td><td rowspan="2">无</td><td rowspan="2">8568</td><td rowspan="2">12</td></tr>
<tr><td>二十一</td></tr>
<tr><td>70. 东篱菊</td><td>48</td><td>十</td><td>十七</td><td>无</td><td>16320</td><td>23</td></tr>
<tr><td>71. 四马投唐</td><td>60</td><td>十</td><td>十七</td><td>无</td><td>20400</td><td>29</td></tr>
<tr><td>72. 魏征改诏</td><td>53</td><td>十</td><td>十七</td><td>无</td><td>18020</td><td>25</td></tr>
<tr><td>73. 老君堂</td><td>38</td><td>十</td><td>十七</td><td>无</td><td>12920</td><td>18</td></tr>
<tr><td>74. 智降叔宝</td><td>42</td><td>十</td><td>十七</td><td>无</td><td>14280</td><td>20</td></tr>
<tr><td>75. 鞭打雄信</td><td>21</td><td>十</td><td>二十</td><td>无</td><td>8400</td><td>12</td></tr>
<tr><td>76. 登瀛洲</td><td>20</td><td>十</td><td>二十</td><td>无</td><td>8000</td><td>11</td></tr>
<tr><td>77. 阴山破虏</td><td>19</td><td>十二</td><td>二十四</td><td>无</td><td>10944</td><td>16</td></tr>
<tr><td>78. 赏端阳</td><td>29</td><td>十</td><td>十七</td><td>无</td><td>9860</td><td>14</td></tr>
<tr><td>79. 龙门隐秀</td><td>37</td><td>十</td><td>十七</td><td>无</td><td>12580</td><td>18</td></tr>
<tr><td>80. 浣花溪</td><td>17</td><td>十</td><td>二十</td><td>无</td><td>6800</td><td>10</td></tr>
<tr><td>81. 招凉亭</td><td>39</td><td>十</td><td>十七</td><td>无</td><td>13260</td><td>19</td></tr>
<tr><td rowspan="2">82. 紫泥宣</td><td rowspan="2">27</td><td rowspan="2">十二</td><td>二十</td><td rowspan="2">无</td><td rowspan="2">14256</td><td rowspan="2">20</td></tr>
<tr><td>二十四</td></tr>
<tr><td>83. 午时牌</td><td>24</td><td>十二</td><td>二十四</td><td>无</td><td>13824</td><td>20</td></tr>
<tr><td rowspan="2">84. 下江南</td><td rowspan="2">20</td><td rowspan="2">十二</td><td>二十</td><td rowspan="2">无</td><td rowspan="2">10560</td><td rowspan="2">15</td></tr>
<tr><td>二十四</td></tr>
<tr><td>85. 救忠臣</td><td>64</td><td>十</td><td>十七</td><td>无</td><td>21760</td><td>31</td></tr>
<tr><td>86. 破天阵</td><td>49</td><td>十</td><td>十七</td><td>无</td><td>16660</td><td>23</td></tr>
<tr><td rowspan="2">87. 活拿天佑</td><td rowspan="2">17</td><td rowspan="2">十二</td><td>二十</td><td rowspan="2">无</td><td rowspan="2">8976</td><td rowspan="2">13</td></tr>
<tr><td>二十四</td></tr>
<tr><td>88. 打董达</td><td>31</td><td>十</td><td>十七</td><td>无</td><td>10540</td><td>15</td></tr>
</table>

续表

书名	叶数	半叶		双行夹注	全数字数	约计排成叶号
		行	字			
89. 穆陵关	26	十二	二十一 二十四	无	13728	19
90. 岳飞精忠	40	十	十七	无	13600	19
91. 延安府	47	十	十七	无	15980	23
92. 女贞观	33	十	二十	无	13200	19
93. 黄花峪	26	十	二十	无	10400	15
94. 五虎劫牢	32	十	十七	无	10880	15
95. 闹铜台	47	十	十七	无	15980	23
96. 公明排阵	39	十二	二十四	无	22464	32
97. 东平府	28	十	十七	无	9520	14
98. 下西洋	72	十	十七	无	24480	34
99. 女学士	23	十	二十	无	9200	13
100. 村乐堂	32	十	十七	无	10880	15
101. 升堂记	44	十	十七	无	14960	21
102. 勘金环	21	十	二十四	无	12096	17
103. 渔樵闲话	31	十	二十	无	12400	18
104. 雷泽遇仙	20	十二	二十	无	8000	11
105. 贫富兴衰	19	十	二十	无	7601	11
106. 薛苞认母	22	十	二十	无	8800	13
107. 认金梳	33	十	二十	无	13200	19
108. 渭塘奇遇	22	十	二十	无	8800	13
109. 失金环	24	十	二十	无	9600	14
110. 南牢记	21	十	二十	无	8400	12
111. 苏九淫奔	26	十	二十	无	10400	15
112. 僧尼共犯	10	十	二十三 二十四	有	7200	10
113. 释迦坐化	29	十	二十	无	11600	16
114. 鱼篮记	27	十	十七	无	9180	13
115. 拔宅飞升	50	十	十七	无	17000	24

续表

书名	叶数	半叶		双行夹注	全数字数	约计排成叶号
		行	字			
116. 登仙会	39	十	十七	无	13200	19
117. 邯郸店	25	十	二十	无	10000	14
118. 度黄龙	39	十	十七	无	13260	19
119. 边洞玄	37	十	十七	无	12580	18
120. 李云卿	38	十一	二十	无	16720	24
121. 王兰卿	20	十	二十	无	8000	11
122. 太平仙	32	十	二十	无	12800	18
123. 玩江亭	19	十二	二十四	无	10944	16
124. 桃符记	23	十	二十	无	9200	13
125. 锁白猿	19	十二	二十四	无	10944	16
126. 齐天大圣	27	十一	二十	无	11880	17
127. 哪吒三变	17	十二	二十 二十一	无	8976	13
128. 斩健蛟	27	十	十七	无	9180	13
129. 宝光殿	44	十	十七	无	14960	21
130. 献蟠桃	25	十	十七	无	8500	12
131. 庆长生	20	十	二十	无	8000	11
132. 贺元宵	19	十	二十	无	7600	11
133. 万国来朝	28	十	二十	无	11200	16
134. 八仙过海	57	十	十七	无	19380	27
135. 闹钟馗	34	十	十七	无	11560	16
136. 长春寿	20	十	二十	无	8000	11
137. 五龙朝圣	66	十	十七	无	22440	32
138. 长生会	36	十	十七	无	12240	17
139. 太平宴	33	十	十七	无	11220	16
140. 群仙祝寿	45	十	十七	无	15300	22
141. 贺延年	20	十	十七	无	6800	10
142. 广成祝寿	67	十	十七	无	22780	32
143. 黄眉赐福	23	十一	二十	无	10120	14
144. 群仙朝圣	35	十	十七	无	11900	17

从这些可以看出，郑振铎、张元济、王季烈等老一辈学者在整理这批杂剧典籍时所付出的艰辛而细致的工作。正是在他们的通力合作下，1941年，《孤本元明杂剧》由商务印书馆出版，最初为铅印线装32册。1957年，中国戏剧出版社据原书重印，改为精装四册再次出版。所收元明杂剧144种，皆为《脉望馆钞校本古今杂剧》中的孤本与罕见之本。

王季烈还为所选144剧分别撰写提要，对各剧的剧情、本事、版本等进行介绍，简要评述各剧艺术特点及优劣之处，具有较高学术价值。1971年，台湾商务印书馆以《孤本元明杂剧提要》为名将其抽出单独刊行。

第二节　王季烈《孤本元明杂剧》校勘

王季烈在序中记录了元杂剧在元、明、清三代的流传，交代了影印过程，总结了这批戏曲文献的四个特点及意义。现过录如下：

> 杂剧之名，始于宋初。顾其词尽佚，题材如何，不复可征。有元崛兴，作者最盛。沿及明代，流风未泯。前后三百余年间，海宁王君静安《曲录》所载，凡九百四十一种，可谓盛矣。然王君当日亲见其书者，《元曲选》百种，及零星刻本十数种而已。近三十年，学者皆注意于此，于是武进诵芬室，吾吴吴氏奢摩他室，盋山图书馆、日本京都大学及节山盐谷氏，皆印其所藏珍秘，以公之世，诚为艺林盛事。然除去重复之本，总计种数，不足二百。是则亡失者仍十之七八矣。兹者也是园所藏元明杂剧，忽发现于海上，全书七十二册，二百六十九种，缺八册，凡二十七种。除已见之《元曲选》及近日印本者九十四种，重复之本四种，计得往昔未见之本，百四十四种。涵芬楼假而印之，名曰《孤本元明杂剧》。嘱余以校勘之役。是书最初为明赵元度所搜集，抄自内府及东阿于小谷者居多。元度名琦美，常熟赵文毅公用贤之长子，好藏书，自号清常道人，有《脉望馆书目》。《读书敏求记》云："清常殁，其书尽归牧翁，武康山中，白昼鬼哭，书之精爽若此。然绛云一烬之后，凡清常手校秘书，都未为六丁收去，牧翁悉作蔡邕之赠，岂非幸哉。"然则此书乃由脉望馆绛云楼以转入也是园者也。其中明刻本六种，余皆明抄，大都有清常校题。然于误

字颇多未改者，亦有改之未的者。抄校虽未精善，而三百年沉埋之古籍，今得读之，吾辈艳福不浅矣。故校既竟，可释昔时之疑者，盖有数端。臧氏百种，或疑其去取未当，不免采碔砆而遗珠玉。以此书证之，则臧氏所遗，诚然有之，特尚不多。一也。古今谈曲者，咸以关汉卿为巨擘，以此书证之，则宁推实夫仁甫，驾而上之。更有不著姓名之本，如《刘弘嫁婢》、《村乐堂》等，古拙清新，兼擅其长，堪为元曲中之绝唱，未可贵耳贱目，以古人之说为定评。二也。伶工学习南曲，便于赶板，每将应有衬字，妄行删去，故其脚本如《缀白裘》之类，比传奇原本衬字为少。今此书亦为明代伶工传习之抄本，而多叠床架屋不可通之衬字，以与有刻本者（如《锁魔镜》及与《元曲选》重复之各本）相较，则刻本固文从字顺，其衬字远比抄本为少，乃知抄本中不可通之衬字，皆是伶人妄增，以字待腔，使便记忆，非撰曲时所本有。三也。臧氏选剧，务取名作。士礼居三十种，及盋山图书馆二十七种，皆元明刻本，亦多佳剧。读者于元明剧本，徒见文人学士称赏之作，莫见草野俚俗嗜好之谈。此书荃茅并采，其中拿妖捉怪拳棒跌打诸剧，取悦庸众耳目，虽文字无足取，要可见当时流俗风尚。四也。故此书出而元明两代之杂剧，非特骤增一倍，且于雅俗两途，可窥其全。为研究两代草野风俗人情者所不可缺也。校印既毕，撮其大略，以告读者。辛巳仲春朔日茂苑王季烈时年六十有九。

沧州孙子书君楷第，著有述也是园藏剧之图书专刊二十万言，考订甚详，足使此书增价。余于校印毕后，始得读之，因略采其说，入提要中。至此本初校者，为我吴姜佐禹君殿扬，覆核者为海盐张菊生君元济。函牍往返，推敲入细，皆有功此书之流播者也，敬附识于此。烈又记。

他指出这批杂剧的发现在中国戏曲史上具有重要的价值：一，可佐证臧懋循《元曲选》未收杂剧之大概数量；二，部分戏曲所取得的艺术成就可修改前人评论；三，可据抄本中衬字与刻本相较，推断其多为伶人所增；四，可据此窥见当时流俗风尚。总之，这批杂剧的发现“非特骤增一倍，且于雅俗两途，可窥其全。为研究两代草野风俗人情者所不可缺也”。另外，在序文完成后，他又特地交代了对孙楷第研究成果的采用情况，并对“有功于此书之流播”的其他校勘者作了说明。当然，王季烈所云《脉望馆钞校本古今杂剧》在中国戏曲史上的四个重要价值并不是十分恰切，关于这点，郑骞在《孤本元明杂剧读后记》① 一文中一一加以论述，此处不再赘述。

王季烈还为本书校勘撰写了“校例”，这是他校勘思想的重要体现。现过录如下：

一 是书为钱遵王也是园旧藏，今择其久未行世者，刻本六种，钞本一百三十八种，一律以聚珍铅字排印。

一 全书次序，仍依钱氏目录，首元人所撰，次无撰人姓名可确定为元人所撰者，次明人所撰，次历朝故事，次古今杂传，次释氏神仙，而以教坊所编演者殿于后。其原编间有不合者，如《十样锦诸葛论功》、《关云长大破蚩尤》，均属宋朝事实，原录误列三国故事，今已订正。

一 原本行式参差，曲白句读，概无标点。今一律以单圈断句，版式画一。其为明刻善本，分有正衬者，悉仍旧贯。

一 原本有四十种，楔子折数，均不分析，今一一为之增补。又有二本，楔子误入第一折中，今亦校正之。

一 原本做科云唱，详略不一，今加以整理，较若画一，俾读者易于明瞭。

一 原本有赵清常校笔。赵氏确守以本校本不为是非去取之例，然觉有未尽妥适者，今择是而从，原文的误，即照赵校改正，原文意长，赵校逊之，在以赵校入注，反是则以原文入注。

一 本书是汇集众本，写官程度，高下不一。赵校而外，其形声近似疑误之字，层见叠出，其确为讹误者，即行改正，其无可推测者，则未敢率改，仅加注疑误字样于下。

一 原本间有重出衍文，确是误写者，径与删削。其为显然脱误者，则依上下文情节增补，并于两端加〔〕以示区别。

一 原本剧中有袭用之字，如则作子、者作咱、彀作勾等，音近而义不同，究属不宜混用，今已改从本字。

① 郑骞：《孤本元明杂剧读后记》，《景午丛编》（上），台湾中华书局 1972 年版，第 391—399 页。

一 原本人名，尤多舛误，如邳彤误作邳仝、銚期误作姚期、徐懋功误作徐茂公、康君立误作康军利，凡有正史可考者，亦如改正。

从校例看，王季烈做了以下工作。

第一，编排目录次序。他依据钱曾《也是园书目》卷十《古今杂剧目》次序，“首元人所撰，次无撰人姓名可确定为元人所撰者，次明人所撰，次历朝故事，次古今杂传，次释氏神仙，而以教坊所编演者殿于后”。但对于《也是园书目》排列不当的《十样锦诸葛论功》《关云长大战蚩尤》两剧次序作了调整。《十样锦诸葛论功》一剧，《也是园书目》列入“三国故事”，是因剧名致误，而其内容是敷演宋初李昉、张齐贤奉命建立武成庙，选太公望至郭子仪等十三位有武功者入庙，诸葛亮与韩信为座次发生争执的神话故事。《关云长大破蚩尤》亦是因剧名而误入“三国故事”，杂剧是敷演宋时蚩尤为祟，解州盐池干涸，玉泉山土地关公擒获蚩尤的神话故事。王季烈根据杂剧内容予以订正，将之从“三国故事”列入“宋朝故事”。

第二，统一杂剧体例和版式。《脉望馆钞校本古今杂剧》所收杂剧来源不一，有刻本，包括两部分：一是息机子《元人杂剧选》本；一是《古名家杂剧》本。有钞本，包括三个部分：一是于小谷本；一是内府本；一是不知来历钞本。这些刻本、钞本版式不一，体例亦有较大差异。王季烈在校勘时首先对这批杂剧的体例作了统一。

首先，王季烈采用单圈断句，使全书版式画一。在近现代杂剧校勘史上，王季烈可说是第一个在戏曲校勘中采用单圈断句的学者。《脉望馆钞校本古今杂剧》原书无句读，尤其是曲词的阅读方面至多窒碍。王季烈在校勘中以单圈断句，为读者省力不少。隋树森在此书出版后，指出了一些曲文断句及校勘后面存在的错误，也客观地评价此书“断句错误最少，校对亦精，可以说是现行断句本元剧总集之最佳者”①。

其次，对杂剧分折分楔子，校正楔子误入第一折文字及二折文字合为一折的错误。《脉望馆钞校本古今杂剧》原本有四十种不分折、楔子，王季烈一一为之增补。这四十种为：

① 隋树森：《读曲杂志》之一《王校孤本元明杂剧志误》，《文史杂志》四卷 1942 年第 11、12 期合刊。

《贬黄州》、《单刀会》、《东墙记》、《遇上皇》、《庄周梦》、《剪发待宾》、《金凤钗》、《博望烧屯》、《云窗梦》、《千里独行》、《存孝打虎》、《流星马》、《卓文君》、《大罗天》、《浣花溪》、《登瀛洲》、《鞭打雄信》、《女贞观》、《女学士》、《薛苞认母》、《贫富兴衰》、《渔樵闲话》、《雷泽遇仙》、《苏九淫奔》、《渭塘奇遇》、《赛娇容》、《认金梳》、《释迦坐化》、《失金环》、《南牢记》、《邯郸店》、《太平仙记》、《王兰卿》、《海棠仙》、《桃符记》、《黄花峪》、《元宵节》、《庆长生》、《万国来朝》、《灵芝庆寿》①

还有两本杂剧将楔子误入第一折中，王季烈将之单独划分出来。《孤本元明杂剧》所收一百四十四种《脉望馆钞校本古今杂剧》中，《渔樵闲话》《雷泽遇仙》两剧是将楔子混合在第一折中，均为〔赏花时〕〔么篇〕。王季烈所云“又有二本，楔子误入第一折中，今亦校正之”即指此二剧言，但王季烈为了保持原样，没有明确将之标为楔子，仍将之放在第一折中。

另外，《锁魔镜》剧，《脉望馆钞校本古今杂剧》作四折，由〔黄钟〕〔双调〕两套曲词组成，将两折文字合为一折。王季烈认为后者“与是本第四折《探报》曲白情文全异，语无复沓，今录为第五折”，分为两折。

再次，王季烈对舞台提示语“做科云唱”作了整理。《脉望馆钞校本古今杂剧》中，舞台提示语显得有些凌乱，有的作了标注，有的则没有。如《贬黄州》第一折：

(末云）小官若无才学，怎居翰林之职？想当日夜对内殿、宠赐金莲，际遇非浅也。

〔油葫芦〕……〔天下乐〕……

(末云）来到这朝门外，当驾官通报者。(随驾官报云）宣的苏轼来了。(驾云）着进来。(末见科)(驾云）……(末云）……(唱)

〔那吒令〕……

① 《脉望馆钞校本古今杂剧》中其他不分折楔子的杂剧为《玉通和尚骂红莲》《渔阳三弄》《惠禅师三度小桃红》《洛阳风月牡丹仙》《福禄寿仙官庆会》《十美人庆赏牡丹园》《题桥记》《长春节》。

在对白后唱词前，前者无舞台提示语“唱”，后者有。王季烈作了规整划一，二者均为标出，对提示语作了补充。诸如此类，不胜枚举。

王季烈还对舞台提示语作了补漏的工作。如《金凤钗》第三折结尾处宾白，原本为：

（杨云）（下）（店小二云）（旦云）（同下）

因前面出场人物有杨衙内、众、正末、旦、店小二等。若依原本提示语，则众与正末是与店小二、正旦一同下场，而根据后面店小二与正旦的对白，则知此时正末被杨衙内率众人“拿将去了”，已经下场。王季烈在第一个“下”前补充“率众拥正末”五字，对场上人物变化作了交代，与后面对白正相契合。又如《刘弘嫁婢》第一折〔醉中天〕后一段对白，《脉望馆钞校本古今杂剧》为：

（正末云）（净王秀才云）……哥哥，你可休怪。……姑夫，有了房子也。（正末云）

王季烈根据对白内容，增添了两处舞台提示语，作：

（正末云）（净王秀才云）……（做转身假赶科）哥哥，你可休怪。……（转身向正末云）姑夫，有了房子也。（正末云）

另外，王季烈对原本脚色标注错误处也进行了订正。如《病刘千》第一折〔单雁儿〕后“孛老儿做打正末科”，正末原作折拆驴，与宾白内容有误，故王校改。

然而，王季烈在杂剧体例方面也有明显的不统一处，这主要体现在楔子曲牌宫调的标注方面。一百四十四种杂剧大多数楔子〔端正好〕〔赏花时〕曲牌前未标注宫调，但亦有例外，如《东墙记》楔子二曲为〔仙吕赏花时〕〔么篇〕，《渑池会》楔子为〔正宫端正好〕，标注了宫调。大概他是依原本所写照录，原本无宫调者无之，原本有者亦有。

第三，校正曲白文字。这主要包含以下几个方面。

第一种是对赵琦美校语进行分析，择其善者而从之，其不善者则不从。从者如《襄阳会》楔子庞德公云“挥剑星斗能驱将，瑶琴一操动玄机”之“挥”，原作“驱”，因与后“驱”重复，赵琦美改为“挥”，王季烈从之。又如《五龙朝圣》第四折〔折桂令〕曲中宾白金脊龙王云：“上圣看了这三面金牌，古今绝也”，原本“绝”下原有“矣”，赵琦美删去，王亦从之。其不从者如《圯桥进履》第一折张良唱〔醉扶归〕“久以后将你这救我命的恩临报”之“恩临”，赵琦美改为“深恩”，王季烈认为“恩临”为恩德、恩情之义，且元剧中多用之，故不从。又如《降桑椹》第二折〔醋葫芦〕“莫不是身边犯下甚么罪恶”。“甚”原误“是”，赵改为“试”，王季烈认为于义不合，故改为“甚”。

第二种是对原本赵琦美未校勘的曲白补作校正。他在《校例》中说：“赵校而外，其形声近似疑误之字，层见叠出，其确为讹误者，即行改正，其无可推测者，则未敢率改，仅加注疑误字样于下。”即行改正者如《老君堂》第二折〔耍孩儿〕“我自想英魂丧在金墉地，岂知道今朝还帝辇”之“英”原作“芳”，改为“英魂”更适合李世民的身份。又如《金凤钗》第四折〔收江南〕曲后正末云：“大人可怜见，本是九只金钗来”，“九”原本伪“十”，与上文不符，故校正。存疑者如《圯桥进履》第一折〔醉扶归〕“我这里迷却经尘道”，王校云：“尘，疑人字之误”。又如《庄周梦》第四折〔收江南〕“岂知洞中别有一重天，风如介犬”之“犬”，王校云：“此字疑有误字”。

另外，他对一些杂剧原本曲误作白、白误作曲的舛误也予以订正，如《剪发待宾》第一折〔仙吕点绛唇〕“（云）念老身治家教子，我孩儿事奉萱亲。着他受半生辛苦，指望待一举成名。我与人缝联补绽，洗衣刮裳。（唱）那个不说儿文章亏杀了娘针线，学成了诗云子曰，久以后忠孝双全”，注云：“原本‘念老身治家教子’至此，白误作曲，曲误作白，兹校正。”

第三种是删衍补脱。王季烈对原本间有重出衍文，确是误写者，径与删削。如《千里独行》第一折〔天下乐〕“你若是不归降，他怒从心上起。我一壁厢统着士卒，一壁厢探着阵势”，“你”指关羽，“他”指曹操，“我”明是衍文，故删之。对于不太确定为衍文者，则在校记中说明，如《云台门》第二折刘末云：“久停久住辞别了。那其间成亲，未为晚矣。不敢久停久住，辞别了长者。”“久停久住辞别了”七字下注云：“上文七字不可解，且与下文复出，必是误抄。”又如《释迦坐化》第四折〔芭蕉延寿〕“乃至无意识界，无无明，亦无无名尽。乃至老无死，亦无老死尽，无苦疾灭道，无智亦无得，以无所得故。无智亦无得，菩提萨依埵”，“无智亦无得”出现两次，故在后一句下注云：“五字重出，疑衍。”对于其中显然脱误者，则依上下文情节增补，并于两端加〔〕以示区别。如《金凤钗》第一折〔混江龙〕“凭着我七步才为及第策”，王季烈云：“原无才字，今按文意及句法增。”〔收江南〕后正末云：“大人与了十只金钗，我”“给了店家一只，余下九只”原本无，王季烈据文意增补。而对于还存在疑惑的则在校记中注出，如《伊尹耕莘》楔子冲末扮东华仙领仙童上云：“奉上帝着贫道遣文曲星下降”，在上帝下注云：“疑脱敕命二字”。

第四种是对一些常用字的袭用现象进行改正。关于常用字的袭用，张元济在收到王季烈《渑池会》《东墙记》二剧校文后也提出了这一点：

> “交”字不宜改为“教”字一节，查本剧用“教”字者，第四页后二行，五页后六行（系原来校改，原底不知作何字），六页前六行（亦系原改），九页后七行，均作“教”，并不作“交”，则“教”、“交”互见，乃似抄手以意为之。且赵清常亦先有改正之处。又抄本“已”作“以”，“醜”作“丑”，“道”作“到”，“踏”作“搭”，均似抄手贪一时之便。……鄙见以为此等讹误，不必曲从。

王季烈采纳了这种观点。而对于那些音近而义不同者，如“则”作“子”、“者”作“咱”、“彀”作“勾”之类，王校一律改为本字。

第五种是校对人名。原本人名有所舛错，如邳彤误作邳仝、铫期误作姚期、徐懋功误作徐茂公、康君立误作康君利、縻竺縻芳误作梅竺梅芳、朱武误作诸武、陈敬误作陈景、叠罗支误作叠罗施等，王季烈都根据相关史料进行了校正。有时对剧中人物名字的错误虽然没有改订，但也在校记中加以说明，如《刀劈四寇》第一折王允领祇候上云：“老夫姓王名允，字文和。”注云：“按《后汉书》，允字子师。”

当然，王季烈在校勘中也有明显的漏校与错校之处，漏校处如《阀阅舞》第四折〔喜江南〕曲后范仲淹云：“葛监军射柳打毬，都在完颜将军之下，那擒那耶律万户的功，端的是完颜将军的了。”“擒那”二字漏校，上文叙述延寿马射死耶律万户，后文也有一处“生擒”，王季烈指出此为“射死”之误，但此处却没有校勘。误校者如《打董达》第四折净扮董太公上云：“我是村里董太公，仁义礼智都不通，死及白赖人皆怕。”王校云："及当作气。"他指出"及"不当是正确的，但改为"气"却欠妥，应为"乞"，"死乞白赖"为当时俗语，元剧中多用之。《认金梳》第三折〔呆骨朵〕后净云："如今恼了你些儿，就是我有罪，一了拿贼见赃。""一了"下注云："疑是'亦要'二字之误。""一了"亦为北方口语，用之此处不误。《岳飞精忠》第一折〔尾声〕后刘光世云："四将合兵击大金，全凭报国尽忠心。削除贼寇安边境，留取芳名贯古今。""留"下注云："原字拨，赵校改留，似当作博。"此处"留取"当采用文天祥诗句"留取丹心照汗青"。当然，这些瑕疵仅占少数，而正因为王季烈所作的精心校勘，才使《孤本元明杂剧》较之《脉望馆钞校本古今杂剧》更便于阅读，也加速了这些剧本的流传。

第五章 《元刊杂剧三十种》校勘

王国维是近代研究戏曲的第一人，他同时也是近代对元杂剧进行校勘的第一人。《元刊杂剧三十种》通显于世后，首先将其在清末民初仍传存于世的秘密透露给世人的学者就是王国维。1915 年 9 月，王国维应上海中国书店将石印日本覆刻本的要求作了《〈元刊杂剧三十种〉序录》，他“为之厘定时代，考订撰人”①，我们现在看到的关于《元刊杂剧三十种》的名称、次序、作者诸形态都是经过王国维整理后才确定的。除了这些成绩，他还撰成了《写定元本元杂剧》系列共 4 种，以及《元刊小张屠焚儿救母杂剧》《元刊本霍光鬼谏》《元剧曲文之佳者》等，都可以看作对它的校订②。他的这些研究成果普遍为后世学者所认可，实开了近代元杂剧校勘的先河。

另外，近代一些学者也对此作了零星的校勘。1935 年，卢前《元人杂剧全集》收入了 11 种他本所无的杂剧进行了简单校订，这是对《元刊杂剧三十种》部分杂剧进行校勘的开始。1958 年，隋树森《元曲选外编》收入 14 种他本所无的海内孤本，并订正了其中的一些错误。这是孤本整理。1958 年吴晓铃等编校的《关汉卿戏曲集》、1976 年北京大学中文系编校的《关汉卿戏剧集》对《元刊杂剧三十种》中的关汉卿的 3 种杂剧进行了校订。王季思《诈妮子调风月写定本》是很独特的一种整理本，不仅补写了此剧的空缺，还撰有 23 种校语③。这些都是对《元刊杂剧三十种》中的部分杂剧进行编辑和校订的成果。

对《元刊杂剧三十种》集中校勘的学者有五位。最早对《元刊杂剧三

---

① 王国维：《元刊杂剧三十种叙录》，《王国维戏曲论文集》，中国戏剧出版社 1984 年版。

② 王国维：《王国维文集》（一），中国文史出版社 1997 年版。

③ 王季思：《诈妮子调风月写定本说明》，《王国维文集》（一），河北教育出版社 2005 年版。

十种》进行全面校勘的是姚华。姚华（1876—1930），字一鄂，号重光，晚号芒父，别署莲花庵主，祖籍江西，光绪甲辰年（1904）进士，著有《曲海一勺》《菉漪室曲话》等。姚华戏曲研究与王国维同时，对元杂剧有深入研究，曾撰有《元刊杂剧三十种校正》书稿，是对现存元杂剧进行校勘之第一人。惜书稿无从得见，故不知其体例如何。

另外几位对《元刊杂剧三十种》进行集中校订的分别是郑骞、徐沁君、宁希元。另外王季思《全元戏曲》中也对这批杂剧进行了校勘。本章主要对郑骞、徐沁君、宁希元等人校勘进行研究，至于王季思《全元戏曲》校勘则另行专章研究。

第一节　郑骞《校订元刊杂剧三十种》

郑骞是第二个对《元刊杂剧三十种》全面校勘的学者。其《校订元刊杂剧三十种》也是近代现存最早的对元杂剧进行集中校勘的著作。

一　校勘过程

郑骞在《校订元刊杂剧三十种》“序”中交代了他校勘的原因、过程等。现将其过录如下：

> 五六十年以前，一般学者所能见到的元杂剧，《西厢》之外只有一部臧懋循编刊的《元人百种曲》，简称《元曲选》。四五十年来，曲学古籍，陆续发现，《元曲选》所未收，或虽收入而内容有异的杂剧，逐渐多了起来，研究元杂剧遂不能单靠这一部书。现在已发现的元杂剧汇集，包括《元曲选》在内，共有十种，其中九种都是明刻或明钞，只有《古今杂剧三十种》是元代刻本，这是现存唯一的“元刻”元剧。全书收剧三十种，见于《元曲选》的有十三种，见于明赵琦美《脉望馆钞校本杂剧》的有三种。此外十四种是他处所无的孤本，而且除去《替杀妻》及《焚儿救母》之外，都是上乘作品。这是一部很重要的书，孤本佳作当然重要，与《元曲选》及脉望馆本重复的也一样重要。因为这十六种都没有经过臧懋循或其他明朝人改动，内容无论大体或细节，关目或文字，与《元曲选》及其他版本都有许多不

同。有许多被改坏了、改错了、或竟被删去的好曲子，在这部元刻本里都能见到。欲欣赏真正元剧，非读此书不可。

元刻古今杂剧，是清朝嘉庆时苏州名藏书家黄丕烈的故物，黄氏以前书藏同郡何氏，何氏以前则为明朝大文人兼藏书家李开先的旧藏。孤帙相传，渊源有自。类似这样本子的元杂剧集，从来没听说有第二部，可见元代刻的杂剧自明中叶以来即为不可多得的东西。民国初年原书归上虞罗氏，后归国立北平图书馆。民国三年（日本大正三年），日本京都帝国大学从罗家把原书借去，请当时著名刻书人湖北陶子麟（又作子林）覆刻了一部，但所印部数甚少，早已成为难得的新古董。民国十三年，上海中国书店又将日本覆刻本照像石印，乃成通行读物。原书各处都没有作者姓名，次序也很杂乱；石印本有王国维先生一篇叙录，考定作者，并依照时代先后把各剧次序重新排列。但覆刻本有几处有刻工署名，“湖北陶子麟刊”或“鄂省陶子林刊”字样，石印本都给刮去了。最近京都帝大又把覆刻本印了若干部行世。尤其可喜的是，原书已有珂罗版影印本，这比覆刻当然正确。从这个影印本，可以看出覆刻本有若干误刻或漏刻之处；但并不算多，而且覆刻字体形态较之原本，可说惟妙惟肖，陶子麟确不愧为刻书名手，石印本去掉他的署名，这是遗憾。

全书三十种杂剧，版式字体均不相同，有大字本，有小字本，有题大都新编者，有题古杭新刊者。据此可知是书坊杂凑而成的本子；可能原来是每种单行，藏书者把他们装订在一起。所以此书从来没有固定的总名，黄丕烈名之为《元刻古今杂剧》，日本覆刻本题名为《覆元椠古今杂剧三十种》，上海石印本题名为《元刻古今杂剧三十种》，珂罗版影印本题名为《元刊杂剧三十种》，都是临时起的名字。其实这部书所收都是元代作品，根本无所谓古今，这只是自明以来给杂剧汇集题名的一种习惯，所以我这个校订本把古今二字删去。这部书是元代书坊所印的“小唱本”，刻工非常草率拙劣，错字、掉字、同音假借字、简体俗字，满纸都是，有时简直刻的不成字形。讲到行款格式，则宾白与曲文常是混在一起，分不出来，曲调牌名也当有误刻或漏刻。此外还有一种毛病，就是宾白不全，只有正末或正旦的简单说白，或竟全无宾白。于是，别无他本诸剧的情节当是弄不清楚。有了这两个缺点，对于元剧修养有素的人，读此书也有时颇感吃力，更不必说初学。此书虽好虽重要而不太通行，就是这个缘故。民国二十四年，卢前氏编印《元人杂剧全集》，曾收入此书中别无他本的十一剧，并加校订。但只有十一种，不过全书三分之一，而且校订得并不合理想，有若干可以补正的脱误仍旧未动，又有若干处误改误补或误删。所以此书还是要全部校订整理，否则一般学者不易阅读，这部重要的典籍也就长此湮没下去。我有志校订此书，已有多年，屡经作辍，现在终告完成，而且有机会付印行世，真感到十分愉快。我校订此书的方法详见凡例，以下把校订的经过和结果简单叙述一下。

我开始阅读此书在民国二十一年，那时即随手校订。但因初治戏曲小说之学，对于通俗文学语汇，及北曲格律，都不太清楚，元代坊刻书籍的简体字认识的也不够多，而且并非专力为此，数年之间，收获甚少。到了民国三十年，才正式开始逐字逐句的全部校订。那时我对于戏曲小说，所知已较前为多，并已见过若干种元代坊刻书的影印本，如《乐府新声》、《三国志评话》之类，此书的简体别体字已经都能认出，只剩下一些不成形体根本无从辨认的字。但简体别体之外另有三项问题，不是我那时的学力所能完全胜任：一是曲牌名目及曲文格律的校定，二是错字的改正，三是脱落字句的增补。所以校订此书的工作只作了一个草创，并没有清缮出来。其后我的兴趣又回到诗词上去，小说久已不谈，戏曲也很少涉及，这部校稿也就搁置了有十余年之久。

民国四十八九年间，偶然翻阅旧稿，觉得这件工作对于研究或诵读都相当有用，长此弃置未免可惜；我的学力，特别是北曲格律方面，自信也有所晋益，多年未完的事情应该完成了。于是从四十九年暑假开始，整理旧校，补充新得，然后全部写定，并加标点，共用了大半年工夫，全部完成。在此期间，恰好见到原书的珂罗版影印本，及其他明刻明钞元杂剧多种的影印本。这对我的裨益甚大，以前留下来的，或者根本没看出来的许多问题，都因而获得解决。至此，这部书籍总算可以成为一般通用的读本，回溯开始校读，首尾已三十年了。

校订此书的结果是这样的：(一) 关于文字者三千五百多条，包括正误、补缺、删衍三项。简字改为正体字不计，因为那算不了校订。(二) 关于格律者一百四十余条，包括曲牌名目及曲文格律。(三) 根据他本增补全曲十六支。以上诸项，有问题需要说明或存疑者，都写入校勘记，共一千五百余条，分附于各剧之后。对于此书，多少算是尽了我的力量，但还有若干问题未能解决，我所认为已经解决的，也一定有些地方不详不确。而且，原书脱误太甚，又有十四种别无他本可以参校，有他本参校的十六种，其曲文之多寡异同也常是大相悬殊，对不到一起。为了尽量使此书能成为通行读本，有时只好以意为之。虽然极力避免主观而以文意及曲律为标准，总算没有十分把握。结果也许是猜对了，也许是“自作聪明”。还有，我校订此书定有校例二十条，可能因为照顾不周而有时“自乱其例”。好在一切删补改正凡有疑问或必须加以说明的，都已列入校勘记，读者可以覆按原书，加以审核。从前王半塘、朱古微校《吴梦窗词》，刊行之后，屡有改易，前后至四五校；我这个本子只是初校，我恳切希望国内外鸿儒硕彦多加指正，应能再校三校，成为定本。

全书校完以后，又在赵氏《脉望馆钞校杂剧》中发现了何煌校李中麓钞本《王粲登楼》；我认为这个本子与元刊三十种是同类的，所以把他清缮出来，附在全书后面。详细情形见于该剧后面的跋文。

最后，我要感谢补助我工作的哈佛燕京学社，及推荐者中国东亚学术研究计划委员会，慨允出版此书的世界书局总经理杨家骆先生。学棣叶松君小姐及周春塘君帮我整理清缮原稿，郑清茂君帮我校对印稿，用力甚勤，并此致谢。中华民国五十年五月，郑骞序于台北。①

从序言中可知，郑骞是对此书在文献学上的贡献给予高度的评价，交代了此书的藏传渊源和影印情况，有感于此书为坊刻本，“对于元剧修养有素的人，读此书也有时颇感吃力，更不必说初学”的实际情况，不至使此书长此湮没下去，所以产生了全部校订整理的念头。

郑骞是在民国21年（1932）始阅此书，并随手校订。但因初治戏曲小说之学，对于通俗文学语汇，及北曲格律，都不太清楚，元代坊刻书籍的简体字认识的也不够多，收获甚少。民国30年才开始逐字逐句地全部校订。在校勘过程中，因在曲牌名目及曲文格律的校定、错字的改正、脱落字句的增补这三方面存在困难，所以校订此书的工作只作了一个草创，并没有清缮出来。其后其治学兴趣又回到诗词上去，很少涉及戏曲，这部校

① 郑骞：《校订元刊杂剧三十种·序》。

稿也就搁置了有十余年之久。民国四十八九年间，他偶然翻阅旧稿，觉得这件工作对于研究或诵读都相当有用，长此弃置未免可惜。同时在北曲格律有所进益，从1960年暑假开始，整理旧校，补充新得，然后全部写定，并加标点，共用了大半年工夫，全部完成。此后，又根据新见到的珂罗版影印本及其他多种明刻明钞元杂剧的影印本，对一些问题又作了修订。至此，前后共花费三十年时间，使这部书成为通用的读本。

二　校勘主要工作

郑骞在校勘时，写了二十条凡例，对他校勘的一些学术规范作了规定，凡例如下：

一：校订本书的主要目的，在分析曲白，补正脱误，改简体别体为正体，改不常用之同音假借字为本字，期能成为一般学者可以阅读之读本。非有确实根据，充足理由，不改动原书。此所谓改动，包括正误、补缺、删衍三项。

二：各剧有他种版本者，均据以参校，其名目于校勘记中注明。但只限于补正脱误，凡可以并存两通之异文，均不校出。本条所谓他种版本，均是明刻或明钞，此外明代编刊之曲选，如《词林摘艳》、《雍熙乐府》，亦在其列。清代无元杂剧刻本。近代辗转翻印之书如《元曲大观》等，全袭旧本，无校勘价值，故均未参校。

三：商务印书馆出版之《孤本元明杂剧》，中国杂志公司出版之《元人杂剧全集》，曾经编者王季烈、卢前校订，与完全翻印者不同，故亦列为校勘资料。或采其成说，或辨其谬误，均载入校勘记；惟谬误显然易见者从略。又全集中见于《元曲选》诸剧，文字与选全同，概不参校。

四：各种歌唱用之曲谱，如《遏云阁曲谱》、《六也曲谱》之类，皆晚出之书，且既经传唱，自难免有歌者更改之处，故均不采用。惟《单刀会》剧第四折之缺字，以《集成曲谱》补之，较之脉望馆钞本更为适合，不得已破例采用。

五：原本于楔子、折数、每折所用宫调，均未标明，曲文宾白，牵连混淆。今悉照臧懋循《元曲选》之例改订。清代中叶以前刊本杂剧皆不分折，是为杂剧之原始形式；今之分折，只取阅读便利而已。

六：原本总题、尾题、每只用简名，而冠以“大都新刊”“古杭新刊”“新刊关目”等字样，今俱删去，并依题目正名改用全题，以求一致。但仍附载原题全文于校勘记中。

七：原书各剧均无作者姓名，次序凌乱。今依王国维先生《叙录》，补题作者，重编次序；校者偶有更定，均于目录中注明。

八：原书各剧题目正名，或只有其一，或二者全无，今悉仍其旧，不论有无他本，均不添补。

九：曲文无论正衬一律用大字印，宾白科介用小字印。衬字的带白性质者用小字印。

十：本书宾白依文意断句，用新式标点；曲词依格律断句而不拘文意，用校订者所编北曲新谱之标点。说明如下。

“，” 逗号　　　　　　“◎” 协韵之句

“。” 不协韵之句　　　“△”句中暗韵又名藏韵

“！”格及表示语气之衬字

格为照例应有之字而文意无关者，如北曲〔尾声〕之唱道二字，南曲〔驻云飞〕之嗏字。原无专名，《九宫大成谱》定名为“格”，今从之。表示语气之衬字，如哎字呀字等是。

十一：各支曲文之前均不加唱字，曲中有夹白时亦不加唱字，因曲文大字，宾白小字，甚易辨识。惟曲中有其他配角夹白而其下曲文之首又需用小字者。则加唱字以分别之，例如《铁拐李》剧第二折之〔端正好〕曲。原书偶有加唱字者，则仍其旧。

十二：凡主角道白，原书有在其上加“末云”或“旦云”二字者，有仅加“云”字者，悉仍其旧。原本未加者，俱补加“云”字。其他配角道白则于“云”字上注明脚色，如“外云”“驾云”等。

十三：曲中夹白，有加“云”字者，有加“带云”者，皆视语气及其与曲文之关联如何而定。

十四：戏曲小说中习用之同音假借字，如则作子、么作末、偌作惹、宁作能、甚么作是末、甫能作付能之类，悉仍其旧。偶然假借或易生误解者，如莫非作末非，蓑笠作梭笠，纶竿作轮竿，朝冶作朝野之类，则改从本字。人名地名等用假借字者，如靡竺作梅竹，泰安作太安之类，亦均改从本字。校记中所云同音或音近之字，俱以北平语为准，与字典读音及标准国语有时不同。

十五：原书不成形体之字，或据他本校改，或依文意及曲律改定，均载入校勘记中。既无他本可校，又无从揣测者，本拟照原来形体铸成铅字模型，但一经改铸，转失其真，更使读者迷惘，故概以×号识出。读者可据以附检原书。

十六：原书缺字，有他本者据他本校补，无他本者据文意及曲律撰补，既无他本又未能撰拟适当字句者，以方格识出。缺字在四个以上时，则于原处注明缺若干字，不用方格，以免满纸天窗，阅之刺目。

十七：原本衍文，或据他本或依文意及曲律删除，俱载入校勘记。

十八：凡补出之字不论有无根据有无问题，一律于校勘记中注明，正文不另加任何符号；删除之字同此。

十九：凡补出之字，原本空格者校勘记书"原缺某字"，未空格者书"原无某字"。

二十：各剧均附校勘记，仅载有问题诸事，及一切删补之字句。凡简体别体改为正体，形近音近致误一望可知，及第十四条所云偶然假借之同音字，均径行改定，不再于校勘记中识出，以省烦琐。原本具在，读者随时可以覆按审核。

郑骞《校订元刊杂剧三十种》所采用的底本是《覆元椠古今杂剧三十种》，在校勘时，他在依据王国维"叙录"的基础上稍作调整，为《元刊杂剧三十种》编定了次序，并补题了王国维叙录空缺的作者。王国维叙录及郑骞《校订元刊杂剧三十钟》各剧次序及作者为：

王国维、郑骞《元刊杂剧三十种》剧目次序、作者一览

王国维	
剧目	作者
大都新编关张双赴西蜀梦	关汉卿
新刊关目闺怨佳人拜月亭	关汉卿
古杭新刊的本关大王单刀会	关汉卿
新刊关目诈妮子调风月	关汉卿
新刊关目好酒赵元遇上皇	高文秀
大都新编楚昭王疏者下船	郑廷玉
新刊关目看钱奴买冤家债主	郑廷玉

续表

王国维	
剧目	作者
新刊的本泰华山陈抟高卧	马致远
新刊关目马丹阳三度任风子	马致远
新刊的本散家财天赐老生儿	武汉臣
古杭新刊的本尉迟恭三夺槊	尚仲贤
新刊关目汉高皇濯足气英布	尚仲贤
赵氏孤儿	纪君祥
古杭新刊的本关目风月紫云庭	石君宝或戴善夫
大都新编关目公孙汗衫记	张国宾
新刊的本薛仁贵衣锦还乡关目全	张国宾
新刊关目张鼎智勘魔合罗	孟汉卿
古杭新刊关目的本李太白贬夜郎	王伯成
新编岳孔目借铁拐李还魂	岳伯川
新编关目晋文公火烧介子推	狄君厚
大都新刊关目的本东窗事犯	孔文卿或金仁杰
古杭新刊关目霍光鬼谏	杨梓
新刊死生交范张鸡黍	宫天挺
新刊关目严子陵垂钓七里滩	宫天挺
古杭新刊关目辅成王周公摄政	郑光祖
新刊关目全萧何追韩信	金仁杰
新刊关目陈季卿悟道竹叶舟	范康
新刊关目诸葛亮博望烧屯	无名氏
新编足本关目张千替杀妻	无名氏
古杭新刊小张屠焚儿救母	无名氏
郑骞	
剧目	作者
关大王单刀会	关汉卿
关张双赴西蜀梦	关汉卿
诈妮子调风月	关汉卿
闺怨佳人拜月亭	关汉卿

续表

郑骞	
剧目	作者
好酒赵元遇上皇	高文秀
楚昭王疏者下船	郑廷玉
看钱奴买冤家债主	郑廷玉
泰华山陈抟高卧	马致远
马丹阳三度任风子	马致远
散家财天赐老生儿	武汉臣
尉迟恭三夺槊	尚仲贤
汉高皇濯足气英布	尚仲贤
冤报冤赵氏孤儿	纪君祥
诸宫调风月紫云庭	石君宝
相国寺公孙汗衫记	张国宾
薛仁贵衣锦还乡	张国宾
张鼎智勘魔合罗	孟汉卿
李太白贬夜郎	王伯成
岳孔目借铁拐李还魂	岳伯川
晋文公火烧介子推	狄君厚
地藏王证东窗事犯	孔学诗
承明殿霍光鬼谏	杨梓
死生交范张鸡黍	宫天挺
严子陵垂钓七里滩	宫天挺
辅成王周公摄政	郑光祖
萧何追韩信	金仁杰
陈季卿悟道竹叶舟	范康
诸葛亮博望烧屯	无名氏
鲠直张千替杀妻	无名氏
小张屠焚儿救母	无名氏
醉思乡王粲登楼	郑光祖

郑骞在王国维基础上对个别剧作次序作了调整，主要是关汉卿四剧，王国维为《大都新编关张双赴西蜀梦》《新刊关目闺怨佳人拜月亭》《古杭

新刊的本关大王单刀会》《新刊关目诈妮子调风月》，郑骞认为《单刀会》《西蜀梦》同为三国故事，《调风月》《拜月亭》同为金代故事，不应间隔排列，而《西蜀梦》为关张死后事，《拜月亭》为金末事，故以时间为序将之调整为《单刀会》《西蜀梦》《调风月》《拜月亭》。这虽和杂剧校勘没有特别密切的关系，但也可看出郑骞学术的严谨和审慎态度，而以时间顺序排列元杂剧剧目次序也成为后来元杂剧排列顺序的一条基本原则，为后来戏曲整理校勘者所借鉴。

郑骞还补题了个别剧作的作者，分别是《风月紫云庭》和《东窗事犯》。王国维在《风月紫云庭》条下说："《录鬼簿》于石君宝、戴善夫下均有《诸宫调风月紫云庭》杂剧。君宝（《正音谱》、《元曲选》、钱目均作君实）平阳人，善甫真定人，江浙行省务官。此本未知谁作。"《东窗事犯》条下云："《录鬼簿》载孔文卿、金仁杰所撰杂剧，均有《秦太师东窗事犯》。文卿平阳人，仁杰字志甫，杭州人，建康崇宁务官。此本未知谁作。《正音谱》、钱目亦著录。"郑骞依据天一阁钞本《录鬼簿》所载题目正名分别将此二剧作者定为石君宝和孔文卿。他对这两个剧作作者的推断也得到其他学者的认可，如王季思《全元戏曲》此二剧作者即为石君宝和孔文卿。另外，郑骞还对两个剧作的作者提出了异议，如《尉迟恭三夺槊》剧："此剧是否尚撰，向无定论，姑从《叙录》。"《严子陵垂钓七里滩》剧："张国宾亦有此剧。但张作两剧《汗衫记》、《薛仁贵》，笔墨质朴，与此剧之典雅藻丽绝异，此剧笔墨却与《范张鸡黍》完全相同，自应从《叙录》定为宫作。"虽然没有提出新的看法，但这种疑惑的提出，还是为后来者提供了线索。

郑骞在校订这批杂剧时还有两点发明。一是纠正了王国维在《叙录》中因元刊《古今杂剧》原题"乙编"，从而推断"必尚有甲编"之误。他说："黄氏士礼居藏书，依版本分类，宋本曰甲编，元本曰乙编，皆刻于书匣上。此三十种为元刊本，故题乙编，非谓其书尚有甲乙等编也。王先生此《叙录》作于民国四年，四十余年来，曲学故籍，陆续发现者甚多，曲学探讨因之益臻精密。王先生所论诸事，在今日观之，颇有需要补正者，以其与此书无直接关系，故不一一论列。惟乙编二字作何解释，有关此书本身之考证，不可不辨。"他在曲学文献发现基础上指出王国维致误的原因不可谓不公允，是第一次从学术角度对王国维此说法提出的辨正，这种说法亦得到学者的普遍认可。二是全书校完之后，他又在赵氏《脉望馆钞校本古今杂剧》中发现了何煌校李中麓钞本《王粲登楼》。他认为其与《元刊杂剧三十种》是同类的，所以又将其清缮出来，附在全书后面。今将其跋语附录于后：

《脉望馆钞校本古今杂剧》所收《王粲登楼》，为《古名家杂剧》本，其上有何煌（仲子）校录李中麓钞本全文，与《古名家》及《元曲选》大异。后有何氏跋云："雍正三年乙巳八月十八日，用李中麓钞本校，改正数百字，此又脱曲二十二，倒曲二，悉据钞本改正补录。钞本不具全白，白之缪陋不堪更倍于曲，无从勘正。冀世有好事通人，为之依科添白，更有真知真好之客，力足致名优演唱之，亦一快事。书以俟后。小山何仲子记。"骞按：中麓为李开先别号，李家所藏词曲甚富，有词山曲海之称，元刊三十种即李旧藏。细观此一钞本，不仅与三十种同出李氏，其体裁形式完全相同。一，只有正末之白，且甚为简略质俚，其他脚色之白仅以"某云"或"某云了"代之，又多"某人一折了"或"某上开住"等语。二，各曲文字简劲，所用衬字远较《古名家》及《元曲选》二本为少。三，曲数多于上述二本，全剧合计，较《古名家》多十七曲，（何校云多二十二曲，计数错误），较《元曲选》多十二曲，又有数曲文字与《元曲选》完全不同。凡此三者，皆为元刊本杂剧与一切明人刊本之主要区别。可知此钞本若非元钞，即是自元刊或元钞传录，盖与元刊三十种可以等量齐观者。其文字胜于《古名家》及《元曲选》处甚多，不仅多出若干曲为可贵，洵善本也。何校分列书眉及行间，不便阅读，乃重加校录，附于三十种之后。予素嗜读元本元剧，常恨传世之数仅有三十，今又多见一种，其喜可知。何跋之后列有《㑳梅香》、《竹叶舟》、《倩女离魂》、《汉宫秋》、《梧桐雨》、《梧桐叶》、《留鞋记》、《借尸还魂》等八剧名目，未详何意，或是与此类似之钞本，不知尚在天壤间否？果为同类钞本，则甚惜何氏之仅校其一也。

在跋语中，郑骞交代了校勘《王粲登楼》的缘由和经过，他从三个方面分析了元刊本与明刊本的主要区别，为区别元、明刊本提供了思路。他的这番努力使今天学者在《元刊杂剧三十种》之外，又增加了一种探索元杂剧原来面目的重要资料。后来学者《元刊杂剧三十种》校勘采纳了这种做法，亦为开先例之举。

郑骞《校订元刊杂剧三十种》采用剧后集中出校的方式。每剧依照臧懋循整理校点《元曲选》之例进行了标明楔子、折数、宫调、用韵、区分宾白曲文等工作。其校勘内容，关于文字者三千五百多条，包括正误、补缺、删衍三项；关于格律者一百四十余条，包括曲牌名目及曲文格律；根据他本增补全曲十六支。以上诸项，有问题需要说明或存疑者，都写入校勘记，共一千五百余条，分附于各剧之后。同时，郑骞在校勘这部杂剧著作的时候，就其中所得还写过一些文章，如《介绍元刻杂剧三十种》① 和《从〈元曲选〉说到〈元刊杂剧三十种〉》② 等，这些也可以看作对这部杂剧著作校勘的补充。具体来说，郑骞的校勘工作主要包括以下方面。

（一）选择参校本

郑骞校勘的参校本有三类：第一类是明刻或明钞本，此外明代编刊之曲选如《词林摘艳》《雍熙乐府》，亦在其列。第二类为近代刊本，如王季烈《孤本元明杂剧》和卢前《元人杂剧全集》。第三类为曲谱，如《集成曲谱》。各剧参校本情况如下：

郑骞《校订元刊杂剧三十种》参校本一览

剧目	明刊本	近代刊本	曲谱
西蜀梦		元人杂剧全集	
拜月亭		元人杂剧全集	
单刀会	脉望馆本	孤本元明杂剧	集成曲谱
诈妮子		元人杂剧全集	
遇上皇	脉望馆本	孤本元明杂剧	
疏者下船	元曲选、脉望馆本		
看钱奴	元曲选、息机子本		
陈抟高卧	元曲选、息机子本、古名家杂剧、阳春奏		
任风子	元曲选、脉望馆本		
老生儿	元曲选、酹江集		
三夺槊	词林摘艳、雍熙乐府	元人杂剧全集	

① 郑骞：《介绍元刻杂剧三十种》，《读书青年》1945 年第 8 期。

② 郑骞：《从〈元曲选〉说到〈元刊杂剧三十种〉》，《大陆杂志》1954 年第 8 期。

续表

剧目	明刊本	近代刊本	曲谱
气英布	元曲选、词林摘艳		
赵氏孤儿	元曲选		
紫云庭		元人杂剧全集	
汗衫记	元曲选、脉望馆本		
薛仁贵	元曲选		
魔合罗	元曲选、古名家杂剧、词林摘艳		
贬夜郎		元人杂剧全集	
铁拐李	元曲选（酹江集）		
介子推		元人杂剧全集	
东窗事犯		元人杂剧全集	
霍光鬼谏			
范张鸡黍	元曲选、息机子本、词林摘艳、雍熙乐府		
七里滩	词林摘艳、雍熙乐府		
周公摄政		元人杂剧全集	
萧何追韩信	雍熙乐府、词林摘艳		北词广正谱
竹叶舟	元曲选		
博望烧屯	脉望馆本	孤本元明杂剧	
替杀妻			
焚儿救母			

另外，附录《王粲登楼》据何煌校李开先本转录，以《元曲选》及《古名家杂剧》本参校。同后来的几部《元刊杂剧三十种》校勘著作相较而言，郑骞校勘所采用杂剧版本数量要少，这也说明他的校勘还处于拓荒时期，但却为以后趋向全面的整理校勘奠定了基础，开辟了道路。

（二）校订

《元刊杂剧三十种》是元代书坊所印，刻工草率拙劣，错字、掉字、同音假借字、简体俗字，满纸都是，有时简直刻的不成字形。行款格式方面，宾白与曲文分不出来，曲调牌名误刻或漏刻。而且宾白不全，只有正末或正旦的简单说白，或全无宾白。因此，对于理解剧情带来了困难，一些元剧修养有素者读此书也有时颇感吃力，更不必说初学。郑骞期望通过自己的校勘使此书成为一般学者可以阅读的读本，三十年来几番周折，才完成了这项艰巨的工作。校勘内容主要包括杂剧体例和文字两个方面。

体例方面，郑骞认为杂剧的原始形式是不分折的，但为了读者阅读便利，以臧懋循《元曲选》例，对三十种杂剧分别在体例方面进行了规范。关于体例方面的调整规范内容均不在校勘记中予以说明。

首先为每剧划分楔子、折数，并补充每折所用宫调。

其次划分曲文宾白。曲文无论正衬一律用大字印，宾白科介用小字印。衬字的带白性质者用小字印。

再次，补充原本所无的一些科介。曲文方面，因曲文宾白划分后，曲文大字，宾白小字，甚易辨识，各支曲文之前均不加“唱”字，曲中有夹白时亦不加“唱”字。但当曲中有其他配角夹白而其下曲文之首又须用小字者，为免造成混淆，则加“唱”字以分别，例如《铁拐李》第二折：

> 〔正宫端正好〕设若你装裹到，二十重。三十件◎〔旦云〕丈夫，你置下，你死合穿。〔末唱〕妻呵！你道的我置下我死合穿◎知他这土炕中埋我多深浅◎哎妻呵！装裹杀谁人见◎

宾白方面，凡主角道白，原书有的加“末云”或“旦云”，有的加“云”字者，悉仍其旧。原本未加者，俱补加“云”字。其他配角道白则于“云”字上注明脚色，如“外云”“驾云”等。曲中夹白，有加“云”字者，有加“带云”者，皆视语气及其与曲文之关联如何而定。加“带云”者如《单刀会》第一折〔赚煞尾〕：

> 送路酒手中擎。送行礼盘中托◎没乱杀侄儿共嫂嫂◎曹孟德心多能做小◎倚着汉云　长善与人交◎高声叫◎险唬杀许褚张辽◎那神道须追风骑，轻轮动偃月刀◎〔带云〕曹操埋伏将役。隐匿军兵。准备下千般奸狡◎〔带云〕施穷智力。费尽机谋。临了也则落的一场谈笑◎到倚了一领西川十样锦征袍◎

加“云”者如《诈妮子》第三折〔梨花儿〕：

> 是交我软地上吃交，我也不共你争◎煞是多劳动◎降尊临卑◎有

劳长者车马◎贵脚踏于贱地。小的每多谢成◎本待麻线道上，不和你一处行◎〔云〕你依得我一件事。依得我愿随鞭凳◎

从这里可以看出，〔云〕后的宾白内容为一般性话语，句式较为随意。而〔带云〕后宾白和曲文前后语意连贯较紧，句式也较为整齐。

校订时，当宾白中一些有问题处，虽在正文中没有作改动，但仍在校勘记中予以说明。如《看钱奴》第二折〔收尾煞〕后科白："〔净云下了〕〔净做抱病上〕〔外旦一行上云〕〔正末云〕二十年前有炷东岳香愿，方徕儿替还者。"郑骞认为正末宾白据上下文及前后关目，应为贾仁所说，正末云应是净云之误。但此剧只载正末之白，故未改定，存疑俟考。

最后，断句。宾白依文意断句，用新式标点；曲词依格律断句而不拘文意，采用自己所编纂的《北曲新谱》标点。曲文部分断句所用断句符号为：逗号"，"、协韵之句"◎"、不协韵之句"。"、句中暗韵又名藏韵"△"、格及表示语气之衬字"！"。所谓"格"为照例应有之字而文意无关者，如北曲尾声之唱道二字，南曲〔驻云飞〕之嗏字。表示语气之衬字，如哎字呀字等是。

元刊本为专供表演的"清唱本"，故在剧本结束后往往有"散场"提示语。郑骞对一些剧本漏写"散场"处进行了补充。如《单刀会》《贬夜郎》《东窗事犯》等剧。

文字方面，主要为正误、补缺、删衍三项。

正误在郑骞校勘中占有很大的比例，盖此方面工作最为繁杂，亦最为琐碎。首先对于同音假借字之类，如则作子、么作末、偌作惹、宁作能、甚么作是末、甫能作付能之类，对理解文意并没有什么障碍，所以在校勘中仍然保存。但对那些偶然假借或易生误解者，如莫非作末非、蓑笠作梭笠、纶竿作轮竿、朝冶作朝野之类，则改从本字。人名、地名等用假借字者，如靡竺作梅竹、泰安作太安之类，均改从本字。但这些改动均没有在校勘记中予以说明。

其次，对于原本中不成形体之字，或据其他版本校改，或依文意及曲律改定，均载入校勘记中。如《诈妮子》第一折〔寄生草〕"你观国风雅颂施诂训"之"诂"，校勘记云："诂原作頡，不成字，从全集改。此字虽应用平声，但北曲中平声字有时可以上声字代替。"而对于那些没有其他版本可以依据又无从揣测的字，本打算照原形铸成铅字模型，但又担心一经改铸，转失其真，更使读者迷惘，所以一概以×号识出。这类情况较少，为研究之便，罗列如下：

《单刀会》第三折〔道合〕："我商量◎我斟量◎东吴子敬（原缺八子）××无谦让◎"

第四折〔太平令〕："交下麻绳牢拴子◎行下省会与爱杀人×烈关西◎用刀斧手施行可忒到为疾◎快将斗来大铜×准备◎将头稍定起◎……"

《西蜀梦》第一折〔赚煞〕："杀的那东吴家死尸骸◎堰住江心水◎下溜头淋流着血汁◎我交的×××衣浑染的赤◎变做了通红狮子毛衣◎杀的他敢血淋漓◎交吴越×推◎……"

第三折〔二煞〕："烧×半×□。……"

第四折〔滚绣球〕："……×衣的我奉玉瓯◎……"

〔呆骨朵〕："终是三十年交契怀着×◎……"

《疏者下船》第二折〔秃厮儿〕："……是他×爱杀伐争战国◎……"

《贬夜郎》第二折〔四煞〕："……月明南浦◎春醉酒××◎"

《铁拐李》第二折后楔子〔幺〕："……则我这妻子软×□◎……"

《介子推》第三折〔耍孩儿〕："……我子索慢慢的××还家◎……"

第四折〔耍三台〕："……火焰红如绛云◎××的烟熏的两轮日月昏◎……"

《范张鸡黍》第一折〔天下乐〕："……赤紧的翰林院老子每钱上紧◎×不歪吟得几句诗◎……"

第四折〔普天乐〕："……想那×降二等殿三年的无情棒◎……"

〔耍孩儿〕〔么〕："……臣举一人，才可以×元戎将◎……"

《七里滩》第一折〔六么序〕："……那厮则是×火避虎当道豺狼◎……"

〔青哥儿〕："……你说波！使磁瓯的有甚×伤◎……"

第三折第四〔滚绣球〕："……则为我交契情◎我×打听◎……"

第四折〔乔牌儿〕后白："俺那七里滩，好×好景致。……"

〔殿前欢〕："……醉醺醺×出龙门外◎……"

《周公摄政》第二折〔耍孩儿〕："……休道人，子这天无语垂象也×斯民。便阴阳二气和调◎……"

第四折〔折桂令〕:“……坏你的是清耿耿国家××◎”

《追韩信》第三折〔石榴花〕后科介:“(做见驾驾×下科)”

〔上小楼么〕后白:“(驾上云了)(云)我王错矣。豁达大度,纳谏如流。为×宗而罢刑肉,灭强秦而罢城×。……”

《替杀妻》第二折〔滚绣球〕:“……知他是你风魔。我×村◎……”

针对元刊本缺失之文字,如果有其他版本可据,则依他本校补,若无他本者据文意及曲律撰补,既无他本又未能撰拟适当字句者,以方格标出。如《遇上皇》第二折〔梁州〕“冻得我手脚如骂□□□”。缺字在四个以上时,则于原处注明缺若干字,不用方格,以免满纸天窗,阅之刺目。如《单刀会》第四折〔风入松〕“文学德行与(原缺八字)国能谓不休说◎一时多少豪杰◎人生百年(原缺七字)不奢◎”,凡补出之字不论有无根据、有无问题,一律在校勘记中注明“原缺某字”,未空格者书“原无某字”,正文不另加任何符号。删除之字同此。

另外,郑骞还据其他版本对元刊本所缺曲文进行了补充,共补写十六支曲文。过录如下。

《任风子》第四折原本脱去一页,〔驻马听〕至〔七弟兄〕六曲全文及〔梅花酒〕曾赴之曾字以上五十五字均佚去,据脉望馆本所收内府本补,所补曲文为:

〔驻马听〕散诞逍遥◎又不曾阆苑仙家采瑞草◎又无甚忧愁烦恼◎海山银阙赴蟠桃◎新种下黄花三径有谁浇◎白云满地无人扫◎人道我归去早◎春花秋月何时了◎

〔川拨棹〕那里这般有贼盗◎这庵门前是谁吵闹◎俺这里山水周遭◎松柏围著◎疏竹潇潇◎落叶飘飘◎有人来到◎言语低高◎我则道是鹤鸣九皋◎开开门观觑了◎山庵人静悄◎

〔雁儿落〕人不知鬼不觉◎马也!你空叫咱空闹◎你道是名可名无姓名。正是道可道非常道◎

〔得胜令〕呀!走将来揪住我这吕公绦◎哎呦!险跌破我这许由瓢◎鹤唳松风顶。猿啼夜月高◎他将骏马牵着◎苦也!这正是马有垂缰报◎稽首!把性命耽饶◎休也!却人无刎颈交◎

〔川拨棹〕唬的我来五魂消◎怎隄防这笑里刀◎他待要显耀英

豪◎乱下风雹◎天那！我几时能够金蝉脱壳◎可不道家有老敬老◎家有小敬小◎

〔七弟兄〕我这里劝着道着他那里不睬分毫别人的首级他强要则你那小心儿里不肯自量度休也！可不道君子不夺人之好◎

〔梅花酒〕你若将我恼犯了◎我敢撍住你那头稍◎瞭转身摇◎腾！我漾过那花稍◎我敢腌臜臜打破你脑◎我敢各支支攧折你腰◎稽首！师父道且忍着◎又不……

《魔合罗》第四折中，“原本此折以〔醉春风〕起，无〔粉蝶儿〕。《元曲选》、《古名家杂剧》及《北词广正谱》中吕套数分题引此折，均有〔粉蝶儿〕。按：杂剧中吕套首曲例用〔粉蝶儿〕，〔醉春风〕例为第二曲。散曲则有以〔醉春风〕为首曲者，如曾瑞卿撰《七国谋臣谄》套（见《太平乐府》卷八）。虽杂剧散曲所用套式有别，但未必不能通假。故原本之无〔粉蝶儿〕，究是脱落，或套式根本如此，殊难断言。故依古名家补录。”补录曲文为：

〔中吕粉蝶儿〕：投至我勘问出强贼◎忧愁的寸肠粉碎◎闷恹恹废寝忘食◎你教我怎样详。难决断。不知个详细◎索用心机◎要搜寻百谋千计◎

《范张鸡黍》第一折缺数曲，据《雍熙乐府》补：

〔金盏儿〕黄菊喷清芬◎白酒浊正深◎相逢万事都休问◎想离多会少百年身◎烹鸡方味美◎炊黍却尝新◎我做了急喉咙陈仲子。你便是大肚量孟尝君◎

〔赚尾〕礼义国之纲◎孝弟人之本◎修天爵其道自尊◎绕着溪上青山郭外村◎多养着不粘钱的狗彘鸡豚◎奉尊亲◎笑引儿孙◎兀的不是羲皇以上人◎休道是送皇宣叩门◎折末便聘玄纁的访问◎你与我掩柴扉高枕卧麒麟◎

第二折缺数曲，据《雍熙乐府》补：

〔南吕一枝花〕天不生仲尼。万古如长夜◎秦灰犹未冷。汉道复衰绝◎满日奸邪◎天丧斯文也◎今日个秀才每遭逢着末劫◎刀笔吏入省登台。屠沽子封侯建节◎

〔梁州〕如今萧丞相每正争头鼓脑。自俺文宣王且缄口藏舌◎有人问古今儒吏分优劣◎想舜庭八凯。孔门十哲◎周朝八士。殷室三仁◎又何如汉国三杰◎况中兴以后三绝◎如今宪台疏乱滚滚当路豺狼。选法弊絮叨叨请俸日月◎禹门深眼睁睁不辨龙蛇◎纪纲。都败缺◎炎炎的汉火看看灭◎士大夫自古尚风节◎恰便似三寸草将来撞巨钟。枉自摧折。

〔隔尾〕想当日那踰垣而走的其实憋◎饮鸩身亡自是呆◎若魏文侯似公孙述般性薄利劣◎这其间，田子方命绝◎段干木死也◎只落得万古（千秋，教人做笑话儿说）◎

第三支〔隔尾〕子是个春申君不必头踏接◎下吏难消令故牒◎教个正一品公孙到茅舍◎量小生才不及傅说◎辩不及蒯彻◎被这厚礼卑辞送了也◎

〔骂玉郎〕平安信断连三月◎正心绪不宁贴◎家童报喜高声说◎在那里亲自接◎不由我，添欢悦◎

〔感皇恩〕呀！千里途赊◎两字离别◎阻隔着路迢遥。山远近。水重叠◎我亲身问候。他躲闪藏趄◎咱是亲弟兄。比外人至亲热◎

〔采茶歌〕我恰待向前些◎把我紧拦截◎折回衫油（把面皮遮◎自撷自推，空自哽咽◎无言低首，感叹伤嗟◎）

《追韩信》第四折“〔第一支滚绣球〕〔转调货郎儿〕〔第二支滚绣球〕原本有缺页，故此折仅三曲，不成套数，情节不完。两个半支〔滚绣球〕疑因之混接为一曲，语意既不连贯，格律亦不符合。今按律析定为第一支余前六句，第二支余后四句。二者之间，缺曲若干，确数已无从考查。仅据《北词广正谱》补入〔转调货郎儿〕一曲。此曲《广正》题金志甫（仁杰字）撰《追韩信》，与〔滚绣球〕同属正宫，同协庚青韵，其为本折逸曲自无可疑。即此亦足证原本确有脱落。原本页数相连，乃书坊朦混改刻者，此种情形，元明刻书常有之”。补充曲文为：

〔转调货郎儿〕那其间更阑人静◎子房公吹笛数声◎却又早元戎

帐里梦魂惊◎歌动离乡背井◎声悲切雨泪盈盈◎铁笛吹起故乡情◎他可都伤心见景◎众儿郎不顾将军令◎项重瞳引着虞姬听◎早八千兵散楚歌声◎月满空。恰二更◎当夜个，吹散了他那英雄百万兵◎

对于元刊本中衍文，或根据他本，或依文意及曲律删除，俱载入校勘记。如《单刀会》〔醉扶归〕曲后原本衍〔金盏儿〕调名及“你道三条计决难逃若是一句话不相饶那其间自不敢把荆州要”二十六字，与前后文重复，故删去。

校勘中关于格律者一百四十余条，包括曲牌名目及曲文格律。

曲牌名目方面，对一些省写的曲牌名目进行了改定。元刊本的演出本，抄写者往往为了省事，将杂剧某折最后一曲如〔赚煞〕〔煞尾〕〔收尾〕〔啄木儿煞〕等省写为〔尾〕或〔尾声〕的现象，在元刊本中比比皆是。对诸如此类的现象，郑骞均据律加以改题。

经统计，将〔煞尾〕省写为〔尾〕的有12处，分别是《单刀会》第二折〔煞尾〕、《西蜀梦》第四折〔煞尾〕、《拜月亭》第三折〔煞尾〕、《遇上皇》第二折〔煞尾〕、《老生儿》第二折〔煞尾〕、《三夺槊》第二折〔煞尾〕、《赵氏孤儿》第二折〔煞尾〕、《贬夜郎》第二折〔煞尾〕、《铁拐李》第一折和第二折〔煞尾〕、《东窗事犯》第四折〔煞尾〕、《范张鸡黍》第二折〔煞尾〕。

将〔赚煞〕省写为〔尾〕或〔尾声〕的有15处，分别是《西蜀梦》第一折〔赚煞〕、《诈妮子》第一折〔赚煞〕、《遇上皇》第一折〔赚煞〕、《楚昭王》第一折〔赚煞〕、《任风子》第一折〔赚煞〕、《老生儿》第一折〔赚煞〕、《三夺槊》第一折〔赚煞〕、《气英布》第一折〔赚煞〕、《赵氏孤儿》第一折〔赚煞〕、《魔合罗》第一折〔赚煞〕、《贬夜郎》第一折〔赚煞〕、《介子推》第一折〔赚煞〕、《追韩信》第一折〔赚煞〕、《竹叶舟》第一折〔赚煞〕、《替杀妻》第一折〔赚煞〕。

将〔收尾〕省写为〔尾〕的有4处，分别是《诈妮子》第二折〔收尾〕、《老生儿》第三折〔收尾〕、《七里滩》第二折〔收尾〕、《焚儿救母》第二折〔收尾〕。

将〔啄木儿煞〕省写为〔尾〕的有2处，分别是《单刀会》第三折〔啄木儿煞〕、《魔合罗》第四折〔啄木儿煞〕。

将〔鸳鸯煞〕省作〔尾〕的有3处，分别是《三夺槊》第三折〔鸳鸯煞〕、《赵氏孤儿》第三折〔鸳鸯煞〕、《追韩信》第二折〔鸳鸯煞〕。

将〔隔尾〕省作〔尾〕的有1处，为《介子推》第二折〔隔尾〕。

将〔浪来里煞〕省作〔尾〕的有2处，分别是《魔合罗》第三折〔浪来里煞〕、《范张鸡黍》第三折〔浪来里煞〕。

将〔离亭宴带歇指煞〕省作〔离亭煞〕的有1处，是《陈抟高卧》第四折〔离亭宴带歇指煞〕。

另外，还有将〔鸳鸯煞〕题作〔离亭宴煞〕者二，分别是《七里滩》第二折和《竹叶舟》第二折。将〔赚煞〕误题〔收尾〕者一，是《博望烧屯》第一折。这些改动，虽然很细微，对理解剧情亦没有什么阻碍，但从杂剧曲律方面来说，却是不可不分辨之处，从其我们也可以看到郑骞治学的严谨和规范。

郑骞还对一些曲牌的缺失或曲牌中某字漏写作了补充。曲牌名目中漏写某字者如《西蜀梦》第三折〔三煞〕〔二煞〕原作〔三〕〔二〕、第四折〔二煞〕作〔二〕；《诈妮子》第二折〔紫花儿序〕原无“儿”字；《拜月亭》第三折〔二煞〕作〔二〕；《赵氏孤儿》第二折〔菩萨梁州〕原作〔梁州〕；《薛仁贵》第二折〔浪来里煞〕原缺“来”字；《霍光鬼谏》第二折〔耍孩儿带四煞〕原缺“儿”字。

有些缺字难以判断，则提出疑问，保留原本模式。如《看钱奴》第三折〔高过煞〕校勘记云：

> 此调习用名称为〔高平煞〕，亦作〔高平调煞〕，亦作〔高过浪来里煞〕。题〔高过煞〕者仅见此剧。《元曲选》本题〔高过浪来里煞〕。此本疑脱“浪来里”三字。

曲牌缺失者有两种情况，一种是单纯的缺失，如《遇上皇》第一折〔金盏儿〕、《铁拐李》第二折第一支〔滚绣球〕、《铁拐李》第二折第一支〔滚绣球〕和第四折〔十二月〕、《东窗事犯》第三折〔斗鹌鹑〕。

有些是因为两曲合一而导致的曲牌缺失，郑骞根据曲律将两曲重新加以析定，并补题曲牌。如《赵氏孤儿》第二折〔十二月〕〔尧民歌〕原合为一曲，题〔尧民歌〕；《紫云庭》第三折〔哨遍〕调名原缺，与〔鲍老儿〕混为一曲；《薛仁贵》第三折〔十二月〕〔尧民歌〕原合为一曲，题〔尧民歌〕；《贬夜郎》第二折〔十二月〕〔尧民歌〕原合为一曲，题〔尧民歌〕；《铁拐李》楔子〔赏花时〕〔幺〕合为一曲题〔赏花时〕；第三折〔收江南〕原本脱去调名，与前〔梅花酒〕混为一曲；第四折〔快活三〕原本缺，与〔鲍老儿〕混为一曲；《贬夜郎》第二折〔十二月〕〔尧民歌〕原合为一曲，题〔尧民歌〕；《范张鸡黍》第四折〔幺〕原缺，与〔耍孩儿〕并为一曲；《竹叶舟》第二折〔沽美酒〕〔太平令〕为一曲，题〔沽美酒〕；《焚儿救母》第四折〔太平令〕原缺，与〔沽美酒〕混为一曲。

校勘中涉及曲文格律问题时，对校勘者曲学造诣的要求较高。郑骞自言于“北曲格律方面，自信也有所晋益”，良非虚言。如前面曲牌的缺失、两曲合为一曲等情形，其实不能以曲文格律和曲牌名目来简单分类，而是二者的综合。

曲文格律问题包括曲牌误题，这在元刊本也较常见，郑骞校勘时对这些进行了改订。如《西蜀梦》第一折两支〔醉扶归〕原作〔醉中天〕；《诈妮子》第二折〔快活三〕原作〔江儿水〕、第四折〔太平令〕原作〔阿古令〕；《拜月亭》第四折〔太平令〕作〔阿忽令〕；《楚昭王》第三折〔胜葫芦〕原作〔圣葫芦〕；《铁拐李》第一折〔醉扶归〕原作〔醉中天〕；《任风子》第三折〔耍孩儿〕后〔六煞〕原作〔幺〕；《老生儿》第一折〔鹊踏枝〕原作〔鹊桥仙〕；《三夺槊》第二折〔斗虾蟆〕原作〔斗鹌鹑〕；《赵氏孤儿》第二折〔楚江秋〕原作〔楚江云〕；《紫云庭》第二折〔感皇恩〕后〔采茶歌〕原作〔幺〕；《薛仁贵》第一折第一支〔醉扶归〕原作〔醉中天〕；《介子推》第四折〔耍三台〕原作〔鬼三台〕；《范张鸡黍》第一折〔醉中天〕原作〔醉扶归〕、第二折〔三煞〕原作〔二煞〕、第三折〔第一支醋葫芦幺〕原作〔三煞〕；《周公摄政》第一折〔六幺序〕原作〔六幺令〕、第三折〔拙鲁速〕原作〔幺〕、〔拙鲁速幺〕原作〔拙鲁速〕。有时对于改题的具体原因还作详细的说明。如《焚儿救母》第二折〔圣药王〕原作〔调笑令〕，校勘记说：“此曲与〔调笑令〕绝不相类，实为〔圣药王〕而少一七字句。此刊本脱误极多，脱去一句，甚有可能。故迳改题。”

另外，有些曲牌与曲文之间从属关系存在疑惑，很难作出判断，郑骞以客观的态度，不是轻易地改动原本，或提出疑惑，或存疑待考。如《汗衫记》第四折〔小将军〕，郑骞认为应该从《北词广正谱》改题〔小阳关〕，但在正文中并没有改题，而是保留了原本形式。又如《七里滩》〔乔牌儿〕，校勘记云：

此曲与〔乔牌儿〕迥异，审其句法节段，又颇似两曲，(自和他那畝果木猿猱以下分)。无论合为一或分为二，均非〔乔牌儿〕；遍查双调及可借入双调之他宫调曲牌，亦无与此相合者。故仍其旧名，存疑俟考。

《焚儿救母》第一折〔醉扶归〕后校勘记云：

〔醉扶归〕与〔醉中天〕二调常互相误题，此曲末句五字变六乙，其上多一句，似〔醉扶归〕之增句体，而末句用平韵收，又似〔醉中天〕，难于确定，故从原本作〔醉扶归〕。

《薛仁贵》第四折〔阵阵赢〕〔豆叶黄〕〔太平令〕后云：

〔阵阵赢〕为〔得胜令〕之别名，但此曲与得胜令大异；遍查双调诸曲，无一与此相似，不知究是何调。

此曲与〔豆叶黄〕大异，亦不似双调中之任何一调，与前曲〔阵阵赢〕俱无从考定。此曲与〔太平令〕大异，究是何调，俟考。

《陈抟高卧》第二折〔带黄钟煞〕后云：

诸本俱无带字，黄钟煞调名上未见加带字者，俟考。

元刊本中一些曲牌下曲文混入他曲，郑骞在校勘时一一指出，并在校勘记中加以说明。如《铁拐李》第三折第一支〔川拨棹〕“听得我打远差推病疾”句原本窜入〔七弟兄〕调下，且〔梅花酒〕“呀看看的过百日”句原本窜入前〔七弟兄〕调下，校勘时据曲律改定。又如《周公摄政》第三折：

〔东原乐〕微臣当辞位◎宜弃职◎乞放残骸归田里◎娘娘道，不放微臣出宫帏◎进退两难为◎微臣叩头出血，免冠请罪◎

〔绵搭絮〕为甚把金盆约退◎非敢把懿旨相违◎微臣身沾着罪恶。点污尽忠直◎濯呵，濯得了腮边血污。涤呵，涤得净面上尘灰◎娘

娘。子这绿水何曾洗是非◎白首无堪问鼎彝◎见如今内外差池◎事难行当恁的◎

元刊本自“为甚把金盆”至“面上尘灰”并入〔东原乐〕，自“娘娘”以下始题〔绵搭絮〕，亦据曲律改定。有时曲文按律应该是误窜，但因不能确定，故在校勘时提出自己疑惑，但并没有改动原本。如《气英布》第四折〔喜迁莺〕开头两句“多应敢会兵书，没半霎儿敖翻楚霸王”，按其文意应属前曲〔醉花荫〕，且《元曲选》和《词林摘艳》此两句均属〔醉花荫〕。但古体〔醉花荫〕每将末两句移属〔喜迁莺〕，故仍依原本未改。

在校勘中，他指出明人版本中存在轻改原本曲文的现象，他虽以明刊、刻本为参校本，但为保存原本原貌，不轻信明本。如《楚昭王》第三折：

〔石榴花〕见云涛烟浪接天隅◎这的是云梦山洞庭湖◎那厮大惊小怪老村夫◎叫苦◎唬的我魂散魄无◎他道，亲的身安疏的交命卒◎四口儿都是那个疏◎自犹豫◎怎割情肠。难分手足◎

《元曲选》本作：

俺只见云涛雪浪接天隅，这的是海阔洞庭湖。你看这大惊小怪泼村夫，那里便叫苦，吓的俺魂散魄无。他道是不关亲者当身故，四口儿那一个为疏？则被这一家老小同奔赴。到今日只仗的你做护身符。

脉望馆本所收内府本作：

见云涛风浪接天隅，这的是海阔洞庭湖。这厮可便大惊小怪老村夫，他可便叫苦，唬的我魄散魂无。他道是不省亲者当身故，俺四口儿那一个是疏？则俺这一家老小牵肠肚。则凭你个老叟是护身符。

郑骞在校勘时注意到元刊本与《元曲选》、内府本之间的不同，根据〔石榴花〕曲律分析说：

此曲前半是〔石榴花〕，后半与〔石榴花〕迥异，又不似中吕之任何一调，详其文意，亦无脱误，只可视为〔石榴花〕之又一体。《元曲选》及内本将此曲后半完全改作，亦是因其不类《石榴花》也。

有时原本有缺页，其中一些曲牌曲文缺失，他根据曲律作出自己的探索，对缺失的曲牌尽最大可能进行补充。如《紫云庭》第二折〔一枝花〕〔梁州第七〕〔感皇恩〕原本有缺页，〔一枝花〕仅余调名，其下并佚去其他曲文若干，〔感皇恩〕残文混接于〔一枝花〕调名之后。郑骞分析说："〔一枝花〕参照例须用〔梁州第七〕，今补列调名，其他佚曲为何，则无从考查矣。"

郑骞在《疏者下船》校勘记后不无感慨地说："此剧颇难校订，其故有三：第一，脱误甚多；第二，句法增减摊破多不守常规；第三，《元曲选》及内本与此本异多同少，有问题处无从据以校订。"其实不仅是此剧，所有元杂剧的校勘都或多或少地存在上述困难，所以在杂剧校勘中，校勘者动辄花费数十年时间才竟全功就不是很难理解了。

此书是《元刊杂剧三十种》发现之后的第一次现存的全面整理，在近现代戏曲校勘中具有拓荒的意义，为以后趋向全面的整理校勘奠定了基础、开辟了道路。但此书是在台湾出版发行的，出版以来，大陆读者很难见到它，即使近些年以来，此书在大陆的流传也很少，这就限制了这本书的影响。如 1980 年 7 月王季思先生在吉林召开的中国古典文学研究座谈会上发言中说："要研究古代戏曲，还应对古代戏曲剧目来一番清理，下功夫校勘、注释，这项工作，是进行戏曲研究的基础。十七年我们在这方面所做的工作还远远不够。例如，我们刊印了《元刊杂剧三十种》，可是没有人认真进行整理，似乎也还没有人能把它读通读懂。"① 可见这部书当时还未在大陆流行刊布。学者虽然在整理校勘《元刊杂剧三十种》时知道这部著作，但因没有办法获致此书作参考，这是使人引以为憾的事。20 世纪 80 年代以后，海峡两岸文化交流频繁，此书才摆脱了孤困台湾的窘迫局面，开始在大陆流传，新的学术交流的转机开始出现。

---

① 王季思、黄天骥：《我们的几点想法》，《社会科学战线》1980 年第 4 期。

第二节 徐沁君《新校元刊杂剧三十种》

一 《新校元刊杂剧三十种》出版

徐沁君是第三个对《元刊杂剧三十种》进行系统校勘的学者。徐沁君是从哪一年开始校勘这部典籍的，因没有相关记载，现在无从得知。徐沁君的校勘早在 1966 年就已完成，到 1980 年才以《新校元刊杂剧三十种》为名由中华书局出版。在此书出版之前，他并没有看到郑骞《校订元刊杂剧三十种》，直到书出版后，才得以见到，颇有“相见恨晚之感”①，但其著作从某种程度上来说也是一种开创性的校勘。

二 《新校元刊杂剧三十种》校勘

徐沁君《新校元刊杂剧三十种》分上、下两册，全书体例为目次、校订说明、入校版本、剧目。其校订说明共十条，实际即校勘之“凡例”。现过录如下：

> 一、《元刊杂剧三十种》，为现存元代杂剧的唯一当代刊本，是研究元代戏剧的珍贵资料。但是这些剧本，错别字多，简写不规范，脱漏情况严重，字迹漫漶不清，版子又有断烂，颇不便于阅读。校订工作，实不容缓。拙校是在过去的基础上加以全面校订的一种尝试。
>
> 二、在这三十种杂剧中，十四种是孤本，十六种有明刻本或明抄本。今用《古本戏曲丛刊》四集影印本为底本，中国书店影印日本覆刻本以及属于元刊本系统的后出版本为校本，明刻、明抄本以及其后出版本为参校本。参校本以有助于校订元刊本有关文字者为限，与元刊本无关之处，不作逐字逐句的校勘。明本多有加工润饰以及改动出入的情况，间作说明，写入校记。元刊本原有无名氏校笔，今亦用为校订资料。
>
> 三、元刊本不分楔子与折数，每折套曲前绝少写明宫调，今皆为增补，但不作校记。凡曲牌名称遇有讹误或脱落者，误者正之，脱者

① 徐沁君：《元刊杂剧三十种校勘举例》，《扬州师院学报》1983 年第 1 期。

补之，均写入校记中。

四、剧中脚色，一般改用全称，如“正旦”、“正末”、“外旦”、“外末”等，不作校记。剧中脚色的唱、白、科，其未写明者，皆为补写，如“正旦××科”、“正旦云”、“正旦唱”之类，有必要时，在校记中加以说明。

五、曲文断句，根据曲谱定格，有时略加活用。

六、元刊本简写字甚多，其中有为今天简化字所继承使用者。但当时简化字写法，颇不一致，今采用已颁布的简化字，不作校记。某些异体字适当加以统一，同声通借字亦有所改动，除有必要者外，一般不作校记。

七、凡属误字、漫漶、变形、残损、空缺、墨丁、脱漏、衍文、删节、倒错等处，皆分别列出，写为校记。亦有在校记中提出初步意见，以供参考。凡不明者，注明待校。

八、元曲语言，具有鲜明的时代色彩，这就为我们校勘时提供了以曲证曲的可能。所引用杂剧，凡出于元刊本、明赵氏脉望馆钞校本、《元曲选》、《元曲选外编》者，皆不注版本。各剧撰人，多据存本题署，少有更改。

九、元刊本科白极为简略，有时甚至只录曲文，全无科白。这对于了解剧中情事，颇为不便。今试为编写剧情说明及剧中人物表，列于每剧之前，以备阅读参考。剧情说明以叙述情事为主，对于思想内容及历史事实，暂不作剖析。

十、这三十种杂剧的校订工作，涉及面广，前人和今人已经作了大量工作，拙校受赐实多。但个人为能力所限，见闻不广，又仅以余力为之，许多问题都很难得到满意的解决。拙校中存在的错误和缺点一定还是很多的，希望广大读者不吝指正。

校订者识

一九七八年六月

从“校订说明”可知，徐沁君在校勘时主要作了以下几个方面的工作。

第一，编订剧目顺序。其顺序并没有如郑骞那样对剧目次序进行调整，而是依照王国维叙录的题目和顺序。

第二，选定底本、校本、参校本。底本为《古本戏曲丛刊》四集影印本。校本采用中国书店影印日本覆刻本以及属于元刊本系统的那个后出版本，具体是：

中国书店影印日本京都帝国大学覆刻《覆元椠古今杂剧三十种》（覆本）

《古本戏曲丛刊》四集收清何煌校明赵琦美《脉望馆钞校本古今杂剧》过录本（何本）

郑振铎编《世界文库》本（郑本）

卢冀野编《元人杂剧全集》（卢本）

隋树森编《元曲选外编》（隋本）

吴晓玲等编校《关汉卿戏曲集》（吴本）

北京大学中文系编校《关汉卿戏剧集》（北本）

人民文学出版社编辑部选注《关汉卿戏曲选》（文本）

《戏剧论丛》一九五八年第二辑王季思著《〈诈妮子调风月〉写定本》（定本）

王玉章编著《杂剧选》选零折（王本）

邵曾祺选注《元人杂剧》选零折（邵本）

元刊本原有无名氏校笔，今亦用为校订资料。

参校本主要指明刻、明抄本以及其后出版本，具体为：

《古本戏曲丛刊》四集收明赵琦美《脉望馆钞校本古今杂剧》（赵本）

《古本戏曲丛刊》四集收明陈与郊《古名家杂剧》（陈本）

《古本戏曲丛刊》四集收明息机子编《杂剧选》（息本）

《古本戏曲丛刊》四集收明黄正位编《阳春奏》（黄本）

商务印书馆影印明臧懋循编《元曲选》（臧本）

《古本戏曲丛刊》四集收明孟称舜编《古今名剧合选》（孟本）

王季烈编校《孤本元明杂剧》（孤本）

文学古籍刊行社影印明无名氏编《盛世新声》选零折（盛本）

文学古籍刊行社影印明张禄编《词林摘艳》选零折（词本）

《四部丛刊》续编收明郭勋编《雍熙乐府》选零折（雍本）

《中国古典戏曲论著集成》收明李开先著《词谑》选零折（李本）

除了以上刊本为校本、参校本外，徐沁君还对元刊本原有无名氏校笔用为校订资料。参校本以有助于校订元刊本有关文字者为限，与元刊本无关之处，不作逐字逐句的校勘。明本多有加工润饰以及改动出入的情况，间作说明，写入校记。徐沁君在用文字说明的情况下，还用表格将各剧所采用校本、参校本情况作了说明，可谓一目了然。现将此表过录如下：

元刊本	何本	郑本	卢本	隋本	吴本	北本	文本	定本	王本	邵本	赵本	陈本	息本	黄本	臧本	孟本	孤本	盛本	词本	雍本	李本
西蜀梦			0	0	0	0															
拜月亭			0	0	0	0	0			3											
单刀会	0		0		0	0			1		0						0				
调风月		0	0	0	0	0		0													
遇上皇			0								0						0				
疏者下船											0				0						
看钱奴	0									2			0		0						
陈抟高卧												0	0	0	0						
任风子											0				0	0					
老生儿															0	0					
三夺槊			0	0														2		2	
气英布															0			4	4	4	
赵氏孤儿															0	0					
紫云亭			0	0																	
汗衫记											0				0						
薛仁贵										3					0						
魔合罗	0											0			0	0		2		2	
贬夜郎			0	0					1												1
铁拐李															0	0					
介子推			0	0																	
东窗事犯		0	0	0						2											
霍光鬼谏				0																	
范张鸡黍	0									1			0		0	0		2 3	2 3	1 2 3	

续表

元刊本	何本	郑本	卢本	隋本	吴本	北本	文本	定本	王本	邵本	赵本	陈本	息本	黄本	臧本	孟本	孤本	盛本	词本	雍本	李本
七里滩				0														2	2	2	
周公摄政			0	0																	
追韩信				0														2	2	2	2
竹叶舟															0						
博望烧屯	0										0						0				
替杀妻				0																	
焚儿救母				0																	

注：其中0为全剧，数字表示某折。

第三，编订剧情说明。因元刊本科白极为简略，有时甚至只录曲文，全无科白。这对于了解剧中情事，颇为不便。于是在每剧之前编写剧情说明，主要说明版本、文本特征及剧情概要，还有本事来源，并简要列出“剧中人物表”。《元刊杂剧三十种》所收杂剧概要内容为人所知即赖徐沁君此举，实为对其整理校勘的一大创举。如《西蜀梦》剧情说明：

本剧仅见于元刊本，而且只录曲文，科白全无，剧情不易全部了解，今简述于下。

第一折：三国时西蜀皇帝刘备的使臣，奉命去宣召镇守荆州的关羽和镇守阆州的张飞，回西川成都相见，以慰日夜思念之情。他不辞辛劳，先后走到荆州和阆州，谁知关羽已在对东吴作战中战败身死，张飞也为部下杀害。使臣极其悲愤，决心要替两位将军报仇。

第二折：西蜀丞相诸葛亮也因为刘备对关、张二人思念不止，夜观天象，发现凶兆。接着果然得到关、张身死的凶讯，十分感慨痛惜。

第三折：张飞和关羽两人的阴魂在途中相遇，互诉死难的不幸，前往成都，托梦给军师诸葛亮和大哥哥刘备，要求出兵东吴，捉拿贼臣，为他们报仇。

第四折：关、张两人阴魂来到宫庭，正值重阳佳节，想起过去为蜀帝上寿的热闹场面，对照今天的恓惨景象，早是痛泪交流。他们向兄长诉说了过去的桃园结义和今天的半途分手，诉说了荆州的失陷和阆州的变乱，临别时更是丁宁嘱咐，请求出兵捉拿仇人，杀死仇人，仇人的血胜过祭奠的酒。

关、张之死和魂赴西蜀托梦的本事，在明成化本《全相说唱花关索出身传》四种之四《全相说唱花关索贬云南传》里有所叙述。原来刘备义子刘丰（即刘封）得罪关羽，刘备将他贬在背阴山关口守关。关羽在荆州为东吴军队围困，派小军向阆州张飞求援，却被刘丰截获，并扣压求救文书。援兵不至，荆州危急，靡竺靡芳献城降吴，关羽被杀。关羽魂赴成都，途中遇见张飞阴魂。原来张飞因小军张达造反，责打了他一番，张达乘张飞酒醉中刺死了张飞。二人阴魂同往成都托梦给刘备，请求为他们报仇。元至治本《全相三国志平话》则说张飞为部下王强、张山、韩斌三人杀害，三人提张飞头去投东吴，与本剧所写情节不类。

剧中人物表

蜀国使臣	第一折正末
诸葛亮	第二折正末
张飞魂	第三、四折正末
关羽魂	
刘备	

第四，编订校勘记。徐沁君的校勘采用折后出校的方式。校勘方式大致分为三大类：第一类是征引类，所引用古书、古诗、古人、古史，以及故事传说、当代俗语，凡可稽考者属之；第二类是体式类，凡涉及元曲体例、格律等属之；第三类是释文类，凡属误字、漫漶、变形、残损、空缺、墨丁、脱漏、衍文、删节、倒错等，皆入此类。① 关于此方面者，徐沁君《元刊杂剧三十种校勘举例》论述颇详，此处不再赘述。

这三类从校勘内容上来说主要体现在以下几方面。

第一，分出楔子和折数。元刊本不分折、楔子，徐氏为每剧补充此类内容，在校勘记中不予记录。

第二，增补宫调名称。凡曲牌名称遇有讹误或脱落者，误者正之，脱

① 徐沁君：《元刊杂剧三十种校勘举例》。

者补之，均写入校记中。

第三，规整脚色及科介。剧中脚色，一般改用全称，如“正旦”“正末”“外旦”“外末”等，不作校记。剧中脚色的唱、白、科，其未写明者，皆为补写，如“正旦××科”“正旦云”“正旦唱”之类，有必要时，在校记中加以说明。

第四，采用新式标点符号标点。曲文断句，根据曲谱定格，有时略加活用。

第五，规整简化字、异体字。元刊本简写字甚多，其中有为今天简化字所继承使用者。但当时简化字写法，颇不一致，今采用已颁布的简化字，不作校记。某些异体字适当加以统一，同声通借字亦有所改动，除有必要者外，一般不作校记。

第六，校勘错乱。凡属误字、漫漶、变形、残损、空缺、墨丁、脱漏、衍文、删节、倒错等处，皆分别列出，写为校记。亦有在校记中提出初步意见，以供参考。凡不明者，注明待校。

徐沁君《新校元刊杂剧三十种》是大陆出版的第一部整理此籍的著作。徐沁君对郑骞校订本有所耳闻，故书名用“新校”以示区别，但他没有机会看到郑骞校订本，实际上也是在做着拓荒的工作和开创的事业①。

此书问世后，颇得学者看重。隋树森认为徐沁君校勘“用力甚勤，成果也大，无疑的宜为原书功臣”②。王学奇高度评价“徐先生吃透元刊各剧，针对问题，征引资料，上下求索，左右逢源，言之凿凿，令人叹服。我们后起之人，应该学习和继承前辈的这种不托空言，让材料讲话的实事求是的治学精神。校注结合，互相补充，更有助于读者对剧作深入的理解，尤当作为好经验接受下来，进一步发扬之”③。李占鹏指出此书“在海内具有广泛影响，当代研究《元刊杂剧三十种》者基本以此为参考书目，置于案头桌旁”④。

---

① 李占鹏：《〈元刊杂剧三十种〉整理研究综述》，《通化师范学院学报》2012年第3期。

② 隋树森：《读〈新校元刊杂剧三十种〉》，《文学遗产》1981年第4期。

③ 王学奇：《评〈新校元刊杂剧三十种〉》，《河北师范大学学报》2004年第5期。

④ 李占鹏：《二十世纪发现戏曲文献及其整理研究论著综录》，人民出版社2013年版，第61页。

第三节　宁希元《元刊杂剧三十种新校》

一　《元刊杂剧三十种新校》曲折出版过程

宁希元是第四个对《元刊杂剧三十种》集中校勘的学者。关于此书校勘过程，宁希元在1980年所撰“自序”及1987年9月所撰的“修订稿再记”中记叙至为详细，兹据其叙述如次。

宁希元有感于《元刊杂剧三十种》“原书出自坊刊，仇校不精，讹误实多；元代通用之省文别字，又多为今人所不解；加之古今音读之出入，原本中假借字识读的困难等等，始终不能普遍流传，供一般读者赏析之用。近世学人，偶称引此书，于原书谬误之处，间有是正，亦多牴牾难安”的情况，在参阅卢前《元人杂剧全集》和隋树森《元曲选外编》发现“所校未能尽如人意”，于1960年前后授课之余，偶涉元曲，即由二先生之本，检校原书。“深憾如此重要之典籍，虽由仿本之力得行于世，实仍沉沦于混沌榛莽之间”，开始对元曲产生兴趣，但所得甚少。自1962年起，“发愿由基础做起”，以张相《诗词曲语辞汇释》研究元曲方言俗语，“每有所获，随手笺记；后有所正，前即弃之。凡遇不解之惑，或索解于群书，或求教于师友。每得一解，欣然自喜。其间亦多有穷思冥索而终未能得其解者。虽未能解，而日日不忘于心怀，时时思得其解，自觉亦别有其趣在焉，时日既久，所积渐多，于元曲语词，亦略有所悟”，遂“有述作之志”，开始此书校勘，十年来进展不大。1976年以后，“始下决心，校理全书”，三年以来，比勘异同，校其是非，三易其稿。1980年春，赴中山大学参加“中国戏曲史师训班”之际，得王季思手校《古今杂剧》之助，采其“独到之处”一一入校，终成四稿。王季思对其书稿作了订正，并撰写了序言。此后又从王季思处借得郑骞校订本，对“其相合者，则改而从之”，“其不合者，则略申己说”，这已经是第五稿。脱稿后，经友人介绍某出版社，出版社认为“确有学术价值”列入该年出版选题计划。其时，王季思亦曾向该出版社询问出版情况，但1981年，因中华书局即将出版徐沁君《新校元刊杂剧三十种》之故，出版事宜遂搁浅。此后，又以徐本两相比勘，进一步修改，完成了第六稿。期间，香港《大公报》于1985年5月发表了宁希元《自序》，且王季思所撰

《序》亦由赵景深编入有关文集，所以知者甚多，学人多次询问此书情况，甚至国外汉学家如匈牙利谷兰·艾娃女士亦托人询问此书。后兰州古籍整理所获悉此事后，决定出版，直到1988年才由兰州大学出版社出版。

其实，宁希元在开始校勘《元刊杂剧三十种》至完成第四稿，亦是做着拓荒的工作，因此时他没有看到郑骞校订本，而徐沁君校勘本还没有出版。至第五稿时他才看到了郑骞校订本。当出版事宜遭到拖延后，于第六稿中借鉴了徐沁君校勘的一些成果。正因如此，此书“譬如积薪，后来者自然居上了”①。此书出版有限，一段时期在流传和影响上受到很大的限制，甚至一些专门从事元杂剧研究的学者还没有见过这部校勘著作。但近些年，这部著作的学术价值开始渐渐为人们所认识，宁希元先生曾对李占鹏先生说，到现在还有人写信或打电话向他索要此书。

宁希元《元刊杂剧三十种新校》分上、下两册，杂剧剧目是把元刊本剧中的题目正名改作全称，顺序也是依王国维的叙录。宁希元校勘此书以正文字为主，通过对此书的校理，“补其缺逸，订其讹误，为读者提供一个接近元刊本本来面目的、可以阅读的本子”。

二 《元刊杂剧三十种》校勘

（一）底本、校本

宁希元校勘时所采用的底本为《古本戏曲丛刊》第四集影印元刊本。校本包括明刊各杂剧总集、曲选、曲谱共十三种，原本间无名氏校改和何煌的校改也是校勘的依据。底本中杂剧总集6种：

新安徐氏《古名家杂剧》（古名家）、息机子《古今杂剧选》（息机子）、尊生馆《阳春奏》、臧晋叔《元曲选》、赵清常《脉望馆抄校本古今杂剧》（脉抄本）、孟称舜《酹江集》

曲选5种：

李开先《词谑》、无名氏《盛世新声》、张禄《词林摘艳》、郭勋《雍熙乐府》、止云居士《万壑清音》

① 吴小如：《〈元刊杂剧三十种新校〉题记》，《兰州大学学报》1988年第2期。

曲谱 2 种：

朱权《太和正音谱》、李玉《北词广正谱》

校勘中还参考了近世学人的一些校勘成果，包括郑骞《校订元刊杂剧三十种》、徐沁君《新校元刊杂剧三十种》、卢前《元人杂剧全集》之十一种、隋树森《元曲选外编》之十四种、吴晓铃《关汉卿戏曲集》之三种、北大中文系《关汉卿戏剧集》之三种、王季思《诈妮子调风月》写定本及"校语"二十三条。

至于每剧所采用具体的校本和参校本，列表如次：

元刊本	古名家本	息机子本	阳春奏本	元曲选本	脉抄本	酹江集本	词谑本	盛世新声本	词林摘艳本	雍熙乐府本	万壑清音本	正音谱本	广正谱本	郑骞本	徐沁君本	卢前本	隋树森本	吴晓玲本	北大本	王校	何煌本
西蜀梦														0	0	0	0	0	0	0	
拜月亭														0	0	0	0	0	0	0	
单刀会					0								三	0	0	0		0	0		0
调风月													三4	0	0	0	0	0	0	0	
遇上皇					0									0	0	0				0	
疏者下船				0	0									0	0					0	
看钱奴		0		0	0									0	0					0	0
陈抟高卧	0	0	0	0								2	二四	0	0					0	
任风子				0	0	0								0	0					0	
老生儿				0		0								0	0					0	
三夺槊								2	2	2				0	0	0	0			0	
气英布				0				4	4	4			一	0	0					0	
赵氏孤儿				0		0								0	0					0	
紫云亭														0	0	0	0			0	
汗衫记				0	0									0	0					0	
薛仁贵				0										0	0					0	
魔合罗	0			0		0		2	2	2			二4	0	0					0	
贬夜郎							1					3		0	0	0	0				

续表

元刊本	古名家本	息机子本	阳春奏本	元曲选本	脉钞本	酹江集本	词谑本	盛世新声本	词林摘艳本	雍熙乐府本	万壑清音本	正音谱本	广正谱本	郑骞本	徐沁君本	卢前本	隋树森本	吴晓玲本	北大本	王校	何煌本
铁拐李				0		0								0	0					0	
介子推														0	0	0	0				
东窗事犯														0	0	0	0				
霍光鬼谏													一	0	0	0	0				
范张鸡黍	0			0		0		2	123	123			一 三	0	0						
七里滩								2	2	2				0	0		0			0	
周公摄政														0	0	0	0			0	
追韩信							3	3	3	3	23		二	0	0		0				
竹叶舟				0								23		0	0					0	
博望烧屯					0									0	0						
替杀妻														0	0		0				
焚儿救母														0	0		0				
王粲登楼	0						3							0							0

注：1.《古名家杂剧》即脉钞本所收录之剧本，表中出现古名家则脉钞本下不列。2.0 为全剧，阿拉伯数字为折数。3. 所有汉字数字均为在参校说明中未注出，根据实际校勘和曲谱收录情况补充说明。

在各剧校本、参校本的罗列中，虽然有曲谱《太和正音谱》，但诸剧校勘记前面在说明本剧所采用入校版本中均没有出现，故在上表中不能看到《太和正音谱》作为校本的情况。《太和正音谱》收入《元刊杂剧三十种》剧目有《贬夜郎》第三折〔迎仙客〕，《陈抟高卧》第二折〔牧羊关〕〔菩萨梁州〕〔玄鹤鸣〕（即〔哭皇天〕）〔乌夜啼〕〔红芍药〕，《竹叶舟》第二折〔新水令〕〔梅花酒〕、第三折〔煞〕。故上表中应该予以补充。在校勘记中，仅《贬夜郎》第三折据《太和正音谱》补一字。其他两剧亦没有出现。大概是因为元刊本曲文和《太和正音谱》曲文大致相同之故。

另外，《北词广正谱》收录《元刊杂剧三十种》剧目有：《魔合罗》第二折〔者剌古〕、第四折〔穷河西〕〔道和〕〔鬼三台〕，《范张鸡黍》

第一折〔六幺序〕〔幺篇〕、第三折〔游四门〕〔高平煞〕（元刊本作〔高过浪来里〕),《调风月》〔商调〕〔胜葫芦〕，宁希元在《调风月》剧中说：“《北词广正谱》商调套，于〔逍遥乐〕一调之第五格，举关汉卿《调风月》为例，云‘止用首三句。’惜未录曲文。又，今本第四折为〔双调〕套，其〔水仙子〕一曲，虽见于《北词广正谱》，但已改题〔商调〕〔胜葫芦〕，句式亦有出入。这样，不能不引起人们的疑问，即李玉所见之《调风月》第四折，果〔商调〕乎？抑为后人改窜乎？书此待考。”《调风月》第三折〔雪里梅〕〔梨花儿〕（谱作〔郓州春〕)。《三夺槊》〔后庭花〕(第五格)，但无曲文。《霍光鬼谏》第一折〔六幺序幺篇〕,《气英布》第一折〔玉花秋〕,《陈抟高卧》第二折第二支〔牧羊关〕〔玄鹤鸣〕（又名〔哭皇天〕）〔菩萨梁州〕、第四折〔川拨棹〕,《单刀会》第三折〔剔银灯〕,《追韩信》第二折〔新水令〕〔驻马听〕〔川拨棹〕〔梅花酒〕〔鸳鸯煞〕。这些杂剧校勘记前面参校说明中均没有提及《北词广正谱》，故加以说明。

除以上校本、参校本外，还有一些虽然没有列出，但在实际校勘中也予以参考的还有王季烈《孤本元明杂剧》，如《遇上皇》第一折〔油葫芦〕“使脚撞，耳根上一迷的直拳抢”之“撞”，原本音假，脉钞本作“壮”，从王季烈改为“撞”。另外还采用了一些当时学人的研究成果，如《三夺槊》第三折〔步步娇〕“亢金上圣明君”、《赵氏孤儿》第二折〔梁州第七〕“自从它朝野里封侯拜相”条校勘即采用了华中工学院李崇兴《新校元刊杂剧三十种商榷》一文。

（二）校勘内容

该书体例是题目之下标示作者和折次，后为正文，全剧后附校勘记。校勘记包括剧目说明和校勘内容。其中关于剧目的说明部分，远较徐沁君详细，包含内容更为丰富。说明原本的特征及著录情况、剧情概要、本事来源以及所依据的校本，间亦涉及其他有关本剧考证资料。同样过录《西蜀梦》部分如次：

> 关汉卿撰。原题“大都新编《关张双赴西蜀梦》”。原本未标明折数，无科白，仅录曲文。《录鬼簿》、《太和正音谱》、《元曲选目》、《今乐考证》、《曲录》并录本剧剧目。

第一折，正末扮使臣，奉蜀主刘备之命，宣召关羽、张飞。途中，得知二人遇害，乃返回复命，准备为之复仇。

第二折，正末扮军师诸葛，夜观天象，见“贼星增焰彩，将星短光芒”，知道凶多吉少。接着，传来关、张被害的凶信，虽然悲感万分，但又不敢马上告知刘备。

第三折、第四折均由正末改扮张飞之鬼魂。三折叙关、张鬼魂途中相遇，互诉不幸，相约同赴西蜀托梦；四折则正面叙写二人与刘备梦中相会，嘱托为之复仇的情景。

这是一个古老的悲剧故事。唐代诗人李商隐《无题》诗有“益德冤魂终报主”句，可能即咏此事，唯具体情节不详。明成化本《花关索贬云南传》词话，叙关羽被困荆州，连发求救文书十三道，皆被刘封挟恨挡住；靡竺、靡芳又开城降吴，遂使关羽兵败身亡。此时，张飞也被部下小卒所杀，逃向江东。于是，关、张鬼魂相约，同赴西蜀托梦。《词话》所叙，与关剧似出一源，可以合看。

本剧校本，今有卢、隋、吴、北大、郑、徐六种；王季思先生另有校语。以上各种，一并用以入校。

他的校订主要体现在以下几个方面。

第一，补题作者。原本各剧均无作者姓名，依前人记载考订并一一补题。所补录作者与王国维《叙录》基本相同。唯《紫云亭》不确，姑且放在石君宝名下，《霍光鬼谏》据各家著录署孔文卿，与王国维《叙录》不同。另外，《东窗事犯》各家著录无名氏，据《乐郊私语》署杨梓。

第二，分出楔子和折次，补充脱落宫调和曲牌。这部分内容主要依据明刊杂剧通例予以增补，校勘记中不予说明。

第三，校错正讹。所有增删改动之处，或据明清刊本和近人校勘，或据他书他剧据以推断，或就曲律文意抉择，都是尽量提出证据，说明理由。同时详细说明原本面貌，方便读者检索。但在改动文字时非常审慎，原本中的假借字，如果符合传统假借习惯，改动后不至于引起文意上歧解，则径直改动。遇到一些假借后音读和今天读音迥异者，尽量标明其音读。这类校勘在《元刊杂剧三十种》中数量较多，现列表如下，亦可借此了解一些字读音之变化。

剧目	折次	音读
关张双赴西蜀梦	一	〔点绛唇〕编（bian）音假为媥（pian） 〔天下乐〕侧（ce）音假为恻（qie） 〔金盏儿〕鞍（an）音假为俺（yan）、件（jian）音假为茜（qian） 〔赚煞〕敢（gan）音假为憨（han）
	二	〔牧羊关〕钹（bo）音假为破（po）、丧（sing）音假为腥（xing）
	三	〔迎仙客〕懆（cao）音假为爪（zao）
	四	〔滚绣球〕躯（qu）音假为具（ju） 〔叨叨令〕皂（cao）音假为早（zao）
闺怨佳人拜月亭	二	〔梁州第七〕转（zhuan）音假为传（chuan） 〔乌夜啼〕隄（ti）音假为低（di）
	三	〔笑和尚〕生（sheng）音假为身（shen）
	四	〔镇江回〕咋（zha）音假为查（cha）
关大王单刀会	一	〔混江龙〕膘（biao）音假为漂（piao） 〔天下乐〕纪（ji）音假为起（qi）
	二	〔滚绣球〕椎（chui）音假为推（tui） 〔倘秀才〕腥（xing）音假为生（sheng） 〔滚绣球〕樽（zun）音假为终（zhong）、圆（yuan）音假为完（wan） 〔滚绣球〕矛（mao）音假为牟（mou）
	三	〔粉蝶儿〕定（ding）音假为庭（ting） 〔醉春风〕传（chuan）音假为专（zhuan） 〔蔓菁菜〕阵（zhen）音假为幛（zhang）
	四	〔驻马听〕怜（lian）音假为令（ling）
诈妮子调风月	一	〔油葫芦〕瘢（ban）音假为盘（pan）、痕（hen）音假为根（gen） 〔鹊踏枝〕陈（chen）音假为呈（cheng）
	二	〔粉蝶儿〕邻（lin）音假为怜（lian） 〔上小楼〕渴（ke）音假为各（ge） 〔五煞〕闲（xian）音假为残（can）
好酒赵元遇上皇	一	〔点绛唇〕磕（ke）音假为合（ge） 〔么篇〕目（mu）音假为莫（mo）
楚昭王疏者下船	一	〔天下乐〕恨（hen）音假为根（gen）、处（chu）音假为仇（chou） 〔寄生草〕索（suo）音假为色（se）
	二	〔紫花儿序〕储（zhu）音假为仇（chou） 〔紫花儿序〕扯（che）音假为才（cai）
	三	〔粉蝶儿〕猛（meng）音假为明（ming） 〔上小楼〕逃（tao）音假为道（dao）、老（lao）音假为了（liao） 〔二煞〕生（sheng）音假为身（shen）

续表

剧目	折次	音读
看钱奴买冤家债主	一	〔油葫芦〕胡（hu）疑音假为红（hong）、煠（zha）音假为叉（cha） 〔么篇〕掀（xian）音假为轩（xuan） 〔六么序〕洽（qia）音假为狎（xia） 〔赚煞尾〕后白：窟（ku）音假为古（gu）
	二	〔滚绣球〕研（yan）音假为完（wan） 〔脱布衫〕前白：昧（mei）音假为卖（mai）、揭（jie）音假为折（zhe） 〔么篇〕筹（chou）音假为诸（读 chu）
太华山陈抟高卧	一	〔醉中天〕绳（sheng）音假为神（shen） 〔后庭花〕星（xing）音假为生（sing）、劳（lao）音假为乐（luo） 〔醉中天〕哄（hong）音假为供（gong）
	三	〔倘秀才〕但（dan）音假为贪（tan）
马丹阳三度任风子	一	白：吃（chi）音假为乞（qi） 〔油葫芦〕扎（zha）音假为查（cha）、脖（bo）音假为皮（po） 〔天下乐〕醉（zhu）（原书如此，为 zui 之误）音假为队（dui） 〔那吒令〕见（jian）音假为眷（juan） 〔鹊踏枝〕鼓（gu）音假为苦（ku）
	二	〔二煞〕宣（xuan）音假为先（xian） 〔收尾〕尘（chen）音假为勤（qin）
	三	〔耍孩儿〕身（shen）音假为生（sheng） 〔三煞〕社（she）音假为塞（sai）
散家财天赐老生儿	三	〔圣药王〕莫（mo）音假为没（mu）
	四	〔梅花酒〕伶（ling）音假为怜（lian）
尉迟恭三夺槊	二	〔哭皇天〕爬（pa）音假为把（ba）、双眸（mou）音假为霜毛（mao）
	四	〔滚绣球〕完（wan）音假为元（yuan）
汉高皇濯足气英布	四	〔水仙子〕粗（cu）音假为出（chu）
诸宫调风月紫云亭	楔子	〔幺篇〕拍拍（paipai）音假为伯伯（baibai）
	一	〔混江龙〕崎（qi）音假为希（xi）
	三	〔尧民歌〕科（ke）音假为歌（ge）
相国寺公孙汗衫记	正名	抛（pao）音假为抱（bao）
薛仁贵衣锦还乡	一	〔醉扶归〕刨（pao）音假为庖（bao） 〔醉扶归〕近（jin）音假为亲（qin）
	四	〔殿前欢〕洞（dong）音假为同（tong）
张鼎智勘魔合罗	四	〔叫声〕后科白：拨（bo）音假为补（bu）

续表

剧目	折次	音读
李太白贬夜郎	一	〔油葫芦〕干（gan）音假为汗（han） 〔寄生草〕山（shan）音假为仙（xian）
	二	〔滚绣球〕怎（zen）音假为曾（zeng） 〔倘秀才〕掌（zhang）音假为长（chang） 〔三煞〕烷（wan）音假为院（yuan）
	四	〔新水令〕整（zheng）音假为畛（zhen）、烟（yan）音假为渊（yuan）
岳孔目借铁拐李还魂		二折后楔子白：升（sheng）音假为神（shen）
晋文公火烧介子推	一	〔赚煞〕狷（juan）音假为简（jian）
	二	〔牧羊关〕何（he）音假为哥（ge）
	三	〔粉蝶儿〕踏（ta）音假为达（da） 〔喜春来〕后白：勤（qin）音假为擎（qing） 〔迎仙客〕后白：储（chu）音假为仇（chou） 〔红绣鞋〕劝（quan）音假为卷（juan） 〔二煞〕伸（shen）音假为生（sheng）
地藏王证东窗事犯		楔子白：朱仙镇之仙（xian）音假为迁（qian）
承明殿霍光鬼谏	一	〔赚煞尾〕前白：老臣之老（lao）音假为僚（liao）
	二	〔耍孩儿〕劝（quan）音假为倦（juan）
	四	〔得胜令〕迫（po）音假为怕（pa）
死生交范张鸡黍	二	〔哭皇天〕侍（shi）音假为志（zhi）
	四	〔普天乐〕俸（feng）音假为捧（peng）
严子陵垂钓七里滩	一	〔鹊踏枝〕布（bu）音假为泼（pu）
	三	第三〔滚绣球〕斧（fu）音假为书（shu） 〔三煞〕净（jing）音假为争（zheng）
辅成王周公摄政	楔子	争奈兄弟性刚之性（xing）音假为生（sheng）
	一	〔混江龙〕横（heng）音假为王（wang）
	三	〔紫花儿序〕愧（kui）音假为鬼（gui） 〔小桃红〕蟠（pan）音假为半（ban）
萧何月夜追韩信	一	末孛篮背剑冒雪上之孛（bo）音假为抱（bao）
	三	〔三煞〕摆（bai）音假为罢（ba）
陈季卿悟道竹叶舟	三	〔黄钟尾〕后白：将谓仙翁总不知之仙（xian）音假为山（shan）

续表

剧目	折次	音读
诸葛亮博望烧屯	二	〔一枝花〕戈（ge）音假为柯（ke）、斧（fu）音假为舒（shu）、爬（pa）音假为巴（ba）
	三	〔新水令〕敢（gan）音假为憨（han）
鲠直张千替杀妻	一	〔赚煞尾〕缰（jiang）音假为罡（gang）
	三	〔粉蝶儿〕前白：疑狱不明之疑（yi）音假为拟（ni） 〔十二月〕拼（pin）音假为判（pan）
小张屠焚儿救母	一	〔青歌儿〕惭（can）音假为斩（zhan）
	二	〔调笑令〕弃（qi）音假为几（ji）

而对于一些反映元代特殊用字习惯的通用字，如“赔”作“倍”“陪”，“疏”作“踈”，“跟”作“根”，“绸”作“紬”，“杖”作“仗”，“们”作“每”等则仿陈垣《元典章校例》，一仍其旧，不作改动。

第四，采用新式标点断句。曲文用大字，宾白科介用小字，加以区别。凡曲文断句，均从曲谱格律，偶有文意断裂之处，从文意酌情改动。

第五，根据需要还有一定的注释。此书校勘最初只是校订字句，并未对剧中词语进行注释，后来在多次修订时，为了说明校勘取舍的理由，在校勘中自然而然地加入了一些注释内容，实际上等于此书重新写了一次，所以此书虽不称为“校注”，但实际上是兼有二者。如《闺怨佳人拜月亭》第二折〔梁州第七〕“只愿得依本分伤家没变症，慢慢的转受阴阳”之“转受阴阳”：“原本‘转’（zhuan），音假为‘传’（chuan），各本失校。徐本改‘受’为‘授’，不知何据。按：转受阴阳，为中医术语，就人的生理功能而说。《素问·生气通天论》：‘阴者，藏精而起亟也；阳者，卫外而固本也’。说明‘阴’代表着物质的储藏，是阳气能量的来源；‘阳’，代表着人体的机能活动，起着卫外而固守阴精的作用。由于害病，阴阳失调，经过治疗，慢慢的阴阳复归于常，内外功能协调，说明疾病的好转和痊愈，故云‘转受阴阳’。”这就从根本上解决了问题。从这个方面来说，“这不是一部纯技术性的校本，而是增加了原作可读性的科研成果”①。

宁希元《元刊杂剧三十种新校》对前人的校勘成果进行了充分的吸收和扬弃，有不少地方订正了卢前、隋树森、郑骞、徐沁君等家的误校之

① 吴小如：《〈元刊杂剧三十种新校〉题记》。

处，其书六易其稿，“譬如积薪，后来者自然居上了”。他指出在元杂剧校勘中存在的一些问题，如“误以今读而理元曲，非误假借为本字，即认假借为错字；非望文以生义，即奋笔而乱改。结果愈校愈误，愈理愈乱，终无彻底澄清之日”①。所以他认为“校理元曲，亦当以审音正读为先”，并结合自己校勘元刊杂剧的工作，多次提出一些总结性的意见，他说：“《元刊杂剧三十种》多为孤本，没有别的副本可资比勘。就在这种情况下，对它的校理，不能不更多地采用本校法。就像吴缜之《新唐书纠缪》、汪辉祖之《新元史本证》那样，充分利用本书以校本书。即通过有关材料的综合排比，考其异同，互为佐证，以正其误。……其目的在于通过这一方面的综合研究，考察元人用字习惯，进而归纳出若干条例，为《元刊杂剧三十种》等民间刊本书籍的校理，做一些准备工作。”② 他在对元人用字习惯的研究基础上，认为元代或者古代民间，“为了减轻学习上的负担，历代劳动人民在精简汉字方面，创造了不少经验，其中最基本的有二条，即字音的通假和字形的简化。在字音的通假上，只要声音相同或相近的字，原则上都可以通假。就是说，民间用字的传统习惯，是重音不重义。这就在很大程度上解决了有音无字的困难，突破了形义文字的局限。在字形的简化上，就是写字就简不就繁，大量地创造和使用简字，来代替难写难记的繁体。……元代的情况，也是如此。蒙古起自漠北，其始本无文字，对汉字的使用，也比较随便。有元一代的典令、诏书、碑板、文记多半是用口语，其中就有不少同音假借和简笔字的出现。这个特点，同样也反映在《元刊杂剧三十种》等民间刊本书籍中。所以，整理元代典籍，不突破假借这一关，不研究当时的简化字，是很难行通的”③。他的这些意见，不仅适用于校勘元刊杂剧，对整理宋元以来其他民间通俗读物也同样适用。为了审音正读，宁先生把见于元刊小说戏曲中的假借字，汇为一编，以现代普通话音读为序，每字先列今读，次标元音，末举实例二三以证之。其间，如果有些字见于先秦古籍，隋唐变文，或明清以下之有关语音资料，亦一一附录，用来考证。通过这些材料的综合排比，探索元代方音异读的

① 宁希元：《元刊杂剧三十种新校自序》。

② 宁希元：《元刊〈古今杂剧〉中形声字的“省借”和校读问题》，《兰州大学学报》1979年第2期。

③ 宁希元：《元刊〈古今杂剧〉中形声字的“省借”和校读问题》，《兰州大学学报》1979年第2期。

现象，往往能从声韵的变化中，穷究通假之音理。在这样繁杂的工作中，宁先生得出对《元刊杂剧三十种》等民间刊本中的假借字的基本认识“有别字而无讹音”①，总结出了一套校勘中处理假借字的途径和方法，就是“由假借而得音读，由音读而得文意，由文意而得本字”②。正是因为这样，《元刊杂剧三十种新校》的校勘“由博而约，概括出字音通假和字形简化的通例；又反转过来运用这些通例，以简驭繁，解决了向来学者未能解决的大量校勘上的问题”③。

宁希元先生在校勘《元刊杂剧三十种》三十年后，笔耕不辍，对元曲中一些点滴内容进行了解释说明，亦对当时校勘中的错误之处作了更正，如《读曲日记》（三）中《三夺槊》之“唐十在”。本剧第四折〔正宫·端正好〕曲：“如今罢了干戈，绝了征战，扶持俺这唐十在文武官员。”当时据汪元亨小令〔朝天子〕《归隐》及《存孝打虎》第一折〔那吒令〕曲改为“唐十宰”。在三十年后阅读中发现“唐十在”应为古代辞赋篇名。宁希元先生说“现在看来，这样的处理实在有点失之于草率。为了避免自误误人，除了向读者表示歉意外，特作更正如下”④，从此可见先生之追求真知真解的精神，直令吾人感佩。

自宁希元后，《元刊杂剧三十种》的校勘成为绝响，再无人对此进行系统全面的校勘。

各家校勘本出版前后，《元刊杂剧三十种》校勘研究也开始进入学者视域。学者对校勘成果作勘误补正，或对校勘成果进行研究，这一现象不绝如缕，一直持续到了现在。首先是校勘者自己对所做工作的总结掀起了校勘研究的序幕。1979年，宁希元《〈元刊古今杂剧〉中形声字的省借和校读问题》一文首开元杂剧校勘研究之端。1981年，即徐沁君校勘本出版后，隋树森《读〈新校元刊杂剧三十种〉》文中对徐本优劣作了评价，指出“徐先生用力勤，成果也大，无疑的宜为原书功臣。尽管偶有失校，确实是瑕不掩瑜”⑤。与此同时，张增元《〈新校元刊杂剧三十种〉补》对徐

① 宁希元：《元刊杂剧三十种新校自序》。
② 宁希元：《元刊杂剧三十种新校自序》。
③ 王季思：《元刊杂剧三十种序》，宁希元：《元刊杂剧三十种新校》。
④ 宁希元：《读曲日记》（三），《中国古代小说戏曲研究丛刊》2005年第3辑。
⑤ 隋树森：《读〈新校元刊杂剧三十种〉》。

本失校之处作了补充①。此后，对《元刊杂剧三十种》校勘进行研究的还有李崇兴《〈新校元刊杂剧三十种〉商榷》②、包建强等《〈元刊杂剧三十种〉的版本及其校勘》③、徐巧云《〈元刊杂剧三十种〉及其校勘释例》④、《〈元刊杂剧三十种〉校勘释例三则》⑤、晁瑞《〈元刊杂剧三十种〉整理校勘与方言词研究》⑥、苗怀明《20世纪〈元刊杂剧三十种〉的发现、整理与研究》⑦、裴雪莱《追寻文本的真实——〈新校元刊杂剧三十种〉的文献价值》⑧等，这些研究仅有极少数是从戏曲理论角度进行研究外，大多是对《元刊杂剧三十种》校勘成果的介绍和修正，亦可以看作上述校勘成果的延伸。

第四节 《元刊杂剧三十种》校勘比较研究

王国维将《元刊杂剧三十种》在清末民初仍传存的秘密透露给世人后，先后出现了五种校勘著作。前面对郑骞、徐沁君、宁希元校勘基本情况作了介绍，这里对这三种近现代主要《元刊杂剧三十种》校勘著作从各个方面进行对比研究。

一　编排顺序比较

从各本编排顺序和作者来看，稍有不同。郑骞在校勘时，依据王国维《叙录》次序并稍作调整，并补题了王国维《叙录》空缺的作者。徐沁君本、宁希元本则是依据王国维《叙录》顺序编排。先将三本编排顺序和作者列表如下：

---

① 张增元：《〈新校元刊杂剧三十种〉补》，《文学遗产》1981年第4期。

② 李崇兴：《〈新校元刊杂剧三十种〉商榷》，《语言研究》1987年第1期。

③ 包建强等：《〈元刊杂剧三十种〉的版本及其校勘》，《西北师大学报》2010年第1期。

④ 徐巧云：《〈元刊杂剧三十种〉及其校勘释例》，《西南民族大学学报》2009年第3期。

⑤ 徐巧云：《〈元刊杂剧三十种〉校勘释例三则》，《四川大学学报》2008年第6期。

⑥ 晁瑞：《〈元刊杂剧三十种〉整理校勘与方言词研究》，《语文知识》2009年第3期。

⑦ 苗怀明：《20世纪〈元刊杂剧三十种〉的发现、整理与研究》，《中国戏曲学院学报》2004年第1期。

⑧ 裴雪莱：《追寻文本的真实——〈新校元刊杂剧三十种〉的文献价值》，《湖北民族学院学报》2011年第5期。

郑骞本		徐沁君本		宁希元本	
剧名	作者	剧名	作者	剧名	作者
关大王单刀会	关汉卿	大都新编关张双赴西蜀梦	关汉卿	关张双赴西蜀梦杂剧	关汉卿
关张双赴西蜀梦	关汉卿	新刊关目闺怨佳人拜月亭	关汉卿	闺怨佳人拜月亭杂剧	关汉卿
诈妮子调风月	关汉卿	古杭新刊的本关大王单刀会	关汉卿	关大王单刀会杂剧	关汉卿
闺怨佳人拜月亭	关汉卿	新刊关目诈妮子调风月	关汉卿	诈妮子调风月杂剧	关汉卿
好酒赵元遇上皇	高文秀	新刊关目好酒赵元遇上皇	高文秀	好酒赵元遇上皇杂剧	高文秀
楚昭王疏者下船	郑廷玉	大都新编楚昭王疏者下船	郑廷玉	楚昭王疏者下船杂剧	郑廷玉
看钱奴买冤家债主	郑廷玉	新刊关目看钱奴买冤家债主	郑廷玉	看钱奴买冤家债主杂剧	郑廷玉
泰华山陈抟高卧	马致远	新刊的本泰华山陈抟高卧	马致远	泰华山陈抟高卧杂剧	马致远
马丹阳三度任风子	马致远	新刊关目马丹阳三度任风子	马致远	马丹阳三度任风子杂剧	马致远
散家财天赐老生儿	武汉臣	新刊的本散家财天赐老生儿	武汉臣	散家财天赐老生儿杂剧	武汉臣
尉迟恭三夺槊	尚仲贤	古杭新刊的本尉迟恭三夺槊	尚仲贤	尉迟恭三夺槊杂剧	尚仲贤
汉高皇濯足气英布	尚仲贤	新刊关目汉高皇濯足气英布	尚仲贤	汉高皇濯足气英布杂剧	尚仲贤
冤报冤赵氏孤儿	纪君祥	赵氏孤儿	纪君祥	冤报冤赵氏孤儿杂剧	纪君祥
诸宫调风月紫云庭	石君宝	古杭新刊的本关目风月紫云庭	石君宝或戴善夫	关目风月紫云庭杂剧	石君宝
相国寺公孙汗衫记	张国宾	大都新编关目公孙汗衫记	张国宾	相国寺公孙汗衫记杂剧	张国宾
薛仁贵衣锦还乡	张国宾	新刊的本薛仁贵衣锦还乡关目全	张国宾	薛仁贵衣锦还乡杂剧	张国宾
张鼎智勘魔合罗	孟汉卿	新刊关目张鼎智勘魔合罗	孟汉卿	张鼎智勘魔合罗杂剧	孟汉卿
李太白贬夜郎	王伯成	古杭新刊关目的本李太白贬夜郎	王伯成	李太白贬夜郎杂剧	王伯成
岳孔目借铁拐李还魂	岳伯川	新编岳孔目借铁拐李还魂	岳伯川	岳孔目借铁拐李还魂杂剧	岳伯川
晋文公火烧介子推	狄君厚	新编关目晋文公火烧介子推	狄君厚	晋文公火烧介子推杂剧	狄君厚
地藏王证东窗事犯	孔学诗	大都新刊关目的本东窗事犯	孔文卿或金仁杰	地藏王证东窗事犯杂剧	孔文卿
承明殿霍光鬼谏	杨　梓	古杭新刊关目霍光鬼谏	杨　梓	承明殿霍光鬼谏杂剧	杨梓
死生交范张鸡黍	宫天挺	新刊死生交范张鸡黍	宫天挺	死生交范张鸡黍杂剧	宫天挺
严子陵垂钓七里滩	宫天挺	新刊关目严子陵垂钓七里滩	宫天挺	严子陵垂钓七里滩杂剧	宫天挺

续表

郑骞本		徐沁君本		宁希元本	
剧名	作者	剧名	作者	剧名	作者
辅成王周公摄政	郑光祖	古杭新刊关目辅成王周公摄政	郑光祖	辅成王周公摄政杂剧	郑光祖
萧何追韩信	金仁杰	新刊关目全萧何追韩信	金仁杰	萧何月夜追韩信杂剧	金仁杰
陈季卿悟道竹叶舟	范　康	新刊关目陈季卿悟道竹叶舟	范　康	陈季卿悟道竹叶舟杂剧	范康
诸葛亮博望烧屯	无名氏	新刊关目诸葛亮博望烧屯	无名氏	诸葛亮博望烧屯杂剧	无名氏
鲠直张千替杀妻	无名氏	新编足本关目张千替杀妻	无名氏	鲠直张千替杀妻杂剧	无名氏
小张屠焚儿救母	无名氏	古杭新刊小张屠焚儿救母	无名氏	小张屠焚儿救母杂剧	无名氏

从题目看，徐沁君最为全面标准，是严格按照原本而来。而郑骞、宁希元本都作了不同程度的删改。“新刊”“新编”在一定程度上告诉人们编刊情况。“编”“刊”含义虽大致相同，但“编”更多地偏重于戏曲写作完成时间而言，而“刊”则侧重于旧剧之重新刊印。另外，如“大都”“古杭”等地名则提供了这些戏曲的编刊地。删去这些内容，虽使题目略显省净，但上述信息也随之消失殆尽。

二　校本、参校本比较

在校勘校本、参校本方面，三本也稍有差异。列表如下：

郑本、徐本、宁本校本、参校本一览

剧目	版本	何煌本	古名家本	息机子本	阳春奏本	元曲选本	脉钞本	酹江集本	词谑本	盛世新声本	词林摘艳本	雍熙乐府本	万壑清音本	正音谱本	广正谱本	集成曲谱本	郑骞本	徐沁君本	卢前本	隋树森本	吴晓铃本	北大本	王定本	世界文库本	关汉卿戏曲选本	杂剧选本	邵增祺选本	孤本元明杂剧本
西蜀梦	郑骞本																		0									
	徐沁君本																		0	0	0	0						
	宁希元本																0	0	0	0	0	0						0
拜月亭	郑骞本																		0									
	徐沁君本																		0	0	0	0			0		3	
	宁希元本																0	0	0	0	0	0						0

续表

剧目	版本	何煌本	古名家本	息机子本	阳春奏本	元曲选本	脉钞本	酹江集本	词谑本	盛世新声本	词林摘艳本	雍熙乐府本	万壑清音本	正音谱本	广正谱本	集成曲谱本	郑骞本	徐沁君本	卢前本	隋树森本	吴晓铃本	北大本	王定本	世界文库本	关汉卿戏曲选本	杂剧选本	邵增祺选本	孤本元明杂剧本
单刀会	郑骞本						0									0			0									
	徐沁君本	0					0												0		0	0	1					0
	宁希元本						0								三		0	0	0		0	0						
调风月	郑骞本																		0									
	徐沁君本																0		0	0	0	0	0					
	宁希元本														三 4		0	0	0	0	0	0						0
遇上皇	郑骞本						0												0									
	徐沁君本						0												0									0
	宁希元本						0										0	0	0									0
楚昭王	郑骞本					0	0																					
	徐沁君本					0	0																					
	宁希元本					0	0										0	0										0
看钱奴	郑骞本			0		0																						
	徐沁君本	0		0		0																					2	
	宁希元本			0		0	0										0	0										0
泰华山	郑骞本		0	0	0	0																						
	徐沁君本		0	0	0	0																						
	宁希元本		0	0	0	0								2			0	0										0
任风子	郑骞本					0	0																					
	徐沁君本					0	0	0																				
	宁希元本					0	0	0									0	0										0
老生儿	郑骞本					0		0																				
	徐沁君本					0		0	0																			
	宁希元本					0		0									0	0										0
三夺槊	郑骞本										0	0							0									
	徐沁君本									2		2							0	0								
	宁希元本									2	2	2					0	0	0	0								0

续表

剧目	版本	何煌本	古名家本	息机子本	阳春奏本	元曲选本	脉钞本	酹江集本	词谑本	盛世新声本	词林摘艳本	雍熙乐府本	万壑清音本	正音谱本	广正谱本	集成曲谱本	郑骞本	徐沁君本	卢前本	隋树森本	吴晓铃本	北大本	王定本	世界文库本	关汉卿戏曲选本	杂剧选本	邵增祺选本	孤本元明杂剧本
气英布	郑骞本					0					0																	
	徐沁君本					0				4	4	4																
	宁希元本					0				4	4	4			1		0	0										0
冤报冤	郑骞本					0					0																	
	徐沁君本					0		0																				
	宁希元本					0		0									0	0										0
紫云庭	郑骞本																		0									
	徐沁君本																		0	0								
	宁希元本																0	0	0	0								0
汗衫记	郑骞本					0	0																					
	徐沁君本					0	0																					
	宁希元本					0	0										0	0										0
薛仁贵	郑骞本					0																						
	徐沁君本					0																					3	
	宁希元本					0											0	0										0
魔合罗	郑骞本		0			0					0																	
	徐沁君本	0	0			0		0		2		2																
	宁希元本		0			0		0		2	2	2			二 4		0	0										0
贬夜郎	郑骞本																		0									
	徐沁君本								1										0	0						1		
	宁希元本								1					3			0	0	0	0								
铁拐李	郑骞本					0		0																				
	徐沁君本					0		0																				
	宁希元本					0		0									0	0										0
介子推	郑骞本																		0									
	徐沁君本																		0	0								

续表

剧目	版本	何煌本	古名家本	息机子本	阳春奏本	元曲选本	脉钞本	酹江集本	词谑本	盛世新声本	词林摘艳本	雍熙乐府本	万壑清音本	正音谱本	广正谱本	集成曲谱本	郑骞本	徐沁君本	卢前本	隋树森本	吴晓铃本	北大本	王定本	世界文库本	关汉卿戏曲选本	杂剧选本	邵增祺选本	孤本元明杂剧本
介子推	宁希元本																0	0	0	0								
地藏王	郑骞本																		0									
	徐沁君本																0		0	0							2	
	宁希元本																0	0	0	0								
承明殿	郑骞本																											
	徐沁君本																0											
	宁希元本														一		0	0	0	0								
死生交	郑骞本		0			0					0	0																
	徐沁君本	0		0		0		0		23	23	123															1	
	宁希元本		0			0		0		2	123	123			一三		0	0										
七里滩	郑骞本										0	0																
	徐沁君本									2	2	2								0								
	宁希元本									2	2	2					0	0		0								0
辅成王	郑骞本																		0									
	徐沁君本																		0	0								
	宁希元本																0	0	0	0								0
追韩信	郑骞本										0	0			0													
	徐沁君本								2	2	2	2								0								
	宁希元本								3	3	3	3	23		二		0	0		0								
竹叶舟	郑骞本					0																						
	徐沁君本					0	2	2	2											0								
	宁希元本					0								23			0	0										0
诸葛亮	郑骞本						0												0									
	徐沁君本	0					0																					0
	宁希元本						0										0	0										

续表

剧目	版本	何煌本	古名家本	息机子本	阳春奏本	元曲选本	脉钞本	酹江集本	词谑本	盛世新声本	词林摘艳本	雍熙乐府本	万壑清音本	正音谱本	广正谱本	集成曲谱本	郑骞本	徐沁君本	卢前本	隋树森本	吴晓铃本	北大本	王定本	世界文库本	关汉卿戏曲选本	杂剧选本	邵增祺选本	孤本元明杂剧本
替杀妻	郑骞本																											
	徐沁君本																			0								
	宁希元本																0	0		0								
焚儿救母	郑骞本																											
	徐沁君本																			0								
	宁希元本																0	0		0								

注：0为全剧，阿拉伯数字为折数，汉字数字为参校说明中未注出，据实际校勘补充说明。另《追韩信》剧中，徐沁君本为参校《词谑》、《盛世新生》、《雍熙乐府》、《词林摘艳》第二折，而宁希元本于参校说明中为“《词谑》《盛世新生》《词林摘艳》《雍熙乐府》并录本剧第三折全套”，实际应为本剧第二折，“三”系笔误所致。

从上表可见，郑本所用校本、参校本主要是元明清时期刊本，近代刊本用到的仅为卢前《元人杂剧全集》。而徐本、宁本采用的近现代刊本则相对较多。这实际是由于郑本、徐本、宁本出版时间决定的，郑本出版时，与《元刊杂剧三十种》有关的近现代刊本仅可见到卢前《元人杂剧全集》，所以相对采用版本数量较徐本、宁本少。但是对于元明清时期的相关版本，三本在作为参校之用时也有细微的差别。

从版本性质而言，郑骞、徐沁君、宁希元对《元刊杂剧三十种》进行校勘的校本和参校本大致可分为四类：第一类是全剧选本，如古名家本、息机子本、《阳春奏》、《元曲选》、脉钞本、《酹江集》和所有表列近现代戏曲版本。另外何煌本亦可以算作全剧选本。第二类是戏曲理论著作，如《词谑》。第三种的单折选本，如《盛世新声》《雍熙乐府》《词林摘艳》《万壑清音》。第四类是曲谱类版本，如《太和正音谱》《北词广正谱》《集成曲谱》。

在全剧选本方面，三家稍有差别。如何煌本，即《脉望馆钞校本古今杂剧》中何煌的校笔，徐沁君将之单列为一个版本，在《单刀会》《魔合罗》《看钱奴》《博望烧屯》《死生交》五剧中作为参校本。《看钱奴》《魔合罗》《死生交》三剧中，宁希元参校“脉钞本”，郑骞则未参校。又如《酹江集》收录有《任风子》《老生儿》《冤抱冤》《魔合罗》《铁拐李》

《死生交》六剧，全部参校者仅为《老生儿》《铁拐李》二剧，其他四剧校勘中郑骞均未将之作为校勘依据。《元曲选》也收录六剧，三家均将其作为主要校本。郑骞在四剧中不列《酹江集》，究其原因，大概是认为《酹江集》与《元曲选》属于同一版本系列，且四剧在《酹江集》《元曲选》中差别不大，故仅将《元曲选》作为校本，而未采用《酹江集》。

在戏曲理论著作类版本中，徐本、宁本将之作为参校本，如《贬夜郎》第一折、《追韩信》第二折均参校了《词谑》，而郑本却未将其作为参校版本进行校勘。

在单折选本方面，三本均采用了其中选录作为参校本，如《盛世新声》，徐沁君和宁希元本分别用之参校了《三夺槊》第二折、《气英布》第四折、《魔合罗》第二折、《七里滩》第二折、《追韩信》第二折，《死生交》剧，徐沁君参校了第二、三折，宁希元参校了第二折。而郑骞并没有将《盛世新声》所收单折作为参校依据。

曲谱方面，三本差别较大。如宁希元采用《太和正音谱》校勘了《泰华山》第二折、《贬夜郎》第三折、《竹叶舟》第二折第三折部分支曲，而郑本、徐本均未采用其参校。郑骞采用《北词广正谱》校勘了《追韩信》，宁希元本在参校说明中明确提到《北词广正谱》的剧作为《调风月》和《魔合罗》，但在实际校勘中，《单刀会》《气英布》《承明殿》《死生交》《追韩信》五剧亦将之作为部分曲词的参校依据，只是没有将之列入参校说明中。而徐沁君本未将《北词广正谱》作为参校本。而《集成曲谱》，仅有郑骞在《单刀会》中用之参校，而徐本、宁本均未采用。

校勘时所采用的校本、参校本的不同，虽然从表面上看来，仅是参校书目的多寡不同，但实际上在其中渗透了校勘者的校勘理论和校勘准则，郑骞在提到校勘所采用版本说："各种歌唱用之曲谱，如《遏云阁曲谱》、《六也曲谱》之类，皆晚出之书，且既经传唱，自难免有歌者更改之处，故均不采用。惟《单刀会》剧第四折之缺字，以《集成曲谱》补之，较之《脉望馆钞本》更为适合，不得已破例采用。"① 这虽然只是针对曲谱类著作而言，但也表明了校勘者在选择版本时有自己的准则所在。而在这种准则下所选择的参校本必然会有所差别，这种差别必然会导致校勘结果的不同。

① 郑骞：《元刊杂剧三十种校订·校订凡例》。

三　宾白比较

《元刊杂剧三十种》属于舞台演出的“台本”①，对于科白的记录极为简略，现存《元刊杂剧三十种》中，《疏者下船》《西蜀梦》《赵氏孤儿》三本完全不录宾白，亦无宾白提示语。其他二十七本虽有宾白，但也相当简略，基本只录主唱者宾白。仅《铁拐李》《介子推》《竹叶舟》《小张屠》四本的部分外脚有宾白文字。大多是仅有宾白提示语而无宾白内容，大概是演员熟知之处或者留以临场发挥之处②，所以《元刊杂剧三十种》中宾白省略错讹随处可见。三家校本对这些宾白的处理有所差异。这种差异主要表现在以下几个方面。

第一，科白所属折次不同。《元刊杂剧三十种》不分折，而各家校本在校勘时，对一些折次之间的科白进行处理时，产生了一些差异。对这些差异，有的校本作了说明，有的则未作说明。如《看钱奴》第二折与第三折之间科白“（净做抱病上）（外旦一行上云）（正末云）二十年前有炷东岳香愿，交徕儿替还者”，郑本放在第二折后，而徐本、宁本均置于第三折开头，且后补“（下）”。郑骞认为此中“正末云”应为“净云”，说“据上下文及前后关目，此段白是贾仁所说，正末云应是净云之误。但此例只载正末之白，故未改定，存疑俟考”。因为《元刊杂剧三十种》中仅载正旦/正末说白，虽怀疑此处有误，但仍其旧而未擅改。而在徐本和宁本中则改为“正末云”，并分别出校说明，徐沁君说：“净原作正末，今改。”宁希元说：“原本误作正末云，依剧情改。”但三家均未对此段说白为什么放在这里作出说明。又如《任风子》第二折与第三折之间的科白“（下）（等马云了）”，郑本作“（下）第三折（等马云了）”，而徐本、宁本则放在第三折前，作“（下）（等马云了）第三折”。按照惯例，人物下场则表明一场戏之结束，下面应该为另外一场戏之开始，而“等马云了”前却没有人物上场之类提示语，可能是由于脱误所致。又如《老生儿》第二折与第三折间“（下）（外末做了下）”。郑本认为“下”为第二折之结束，“外末做了下”为第三折之冲场，故作“（下）第三折（外末做了下）”，而徐本、宁本均将“外末做了下”按

① 包建强、胡成选：《〈元刊杂剧三十种〉的版本及其校勘》，《西北师范大学学报》2010年第1期。

② 杜海军：《〈元刊杂剧三十种〉的刻本性质及戏曲史意义》，《艺术百家》2010年第1期。

照吊场来处理，作“（下）（外末做了下）第三折”。同样在本剧第三折第四折之间科白“（下）（小末再云了）（外下）（提住）”也是按照这样的思路处理的，郑本作“（下）第四折（小末再云了）（外下）（提住）”，而徐本、宁本中这些科白则均在第四折前，仅徐本“外”作“外末”。

又如《汗衫记》第三、四折之间科白，郑本均放在第三折末，而徐本、宁本则稍有不同。郑本为：

> （等孤提了下）（外旦上云住）（孤一见住云了）（等外旦说关子了）（等净上云了）（等孤赶净下）（等外净扮邦老赵兴孙开住）
>
> 第四折

徐本、宁本则为：

> （等孤提了下）
>
> 第四折
>
> （外旦上云住）（孤一见住云了）（等外旦说关子了）（等净上云了）（等孤赶净下）（等外净扮邦老赵兴孙开住）

从舞台演出的角度看，徐本、宁本的安排更为合理。又如《薛仁贵》第一折第二折之间科白，郑本作“（下）第二折（驾云了）”，而徐本、宁本作“（下）（驾云了）第二折”。第二折第三折之间科白，郑本、宁本作“（下）（推末下了）第三折（驾上开了）（宣外末还乡了）（外末云了）”，徐本作“（下）（净推外末下了）（驾上开了）（宣外末还乡了）（外末云了）第三折”。第三折第四折之间，郑本作“第四折（外末云了）”，徐本、宁本作“（外末云了）第四折”。又如《魔合罗》楔子与第一折间，郑本作“（二外一折）第一折（末担砌末上云）”，徐本将“二”改为“旦”，认为本剧外扮李文铎，据陈与郊、臧晋叔、孟称舜各本本折开头有李文道（铎）调戏李德昌妻子刘玉娘的情节，“旦、外一折”当即演此事，“二”字为“旦”上部残损所致，并非有两个外角。宁本从徐本之说。二本作“第一折（旦、外一折）（正末担砌末上云）”。第二折第三折之间，郑本作“（下）第三折（旦上云）（文铎上云住）（王大上了）（文铎抱到官科）（孤上了云）（一行上告住）（孤省会一行了）（旦吃枷了）（正末上唱)”，徐本将“王大上了”放在第三折开头作“王大尹上了”，作“(下)(旦上云)(文铎上，云住)(文铎告到官科)(孤上了，云)(一行上，告住)(孤省会)(一行下)(旦吃枷了)第三折(王大尹上了)(正末扮张鼎上，唱)”。宁本综合二者，作“(下)(旦上云)(文铎上云住)(文铎拖旦到官科)(孤上了，云)(一行上，告住)(孤省会一行了，旦吃枷了)第三折(王大尹上了)(正末上唱)”。从这里我们可以看出“不同校本对套曲间宾白位置的差异说明了校订者对宾白和曲词及其搭配关系的理解差异，也表现出他们对各折所涵盖内容，以及折末宾白在界定上的不同看法。但这一现象再次证实了套曲间宾白由于内容的缺失而造成的对剧本理解的障碍，这使得元刊本剧本显得极为不稳定”①。

第二，宾白(尤其是曲中夹白)位置不同。《元刊杂剧三十种》中宾白位置除上述因分折不同而导致的位置差异外，还有一种就是折内宾白因校勘者不同处理方式而导致的位置不同。

《元刊杂剧三十种》原本在刊刻时，有时将曲中夹白当作曲词刊刻，三本对原本之误有些作了校勘。如《拜月亭》第二折〔哭皇天〕“常言道：相逐百步，尚有徘徊”，原作大字，为曲词，三本均作曲中夹白处理，徐本、宁本且专门出校加以说明。有时三本虽然区分了曲白混淆之处，但对宾白位置处理不同。如《拜月亭》第三折〔三煞〕原本为：

(小旦云了)(云)若说着俺那相别呵话长。〔三煞〕他正天行汗病，换脉交阳。

“他正天行汗病，换脉交阳”为大字刊刻，与下面曲文连写。三本在校勘时均按照说白处理，以小字相别，但三本位置不同。郑本作：

(小旦云了)(云)若说着俺那相别呵话长。〔三煞〕他正天行汗病，换脉交阳。

郑本将此段说白放在〔三煞〕曲牌后，宁本相同。而徐本则不然，将

① 甄祎旎：《元刊杂剧三十种研究——以元明版本比较为中心》，博士学位论文，复旦大学，2007年，第151页。

之放在〔三煞〕曲牌前，作：

（小旦云了）（云）若说着俺那相别呵话长。他正天行汗病，换脉交阳。〔三煞〕

又如《任风子》第一折〔醉中天〕下“似恁的呵”四字，郑本、宁本均依原本放在〔醉中天〕下，而徐本则移到曲牌前。

《紫云亭》第三折“（做艰难了）〔十二月〕（带云）不争这厮提起那灯球诈柳，写字吟诗，弹琴擘阮，攧竹分茶，交我兜地皮痛，乍地心酸。伯伯呵！”原本“带云”后此段为大字，与后面曲词相连。三本均认为应为说白，以小字排写。但徐沁君认为此段说白不应放在曲牌〔十二月〕下，而移到曲牌前，且改“带云”为“云”。宁本亦依徐本安排。作：

（末云住）（做艰难了）（云）不争这厮提起那灯球诈柳，写字吟诗，弹琴擘阮，攧竹分茶，交我兜地腹痛，乍地心酸。伯伯呵！〔十二月〕

又如《魔合罗》第四折〔白鹤子〕第五〔幺篇〕“（旦云）〔幺〕是七月七日”，三本均将“是七月七日”改为说白，郑本、宁本放在〔幺〕曲牌后面，而徐本放在曲牌前，且在前面加“正末云”舞台提示语，作“（旦云）（正末云）是七月七日。〔幺篇〕”。

还有一些原本刊刻时即为宾白，校勘者对此校勘以后，有些保持了原本位置，有些却对宾白位置作了适当调整，有些没有调整位置，而这种调整与否又造成了新的差异。列表如下：

郑本、徐本、宁本宾白位置差异

剧目	折	郑本	徐本	宁本
拜月亭	二	倘秀才：……（小旦云了）（云）依着妹子只波（小旦云了）（做意了）……	倘秀才：……（小旦云了）（正旦云）依着妹子只波（小旦云了）（正旦做意了唱）……（云）不似这朝昏昼夜，春夏秋冬。（唱）	倘秀才：……（小旦云了）（云）依着妹子只波（小旦云了）（做意了）……
		呆骨朵：不似这朝昏昼夜，春夏秋冬。……	呆古朵：……	呆古朵：不似这朝昏昼夜，春夏秋冬……

续表

剧目	折	郑本	徐本	宁本
调风月	三	（外旦骂住）	（外旦骂住）（正旦云）呀，早第一句儿。（正旦唱）	（外旦骂住）呀，早第一句儿
		天净沙：呀，早第一句儿……	天净沙：……	天净沙：……
任风子	一	（等旦下）	（等旦下）（正末云）似恁的呵！（唱）	（等旦下）
		醉中天：似恁的呵	醉中天：……	醉中天：似恁的呵
紫云亭	三	（末云住）（做艰难了）	（正末云住）（正旦做艰难了）（云）不争这厮提起那打毬诈柳，写字吟诗，弹琴擘阮，撇竹分茶，交我兜地腹疼，乍地心酸！伯伯呵！（唱）	（末云住）（做艰难了）（云）不争这厮提起那打毬诈柳，写字吟诗，弹琴擘阮，撇竹分茶，交我兜地腹疼，乍地心酸！伯伯呵！
		十二月：（带云）不争这厮提起那打毬诈柳，写字吟诗，弹琴擘阮，撇竹分茶，交我兜地腹疼，乍地心酸！伯伯呵！……	十二月：……	十二月：……
魔合罗	四	（做寻思了云）……（旦云住）	（做寻思了云）……（旦云住）（正末云）是七月七日。（唱）	（做寻思了云）……（旦云住）
		幺：是七月七日？……	幺篇：……	幺篇：是七月七日？……
周公摄政	一	（驾又云）	（驾又云）（正末云）陛下放心！（唱）	（驾又云）
		幺：（云）陛下放心！……	幺篇：……	幺篇：陛下放心！……
	四	（交放下了）（不肯科）	（云）放下了。（驾不肯科）（正末唱）你真个不放也。（唱）	（交放下了）（不肯科）
		挂玉钩：（云）你真个不放也，……	挂玉钩：……	挂玉钩：你真个不放也，……
追韩信	四	滚绣球：……**自刎处叫一声乡人吕马童，**……	滚绣球：……**自刎叫一声：**（带云）乡人吕马童，（唱）……待回向垓心里别了虞姬……	滚绣球：……**自刎处叫一声乡人吕马童，**……
		转调货郎儿		转调货郎儿
		滚绣球：……**待回向垓心里别了虞姬**……		滚绣球：……待回向垓心里别了虞姬……

续表

剧目	折	郑本	徐本	宁本
竹叶舟	二	（外末云）……	外末云）……（正末云）噤声！（唱）	（外末云）……
		挂玉钩：噤声，……（云）俺四个品竹调弦，自歌自舞，岂不乐乎！……	挂玉钩：……（带云）俺四个品竹调弦，自歌自舞，岂不乐乎！（唱）……	挂玉钩：噤声，……（云）俺四个品竹调弦，自歌自舞，岂不乐乎！……
		（等外末云了）	（等外末云了）（正末云）你噤声！（唱）	（等外末云了）
		沽美酒：你噤声！……	沽美酒：……	沽美酒：你噤声！……
小张屠	一		（云）大嫂，你学几个古人。（唱）	
		油葫芦：（云）大嫂，你学几个古人。……	油葫芦：	油葫芦：（云）大嫂，你学几个古人。……
			（云）（云）母亲疾病痊可，有何不喜？（唱）	
		赚煞尾：（云）母亲疾病痊可，有何不喜？……	赚煞尾：……	赚煞尾：（云）母亲疾病痊可，有何不喜？……

注：省略号为曲词，加重者为曲词。

第三，科白提示语与说白混淆。三本中，有些内容具体是科白提示语还是说白内容，不同版本处理结果不同。如《拜月亭》第一折〔金盏儿〕后，郑本为：

（外末做住了）（本不甚吃酒了）（正末云了）你休吃酒也，恐酒后疏狂。

徐本为：

（外末做住了）（正旦云）本不甚吃酒了。（正末云了）（正旦云）你休吃酒也，恐酒后疏狂。

宁本为：

（外末做住了）（末不甚吃酒了）（正末云了）你休吃酒也，恐酒后疏狂。

徐本认为“本不甚吃酒了”为舞台提示语。宁本亦是作为舞台提示语处理，但改“本”为“末”，认为此动作为末发出。徐本则作为正旦说白处理。“你休吃酒也，恐酒后疏狂”郑本、宁本为“正末”说白，徐本则为“正旦”说白。按此处科白内容，宁本将“末不甚吃酒了”作为科白提示语处理较为妥当，郑本虽当舞台提示语，但“本”意思不明。而徐本将“你休吃酒也，恐酒后疏狂”处理为正旦说白更合剧情。

又如《三夺槊》第一折科白“高祖云了大怒将尉迟拿下”，郑本按照舞台提示语处理，作“（高祖云了）（大怒将尉迟拿下）”，而徐本、宁本则认为部分应为宾白，作“（高祖云了，大怒）将尉迟拿下”。如果按照元刊本宾白惯例，非主唱者一般没有宾白，郑本当更合元刊本体例。

《薛仁贵》第三折开头科白中“叫”，郑本、宁本作宾白，作“（正末扮拔禾上云）叫伴姑儿，你醉了，等我咱”，宁本“伴”改“胖”。而徐本将“叫”作舞台提示语处理，作“（正末扮拔禾上，云，叫）伴姑儿，你醉了，等我咱”。徐本校勘认为“伴姑儿”，亦可写作胖姑儿、伴姐、胖姐。

郑本、徐本、宁本宾白提示语和宾白内容相混

剧目	位置	郑本	徐本	宁本
铁拐李	第四折〔醉春风〕后	试推他一觉	（私推他一交）	试推他一觉
竹叶舟	第三折终	（等外末叫救人咱）	（等外末叫）救人咱！	（等外末叫救人咱）
博望烧屯	第一折〔醉中天〕后	（问）公来访诸葛	问公来访诸葛	（问）公来访诸葛
	第一折〔金盏儿〕前	（喝噤声）	（正末喝）噤声！	（喝）噤声！
替杀妻	第二折〔端正好〕前	（员外上云）（回家敲门见酒食科）	（员外上云）回家。（敲门）（见酒食科）	（员外上云）（回家敲门见酒食科）
		（外交请弟科）（张千不信）（外自请相见科）	（外交请弟科）（正末云）张千不信，咱请相见咱	（外交请弟科）（张千不信）（外自请相见科）
	第三折〔醉春风〕后	（母亲道旦有杀人贼了）	（正末云）母亲道旦有杀人贼了）	（云）母亲。（道旦有有杀人贼了）

续表

剧目	位置	郑本	徐本	宁本
小张屠	第一折〔醉扶归〕后	（问末朱砂有真假）	（正末问）朱砂有真假？	（末问）朱砂有真假？

《任风子》第三折第一〔滚绣球〕曲中“驾赐衣冠，道号希夷”，郑本、宁本为使臣说白，前面分别用“云”“使云”加以提示，且此八字用小一号字与曲词区别。而徐本则作为宾白提示语，用括号加以提示。徐本做法显然有所不当，“驾赐衣冠”看作宾白提示语尚可勉强接受，而“道号希夷”显然不是宾白提示语。

这种宾白提示语和宾白内容相混淆的情况还表现在其他剧作中，下面将其逐一加以罗列。

第四，《元刊杂剧三十种》原本中，有些地方或者将曲词刊刻为宾白，有些将宾白刊刻为曲词，校勘者对待这些曲白相混之处采用了不同处理方式，也导致了新的差异。列表如下：

郑本、徐本、宁本曲白相混处理结果差异

剧目	折	郑本	徐本	宁本
调风月	三	〔梨花儿〕：……**有劳长者车马，贵脚踏于贱地**……	〔梨花儿〕：……（带云）有劳长者车马，贵脚踏于贱地（唱）……	〔梨花儿〕：……有劳长者车马，贵脚踏于贱地……
任风子	三	〔醉春风〕：……师父叫一声任风子……	〔醉春风〕：……（带云）师父叫一声任风子（唱）……	〔醉春风〕：……师父叫一声任风子……
三夺槊	二	〔贺新郎〕：……**你知我迭不的相迎不沙**，贼丑生……	〔贺新郎〕：……**你知我迭不的相迎**。（带云）不沙，贼丑生……（唱）	〔贺新郎〕：……**你知我迭不的相迎**。不沙，贼丑生……
		〔哭皇天〕：……**若是来日到御园中**，……	〔哭皇天〕：……（带云）若是来日到御园中，（唱）……	〔哭皇天〕：……若是来日到御园中，……
	三	〔搅筝琶〕：……**则军师想度，元帅寻思。休！休！**……	〔搅筝琶〕：……（带云）则军师想度，元帅寻思。休！休！（唱）……	〔搅筝琶〕：……则军师想度，元帅寻思。休！休！……

续表

剧目	折	郑本	徐本	宁本
紫云亭	一	〔醉扶归〕：……**那厮每拿着二分钞便害疼害疼，**咱每就呵，**便二十锭，三十锭呵！**……	〔醉扶归〕：……**那厮每拿着二分钞便害疼。**（带云）害疼，咱每就呵便二十锭，三十锭呵！（唱）……	〔醉扶归〕：……**那厮每拿着二分钞便害疼。**害疼，咱每就呵便二十锭，三十锭呵！……
	二	〔红芍药〕：……奶奶，**你是老人家须知些道理**……（卜云住）……	〔红芍药〕：……（带云）奶奶，你是老人家，（唱）**须知些道理**……（卜儿云住）（正旦唱）……	〔红芍药〕：……奶奶，**你是老人家须知些道理**……（卜云住）……
		〔菩萨梁州〕：……**他见一日三万场魅焦到不得哩**……	〔菩萨梁州〕：……（带云）他见一日三万场魅焦到不得哩（唱）……	〔菩萨梁州〕：……他见一日三万场魅焦到不得哩……
	四	〔收江南〕：……（末云）**在相公厅当日个你分开这沙上宿鸳鸯**……	〔收江南〕：……（正末云住）（正旦云）相公呵，（唱）**当日个你分开这沙上宿鸳鸯**……	〔收江南〕：……（末云住）相公呵，**当日个你分开这沙上宿鸳鸯**……
汗衫记	二	〔天净纱〕：……**子问叫那野桥流水人家**	〔天净沙〕：……子问——（叫唱）**那野桥流水人家**	〔天净沙〕：……**子问叫那野桥流水人家**
薛仁贵	二	〔殿前欢〕……（带云）早是禁断赛社，……**我道麻**……	〔殿前欢〕……（带云）早是禁断赛社，（唱）……（带云）我道麻（唱）……	〔殿前欢〕……（带云）早是禁断赛社，……**我道麻**……
贬夜郎	一	〔金盏儿〕：……**鸥鹭水云乡。口口口，**……	〔金盏儿〕：……**鸥鹭水云乡。**（驾云了）（正末唱）……	〔金盏儿〕：……**鸥鹭水云乡。口口口，**……
铁拐李	一	〔仙吕点绛唇〕：……**哥哥你倚仗着答杖徒流绞。**……	〔仙吕点绛唇〕：……（张千云）哥哥你**倚仗着答杖徒流绞。**……	〔仙吕点绛唇〕：……**我和你倚仗着答杖徒流绞**
		〔金盏儿〕：（张千云）站车过，说与那上守，这老子我交他劈开里着司房中勾一遭便有祸……	〔金盏儿〕：（带云）站车过，说与那上守，（唱）**这老子我交他劈开里着司房中勾一遭便有祸**……	〔金盏儿〕：站车过，说与那上守，这老子我交他劈开里着司房中勾一遭便有祸……
	二	〔倘秀才〕：……兄弟呵！……	〔倘秀才〕：……**兄弟呵！**……	〔倘秀才〕：……兄弟呵！……

续表

剧目	折	郑本	徐本	宁本
介子推	一	赚煞：……（净云了）我道来，……	赚煞：……（净云了）（正末唱）**我道来**，……	赚煞：……（净云了）我道来，……
东窗事犯	楔子	幺：……**止不过休兵罢战还朝呵是**。……（带云）夺了四京九府。……（下）	幺篇：……（带云）**止不过休兵罢战还朝呵是**。（唱）……（带云）夺了四京九府。（唱）……（下）	幺篇：……**止不过休兵罢战还朝呵是**。……夺了四京九府。……（下）
	一	上马娇：……见外则慌，**内则相隔着汉阳江**……	上马娇：……（带云）几曾见外则将，内则相，（唱）**隔着汉阳江**……	上马娇：……见外则慌，**内则相隔着汉阳江**……
		赚煞：……我死呵，**做个负屈含冤忠孝鬼**！……	赚煞：……（带云）我死呵，做个负屈含冤忠孝鬼！（唱）……	赚煞：……我死呵，做个负屈含冤忠孝鬼！……
	二	醉春风：……**休笑我哝，我干净如你**！……	醉春风：……（带云）休笑我哝，我干净如你！（唱）……	醉春风：……休笑我哝，我干净如你！……
	四	滚绣球：（带云）太师道从见了呆行者**西山里作下文**……	滚绣球：**太师道：从见了呆行者西山里作下文**……	滚绣球：**太师道从见了呆行者西山里作下文**……
范张鸡黍	一	幺：……不妨来……	幺篇：……**不妨来**……	幺篇：……不妨来……
	三	高过浪来里：……**今日不得已也，且随众还家**……	高平煞：……（带云）今日不得已也，且随众还家（唱）……	高过浪来里：……今日不得已也，且随众还家……
七里滩	一	青哥儿：……**你说波**……**我醉了呵**……	青哥儿：……你说波……我醉了呵……	青哥儿：……你说波……我醉了呵……
		赚煞尾：……（带云）**望七里滩头，轻舟短棹，蓑笠纶竿**……	赚煞：……望七里滩头，轻舟短棹，蓑笠纶竿……	赚煞：……望七里滩头，轻舟短棹，蓑笠纶竿……
	二	金蕉叶：……（带云）**我若是不做官**……	金蕉叶：……我若是不做官……	金蕉叶：……我若是不做官……
		收尾：……（带云）**我不做官呵**……	尾声：……我不做官呵……	收尾：……我不做官呵……

续表

剧目	折	郑本	徐本	宁本
七里滩	三	倘秀才：来了我呵……不见我呵……来了我呵……	倘秀才：**来了我呵**……**不见我呵**……**来了我呵**……	倘秀才：来了我呵……不见我呵……来了我呵……
		滚绣球：……有宾朋来呵……	滚绣球：……**有宾朋来呵**……	滚绣球：……有宾朋来呵……
		煞：……从你为君……	四煞：……**从你为君**……	四煞：……从你为君……
		尾：……去的迟呵……（带云）俺出家，索纳被蒙头，黑甜一阵……（下）	煞尾：……**去的迟呵**……**俺出家，索纳被蒙头，黑甜一阵**……（下）	尾：……去的迟呵……俺出家，索纳被蒙头，黑甜一阵……（下）
	四	挂玉钩：（云）是不是我的仙鹤？**若是我的呵则不宜来**……	挂玉钩：……（带云）是不是我的仙鹤？若是我的呵则不宜来（唱）……	挂玉钩：……是不是我的仙鹤？**若是我的呵则不宜来**……
		折桂令：……（带云）我说与您听……	折桂令：……**我说与您听**……	折桂令：……我说与您听……
周公摄政	三	洛丝娘：……（告谢恩了）**敢虚做了真实**	洛丝娘：……若**谢恩了敢虚做了真实**	络丝娘：……若**谢恩了敢虚做了真实**
追韩信	二	挂玉钩：……（萧何云了）……（带云）可知可知**保奏得我甚挂印登坛**	挂玉钩：……（萧何云了）（正末唱）……**可知可知保奏得我甚挂印登坛**	挂玉钩：……（萧何云了）……**可知可知保奏得我甚挂印登坛**
博望烧屯	四	十二月：……（管通云了）（云）你如识真命呵，**哥哥管通**……	十二月：……（管通云了）（正末唱）**你如识真命呵哥哥管通**……	十二月：……（管通云了）**你如识真命呵哥哥管通**……
替杀妻	一	幺：……**你唬的我手儿脚儿滴羞都速难动转**。（云）嫂嫂和俺哥哥是几年夫妻？……	幺篇：……**你气的我手儿脚儿滴修都速战**。（带云）莫动！不！嫂嫂和俺哥哥是几年夫妻？……	幺篇：……**你唬的我手儿脚儿滴羞都速难动转**。嫂嫂和俺哥哥是几年夫妻？……
		赚煞：……**嫂嫂，你着马先行**……	赚煞：……（带云）嫂嫂，你着马先行（唱）……	赚煞：……嫂嫂，你着马先行……
		滚绣球：……（外问了）**嫂嫂母亲行更加十分孝**，……	滚绣球：……（外末问了）（正末唱）嫂嫂母亲行更加十分孝，……	滚绣球：……（外问了）嫂嫂母亲行更加十分孝，……

续表

剧目	折	郑本	徐本	宁本
替杀妻		滚绣球：……（云）嫂嫂，不争你这般呵**送的我有家难奔**，……（旦云了）……（云）俺哥哥知道呵，……	滚绣球：（旦云了）（正末唱）嫂嫂，**不争你这般呵送的我有家难奔**，……（旦云了）（正末唱）……**俺哥哥知道呵**，……	滚绣球：嫂嫂，**不争你这般呵送的我有家难奔**，……（旦云了）……俺哥哥知道呵，……
		滚绣球：……（带云）不好也，……	滚绣球：……不好也，……	滚绣球：……不好也，……
		尾声：……**因此上有一刀两断，归了地府**，……（下）	煞尾：……（带云）因此上有一刀两断，归了地府，（唱）……	尾声：……**因此上有一刀两断，归了地府**，……

注：表中加粗者为曲词，未加粗者为宾白；省略号表示三本均为曲词。

第五，宾白提示语脚色表示各本有所差异。《元刊杂剧三十种》中宾白简略，且大多为主唱者所有，其他脚色一般没有宾白，但是，当其应有宾白之时，还是以提示语的形式记录在案，有时甚至在提示语中简要地涉及宾白内容。元刊本在脚色表示方面十分混乱，郑骞、徐沁君、宁希元等在校勘时对这些杂乱不清的提示语（尤其是其中脚色与后面宾白内容的归属关系）作了细致的梳理，基本解决了这些问题。但是三家在文本中，因表述方式的不同以及表述详略程度的不同又形成了版本差异。

总体来看，徐本在宾白提示语的表述方面最为完备，也最为正规，郑本、宁本则次之。徐本在宾白提示语涉及脚色名称，凡“末”“旦”“外”者，均标注全称“正末”“正旦”“外末”。而郑本、宁本则依据元刊本，元刊本中标“末”“旦”“外”者照旧，并未将之补充为脚色全称，唯元刊本中标全称者则照旧。这样就会出现前一处为全称、后一处为简称，或者前一处为简称、后一处为全称的现象发生。从戏曲校勘的角度来说，在宾白提示语方面，有些校者着眼于保存刊本原貌而对其中内容不予改动，而在校语中将自己疑惑加以说明，这方面郑本可为典型。宁本则是大部分地方保存原貌，而有一些地方在原文中径直改定，并在校语中加以说明。而有些刊本可能在不影响刊本原貌的情况下对部分内容适当进行改定，在这方面徐本则为典型。

在表示动作的提示语中，徐本所采用的表达方式也是最为符合全面规范的。首先在曲前科白中，一种情况是仅有舞台动作，而无宾白内容时，最后一个舞台提示语如果是非主唱者发出者，徐本一般在最后会增补“正末唱”“正旦唱”加以提示；如果最后一个舞台提示是主唱者发出者，徐本一般增补“唱”来加以提示。而郑本、宁本则不会补充这些提示语。

另一种情况是既有舞台动作，也有宾白内容时，如果宾白前有其他非主唱者舞台提示，徐本一般在宾白前增补“正末云”“正旦云”加以提示。郑本则是在宾白前加“云”加以提示。宁本则是元刊本如果有诸如此类的提示语，则照旧，如果没有，一般不加任何提示语。宁本后一种做法如果独立来看，按照一般的阅读习惯，则会误认为宾白为其他非主唱者脚色所有，科白提示语中脚色表述不同，很容易使后面说白归属发生误解。但从整体上对这些问题加以观照，则会发现三者在本质上是一致的，仅是表述方式不同。

一折开头或者曲与曲之间科白中，当科白结束之时，如果最后一个舞台动作是非主唱者发出，徐本一般在说白后曲牌前增补“正末/正旦唱”加以提示。如果最后一个舞台提示是主唱者发出者，徐本一般增补“唱”加以提示。郑本、宁本则一般不会增补提示语。

其次在曲中科白中，如果舞台提示语只有一个，这个动作属于主唱者时，徐本一般是在舞台提示语中不会出现脚色名称，且在后面加“(唱)”来表示后面进入曲词部分。如果这个舞台提示语所发动作不属于主唱者时，徐本一般在后面加“(正末/正旦唱)”表示后面曲词演唱为“正末/正旦”行为。而郑本、宁本都不会补充这些提示语。如果舞台提示语有多个，且第一个动作为主唱者行为，徐本一般前面不加主唱者脚色名称，第一个动作非主唱者行为且后面有主唱者舞台提示语时，徐本一般会标注主唱者脚色全称“正末”“正旦”，郑本、宁本一般标注主唱者简称“末”“旦”。当曲中舞台语结束时，如果最后一个动作为主唱者所发动作，徐本一般补充“(唱)”，如果最后一个动作非主唱者所发，则补充“(正末/正旦)唱”。而郑本、徐本一般没有补充。

再次是曲后科白中，如果有主唱者宾白时，元刊本有时仅有宾白而无任何提示语，有时则前面有“云”，有时则为“正末/正旦云”。在这种情况下，三本也采用了不同的处理方式。徐本不管元刊本宾白前有无提示语，一律是在宾白前加提示语“(云)”。郑本在元刊本宾白前无提示语时一律加“(云)”，元刊本本来就有舞台提示语的地方则照旧不改。宁本则是一律照旧，不加任何改动。郑本、徐本的这种处理结果相对来说显得较为混乱。

最后就是曲中“带白”在三本中采用了不同的处理方式。如果曲中带白属于非主唱者发出，徐本的表述方式为“（带云）……（正末/正旦唱）”，宾白内容采用较曲词小一号字分别。郑本的表达方式则为两种，一种是元刊本无舞台提示语时，用“（云）……”方式表述；一种是元刊本有舞台提示语时则照旧，不予改动。字体同样采用较曲词小一号字加以分别。宁本如果元刊本中有“带云”“云”则依原样，如果没有，则前面一般不增补“带云”，后面也不加任何提示语，仅通过与曲词不同的字体来加以区别。

为了更为直观地进行比较，下面举《冤家债主》第一折为例，大概可以窥见三本表达方式的不同：

郑本：

……（尊子云了）〔仙吕点绛唇〕〔混江龙〕（尊子云了）〔油葫芦〕〔天下乐〕（尊子云了）（云）告上圣：此人不可悯恤。〔那吒令〕〔鹊踏枝〕（云）这等人妆幺处更不可恕。〔幺篇〕（尊子云了）（云）告上圣：若借与此人二十年富贵，更是无礼。〔六幺序〕〔幺篇〕（尊子云了）（净云了）〔赚煞尾〕（尊子云了）（净做睡觉科，云了）（寻的古藏科，云了）

徐本：

……（尊子云了）（正末唱）〔仙吕点绛唇〕〔混江龙〕（尊子云了）（正末唱）〔油葫芦〕〔天下乐〕（尊子云了）（正末云）告上圣：此人不可悯恤。（唱）〔那吒令〕〔鹊踏枝〕（云）这等人妆幺处更不可恕。（唱）〔幺篇〕（尊子云了）（正末云）告上圣：若借与此人二十年富贵，更是无礼。（唱）〔六幺序〕〔幺篇〕（尊子云了）（净云了）（正末唱）〔赚煞尾〕（尊子云了）（净做睡觉科，净云了）（寻的古藏科，云了）

宁本：

……（尊子云了）〔仙吕点绛唇〕〔混江龙〕（尊子云了）〔油葫芦〕〔天下乐〕（尊子云了）告上圣：此人不可悯恤。〔那吒令〕〔鹊踏枝〕（云）这等人妆幺处更不可恕。〔幺篇〕（尊子云了）（云）告上圣：若借与此人二十年富贵，更是无礼。〔六幺序〕〔幺篇〕（尊子

云了）（净云了）〔赚煞尾〕（尊子云了）（净做睡觉科，云了）（寻的窟藏科，云了）

郑本划线“云”为元刊本本来就有，宁本在校勘时依元刊本作“云”。郑本“告上圣”划线“云”为元刊本无，则宁本亦无。

第六，部分说白断句不同。《元刊杂剧三十种》中说白没有断句，故带来阅读之障碍。三本在校勘时，对说白根据自己理解作了断句，大部分基本相同，但也有部分说白断句不同。如《任风子》第一折〔醉中天〕后“你道我近不得他来明白厮打”句，郑本、徐本作“你道我近不得他，来，明白厮打”，“来”字单独成句，而宁本却将“来”字放在“他”后成句，作“你道我近不得他来，明白厮打”。第二折开头说白“先生咱子不我要杀你”，郑本作“先生，咱子不我要杀你”，校语说：“此处文意费解，有脱误。”徐本作“先生咱，子不我要杀你”。宁本也认为此处有脱误，所以径直在其前加了四个脱字符号，作“□□□□先生咱，子不我要杀你”，但未说明原因，实际上本句文意仍然不明，问题并没有得到解决。又如《铁拐李》第二折第一〔滚绣球〕后正旦宾白各本断句稍有不同，郑本作“（旦云）出的门外，我这里听着他：好歹分付孙福叔叔些话儿”，徐本、宁本作“（旦云）出的门外，我这里听着，他好歹分付孙福叔叔些话儿”，断句差异虽没有造成句意大的变化，但细微的差别还是存在的。

第七，《元刊杂剧三十种》原本中人名、地名大多用读音相近字来代替，在校勘中，三家有些径直作了改动，有些仍保留原状。如《气英布》第一折“于子琪”，郑本在正文中未改动，但校语中说“应作虞子期”，而徐本、宁本均在正文中改为“虞子期”并分别出校说明。本折开头之“扬州”，原本写作“杨州”，各本均作了改动。

第八，说白中字词校勘结果的差异。以上几种校勘结果所体现的差异大多属于剧本体例范畴，而说白中字词的校勘差异则更多地体现为内容上的差异。这类差异形式多样，没有一定的规律可言。如《气英布》第一折〔点绛唇〕前“众臣子房”之“众臣”，郑本失校，徐本改为“宰臣”，说：“据第三折正末白，称子房为丞相，今改。”而宁本则从音假角度认为“众”为“重”之音假，改为“重臣”。又如《紫云亭》第一折楔子“旦云，共末把盏，辞科，云”，郑本、宁本均同，而徐本则稍有不同，作“正旦云，共正末把盏科，云”，这样一来，就少去了正末与正旦辞别的动作，按照后文曲词，此处“辞”不应删去。

有时个别字词的校勘甚至导致句意的完全不同。如《紫云庭》第四折〔收江南〕曲中“末云在相公听当日个你分开这沙上宿鸳鸯”句，郑本作“（末云）在相公厅当日个你分开这沙上宿鸳鸯”，改“听”为“厅”，无独有偶，卢前、隋树森在本剧整理中均作如此处理。他们并没有相互看到各自的校勘著作，作如此处理应该有他们的道理。但三者均没有说明如此校改的理由。但徐本作“（正末云住）（正旦云）相公呵，当日个你分开这沙上宿鸳鸯”，宁本作“（末云住）相公呵，当日个你分开这沙上宿鸳鸯”，提示语虽然稍有不同，但按照宁本表述习惯，此处依然为“正旦云”，实质和徐本完全相同。他们认为此处“在”为“住”之形误，“听”为“呵”之形误，故作如是校改。二本中关于字词校改中部分形误很有说服力，但此处“住”形误为“在”、“呵”形误为“听”则有点牵强附会，缺少说服力。又如《贬夜郎》第二折开头“驾旦外一行了”，“一行”徐本、宁本改为“一折”，“一行”为一个动作，而“一折”则意味着一系列的动作表演，意思大相径庭。

有些是因为原本字迹漫漶不清，各家根据自己理解增补所导致的差异。如《薛仁贵》〔殿前欢〕前科白“众外做扌正末了”，郑本、宁本“扌”补作“抬”，而徐本补作“叩”，认为“扌”原应为“扣”之省，“扣”为“叩”之声假所致。

有的是因为字形相似而导致的差异。如《贬夜郎》第二折〔倘秀才〕后科白，郑本作“（末跪马了）（旦驾了）（驾骂了）”，徐沁君认为“旦驾了”之“驾”为“惊”字繁体“驚”之形误，并改“骂”为“怒”。宁希元认为“原本跑字，形误为跪”，这是以前各本所没有校勘的，他认为“李白醉酒，宣召甚急，敕赐走马入宫。他眼中根本没有那些皇戚贵族，因而才有任马驱驰之事。这当然是大不敬的，所以引起了下面‘旦骂了，驾怒了’等戏剧冲突”，并指出徐本“旦惊了”失当，应为“旦骂了”，是“涉下文误作驾字”之故。

有些是校勘者对剧情内容理解不同而导致的差异。最典型的当属《博望烧屯》第四折结束时，元刊本作“快行上了拿曹操出”，郑本同元刊本，徐本作“快行上了拿管通出”，校语云：“拿管通出——‘管通’原作‘曹操’。今改。按：赵本刘备白：‘赵云，与我拿下管通斩了者。’后经孔明说清，终将管通囚在牢里。据改。”宁本作“快行上了拿夏侯惇出”，校语说：

“原本误作‘拿曹操出’。按：脉抄本云：夏侯惇败后，复领一百骑来索战，张飞受命，戴罪立功，前去捉拿。诸葛亮云：‘张飞此去，必然成功。’故此处应有拿获情节，以为照应。”徐本、宁本虽然同样依据赵琦美本校勘，但校勘依据的不同和校勘者对剧情理解的不同又造成了新的差异。

四　曲词比较

《元刊杂剧三十种》校勘中，我们在曲牌比较中发现，曲牌在不同版本中呈现的差异不仅是曲牌数量多寡问题，也存在曲牌异名问题，而这种差异的情形也比较复杂，如果仅仅依靠曲牌本身，以及曲牌与宫调之关系已经难以说明。在实际情况中，不同版本中曲牌的差异所导致的不仅是曲套本身组合形式的变化，也直接与它所启领的曲词发生关系。考虑到曲词是元人杂剧的主体，其自身在形式和内容上都有相当的复杂性，而且不能像宾白那样归纳出一定的比较准则，故本节尽量把对差异性的探究控制在形式对比上，当涉及曲词内容时，尽可能点到为止。

（一）宫调

《元刊杂剧三十种》中，科白占极少分量，剧本的真正核心则是曲词。元杂剧结构是以套曲为中心的分折，一般是一本四折，每折以同一宫调的若干曲牌组成，四折分属四个宫调，有时加上楔子。据王国维的统计，楔子大抵用〔仙吕·赏花时〕或〔端正好〕二曲①。《元刊杂剧三十种》从总体来看，三十种杂剧结构上遵循一本四折的基本体式，偶有杂剧在四折前或中间加入楔子。但是，元刊本与后来明代以后版本或曲论有所不同，它虽然标注了所有曲牌名称，但本来应该表示某一宫调的大多数宫调名称却缺失了，仅有六种剧本在其中一折著录宫调，如《三夺槊》第四折〔正宫〕,《汗衫记》第二折〔越调〕,《周公摄政》第三折〔越调〕,《范张鸡黍》第四折〔中吕〕,《东窗事犯》第三折〔越调〕,《铁拐李》第三折〔双调〕。其他剧本均未著录宫调。《元刊杂剧三十种》的校勘者在校勘之时，根据曲律对这些作了补充，对每一套曲的宫调名称作了明确的规定，并根据这些宫调对剧本分折。但有时个别宫调存在漏补现象，如《调风月》第四折为〔双调〕，郑本、宁本在〔一枝花〕曲牌前漏补宫调名称。

① 王国维：《宋元戏曲史》，上海古籍出版社1998年版，第93页。

《紫云亭》第二折为〔南吕〕宫，郑本仅有曲牌〔一枝花〕，前漏补宫调名称。这是漏补宫调的。另外，三本中在宫调基本确定的情况下，某一宫调的其中一支曲牌前还会出现另一宫调名称，如《魔合罗》第四折为〔中吕〕，但郑本在第二支曲子曲牌〔醉春风〕前加〔子母调〕三字，徐本、宁本仅有曲牌名称〔醉春风〕。《铁拐李》第三折为〔双调〕，郑本、宁本在第十支曲子曲牌〔太清歌〕前加〔古调〕二字，徐本则无。《东窗事犯》第四折倒数第二支曲子中，郑本在曲牌〔后庭花〕前加〔仙吕〕二字，徐本、宁本无。在这些曲牌前面出现的“子母调”“古调”“仙吕”所体现的并不是宫调，而是在一种宫调的应用中，借用了其他宫调，属于借宫现象。元刊本中保存了这些字样，校勘者在校勘中，有些版本保留了这些字样，而有些版本则删去了这些宫调名称。

（二）曲牌

《元刊杂剧三十种》在套曲的整体性质方面，宫调以及套曲内部曲牌关联性上保持了较高的一致性，这种一致性构成了元刊杂剧的四个小的组合结构，这种结构结合起来共同构成了一个剧本，完成了元杂剧的叙事功能。这种宫调下四个小结构的组合体具有相对的稳定性。但这只是基于相对而言，具体到元刊本每本杂剧的校勘中，我们就会发现，在不同的校勘版本中，套曲间曲牌产生了程度不同的差异。

1. 曲牌数量比较

《元刊杂剧三十种》每剧每折套曲所包含的曲牌是稳定的，完整地完成了杂剧的叙事功能。校勘中元刊本套曲曲牌结构稳定性的一面得到了最大程度的保证，但是由于校勘者所参校版本的不同、校勘者对曲词格律宫调认识的不同，导致校勘的不同版本之间杂剧每折套曲所包含的曲牌数量产生了数量多寡的区别。

有些曲牌数量多寡不同是由于校勘者是否增补曲牌所造成的。《元刊杂剧三十种》有些剧作中个别曲词因各种原因而缺失，校勘者在校勘时根据参校版本进行了补充，如《任风子》剧第四折原本〔新水令〕后因缺页导致曲词缺失，三本据赵琦美《脉望馆钞校本古今杂剧》予以校补〔驻马听〕〔川拨棹〕〔雁儿落〕〔得胜令〕〔川拨棹〕〔七弟兄〕全曲及〔梅花酒〕部分曲词。又如《魔合罗》第四折元刊本首曲为〔子母调醉春风〕，无〔粉蝶儿〕。但《元曲选》、《古名家杂剧》及《北词广正谱》中吕套数分题引此折，均有〔粉蝶儿〕。三本均据明《古名家杂剧》本补录。郑骞虽然补录了曲牌与曲文，但仍持怀疑态度，他说：

> 杂剧中吕套首曲例用〔粉蝶儿〕，〔醉春风〕例为第二曲。散曲则有以〔醉春风〕为首曲者，如曾瑞卿《七国谋臣谄》套（见《太平乐府》卷八）。虽杂剧散曲所用套式有别，但未必不能通假。故原本之无〔粉蝶儿〕，究是脱落，或套式根本如此，殊难断言。故依《古名家》补录。

他还补充说：

> 子母调乃说明唱法者，似与是否首曲无关。

所以他在校勘时补录了〔中吕粉蝶儿〕的同时，仍然保留了〔醉春风〕前之“子母调”，而徐本、宁本则删去了这三字。

《范张鸡黍》第一折〔醉扶归〕（实为〔醉中天〕，三本均据律改题）后元刊本缺两个半页，共二十行，每行十七八九字不等，缺失曲词四支多，三家均据《雍熙乐府》增补了〔金盏儿〕〔赚煞〕及第二折〔一枝花〕〔梁州第七〕四曲全文及〔隔尾〕部分曲词。

《竹叶舟》第四折元刊本〔尧民歌〕，三本均析分为〔十二月〕〔尧民歌〕二曲，徐沁君校语指出了小令、套数之区别：“按谱：小令〔十二月〕〔尧民歌〕为带过曲，套数则分为二曲连用。”

有些曲牌缺失虽然无从校补，校勘者根据曲律进行分析，增补了曲牌，但增补曲牌数量不同，如《紫云亭》第二折，元刊本原本有缺失，故〔一枝花〕仅余调名，其下佚失若干曲文，〔感皇恩〕残文遂混接于〔一枝花〕调名之后。郑骞认为〔一枝花〕后照例须用〔梁州第七〕，增补曲牌，至于其他佚失曲牌则无从考查，遂后接〔感皇恩〕。而徐本、宁本虽然也指出了这一点，但是并没有将〔梁州第七〕调名增补，故造成了曲牌数量之差异。

有时在校勘时对佚失曲牌有些增补了曲牌曲文，有些没有予以增补。如《调风月》第三折宁本据《北词广正谱》增补〔雪里梅〕曲，而郑本、徐本却无。现将此曲过录如下：

〔雪里梅〕你道是延寿马素闻名，你莫不背地里早先曾，先曾这般悄悄冥冥，潜潜等等，你两个嫌杀月儿明。

又如《范张鸡黍》第三折元刊本〔青哥儿〕后无〔梧叶儿〕曲，宁本据《雍熙乐府》增补曲文，认为此曲明刊各本均有，“实剧情发展不可或缺者”。而郑本、徐本虽然在校勘时也参校了《雍熙乐府》，但并未增补此曲。现将此曲过录如下：

〔梧叶儿〕似这般光前裕后，一灵儿荡荡悠悠。我亲身自把灵车扣。一来是神明佑，二来是鬼推轴，我自与你革剌剌相拽到坟头。

《追韩信》第四折元刊本仅存〔端正好〕〔滚绣球〕〔收尾〕三曲，郑骞在校勘时指出：“原本有缺页，故此折仅三曲，不成套数，情节不完。两个半支〔滚绣球〕亦因之混接为一曲，语意既不连贯，格律亦不符合。”郑骞依律将〔滚绣球〕分为两个曲子，其中前六句为第一支〔滚绣球〕，后四句为第二支〔滚绣球〕，至于中间到底缺失了多少曲子已经无从查考了，只能据《北词广正谱》增补〔转调货郎儿〕一曲。此折内容虽然缺少若干曲子，但元刊本页数相连，郑骞认为这是“书坊朦混改刻”所导致的。宁本亦据郑本作了校补。现将郑本此数曲过录如下：

〔滚绣球〕哎！霸王呵。全不见鸿门会那气性，今日向乌江岸灭尽形。那里也拔山举鼎，怎想你临死也通个人情。自刎处叫一声，乡人吕马通，枭首级分付的明。（以下缺五句）

（此处有佚曲若干）

〔转调货郎儿〕那其间更阑人静，子房公吹笛数声，却又早元戎帐里梦魂惊。歌声动离乡背井，声悲切雨泪盈盈。铁笛吹起故乡情，他可都伤心见景。众儿郎不顾将军令，项重瞳引着虞姬听，早八千兵散楚歌声。月满空，恰二更，当夜个吹散了他那英雄百万兵。

（此处有佚曲若干）

〔滚绣球〕（以上缺七句）这两桩儿，送得楚重瞳百事无成。待回向垓心里别了虞姬，闷闷闷懒归西楚亲无救。待去来，吴楚八千子弟散得无一人，羞答答耻向东吴再起兵，另巍巍孤掌难鸣。

徐本则一仍元刊本之旧，无中间〔转调货郎儿〕，且将〔滚绣球〕混合为一曲，这样就导致在曲牌数量上少郑本、宁本二曲。

有些是校勘者将某支曲牌拆分为二曲或者合并二曲为一曲造成的。元刊本中曲牌题写时，有时将二曲合为一曲、一曲分为二曲的情形时有存在。校勘者在校勘时对这种现象有时做法一致，如《气英布》第三折元刊本〔小梁州〕，三本以中间说白为界析为〔小梁州〕〔幺（篇）〕二曲；《汗衫记》第三折元刊本〔小梁州〕，三本据律析为〔小梁州〕〔幺（篇）〕；《赵氏孤儿》第四折元刊本〔尧民歌〕，三本均按律拆分为〔十二月〕和〔尧民歌〕。《铁拐李》楔子元刊本作〔赏花时〕，三本均据律拆分为〔赏花时〕〔幺篇〕二曲，并补题宫调〔仙吕〕，第二折元刊本〔端正好〕，三本据律析为〔端正好〕〔滚绣球〕二曲，并在〔端正好〕前补题宫调；第三折元刊本〔梅花酒〕，三本据律析定为〔梅花酒〕〔收江南〕二曲；第四折元刊本〔醉春风〕，三本据律以中间说白为界析为〔醉春风〕〔十二月〕二曲，元刊本〔鲍老儿〕，三本均据律拆分为〔快活三〕〔鲍老儿〕。《范张鸡黍》第四折元刊本〔耍孩儿〕曲，三本均据律析分为二曲：〔耍孩儿〕〔幺（篇）〕。《七里滩》元刊本〔乔牌儿〕曲，三本据律析分为〔乔牌儿〕〔挂玉钩〕二曲。《霍光鬼谏》第三折元刊本〔呆古朵〕后〔倘秀才〕，三本据律析为〔倘秀才〕〔幺（篇）〕。《竹叶舟》第二折元刊本〔沽美酒〕，三本均析定为〔沽美酒〕〔太平令〕二曲。

有些并不一致，这样就造成了三本曲牌数量的多寡，如《疏者下船》第二折，元刊本〔鬼三台〕曲，郑本、宁本将之拆分为二曲，并改题曲牌为〔麻郎儿〕〔幺（篇）〕，徐本依元刊本作〔鬼三台〕。徐本为：

> 〔鬼三台〕你叔侄每免忧，俺夫妇门承头。俺把你残生搭救，你抱机关休得泄露。俺两口儿死后，子怕一家儿泼水难收，四口儿都遭机彀，几辈儿君王绝后。

郑本、宁本从“泄露”为界划分为二曲，前面题〔麻郎儿〕，后题〔幺（篇）〕。《周公摄政》第三折〔络丝娘〕曲，元刊本为一曲，郑本、徐本均未拆分，徐本将之拆分为〔络丝娘〕〔幺篇〕二曲，作：

> 〔络丝娘〕若不坏呵三千里流言怎息？若不坏呵如今武庚助纣作

业。管叔又背乱为非，蔡叔将军储供给，霍叔又戈甲相随。

〔幺篇〕踏践东土，震动京畿，怎奈何四五处烟尘并起。谢太后和君王赦臣无罪，若谢恩了敢虚做了真实。

2. 套数中曲牌名称比较

《元刊杂剧三十种》中有些曲牌排列和曲牌名称标注较为杂乱，个别曲牌名称明显与曲词格律不符，还有些元刊本曲牌名缺失或残缺，校勘者对这些曲牌排列和曲牌与曲词不符者进行了重新修正，对曲牌名缺失或残缺之处进行了增补，这样就造成了曲牌异名和曲牌排列顺序的不同。而这种不同由于元刊本套数曲牌的稳定性，并不涉及曲词顺序的调整，仅仅体现为个别曲牌名称和某些个别曲牌排列名称的不同，所以这种不同完全可以用套数中曲牌名称比较来概括。在对郑本、徐本、宁本比较的过程中，笔者发现这种曲牌异名集中地体现在大多数套数最后一曲曲牌名称中，为了更好地进行比较，故将其单列出来。下面先论述套数中其他曲牌异名现象。

郑本、徐本、宁本在校勘时，对套数中有些曲牌名称根据曲律作了修正，这种修正结果有些是相同的，有些却不尽相同。故在对这些曲牌名称进行比较时，不应将视线完全集中在异名方面，而是应该将《元刊杂剧三十种》校勘中所涉及的所有被修正的曲牌均纳入研究视线，这样才不会造成挂一漏万之现象。

郑本、徐本、宁本套数中曲牌名修正后相同

剧目	折	元刊本	郑本	徐本	宁本
〔西蜀梦〕	一	醉中天	醉扶归	同前	同前
	三	耍孩儿、三、二	耍孩儿、三煞、二煞	同前	同前
〔拜月亭〕	一	唇	点绛唇	同前	同前
〔单刀会〕	四	新水令	新水令、驻马听	同前	同前
〔遇上皇〕	一	醉中天	醉中天、金盏儿	同前	同前
〔疏者下船〕	三	四煞、三、二	耍孩儿、三煞、二煞	同前	同前
〔任风子〕	三	耍孩儿、幺	耍孩儿、六煞	同前	同前
〔三夺槊〕	四		端正好	同前	同前
〔气英布〕	四	山仙子	水仙子	同前	同前
〔赵氏孤儿〕	二	红芍药、梁州	红芍药、菩萨梁州	同前	同前

续表

剧目	折	元刊本	郑本	徐本	宁本
〔紫云亭〕	二	幺、隔尾	采茶歌、隔尾	同前	同前
〔衣锦还乡〕	一	金盏儿、醉中天	金盏儿、醉扶归	同前	同前
〔魔合罗〕	四	白鸠子	白鹤子	同前	同前
铁拐李	一	醉中天	醉扶归	同前	同前
东窗事犯	三		斗鹌鹑	同前	同前
范张鸡黍	一	金盏儿、醉扶归	金盏儿、醉中天	同前	同前
	三	醋葫芦、三煞	醋葫芦、幺	醋葫芦、幺篇	同前
周公摄政	一	六幺令	六幺序	同前	同前
	三		斗鹌鹑	同前	同前
竹叶舟	二	沽高酒	沽美酒	同前	同前

元刊本套数中曲牌名有些完全缺失，如《三夺槊》第四折〔端正好〕、《东窗事犯》第三折〔斗鹌鹑〕、《周公摄政》第三折〔斗鹌鹑〕。这三支曲子均属于本折第一支曲子，校者在按照曲律补充曲牌时，还相应地在前面补注了宫调名称。另外如《单刀会》第四折〔新水令〕后〔驻马听〕是元刊本本页下半页字迹缺失所致，而《遇上皇》第一折〔醉中天〕后〔金盏儿〕则是元刊本失题曲牌所致，校者对这些都予以补充。有些是曲牌中个别字缺失，如《拜月亭》第一折元刊本〔点绛唇〕，元刊本仅有“唇”。有些是曲牌省写的缘故，如《赵氏孤儿》第二折元刊本将〔菩萨梁州〕省写为〔梁州〕。有些是元刊本刊刻中错别字所致，如《气英布》第四折〔山仙子〕为〔水仙子〕之误，《魔合罗》第四折〔白鸠子〕为〔白鹤子〕之误，《周公摄政》第一折〔六幺令〕为〔六幺序〕之误，《竹叶舟》第二折〔沽高酒〕为〔沽美酒〕之误，对于这些错字，校者均作了改正。还有个别是元刊本曲牌误题所致，如《西蜀梦》《铁拐李》第一折〔醉中天〕均为〔醉扶归〕之误。《范张鸡黍》第一折元刊本〔醉扶归〕应为〔醉中天〕之误。《紫云亭》第二折元刊〔幺〕〔隔尾〕之〔幺〕应为〔采茶歌〕之误题。有些是元刊本联套方式不合规范所导致的，如《西蜀梦》第三折〔要孩儿〕〔三〕〔二〕，按照曲牌联套规范来说，最起码应在“三”后加“煞”，其后“二”“一”规范表示法应为〔二煞〕〔一煞〕，如果没有“煞”亦可。又如《任风子》第三折〔要孩儿〕〔幺〕，

后面曲牌为〔五煞〕〔四煞〕等，则此处表〔幺〕不合规范，应为〔六煞〕。《范张鸡黍》第三折〔醋葫芦〕〔幺〕同样如此。还有些是既有曲牌误题，也有曲牌联套方式不规范因素，如《疏者下船》第三折〔四煞〕〔三〕〔二〕，如按照元刊本表示，此三曲为〔满庭芳〕之曲牌变格和重复，按照曲牌格律，〔四煞〕应为〔耍孩儿〕之误，而〔三〕〔二〕则为曲牌省写。

有些曲牌虽然三本在校勘时没有予以改动，但对曲牌名称所存在的疑惑在校语中作了说明。如《衣锦还乡》第四折之〔阵阵赢〕〔豆叶黄〕〔太平令〕等曲即是这类。郑骞说："〔阵阵赢〕为〔得胜令〕之别名，但此曲与〔得胜令〕大异；经查双调诸曲，无一与此相似，不知究是何调。""此曲与〔豆叶黄〕大异，亦不似双调中之任何一调，与前〔阵阵赢〕俱无从考定。""此曲与〔太平令〕大异，究是何调，俟考。"宁希元和郑骞一样，对此三曲曲牌名亦持怀疑态度，同样在校语中作了说明。还有些曲牌名称虽然校勘时某种版本未予改动，有些作了改动，但是校者对其中疑惑作了说明。如《霍光鬼谏》第二折〔耍孩儿带四煞〕，郑本依元刊本之旧，徐本、宁本均作〔耍孩儿〕。郑骞虽未改正，但校语中对存在的疑惑作了说明，他说："此调后连用之煞曲既已另题，且只二支，又云带四煞，不解所谓。"《七里滩》第四折之〔乔牌儿〕曲，郑骞说："此曲与〔乔牌儿〕迥异，审其句法节段，又颇似两曲（自'和他那献果木猿猱'以下分）。无论合为一和分为二，均非〔乔牌儿〕；遍查双调及可入双调之宫调曲牌，亦无与此相合者，故仍其旧名，存疑俟考。"

有些曲牌在校勘后，三本曲牌名称却有所差异，列表如下：

郑本、徐本、宁本套数中曲牌名修正后异名

剧目	折	元刊本	郑本	徐本	宁本
拜月亭	二	梁州	梁州	梁州第七	梁州第七
	三	呆古朵	呆骨朵	呆古朵	呆骨朵
	四	阿忽令	太平令	阿忽令	太平令
西蜀梦	二	梁州	梁州	梁州第七	梁州第七
调风月	二	江儿水	快活三	江儿水	快活三
	四	阿古令	太平令	阿古令	太平令

续表

剧目	折	元刊本	郑本	徐本	宁本
遇上皇	二	梁州	梁州	梁州第七	梁州第七
看钱奴	二	呆古朵	呆古朵	呆骨朵	呆古朵
	三	圣葫芦	胜葫芦	胜葫芦	圣葫芦
	四	子花序	紫花序	紫花儿序	紫花儿序
陈抟高卧	二	梁州	梁州	梁州第七	梁州第七
老生儿	一	鹊桥仙	鹊踏枝	鹊桥仙	鹊踏枝
	四	德胜令	得胜令	德胜令	得胜令
三夺槊	二	梁州	梁州	梁州第七	梁州
		斗鹌鹑	斗蛤蟆	鹌鹑儿	斗蛤蟆
紫云亭	三	鲍老儿	鲍老儿、哨遍	鲍老儿、古鲍老	鲍老儿、哨遍
汗衫记	二	天净纱	天净纱	天净沙	天净沙
		络丝娘、二、三	络丝娘、二、三	络丝娘、幺篇、幺篇	络丝娘、幺篇、幺篇
衣锦还乡	二	醋葫芦、幺、三	醋葫芦、幺、三	醋葫芦、幺篇、幺篇	醋葫芦、幺篇、幺篇
		浪里煞	浪来里煞	浪里来煞	浪来里煞
	三	耍孩儿、五煞、二煞、三煞、四煞	耍孩儿、一煞、二煞、三煞、四煞	耍孩儿、五煞、四煞、三煞、二煞	耍孩儿、一煞、二煞、三煞、四煞
	四	德胜令	德胜令	得胜令	得胜令
魔合罗	二	这剌古	这剌古	者剌古	者剌古
	三	金菊香、浪来里、浪来里、浪来里	金菊香、浪来里、浪来里、浪来里	金菊香、醋葫芦、幺篇、幺篇	金菊香、醋葫芦、幺篇、幺篇
	四	三台	三台	鬼三台	鬼三台
介子推	二	梁州	梁州	梁州第七	梁州第七
	三	耍孩儿、三煞、二	耍孩儿、三煞、二	耍孩儿、三煞、二煞	耍孩儿、三煞、二煞
	四	紫花序	紫花序	紫花儿序	紫花儿序
		鬼三台	耍三台	鬼三台	鬼三台
霍光鬼谏	二	耍孩带四煞	耍孩儿带四煞	耍孩儿	耍孩儿

续表

剧目	折	元刊本	郑本	徐本	宁本
范张鸡黍	二	缺页	梁州	梁州第七	梁州第七
	三	幺	高过浪来里	高平煞	高过浪来里
七里滩	二	紫花儿	紫花儿	紫花儿序	紫花儿序
		耍孩儿、煞、三、四	耍孩儿、煞、二煞、三煞	耍孩儿、四煞、三煞、二煞	耍孩儿、四煞、三煞、二煞
周公摄政	三	绵搭絮、幺、拙鲁速	绵搭絮、拙鲁速、幺	绵搭絮、幺篇、拙鲁速	绵搭絮、拙鲁速、幺篇
竹叶舟	三	梁州	梁州	梁州第七	梁州第七
	四	胜葫芦、又	胜葫芦、又	胜葫芦、幺篇	胜葫芦、幺篇
博望烧屯	二	梁州	梁州	梁州第七	梁州第七
小张屠	一	醉扶归	醉扶归	醉中天	醉中天
	二	鬼三台、寨儿令	耍三台、寨儿令	鬼三台、寨儿令	耍三台、寨儿令
	三	耍孩儿、二煞、煞、尾声	耍孩儿、三煞、二煞、一煞	耍孩儿、二煞、三煞、四煞	耍孩儿、三煞、二煞、一煞

造成异名的原因多样，主要有：一是曲牌的简称与全称之别。元刊本中往往将〔梁州第七〕写为〔梁州〕，在校勘中，郑本部分剧作仍沿袭元刊本作简称，如上表所列即是，也有部分剧作用了全称。而徐本、宁本则一律为全称。还有一些并不是简称，而是在刻写时省去一个或者多个字，如元刊本〔紫花序〕〔子花序〕〔紫花儿〕〔三台〕等，校勘时郑本有时沿袭元刊本，而郑本、宁本均补为全称〔紫花儿序〕〔鬼三台〕。二是元刊本曲牌名中别字、借字，校勘时处理不同而致差异。如〔呆古朵〕〔得胜令〕〔胜葫芦〕〔者刺古〕〔天净沙〕等曲牌。三是元刊本作一曲，而校勘时分为二曲，但曲牌名称不同。如《紫云亭》第三折元刊本〔鲍老儿〕，郑本、宁本作〔鲍老儿〕〔哨遍〕，徐本作〔鲍老儿〕〔古鲍老〕。四是不同校者对曲律理解不同而导致的曲牌别名。如〔阿忽令〕〔阿古令〕与〔太平令〕、〔江儿水〕与〔快活三〕、〔鬼三台〕与〔耍三台〕、〔鹊踏枝〕与〔鹊桥仙〕、〔斗鹌鹑〕与〔斗蛤蟆〕〔鹌鹑儿〕、〔醉扶归〕与〔醉中天〕等均为此类。五是曲牌联套中对于曲牌连用方式之不同所导致差异。如元刊本《汗衫记》第二折〔络丝娘〕〔二〕〔三〕，《衣锦还乡》第二折〔醋葫芦〕〔幺〕〔三〕、第三折〔耍孩儿〕〔五煞〕〔二煞〕〔三煞〕、〔四煞〕，

《魔合罗》第三折〔金菊香〕〔浪来里〕〔浪来里〕〔浪来里〕,《介子推》第三折〔耍孩儿〕〔三煞〕〔二〕,《七里滩》第二折〔耍孩儿〕〔煞〕〔三〕〔四〕,《周公摄政》第三折〔绵搭絮〕〔幺〕〔拙鲁速〕,《竹叶舟》第四折〔胜葫芦〕〔又〕,《小张屠》第三折〔耍孩儿〕〔二煞〕〔煞〕〔尾声〕等,郑本、徐本、宁本各有不同。

在对三本进行比勘时,我们发现,曲牌异名还集中地体现在曲牌联套尾曲异名中。元刊本曲牌联套尾曲有些是带有“尾”“煞”字样,有些则没有。相较而言,不带有“尾”“煞”字样的尾曲差别不大,而带有“尾”“煞”字样的尾曲三家校勘结果存在较大差异。下面从带有“尾”“煞”字样的尾曲和不带“尾”“煞”字样的尾曲两个方面加以论述。

郑本、徐本、宁本套数尾曲曲牌

剧目	折	元刊本	郑本	徐本	宁本
〔西蜀梦〕	一	尾	赚煞	赚煞	赚煞
	二	收尾	收尾	收尾	收尾
	三	收尾	收尾	煞尾	收尾
	四	尾	煞尾	随煞尾	煞尾
〔拜月亭〕	一	赚尾	赚尾	赚尾	赚尾
	二	收尾	收尾	煞尾	收尾
	三	尾	煞尾	黄钟尾	煞尾
〔单刀会〕	一	赚煞尾	赚煞尾	赚煞尾	赚煞尾
	二	尾	煞尾	煞尾	煞尾
	三	尾	啄木儿煞	尾	啄木儿煞
	四	离亭宴带歇指煞	离亭宴带歇指煞	离亭宴带歇指煞	离亭宴带歇指煞
〔调风月〕	一	尾	赚煞	赚煞	赚煞
	二	尾	尾	尾	尾
	三	尾	收尾	收尾	收尾
〔遇上皇〕	一	尾	赚煞	赚煞	赚煞
	二	尾	煞尾	黄钟尾	黄钟尾
	三	尾	尾	煞尾	尾

续表

剧目	折	元刊本	郑本	徐本	宁本
〔疏者下船〕	一	尾	赚煞	赚煞	赚煞
	二	尾	收尾	尾	收尾
	三	尾	尾	尾	尾
〔看钱奴〕	一	赚煞尾	赚煞尾	赚煞尾	赚煞尾
	二	收尾煞	收尾煞	煞尾	收尾煞
	三	浪里来煞	浪里来煞	浪里来煞	浪里来煞
	四	收尾	收尾	收尾	收尾
〔陈抟高卧〕	一	赚煞	赚煞	赚煞	赚煞
	二	黄钟煞	带黄钟煞	黄钟尾	带黄钟煞
	三	三	煞尾	煞尾	煞尾
	四	离亭煞	离亭宴带歇指煞	离亭宴带歇指煞	离亭宴带歇指煞
〔任风子〕	一	尾	赚煞	赚煞	赚煞
	二	收尾	收尾	煞尾	收尾
	三	收尾	收尾	收尾	收尾
〔老生儿〕	一	尾	赚煞	赚煞尾	赚煞
	二	尾	煞尾	黄钟尾	煞尾
	三	尾	收尾	尾	收尾
〔三夺槊〕	一	尾	赚煞	赚煞	赚煞
	二	尾	煞尾	黄钟尾	煞尾
	三	尾	鸳鸯煞	鸳鸯煞	鸳鸯煞
〔气英布〕	一	收尾	赚煞	赚煞	赚煞
	二	收尾	收尾	黄钟尾	收尾
	三	随煞	随煞	啄木儿煞	随煞
	四	收尾	收尾	收尾	收尾
〔赵氏孤儿〕	一	尾	赚煞	赚煞	赚煞
	二	尾	煞尾	煞尾	煞尾
	三	尾	鸳鸯煞	鸳鸯煞	鸳鸯煞
	四	尾	尾	煞尾	尾

续表

剧目	折	元刊本	郑本	徐本	宁本
〔紫云亭〕	一	尾	赚尾	赚煞	赚煞
	二	收尾	收尾	黄钟尾	收尾
	三	收尾	收尾	煞尾	收尾
〔汗衫记〕	一	赚尾	赚尾	赚煞	赚尾
	二	收尾	收尾	收尾	收尾
	三	收尾	收尾	煞尾	收尾
〔衣锦还乡〕	一	赚煞尾	赚煞尾	赚煞尾	赚煞尾
	二	浪里煞	浪里来煞	浪里来煞	浪里来煞
	三	收尾煞	收尾煞	煞尾	收尾煞
〔魔合罗〕	一	尾	赚煞	赚煞	赚煞
	二	尾	尾	尾声	尾
	三	尾	浪里来煞	浪里来煞	浪里来煞
	四	尾	啄木儿煞	煞尾	啄木儿煞
〔贬夜郎〕	一	尾	赚煞	赚煞	赚煞
	二	尾	煞尾	煞尾	煞尾
	三	尾	尾	煞尾	尾
〔铁拐李〕	一	尾	赚煞	赚煞	赚煞
	二	尾声	煞尾	煞尾	煞尾
	三	鸳鸯煞	鸳鸯煞	鸳鸯煞	鸳鸯煞
	四	尾声	尾声	尾声	尾声
〔介子推〕	一	尾	赚煞	赚煞	赚煞
	二	尾	隔尾	黄钟尾	黄钟尾
	三	尾	尾	煞尾	尾
	四	尾	尾	收尾	收尾
〔东窗事犯〕	一	赚煞	赚煞	赚煞	赚煞
	二	收尾	收尾	煞尾	收尾
	三	收尾	收尾	收尾	收尾
	四	尾	煞尾	煞尾	煞尾

续表

剧目	折	元刊本	郑本	徐本	宁本
〔霍光鬼谏〕	一	赚煞尾	赚煞尾	赚煞尾	赚煞尾
	二	收尾煞	收尾煞	煞尾	煞尾
	三	收尾煞	收尾煞	煞尾	收尾煞
〔范张鸡黍〕	一	赚尾	赚尾	赚煞	赚煞
	二	尾	黄钟尾	黄钟尾	黄钟尾
	三	尾	浪里来煞	尾声	浪里来煞
	四	尾声	尾声	尾声	尾声
〔七里滩〕	一	赚煞	赚煞	赚煞	赚煞
	二	尾	收尾	尾声	收尾
	三	尾	尾	煞尾	尾
	四	离亭宴煞	鸳鸯煞	鸳鸯煞	鸳鸯煞
〔周公摄政〕	一	赚煞	赚煞	赚煞	赚煞
	二	尾	尾	煞尾	尾
	三	收尾	收尾	收尾	收尾
〔追韩信〕	一	尾	赚煞	赚煞尾	赚煞
	二	尾	鸳鸯煞	鸳鸯煞	鸳鸯煞
	三	尾	尾	煞尾	尾
	四	收尾	收尾	收尾	收尾
〔竹叶舟〕	一	尾	赚煞	赚煞	赚煞
	二	离亭宴煞	鸳鸯煞	鸳鸯煞	鸳鸯煞
	三	收尾煞	收尾煞	黄钟尾	黄钟尾
〔博望烧屯〕	一	收尾	赚煞	赚煞	赚煞
	二	随煞尾	随煞尾	黄钟尾	随煞尾
	三	鸳鸯尾	鸳鸯尾	鸳鸯煞	鸳鸯尾
〔替杀妻〕	一	尾声	赚煞	赚煞	赚煞
	二	尾声	尾声	煞尾	尾声
	三	尾声	尾声	尾声	尾声
〔小张屠〕	一	赚煞尾	赚煞尾	赚煞尾	赚煞尾
	二	尾	收尾	尾声	收尾
	三	煞尾	煞尾	煞尾	煞尾

《元刊杂剧三十种》元刊本套曲尾曲的标注比较随意，三本在校勘时对其进行了修正，因各家对曲律的理解不同，所以造成了上述差异。对于这些尾曲，郑本大多数在校勘时并没有说明详细理由，仅为“原作某某，据律改题”之类简单校语，而对有些不明者或待考者作了简单说明，如《陈抟高卧》第三折〔带黄钟煞〕，校语说：“诸本俱无带字，黄钟煞调名上未见加带字者，俟考。”徐本大多也没有详细说明，仅有“原作某某，今改”等简单校语，有时指出其他版本尾曲曲牌误题，如《铁拐李》第四折〔尾声〕校语：“臧、孟本作〔煞尾〕，非。”宁本大多数亦是如此，仅有“原本省题作某，今补”等类校语。从这里也可以看出，元杂剧曲牌联套体制之随意性和不稳定性。

前面所论，主要是套曲以带有“尾”“煞”字样收尾曲牌，至于一些不以带有“尾”“煞”套曲收尾者，则不在表中列出。通过统计发现，这样的情形主要集中体现在剧作第四折中。主要有三种方式。第一种是直接以某曲牌结束者，这些剧作主要有：《拜月亭》第四折之〔太平令〕（徐本为〔阿忽令〕[①]）、《调风月》第四折之〔太平令〕（徐本为〔阿古令〕）、《遇上皇》第四折之〔得胜令〕、《疏者下船》第四折之〔水仙子〕、《任风子》第四折之〔收江南〕、《老生儿》第四折之〔得胜令〕、《三夺槊》第四折之〔鲍老儿〕、《汗衫记》第四折之〔得胜令〕、《衣锦还乡》第四折之〔殿前欢〕、《周公摄政》第四折之〔落梅风〕、《竹叶舟》第四折之〔尧民歌〕、《博望烧屯》第四折之〔尧民歌〕、《替杀妻》《小张屠》第四折之〔水仙子〕。

第二种是以带有“尾”“煞”字样曲牌结束套曲，但后面又有一支或者两支不属于本套的曲子。在这些不属于本折套曲的一支或者两支曲子前，有些还有“散场”二字，表示本剧剧情结束，而有些却没有。如《单刀会》第四折〔离亭宴带歇指煞〕后“散场”，还有二曲〔沽美酒〕〔太平令〕。郑本、徐本在排版上和前面套曲一视同仁，而徐本则低两个排版，以示区别。徐沁君校语说：“本曲（〔沽美酒〕）与下曲〔太平令〕，为本折余文，低两格排，以示区别。这两支曲子是谁唱的，说法不同。一说是

① 徐沁君校语说：“‘阿忽’二字，经校笔填改为‘太平’二字。按：曲谱，本曲实为〔太平令〕。元曲联套惯例，〔沽美酒〕后例接〔太平令〕。又关氏《调风月》第四折〔沽美酒〕后之〔阿古令〕，亦即〔太平令〕。意者，本曲盖来自北方少数民族，‘阿忽’、‘阿古’其音，‘太平’其意欤?”他认为〔阿忽令〕为〔太平令〕别名，故依元刊本例标注。

关羽唱：孙楷第《沧州集》下册《元曲新考：北曲剧末有楔子》说：‘而此〔沽美酒〕〔太平令〕二曲在第四折〔新水令〕套后者，亦为正末关公唱。审其词，似公回荆州后，亦设宴邀肃，谢之。肃至，乃盗公追风骑，欲窘公。发觉拿住，遂见缚也。此是单刀会余波。’一说是周仓唱：上引刘知渐《读〈单刀会〉札记》说‘元刊本第四折末尾，还多了一个次要人物的唱词。这个人物，可能就是周仓。（引曲略）语气非常粗鲁，极似周仓。大约关羽上船后，周仓发现自己的坐骑被鲁肃部下偷去，因而愤怒地对偷马者唱出这支曲子。’似以刘说近似。”① 同样还有《东窗事犯》第四折〔煞尾〕后还有两曲〔后庭花〕〔柳叶儿〕。

第三种方式是不以带有“尾”“煞”字样曲牌结束本剧剧情，且后面还有一支或者两支不属于本折套曲的曲子，如《紫云亭》第四折以〔收江南〕结束，后还有一曲〔鹧鸪天〕。《贬夜郎》第四折以〔收江南〕结束，后面还有两曲〔后庭花〕〔柳叶儿〕。《霍光鬼谏》第四折以〔挂玉钩〕结束，后还有一曲〔落梅风〕。这些剧情结束后之一曲或者二曲在排版时徐本低两格，而郑本、徐本则未加以区别。

（三）曲牌与曲词对应比较

一般情况下，元杂剧不同版本中曲牌与曲词对应关系主要表现为三种形式：一是曲牌改变，唱词也随之起变化；二是曲牌改变，唱词不变；三是唱词改变，但曲牌不变。《元刊杂剧三十种》校勘中，曲词基本没有变化，但各家在校勘时理解不同而造成曲牌名称和数量的变化，这在前面已经有了系统的论述。此处主要就曲牌所对应的曲词的数量多寡等方面简单加以论述。

1. 断句不同而造成的曲词句数差异

元刊本《元刊杂剧三十种》没有断句，所以在曲词的阅读中困难较大，如果没有较为精深的曲学造诣是很难理解的。在校勘中，曲词断句是首先要解决的问题。而校勘者对曲律的不同理解而导致的断句结果不同，就形成了曲词句数多寡方面的差异。如《西蜀梦》第一折〔赚煞〕中，郑本“杀的那东吴家死尸骸，堰住江儿水”，徐本、宁本作“杀的那东吴家死尸骸堰住江儿水”。第二折〔一枝花〕中，郑本、宁本“朝野内度量，

① 徐沁君：《新校元刊杂剧三十种》，第87页。

正俺南边上，白虹贯日光”，徐本作“朝野内度量正俺南边上，白虹贯日光”。〔收尾〕三本各不相同，郑本作：

关将军美形状，张将军猛势况。再何时得相访？英雄归九泉壤！则掘得河边堤土坡上，钉下个镜桩。

徐本作：

关将军美形状，张将军猛势况。再何时得相访？英雄归九泉壤！则掘得河边堤土坡上钉下个缆桩。

宁本作：

关将军，美形状；张将军，猛势况。再何时，得相访？英雄归，九泉壤！则落得河边堤、土坡上，钉下个井桩。

以上是断句不同所造成的句数多寡。

还有一种就是虽然曲词句数相同，但断句地方不同而导致每句曲词字数不同。如〔梁州第七〕中，郑本、宁本“殿上，帝王，行思坐想正南下望”，郑本作“殿上帝王，行思坐想，正南下望”。

2. 曲牌对应曲词句数、字数多寡差异

《元刊杂剧三十种》元刊本曲牌对应下的曲词句数和每一句的字数是固定的，但在各家校勘中，又形成了曲词句数多寡和字数多寡的差异。如《西蜀梦》第二折〔梁州第七〕郑本、徐本“布衣间昆仲心肠，再不看官渡口剑刺颜良”，而宁本作“布衣间昆仲心肠，□□□□□□□，再不看官渡口剑刺颜良”，宁希元先生认为“依谱，此处当脱一上三下四的七字句，与上句‘布衣间昆仲心肠’作对”。虽然没有补充出其中所缺曲词，但事实上造成了曲牌对应下的曲词句数的多寡。

另外，曲词中有些字词的是否重叠也是曲词字数不同的原因。如《拜月亭》第一折〔混江龙〕中郑本“又随着车驾车驾南迁甚的回”，徐本作“又随着车驾、车驾南迁甚时回”，宁本作“又随着车驾南迁甚时回”。宁希元先生认为原本“车驾”二字正好在一页末，而第二页开始又误衍“车驾”二字，所以根据王季思校勘删去。

《元刊杂剧三十种》元刊本曲律下曲词时有脱漏，三家在校勘中，有些作了校补，有些未予校补。无论校补与否，三家都根据曲律对脱漏字数作了大致判断，采用了不同的处理方式。郑本一般是在脱漏处在括号内说明“原缺多少字”，所缺字数处不予断句。徐本、宁本则是能补充者予以补充，不能校补者则用“□”代替，且根据曲律加以断句。各家处理结果不同，又造成了曲牌下对应曲词句数、字数的多寡差异。如《单刀会》第三折〔柳青娘〕郑本“我不用三停刀。（原缺六字）锦衣郎”，徐本补作“我不用三停刀，千里骑，和那百万铁衣郎”，所缺为七字。宁本则未予补充，用□代替，作“我不用三停刀，□□□，□□□锦衣郎”。又如本折〔道和〕，郑本作：

我斟量，我斟量，东吴子敬有（原缺八字）××无谦让，把咱把咱闲魔障。我这龙泉三尺掣秋霜，□□□都只为镜边你见了咱挡搜相，交他家难侵傍。（原缺六字）交他交他精神丧。绮罗丛血水似镬汤，觅（原缺八字）杀的死尸骸屯满满满汉阳江。

徐本作：

我斟量，我斟量，东吴子敬有谋量。□□□，把咱把咱无谦让，把咱把咱闲魔障。我这龙泉□□□□□□□□□。都只为竞边，你见了咱挡搜相，交他家难侵傍。□□□□□□，交他交他精神丧。绮罗丛血水似镬汤，觅□□□□□□□□，杀的死尸骸屯满屯满汉阳江。

宁本作：

我斟量，我斟量，东吴子敬有□□。□□□，把咱把咱无谦让，把咱把咱闲魔障。我这龙泉□□□，□□□。□□都只为竞边，你见了咱挡搜相，交他家难侵傍。□□□□□□□，交他交他精神丧。绮罗丛血水似镬汤，觅□□□□□□□□，杀的死尸骸屯满屯满汉阳江。

3. 曲词与宾白混淆导致曲牌相对应曲词句数多寡差异

《元刊杂剧三十种》元刊本中，曲牌下曲词与夹白前有时并没有明确标注，仅是通过字体大小来区别。校勘中，对这部分内容的处理，各家处理结果不同，导致了曲牌相对应曲词句数多寡差异。这种差异在前面论及宾白时曾经提到，并专门列表作了比较，这里就不再在赘述。

五 散场（出场、祭出、驾断出）及题目正名比较

（一）散场（出场、祭出、驾断出）

《元刊杂剧三十种》元刊本在一些剧作第四折曲牌联套结束后，换言之，即当本剧主要剧情结束时，会有“散场（出场、祭出、驾断出）”等提示。元刊本中有“散场”二字剧作有《拜月亭》《气英布》《衣锦还乡》《竹叶舟》四剧。有“出场”二字剧作有《汗衫记》。有“祭出”字样的剧作有《周公摄政》。有“断出了”字样的剧作有《东窗事犯》。有“驾断出”字样的剧作有《遇上皇》。既有“驾断出”又有“散场”的剧作有《博望烧屯》。既有“祭出”又有“散场”字样的剧作有《介子推》。《霍光鬼谏》较为特殊，第四折〔挂玉钩〕后有“驾断了”“安排祭出了”字样，然后有〔落梅风〕一曲对本剧全部剧情作了简单介绍，诸如传奇之“家门大意”，后面又出现了“散场”二字。这些剧作中的这些表示剧情结束或者表演结束的舞台提示语，三家在校勘时均依元刊本保留了下来。但有些版本在校勘时，却在元刊本本来没有这些表示剧情结束或者表演结束的个别剧种中增加了“散场”等舞台提示语，如徐本在《紫云亭》第四折〔鹧鸪天〕前增加了“散场”二字，郑本在《贬夜郎》第四折〔收江南〕后〔后庭花〕前增加了“散场”二字。他们这样做大概是因为前面表示剧情的曲牌联套已经结束了，后面如《紫云亭》之〔鹧鸪天〕、《贬夜郎》之〔后庭花〕〔柳叶儿〕并非本折曲牌联套内容，故中间加一“散场”来区别。这种做法本身没有任何错谬，问题是《元刊杂剧三十种》中曲牌联套结束后还有一曲二者二曲非本折曲牌联套的剧作并非仅此二剧，还有《单刀会》《东窗事犯》，但徐本和郑本在这些剧作中并没有增加“散场”等字样，可见他们的这种行为并没有一个准确的标准，而是偶一为之之现象。

（二）题目正名

《元刊杂剧三十种》元刊本题目正名情况较为复杂，为更好进行比较，

现将元刊本和郑本、徐本、宁本题目正名情况列表如下。

元刊本、郑本、徐本、宁本题目正名情况

剧目	元刊本	郑本	徐本	宁本
单刀会	题目：乔国老谏吴帝，司□□休官职；鲁□□索荆州，□大王单刀会	题目：乔国老谏吴帝，司马徽休官职。 正名：鲁子敬索荆州，关大王单刀会	同郑本	同郑本
调风月	正名：双莺燕暗争春，诈妮子调风月	题目：双莺燕暗争春 正名：诈妮子调风月	同郑本	同元刊本
遇上皇	题目：丈人丈母狠心肠，司公倚势要红妆 正名：雪里公人大报冤，好酒赵元遇上皇	题目：丈人丈母狠心肠，司公倚势要红妆 正名：雪里公人大报冤，好酒赵元遇上皇	同郑本	同郑本
看钱奴	题目：疏财汉典孝子顺孙	题目：疏财汉典孝子顺孙	题目：疏财汉典孝子顺孙 正名：看钱奴买冤家债主	同徐本
任风子	题目：为神仙休了脚头妻，菜园中摔杀亲儿死；王祖师双赴玉虚宫，马丹阳三度任风子	题目：为神仙休了脚头妻，菜园中摔杀亲儿死 正名：王祖师双赴玉虚宫，马丹阳三度任风子	同郑本	同郑本
老生儿	题目 正名：举家妻从夫别父母，卧冰儿祭祖发家私；指绝地死劝糟糠妇，散家财天赐老生儿	题目：举家妻从夫别父母，卧冰儿祭祖发家私 正名：指绝地死劝糟糠妇，散家财天赐老生儿	题目：主家妻从夫别父母，卧冰儿祭祖发家私 正名：指绝地死劝糟糠妇，散家财天赐老生儿	同郑本
三夺槊	题目：齐元吉两争锋 正名：蔚迟恭三夺槊	题目：齐元吉两争锋 正名：尉迟恭三夺槊	同郑本	同郑本
气英布	题目：张子房附耳妬随何 正名：汉高皇濯足气英布	题目：张子房附耳妬隋何 正名：汉高皇濯足气英布	题目：张子房附耳妒隋何 正名：汉高皇濯足气英布	同郑本
赵氏孤儿	正名：韩厥救捨命烈士，陈英说妬贤送子；义逢义公孙杵臼，冤抱冤赵氏孤儿	题目：韩厥救捨命烈士，程婴说妬贤送子 正名：义逢义公孙杵臼，冤抱冤赵氏孤儿	题目：韩厥救舍命烈士，程婴说妒贤送子 正名：义逢义公孙杵臼，冤抱冤赵氏孤儿	同郑本

续表

剧目	元刊本	郑本	徐本	宁本
紫云亭	正名：象板艰难可意娘，玉鞭骄马画眉郎；两情迷到志刑处，落絮随风上下狂。灵春马适意误功名，韩楚兰守志侍前程；小秀才琴书青琐帏，诸宫调风月紫云庭	题目：灵春马适意误功名，韩楚兰守志待前程 正名：小秀才琴书青琐帏，诸宫调风月紫云庭	题目：灵春马适意误功名，韩楚兰守志待前程 正名：小秀才琴书青琐帏，诸宫调风月紫云亭	同徐本
汗衫记	正名：马行街姑侄初结义，黄河渡妻夫相抱弃；金山院子父再团圆，相国寺公孙汗衫记	题目：马行街姑侄初结义，黄河渡妻夫相抛弃 正名：金山院子父再团圆，相国寺公孙汗衫记	同郑本	同郑本
衣锦还乡	题目：白袍将朝中隐福，黑心贼雪上加霜 正名：唐太宗招贤纳士，薛仁贵衣锦还乡	题目：白袍将朝中隐福，黑心贼雪上加霜 正名：唐太宗招贤纳士，薛仁贵衣锦还乡	同郑本	同郑本
铁拐李	正名：岳孔目借尸还魂，吕洞宾度脱李岳	题目：岳孔目借尸还魂 正名：吕洞宾度脱李岳	同郑本	同郑本
东窗事犯	题目：岳枢密为宋国除患，秦太师暗结勾反谏 正名：何宗立勾西山行者，地藏王证东窗事犯	题目：岳枢密为宋国除患，秦太师暗结勾反间 正名：何宗立勾西山行者，地藏王证东窗事犯	题目：岳枢密为宋国除患，秦太师暗结搆反间 正名：何宗立勾西山行者，地藏王证东窗事犯	同郑本
霍光鬼谏	题目：长安城霍山造反，海温县废王遭难 正名：长信宫宣□登基，□明殿霍□鬼谏	题目：长安城霍山造反，海温县废王遭难 正名：长信宫宣帝登基，承明殿霍光鬼谏	题目：长安城霍山造反，海昏县废王遭难 正名：长信宫宣帝登基，承明殿霍光鬼谏	同徐本
七里滩	正名：刘文恭醉隐三家店，严子陵垂钓七里滩	题目：刘文叔醉隐三家店 正名：严子陵垂钓七里滩	题目：刘文叔醉隐三家店 正名：严子陵垂钓七里滩	同徐本
周公摄政	题目：说武庚管叔流言 正名：辅成王周公摄政	题目：说武庚管叔流言 正名：辅成王周公摄政	同郑本	同郑本
追韩信	题目：霸王垓下别虞姬，高皇亲挂元戎印；漂母风雪叹王孙，萧何月夜追韩信	题目：霸王垓下别虞姬，高皇亲挂元戎印 正名：漂母风雪叹王孙，萧何月夜追韩信	同郑本	同郑本

续表

剧目	元刊本	郑本	徐本	宁本
竹叶舟	题目：吕纯阳显化沧浪梦 正名：陈季卿悟道竹叶舟	题目：吕纯阳显化沧浪梦 正名：陈季卿悟道竹叶舟	同郑本	同郑本
博望烧屯	题目：曹丞相发马用兵，夏侯敦进退无门 正名：关云长白河放水，诸葛亮博望烧屯	题目：曹丞相发马用兵，夏侯惇进退无门 正名：关云长白河放水，诸葛亮博望烧屯	同郑本	同郑本
替杀妻	题目：悍妇贪淫生恶计，良人好义结相知 正名：贤明待制翻疑案，鲠直张千替杀妻	题目：悍妇贪淫生恶计，良人好义结相知 正名：贤明待制翻疑案，鲠直张千替杀妻	同郑本	同郑本
小张屠	题目：炳灵公府君神怒，速报司梦中发付 正名：王员外好赂贪财，小张屠焚儿救母	题目：炳灵公府君神怒，速报司梦中发付 正名：王员外好赂贪财，小张屠焚儿救母	同郑本	同郑本 （赂作贿）

从上表可见，元刊本中题目正名存在四种情况：一种是既无题目也无正名者，如《西蜀梦》《拜月亭》《疏者下船》《陈抟高卧》《魔合罗》《贬夜郎》《介子推》《范张鸡黍》八剧。一种是题目正名都有者，如《遇上皇》《老生儿》《三夺槊》《气英布》《衣锦还乡》《东窗事犯》《霍光鬼谏》《周公摄政》《竹叶舟》《博望烧屯》《替杀妻》《小张屠》十二剧。一种是仅有题目而无正名者，如《单刀会》《看钱奴》《任风子》《追韩信》四剧。一种是仅有正名而无题目者，如《调风月》《赵氏孤儿》《紫云亭》《汗衫记》《铁拐李》《七里滩》六剧。

题目正名一般是两句或者四句两两相对的句子构成，而元刊本中有一句者，如《看钱奴》仅有“题目”一句，这大概是元刊本刊刻时缺失了。甚至还有多至八句者，如《紫云亭》，这是因为前面四句实际并不属于题目正名，但是在刊刻时误刻于题目正名下。

对元刊本题目正名完整的剧作来说，三家在校勘后与元刊本完全相同的剧作有《遇上皇》《三夺槊》《衣锦还乡》《周公摄政》《竹叶舟》《替杀妻》六剧。有些是校勘后个别字词不同，如《博望烧屯》元刊本题目之“夏侯敦”，三本校勘时均改为“夏侯惇”。另外三本校勘后题目正名仅有个别字词不同者，如《老生儿》之元刊本“举家妻”，郑本、宁本同，而徐本作“主家妻”。《东窗事犯》元刊本题目中之“勾反谏”，郑本、宁本作“勾反间”，徐本作“搆反间”。《霍光鬼谏》三家校补了元刊本缺失或者漫漶之字词“帝”“承”“光”，但题目中元刊本与郑本之“海温县”，徐本、宁本作“海昏县”。《小张屠》正名中之“赂”，郑本、徐本同，而宁本作“贿”。还有些是同一字不同写法导致的差异，如《气英布》元刊本题目中之“妬”，郑本、宁本同，徐本作“妒”。

至于元刊本中仅有题目无正名者或者仅有正名无题目者，三家在校勘中均对其作了校补。这又有几种情况。一种是经过校补后完全相同者，如《单刀会》，三家均校补“正名”，并对元刊本缺失或者漫漶之“马徽”“子敬”“关”等字作了校补。《任风子》《汗衫记》《铁拐李》《追韩信》三家校补了“正名”。《七里滩》元刊本题目中之“刘文恭”，三家均作“刘文叔”，并增补了“正名”。第二种是仅有个别字词不同者，如《赵氏孤儿》，三家校补了正名，但元刊本题目之“捨命”“妬贤”，郑本、宁本同，徐本作“舍命”“妒贤”。尤其是《紫云庭》一剧，元刊本将不属于题目正名的四句误刻，三家均将之移出，放在题目正名前，并校补了“正名”，但元刊本、郑本正名最后一句中之“紫云庭”，在徐本、宁本中作“紫云亭”，这就不是单纯的字词差别，而是对剧作名称的改变。第三种是校勘后题目正名差异较大者，如《调风月》元刊本仅有“正名”而无“题目”，郑本、徐本校补了“题目”，而宁本仍同元刊本。又如《看钱奴》，元刊本仅有“题目 疏财汉典孝子顺孙”一句，郑本同元刊本，徐本、宁本均增补“正名 看钱奴买冤家债主”。

综上所述，《元刊杂剧三十种》各校本在剧作各个方面都有或多或少之差异，这一方面说明《元刊杂剧三十种》校勘是一项复杂的系统工程；另一方面也说明《元刊杂剧三十种》校勘是不会就此止步不前的，还有很多需要解决的问题亟待学者投入更大的精力去攻克。李占鹏先生所从事的全国高等院校古籍整理研究工作委员会2009年资助项目《元刊杂剧三十种集评汇校》应该能对前此校勘有所突破，期望此书能对这批典籍校勘工作在整体上有所推进。

第六章　近现代《西厢记》校勘

近现代以来，《西厢记》校勘仍然是元杂剧校勘的热点之一。近代最早对《西厢记》进行校勘和研究工作的是吴梅。吴梅在系统研究前人成果的基础上对各家校本做了精湛的点评。如对徐渭评本随意更改文字之举提出批评："徐天池评本，世传佳妙，顾亦有任意率书，不尽合窾者。大都天池解本，以机趣洗发，逆志作者，至声律故实，未必详审。至如《听琴》折'幽室青灯'改作'幽室灯红'、'一层儿红纸，几晃儿疏棂'改为'一匙儿糨刷，几尺儿纱笼'，竟将原文涂抹，又未免武断矣。"① 他对金圣叹删抹腰斩《西厢记》提出了尖锐的批评，在《霜崖曲话》中多次提及，如"诸典提要"中论及王实甫《西厢记》时说："《西厢》之工，夫人而知，至其布置之妙，昔人多所未论，惟为金采所涂窜，又为之强分章节，支离割裂，而分局布子之法，遂不得见，此亦实甫之一厄也。"② 指出金圣叹涂窜《西厢》主要表现有三："《西厢》之所以工者，就词藻论之，则以蕴藉婉丽，易元人粗鄙之风，一也。""以衬字灵荡，易元人板滞呆塞之习，二也。""以出语之艳，易元人直率鄙倍之观，三也。"③ 分析金圣叹涂窜《西厢记》之所以孟浪之原因为："盖圣叹以文律曲，故于衬字删繁就简，而不知腔拍之不协，至一牌划分数节，拘腐最为可厌。所改未必无胜处，特以今人刻古书，而为古人行笔削之权，即使古人心服，其如面目全非何。"④ 并说金圣叹《西厢记》的盛传于世对王实甫《西厢记》传播来说是一大灾难，说："《西厢》之工，人所共喻，即无圣叹，何尝不传。吾谓自有圣叹，而《西厢》乃真不传也。何也？盖时俗所通行者，非实甫

---

① 吴梅：《霜崖曲话》，《吴梅全集》（理论卷下），河北教育出版社2004年版，第1220页。
② 吴梅：《霜崖曲话》，《吴梅全集》（理论卷下），河北教育出版社2004年版，第1159页。
③ 吴梅：《霜崖曲话》，《吴梅全集》（理论卷下），河北教育出版社2004年版，第1160页。
④ 吴梅：《霜崖曲话》，《吴梅全集》（理论卷下），河北教育出版社2004年版，第1226页。

之《西厢》，圣叹之《西厢》也。而读《西厢》者，则以圣叹之《西厢》，即为实甫之《西厢》也。二者交盩，而《西厢》之真本，乃为孟浪汉所摈。是今日所行之《西厢》，非真正之《西厢》，而《西厢》乃竟无传本，即间有传者，皆为藏弆家之珍秘，而世莫能遘焉。吾于是为实甫悲也。"①在诸多校本中，认为《西厢记》刊本"当以碧筠斋为首，朱石津次之，金在衡、顾玄纬诸刻，亦有可取处。即空观好与伯良操戈，局度太偏。此外坊刻，等诸自郐。其有假托名人评校，如汤临川、徐天池、陈眉公等，所见颇多，概非佳椠"②。他尤为推崇王骥德校本，盛赞王伯良《西厢》古注校本"真是前无古人，自有此注，而实甫真面目可见矣。以经史证故实；以元剧证方言，至千古蒙垢，旧为群小所窜，众喙所訾者，具引据精博，洗发痛快，真天下第一奇书也"③，云其"每折皆细针密缕，切实考订，可谓天衣无缝，词意熨帖矣"④。他也曾对《西厢记》进行了校勘，如他阅读《元本出相北西厢记》时，"尝细校一过，词句间窜改至多，疑坊间射利者所为。凡句旁用套圈者，皆经改易处也。标名曰原本，不过易动人目而已"⑤。因见各本大异，亦有志于校勘《西厢记》，"往昔曾见《西厢》旧本，与今所见者大异，屡欲志其异同处，而苦未得间，兹以所忆者得者，略论于下，然十忘八九，仅撮其最著者而已，其他一二字之同异，则不能悉举也"⑥，这是对《西厢记》部分曲词的校勘。吴梅此举或许最终功成，"余有校勘记一册，行箧中未带出来"⑦，惜其校勘记最终并未行世，实为《西厢记》校勘史上一大损失，至今我们只能从他的著作中窥见零星的记载。

吴梅不仅自己进行元杂剧校勘，而且在教导弟子时亦颇为重视元剧校勘。如王季思《西厢记》校勘就深受吴梅启发。王季思从小看的《西厢记》本子是金圣叹改本，且对其深信不疑。师从吴梅先生后，才看到了暖红室刻本《西厢记》，后来陆续看到唐元稹《会真记》，金董解元《西厢记诸宫调》以及明李日华、陆天池的两种《南西厢》，由此激发了他研究《西厢记》的动机。

---

① 吴梅：《霜崖曲话》，《吴梅全集》（理论卷下），河北教育出版社 2004 年版，第 1161 页。
② 吴梅：《读曲记》，《吴梅全集》（理论卷中），第 729 页。
③ 吴梅：《读曲记》，《吴梅全集》（理论卷中），第 729 页。
④ 吴梅：《读曲记》，《吴梅全集》（理论卷中），第 1224 页。
⑤ 吴梅：《读曲记》，《吴梅全集》（理论卷中），第 729 页。
⑥ 吴梅：《霜崖曲话》，《吴梅全集》（理论卷下），第 1224 页。
⑦ 吴梅：《霜崖曲话》，《吴梅全集》（理论卷下），第 1224 页。

第一节 王季思《西厢记》校勘

一 王季思《西厢记》校勘过程

《西厢记》校勘成就最突出者当数王季思。有学者指出“王季思先生是国内外著名的文学史家，对中国古代文学做过全面深入而系统的研究；重点尤在戏曲；在戏曲研究中，元曲研究的成就最突出；在元曲研究中，以《西厢记》研究的时间最长，付出的心血最多，成果最辉煌”①。1943年，浙江龙吟书屋出版王季思《西厢五剧注》。这是王季思治元剧的最早著作。王季思出身南戏发源地温州，幼时观《西厢记》演出给他留下很深的印象。“大约当我十三四岁以前，不时可以看到温州戏曲的演出，从昆腔、高腔以至湖调、乱弹、梆子腔，各种班子都有。……考进中学以后，寄宿在校里，管理比较严。可是听到有昆腔或京剧演出，仍时常和几个不大用功的同学，偷偷地到校外去看戏。”②“我爱《西厢记》就是从它的舞台形象开始的。”③ 师从吴梅前深受金圣叹《西厢记》影响。十二三岁时读金圣叹《西厢记》，“由于他文章写得汪洋恣肆，引人入胜，对《西厢记》曲白关目的评点也确有独到之处，我一向对他深信不疑”④。后来师从吴梅先生后，受吴梅先生启发，开始接触到其他《西厢记》版本，“觉得金圣叹的批注是才人之笔，往往称心而言，肆意而发，甚至篡改原本，强古人以就我”⑤，由此产生了校注《西厢记》的念头。

王季思在《西厢记》校勘方法上深受清末著名学者孙诒让的影响。在瑞安读书期间，他曾经在孙诒让家居住，他说：“生活中经常有这样的现象，偶然的一点机缘就能决定或者改变一个人生活的道路，关键在你能不能正确地把握住它。孙先生家里的大量藏书和一些手稿、手校本，以及他

① 黄秉泽：《王季思先生研究〈西厢记〉的杰出贡献》，黄天骥主编：《王季思从教七十周年纪念文集》，中山大学出版社1993年版，第15页。

② 王季思：《温州的南戏》，载康保成编《王季思文集》，中山大学出版社2004年版，第109页。

③ 王季思：《我怎么研究〈西厢记〉》，《王季思全集》第一卷，河北教育出版社2005年版，第1页。

④ 王季思：《〈西厢五剧注〉成书漫忆》，《王季思全集》第一卷，第153页。

⑤ 王季思：《〈西厢五剧注〉成书漫忆》，《王季思全集》第一卷，第153页。

在学术上的通信（如孙先生和俞樾的通信），在我这个无知的少年面前，象突然打开的知识宝库。生活竟是这样安排了我，倘若十中没有开除我，我就不会来到瑞安，而要是我不接触这些藏书，那么我也就学不到一些整理古代文献的方法，即一般所说的‘校勘考证之学’。后来我校勘《西厢记》、《录鬼簿》的不同版本，考证元人杂剧的特殊用语，最早就是受孙氏的启发的。”

王季思是在1932年任教松江女子中学时开始校注《西厢记》的。王季思开始对《西厢记》方言俗语的考证，是用前人治经的方法来考证戏曲小说。第一次是在松江女子中学教学时，利用业余时间，他从《元曲选》《阳春白雪》《太平乐府》等书里画出宋元通俗文学里的习用语，制成卡片备查。同学浦江清在看了卡片后说："这是用乾嘉学者考证的方法治西厢，因此能够发前人所未发。"从这时开始，王季思把卡片里有关《西厢记》的疑难问题，按五本二十折的顺序，转录在笔记本里。"七七"事变后，松江沦陷，王季思携家人南归，所有卡片札记都丧失了。直到1938年暑假，到处州中学教书，接着1939年到金华国民出版社当编审，才又利用业余时间注释《西厢记》。他根据从松江带出来的批注在暖红室刻本上的注条完成注本，提请国民出版社出版。当时国民出版社以宣传抗日救国为宗旨，认为出版这种爱情故事书会受到舆论指责，注本未获批准。后来王季思在处州中学的同事郭莽西在龙泉开了个龙吟书屋，慨然答应出版该书。等到书出版已是1943年①的岁末了。

《西厢五剧注》是以暖红室覆刻明凌濛初本做底本，校对了王伯良、

① 关于《西厢五剧注》出版时间，作者自己表述有两种说法。一种是1943年，如《〈西厢五剧注〉成书漫忆》中作者说："《西厢五剧注》是我治元剧的最早著作。它于1943年由浙江龙吟书屋出版。""等到书出版，已是1943年岁末了。"一种说法是1944年。王季思多次提到这种说法。如《我怎样研究〈西厢记〉》中说："1944年，我的《西厢五剧注》出版后，金本就逐渐少人看了。"《〈西厢记〉1954年版后记》中说："我在1944年曾有《西厢五剧注》在浙江龙泉龙吟书屋出版。"《〈集评校注西厢记〉后记》中说："1944年为在浙江龙吟书屋出版《西厢五剧注》时，是以暖红室复刻明凌濛初本做底本，校对了王伯良、金圣叹、毛西河诸家刻本，并就《雍熙乐府》校正它的部分曲文。"在作者的表述中，并没有明确说究竟出版于1944年几月，都是一种笼统的说法。但在《王季思全集》第一卷所收《〈西厢五剧注〉自序》后整理者注明："原载《西厢五剧注》，浙江龙泉龙吟书屋1944年版。"以上诸种说法，笼统者均为作者自述，但1943年版说法出现时间最后，是作者1985年回忆而成，而1944年版说法时间远早于前者。而《西厢五剧注》最早版本出版时间明为1944年，作者1943年出版和"等到书出版，已是1943年岁末了"的说法则不明所以。在文章表述中，还是采用《〈西厢五剧注〉成书漫忆》中之说法。

金圣叹、毛西河诸家刻本，并就《雍熙乐府》校正它的部分曲文，又对原本中的异体字作了划一的工作。“该书出版后，受到学界好评，初步奠定了其学术地位。该书的出版也可以看作是王季思学术研究发展成熟的一个标志。”①

此后，王季思在此书基础上不断补充完善。1948 年，王季思将《西厢五剧注》略加补充，选录明清各家有关《西厢记》的一些评语，汇编成书，改名《集评校注西厢记》，由开明书店出版。这两本书的出版，打破了金圣叹评本《西厢记》一统文坛的局面。

1954 年，王季思精益求精，在《西厢五剧注》《集评校注西厢记》两书的基础上，进行第三次修订，改名《西厢记》，由新文艺出版社出版。底本仍为暖红室覆刻凌濛初刊本，用以参校的版本，“根据《雍熙乐府》所录《西厢记》曲文和王伯良刻本、汲古阁六十种传奇本、毛西河刻本等加以校正”。增加了王骥德本、汲古阁《六十种曲》本、毛西河刻本。1957 年，古典文学出版社重印了这一修订本。可能因为未能对大量明刊本《西厢记》一一加以比勘，所以校注评释虽然有所增加，故不称为《集评校注西厢记》，而改名为《西厢记》出版。

1958 年，王季思再次进行修订，以新发现的弘治本、张深之本、刘龙田本等版本为校本，对《西厢记》校注本进行校补，对文字、标点整齐划一，并删去一些不必要的引证，这是第四次修订本，由中华书局上海编辑所出版。1978 年上海古籍出版社重印该书时，王季思对一些内容文字上作了修改，将《关于〈西厢记〉作者的问题》《关于〈西厢记〉作者问题的进一步探讨》两篇论文作为附录。此后，该书多次重印，被评为全国优秀畅销书，最终成为国内流传最广的一个《西厢记》校注本。

1987 年，王季思和张人和综合上述各本，以《集评校注西厢记》之名由上海古籍出版社出版。《集评校注西厢记》在新校注本《西厢记》的基础上，根据弘治戊午本，将第二本惠明送书时唱的〔正宫·端正好〕一套为第二折，以下红娘请宴、夫人赖婚、莺莺听琴，顺次为第三、四、五折，使第二本有五折，全部五本共有二十一折，更加接近《西厢记》的本来面貌。在集评方面“选录的范围更广，别择也更精了。特别是把各家不

---

① 苗怀明：《不谈六经爱五剧　西厢浪子是前身——王季思和他的戏曲研究》，《文化遗产》2009 年第 1 期。

同的甚至相反的意见汇集在一处”①；在附录方面，又增加了一些相关的资料。这样该书在校注之外，还具有资料汇编的性质，为研究者提供了更多的帮助，可以说是目前最完善的一个《西厢记》整理本。后来《全元戏曲》出版时，王实甫名下《西厢记》即是将此书中评注等方面的内容删去，仅仅保留了校勘的部分，由人民文学出版社出版。

二　注本与集评本之比较

王季思先生在长达50多年的时间里，对《西厢记》投入如此大的精力，精心打磨，不断修订，体现了老一代学者严谨认真、精益求精的治学风范。在这50多年，他对《西厢记》版本的一些认识逐步深入，越来越接近《西厢记》原本面貌，对《西厢记》研究作出了版本上的卓著贡献。考察这些版本之间的不同和变化，也可以看出《西厢记》在近代戏曲校勘中的发展过程和成果。下面就主要以《西厢五剧注》和《集评校注西厢记》（《全元戏曲》本《西厢记》）加以比较，试图勾勒出王季思《西厢记》校勘的心路历程和认识阶段。

《西厢五剧注》和《集评校注西厢记》最大的不同体现在《西厢记》体例上。《西厢五剧注》采用五本二十折划分《西厢记》。五本分别是：

第一本　张君瑞闹道场：楔子、第一折、第二折、第三折、第四折
第二本　崔莺莺夜听琴：第一折、楔子、第二折、第三折、第四折
第三本　张君瑞害相思：楔子、第一折、第二折、第三折、第四折
第四本　草桥店梦莺莺：楔子、第一折、第二折、第三折、第四折
第五本　张君瑞庆团圆：楔子、第一折、第二折、第三折、第四折

在这里，王季思对《西厢记》体例的安排，还是采用了前此的做法，将第二本中惠明所唱一套〔正宫·端正好〕〔滚绣球〕〔叨叨令〕〔倘秀才〕〔滚绣球〕〔白鹤子〕〔二〕〔一〕〔耍孩儿〕〔二〕〔收尾〕作为楔子。

但是到了《集评校注西厢记》中，王季思对《西厢记》体例又做了改动。《西厢记》体例变为五本二十一折，分别是：

---

①　王季思：《集评校注〈西厢记〉后记》，上海古籍出版社1987年版。

第一本　张君瑞闹道场：楔子、第一折、第二折、第三折、第四折
第二本　崔莺莺夜听琴：第一折、第二折、楔子、第三折、第四折、第五折
第三本　张君瑞害相思：楔子、第一折、第二折、第三折、第四折
第四本　草桥店梦莺莺：楔子、第一折、第二折、第三折、第四折
第五本　张君瑞庆团圆：楔子、第一折、第二折、第三折、第四折

王季思在《集评校注西厢记》中将原来《西厢五剧注》中第二本楔子“惠明下书”一套曲子作为第二折，而将凌濛初本删去的原来属于楔子的〔赏花时〕〔么篇〕二曲又补充进去作为第二本的楔子，而后面本应是第二折、第三折、第四折的三套曲子则随之变为第三折、第四折、第五折。

这种改动主要体现在第二本中“惠明下书”一段唱词的安排有所变化。惠明所唱一套〔正宫·端正好〕是《西厢记》版本问题中的一个焦点问题，明清刊本对其的处理主要有两种方式，或者是如弘治本那样将此套曲词单独成折，或者是如陈眉公本一般将其与前一套曲合为一出。陈眉公本曲牌组合及演唱为：

〔八声甘州〕〔混江龙〕〔油葫芦〕〔天下乐〕〔哪吒令〕〔鹊踏枝〕〔寄生草〕〔六么序〕〔么〕〔后庭花〕〔柳叶儿〕〔青哥儿〕〔赚煞〕（以上为莺唱）〔端正好〕〔滚绣球〕〔叨叨令〕〔倘秀才〕〔滚绣球〕〔白鹤子〕〔二〕〔三〕〔四〕〔五〕〔收尾〕〔赏花时〕〔么篇〕（以上为惠唱）

王季思所依据的底本为凌濛初本。凌濛初本的处理方式是：从开头的〔八声甘州〕到〔赚煞〕属于第二本第一折，从〔端正好〕到〔收尾〕属于第二本楔子，而原本属于楔子的最后两支曲子〔赏花时〕〔么篇〕则被删去了。另外曲牌组合中弘治本、陈眉公本中的〔白鹤子〕〔二〕〔三〕〔四〕〔五〕〔收尾〕，到了凌濛初本则被改为〔白鹤子〕〔二〕〔一〕〔耍孩儿〕〔二〕〔么篇〕〔收尾〕，曲牌组合方式也有了变化。王季思在《西厢五剧注》中也是依照凌濛初本作了同样的处理，将惠明所唱〔端正好〕套曲作为楔子，同样删去了本来应该作为楔子的〔赏花时〕〔么篇〕二曲。

现将其过录如下：

楔　子

(夫人云) 此事如何? ……

〔正宫·端正好〕〔滚绣球〕〔叨叨令〕〔倘秀才〕〔滚绣球〕〔白鹤子〕〔二〕〔一〕〔耍孩儿〕〔二〕〔收尾〕

(末云) 老夫人长老放心，此书到日，必有佳音。咱“眼观旌节旗，耳听好消息”。你看“一封书札逡巡至，半万贼兵咫尺来。”(并下) (杜将军引卒子上开) 林下晒衣嫌日淡，池中濯足恨鱼腥；花根本艳公卿子，虎体原斑将相孙。…… (将军云) 既然如此，和尚你行，我便来。(惠明云) 将军是必疾来者! (将军云) 虽无圣旨发兵，“将在外，君命有所不受。” ……

而到了《集评校注西厢记》中，王季思又根据弘治本对此作了改动，将惠明所唱〔端正好〕套曲作为第二本第二折，将〔赏花时〕〔么篇〕二曲作为楔子。过录如下：

第二折

(夫人、末、洁并上) (夫人云) 此事如何? ……

〔正宫·端正好〕〔滚绣球〕〔叨叨令〕〔倘秀才〕〔滚绣球〕〔白鹤子〕〔二〕〔一〕〔耍孩儿〕〔二〕〔收尾〕

(末云) 老夫人长老放心，此书到日，必有佳音。咱“眼观旌节旗，耳听好消息”。你看“一封书札逡巡至，半万贼兵咫尺来”。(并下)

楔　子

(杜将军引卒子上开) 林下晒衣嫌日淡，池中濯足恨鱼腥；花根本艳公卿子，虎体原斑将相孙。…… (将军云) 既然如此，和尚你行，我便来。(惠明云) 将军是必疾来者!

〔仙吕·赏花时〕那厮掳掠黎民德行短，将军镇压边庭机变宽。他弥天罪有百千般。若将军不管，纵贼寇骋无端。

〔么篇〕便是你坐视朝廷将帝王瞒。若是扫荡妖氛着百姓欢，干戈息，大功完。歌谣遍满，名誉到金銮。

（将军云）虽无圣旨发兵，“将在外，君命有所不受。”……

凌濛初本在《西厢记》体制上受人指责最多的就是他没有把第二本惠明下书所唱〔正宫·端正好〕套曲作为一折，而是作为楔子来安排，并且把真正的楔子即惠明所唱〔赏花时〕〔么篇〕二曲删去。凌濛初这样做的理由是：

此处俗本有惠明唱〔赏花时〕二段。金白屿谓周宪王增《西厢》〔赏花时〕，其意似谓不止此。臧晋叔谓止此是其笔。然宪王所撰，亻尽可逼元，不学究庸俗乃耳。其本原无，故不载，聊附之解证中。[①]

在《五本解证》中，凌濛初录了〔赏花时〕之后，又说：

此亦楔子也。楔子无重见，且一人之口，必无再唱楔子之体。周宪王故是当家手，必不出此。定系俗笔。徐以前后白多，去之觉冷淡而姑存之，不知剧体正套前后原不妨白多者，王伯良去之为是。[②]

他认为将〔赏花时〕二曲作为楔子是俗本所为，周宪王本原无，且没有楔子重见的做法，加之王骥德本也删去了，所以删去此二曲。毛奇龄虽然也是采用弘治本做法将第一折与楔子合为一折，但他对删去〔赏花时〕〔么篇〕二曲的做法提出了严厉的批评：

俗不识例，并不识楔子，妄删此二曲，遂致如许科白而不得一楔，殊为可怪。若以二曲为俚，则白中书词俚恶百倍于曲。此正作者故为卖弄处，今不敢删白而独删曲，何也。其曲白互见意不复出，故坐视不救，获罪朝廷诸语，不见于书而传之惠明口中。今诸本既删二曲而又增“朝廷知道，其罪何归”数语于“小弟之命”之下，则前后不接，明是周旋补入，而反称古本，何古本之不幸也？且二曲虽俚，其词连调绝语排气转处，真元人作法三昧。即末句将已寄书意急作一

① （明）凌濛初：《凌刻套版绘图西厢记》，上海古籍出版社 2005 年影印本。
② （明）凌濛初：《凌刻套版绘图西厢记》，上海古籍出版社 2005 年影印本。

照顾，亦殊俊妙。只俗本误重与为传誉，遂有妄改边庭为关城，捷书为歌谣者，不知边庭本书词，捷书非凯歌，不容改也。且后本楔子俚恶忒甚，灵犀一点，与楚襄王先在阳台上，殊不是西厢俊笔，皆不蒙删，而独删此，岂此亦汉卿续耶。①

他其实就是针对凌濛初所发的议论。王季思在后来的校勘中，因为见了弘治本，所以又在《集评校注西厢记》中对此作了调整。从这也可以看出王季思在《西厢记》研究中精益求精的态度和追求真理的精神。

除了这处大的变动，王季思在《西厢记》校勘中对一些细微的地方也作了修订。这些修订包括曲子内容的调整、科白的修订等。

曲子内容的调整，如第二本第四折（《西厢记五剧注》中之第三折）中，《西厢五剧注》作：

（夫人云）再把一盏者！（红递盏了）（红背与旦云）姐姐，这烦恼怎生是了！（旦唱）

〔月上海棠〕而今烦恼犹闲可，久后思量怎奈何？有意诉衷肠，争奈母亲侧坐，成抛躲，咫尺间如间阔。

〔幺篇〕一杯闷酒尊前过，低首无言自摧挫。不甚醉颜酡，却早嫌玻璃盏大。从因我，酒上心来较可。

而在《集评校注西厢记》中则调整为：

（夫人云）再把一盏者！（红递盏了）（旦唱）

〔月上海棠〕一杯闷酒尊前过，低首无言自摧挫。不甚醉颜酡，却早嫌玻璃盏大。从因我，酒上心来较可。

（红背与旦云）姐姐，这烦恼怎生是了！（旦唱）

〔幺篇〕而今烦恼犹闲可，久后思量怎奈何？有意诉衷肠，争奈母亲侧坐，成抛躲，咫尺间如间阔。

王季思根据宾白内容对两曲前后顺序作了调整，前曲承科白“（夫人

① （清）毛奇龄：《毛西河论定西厢记》，康熙间学者堂刻本。

云）再把一盏者！（红递盏了）”而言，而后曲则承科白“（红背与旦云）姐姐，这烦恼怎生是了！”而言，这样调整后使曲白内容更为紧凑而有顺序，较原来更为合理。

有些是对曲子的归属作了改变，如第五本第四折，注本为：

（使臣上科）（末唱）〔锦上花〕〔么篇〕〔清江引〕〔随尾〕

集评本则据元本题评《西厢记》改为：

（使臣上唱）〔锦上花〕〔么篇〕（末唱）〔清江引〕〔随尾〕

按照此四曲口吻，前二曲更合使臣，而后二曲明为张生，如此修改，则更为合理。

王季思《集评校注西厢记》对《西厢五剧注》中一些科白也有所修正补充。如第一本第一折注本“（正末扮骑马引徕人上开）”，集评本改为“（正末扮张生骑马引仆上开）”，并出校语说：“仆，原作徕人，据王伯良本改。”应该说修改后更符合元杂剧体例。第一本第四折〔碧玉箫〕后注本科白“（洁与众僧发科）”，集评本改为“（洁与众发科了）”，更符元杂剧体例。又如注本第一本第一折：

（聪云）小僧取钥匙，开了佛殿、钟楼、塔院、罗汉堂、香积厨，盘桓一会，师父敢待回来。（末云）是盖造得好也呵。

而集评本在（末云）前加科白“（做看科）”，关照前面说白“师父敢待回来”。本折最后张生唱〔赚煞〕后，注本作“（下）”，集评本改为“（并下）”，一折完，人物均会下场，注本“（下）”，则法聪和尚尚在场上，不符演出惯例，集评本改“（并下）”，则无此问题。又如注本第二本第一折：

（孙飞虎上开）（法本慌上）

集评本则在“（法本慌上）”前加科白“（下）”，表示孙飞虎下场。

第二本楔子，注本开始时直接由“（夫人云）”开始，集评本则在其前加“（夫人、末、洁并上）”，提示人物上场。

另外，集评本还对原来的一些科白作了整齐归正，如第一本第二折〔快活三〕曲中，注本为：

（洁云）俺出家人那有此事。（末）既不沙，……

集评本则改“（末）”为“（末唱）”。“（末）”按照元杂剧科白惯例，则当为宾白，但后面内容明是唱词，故补充“唱”，就跟前面说白区分开来。诸如此类修改还有数处，如第二本第二折〔上小楼〕〔满庭芳〕〔朝天子〕〔二煞〕中注本“（红）”，集评本均改为“（红唱）”。第二本第三折〔新水令幺篇〕后注本中“（旦）”，集评本改为“（旦唱）”。说白中也有此类现象。如第一本第一折〔天下乐〕后，注本中“（童）安排下饭，撒和了马，等哥哥回家”，集评本在“童”后补“云”，显得更为规范。诸如同类较多，如第二本第三折〔离亭宴带歇指煞〕后，注本科白“（红）街上好贱柴，烧你个傻角”，集评本改“红”为“红云”。第三本第二折〔小梁州幺篇〕后科白注本为“（红云）（下）（末上云）（红上）”，集评本补充了“（红上）”为“（红上云）”。

从注本到集评本，王季思对说白中部分字词也做了适当调整。如第一本第一折注本“路经河中府，过浦关上，有一故人”，集评本改为“路经河中府过，浦关上有一故人”，前面短句明显有误，修改后更合说白之意。第一本第三折〔调笑令〕后，注本“愿堂中老母”，集评本改为“愿中堂老母”。〔小桃红〕后注本“看他则甚”，集评本改为“看他说甚的”，并出校云：“原作‘看他则甚’，据弘治本改。”第二本第一折注本“（孙飞虎上开）俺分统五千人马，镇守河桥”，集评本在后面加“劫掠良民财物”，并出校云：“原本无，据弘治本补。”第二本楔子（集评本第二本第二折）注本“（末云）不争便送来，一来父服在身，二来于军不利。你去说来”，集评本改“军”为“君”，改“来”为“去”，并对改“军”为“君”出校云：“从弘治本改。”〔收尾〕后白“奈至河中府普救寺，忽值采薪之忧”，集评本在后加“不及径造”。第二本第三折〔江儿水〕“撇下赔钱货；下场头那答儿发付我！”，集评本在中间据弘治本补说白“不争你不成亲呵！”。第三本第二折〔快活三〕后白“张生两日如何”，集评本改

“两日”为“近日”。〔小梁州幺篇〕后白“那书请红娘将去”，集评本改“请”为“倩”。第三本第四折〔煞尾〕中白“（红云）你挣揣咱”，集评本改“挣揣”为“挣扎”。

当然，有些地方可能更符合元人书写习惯，本不用改动，集评本中作了改动。如“见”改为“现”。第一本第二折“（净扮洁上）见今崔老夫人领着家眷扶柩回博陵”之“见”，集评本改为“现”。“则”改为“只”。如本折〔四边静〕后“（末出科云）我则在这里等待问他咱”之“则”，集评本改为“只”。“每”改为“们”。如第三本第四折〔调笑令〕“更做道秀才每从来恁”，集评本改“每”为“们”，“番”改为“翻”。如第三本第一折〔元和令〕后白“只恐他番了面皮”，集评本改“番”为“翻”。有些改动不如注本更为合适，如第三本第四折〔煞尾〕中白“（红云）你挣揣咱”，集评本改“挣揣”为“挣扎”。关于曲词，集评本也对注本有些曲词作了改动。如第一本第一折〔后庭花〕“若不是衬残红芳径软”，集评本改为“若不是衬残红，芳径软”。如此断句，更合曲律。第二折〔耍孩儿〕“魂灵儿已在他行”，集评本改“已”为“巴”。“巴”字更能将张君瑞对崔莺莺之痴迷程度体现出来。第二本楔子（集评本第二本第二折）〔滚绣球〕“那里怕焚烧了兜率伽蓝”，集评本作“那里管焚烧了兜率也似伽蓝”。第二本第四折〔小桃红〕“怨天公”，集评本作“怨公天”。〔圣药王〕“我这里意已通”，集评本改“已”为“不”。第三本第一折〔村里迓鼓〕“多管是和衣儿睡”，集评本在“睡”后补“起”。因为“罗衫上前襟褶衽”只有起身才能看到，故加“起”更为合理。

在曲词中，同样有些地方改动后不符元人写作习惯，如第一本第三折〔绵搭絮〕“他不偢人待怎生”，第二本第一折〔赚煞〕“众家眷谁偢问”，集评本改“偢”为“瞅”。又如第二本第四折〔庆宣和〕“将小脚儿那”、〔雁儿落〕“荆棘剌怎动那”，集评本改“那”为“挪”。有些地方甚至可能不如注本合适，如第一本第四折〔沉醉东风〕“佛啰，早成就了幽期密约”，集评本改此为说白。第二本第一折〔赚煞〕“虽然是不关亲”，集评本作“虽然不是关亲”。第五本第一折〔梧叶儿〕“但黏着他皮肉”，集评本改“黏”为“贴”。第五本第二折〔朝天子〕“自从，到此”，集评本作“自从到此”。

第二节　吴晓铃、张燕瑾等《西厢记》校勘

一　吴晓铃《西厢记》校勘

在王季思稍后，吴晓铃也对《西厢记》作了校勘工作。1963 年，吴晓铃《校注西厢记》由人民文学出版社出版。从序言看，此书在 1954 年就已完成，校勘工作应还在其前。吴晓铃本着“初步地搞出一个比较接近于旧本（不是原本）而又适合于一般阅读欣赏的本子”[①] 的目的对《西厢记》作了校勘。在校勘中共采用了十二个版本，以凌初成和王伯良的本子做底本，用其他九种（应为十种）本子对校。这十种本子分别是：

明弘治十一年北京岳氏刊本《奇妙全相注释西厢记五卷》
明万历三十八年起凤馆刊本《元本出相北西厢记二卷》
明万历间陈长卿刊本《新刻魏仲雪先生批点香雪居二卷》
明崇祯三年文立堂刊本《新镌绣象批评音释王实甫北西厢真本五卷》
明崇祯十二年刊本《张深之先生正北西厢秘本五卷》
明崇祯间汇锦堂刊本《三名家合评元本北西厢记五卷》
明崇祯间汲古阁刊《六十种曲》初印本《西厢记定本二卷》
清初贯华堂原刊本《贯华堂注释第六才子书八卷》
诵芬室景印清初原刊本《毛西河论定西厢记五卷》
清朱璐评稿本《西厢记不分卷》

在元杂剧校勘史上，用两种版本作底本的做法是很少见的。遇到文字上的歧异就参考北京岳氏本和《雍熙乐府》本来抉择，尤其是第二本根据北京岳氏本分为五折。

吴晓铃《校注西厢记》因为不是供给研究应用的，所以没有把详细的校勘记写出来，只是对一些词语作了注释。这样我们就无从得知其具体的校勘过程和成果，从这个方面来说，吴晓铃《校注西厢记》还不算严格意义上的元杂剧校勘，这和臧懋循《元曲选》等一样，是整理范畴意义上的

① 吴晓铃：《校注西厢记 · 前言》，人民文学出版社 1963 年版。

校勘。

吴晓铃《校注西厢记》体例为五本二十一折，其各本情况如下：

西厢记杂剧第一本　张君瑞闹道场：楔子/第一折/第二折/第三折/第四折

西厢记杂剧第二本　崔莺莺夜听琴：第一折/第二折/第三折/第四折/第五折

西厢记杂剧第三本　张君瑞害相思：楔子/第一折/第二折/第三折/第四折

西厢记杂剧第四本　草桥店梦莺莺：楔子/第一折/第二折/第三折/第四折

西厢记杂剧第五本　张君瑞庆团圆：楔子/第一折/第二折/第三折/第四折

吴晓铃《校注西厢记》在第二本的处理上采用了北京岳氏本的划分法，将之分为五折，而删去了楔子部分。这种做法其实也是如前所说是《西厢记》第二折体例中的主要划分方法之一，并没有什么独特的创造性。

二　张燕瑾《西厢记》校勘

对《西厢记》进行校勘的还有张燕瑾与弥松颐。1979 年江西人民出版社出版两人合作的《西厢记新注》。《西厢记新注》校勘的目的“只是作为一种普及的通俗读本奉献给读者”①，所以在校注时遇有异文，一般不作校记，重要的校记则在注释中列出。因此在校勘中采用了简而易行的办法：以现存最早的明弘治十一年戊午（1498）北京岳氏刊本（《新刊奇妙全相注释西厢记》）为底本，以流传较广、影响较大、在校订上又有一定贡献的王骥德《新校注古本西厢记》、凌濛初刻本《即空观主人鉴定西厢记》和毛西河《毛西河论定西厢记》等作为主要校本校订，同时也吸收了王季思、吴晓铃《西厢记》校本的一些成果。校勘“主观上希望它成为既接近

① 张燕瑾、弥松颐：《西厢记新注·前言》，江西人民出版社 1979 年版。

于旧本、又吸收前代各家研究之长的通俗读本”①，其中对凌濛初刻本的优点都继承了。体例全是依据凌刻本，注释与异文的取舍也都以凌濛初刻本为准，堪称较为理想的校注评释本。

《西厢记新注》在订正时，“为了便于青年读者朗读曲文，体会声腔的抑扬顿挫，了解曲与诗、词的不同特点”，在排版时注意区分了曲文里的正、衬字。在区分正、衬字时，在吸收前人成果的基础上，又参考《太和正音谱》《北词广正谱》及王玉章《元词斠律》加以订正。《西厢记新注》是近现代以来《西厢记》校勘中唯一一本在曲文中分正、衬字的版本，为读者更好地理解元杂剧格律及句式等都有很好的启发作用。在这一点上，王季思和吴晓铃的《西厢记》校勘都是没有办法超越的。

第三节　近现代《西厢记》校勘比较研究

近现代以来所出现的这三个《西厢记》校本，分别代表了20世纪40年代、60年代和70年代三个不同时期学者对《西厢记》研究的成果。尤其是王季思《西厢记》校勘在40年代后，多次进行修订，在《西厢五剧注》版本的基础上进行的不断修订体现了校者对《西厢记》新的认识和发现，可以说贯穿了近现代以来《西厢记》校勘的整个过程。对这三种版本进行比较研究，大致可以了解近现代以来《西厢记》校勘的整体面貌和总体特征。

一　校勘类型

从总体来说，这三个校本可以分为两种类型。

一种是王季思《西厢记》校勘，是学术研究型校勘。这体现在几个方面。首先在书名的确定方面就突出了学术性，“我当时为什么把这稿子题名《西厢五剧注》？我认为它是由五本杂剧组成的。而把戏曲称为‘……记’是在明清传奇中流行的。我跟浙大龙泉分校的同事任铭善先生商量，他赞成我的意见，说这样题名，学术性强一些，就采用了这个题名”②。其

① 张燕瑾、弥松颐：《西厢记新注·前言》。

② 王季思：《〈西厢五剧注〉成书漫忆》，《王季思全集》第一卷，河北教育出版社2005年版，第154页。

次就治学方法来说，《西厢五剧注》是以乾嘉学者治经的方法用来治《西厢记》的成果。早在1932年时浦江清先生就指出："这是用乾嘉学者考证的方法治《西厢》，因此能够发前人所未发。"[①] 抗战胜利后，叶德钧先生创办的《中学生》杂志中，"子振"比较全面地介绍了《西厢五剧注》，说"它是清末民初以来的乾嘉朴学方法治宋元戏曲小说的第一部"[②]。而且王季思自己也指出："我对《西厢五剧注》的研究，除了有关语言文字的训释外，还把它的产生、发展放在唐代到元代这几百年的历史来考证。在《西厢五剧注》中就附录了元稹的《莺莺传》、据赵令畤说唱《莺莺传》的《蝶恋花鼓子词》，还认真考证了它的作者。在书里附录了《西厢五剧作者考》。这就把乾嘉学者的训诂学和考据学在《西厢记》研究中结合起来。"[③] 另外，王季思《西厢记》校勘不是一蹴而就，而是经过了一个漫长的修订缮葺的过程，充分体现了严谨的学术性。王季思谈到自己研究、整理《西厢记》的过程经历了三个阶段：第一个阶段是对方言俗语的考证，用前人治经的方法来考证戏曲小说。在这个阶段，为了做好考证工作，王季思做了两次关于元人戏曲的俗语方言的卡片。第一次是在江苏松江教书时做的，卡片在抗战期间松江沦陷时全部丢失。第二次是在中华人民共和国成立后做的，为王季思研究整理《西厢记》，甚至元杂剧研究打下了基础。第二个阶段是对故事源流的探索，可以说是用前人治史的方法来研究戏曲小说。这一阶段的代表性成果就是《从〈莺莺传〉到〈西厢记〉》一文。第三阶段是对《西厢记》思想艺术的评价。中华人民共和国成立前成果主要为《集评校注西厢记》一书。中华人民共和国成立后的成果主要有《从〈莺莺传〉到〈西厢记〉》《从〈凤求凰〉到〈西厢记〉》等。在这三个阶段中，王季思很好地解决了版本问题、方言俗语问题、《西厢记》作者的问题、《西厢记》源流问题及《西厢记》评价问题。在这漫长的研究阶段，随所发现，及时修正。王季思最初研究《西厢记》的著作《西厢五剧注》，是以暖红室覆刻本为底本，参校王伯良注本、《六十种曲》本及

① 王季思：《〈西厢五剧注〉成书漫忆》，《王季思全集》第一卷，河北教育出版社2005年版，第154页。

② 王季思：《〈西厢五剧注〉成书漫忆》，《王季思全集》第一卷，河北教育出版社2005年版，第155页。

③ 王季思：《〈西厢五剧注〉成书漫忆》，《王季思全集》第一卷，河北教育出版社2005年版，第154页。

《雍熙乐府》本。在此基础上，选录明清各家有关《西厢记》的一些评语，改名《集评校注西厢记》由开明书店出版。1954年在《西厢五剧注》《集评校注西厢记》两书基础上，进行第三次修订，改名《西厢记》由新文艺出版社出版。这次修订底本仍为暖红室覆刻凌濛初刊本，用以参校的版本，“根据《雍熙乐府》所录《西厢记》曲文和王伯良刻本、汲古阁六十种传奇本、毛西河刻本等加以校正”。增加了王骥德本、汲古阁《六十种曲》本、毛西河刻本。1958年，王季思再次进行修订，以新发现的弘治本、张深之本、刘龙田本等版本为校本，对《西厢记》校注本进行校补，对文字、标点整齐划一，并删去一些不必要的引证，这是第四次修订本，由中华书局上海编辑所出版。1978年上海古籍出版社重印该书时，王季思对一些内容文字上作了修改，将《关于〈西厢记〉作者的问题》《关于〈西厢记〉作者问题的进一步探讨》两篇论文作为附录。此后，该书多次重印，被评为全国优秀畅销书，最终成为国内流传最广的一个《西厢记》校注本。1987年，王季思和张人和综合上述各本，以《集评校注西厢记》之名由上海古籍出版社出版。《集评校注西厢记》在新校注本《西厢记》的基础上，根据弘治戊午本，将第二本惠明送书时唱的〔正宫·端正好〕一套为第二折，以下红娘请宴、夫人赖婚、莺莺听琴，顺次为第三、四、五折，使第二本有五折，全部五本共有二十一折，更加接近《西厢记》的本来面貌。在集评方面“选录的范围更广，别择也更精了。特别是把各家不同的甚至相反的意见汇集在一处”；在附录方面，又增加了一些相关的资料。这样该书在校注之外，还具有资料汇编的性质，为研究者提供了更多的帮助。可以说是目前最完善的一个《西厢记》整理本。到了编选《全元戏曲》时，王季思在前次基础上又做了部分修订，删去了其中注释的内容，收入《全元戏曲》第二卷中。王季思《西厢记》整理校勘得到学者的高度评价，黄竹三亲炙王季思，对王氏戏曲研究有深刻了解，他说：“先生对古典戏曲名著的整理校注，同样重视例证的广博，对勘的妥善，考证的详实，使其诠释精确，为学界所公认。”①

另外一种是吴晓铃本和张燕瑾本，可以将之称为通俗读本型校勘。吴晓铃说：“因为这个本子不是供给研究应用的”，“校勘的目的，就是想初

① 黄竹三：《博大·精深·严谨·开拓——王季思先生的学术思想》，《戏曲研究新论——祝贺黄竹三先生七十初度暨戏曲研究新思路漫谈会文集》，三晋出版社2009年版，第365页。

步地搞出一个比较接近于旧本（不是原本）而又适合于一般阅读欣赏的本子”①。张燕瑾也说：“我们这个校注本，只是作为一种普及的通俗读本奉献给读者。”② 校者虽然说不是为研究而用，是一种普及的通俗读本，但这两个校注本也是现代研究《西厢记》版本发展的必不可少的重要著作。

二　底本、校本

从文献学角度来说，三种版本所依据的校本、参校本也有所区别。因为王季思《西厢记》校勘版本有一个不断修订的过程，所以在该书中用以作比较所选择的版本为《全元戏曲》第二卷所收《西厢记》。现将三种《西厢记》版本用以校勘的底本、参校本列表如下：

王本、吴本、张本底本、参校本一览

名称	底　本	参校本
王本	暖红室覆刻凌濛初刊本	王伯良注本、《六十种曲》本及《雍熙乐府》本、毛西河刻本、弘治本、张深之本、刘龙田本、何璧本
吴本	王骥德本 凌濛初本	明弘治十一年北京岳氏刊本《奇妙全相注释西厢记五卷》 明万历三十八年起凤馆刊本《元本出相北西厢记二卷》 明万历间陈长卿刊本《新刻魏仲雪先生批点香雪居二卷》 明崇祯三年文立堂刊本《新镌绣象批评音释王实甫北西厢真本五卷》 明崇祯十二年刊本《张深之先生正北西厢秘本五卷》 明崇祯间汇锦堂刊本《三名家合评元本北西厢记五卷》 明崇祯间汲古阁刊《六十种曲》初印本《西厢记定本二卷》 清初贯华堂原刊本《贯华堂注释第六才子书八卷》 诵芬室景印清初原刊本《毛西河论定西厢记五卷》 清朱璐评稿本《西厢记不分卷》
张本	明弘治十一年戊午北京岳氏刊本	王骥德《新校注古本西厢记》 凌濛初刻本《即空观主人鉴定西厢记》 毛西河《毛西河论定西厢记》 王季思《西厢五剧注》 吴晓铃《校注西厢记》

三　体例

从《西厢记》体例来看，三种版本有所不同。

① 吴晓铃：《校注西厢记·前言》。

② 张燕瑾、弥松颐：《西厢记新注·前言》。

在题目正名方面，王季思本在全剧结束后，有一总目，而吴本、张本却无。王季思本总目为：

总目：张君瑞巧做东窗婿，法本师住持南赡地；
老夫人开宴北塘春，崔莺莺待月西厢记。

此总目最早出现在碧筠斋本，碧筠斋本现迭，王骥德《新校注古本西厢记》录用，其四句为：

张君瑞要做东窗婿，法本师住持南禅地；
老夫人开宴北堂春，崔莺莺待月西厢记。

后来凌濛初刻本亦采用了这四句作为总目。王季思在整理校勘《西厢记》时，保留了总目，只是改“要”为“巧”、改“禅”为“赡”。而吴本、张本大概认为前面已有题目正名四句，再不需要有总目四句，所以没有保留总目。

另外，在第一本题目正名中，王季思本题目为“老夫人闭春院，崔莺莺烧夜香”，而吴本、张本为“老夫人闲春院，崔莺莺烧夜香”。第四本题目正名中，王本、吴本题目“老夫人问私情”，张本作“老夫人问由情”。至于“闭春院”、“闲春院”和“私情”、“由情”的区别，一直是《西厢记》校勘中的焦点问题之一，学术界至今还没有统一的说法。

在各本体例方面，王季思本与吴晓铃本、张燕瑾本在第二本差别较大。王季思本第二本体例为：

第一折　第二折　楔子　第三折　第四折　第五折

吴本、张本第二本体例为：

第一折　第二折　第三折　第四折　第五折

吴本、张本第二本无楔子，是将王本属于楔子部分的说白连缀在第二折后，同时删去了原本属于楔子的二曲〔仙吕·赏花时〕〔幺篇〕。具体文词如下：

王本：

第二折

（夫人、末、洁并上）（夫人云）此事如何？……（末云）有计在后。（洁朝鬼门道叫科）……

〔正宫·端正好〕〔滚绣球〕〔叨叨令〕〔倘秀才〕〔滚绣球〕〔白鹤子〕〔二〕〔一〕〔耍孩儿〕〔二〕〔收尾〕

（末云）老夫人长老都放心，此书到日，必有佳音。咱“眼观旌节旗，耳听好消息”。你看“一封书札逡巡至，半万雄兵咫尺来”。（并下）

楔子

（杜将军引卒子上开）……（惠明云）将军是必疾来者！

〔仙吕·赏花时〕〔幺篇〕

（将军云）虽无圣旨发兵，……

吴本、张本：

第二折

（洁朝鬼门道叫科）……

〔正宫·端正好〕〔滚绣球〕〔叨叨令〕〔倘秀才〕〔滚绣球〕〔白鹤子〕〔二〕〔一〕〔耍孩儿〕〔二〕〔收尾〕

（末云）老夫人长老都放心，此书到日，必有佳音。咱“眼观旌节旗，耳听好消息”。你看“一封书札逡巡至，半万雄兵咫尺来”。（并下）

（杜将军引卒子上开）……（惠明云）将军是必疾来者！（将军云）虽无圣旨发兵，……

吴本、张本除了没有楔子且删去属于楔子中二曲，还将“（夫人云）此事如何？……（末云）有计在后”一段说白放在第一折后。第一折王本〔赚煞〕曲终为“（并下）”，场上人物全部下场，进入第二折内容。而吴本、张本则在第一折最后一曲〔赚煞〕终为“（下）”，按照前面科白提示，则为旦下场，而夫人、末、洁等均在场上，然后经过三人一段对白后，于“（末云）有计在后”下添一舞台提示“（下）”，结束第一折，进入第二折内容。吴本、张本对这段说白的安排，一方面造成人物上下场的混乱，另一方面也割裂了上下说白的联系。从这段说白的内容来看，和第二折曲文之间的关系更为密切，而王季思对这段说白的处理则更为合理。

王季思《西厢五剧注》以凌濛初本做底本，对第二本的处理和吴本、张本是一致的。后来见到弘治本后，采用弘治本的做法，对第二本重新做了处理，从而呈现出这种面目。王季思对他之所以这样做作出了解释：

> 明初宁献王《太和正音谱》摘录《西厢记》第四本第四折〔络丝娘尾〕曲，注为“王实甫《西厢记》第十七折”。前四本十七折，加第五本四折，正好二十一折。而晚明以来的各种刻本，有的把惠明送书的一折并入第二本第一折，有的把它改作第二本第一折后的“楔子”，全书五本都只有二十折。元人杂剧没有在一折里唱两套曲子的，也没有在“楔子”里唱整套曲子的。……
>
> 那么，第二本原来有没有“楔子”呢？我看是有的，它就是从白马将军上场到解围后下场的一场戏。中间惠明唱〔仙吕·赏花时〕二支，正是元剧“楔子”的格局。
>
> 恢复了惠明送书的第二折地位，恢复了惠明唱〔仙吕·赏花时〕二支的“楔子”地位，显然比较接近王实甫原著的面目。

吴本、张本在第二本体例上也做了部分处理，但不够彻底，虽然恢复了惠明送书的第二折地位，但是没有恢复惠明唱〔仙吕·赏花时〕二支的“楔子”地位。相较而言，王本的体例更合元杂剧体例。

四　科白

在科白方面来说，吴本、张本大致相同，与王本的差异较大。

第一本楔子中，王本科白为：

> （外扮老夫人上开）……又有个小妮子，是自幼伏侍孩儿的，唤作红娘。一个小厮儿，唤做欢郎……
>
> 〔仙吕·赏花时〕
>
> 今日暮春天气，好生困人，不免唤红娘出来分付他。红娘何在？

（旦徕扮红见科）（夫人云）你看佛殿上没人烧香呵……

吴本、张本为：

（外扮老夫人上开）（二旦徕随上）……又有个小妮子，是自幼伏侍孩儿的，唤作红娘。这一个小厮儿，唤做欢郎……

〔仙吕·赏花时〕

今日暮春天气，好生困人，红娘，你看佛殿上没人烧香呵……

王本此处是老夫人独上，一段独白后唱〔仙吕·赏花时〕曲，才有“旦徕”扮红娘上场。而吴本、张本则是“二旦徕”随老夫人同时上场。科白差异有三：一，场上人物有差异，王本为二人——老夫人和红娘，而吴本、张本则为三人——老夫人、红娘和欢郎。核心问题是脚色名称“旦徕”到底是一个脚色还是两个脚色？王本“旦徕”是一个脚色，指红娘。而吴本、张本“旦徕”分别指红娘和欢郎，旦为女性脚色，徕为男性脚色。为了避免误解，吴本、张本在前加一“二”，明指两个脚色。二，因“二旦徕随上（旦徕扮红见科）”出现位置不同，故老夫人说白中内容亦有所差异。王本中“一个小厮儿，唤做欢郎”，是人物未在场上的说法。而吴本、张本中因人物共同上场，介绍时为“这一个小厮儿，唤做欢郎”则是人物明在场上，故指着欢郎介绍。三，老夫人唱〔仙吕·赏花时〕后，吩咐红娘上佛殿看看，王本因为红娘尚未上场，故改“二旦徕随上”为“旦徕扮红见科”，并在之前增加了一句说白：“不免唤红娘出来分付他，红娘何在?”从而使得情节连贯。而吴本、张本因人物已在场上，故此处直接对红娘交代。相较而言，吴本、张本更为合理。

第一本第一折中，王本科白“正末扮张生骑马引仆上开”，吴本、张本作“正末扮骑马引徕人上开”。按照元杂剧惯例，脚色第一次上场，后面还应将所扮人物标明，如“正末扮某某”。从这来说，王本较为合理。但王本中“仆”非戏曲脚色名称，而是表示人物的社会脚色。此处“仆”指琴童。王本中凡琴童均为“仆”，吴本、张本均为“徕人”，在这方面，吴本、张本更符合元杂剧体例。同时在正末后面说白中，有一处断句不同。王本为“路经河中府过，浦关上有一故人，姓杜名确，字君实”，张本为“路经河中府，过浦关上，有一故人姓杜名确，字君实”，吴本则为

“路经河中府，过浦关上。有一人姓杜，名确，字君实”。王季思《西厢五剧注》中此句作“路经河中府，过浦关上，有一故人，姓杜名确，字君实”，只是在编选《全元戏曲》时作了改动，较之前者远逊。

〔天下乐〕曲后科白中，王本、吴本“童云”前无舞台提示语，而张本前有舞台提示语“下”，与前说白更为密切。王本、吴本法聪介绍自己时说“贫僧弟子法聪的便是”，张本作“贫僧也是弟子法聪的便是”，多“也是”二字，稍显别扭。

〔寄生草〕曲前法聪说“河中府的小姐去远了也”，王本、吴本后为舞台提示语“末唱”，张本则为“末云：未去远哩”。张本此白和下曲唱词内容息息相关，更具曲白相生之效果。

第一本第二折〔石榴花〕与〔斗鹌鹑〕曲间，王本无科白，而吴本、张本则有科白：“（洁云）老相公在官时浑俗和光。”张本后还有舞台提示语“生唱”，吴本则无。“生唱”为误，因前后均为“末唱”，仅此处为“生唱”，明是误题。而吴本、张本增此一段科白，后〔斗鹌鹑〕曲“俺先人甚的是浑俗和光，真一味风清月朗”即承此而来。〔三煞〕后王本、吴本科白：“（洁云）吃斋了去。（末云）老僧收拾下斋，小生取行李便来。”是据弘治本增补。而张本无。

第一本第三折〔金焦叶〕后科白，王本、吴本“末做看科，云”，张本作“末做见科云”。宾白中王本、吴本“看他容分一捻”，张本作“宿粉一脸”。王本、吴本不明所以，而张本解释“宿粉”为“晚妆”。〔调笑令〕后舞台提示语王本、吴本“旦再拜云”，张本作“旦插香拜云”。〔小桃红〕后宾白王本、吴本“我且高吟一绝，看他说甚的”，张本作“我歌一绝，看他说甚的。（念诗曰）”，后多一舞台提示语。

第一本第四折〔乔牌儿〕前王本、张本有舞台提示语“末唱”，而吴本无。吴本应为疏漏，因无此提示，则下曲为众僧唱，加此，则为正末唱。

第二本第一折王本、吴本“孙飞虎上开”“法本慌上”，张本作“净扮孙飞虎上开”“洁上慌云”。张本更为符合元杂剧体例。〔六么序〕前王本、吴本宾白“道你‘眉黛青颦，莲脸生春，似倾国倾城的太真’”，张本作“道你‘眉黛青颦，莲脸生春，有倾城太真之色’”。王本、吴本是，因后〔么篇〕曲词：“道我‘眉黛青颦，莲脸生春，恰便似倾国倾城的太真’。”显然更具曲白相生之效果。

第二本楔子王本科白“杜将军引卒子上开”，吴本、张本无楔子，此后宾白均放在第一折后，此科白吴本同，而张本作“外扮杜将军引卒子上开”，更符元杂剧体例。

第二本第四折，王本、吴本“末上见夫人施礼科”“末把夫人酒了”，张本作“末上见夫人施礼了”“末把盏夫人了”。〔得胜令〕曲中王本、吴本“急攘攘因何，扢搭地把双眉锁纳合”，张本在其中多一句宾白，作“急攘攘因何，（末云）听得夫人说罢呵，（旦唱）扢搭地把双眉锁纳合”。〔甜水令〕后王本、吴本科白“（旦把酒科）（夫人央科）（末云）小生量窄。（旦云）红娘接了台盏者!”张本顺序稍有调整，作：“（旦把酒科）（末云）小生量窄。（夫人央了）（旦云）红娘接了台盏者!”〔乔牌儿〕后王本、吴本无科白，张本多：“（红云）姐姐休怨别人。（旦唱）”〔离亭宴带歇指煞〕后张生宾白中，王本、吴本“前者贼寇相迫……小生挺身而出”，张本作：“前者，贼寇迫之甚危……小生怀恻隐之心，挺身而出。”

第二本第五折开始张生宾白，王本、吴本为“知音的耳朵”，张本作“知音俊俏的耳朵”。〔圣药王〕后张生宾白，王本、吴本“欲诉衷肠”，张本作“聊写微肠”。这里是全文引用《凤求凰》，其实应该作“聊写衷肠”。〔拙鲁速〕后莺莺宾白，王本、吴本为“好姐姐呵，是必再着他住一程儿”，张本作“好姐姐呵，你见他呵，说是必再着他住一程儿”。

第三本第二折开始红娘宾白，王本、吴本为“因伏侍老夫人，未曾回小姐话去”，张本作“却伏侍老夫人，回小姐话去”。

第三本第三折〔折桂令〕后提示语，王本、吴本为“（末作跳墙搂旦科）”，张本作“（末跳墙科）”。

第三本第四折红娘宾白，王本、吴本为“不是你，一世也救他不得。如今老夫人使我去哩”，张本作“不是你，一世也救他不得这病。老夫人使我去哩”。提示语，王本、吴本“（洁引太医上，双斗医科范了）”，张本作“（洁引净扮太医上，双斗医科范了）”。〔煞尾〕前红娘宾白，王本为“则怕小姐不肯，果有意呵”，吴本、张本作“则怕小姐不肯，果有意呵，你放心”。

第四本楔子提示语，王本、吴本为“（红催莺云）”，张本作“（红催旦云）”。

第四本第一折〔煞尾〕前王本、吴本在提示语“（末唱）”前张生无宾白，而张本则多：“（末念）堂上已了各西东，惭愧阇黎斋后钟；三十年前尘土暗，如今始得碧纱笼。”

第四本第二折〔小桃红〕后老夫人宾白，王本为“则是我是孽障……谁似俺养女的不长进”，“不长进”本作“不长俊”，王季思据张深之本改。吴本作：“则是我的孽障……谁似俺养女的不长俊”，张本则作：“则是我的业障……谁似俺养女的不气长”。

第四本第三折提示语，王本、吴本为“（夫人长老上云）”，张本作“（夫人长老上开）”。〔叨叨令〕后提示语王本为“（做到）（见夫人科）”，吴本、张本作“（做到了科，见夫人了）”。〔四边静〕后张生宾白，王本、吴本为“小生这一去白夺一个状元”，张本作：“小姐心儿里艰难，小生这一去白夺一个状元”。

第四本第四折〔水仙子〕中曲白，王本、吴本为“（卒子云）你是谁家女子，夤夜渡河？（旦唱）休言语，靠后些！杜将军你知道他是英杰”，张本作：“（末云）我对他说。（旦唱）休言语，靠后些。（卒子云）你是谁家女子，夤夜渡河？（旦云）你不知呵，（唱）杜将军你知道他是英杰。”〔得胜令〕后张生宾白，王本、吴本为“店小二哥，还你房钱，鞴了马者”，张本后多诗歌四句，作：“店小二哥，还你房钱，鞴了马者。执手临期别婿居，据鞍未语且消魂；举头日近长安远，暮暮朝朝莫倚门。（唱）”

第五本第一折〔醋葫芦幺篇〕后琴童宾白，王本、吴本为“哥哥着小人索了夫人回书”，张本作“那张生哥哥着烦夫人回书”。提示语，王本、吴本为“（红娘云）”，张本作“（红云）”〔浪里来煞〕后提示语，王木、张本为“（并下）”，吴本作“（下）”，此处这一折戏结束，应为“并下”。

第五本第三折红娘宾白，王本、吴本为“哥哥万福，夫人道哥哥来到呵，怎么不来家里来？”张本作“哥哥万福，怎么不来家里来？”〔收尾〕后科白，王本、张本为“（夫人云）放着我哩，明日捡个吉日良辰，你便过门来。（下）（净云）……（下）”，吴本无第一个提示语“下”，且改第二个“下”为“同下”，则王本、张本是老夫人先下，随后净郑恒下，而吴本则改为二人同下。

第五本第四折〔搅筝琶〕后红娘宾白，王本、吴本为“姐姐快来问张生”，张本作“快来问张生，其事便知端的”。〔甜水令〕后王本、吴本无提示语，张本多提示语“（红骂恒）”。〔折桂令〕后法聪和尚宾白，王本、张本为“这门亲事，几时成就？当初也有老僧来”，吴本作“这门亲事当初也有老僧来”。〔落梅风〕前王本、吴本有提示语“（末唱）”，张本无，不确。缺少此提示语，则下曲〔落梅风〕为杜将军唱，非张生唱。

五 曲词

在曲文方面，有两曲顺序三本不同者，如第二本第四折，王本为：

（夫人云）再把一盏者！（红递盏了）（旦唱）

〔月上海棠〕一杯闷酒尊前过，低首无言自摧挫。不甚醉颜酡，却早嫌玻璃盏大。从因我，酒上心来较可。

（红背与旦云）姐姐，这烦恼怎生是了！（旦唱）

〔幺篇〕而今烦恼犹闲可，久后思量怎奈何？有意诉衷肠，争奈母亲侧坐，成抛躲，咫尺间如间阔。

吴本、张本作：

（夫人云）再把一盏者！（红递盏了）（红背与旦云）姐姐，这烦恼怎生是了！（旦唱）

〔月上海棠〕而今烦恼犹闲可，久后思量怎奈何？有意诉衷肠，争奈母亲侧坐，成抛躲，咫尺间如间阔。

〔幺篇〕一杯闷酒尊前过，低首无言自摧挫。不甚醉颜酡，却早嫌玻璃盏大。从因我，酒上心来较可。

此二曲金圣叹本以“一杯闷酒尊前过”为前篇，以“而今烦恼犹闲可”为后篇，王季思《西厢五剧注》中最初的做法是根据凌濛初刻本把它们倒过来，做法和吴本、张本同，只是后来看到张深之本，在《集评校注西厢记》中又把它们倒过去了。王季思认为张深之本的处理方式“才层次分明，曲白相应”①，认为这种处理方式是张深之等人见到了比弘治本更早的版本，他推测说：“但这个本子（张深之本）是经过海盐姚士粦、会稽孟称舜、吴江沈自征、诸暨陈洪绶等著名学者参订的。它刊行于明崇祯十二年（1639 年），正是孟称舜汇刻古今杂剧《柳枝集》《酹江集》后的第六年。当时吴中、两浙研究元剧的风气正盛，他们是有可能看到比弘治本

① 王季思：《〈集评校注西厢记〉后记》，《王季思全集》第一卷，第 175 页。

更早的《西厢记》刻本的。”①

在曲词归属上，第五本第四折最后几曲三本差别较大，王本为：

(末唱)〔沽美酒〕〔太平令〕(使臣上唱)〔锦上花〕〔幺篇〕(末唱)〔清江引〕〔随尾〕

张本为：

(末唱)〔沽美酒〕(齐唱)〔太平令〕(使臣上科)(末唱)〔锦上花〕〔清江引〕〔随尾〕

张本〔太平令〕曲为“齐唱”，其余均为“末唱”，且将王本中〔锦上花〕〔幺篇〕并为一曲。

吴本为：

(末唱)〔沽美酒〕〔太平令〕(使臣上科)(末唱)〔锦上花〕〔幺篇〕〔清江引〕〔随尾〕

吴本则均为末唱。按照这几曲的曲意判断，〔锦上花〕〔幺篇〕更符使臣口吻，而〔清江引〕〔随尾〕明是张生口吻，王季思对这几支曲子的处理方式最为合适。当然，张本“齐唱”〔太平令〕曲也有一定道理。

除了这两处大的区别，三本在曲词中还有一些细微的差别，现逐一列示如下。

第一本第一折：

〔元和令〕　王本、吴本“庞儿”，张本作“脸儿”。

第二折：

〔小梁州幺篇〕　王本、吴本“夫人央”，张本作“夫人快”。

〔朝天子〕　王本、吴本“太莽撞”“烦恼怎么那唐三藏”，张本作“忒莽撞”“烦恼怎么耶唐三藏”。

〔四边静〕　王本“若能够荡他一荡”，吴本、张本作“若能够汤他

① 王季思：《〈集评校注西厢记〉后记》，《王季思全集》第一卷，第176页。

一汤”。

汤，吴本解释为“挨靠，轻轻触碰”，张本解释为“挨他一下，蹭他一下。汤：触、碰”。王季思《西厢五剧注》本作“汤”，解释为：“汤，去声；读如荡，擦着也。字或作‘荡’，‘盪’。……字异而音义并同。”其实是一个字的两种写法。

〔耍孩儿〕　王本“魂灵儿巴在他行”，吴本、张本作“魂灵儿已在他行”。

王本“巴”更好地体现了张生对莺莺的痴迷和渴慕。

〔五煞〕　王本“才到得风流况”，张本、吴本作“才到是未得风流况”。

意思正好相反。按照此曲前后曲词，均为得遂人愿的意思，故王本为是。

〔尾〕　王本、吴本“娇模样”，张本作“乔模样”。

此处意思不同，王本、吴本“娇”应为娇媚、娇羞之意，而正本“乔”为骂人语，恶劣，丑，是爱极的反话。

第三折：

〔金焦叶〕　王本、吴本“风过处衣香细生”，张本作“风过处花香细生”，张本注释说是风吹过来莺莺衣裳的淡淡香味，用“衣香”更好。

〔秃厮儿〕　王本、吴本“诉衷情”，张本作“诉真情”。

第四折：

〔沉醉东风〕　王本、张本“夫人休焦”，吴本作“夫人休觉”。

王本、吴本“早成就了幽期密约”为说白，张本作曲词。

前者王本、张本更妥，而后者则张本更符曲律。

〔甜水令〕　王本、吴本“可意冤家，怕人知道”，张本作“他家怕人知道”。

〔锦上花幺篇〕　王本、吴本“千万声长吁怎捱到晓”，张本作“千万声长吁，捱不到晓”。

曲词表达意思一致，只是表达方式不同，且二者均合律，均可。

〔鸳鸯煞〕　王本“畅道是”，吴本、张本作“唱道是”。

此处三本均可。吴本解释“唱道是”为相当于“端的是”，或作“畅道是”。有真正是、简直是的意思。又元曲在〔鸳鸯煞〕这支曲子里定格用“唱道”两个字。张本解释“唱道是”为真是，正是。用“唱道”二字是〔鸳鸯煞〕曲子的定格。其实“畅道”和“唱道”同义，仅是写法不同而已。第四本第四折〔鸳鸯煞〕“唱道”同。张相《诗词曲语辞汇释》云：

畅道犹云正是或真是。按《九宫大成》五，《赚煞》条注云：“畅道二字，是《赚煞》中之格。”自为谱格所必用，沿习之余，有时遂成僵化而为话搭头之性质，不能强解矣。《扬州梦》剧四：“畅道朋友同行，尚则怕衣衫不整。”《后庭花》剧三：“畅道杀人贼不在海角天涯，我先知一个七八。”上两则可解为真是或正是。《还牢末》剧三：“嘱咐了僧住，叮咛与赛娘。畅道拖出牢门，和你娘坟同葬。烧一陌纸，瀽一碗凉浆。”《铁拐李》剧三：“往常我请俸禄，修养的红白。饮羊羔，将息的丰肥。畅道我残病身躯，丑诧面皮。穿着这褴褛衣服，呸，可怎生闻不的这腥膻气。”上两则为话搭头性质之语气。亦作唱道。《梧桐雨》剧三：“黄埃散漫悲风飒，碧云黯淡斜阳下。一程程水绿山青，一步步剑岭巴峡。唱道感叹情多，恓惶泪洒。”《墙头马上》剧三：“指望生则同衾，死则共穴。唱道题柱胸襟，当垆的志节。也是前世前缘，今生今业。”《竹叶舟》剧二：“唱道几处笙歌，几家僝僽。”《东坡梦》剧四：“唱道是即色即空，无遮无障。”唱道即畅道也，可解作真是或正是，有时亦可视为话搭头。①

王学奇《元曲选校注·破幽梦孤雁汉宫秋》亦云：

元剧中〔双调·鸳鸯煞〕的定格，第五句开头，必用此二字作衬字，犹如〔叨叨令〕定格中必用“也么哥”、“也波哥”一样。其词义很不固定，有的简直看不出它的明显意义。正如张相所说，成为话搭头性质，不能强解，一般则像总结某折或某句的内容，有真正是、端的是、简直是等意；有的相当于地方剧下场诗前面的“正是”一词，很可能是元代舞台演出的术语。亦作“畅道”。②

第二本第一折：

〔八声甘州〕　王本“几度黄昏”，吴本、张本作“几个黄昏”。

〔油葫芦〕　王本“坐又不安，睡又不稳”，吴本、张本作“睡又不安，坐又不稳”。

---

① 张相：《诗词曲语辞汇释》，中华书局2017年重印本，第151页。

② 王学奇：《元曲选校注》，河北教育出版社1991年版，第202页。

从曲词间联系看，“睡”对“安”，“坐”对“稳”更为合适。

〔天下乐〕　王本、吴本曲词“这些时直恁般堤防着人”，张本作说白。

〔六么序〕　王本、吴本“连天震”，张本作“连天振”。

〔青歌儿〕　王本、张本“都做了莺莺生忿，对傍人一言难尽”，吴本作“都做了莺莺、莺莺生忿，对傍人一言、一言难尽”。

第二折：

〔端正好〕　王本、吴本“袒下我这偏衫”，张本作“袒下偏红衫”。

第二〔滚绣球〕　王本“那里管焚烧了兜率也似伽蓝。则为那善文能武人千里，凭着这济困扶危书一缄”，吴本作“那里怕焚烧了兜率伽蓝。则为那善文能武人千里，凭着这济困扶危书一缄”，张本作“那里管焚烧了兜率也似伽蓝。恁那里善文能武人千里，尽在这济困扶危书一缄”。

三者所在区别仅在衬字之不同与多少，曲词并没有什么不同。

第三折：

〔四煞〕　王本、吴本“婚姻自有成，新婚燕尔安排定”，张本“自”作“事”、“定”作“庆”。

第四折：

〔新水令〕　王本、吴本“只将指尖儿轻轻……犹压着绣衾卧”，张本作“我则将指尖呵轻轻……我这其间犹压绣衾卧”。

〔幺篇〕　王本“偻㑩”，吴本、张本作“偻科”。

王本校语云：“偻㑩原作偻科，据《雍熙乐府》本改。”是凌濛初刻本本为“偻科”。《西厢五剧注》亦作“偻㑩”，校注云：“偻㑩，原作偻科，兹据《雍熙乐府》改。闵寓五曰：‘古注：偻科犹云小辈，宋时谓干办者曰偻科。’偻㑩本能干之意，后即以称干办者，字亦作喽啰，解详本‘折喽啰’条。《争报恩》、《勘头巾》二剧并有‘很偻㑩’一辞，语法正与谎偻㑩同。”吴本解释云：“偻科，小辈，这里当做‘家伙’解释。‘没查没利谎偻科’就是‘胡说八道的小鬼头’。”张本解释云：“《五剧笺疑》：‘古注：偻科犹云小辈。宋时谓干办者曰偻科。’指伶俐能干的人，多指下人小辈。”从解释可见，这在明代刊本中已经出现分歧，说均有理。

〔搅筝琶〕　王本“费了甚一股那，便待要结丝萝”，吴本作“费了甚？一股那便待要结丝萝”，张本作“费了甚一股那，便结丝萝”。

从本曲本句曲词定格来说，《中原音韵》双调下未列〔搅筝琶〕定格。《太和正音谱》双调〔搅筝琶〕此曲定格为九句，句各 3、5、4、4、3、

3、4、8、4字。《北词广正谱》此曲第四格定格九句，为减格，所举例子恰为《西厢记》此曲。与王本所录全同。据此，则王本为是。

〔雁儿落〕　王本、吴本“荆棘刺怎动挪”，张本前有衬字“唬得我”三字

第五折：

〔小桃红〕　王本“怨公天”，张本、吴本作“怨天公”

按照此曲押韵判断，张本、吴本则是，而王本失韵。

〔圣药王〕　王本“我这里意不通”，张本、吴本作“我这里意已通”。

“不通”和“已通”意思正好相反。按照本曲上下文，则此处“已通”与上“不穷”形成对举，正好与下文“未终”“转浓”对举同。

第三本第一折：

〔混江龙〕　王本“搵湿”，吴本、张本作“流湿”。

二字虽意思大致相同，但前者突出了人物主观性动作，后者则无词意味。

〔天下乐〕　王本“他害的有些抹媚”，吴本、张本前多一字“见”。

〔胜葫芦〕　王本、张本“莫不图谋你的东西来到此”，吴本作“我莫不图谋你东西来到此”。

〔幺篇〕　王本“卖俏倚门儿”，吴本、张本前多衬字“又不比”三字。

〔后庭花〕　王本、吴本“忒聪明，忒敬思，忒风流”，张本作“忒风流，忒敬思，忒聪明”。

〔寄生草〕　王本、张本“缚定”，吴本作“缚住了”。

王本、吴本“翠帏锦帐”，张本作“翠帏锦怅”。

“翠帏锦帐”为习语，张本或为误写。

第二折：

〔朝天子〕　王本、张本“怕待动弹”，吴本作“怕待动惮”。

〔上小楼〕　王本“招状”，吴本、张本作“招伏”。

第四折：

〔紫花儿序〕　王本“跌窨”，吴本作“迭噉”，张本作“呹噉”。

〔调笑令〕　王本、吴本“撒口吞”，张本作“撒吞”。

以上二条应均为字之异写。

〔东原乐〕　王本、吴本“便遂殺了人心”，张本作“便遂杀人心”。

王本、吴本多一“了”字，则更为强调心满意足之程度，而张本无此意味。

〔煞尾〕　王本“挣扎”，吴本、张本作“挣揣”。

王季思《西厢五剧注》本也作“挣揣”，与吴本、张本均同。后来在《集评校注西厢记》中却改为“挣扎”，不明何据。

第四本第一折：

〔油葫芦〕　王本、张本“单枕侧”，吴本作“单枕捱”。

按本曲曲韵，王本、张本“侧”字，《北词广正谱》注“作平，叶”。是押韵之字。吴本“捱”虽亦押韵，但有改字之嫌。

〔鹊踏枝〕　王本、吴本“夜去明来”，张本作“频去频来”。

〔元和令〕　王本、张本“半拆”，吴本作“半折”。

三本解释均为一种计量单位，而吴本“半折”不足三寸的解释更为详细。此处就是说三寸金莲之意。王季思说“俗本作折，误”。且“拆”合韵。作“拆”更妥。

〔胜葫芦〕　王本、张本“阮肇到天台”，吴本前多衬字“恰便似”三字。

〔柳叶儿〕　王本、张本“点污了小姐清白”，吴本前多“断不”二字。

第二折：

〔小桃红〕〔幺篇〕　王本“陪酒陪茶倒撋就”，吴本此处曲牌〔幺篇〕作〔小桃红〕，此句作“陪酒陪茶到撋就”，张本作“陪茶陪酒倒撋就”。

第三折：

〔上小楼〕〔幺篇〕　王本“相挨”，吴本、张本作“相压”；王本、吴本“煞强如”，张本作“强如”。

〔三煞〕　王本“昨宵个”，张本、吴本作“昨日个”。

第四折：

〔搅筝琶〕　王本、张本“哭的得我也似痴呆”，吴本作“哭得一似痴呆”。

〔锦上花〕　王本、张本“却才觉些”，吴本作“恰才较些”。

〔幺篇〕　王本“道路曲折”，吴本、张本作“道路凹折”。

“凹折”更符夜间行路之状。

〔乔牌儿〕　王本、张本“将衣袂不藉”，吴本作“将衣袂不顾藉”。

此处“藉”王本《西厢五剧注》解释云：“不藉，不顾惜意。藉并顾惜意。”张本解释云：“藉，顾惜的意思。”是“藉”本就包含有顾的意思，吴木用“顾藉”则衍“顾”。

〔折桂令〕　王本、吴本“休猜做瓶坠簪折……自愿的生则同衾，死则同穴”，张本为：“你呵休猜做瓶坠簪折……生则同衾，死则同穴。”

〔鸳鸯煞〕 王本、吴本“别恨离愁”“相思”，张本作“恨塞离愁”“思量”

第五本第一折：

〔醋葫芦〕 王本、吴本“兀自有”，张本作“古自由”。

〔梧叶儿〕 王本、吴本“常则不要离了前后”，张本作“常不离了前后”。

第二折：

〔上小楼〕 王本、吴本“这的堪为字史”，张本作“这的是堪为字史”。

〔幺篇〕 王本、吴本“令史”，张本作“令使”。

王季思《西厢五剧注》“令史”解释为公衙中书吏。吴本解释为书吏。张本“令使”解释为衙门中的文书。此处“令史”与上“押字”都非人物，王、吴本解释均为人物，故不确。

〔满庭芳〕 王本、吴本“堪针工出色”，张本作“堪与针工出色”。

〔三煞〕 王本“霜枝曾栖凤凰，泪点渍胭脂”，吴本“凤凰”下多“时”，张本“泪点”前多衬字“因甚”。

〔贺圣朝〕 王本“自从到此”，吴本作“自思、到此”，张本作“自兹、到此”。

王季思《西厢五剧注》原来做“自从、到此”，在《集评校注西厢记》中改为“自从到此”。不明何据。

〔耍孩儿〕 王本、吴本“则在书房中”，张本无“则在”二字。

王本、吴本“乱裹”，张本作“乱穰”。

王本“切须爱护”，张本、吴本作“须教爱护”。

〔二煞〕 王本、吴本“昨宵个……今日个”，张本作“昨宵爱……今日愁”。

第三折：

〔斗鹌鹑〕 王本、吴本“也不合”，张本作“也不教你”。

〔紫花儿序〕 王本“君子清贤”，吴本、张本作“君子清贫”。

〔天净沙〕 王本“看河桥”，吴本作“把河桥”，张本作“把桥梁”。

此处“看”“把”同义，而张本“桥梁”则不确。

〔金焦叶〕 王本“掩家里”，吴本、张本作“俺家里”。

〔调笑令〕 王本、吴本“他值百十分”，张本作“他是百十分”。

〔秃厮儿〕　王本“堪闻”，吴本、张本作“传闻”。

第四折：

〔雁儿落〕　王本“小生呵”，吴本、张本作“小生向”。

〔搅筝琶〕　王本、张本“名称”，吴本作“名目”。

按此曲韵脚判断，吴本“名目”押韵，而王本、张本失韵。

〔折桂令〕　王本、吴本“气夯破胸脯”，张本无“破”字。

〔雁儿落〕　王本、吴本“论贾马非英物”，张本前有衬字“若是”。

曲词方面，三本不同之处五花八门，其中有些差别于曲意并没有什么妨碍，如有的有衬字，有的没有，或者衬字之多少之类。而对于那些可能引起曲意歧义的则作了力所能及的解释和判断。

第七章　名家作品集校勘

第一节　关汉卿戏曲作品集校勘

近现代以来，尤其是中华人民共和国成立后，元杂剧校勘中一个主要中心工作就是对元代名家如关汉卿、白朴、马致远、郑光祖等元曲四大家的戏曲作品集的整理校勘。其中，关汉卿戏剧（曲）集校勘最受学者关注，校勘成果最为丰硕，成就最高。

一　吴晓铃《关汉卿戏曲集》

最早对关汉卿戏曲集进行校勘的是吴晓铃。1957 年，中国戏剧出版社邀请吴晓铃担任《关汉卿戏曲集》的编校工作。其时，吴晓铃正负责中国科学院语言研究所“宋元词汇”研究，而其中选择的“元曲词汇”研究对象正是关汉卿的戏曲作品。两者之间有重合之处，所以吴晓铃“紧张又惶恐”地接受了这个任务。此时，国际上恰好发生了一件具有“重大意义和鼓舞人心的事”，就是世界和平理事会执委会议决并已正式公布中国元代伟大的戏剧家关汉卿成为世界文化名人之一。1958 年，《关汉卿戏曲集》作为纪念关汉卿这位世界文化名人的最好献礼，由中国戏剧出版社出版。

《关汉卿戏曲集》内容主要包括李斛作关汉卿画像、目录、郑振铎代序、正文、校勘记（剧后集中出校）、附录（关汉卿杂剧辑佚、关汉卿散曲辑存、关汉卿杂剧全目）、编校后记。附录所收《关汉卿杂剧辑佚》《关汉卿杂剧全目》，具有重要的文献价值，在后此的关汉卿戏曲校勘中多次被采用。

吴晓铃等人在校勘中主要做了以下工作：第一，确定入选的杂剧作品。现在保存下来的关汉卿杂剧，一般来说有十八种，但这十八种大家看法不一致，有人认为其中《单鞭夺槊》《五侯宴》《鲁斋郎》等不是关汉卿作品，甚至还有人认为《窦娥冤》都不是关汉卿写的。虽然对作品真伪存在看法，如何抉择是校勘者面临的一个困难问题。吴晓铃等人采取了全部结集的处理方法，希望通过对这十八种杂剧的词汇进行一番彻底的分析和对比之后，能够从语言方面得到一些去伪存真的结论。而这种做法亦为后来的关汉卿戏曲集整理校勘所普遍采用。

第二，以作品内容的时代先后安排杂剧排列顺序。作家作品的编排有多种方法。关汉卿作品主要是杂剧，按照作品的形式和体裁来编排并不合适。传统的戏曲作品分类法是按照作品内容分类编排，如朱权杂剧十二科的分类，其中一些名称很不明确，也不合适。如果按照作品编年的顺序编排，也有困难，因为关汉卿很多作品的创作年代并不明确。鉴于此，校勘者采用了一种新的编排方法：依据杂剧故事内容的时代先后编排次序。具体做法是：先按照大的时代分类，其中三国故事两种，晋代故事一种，唐代故事两种，五代故事两种，宋代故事六种，金代故事两种，元代故事三种。然后再按照每个朝代里的故事发生时间排列先后，例如三国故事的《单刀会》排在《西蜀梦》前；唐代故事里的《单鞭夺槊》排在《裴度还带》前面；宋代故事《陈母教子》排在前面的原因是根据王拱辰中进士的年代，《救风尘》排在后面的原因是根据李公弼任通判的年代；金代故事中将《拜月亭》放在金末，那么《诈妮子》自然就排在了前面；元代故事中《切鲙旦》放在元代是因为元代的确有一个李希颜，《窦娥冤》排在最后是因为剧中肃政廉访使是在元世祖至元二十八年才设立的。当然，这样完全按照故事发生年代编排次序也是不得已而为之的一种办法。在这本书付梓之后，吴晓铃向郑振铎先生请教，郑振铎先生认为可以按照《录鬼簿》著录关汉卿杂剧的名目作为编排次序，但最终还是没有予以采用。这样十八种杂剧的编排顺序就为：

单刀会　关张双赴西蜀梦　温太真玉镜台　尉迟恭单鞭夺槊　山神庙裴度还带　邓夫人苦痛哭存孝　刘夫人庆赏五侯宴　状元堂陈母教子　包待制智斩鲁斋郎　包待制三勘蝴蝶梦　钱大尹智宠谢天香　王闰香夜月四春园　赵盼儿风月救风尘　诈妮子调风月　闺怨佳人拜月亭　望江亭中秋切鲙旦　杜瑞娘智赏金线池　感天动地窦娥冤

第三，交代所收杂剧校勘的版本情况。《关汉卿戏曲集》所依据版本及在校勘中的简称主要有：

日本大正三年（1914）京都大学文科大学覆刻元椠古今杂剧三十种（元刊本）

明代赵琦美脉望馆钞校《元明杂剧》（明钞本）

明代万历十六年戊子（1588）左右龙峰徐氏刻《古名家杂剧》（徐本）

明代万历二十六年戊戌（1598）息机子编选《古今杂剧选》（息机子本）

明万历间顾曲斋刊《元人杂剧选》（顾曲斋本）

明万历四十四年丙辰（1616）臧懋循编选雕虫馆刊《元曲选》（臧本）

明崇祯六年癸酉（1633）孟称舜编选《新镌古今名剧柳枝集》和《新镌古今名剧酹江集》（孟本）

1935 年卢前编选《元人杂剧全集》（卢本）

1941 年王季烈编选《孤本元明杂剧》（王本）

除了这九种主要版本外，在校勘中还参考了以下书目：

1935 年郑振铎编选《世界文库》第一册《钱大尹智勘绯衣梦》和第七册《诈妮子调风月》

1952 年日本吉川幸次郎主编的《元曲选释》第六册《杜瑞娘智赏金线池》

在校勘中，选用底本时尽量选用元刊本和明钞本系统的版本。在选用明钞本系统的版本的时候，尽量选用明钞本；没有明钞本的话，就首先考虑《古名家杂剧》本，其次是息机子本。顾曲斋本、臧懋循本和孟称舜本只作校勘异文之用，卢冀野《元人杂剧全集》和《孤本元明杂剧》只作匡谬正讹之用，没有用作底本。十八种杂剧校勘所采用的具体底本和校本情况如下：

剧目	底本	校本
关大王独赴单刀会	明钞本	元刊本、卢本、王本
关张双赴西蜀梦	元刊本	卢本
温太真玉镜台	徐本	顾曲斋本、臧本、孟本
尉迟恭单鞭夺槊	明钞本	徐本、臧本
山神庙裴度还带	明钞本	王本
邓夫人苦痛哭存孝	明钞本	王本
刘夫人庆赏五侯宴	明钞本	王本
状元堂陈母教子	明钞本	王本
包待制智斩鲁斋郎	徐本	臧本
包待制三勘蝴蝶梦	徐本	臧本
钱大尹智宠谢天香	徐本	臧本
王闰香夜月四春园	明钞本	徐本、顾曲斋本
赵盼儿风月救风尘	徐本	臧本
诈妮子调风月	元刊本	卢本
闺怨佳人拜月亭	元刊本	卢本
望江亭中秋切鲙旦	息机子本	顾曲斋本、臧本
杜瑞娘智赏金线池	徐本	顾曲斋本、臧本、孟本
感天动地窦娥冤	徐本	臧本、孟本

在底本选择方面，吴晓铃以年代较早的本子为底本，但是也有例外，如《单刀会》最早版本为元刊本，而校勘底本却又选择了明钞本，与全书校勘体例矛盾。另外，因为当时条件有限，吴晓铃或许还没有看到《元刊杂剧三十种》原本，故以覆元椠《元刊杂剧三十种》代替，这也造成了校勘中的一些缺陷。

第四，确定杂剧行款规格和断句原则。《关汉卿戏曲集》校勘中既考虑到了元杂剧的体例规格，同时也考虑到现代出版的特点，采用了统一的行款规格，主要有四条。首先，依照杂剧体例分别折次及楔子。底本不分折或者是分错了折的，或者加以补正，或者在校勘记里加以说明。其次，旧本一般在折内不再分别场次，采取连排到底的办法。《关汉卿戏曲集》则在分别场次的地方都另行起排，以清眉目。分别场次以当场的脚色全部下场为准。再次，曲文不分正、衬，一律排四号字，齐栏；宾白排五号字，低两个字的地位。一个曲牌里的夹白连排，不另起行。两个曲牌之间的夹白或一个曲牌前后的附白都另起行，不予连排。最后，科介用（）符号上下圈住，曲牌用〔〕符号上下圈住，校勘记数码用［］符号上下圈住。

至于在句读方面，同样制定了三条断句原则，分别是：第一，全书一律用单圈断句。第二，曲文断句根据宫谱定格，唯有时略加活用。宾白断句根据元代语法规律及语言习惯。第三，私名和书名一律不加符号。

第五，制定了四条校勘的基本原则和十二条具体的校勘条例，并在全剧后编订校勘记。

四条校勘基本原则为：首先，确定一个底本，和校本进行比勘，原则上不根据校本或者我们自己的意见改动底本的文字。其次，不做硬性的统一字体的规定，尽管同一个字在几个杂剧里、在一个杂剧里，或是在一个杂剧的同一折里有不同的写法，也不强行把它一致起来。再次，坚持以剧校剧的方法，没有使用选集、散曲集、宫谱、曲谱、曲话和其他有关的文献里的材料。最后，校勘以词、短语及句子为单位，在一个句子里只有少数的词发生异文，那么就单校词，如果在一个句子里异文较多，那么就以句子为最小单位进行校勘。尽量不把一个句子里的异文校勘割裂为多条的校记。当然，校勘并不是严守此四条基本原则，遇到特殊问题时还是有所变通，灵活处理。如元刊本中过多的别体字、破体字和简体字已经达到了妨碍阅读的地步，所以凡是能够识别的大体都改成了繁体字。又比如明钞本《邓夫人苦痛哭存孝》里把“康君立”误为“康军利”之类的不符合实际的情况，则根据“名从主人”的原则加以匡正。

在这四条基本原则下，校勘者还制定了较为细致的校勘条例，现过录如下：

一、校勘记分做目文和注文两项，目文和注文之间用破折号区别。（如：单刀会——元刊本作“古杭新刊的本关大王单刀会”。王本作“关大王独赴单刀会”。）

二、目文以一个词、一个短语、一个句子为主，不能读破语言最小单位去立目文。

三、目文如果超过一个句子的时候，用单圈断开，但是与破折号相接的末句不再加单圈。

四、目文如果超过一个句子而字数在八十字以下的，全部钞出做目文。如果字数在八十字以上的，就只录首句和末句做目文，中间省略的句子用省略号“……”表示。

五、目文如果是曲牌名，就用〔〕符号上下圈住。目文如果是一个完整的科介，就用（）符号上下圈住；如果只是科介里的一部分文字，就不使用（）符号。

六、目文所表现的一支曲子的全部曲文如果和注文里的一支曲子的全部曲文完全不同，那么目文就写作：“〔×××〕曲文”，不录曲子的文字。

七、目文和注文在一般的情况下，就理论上讲，应该是相等的，尽管文字不同。例如：目文是“A”字，那么注文说“某本作‘B’字”正相等于目文的“A”字。因此，如果注文和目文的字数相同，注文就不加说明；如果注文比目文的字数或少或多的话，在注文里就说明字数。例如：底本是“AB”，校本是“ABC”，注文就说“某本作‘ABC’三字。”

八、注文中如有甲、乙、丙三本的文字都和目文中的文字不同，而甲、乙、丙三本的文字也不相同，那么注文就说是“甲本作‘A’字，乙本作‘B’字，丙本作‘C’字。”如果甲、乙、丙三本的文字和目文中的文字不同，而彼此相同，那么注文就说是“甲本、乙本、丙本俱作‘A’字。”如果甲本的文字和目文中的文字相同，那么就不在注文中加以说明（也有例外，那大都是用来突出几个本子之间的错综关系的），而乙本和丙本的文字不同，但是彼此相同，那么注文就说是“乙本、丙本并作‘A’字。”

九、目文和注文在某些情况下，事实上并不相等。一种情况是底本有的文字在校本上没有，那注文就说是“某本无。”或者说是“甲本、乙本并无此三字。”一种情况是底本的文字和校本的文字大体上相同，只是在个别的词上不一样，那么就把底本全句作为目文，而在注文里分别之处校本上不同的文字。例如：目文是“ABCDEFG”，那么注文就说是“某本‘AB’二字作‘HI’二字，‘E’字作‘J’字。”一种情况是底本的文字基本上和校本相同，但是比校本或上或下有或多字和或少字的现象，那么也把底本全句作为目文，而在注文里分别指出校本上多字或少字的情况。例如目文是“ABCDEFG”，那么注文就说是“甲本上多‘HI’二字，乙本‘CD’下多‘J’字，丙本无‘FG’二字。”一种情况是底本的文字和校本的文字完全不同，那么就在注文里说“某本大异，另作……”。

十、有的时候我们在注文里表示自己的态度或看法。这大体上不出下面的几种情况：一种是我们同意校本的异文，我们就在注文里说“某本作‘A’字，是。”一种是我们不同意校本的异文，我们就在注文里说“某本作‘A’字，非。”或“某本校改为‘AB’二字，非是。”一种是我们对于校本的文字表示怀疑，但是又没有肯定的意见，我们就在注文里说“某本校改为‘A’字，未知何据。”一种是我们对于底本和校本的文字表示怀疑，自己的意见又不够具体，我们就在注文里说“某本作‘A’字，疑是‘B’字。”或是“原缺一字，疑当作‘A’字。”或是“某本‘A’字下疑脱‘B’字。”或是“某本作‘AB’二字，‘B’字疑衍。”

十一、有的时候我们也改动底本的文字。这一方面表现在一些特殊的情况上，例如：元刊本的文字错简过甚，不加改正就没有法子读得懂。脉望馆所藏的明钞本和刊本差不多有赵琦美的硃校和墨校，有一些是很解决问题的，可以汲取。这些我们在注文里作了如下的交代：“元刊本作‘A’字，今改正。”“明钞本原作‘A’字，硃改为‘B’字，今从之。”另一方面表现在一些必须增补或删除的情况上，例如：底本不标折数，我们就要加上，在注文里说明“某本无，今校增。”例如：一些刊本的杂剧标目下缀“杂剧”二字，为了剧目的一致，我们就删除了这两个字，在注文里说明“某本下有‘杂剧’二字，今为略去。”又一方面表现在我们对于改动完全有把握，而事实上又非改不可的情况上，例如：底本把“糜芳”错成“梅方”，把“包待制”错成“包侍制”之类的现象。

十二、校勘工作应该坚持“相对如雠”，做到“滴水不漏”的地步。但是，我们有居心放了过去的地方。这就是在同一折里底本的情况和校本的情况屡次出现，而又没有什么改变；这大部分是科介上的问题。我们就只在最先出现的地方进行校勘，以后不再管它，但是一定在注文里说明。例如：“（末云）——甲本作‘（末）’字。乙本作‘（正末云）’三字。下同，不另校出。”

从这十二条具体校勘条例来看，吴晓铃《关汉卿戏曲集》的校勘方式为有异必录，底本和校本有所不同的地方均在校勘记中列出，将各本的不同之处一一展示出来，做到“滴水不漏”的地步，这是一种严格的元杂剧校勘方式。十二条具体条例不仅明白无误地将校勘工作中的各种情况作了系统的说明和解释，而且每条均具有很强的实践操作性，在元杂剧校勘中具有典范意义。纵观元杂剧校勘历史，如此细致的罗列校勘条例的做法是少有的，从此也可一窥吴晓铃等人工作的细致和科学严谨。

二　北京大学中文系《关汉卿戏剧集》

第二次对关汉卿戏曲集进行集中校勘的是北京大学中文系。1976 年，北京大学中文系编校小组编校的《关汉卿戏剧集》由人民文学出版社出版。

《关汉卿戏剧集》共收入关汉卿现存的杂剧十八个。其中如《单鞭夺槊》《鲁斋郎》《五侯宴》《裴度还带》等杂剧是不是关汉卿作的，历来有人怀疑，但由于现有的论据还不足以作出肯定或否定的判断，所以该书全部收录。此书与吴晓铃《关汉卿戏曲集》有所不同的是没有收录杂剧佚文和散曲。

《关汉卿戏剧集》校勘，采用的底本、校本有七种。这七种版本全名、简称及所收关汉卿杂剧情况分别是：

元刊杂剧三十种（元刊本）：收关汉卿杂剧四种

明万历十六年（1588）龙峰徐氏刊刻陈与郊编《古名家杂剧》（古名家本）：收关汉卿杂剧九种

明息机子编万历二十六年（1598）刊《杂剧选》（息机子本）：收关汉卿杂剧一种

明王骥德编万历顾曲斋刊本《古杂剧》（顾曲斋本）：收关汉卿杂剧四种

明赵琦美钞校《脉望馆钞校本古今杂剧》（明钞本）：收关汉卿杂剧七种

明孟称舜编崇祯六年（1633）刊本《古今名剧合选》：《柳枝集》收关汉卿杂剧两种，《酹江集》收关汉卿杂剧一种

明臧懋循编万历四十三年（1615）、四十四年（1616）雕虫馆刊本《元曲选》：收关汉卿杂剧九种

校勘中还采用了赵琦美在《脉望馆钞校本古今杂剧》中的校语，凡剧末注明是赵氏所校的，称为“赵校”；未注明是赵氏所校的，用朱笔校的称“朱校”，用墨笔校的称“墨校”。另外，近人整理、编校的一些本子，也作为校勘资料加以参考、利用。

校勘时，编校小组首先确定底本。每一种杂剧选择一个版本作为校勘的底本。底本的选择，不是以哪一个本子最早、最接近原作的面貌为依据，而是主要从哪一个本子文字完整，思想性、艺术性较高着眼。校者之所以采用这样的版本选择的原因有三：一是杂剧在演出和流传过程中，不断有所加工修改，现在保存下来的本子肯定和原作有了一定的距离，至于哪一种版本更比较接近原作的面貌，已经无从判断。有些早出的本子并不一定接近原作面貌，如元刊本是现在所见到的最早的本子，然而它不过是简本，科白不全甚至于没有，加上错字多、字迹不清，版子又有断烂，并不是关汉卿原作的面貌。虽然有人认为脉望馆钞本出自明代宫廷剧团是比较可信的，但也拿不出多少证据证明明代宫廷剧团的演出本较之别的本子更接近于原作面貌。而臧懋循整理《元曲选》时不仅利用了自己家藏的许多秘本，还访求多种版本，下了一番参互校订的功夫，而且对作品做过一些加工修改，《元曲选》所收关汉卿杂剧大都文从字顺，科白齐全，情节发展较为合理，思想性、艺术性皆有所提高。二是杂剧在演出和流传过程中的修改加工，只要是好的都可以作为积极的成果加以继承，并没有必要再去恢复原来的样子。三是《关汉卿戏剧集》是给读者提供一个关汉卿杂剧思想、艺术较强的本子以为参考、借鉴，也无须拘泥于原作面貌的恢复。

鉴于这样的原因，《关汉卿戏剧集》在选择校勘底本时，凡《元曲选》入选的九种都以《元曲选》为底本，六种以明钞本为底本，三种以《元刊杂剧三十种》为底本。现把每个剧本所采用的底本和校本列表如下：

剧目	底本	校本
感天动地窦娥冤	元曲选	古名家本、酹江集
包待制智斩鲁斋郎	元曲选	古名家本
包待制三勘蝴蝶梦	元曲选	古名家本
望江亭中秋切鲙旦	元曲选	息机子本、顾曲斋本
赵盼儿风月救风尘	元曲选	古名家本
杜瑞娘智赏金线池	元曲选	古名家本、顾曲斋本、柳枝集

续表

剧目	底本	校本
钱大尹智宠谢天香	元曲选	古名家本
温太真玉镜台	元曲选	古名家本、顾曲斋本、柳枝集
尉迟恭单鞭夺槊	元曲选	明钞本、古名家本
关大王独赴单刀会	明钞本	元刊本
王闰香夜月四春园	明钞本	古名家本、顾曲斋本
刘夫人庆赏五侯宴	明钞本	无校本。参考了王季烈《孤本元明杂剧》和近人整理、编校的本子
邓夫人苦痛哭存孝		
山神庙裴度还带		
状元堂陈母教子		
闺怨佳人拜月亭	元刊本	无校本。参考1914年日本京都帝国大学文科大学的覆刻本、1935年卢前编《元人杂剧全集》以及近人编校的本子
诈妮子调风月		
关张双赴西蜀梦		

其次，编排杂剧顺序。《关汉卿戏剧集》所收关汉卿十八种杂剧的编排顺序不是按照故事发生时间的先后为序的，而是采用了新的编排原则：先列以《元曲选》为底本的戏，次列以明钞本为底本的戏，再列以元刊本为底本的戏。十八种杂剧的编排顺序为：

感天动地窦娥冤、包待制智斩鲁斋郎、包待制三勘蝴蝶梦、望江亭中秋切鲙旦、赵盼儿风月救风尘、杜瑞娘智赏金线池、钱大尹智宠谢天香、温太真玉镜台、尉迟恭单鞭夺槊、关大王独赴单刀会、王闰香夜月四春园、刘夫人庆赏五侯宴、邓夫人苦痛哭存孝、山神庙裴度还带、状元堂陈母教子、闺怨佳人拜月亭、诈妮子调风月、关张双赴西蜀梦

再次，制定校勘时对待底本文字的准则。对底本文字，一般不轻易改动，凡是底本原文文意可通，均不根据其他文本加以改动。但是在遇到下列情况则酌情改动底本文字。一是凡属讹、脱、衍文及空缺字，确有根据，予以改动。这类改动一般在校勘记中加以说明。对于明显的笔误则直接改动，为节省篇幅不在校勘记中反映。而对于怀疑底本有误，但没有充分根据者，则不轻率改动，仅在校勘记中注明。二是对异体字及声假字进

行处理。异体字一般按照《新华字典》改为通行字。《新华字典》中所没有的一些偏僻的异体字，如“瞅”作“瞅”、“炮”作“炰”之类为方便读者也改为通行字。对于当时的俗语、方言而写法不一致的，如“正本”作“证本”“徵本”“挣本”等，则不予改动。对当时通行的、有时代特点的声假字，如“们”作“每”、“教”作“交”、“原”作“元”等则一般不予改动。但在一个剧本中，有些声假字写法不一致，则予以统一。如《王闰香夜月四春园》中“甚么”或作“是么”，则统一写作“甚么”。还有一些声假字在阅读时容易引起误解和混淆，如“娶”作“取”、“值日”作“直日”之类，则适当加以改动。而对于不会引起误解和混淆的则予以保留原样，如“傅粉”作“付粉”之类。所有这一类改动，均不在校勘记中进行注明。三是用简化字排版。有些当时出现而现在并未简化的简体字，例如“能”省去左边一半书写之类，则一律改用通行字。此类改动亦不在校勘记中说明。四是以明钞本为底本的六个杂剧，凡是赵琦美校语优于底本或经赵琦美改动后底本原字漫漶不清者，均依据赵琦美改动底本文字，亦不在校勘记中说明。另外在杂剧体制方面，以明钞本为底本的杂剧，舞台提示语“(云)”“(唱)”等详略不一，对需要增补的则依据《元曲选》的做法补充，亦不在校勘记中说明。

最后，制定杂剧排印的行款格式。在折内应该分别场次的地方，另行起排，分别场次以当场的演员全部下场为准。全书一律加新式标点，并根据制定的校勘原则编写校勘记。

《关汉卿戏剧集》校勘记不是如吴晓铃《关汉卿戏曲集》那样放在全剧之后，而是采用折后出校的方式。为了防止增加大量不必要的篇幅，从而使真正有价值的异文校记湮没在大量意义不大的异文校记之中以致鱼目混珠，所以不是采用“有异文必录”的繁式校勘记的撰写方法，而是采用了另外一种方法：先把底本与各种校本一一比勘，掌握全部异文，而后对它进行分析，择要在校勘记里加以反映，其余则一概舍弃。至于哪些要在校勘记中说明，哪些需要舍弃，校勘者也设定了一定的取舍原则。这个取舍原则就是：第一，凡思想、艺术（包括语言艺术）上优于底本的异文，在校勘记中加以反映；反之则弃。劣于底本的异文，虽与底本文字差异极大，亦在舍弃之列。优于底本的文字，虽与底本一字之差，亦在校勘记中注明。如《金线池》第二折开头一大段文字，底本《元曲选》与校本《古名家杂剧》、顾曲斋本文字大异，底本交代了韩辅臣和杜瑞娘之间的矛盾是鸨母的逼迫和挑拨造成的，校本对这点则没有任何交代，思想、艺术上明显不如底本，因此不作校勘记。又如《玉镜台》第四折〔挂玉钩〕曲“我倒身无措”之“倒”，古名家本、顾曲斋本作“且”，优于底本，则在校勘记中说明。至于文字的多寡情况，如底本有校本无或底本无校本有，亦采用此原则取舍。至于一些不好判断文字优劣的地方，则宁可多一条校记。第二，有些异文虽未必优于底本，但仍有一定的参考价值，则在校勘记中加以反映。如《单鞭夺槊》第二折“（元吉诗云：）朝为田舍郎，暮登天子堂”。“天子堂”明钞本、古名家本作“张子房”，便作了校记。个别异文思想、艺术上虽不如底本，但仍有一定参考价值的，也在校勘记中反映。如《窦娥冤》第三折〔滚绣球〕“地也，你不分好歹何为地？天也，你错勘贤愚枉做天”二句，古名家本作“地也，你不分好歹难为地；天也，我今日负屈衔冤哀告天”，思想、艺术完全同前者不可同日而语，然具有一定的版本参考价值，故在校勘记中作了反映。而对于那些文意和底本相同和接近的异文，思想、艺术上又未必优于底本，参考价值不大，一般不作校记。如《救风尘》第二折〔集贤宾〕“咱这几年来待嫁人心事有”句，古名家本作“咱收心待嫁人，早引起那话头”，意思接近，但远不如前者，故不予说明。当然，这种取舍原则的核心是思想、艺术这样两个并不好把握的条件之上，异文孰优孰劣，还是取决于校勘者深厚的学术素养。

三　吴国钦《关汉卿全集校注》

吴国钦是第三位对关汉卿戏曲集进行校勘的学者。其时关汉卿研究成为戏剧史研究上的显学，但对关汉卿作品的整理与出版工作却远远不能适应研究之需要，而已经出版的一些作品集，也在校勘方面颇多讹漏。1988年10月，吴国钦《关汉卿全集校注》由广东高等教育出版社出版。同年，此书由台北里仁书局以《关汉卿戏曲集校注》为名出版。此书的出版，“弥补了元曲研究上的这个缺憾”，“是一部收录较为齐备，学术价值较高的关汉卿全集的整理本”①，与王学奇等人的《关汉卿全集校注》一起被称为“关学大厦的两块坚厚基石”②。

---

① 吴观澜：《读吴国钦校注〈关汉卿全集〉》，《汕头大学学报》1989年第2期。

② 笃青梅：《关学大厦的两块坚厚基石——两种关汉卿全集的比较雏议》，《学术研究》1990年第4期。

此书收录了关汉卿的十八种杂剧。这十八种杂剧剧目为：

感天动地窦娥冤、包待制智斩鲁斋郎、赵盼儿风月救风尘、望江亭中秋切鲙旦、包待制三勘蝴蝶梦、杜蕊娘智赏金线池、钱大尹智宠谢天香、温太真玉镜台、尉迟恭单鞭夺槊、关大王独赴单刀会、钱大尹智勘绯衣梦、刘夫人庆赏五侯宴、邓夫人苦痛哭存孝、山神庙裴度还带、状元堂陈母教子、关张双赴西蜀梦、闺怨佳人拜月亭、诈妮子调风月

该书前有王季思所撰写《为〈关汉卿全集〉题曲》套数，对吴国钦《关汉卿全集校注》之对关汉卿戏曲的传播作了高度评价。现过录如下：

〔南吕·一枝花〕英才盖世间，巨笔撑霄汉；青锋诛鬼魅，浓墨写春山。血泪斑斑，诉不尽窦娥冤，把天关地轴翻。几曾见六月霜飞，今日早银河倒挽。

〔梁州第七〕你曾叫鲁斋朗长街处斩，杨衙内削职丢官，专跟那权奸民贼横眉干。风风雨雨，失路娇鸾；星星月月，受骗丫环：一个是旅店中别泪难干，一个是书房外柔肠寸断。还有那赵盼儿郑州城勇救同班，杜蕊娘金线池懒开倦眼，谢天香开封府智度严关。红颜、命悭，论古来才士千千万，有几个秉笔翻公案？就是朱四姐平生也难上难，合与你双占勾阑。

〔尾声〕吴生奋起游文苑，要把关老雄篇代代传。展卷披图光照眼。几番、细看，浑不觉帘外啼莺报春晓。

《关汉卿全集校注》与前面吴晓铃《关汉卿戏曲集》、北大中文系《关汉卿戏剧集》在体例上最大的不同就是校勘与注释并举，校注分列，折后注释，剧后总列校勘记。各剧前有简要提要，对每一本杂剧在关汉卿戏曲中的地位、故事渊源、故事梗概及后世流传有简要介绍，对一般读者的阅读、领会和鉴赏无疑是有指导作用的，也为学者专家进一步深入研究铺垫了基础。这是其他关汉卿戏曲校勘著作中所没有的。如《感天动地窦娥冤》：

这是关汉卿的代表作，一个震撼人心的伟大古典悲剧。王国维在《宋元戏曲考》中说它“即列之于世界大悲剧中，亦无愧色也”。这个评价是公正的。此剧于20世纪已有巴尊（M. Bazin）的法译本，本世纪初又有官原民平的日译本。

《窦娥冤》的故事本源，可以上溯到汉代民间有关“东海孝妇”的传说。《汉书·于定国传》载：“东海有孝妇，少寡亡（无）子，养姑甚谨，姑欲嫁人，终不肯。姑谓邻人曰：‘孝妇事我勤苦，哀其无子守寡，我老，久累丁壮，奈何！’其后，姑自经死。姑女告吏：‘姑杀我母。’吏捕孝妇，孝妇辞不杀姑。吏验治，孝妇自诬服。具狱上府。于公以为此妇养姑十余年，以孝闻，必不杀也。太守不听，于公争之弗能得，乃抱其具狱哭于府上，因辞疾去。太守竟论杀孝妇。郡中枯旱三年……”《录鬼簿》记王实甫和梁进之都写过《东海郡于公高门》杂剧（今皆不传），可见这故事在元代相当流行。

剧中关于六月飞雪和颈血上标的描写，无疑地采用了关于邹衍下狱和孝妇周青的传说。《太平御览》十四引《淮南子》载：“邹衍事燕惠王尽忠，左右谮之王，王系之狱。仰天哭，夏五月，天为之下霜。”另《搜神记》卷十一关于孝妇周青的传说载：“孝妇名周青，青将死，车载十丈竹竿，以悬五幡，立誓于众曰：‘青若有罪愿杀，血当顺下；青若枉死，血当逆流。’既行刑已，其血青黄，缘幡竹而上标，又缘幡而下云。”

但是，剧作借助这些历史传说，仅仅是给自己涂抹上一层历史的保护色而已，实际上剧本所写的，完全是元代惨酷的社会现实。一个原来手无寸铁、安分守己的弱小寡妇，由于高利贷的残酷剥削，流氓地痞的欺压诬陷，特别是贪官污吏惨绝人寰的迫害，终于枉死在封建官府的屠刀下面。剧作深刻地揭示了造成窦娥悲剧的社会根源，有力地鞭挞了元代黑暗的吏治，喊出了人民群众蓄之既久的反抗吼声，表达了窦娥对封建社会善恶贫富观念的怀疑。人命关天，弱者最强，恶有恶报，真理永存，这就是这个剧作七百年来一直激动人心的根本原因。

明代，戏曲家叶宪祖曾把它改成用南曲演唱的《金锁记》传奇，但磨平了原剧反抗的棱角。京剧有《六月雪》改本，是京剧表演艺术家程砚秋著名的“程派”剧目之一。解放后，许多地方剧种都改编上演过这个剧目。①

此书采用剧后出校的方式。校记体例为：现存版本、底本、参校本、出校原则、校勘条文。现将各剧现存版本、底本、参校本列表如下：

剧目	现存版本	底本	参校本
感天动地窦娥冤	古名家杂剧、古今名剧合选、元曲选	元曲选	古今名剧合选、古名家杂剧
包待制智斩鲁斋郎	古名家杂剧、元曲选	元曲选	古名家杂剧
赵盼儿风月救风尘	古名家杂剧、元曲选	元曲选	古名家杂剧
望江亭中秋切鲙旦	杂剧选、古杂剧、元曲选	元曲选	杂剧选、古杂剧
包待制三勘蝴蝶梦	古名家杂剧、元曲选	元曲选	古名家杂剧
杜蕊娘智赏金线池	古名家杂剧、古杂剧、古今名剧合选、元曲选	元曲选	古名家杂剧、古杂剧、古今名剧合选
钱大尹智宠谢天香	古名家杂剧、元曲选	元曲选	古名家杂剧
温太真玉镜台	古名家杂剧、古杂剧、古今名剧合选、元曲选	元曲选	古名家杂剧、古杂剧、古今名剧合选
尉迟恭单鞭夺槊	古名家杂剧、脉望馆钞校本古今杂剧、元曲选	元曲选	古名家杂剧、脉望馆钞校本古今杂剧
关大王独赴单刀会	元刊本、脉望馆钞校本古今杂剧、孤本元明杂剧、与众曲谱	脉望馆本	元刊本、孤本元明杂剧、与众曲谱
钱大尹智勘绯衣梦	古名家杂剧、古杂剧、脉望馆钞校本古今杂剧	脉望馆本	古名家杂剧、古杂剧
刘夫人庆赏五侯宴	脉望馆钞校本古今杂剧	脉望馆本	孤本元明杂剧
邓夫人苦痛哭存孝	脉望馆钞校本古今杂剧	脉望馆本	孤本元明杂剧
山神庙裴度还带	脉望馆钞校本古今杂剧	脉望馆本	孤本元明杂剧
状元堂陈母教子	脉望馆钞校本古今杂剧	脉望馆本	孤本元明杂剧
关张双赴西蜀梦	元刊本	元刊本	新校元刊杂剧三十种、校订元刊杂剧三十种、元曲选外编、关汉卿戏曲集、关汉卿戏剧集、关汉卿三国故事杂剧研究（刘靖之）、元刊杂剧三十种新校
闺怨佳人拜月亭			
诈妮子调风月			

① 吴同钦：《关汉卿全集校注》，广东高等教育出版社1988年版，第2—3页。

选取底本时，凡现存版本有《元曲选》者均以此为底本，其数有九。《元曲选》中无者则以其中一种为底本，其中以《脉望馆钞校本古今杂剧》为底本者有六，以《元刊杂剧三十种》为底本者有三。参校本主要有陈与郊《古名家杂剧》、孟称舜《古今名剧合选》、息机子《杂剧选》、王骥德《古杂剧》、赵琦美《脉望馆钞校本古今杂剧》《元刊杂剧三十种》《孤本元明杂剧》《与众曲谱》、徐沁君《新校元刊杂剧三十种》、郑骞《校订元刊杂剧三十种》、隋树森《元曲选外编》、北大中文系《关汉卿戏剧集》、刘靖之《关汉卿三国故事杂剧研究》、宁希元《元刊杂剧三十种》稿本。吴国钦在校勘中不但吸取了《关汉卿戏曲集》和《关汉卿戏剧集》在校勘方面的成果，而且视野更为开阔，参校版本除元明清时期各种版本和中华人民共和国成立后出版的各种版本外，还参考了郑骞、徐沁君、宁希元等校勘的《元刊杂剧三十种》和刘靖之《关汉卿三国故事杂剧研究》的研究成果，所得版本优劣的各种见解，在校勘记中处处可见，这就“使关学在版本研究方面向前推进了一步”①。

校勘记的撰写不是采用有异必录，而是择其要者加以记录。在《感天动地窦娥冤》校记中，吴国钦对自己的校勘原则有所体现，他说：

> 凡采用校本校正《元曲选》本之失误者，则作校记；凡校本与《元曲选》本有异而不予采纳者，为简省起见，一般不注明；某些有参考价值之异文，则有选择地录入校记。（以下各剧均同此例，不另说明）

也就是说凡是校本校正底本之失误的地方，一般会在校记中说明，而凡是校本和底本有异但并没有采纳或没有价值的地方，为行文的简省考虑，一般不在校记中注明，而对于那些有参考价值的异文则有选择地录入校记。

四 王学奇等《关汉卿全集校注》

第四个对关汉卿戏曲集进行校勘的是王学奇、吴振清、王静竹。王学

---

① 笃青梅：《关学大厦的两块坚厚基石——两种关汉卿全集的比较雏议》，《学术研究》1990年第4期。

奇等人是有感于《关汉卿全集校注》出版之前学术界对关汉卿“杂剧作品仅有一部分作过注释，散曲注解的更少”① 的缘故，完成了这部著作。据王学奇回忆，“此书自动笔到完稿，前后达十年之久”②，开始校勘的时间应该是1978年，前后“几易其稿，精益求精”③，于1988年11月由河北教育出版社出版。

校者首先确定了入选的杂剧作品。《关汉卿全集校注》在收录关汉卿作品方面体现了“全”的特点，这是他有别于前两部校勘著作的地方。此书收录了现存的关汉卿的全部作品：全本杂剧十八种，其中十三种肯定是关汉卿著作，这十三种是《单刀会》《西蜀梦》《拜月亭》《调风月》《窦娥冤》《救风尘》《切鲙旦》《金线池》《谢天香》《绯衣梦》《玉镜台》《哭存孝》《蝴蝶梦》。而其他五种还存在争议，这五种是《鲁斋郎》《裴度还带》《陈母教子》《单鞭夺槊》《五侯宴》。与前面吴晓铃校本和北京大学中文系校本不同的是，《关汉卿全集校注》所收十八种有《钱大尹智勘绯衣梦》，而无《王闰香夜月四春园》，盖其关目内容与《钱大尹智勘绯衣梦》虽完全相同，且宾白较全，但不署作者姓名，故不取。另有残剧三种，分别是《唐明皇哭香囊》《风流孔目春衫记》《孟良盗骨》。散曲七十六首，包括小令六十二首，套数十四首，残曲二首。就杂剧作品而言，有五种创作权尚存异议，但又难以作出断然结论，故采取一种审慎态度，有所说明地予以全部收录，让读者自行判断。在这方面确实做到了校者所谓“求全而得备”④ 的特色。而其对关汉卿所有作品进行收录和校注，在关汉卿学术研究史上填补了新的空缺，在整个元杂剧整理研究史上也是一件开拓性的工程，被当时研究者称为“关学史上的新篇章”⑤“关学研究的里程碑”⑥。

《关汉卿全集校注》与前面吴晓铃《关汉卿戏曲集》和北京大学中文系《关汉卿戏剧集》在排版、内容等方面略有不同。在排版时为适应一般读者的需要，依照现行的《新华字典》，把全书字体径改为通行体，统一

---

① 王学奇等：《关汉卿全集校注·凡例》。
② 王学奇等：《关汉卿全集校注·后记》。
③ 王学奇等：《关汉卿全集校注·序》。
④ 王学奇等：《关汉卿全集校注·序》。
⑤ 古月：《关学史上的新篇章——读〈关汉卿全集校注〉》，《河北学刊》1989年第4期。
⑥ 马延闿：《关学研究的里程碑——读〈关汉卿全集校注〉》，《渤海学刊》1992年第1期。

异体字。且不再采用竖行排版，改为现代人习惯的横版印刷。在主要内容方面，是校、注并举，重点则放在注释上。校者认为点校工作已经有人做了不少努力，有了相当好的基础，该书只是在此基础上做些补苴罅漏的工作，而对于当时读者来说，要通晓全剧，必须扫除语言障碍，而正是在这一环上尚留有空白需要填补，故将重点工作放在注释方面。可以说这是近现代以来第一部对关汉卿戏曲作品进行集中注释的著作。点校虽不是该书的重点工作，但元杂剧在六七百年的长期流传过程中，于传抄、改动、刻印之际，极易发生眼误、笔误及其他种种错误，或有意削繁就简，又增加了许多新的错别字和自造的简化字，鲁鱼亥豕，五花八门，从而造成曲文的不易理解甚或完全不可思议的情况，如不先加以校勘，注释工作亦难以顺利进行。源于此，该书在校勘中亦自有其特点。

在校勘中，首先确定底本、校本及参校本。

各剧校勘所根据的底本情况如下：《西蜀梦》、《拜月亭》和《调风月》三种以《元刊杂剧三十种》（简称元刊本）为底本；《窦娥冤》、《救风尘》、《望江亭》、《金线池》、《谢天香》、《玉镜台》、《蝴蝶梦》、《鲁斋郎》和《单鞭夺槊》九种以《元曲选》（简称臧本）为底本；《单刀会》、《陈母教子》、《哭存孝》、《五侯宴》和《裴度还带》五种以《脉望馆钞校本古今杂剧》（简称明抄本）为底本；《绯衣梦》一种以《古名家杂剧》（简称古名家本）为底本。

校本除以上作过底本的元刊本、明抄本和古名家本三种外，还有顾曲斋本，即明王骥德《古杂剧》本；息机子本，即明息机子《杂剧选》本；柳枝集本、酹江集本，即明孟称舜《古今名剧合选》本。

参校本主要的有王季烈编校《孤本元明杂剧》（简称王本）、郑振铎编《世界文库》（简称郑本）、卢冀野编《元人杂剧全集》（简称卢本）、吴晓铃等编校《关汉卿戏曲集》（简称吴本）、隋树森编《元曲选外编》（简称隋本）、北京大学中文系编校小组编校《关汉卿戏剧集》（简称北本）、徐沁君校点《新校元刊杂剧三十种》（简称徐本）、人民文学出版社编辑部选注《关汉卿戏曲选》（简称文本）、王季思《诈妮子调风月写定本》（简称定本）、中国书店影印日本东京大学《覆元椠古今杂剧三十种》（简称覆本）。

校勘中，校者遵循四条校勘原则。实际上可以说是一条大原则——不轻改底本下的四条具体做法。一是尊重底本，如字义可通，一般不按校本改动底本文字。二是尊重古今用字的不同习惯。例如关于人称多数，今人习用“们”，元人则习用“每”；关于禽卵，今人习用“蛋”，元人习用“弹”；关于家庭家具，元人习称“折椅”为“交床”、“饭桌”为“饭床”、“蒸屉”为“水床”；关于人的称谓，元人习称“夫妻”为“妻夫”、“弟弟”为“弟兄”、“妹妹”为“姊姊”等，诸如此类，皆尊重历史，不以今代古。三是尊重元曲中的通假字。例如元剧以“题”作“提”、以“交”作“教”、以“元”作“原”、以“见”作“现”、以“生”作“升”、以“知”作“智”、以“到”作“倒”、以“大”作“代”之类通假字，均保持原貌，不予改动。四是尊重元曲中的方言土语。比如形容喧闹声的“镬铎”“濩铎”“和铎”“和朵”等，形容人之意识糊涂的“忘魂”“忘浑”“忘混”“忘昏”“混忘”“昏忘”等，诸如此类，皆有其声而无定字，各本中写法不一，甚或一剧之中、一折之中有不同写法，但对于剧义没有任何妨碍，校勘中，仍以底本之旧，不予强求一律。

在不轻改底本的原则下，于一些地方则酌情予以改动。需要改动的地方在以下几个方面。一是文字上有明显错误的地方。如《五侯宴》第三折白：“王彦章蹦马儿上。”其中“蹦”字明抄本误作“敬”字，依上下文改。二是文字脱、衍或颠倒，上下文读不成句的地方。如《西蜀梦》第四折〔呆骨朵〕“威凛凛山中兽”，元刊本原本“凛”字脱一重文符号，故据徐本增。衍文如《调风月》第四折〔驻马听〕“雁行般但举手都能舞”，元刊本“舞”下原多一重文符号，故据各本删。颠倒不成句者如《单鞭夺槊》楔子〔端正好〕“事急也那权做三日”，其中“也那权”三字《元曲选》颠倒为“也权那”，不明所以。“也那”本为曲中衬字，无任何实际意义，明抄本正好如此，故据其校改。三是空缺或字迹残损不易辨认的地方，如《元刊杂剧三十种》中随处可见此类现象。四是同一剧内词语用字前后不一致的地方。如《哭存孝》第二折〔尾声〕白“亚子哥哥打围去”之“亚”，明抄本原误作“哑”，此处“亚子”非哑巴，而是指李亚子，据第三折改。所有这些改动，校者持审慎态度，有据而改，无据存疑，重根据，避臆断。参考前人校本，也都经过仔细探究，反复比勘，斟酌损益，择善而从。

五　马欣来《辑校关汉卿集》

马欣来是第五位对关汉卿戏曲进行集中校勘的学者。1996 年，马欣来《辑校关汉卿集》由山西人民出版社出版。

《辑校关汉卿集》包括关汉卿杂剧作品、散曲作品以及有关研究资料三个部分。杂剧作品方面，马欣来首先确定了入选作品。关汉卿传世作品中有一部分著录不明，被指为或疑为他人所作，如《尉迟恭单鞭夺槊》《包待制智斩鲁斋郎》《山神庙裴度还带》《状元堂陈母教子》等即是如此。这些作品因存有早期版本，也没有确切的证据可以判定为他人所作，故在整理校勘中一概收录。其中全本杂剧十八种，分别是：

感天动地窦娥冤、赵盼儿风月救风尘、杜蕊娘智赏金线池、钱大尹智宠谢天香、温太真玉镜台、望江亭中秋切鲙旦、钱大尹智勘绯衣梦、包待制智斩鲁斋郎、包待制三勘蝴蝶梦、尉迟恭单鞭夺槊、关大王单刀会、闺怨佳人拜月亭、诈妮子调风月、关张双赴西蜀梦、山神庙裴度还带、刘夫人庆赏五侯宴、邓夫人苦痛哭存孝、状元堂陈母教子

残存杂剧三种，分别是：

唐明皇启瘗哭香囊、风流孔目春衫记、孟良盗骨

此书前言中，马欣来对关汉卿杂剧作品的版本系统作了简单的分析。他根据现存杂剧版本的刊刻时间，指出关汉卿现存剧作版本大致有三个系统。第一个系统是现存最早的元人杂剧刊本《元刊杂剧三十种》。元刊本中收录关汉卿剧作四种，除《单刀会》另有校本外，其他三种《拜月亭》《诈妮子》《西蜀梦》均为元刊本所独存。元刊本虽然科白不全，甚至全无科白，错漏较多，字迹不清，有的地方版文断烂，但却是现存唯一的元代刊印的杂剧选本，是关汉卿剧作校勘的重要版本。第二个系统是大约在万历四十二年（1614）以前的明刊本。主要有明陈与郊万历十六年编刊《古名家杂剧》，收录关汉卿剧作九种；明息机子万历二十六年编刊《杂剧选》，收录关汉卿剧作一种；明王骥德万历年间编刊《古杂剧》，收录关汉卿剧作四种；明赵琦美钞校《脉望馆钞校本古今杂剧》，收录关汉卿剧作钞本七种。这一版本系统中，除元刊本的几个剧目外，包括了关汉卿现存的全部剧目。这一系统的情节、语言几乎毫无出入。在元明之际，影响最大，也得到了广泛的承认。这一版本系统科白完备，情节完整；语言本色流畅、生动有力；刊刻规范统一，清晰准确，精美大方，是关汉卿绝大部

分剧作现存最早、最完整准确的版本。第三个系统是万历四十三年以后的版本，主要有明臧懋循万历四十三年、四十四年刊刻的《元曲选》和明孟称舜崇祯六年（1633）刊刻《古今名剧合选》。这一版本系统，尤其是《元曲选》，对关汉卿原作作了较多修改，关汉卿剧作面貌发生了较大变化。《古今名剧合选》基本来源于《元曲选》，其中对臧懋循改动不当之处提出异议，从而采用第二系统版本，但又有自己另作改动的地方。这一系统版本较为完整清楚，为后世选本多所采用，但和关汉卿原作在思想、格调、趣味等方面区别较大，已经失去了关汉卿剧作的本来面目。在这些版本的比较中，马欣来饱含深情地说："无论如何，尽可能了解、掌握关汉卿作品的本来面目，力求近真，是我们今天以至今后研究、分析关汉卿作品以及关汉卿的基础。我们希望能为历世多年的关汉卿作品涤去粉黛，洗去尘色，让这位绝代佳人以清新的本来面目重新出现在大家面前，使读者领略到她的纯美本色、天然风韵……"① 马欣来关于关汉卿剧作版本系统的分类实际也是适用于整个元杂剧剧作版本的，他的这种以刊刻时间为界定元杂剧版本系统标准的做法，在元杂剧版本研究方面是比较新颖的，但也基本符合元杂剧版本系统实际，实际仍然是吸收了前人如孙楷第、邓绍基等人的研究成果。

在上述底本、版本的分析基础上，马欣来为关汉卿杂剧校勘确定了底本、校本。在版本的选择上，为尽量保存和追寻关汉卿作品的本来面貌，作品部分尽可能选用年代较早的版本为底本，并以其后主要流传版本参校之。此书有别于前此关汉卿戏曲集校勘著作的地方在于将该书选用的各剧底本与校本作为附录部分单独罗列，方便读者查阅。现据此列表如下：

剧目	底本	校本
感天动地窦娥冤	古名家杂剧	元曲选、古今名剧合选
赵盼儿风月救风尘	古名家杂剧	元曲选
杜蕊娘智赏金线池	古名家杂剧	古杂剧、元曲选、古今名剧合选
钱大尹智宠谢天香	古名家杂剧	元曲选
温太真玉镜台	古名家杂剧	古杂剧、元曲选、古今名剧合选
望江亭中秋切鲙旦	杂剧选	古杂剧、元曲选

① 马欣来：《关汉卿剧作版本的比较和选择》，《河北学刊》1988 年第 3 期。

续表

剧目	底本	校本
钱大尹智勘绯衣梦	古名家杂剧	古杂剧、脉望馆钞校本古今杂剧
包待制智斩鲁斋郎	古名家杂剧	元曲选
包待制三勘蝴蝶梦	古名家杂剧	元曲选
尉迟恭单鞭夺槊	古名家杂剧	脉望馆钞校本古今杂剧、元曲选
关大王单刀会	元刊本	脉望馆钞校本古今杂剧
闺怨佳人拜月亭	元刊本	无
诈妮子调风月	元刊本	无
关张双赴西蜀梦	元刊本	无
山神庙裴度还带	脉望馆本	无
刘夫人庆赏五侯宴	脉望馆本	无
邓夫人苦痛哭存孝	脉望馆本	无
状元堂陈母教子	脉望馆本	无

马欣来底本、校本选择中，以元刊本为底本者四，以《古名家杂剧》为底本者九，以《古杂剧》为底本者一，以《脉望馆钞校本古今杂剧》为底本者四。在关汉卿剧作校勘，甚或是元杂剧校勘中，马欣来《辑校关汉卿集》一个特别的地方就是，其中七种杂剧的校勘中仅有底本而无校本，就是以元刊本为底本的《闺怨佳人拜月亭》《诈妮子调风月》《关张双赴西蜀梦》三种和以《脉望馆钞校本古今杂剧》为底本的《山神庙裴度还带》《刘夫人庆赏五侯宴》《邓夫人苦痛哭存孝》《状元堂陈母教子》四种，这在元杂剧校勘中是很少见的。另外，马欣来《辑校关汉卿集》出版时间是1996年，此时对于关汉卿戏曲的校勘已经有了前述几种版本，而对于元杂剧作品校勘的著作也颇为丰富，但是此书校勘中对这些研究成果均未采纳，这也是此书校勘中的一大特点。

《辑校关汉卿集》校勘采用折后出校。校记撰写中，凡底本有缺漏处，以校本斟酌补定，而不以校本为准。校勘时对底本文字一般不予改动，但凡讹、脱、衍文，有所校订，一律在每折后记中出校。校本中改窜之处，择重点录入校记以供比照，避免与底本原文相混淆。而对于显著的笔误或异体字，则斟酌改定，一般不出校。

六　蓝立蓂《汇校详注关汉卿集》

第六个对关汉卿戏曲集进行集中校勘的是蓝立蓂，也是关汉卿戏曲校勘、注释的集大成者。

2006年，蓝立蓂校注《汇校详注关汉卿集》由中华书局出版。该书收录关汉卿剧作二十一种，含残剧三种。关于某些作品是否关汉卿所著，学界尚存歧异，在没有确证之前，仍归关汉卿名下。因关著亡佚过甚，故该书名曰“集”而不称“全集”。

在剧目排列次序上，《汇校详注关汉卿集》按照天一阁本《录鬼簿》。此书未见剧目，参考孟本《录鬼簿》、曹本《录鬼簿》和《太和正音谱》、《元曲选》卷首涵虚子曲目。以上均未见剧目，则参考《脉望馆钞校本古今杂剧》、《古名家杂剧》、《北词广正谱》。最后收录残剧三种。按照这样的标准排列，分三册收录二十一种杂剧，排列次序为：

上册：诈妮子调风月、邓夫人苦痛哭存孝、包待制三勘蝴蝶梦、关大王单刀会、赵盼儿风月救风尘、闺怨佳人拜月亭

中册：杜蕊娘智赏金线池、关张双赴西蜀梦、望江亭中秋切鲙旦、温太真玉镜台、王闰香夜月四春园、感天动地窦娥冤、钱大尹智宠谢天香

下册：山神庙裴度还带、状元堂陈母教子、尉迟恭单鞭夺槊、刘夫人庆赏五侯宴、包待制智斩鲁斋郎、唐明皇启瘗哭香囊（残）、风流孔目春衫记（残）、孟良盗骨（残）

所收二十一种杂剧中，其中有《王闰香夜月四春园》，而无《钱大尹智勘绯衣梦》。

该书《前言》部分对关汉卿剧作版本和校勘历史有简单分析。关于版本，关汉卿剧作版本较为复杂。元刊本错字俗体太多，脱文衍字不少，版子断烂，字迹漫漶，阅读极为不便。明代的钞刻本，又经过增删改动，讹、脱、衍、倒时有所见。故无论是元刊本，还是明钞、明刻本都须要校勘。首开关汉卿剧作校勘之端的是明代赵琦美《脉望馆钞校本古今杂剧》。到了近现代，关剧校勘整理成绩斐然，先后有郑振铎《世界文库》、卢冀野《元人杂剧全集》、王季烈《孤本元明杂剧》、吴晓铃等《关汉卿戏曲

集》、隋树森《元曲选外编》、郑骞《校订元刊杂剧三十种》、北京大学中文系《关汉卿戏剧集》、徐沁君《新校元刊杂剧三十种》、宁希元《元刊杂剧三十种新校》、吴国钦《关汉卿全集》、王学奇等《关汉卿全集校注》、王季思《全元戏曲》等，或校勘，或注释，为蓝立蓂校注关汉卿剧作提供了丰富的经验和研究成果。而此书亦在充分吸收前人研究成果的基础上，取得了集大成者的成绩。

蓝立蓂广搜诸本，穷索其究，选定底本、校本。《汇校详注关汉卿集》选年代最早的本子作底本，以稍晚时期的其他本子作校本，并参考清代、民国以来有代表性的诸家校本，详加校勘。是者从之，误者辨之。对各本异文采取有异必录的方式，期望读者阅读此书而明了关汉卿著作的全貌和校勘的概况。该书杂剧校勘所用版本众多，大致分为两类。一类是底本、校本，主要有：

元刊本　《元刊杂剧三十种》，古本戏曲丛刊四集之一，商务印书馆影印

脉望馆钞本　明赵琦美脉望馆藏《脉望馆钞校本古今杂剧》，古本戏曲丛刊四集之三

名家本　明陈与郊编《古名家杂剧》，古本戏曲丛刊四集之四

脉望馆古名家本　脉望馆藏《古名家杂剧》，见《脉望馆钞校本古今杂剧》

脉望馆息机子本　脉望馆藏息机子《杂剧选》，见《脉望馆钞校本古今杂剧》

顾曲斋本　明王伯良编《古杂剧》，古本戏曲丛刊四集之二

臧本　明臧晋叔编《元曲选》，商务印书馆影印雕虫馆本

孟本　明孟称舜编《新镌古今名剧柳枝集》、《新镌古今名剧酹江集》，古本戏曲丛刊四集之八

北词广正谱　清李玉撰，北京大学影摹石印本

第二类是参校本，主要有：

何煌本　清何煌校《脉望馆钞校本古今杂剧》元刊《单刀会》过录本

覆元椠本　日本京都帝国大学文科大学覆刻《覆元椠古今杂剧三

十种》，中国书店影印

郑振铎本　郑振铎编《世界文库》，上海生活书店

卢冀野本　卢冀野编《元人杂剧全集》，上海杂志公司

王季烈本　王季烈编校《孤本元明杂剧》，上海涵芬楼

京都大学本　日本吉川幸次郎等注《元曲选释》，内外印刷株式会社

赵景深本　赵景深辑《元人杂剧钩沉》，上海古典文学出版社

吴晓铃本　吴晓铃等编校《关汉卿戏曲集》，中国戏剧出版社

王季思写定本　王季思《〈诈妮子调风月〉写定本》，《戏剧论丛》一九五八年第二辑

中华书局本　臧晋叔《元曲选》中华书局排印本

隋树森本　隋树森编《元曲选外编》，中华书局

郑骞本　郑骞校订《校订元刊杂剧三十种》，台北世界书局

北京大学本　北京大学中文系《关汉卿戏剧集》编校小组编校《关汉卿戏剧集》，人民文学出版社

徐沁君本　徐沁君校点《新校元刊杂剧三十种》，中华书局

刘坚本　刘坚编著《近代汉语读本》，上海教育出版社

宁希元本　宁希元点校《元刊杂剧三十种新校》，兰州大学出版社

吴国钦本　吴国钦校注《关汉卿全集》，广东高等教育出版社

王学奇本　王学奇等校注《关汉卿全集校注》，河北教育出版社

王季思本　王季思主编《全元戏曲》，人民文学出版社

王季思附录本　王季思《全元戏曲》元刊《单刀会》附录本

采用如此多的校本、参校本，并采用有异必录的校勘方式，在元杂剧校勘历史上是绝无仅有的。各剧底本、参校本情况在各剧题目下“说明”中详细列举。现列表如下：

剧目	底本	校本	参校本
诈妮子调风月	元刊本		覆元椠本、郑振铎本、卢冀野本、吴晓铃本、王季思写定本、隋树森本、郑骞本、北京大学本、徐沁君本、刘坚本、宁希元本、吴国钦本、王学奇本、王季思本
邓夫人苦痛哭存孝	脉望馆钞本		王季烈本、吴晓铃本、隋树森本、北京大学本、吴国钦本、王学奇本、王季思本

续表

剧目	底本	校本	参校本
包待制三勘蝴蝶梦	脉望馆古名家本	臧本	吴晓铃本（自脉望馆古名家本出），卢冀野本、中华书局本、北京大学本、吴国钦本、王学奇本、王季思本（以上自臧本出）
关大王单刀会	脉望馆钞本		何煌本、覆元椠本、卢冀野本、郑骞本、徐沁君本、宁希元本、王季思附录本（以上自元刊本出）
赵盼儿风月救风尘	脉望馆古名家本	臧本	吴晓铃本（自脉望馆古名家本出），卢冀野本、中华书局本、北京大学本、吴国钦本、王学奇本、王季思本（以上自臧本出）
闺怨佳人拜月亭	元刊本		覆元椠本、卢冀野本、吴晓铃本、隋树森本、郑骞本、北京大学本、徐沁君本、宁希元本、吴国钦本、王学奇本、王季思本
杜蕊娘智赏金线池	脉望馆古名家本	顾曲斋本、臧本、孟本	吴晓铃本（自脉望馆古名家本出），卢冀野本、京都大学本、中华书局本、北京大学本、吴国钦本、王学奇本、王季思本（以上自臧本出）
关张双赴西蜀梦	元刊本		覆元椠本、卢冀野本、吴晓铃本、隋树森本、郑骞本、北京大学本、徐沁君本、宁希元本、吴国钦本、王学奇本、王季思本
望江亭中秋切鲙旦	脉望馆息机子本	顾曲斋本、臧本	吴晓铃本（自脉望馆古名家本出），卢冀野本、京都大学本、中华书局本、北京大学本、吴国钦本、王学奇本、王季思本（以上自臧本出）
温太真玉镜台	脉望馆古名家本	顾曲斋本、臧本、孟本	吴晓铃本（自脉望馆古名家本出），卢冀野本、中华书局本、北京大学本、吴国钦本、王学奇本、王季思本（以上自臧本出）
王闰香夜月四春园	脉望馆钞本	脉望馆古名家本、顾曲斋本	吴晓铃本、北京大学本、吴国钦本、王季思本（以上自钞本出），王学奇本（自脉望馆古名家本出）
感天动地窦娥冤	脉望馆古名家本	臧本、孟本	吴晓铃本（自脉望馆古名家本出），卢冀野本、中华书局本、北京大学本、吴国钦本、王学奇本、王季思本（以上自臧本出）
钱大尹智宠谢天香	脉望馆古名家本	臧本	吴晓铃本（自脉望馆古名家本出），卢冀野本、中华书局本、北京大学本、吴国钦本、王学奇本、王季思本（以上自臧本出）
山神庙裴度还带	脉望馆钞本		王季烈本、吴晓铃本、隋树森本、北京大学本、吴国钦本、王学奇本、王季思本

续表

剧目	底本	校本	参校本
状元堂陈母教子	脉望馆钞本		王季烈本、吴晓铃本、隋树森本、北京大学本、吴国钦本、王学奇本、王季思本
尉迟恭单鞭夺槊	脉望馆钞本	古名家本、臧本	吴晓铃本（自脉望馆钞本出），卢冀野本、中华书局本、北京大学本、吴国钦本、王学奇本、王季思本（以上自臧本出）
刘夫人庆赏五侯宴	脉望馆钞本		王季烈本、吴晓铃本、隋树森本、北京大学本、吴国钦本、王学奇本、王季思本
包待制智斩鲁斋郎	脉望馆古名家本	臧本	吴晓铃本（自脉望馆古名家本出），卢冀野本、中华书局本、北京大学本、吴国钦本、王学奇本、王季思本（以上自臧本出）
唐明皇启瘗哭香囊	北词广正谱		卢冀野本、赵景深本、吴晓铃本、王学奇本、王季思本
风流孔目春衫记	北词广正谱		卢冀野本、赵景深本、吴晓铃本、王学奇本、王季思本
孟良盗骨	北词广正谱		吴晓铃本、赵景深本

十八种全本杂剧中，如果现存版本仅有元明刊本、钞本、刻本中一种者，则仅有底本，而无校本。如果有两种或者两种以上者，则有校本。且参校本中会注明参校版本出自哪种元明版本，如《包待制三勘蝴蝶梦》，现存脉望馆古名家本和臧本，则以前者为底本，后者为校本，参校本有两类，一类为出自脉望馆古名家本的吴晓铃本；另一类为出自臧本的卢冀野本、中华书局本、北京大学本、吴国钦本、王学奇本、王季思本。这样读者一眼就可明了参校本底本情况。这在元杂剧校勘史上也是创举。另外，对关汉卿残剧的底本、参校本的说明也是以前校勘著作所没有的。

《汇校详注关汉卿集》每剧校勘体例为：题目、说明、正文、校注（采用折后出校注，校注混合）。题目采用全称，如《诈妮子调风月》。说明部分内容包括文献著录、现存版本、校本、参校本、原本总题情况及处理办法、故事梗概等，有些还有本事说明。如《包待制三勘蝴蝶梦》“说明”：

天一阁本《录鬼簿》、《太和正音谱》、《元曲选》卷首曲目关氏名下著录。孟本《录鬼簿》、曹本《录鬼簿》萧德祥名下有同名一目，有人因疑此剧非关氏作。

关氏此剧现存脉望馆古名家本、臧本。今以前者为底本，后者为校本，并用吴晓铃本（自脉望馆古名家本出）、卢冀野本、中华书局本、北京大学本、吴国钦本、王学奇本、王季思本（以上自臧本出）参校。原本书口标目《蝴蝶梦》。总题下题“元关汉卿撰”，今略去。臧本作“包待制三勘蝴蝶梦杂剧”，下题“元大都关汉卿撰明吴兴赃晋叔校”。

剧叙王氏兄弟为报父仇，打死皇亲葛彪，开封府府尹包拯感王母大贤，尽释王氏兄弟，封奖王氏全家事。

刘向《列女传》卷五：“齐义继母者，齐二子之母也。当宣王时，有人斗死于道者，吏讯之，被一创。二子兄弟立其旁傍，吏问之，兄曰：‘我杀之。’弟曰：‘非兄也，乃我杀之。’期年吏不能决。言之于相，相不能决言之于王，王曰：‘今皆赦之，是纵有罪也；皆杀之，是诛无辜也。寡人度其母能知子善恶，试问其母，听其所欲杀活。’相乃召母问之曰：‘母子之杀人，兄弟欲相代死，吏不能决，言之于王，王有仁惠，故问母何所欲杀活。’其母泣而对曰：‘杀其少者。’相受其言，因而问之曰：‘夫少子者，人之所爱也，今欲杀之，何也?’其母对曰：‘少者妾之子也，长者前妻之子也。其父疾且死之时属之于妾曰：善养视之。妾曰：诺。今既受人之托，许人以诺，岂可以忘人之托，而不信其诺邪？且杀兄活弟，是以私爱废公义也，背言忘信，是欺死者也。夫言不约束，已诺不分，何以居于世哉！子虽痛乎，独谓行何！’泣下沾襟。相入言于王，王美其义，高其行，皆赦不杀，而尊其母号曰义母。君子谓：义母信而好义，絜而有让。诗曰：‘恺悌君子，四方为则。’此之谓也。”

包待制，包拯，宋仁宗时曾任监察御史、天章阁待制、龙图阁直学士。知开封府时，以廉洁著称，执法严峻，不畏权贵，时语云“关节不到，有阎罗包老”。《宋史》有传。

正文内容竖行排版，曲文用大字排印，科白及曲中带白用小字排印。有些原本曲中衬字作小字者，一律改为大字排印。

在校勘中，为尊重关汉卿著作的本来面目，详校元明各本异同，对近现代以来的校勘著作，是者从之，误者正之，力图使读者从中可以窥见关汉卿剧作校勘的概况和关汉卿剧作语言的面貌。为了保存关汉卿著作的本来面貌，校者特别提出在两个方面不应该轻易改动原本。一是从时代而言，元曲特有的以及元代习用的语、字，不宜随便改动，以免失去语言的时代特色。如“陪”改作“赔”、“卓”改作“桌”、“您”改作“你”、“根前”改作“跟前”、“狗幸狼心”改作“狗肺狼心”等。二是从语言本身的历史发展来看，传统训诂上所谓本字、通假字，也不应该轻易改动，以免切断语言的发展脉络。如“须”改作“鬚”、“见”改作“现”、“直”改作“值”、“班”改作“斑”、“交”改作“教”等。

在上述两个不轻改原则下，校者制定了详尽的校勘凡例，现将其关于曲文校勘方面内容过录如下：

四、原书行式参差，曲白混淆者，今加整理。但原作“科”“唱”“云”等详略不同，不强划一。凡作改补，均在校注中说明。

五、原本句读无标点，今曲据格律，白依文意，用新式标点断句。

六、曲用大字排印，科白及曲中带白用小字排印。原本曲中衬字作小字者，仍其旧。

七、原本文字繁简杂糅，正俗混用，为免繁难，今用规范繁体排印。为反映语言文字的本来面貌和时代特色，古字、假借以及元时习用字等，原则上不作改动。凡有改动，均在校注中说明。

八、原本文字讹、脱、衍、倒，均加校注。字有坏阙或模糊者，用方形空围“□”代替，字数不明者用长形空围“▭”代替。凡有删补，均在校注中说明。

九、校注以说明问题为准，不做繁琐征引。引文均注出处，以备检核。引用之元杂剧凡今存只有一种本子者，剧名前皆不注版本名称。

十、为省篇幅，又可免误解者，文字校释采用首处作校，并注云“后同，不另出校”。

十一、为省行文之繁，前贤已详者，校释后注云“参看”某书某卷某条。本书前文已释者，仅注“参见”某剧某折校注某条或某曲校注某条。

十二、凡不明者，阙疑俟考，注“待校”“未详”。

《汇校详注关汉卿集》在具体校勘时，均是详细罗列各本各家做法，是者从之，误者正之。如《诈妮子调风月》第一折〔混江龙〕“普天下汉子尽做都先有意”之“尽做都先有意”，校记云：

“做”字原残损，从徐沁君、王学奇本补。覆元椠本空阙，郑振铎本、吴晓铃本、隋树森本、郑骞本、北京大学本从空。卢冀野本删此字。王季思写定本、吴国钦本、王季思本作“教”。刘坚本注释亦疑是“教”。宁希元本作“他”。徐本萧云：“定本（按，即王季思写定本）补一‘教’字，疑非是。按：本剧‘教’作‘交’，此处似不应例外。”尽做，犹即使。参看《诗词曲语辞汇释》卷一“做”。

这种校勘方式，一方面使自己结论有理有据；另一方面也可给读者提供足够证据进行判断。从总体来说，本书因采纳前贤关于关汉卿杂剧校勘研究成果，且后出专精，是所有关汉卿杂剧校勘中最充实、详尽的一部集大成著作。

第二节　关汉卿剧作校勘版本比较研究

关汉卿剧作的校勘成果丰富，是其他杂剧作家所不能比肩的。这些校勘成果在元杂剧体例、脚色、宾白、曲牌及曲词方面都存在或多或少的差异，笔者对这些校勘著作进行了系统的比勘，下面把关汉卿剧作校勘版本的主要差异从这几个方面作一考述归纳。

一　杂剧排列顺序

关汉卿剧作的整理校勘中，各家剧目所采用的编排顺序之标准不同，导致最后剧目顺序截然不同之现象。王季思《全元戏曲》中也对关汉卿剧作作了集中校勘，故在这里也作为比较对象之一。为更好地比较，现列表如下：

关汉卿剧作校勘各本剧目编排顺序

吴晓铃本	北大本	吴国钦本	王学奇本	马欣来本	蓝立蓂本	王季思本
单刀会	窦娥冤	窦娥冤	单刀会	窦娥冤	调风月	哭存孝
西蜀梦	鲁斋郎	鲁斋郎	西蜀梦	救风尘	哭存孝	蝴蝶梦
玉镜台	蝴蝶梦	救风尘	拜月亭	金线池	蝴蝶梦	单刀会

续表

吴晓铃本	北大本	吴国钦本	王学奇本	马欣来本	蓝立蓂本	王季思本
单鞭夺槊	切鲙旦	切鲙旦	调风月	谢天香	单刀会	救风尘
裴度还带	救风尘	蝴蝶梦	窦娥冤	玉镜台	救风尘	金线池
哭存孝	金线池	金线池	救风尘	切鲙旦	拜月亭	切鲙旦
五侯宴	谢天香	谢天香	切鲙旦	绯衣梦	金线池	绯衣梦
陈母教子	玉镜台	玉镜台	金线池	鲁斋郎	西蜀梦	窦娥冤
鲁斋郎	单鞭夺槊	单鞭夺槊	谢天香	蝴蝶梦	切鲙旦	谢天香
蝴蝶梦	单刀会	单刀会	绯衣梦	单鞭夺槊	玉镜台	玉镜台
谢天香	四春园	绯衣梦	玉镜台	单刀会	四春园	裴度还带
四春园	五侯宴	五侯宴	陈母教子	拜月亭	窦娥冤	陈母教子
救风尘	哭存孝	哭存孝	哭存孝	调风月	谢天香	五侯宴
调风月	裴度还带	裴度还带	蝴蝶梦	西蜀梦	裴度还带	鲁斋郎
拜月亭	陈母教子	陈母教子	鲁斋郎	裴度还带	陈母教子	单鞭夺槊
切鲙旦	拜月亭	西蜀梦	五侯宴	五侯宴	单鞭夺槊	调风月
金线池	调风月	拜月亭	单鞭夺槊	哭存孝	五侯宴	拜月亭
窦娥冤	西蜀梦	调风月	裴度还带	陈母教子	鲁斋郎	西蜀梦

从总体来看，吴晓铃本是按照杂剧所反映内容时代来编排顺序的，北大本是依据所校勘底本——《元曲选》、明钞本、元刊本来编排顺序的，而吴国钦本也是依据所校勘底本——《元曲选》、脉望馆本、元刊本来编排顺序的，只是和北大本相比仅有个别剧作顺序有差别。马欣来本是大致按照所校勘杂剧底本——《古名家杂剧》、元刊本、脉望馆本来编排顺序的，只是在《古名家杂剧》为底本杂剧中又夹入一个以《杂剧选》为底本之《切鲙旦》。而蓝立蓂本则是主要按照天一阁本《录鬼簿》所收剧作编排顺序的，此书未见剧目，参考孟本《录鬼簿》、曹本《录鬼簿》、《太和正音谱》、《元曲选》卷首涵虚子曲目。以上均未见剧目，则参考脉望馆钞校本古今杂剧本、古名家本、《北词广正谱》。王季思《全元戏曲》也是以天一阁本《录鬼簿》所列作家作品次序排列，并参考了学术界有关的研究成果。所以其顺序和蓝立蓂本还是有所差别的。王学奇本则不明所以编排顺序的原因。他如此编排也肯定是出于某种目的，只是校勘者没有予以说明，而我们现在根据版本也无法作出一个有效的推测。

另外，在所收录关汉卿剧作中，收录《绯衣梦》者不收录《四春园》，如吴国钦本、王学奇本、马欣来本、王季思本，而有《四春园》者则无《绯衣梦》，如吴晓铃本、北大本、蓝立萱本。在整理校勘中不收《四春园》的原因大概就是王学奇本所说的：“另有明抄本《王闰香夜月四春园》，其内容关目与《钱大尹智勘绯衣梦》虽完全相同，且宾白较全，但不署作者姓名，故不取。”① 至于会收录《四春园》的原因则不明。

二　校勘底本、校本

关汉卿剧作各剧校勘中所依据的底本和校本也有不同之处，为了更好地加以比较，现依据北大本编排顺序对各剧底本、校本进行比较：

关汗卿剧作校勘底本、校本一览

<table>
<tr><th rowspan="2">剧目</th><th colspan="2">北大本</th><th colspan="2">吴晓玲本</th><th colspan="2">吴国钦本</th><th colspan="2">王学奇本</th><th colspan="2">马欣来本</th><th colspan="2">王季思本</th><th colspan="2">蓝立萱本</th></tr>
<tr><th>底本</th><th>校本</th><th>底本</th><th>校本</th><th>底本</th><th>校本</th><th>底本</th><th>校本</th><th>底本</th><th>校本</th><th>底本</th><th>校本</th><th>底本</th><th>校本</th></tr>
<tr><td>窦娥冤</td><td>臧本</td><td>徐本、孟本</td><td>徐本</td><td>臧本、孟本</td><td>臧本</td><td>徐本、孟本</td><td>臧本</td><td rowspan="11">校本有元刊本、赵本、徐本、顾曲斋本、息机子本、孟本。参校本有王本、《世界文库》本、卢本、吴晓玲本、隋本、北大本、徐沁君本、</td><td>徐本</td><td>臧本、孟本</td><td>臧本</td><td>徐本、孟本</td><td>徐本</td><td>臧本、孟本</td></tr>
<tr><td>鲁斋郎</td><td>臧本</td><td>徐本</td><td>徐本</td><td>臧本</td><td>臧本</td><td>徐本</td><td>臧本</td><td>徐本</td><td>臧本</td><td>臧本</td><td>徐本</td><td>徐本</td><td>臧本</td></tr>
<tr><td>蝴蝶梦</td><td>臧本</td><td>徐本</td><td>徐本</td><td>臧本</td><td>臧本</td><td>徐本</td><td>臧本</td><td>徐本</td><td>臧本</td><td>臧本</td><td>徐本</td><td>徐本</td><td>臧本</td></tr>
<tr><td>切鲙旦</td><td>臧本</td><td>息机子本、顾曲斋本</td><td>息机子本</td><td>顾曲斋本、臧本</td><td>臧本</td><td>顾曲斋本、息机子本</td><td>臧本</td><td>息机子本</td><td>顾曲斋本、臧本</td><td>臧本</td><td>顾曲斋本、息机子本</td><td>息机子本</td><td>顾曲斋本、臧本</td></tr>
<tr><td>救风尘</td><td>臧本</td><td>徐本</td><td>徐本</td><td>臧本</td><td>臧本</td><td>徐本</td><td>臧本</td><td>徐本</td><td>臧本</td><td>臧本</td><td>徐本</td><td>徐本</td><td>臧本</td></tr>
<tr><td>金钱池</td><td>臧本</td><td>徐本、顾曲斋本、孟本</td><td>徐本</td><td>顾曲斋本、臧本、孟本</td><td>臧本</td><td>徐本、顾曲斋本、孟本</td><td>臧本</td><td>徐本</td><td>顾曲斋本、臧本、孟本</td><td>臧本</td><td>徐本、顾曲斋本、孟本</td><td>徐本</td><td>顾曲斋本、臧本、孟本</td></tr>
<tr><td>谢天香</td><td>臧本</td><td>徐本</td><td>徐本</td><td>臧本</td><td>臧本</td><td>徐本</td><td>臧本</td><td>徐本</td><td>臧本</td><td>臧本</td><td>徐本</td><td>徐本</td><td>臧本</td></tr>
<tr><td>玉镜台</td><td>臧本</td><td>徐本、顾曲斋本、孟本</td><td>徐本</td><td>顾曲斋本、臧本、孟本</td><td>臧本</td><td>徐本、顾曲斋本、孟本</td><td>臧本</td><td>徐本</td><td>顾曲斋本、臧本、孟本</td><td>臧本</td><td>徐本、顾曲斋本、孟本</td><td>徐本</td><td>顾曲斋本、臧本、孟本</td></tr>
<tr><td>单鞭夺槊</td><td>臧本</td><td>赵本、徐本</td><td>赵本</td><td>徐本、臧本</td><td>臧本</td><td>徐本、赵本</td><td>臧本</td><td>徐本</td><td>臧本、赵本</td><td>臧本</td><td>徐本、赵本</td><td>赵本</td><td>徐本、臧本</td></tr>
<tr><td>单刀会</td><td>赵本</td><td>元刊本</td><td>赵本</td><td>元刊本、卢本、王本</td><td>赵本</td><td>元刊本、王本、与众曲谱</td><td>赵本</td><td>元刊本</td><td>赵本</td><td>赵本</td><td>元刊本、王本、与众曲谱</td><td>赵本</td><td>无</td></tr>
<tr><td>绯衣梦</td><td>赵本</td><td>徐本、顾曲斋本</td><td>赵本</td><td>徐本、顾曲斋本</td><td>赵本</td><td>徐本、顾曲斋本</td><td>徐本</td><td>徐本</td><td>顾曲斋本、赵本</td><td>赵本</td><td>徐本、顾曲斋本</td><td>赵本</td><td>徐本、顾曲斋本</td></tr>
</table>

① 王学奇：《关汉卿全集校注·凡例》。

续表

剧目	北大本		吴晓玲本		吴国钦本		王学奇本		马欣来本		王季思本		蓝立萱本	
	底本	校本	底本	校本	底本	校本	底本	校本	底本	校本	底本	校本	底本	校本
五侯宴	赵本	无校本，参考王季烈本及近人整理编校本子	赵本	王本	赵本	王本	赵本	《关汉卿戏曲选》本、王季思《诈妮子调风月写定本》、日本覆刻本。	赵本	无	赵本	王本	赵本	无
哭存孝	赵本		赵本	王本	赵本	王本	赵本		赵本	无	赵本	王本	赵本	无
裴度还带	赵本		赵本	王本	赵本	王本	赵本		赵本	无	赵本	王本	赵本	无
陈母教子	赵本		赵本	王本	赵本	王本	赵本		赵本	无	赵本	王本	赵本	无
拜月亭	元刊本	无校本，参考日本覆刻本、卢本及近人本子	元刊本	卢本	元刊本	郑骞本、徐沁君本、宁希元本、隋本、吴晓玲本、北大本、刘静之研究	元刊本		元刊本	无	元刊本	隋本、吴晓玲本、郑骞本、北大本、徐沁君本、刘静之研究、宁希元本	元刊本	无
调风月	元刊本		元刊本	卢本	元刊本		元刊本		元刊本	无	元刊本		元刊本	无
西蜀梦	元刊本		元刊本	卢本	元刊本		元刊本		元刊本	无	元刊本		元刊本	无

注：徐本为《古名家杂剧》，赵本为《脉望馆钞校本古今杂剧》，王本为《孤本元明杂剧》。刘静之研究为《关汉卿三国故事杂剧研究》。另外，在蓝立萱本中每剧均有大量参校本，这些参校本包括所有近人与之相关的整理校勘本，因篇幅所限，故不列出。

从上表可见，关汉卿剧作在元明清三代并没有像《元刊杂剧三十种》那样经过整理后以一个整体的面貌出现，而是散见在各种戏曲选本之中，而这些戏曲选本从版本学的角度来说并不属于同一版本系列，而是属于不同的版本系列，这就造成了关汉卿剧作校勘底本来源的多元性。

从关汉卿剧作校勘的底本来源来看，主要分为两个大的系统，一个是元刊系统，即《元刊杂剧三十种》中所收四种杂剧《单刀会》《拜月亭》《调风月》《西蜀梦》；在元刊本系统中，《拜月亭》《调风月》《西蜀梦》底本均为元刊本，而《单刀会》仅有马欣来本校勘底本为元刊本，其他六家均以赵琦美《脉望馆钞校本古今杂剧》为底本。故《单刀会》在比较研究时将之置于明刊本系统进行分析研究。另一个系统是明刊本，其他十四种杂剧均来自此。而以明刊本为底本的剧本又分为四个系统：《古名家杂剧》（徐本）、《元曲选》（臧本）、《古杂剧》（息机子本）和《脉望馆钞校本古今杂剧》（赵本）。从校勘底本来看，这十四种杂剧又可以分为两个版本系统，其中北大本、吴国钦本、王学奇本、王季思本是一个系统。在这个系统中，以臧本为底本的剧作有九种：《窦娥冤》《鲁斋郎》《蝴蝶梦》《切鲙旦》《救风尘》《金线池》《谢天香》《玉镜台》《单鞭夺槊》；以赵本为底本的剧作有五种：《绯衣梦》《五侯宴》《哭存孝》《裴度还带》《陈母教子》，其中仅王学奇本《绯衣梦》稍有差异，是以徐本为底本。而吴晓铃本、马欣来本、蓝立萱本三种为另一个系统。在这个系统中，以徐本为底本的剧作有七种：《窦娥冤》《鲁斋郎》《蝴蝶梦》《救风尘》《金线池》《谢天香》《玉镜台》；以赵本为底本的剧作有六种：《单鞭夺槊》《绯衣梦》《五侯宴》《哭存孝》《裴度还带》《陈母教子》，仅马欣来本《绯衣梦》稍有差异，是以徐本为底本；以息机子本为底本的剧作一种：《切鲙旦》。这种校勘底本来源的多元性加上参校资料的多元性——后出校勘版本又将前出各种校勘版本和时人研究整理结果作为校勘的参校资料，就造成了关汉卿剧作校勘结果的多样性和复杂性。

三　杂剧体例

关汉卿剧作校勘结果的多样性和复杂性体现在各个方面。首先从剧作的整体形态来说，体现在对关汉卿剧作的分折分楔子这一杂剧体例的不同上。

关汉卿剧作基本为四折，仅《五侯宴》为五折。杂剧开始为“楔子”者有《窦娥冤》《鲁斋郎》《蝴蝶梦》《金线池》《谢天香》《单鞭夺槊》《五侯宴》《陈母教子》《拜月亭》。这九种杂剧在上述七种校勘版本中，四种杂剧在有些版本将属于楔子的内容和折合在一起作为一折。如《窦娥冤》剧，北大本、王学奇本、吴国钦本、王季思本第一折前均有楔子，并有窦天章主唱之〔仙吕赏花时〕一曲，而吴晓铃本、马欣来本、蓝立萱本将前面楔子和第一折内容合为第一折，并删去〔仙吕赏花时〕曲。《鲁斋郎》北大本、王学奇本、吴国钦本、王季思本、马欣来本第一折前有楔子，吴晓铃本、蓝立萱本合为第一折。《金线池》北大本、王学奇本、吴国钦本、王季思本、马欣来本第一折前有楔子，吴晓铃本、蓝立萱本合为第一折。吴晓铃本所参照底本为《古名家杂剧》，原本曲牌〔端正好〕下有“楔子”二字，四周墨线为括，标明此二曲为“楔子”，蓝立萱本依原本样，将“楔子”二字用括号，但吴本删除墨线，将此二字作为曲词安排，显然不妥。《谢天香》北大本、王学奇本、吴国钦本、王季思本、马欣来本第一折前有楔子，吴晓铃本、蓝立萱本合为第一折。

还有就是一些曲词宾白内容在不同版本中分属于不同折次。如《绯衣梦》剧，吴国钦本第二折“（净扮官人贾虚同外郎、张千上）”后大段宾白，王学奇本将之放在第三折开始。又如《感天动地窦娥冤》第二折，吴晓铃本系统各本将原本属于第二折〔南吕〕套之〔牧羊关〕〔骂玉郎〕〔感皇恩〕〔采茶歌〕〔尾声〕等曲白放在第三折开头。这显然是不合元杂剧曲牌联套体例的。同样的情形如《钱大尹智勘绯衣梦》第三折，马欣来本仅有部分宾白无曲词，而将原本属于第三折之曲词与第四折放在一起，第四折有两套曲词。

四　元刊本系统宾白、曲词比较

关汉卿杂剧如上所述，依据其版本底本来源分为元刊本系统、明刊本系统，明刊本系统主要有赵本系统和徐本系统两种。故下面在进行比较研究时亦分为元刊本系统和明刊本系统两个方面进行。其中以赵本为底本的《五侯宴》《哭存孝》《裴度还带》《陈母教子》四剧宾白提示语基本一致，不在比较之列。

（一）宾白提示语

元刊本底本系统中，《西蜀梦》无宾白提示语，《单刀会》剧，仅马欣来本、蓝立萱本以元刊本为底本，其他五种均以赵本为底本，故此处将《拜月亭》《诈妮子》二剧作为元刊本系统部分，而《单刀会》则放在明刊本系统进行比较研究。

《拜月亭》《诈妮子》二剧宾白提示语按照标注习惯来说，几乎一个版本一种面目，情况非常复杂。下面分别从脚色标注、主唱者“云”“唱”之有无、带白标注、提示语多寡、提示语内容、曲白相混、宾白所处位置等方面异文作详细分析。

从脚色标注来说，《拜月亭》《诈妮子》均为旦本，除正旦外，其他脚色还有正末、外末、孤、夫人、小旦、梅香等，这些脚色一般标为末、外、孤、夫人、小旦、梅香，各种版本基本一致。其中末、外二种各种地方标注为“正末”“外末”。而对于主要脚色“正旦”标注差异很大。对“正旦”标注来看，其中版本大致分为两类：一类是吴晓铃本、北大本、吴国钦本、马欣来本、蓝立萱本。这些版本在正旦脚色标注方面，基本依据元刊本原本标注形式，采用略标方式，一般标为“旦”。个别版本标为“正旦”。如《拜月亭》楔子，吴晓铃本、北大本、马欣来本、蓝立萱本：

（孤夫人上云了）（打唤了）（旦扮引梅香上了）（见孤科）（孤云了）（情理打别科）（把盏科）……（孤云了）（做掩泪科）

但吴国钦本“旦”作“正旦”。吴国钦本将其他四种版本中之“旦”改作“正旦”的这种现象并不多，还有四处是这样。这四处如下。

《拜月亭》：

第一折：正旦共夫人相逐慌走上了。

第二折：正旦便扮扶末上了。

第三折：正旦便扮上了。

第四折：正旦扮上了。

主角上场时用“正旦”标注，均为第一次上场或者中间上场情形下。在其他地方则一般用“旦”标注，或者干脆不标脚色。其他版本中均有这类“旦”“正旦”、“末”“正末”、“外”“外末”并存之现象。从这里可以看出，在脚色标注方式上这一类还是比较混乱，校者在校勘时并没有做整齐划一的工作。

另一类为王学奇本和王季思本。这两个版本对脚色标注时采用脚色全称如“正旦”“正末”“外末”，其他如“孤”“小旦”“夫人”“梅香”等脚色标注和前面一类基本相同。这一类中不仅脚色标注用全称，而且将一些属于正旦之宾白提示语中省去之“正旦”进行了补充。元刊本在说白一般属于主唱者，此二剧均为正旦主唱，当说白前一个动作为正旦发出时，说白前一般缺失“云”，当说白前一个动作不是正旦发出时，说白前一般缺失“正旦云”。当宾白结束进入唱词时，如果唱词前一个动作为主唱发出时，曲词前一般缺失“唱”，如果唱词前一个动作非主唱者发出时，曲词前一般缺失“正旦唱”。王学奇本和王季思本对这种缺失进行了补充。

主唱者“云”“唱”之有无也可以分为两类，第一类为吴晓铃本、北大本、吴国钦本、马欣来本、蓝立萱本。第二类为王学奇本和王季思本。第一类这两种提示语一般是按照元刊本原貌，省略主唱者之“云”“唱”，而第二类则根据剧情对这些做了补充，使其显得符合今人阅读习惯。当然王学奇本和王季思本在统一体例时，还是有一些疏漏之处。

王学奇本：

《拜月亭》：

第一折〔金盏儿〕中：……（做意了）这般者波，……

这般者波后遗漏“唱”。

第四折〔殿前欢〕前：（外末云了）（正旦云）……

省略号后遗漏“唱”。

《诈妮子》

第二折〔中吕粉蝶儿〕前：（外孤一折）（正末外旦郊外一折）（正末六儿上）（正旦带酒上云）……

省略号后遗漏“唱”。

王季思本：

《诈妮子》

第一折〔混江龙〕中：……（夫人云了）（做嗟叹科）……

“做嗟叹科”应为“正旦做嗟叹科，唱”。

〔后庭花〕前：（夫人云了）（哨马上叫住了）（夫人云了）（做惨科）（夫人云了闪下）（小旦上了）（正旦便自上了）（做寻夫人科）……（做叫两三科）（没乱科）（末云了）（正旦猛见末打惨害羞科）（末云了）（正旦做住了）……（末云了）（做意）（末云了）（正旦云）呵，……

〔金盏儿〕前：（外末云了）（末云了）（正旦云）……

最后均遗漏“唱”。

〔赚尾〕中：……（做扶着末科）（做寻思科）……（下）

“做扶着末科”前缺“正旦”，“做寻思科”后遗漏“唱”。

第二折〔斗虾蟆〕中：……（末云了）（正旦没乱科）……

“正旦没乱科”后遗漏“唱”。

〔哭皇天〕中：……（带云）阿马想波，（唱）……常言道相逐百步，尚有徘徊……（做分付末了）男儿呵，如今俺父亲将我去也，你好生的觑当你身起。（末云了）（做艰难科）男儿，兀的是俺亲爷的恶傥，休把您这妻儿怨口畅！

“做艰难科”应为“正旦做艰难科，唱”。

〔三煞〕中：……（末云了）（做艰难科）……

“（做艰难科）”前缺“正旦”，后遗漏“唱”。

〔二煞〕中：……（末云了）（正旦云）男儿，我教你放心者波，……（末云了）（正旦云）你见的差了也！……

“你见的差了也”后遗漏“唱”。

第三折第二〔倘秀才〕前：（做害羞科云）……（小旦云了）（正旦

云）……

第二〔滚绣球〕前：（小旦云了）（正旦云）……（小旦云了）（正旦云）……

最后均遗漏“唱”。

《拜月亭》

第二折〔哨遍〕前：（云了）

此处所有版本均为“云了”，按照元杂剧惯例，此处当为“正旦”说白，仅有王学奇本作“（正末云了）（正旦唱）”，认为此二曲之间应该是正末说白。因此处无具体说白内容，无从判断到底是正旦说白还是正末说白。王季思本此处作“云了”，也是认为此处应为“正旦”动作，但是后面遗漏了“唱”。

第三折〔紫花儿序〕后：（云）我救这蛾儿。（做起身挑灯蛾科云）哎，蛾儿。俺两个大刚来不省呵。

说白后遗漏“唱”。

第三折〔天净沙〕前：（正旦背云）……（对外旦云）……（外旦骂住）（正旦云）……

最后遗漏“唱”。

第四折〔双调新水令〕前：（老孤外孤上）（众外上）（夫人上住）（正末正旦外旦上住）

最后遗漏“正旦唱”。

也有一些地方明显属于失误之处，如王学奇本《拜月亭》第三折〔呆古朵〕后：

> （做害羞科，唱）……（小旦云了）（正旦云）……（唱）

“做害羞科唱”之“唱”显系失误，此处为两曲之间说白，此后没有唱词，应是“云”之误。

其他五种版本虽然没有对“云”“唱”一类提示语作整齐划一的工作，但其中也有些地方保留了这一类提示语的痕迹。如《拜月亭》第三折：

> 〔倘秀才〕……（小旦云了）放心，放心。我与你宽打周遭向父亲行说。（小旦云了）你不要呵，我要则末那？（小旦云了）（唱）……

吴国钦本虽然在“唱”前少“小旦云了”，但“唱”仍然保留了下来。相同者还有以下一些地方。《拜月亭》第四折：

〔水仙子〕……（末云了）你说这话！（做意了）（唱）……

《诈妮子》第一折：

（末云了）（捧砌末唱）

第四折：

（云了）（旦跪唱）

马欣来本以上等处均无“唱”这一提示语。吴国钦本虽然在第一处“唱”前少“小旦云了”，但“唱”仍然保留了下来。这可能是这些版本在校勘时不轻易改动底本所造成的。

除了以上几处，吴国钦本和马欣来本有些地方出现“唱”字样。校者对这些地方均未出校，不知是什么缘故导致此种现象。吴国钦本有：

《诈妮子》第一折〔村里迓鼓〕后：（末云）（旦唱）

第二折〔粉蝶儿〕后：（做到书院见末）……（末不耐烦科）（正旦唱）

〔醉春风〕后：（旦云）……（末云）（旦唱）

第三折〔斗鹌鹑〕前：（孤一折）（夫人一折）（末六儿一折）（正旦上云）……（长吁了）（唱）

〔梨花儿〕前：（末六儿上）（开门了）（末云）（旦唱）

〔小桃红〕后：（旦云）燕燕不去。（末云）（夫人怒云了）（旦唱）

〔圣药王〕后：（虚下）（外孤上）（旦上见孤云）……（外孤云了）（闪下）（外旦上）（旦随上见了）……（外旦许了）（旦唱）

第四折〔新水令〕前：（老孤外孤上）（众外上）（夫人上住）（正末正旦外旦上住）（正旦唱）

〔驻马听〕后：（做与外旦插带了科）（外旦云）（旦唱）

〔水仙子〕后：（孤云了）（旦唱）

〔得胜令〕中：……（夫人云）（旦唱）……

马欣来本还有《拜月亭》楔子：

> （孤夫人上云了）（打唤了）（旦扮引梅香上了）（见孤科）（孤云了）（情理打别科）（把盏科）……（孤云了）（做掩泪科）（唱）

从脚色标注、“云”“唱”标注来看，关汉卿杂剧以元刊本为底本的校本虽然在整体上有一个体例可循，但是在具体操作过程中还是没有做到体例一致。有的版本甚至在同一折中进场出现不一致之现象。

七种校勘版本在宾白提示语多寡方面也有不同之处。除了前面所提王学奇本和王季思本按照现代元杂剧排版所增补“云”“唱”“正旦云”“正旦唱”之类提示语，七种校本提示语多寡现象还有以下诸处：《拜月亭》第二折〔收尾〕后吴晓铃本无“（下）”，其他各本均有。《诈妮子》第一折〔鹊踏枝〕后，王季思本有“（末云了）（正旦唱）”，其他各本均无此提示语。第二折〔满庭芳〕后北大本、吴国钦本、王学奇本、马欣来本、王季思本“（末云了）（旦云）”，吴晓铃本、蓝立萱本无“旦云”。第四折王季思本结束时有“（同下）”，其他各本无。

有些校勘版本有个别地方宾白提示语和宾白内容相混淆。如《拜月亭》第一折〔醉扶归〕后吴晓铃本宾白提示语“（末云呵）”，其他各本“呵”均为宾白内容，当为吴晓铃本之误。〔金盏儿〕后“本不甚吃酒了”，吴晓铃本作为宾白提示语处理，其他各本均按宾白内容处理。

宾白提示语内容不同导致异文。有些是提示语中动作发出之脚色不同所致。如《拜月亭》第一折〔后庭花〕前北大本、吴晓铃本、王学奇本、王季思本、蓝立萱本为“（末云）”，吴国钦本、马欣来本为“旦云”。按照元刊本提示语惯例，前面“（做意了）”应该属于正旦动作，其后动作如果是正旦发出，则不会单独将之标注出来作“旦云”，而应该是两个提示语合为一处作“（做意了云）”，很显然此处动作发出者应该为正末。第二折〔梁州第七〕后吴晓铃本为“末共夫人云了”，其他各本均为“末共大夫云了”。元刊本此处作“夫人”，吴晓铃本沿误，因此处依剧情来看正末对话的对象应该是“大夫”而非“夫人”。第三折开头元刊本“（末一折了）”，王学奇本改为“（孤一折了）”，校语云：“因这折戏中，蒋世隆根本没出场，当是‘孤’（瑞兰父）字。”按此说，此折戏中主要人物为正旦、小旦和梅香，也没有老夫人出场，更没有孤之出场。吴国钦校注说

“(末一折了)”应该是“写蒋世隆(末)病愈南下”更为符合剧情。《诈妮子》第三折开头王学奇本、蓝立萱本“外孤一折”，二本均认为外孤为外旦莺莺的父亲。其他各本作“孤一折”。此处依剧情应为“孤”。〔圣药王〕后王学奇本“(正旦上见外孤云)”，其他各本“外孤”作“孤”。吴国钦本注云：“旦上见孤云：外孤扮莺莺的父亲，这里是燕燕来说亲，先见莺莺的父亲。‘燕燕回去’，是燕燕回去回话的意思。‘外孤云了’，当是外孤要燕燕自去问莺莺。”其注释内容明确说此处脚色为“外孤”，但正文中却作“孤”，前后矛盾。蓝立萱本则未说明原因。此处应为“孤”。〔天净沙〕后吴晓铃本、蓝立萱本作“外云”，北大本作“外云了”，吴国钦本、王学奇本、马欣来本、王季思本作“外旦云了”。蓝立萱指出此处“外”应为“外旦”之省，此说为是。第四折〔折桂令〕后元刊本“夫云了”，吴晓铃本、北大本、王季思本增补为“夫人云了”，王学奇本作“正末云了”，吴国钦本、马欣来本、蓝立萱本作“末云了”。王学奇本据下提示语“揪搜末科”改此处为“正末”。蓝立萱本亦认为“揪搜末科”这一动作是前面“末云”引起的。吴国钦本则认为“夫”为“末”之误写。〔水仙子〕后王学奇本“外孤云了”，其他各本作“孤云了”，认为此处应该是燕燕家里的相公出来对燕燕讲话，但燕燕家里的相公脚色应为“孤”，“外孤”是莺莺家里的相公。注释与正文校勘互相矛盾。吴国钦本注释则明确指出：“这是燕燕家的相公(孤扮)看见事情闹大了，赶忙出来问个究竟。”按照古代婚礼规定，女方家长并不会出现在婚礼现场，故此处应为“孤”较为合理。〔落梅风〕后王学奇本“夫人云了”，认为此处应为夫人见燕燕闹得过火，发话申斥她，所以才有了下文“旦跪唱”之关目。其他各本作“云了”，动作发出者为“正旦”，与后面提示语“旦跪唱”不符。如果此动作为正旦发出，则后一提示语中就不必出现“旦”。吴国钦本虽然正文校勘结果为“云了”，注释中指出：“此处(按：指云了)之上漏刻‘孤’或‘夫人’，这里是燕燕家的主人(孤和夫人)看到燕燕闹得太凶了，出来训斥，因此有下面燕燕‘跪唱’的关目。”

有些是个别字词不同而导致的异文。如《拜月亭》第二折〔一枝花〕前吴晓铃本、北大本、王学奇本、马欣来本为“(便扶末上了)”，吴国钦本、王季思本、蓝立萱本作“便扮扶末上了”。此剧中，正旦上场时有“便”“扮”二字处还有以下几处：楔子“正旦扮引梅香上了”、第一折“便自上了”、第三折“(正旦)便扮上了”、第四折“(正)旦扮上了”。

元刊本此处原作“便扶末上了”，吴国钦本、王季思本、蓝立萱本据第三折校补“扮”字。如果此处非表示脚色装束，那么“便”字就没有任何实在意义，应该属于衍文。这五处“便（扮）”“扮”从语意上来看应该都是表示正旦上场时之装束，“便（扮）”可能是装束稍微简单随便，“扮”可能比较正式隆重。这从这五处所出现的场合也可印证。楔子中正旦是和父亲在一起，故装束正式，而第四折所处场合更决定了正旦装束更为隆重正式，所以用“扮”字来提示。而其他三处一处是在逃难途中、一处是在逃难之客舍、一处是和小旦在闺房之外，则正旦装束稍微简单随便。从这些方面来看，则第二折应该是“便扮”。《诈妮子》第一折〔寄生草〕曲中王学奇本“正末云了”，其他各本均作“末云”。〔寄生草〕曲后王学奇本之“正末云了”，王季思本作“末云住”，其他各本作“末云”。〔村里迓鼓〕后王季思本为“末云了”，王学奇本作“正末云”，其他各本均为“末云”。第二折〔江儿水〕后王学奇本为“做住”，其他各本均作“旦做住”。

有些异文是校者疏忽所致。如《拜月亭》第三折〔呆骨朵〕与〔倘秀才〕曲间白中，王学奇本“（做害羞科唱）”，此处“唱”明显属于错误。

从宾白内容来看，元刊本系统的异文主要是曲白相混和位置不同所导致的。

宾白内容和曲词内容相互混淆所致异文。如《拜月亭》第二折〔哭皇天〕曲中“阿马想波”，王学奇本作曲词处理，其他各本均为曲中带白，王季思本在前加“（带云）”特别提示。“常言道：相逐百步，上有徘徊”一句，王学奇本、蓝立萱本作曲中带白处理，王学奇本在前面加“（带云）”提示。其他各本均以曲词处理。第三折〔呆骨朵〕中“这般者”，王学奇本与蓝立萱本作曲中对白，其他各本均以曲词处理。《诈妮子》第三折〔梨花儿〕“有劳长者车马，贵脚踏于贱地”句，吴晓铃本、王季思本作曲词处理，其他各本为曲中带白，王学奇本前补“（带云）”加以提示。

还有些是曲白相混且位置不同所共同导致的异文。如《拜月亭》第三折“不似这朝昏昼夜，春夏秋冬”一句，吴晓铃本、北大本、吴国钦本、马欣来本作〔呆骨朵〕第一句曲词处理，王学奇本、王季思本、蓝立萱本作说白处理，但各家位置不同。王学奇本放在〔倘秀才〕和〔呆骨朵〕曲中间，前加“（云）”，作为曲间正旦独白。王季思本放在〔呆骨朵〕曲后，前加“（带云）”，作为曲后带白处理。而蓝立萱本则放在〔呆骨朵〕曲开始，前面加“（小旦云了）”，作为正旦与小旦的对白处理。三本作说白处理，必然较其他校本多出一提示语“云”“带云”“小旦云了”，这种不同的校勘结果无疑又造成了新的异文。第四〔倘秀才〕及后白中，吴晓铃本作：

〔倘秀才〕……（小旦云了）……我错呵了。嚖。（□□□了）您两个是亲弟兄。

（小旦云了）（做欢喜科）

“我错呵了。嚖”为宾白。“您两个是亲兄弟”为曲词。北大本、马欣来本作：

〔倘秀才〕……（小旦云了）……我错呵了嚖嚖。

（小旦云了）您两个是亲弟兄。（小旦云了）（做欢喜科）

吴国钦本同北大本、马欣来本处理方式相同，但改“我错呵了嚖嚖”为“我错呵了，应者”。王学奇本、王季思本、蓝立萱本处理方式亦同吴国钦本，但“我错呵了应者”中间不断句，且作曲词处理。又如〔三煞〕曲“他正天行汗病，换脉交阳”，吴晓铃本、北大本、吴国钦本、马欣来本、王季思本为曲词，而王学奇本此句放在〔三煞〕前以宾白处理，蓝立萱本虽然位置不变，但是小字排版作宾白处理。

《诈妮子》第一折吴晓铃本〔么〕之曲词“子末你不志诚”，其他各本均放在此曲后作曲间宾白处理，北大本、蓝立萱本前面不加提示语，吴国钦本、马欣来本前加提示语“旦云”，王学奇本、王季思本加提示语“云”。第三折〔紫花儿序〕及后白，吴晓铃本作：

〔紫花儿序〕……（见灯蛾科）哎！蛾儿，俺两个有比喻。……（云）我救这蛾儿。（做起身挑灯蛾科）哎，蛾儿。俺两个大刚来不省。呵。

“俺两个有比喻”“俺两个大刚来不省”为曲词，“呵”为曲间白。其他各本自“（云）”后内容均为曲间宾白，“俺两个大刚来不省呵”为一句。王学奇本、王季思本、蓝立萱本“俺两个有比喻”作曲中带白处理。

有些宾白内容之异文是校者断句不同所致。如《诈妮子》第一折吴晓铃本、北大本、吴国钦本、王学奇本、马欣来本作“夫人言语，道有小千户到来，交燕燕服侍去”，王季思本、蓝立萱本作“夫人言语道，有小千户到来，交燕燕伏侍去”。元杂剧中有“道有……到来”之表达惯例，故前者更符元杂剧体例。

（二）曲词

1. 宫调曲牌

《元刊杂剧三十种》所收《西蜀梦》《拜月亭》《诈妮子》三剧均未题宫调名，近现代七种校本在校勘时，对这些宫调名作了不同处理，有些校本增补了宫调，如王学奇本、吴国钦本和王季思本。有些校本则本着不轻易改动底本的原则未增补宫调名，如吴晓铃本、北大本、蓝立萱本和马欣来本。具体情况有：《西蜀梦》缺题宫调〔仙吕〕〔南吕〕〔中吕〕〔正宫〕，《拜月亭》缺题宫调〔仙吕〕〔仙吕〕〔南吕〕〔正宫〕〔双调〕，《诈妮子》缺题宫调〔仙吕〕〔中吕〕〔越调〕〔双调〕。

曲牌异名。元刊本系统剧作校本曲牌异名原因有以下几个方面。一是元刊本所题曲牌，有些校本依律改题。如《西蜀梦》第一折元刊本二〔醉中天〕，吴晓铃本、北大本、王学奇本、马欣来本同元刊本，吴国钦本、王季思本、蓝立萱本作〔醉扶归〕。吴国钦本校语云：“按〔醉中天〕七句，〔醉扶归〕六句，据郑骞本与徐沁君本改。”元刊本〔尾〕，王季思本改作〔赚尾〕，其他各本同元刊本。第三折元刊本〔收尾〕，蓝立萱本作〔尾声〕，校语云：“按律改。徐沁君本改作〔煞尾〕。”其他各本同元刊本。第四折元刊本〔尾〕，王季思本作〔煞尾〕，其他各本同元刊本。《调风月》第二折元刊本〔江儿水〕，蓝立萱本作〔快活三〕，校语云：“原作〔江儿水〕，从郑骞本、宁希元本改。”其他各本同元刊本。第一折、第三折元刊本〔尾〕，王季思本分别改作〔赚煞尾〕〔收尾〕，其他各本同元刊本。第四折元刊本〔阿古令〕，王季思本改作〔太平令〕，其他各本同元刊本。《拜月亭》第一折元刊本〔赚尾〕，蓝立萱本改作〔赚煞尾〕，其他各本同元刊本。第三折元刊本〔尾〕，王季思本改作〔收尾〕，其他各本同元刊本。第四折元刊本〔阿忽令〕，吴国钦本、王季思本作〔太平令〕。王季思本校语云：“此曲牌底本误作〔阿忽令〕，郑本已据律改。今从。”

一是曲牌相同，其中个别字写法不同。如《西蜀梦》第四折、《拜月亭》第三折元刊本〔呆骨朵〕，吴晓铃本、王季思本同元刊本，北大本、王学奇本、吴国钦本、马欣来本、蓝立萱本作〔呆古朵〕。《调风月》第三折元刊本〔绵搭絮〕，吴晓铃本同元刊本，其他各本作〔绵答絮〕。

一是元刊本曲牌名称省写，有些校本依元刊本，有些则作了补充。对元刊本省写作了补充的有：《西蜀梦》第二折〔梁州〕，王季思本补作〔梁州第七〕，《拜月亭》第二折〔梁州〕，王学奇本、王季思本补作〔梁州第七〕。第三折元刊本〔三〕〔二〕，王季思补作〔三煞〕〔二煞〕。第四折〔二〕，王学奇本、王季思本补作〔二煞〕。《调风月》第二折〔四〕〔三〕〔二〕，王学奇本、王季思本补作〔四煞〕〔三煞〕〔二煞〕。《拜月亭》第三折〔二〕，王学奇本、马欣来本、王季思本补作〔二煞〕。从这些补写曲牌来看，王学奇本和马欣来本有些补写，有些没有补写，显得较为随意。而王季思本则较为严谨。

一是对同一曲牌题写习惯不同所造成的异名。这主要体现在元刊本〔么〕曲牌的不同题写上。具体情况如下：《西蜀梦》第三折〔么〕，吴晓铃本同元刊本，北大本、马欣来本、吴国钦本、蓝立萱本作〔幺〕，王学奇本、王季思本作〔幺篇〕。《调风月》第一折〔寄生草·么〕，吴晓铃本同元刊本，北大本、王学奇本、吴国钦本、马欣来本、蓝立萱本作〔幺〕，王季思本作〔幺篇〕；〔胜葫芦·么〕，吴晓铃本同元刊本，北大本、吴国钦本、马欣来本、蓝立萱本作〔幺〕，王学奇本、王季思本作〔幺篇〕；第二折〔上小楼·么〕，吴晓铃本同元刊本，王季思本、北大本、吴国钦本、马欣来本、蓝立萱本作〔幺〕，王学奇本作〔幺篇〕；第三折〔紫花儿序·么〕，吴晓铃本同元刊本，北大本、吴国钦本、马欣来本、蓝立萱本作〔幺〕，王学奇本、王季思本作〔幺篇〕。《拜月亭》楔子〔赏花时·么〕，吴晓铃本同元刊本，吴国钦本、马欣来本、北大本、蓝立萱本作〔幺〕，王学奇本、王季思本作〔幺篇〕；第四折〔夜行船·么〕，吴晓铃本同元刊本，北大本、吴国钦本、马欣来本、蓝立萱本作〔幺〕，王学奇本、王季思本作〔幺篇〕。从以上现象可见，元刊本〔么〕在七种校本中有三种写法，分别是〔么〕〔幺〕〔幺篇〕。七种校本中吴晓铃本与元刊本相同，北大本、马欣来本、吴国钦本、蓝立萱本作〔幺〕，而王学奇本和王季思本大多数写作〔幺篇〕，但也有个别地方写作〔幺〕，如《调风月》第一折

〔寄生草·么〕，王学奇本作〔幺〕，第二折〔上小楼·么〕，王季思本作〔幺〕，并不是严格按照其题写习惯，显得有些随意。

2. 曲词

元刊本系统各校本之间曲词异文从整体上来说，没有明刊本系统曲词异文那么复杂，曲牌数量之多寡、一支曲牌曲词多数不同甚或全部不同的现象在元刊本系统中并不存在，更多表现为字词异文和断句异文。下面分几个方面将元刊本系统剧作各家校本异文情况一一罗列如下。

一是元刊本曲词漫漶缺失，各家校本处理方式所致异文。这是元刊本系统各家校本异文的一个主要原因。三剧相较而言，《西蜀梦》书刻漫漶缺失较多，故导致此种异文最多，而《拜月亭》和《诈妮子》相对较少。如《西蜀梦》第一折〔点绛唇〕吴晓铃本、北大本、马欣来本为“日暮”，吴国钦本、王学奇本、王季思本、蓝立萱本作“旦暮”。元刊本字迹有所残损，但可能是“日”，因下面并没有“一”之痕迹。〔混江龙〕吴晓铃本、北大本、马欣来本、蓝立萱本“仁弟”之“仁”，吴国钦本、王学奇本、王季思本作“二”。元刊本虽然右边稍有缺失，但左边“亻”及右下“一”显然可见，故“仁”字较为合理。〔金盏儿〕元刊本“纸幡□”之“□”模糊不清，吴晓铃本依覆元椠本空缺，北大本、吴国钦本、王季思本作“上”，王学奇本、马欣来本、蓝立萱本作“上”。〔尾〕吴晓铃本“茜茜蓑衣”之“茜茜”，其他各本均作“茸茸”。元刊本依稀可辨为“茸茸”。吴晓铃本、北大本、吴国钦本、王季思本“通江”之“江”，王学奇本、马欣来本、蓝立萱本作“红”。元刊本左边残损。吴晓铃本、北大本、王学奇本、马欣来本“憨血”之“憨”，吴国钦本、王季思本、蓝立萱本作“敢”。元刊本上面有所残损，但下面“心”旁清晰可见，当为“憨”。吴晓铃本、北大本、马欣来本“太湖鬼”之“鬼”，吴国钦本、王学奇本、王季思本、蓝立萱本作“石”。郑骞此剧校语云：“原本石字尚可辨识，太湖石是现成名词，此处借喻人死后僵硬如石。全集（卢冀野本）作太湖鬼，语意生造，且与原本字形不类。”此说有理。蓝立萱本“岸堤”，其他各本均作“案儿”。元刊本原字应该为“堤”，其他各本作“儿”是由于沿误覆元椠本“儿”。如此处为“儿”，细辨则明显与同行之“马蹄儿”之“儿”写法截然不同，左上明是“土”旁，且此处“儿”不押韵，当为“堤”。

同类异文还有：《西蜀梦》第二折〔一枝花〕吴国钦本“註”，其他各本均作“注”。元刊本右边有所残损，但左边“氵”旁清晰可见。元刊本“挎”，蓝立萱本作“捽”，系从徐沁君本改，其他各本作“挎”。〔贺新郎〕元刊本“□行”，吴国钦本同元刊本，其他各本均增补为“行行”。第三折〔哨遍〕元刊本“东吴□”之“□”，吴晓铃本、北大本、马欣来本同，吴国钦本、王学奇本、王季思本作“躲”，蓝立萱本作“趓”。〔三〕元刊本“[illegible]”，吴晓铃本、北大本、王学奇本、马欣来本作“镔铦”，吴国钦本、王季思本、蓝立萱本作“锣钹”。王学奇本解释“镔铦”为“锋利的兵器”，与此处语境不符。〔二〕元刊本“烧残半□□”后二字残损不可辨，吴晓铃本作空缺，其他各本补为“烧残半堆柴”。元刊本“[illegible]”，吴晓铃本、北大本、王学奇本、马欣来本作“剁”，吴国钦本、王季思本作“啄”，蓝立萱本作“哚”。元刊本“咱[illegible]”之“[illegible]”下半残损，吴晓铃本空缺，校语云“疑当作在字”。其他各本增补为“可”。〔收尾〕元刊本之“··得”之“··”，吴晓铃本、北大本、马欣来本、蓝立萱本空缺，王学奇本、吴国钦本、王季思本增补作“但”。元刊本残损，但从上半所留痕迹疑非“但”字。第四折〔端正好〕吴晓铃本“□□儿”之空缺二字，校语云“疑是那答二字”，其他各本增补为“死魂”，元刊本二字漫漶不清。本曲吴晓铃本、北大本“梗亡”之“梗”，其他各本均作“横”，元刊本此字模糊不清，吴晓铃本、北大本、吴国钦本、王学奇本辨作“梗”，蓝立萱本辨作笔画简化之“横”。第一〔滚绣球〕元刊本“暗[illegible]”之“[illegible]”，王季思本、蓝立萱本作“臬”，其他各本作“灭”。第二〔滚绣球〕吴晓铃本“王□”之空缺字，校语认为“疑当作侯字”，其他各本均增补“侯”字，吴国钦本校语云“侯字空缺”，实误，空缺者为覆元椠本，而非元刊本，元刊本此字残损。吴晓铃本“□衣的我”之“□衣”，北大本、马欣来本作“方依”，吴国钦本、王学奇本、王季思本、蓝立萱本作“攘”。元刊本残损。吴晓铃本、北大本“□女”之空缺字，王学奇本作“彩”，吴国钦本、王季思本、马欣来本、蓝立萱本作“綵”。元刊本残损不可辨。〔叨叨令〕吴晓铃本“波□忽”后两字，其他各本作“纹皱”，元刊本第一字依稀可辨为“纹”，第二字残损不可辨。吴晓铃本“□不响”之空缺字，王季思本作“踏”，北大本、吴国钦本、王学奇本、马欣来本、蓝立萱本作“跐”。元刊本右边似“此”，左边残损，“跐”更合原形。〔呆古朵〕元刊本“怀着”后一字变形难认，吴晓铃本作“[illegible]”，北大本、马欣来本空缺，吴国钦、王季思本作“熟”，王学奇本、蓝立萱本作“愁”。元刊本“吉卢”，吴晓铃本、北大本同，北大本校语云：“卢字疑讹。”吴国钦本、王学奇本、王季思本作“急飐飐”，马欣来本作“急飐”，蓝立萱本作“颉颃”。〔尾〕元刊本“驱军恔戈矛”之“恔”，吴晓铃本、北大本、王学奇本、马欣来本作“校”，吴国钦本、王季思本作“炫”，蓝立萱本作“统”。从字形来看，应该为“校”之残省。

《拜月亭》此类异文有：第一折〔点绛唇〕吴晓铃本“□□□”三缺字，吴国钦本、王学奇本、王季思本增补为“成平地”，北大本、马欣来本、蓝立萱本作“□□地”。元刊本“地”字残存下半，前二字空缺。〔混江龙〕吴晓铃本、北大本、蓝立萱本“君□□□”，马欣来本作“君□□散”，吴国钦本、王学奇本增补为“君臣分散”，王季思本作“君臣失散”。元刊本二三字空缺，最后一字残存下半。吴晓铃本、北大本“甚的”，王学奇本、马欣来本、蓝立萱本作“甚时”，吴国钦本、王季思本作“甚日”。元刊本此三字虽稍有模糊，但可辨为“甚时回”。第二〔醉扶归〕吴晓铃本“昆□”，校语云：“□，疑当是仲字。”其他各本均增补为“昆仲”。元刊本第二字空缺。〔赚尾〕元刊本“从□的行为”之“□”漫漶不清，吴晓铃本、吴国钦本、王季思本、蓝立萱本作“你”，盖此字形似“尔”而改为“你”，北大本、王学奇本、马欣来本作“小”。第二折〔斗虾蟆〕吴晓铃本、北大本、马欣来本、蓝立萱本“冻□□”，吴国钦本、王学奇本、王季思本作“冻剥剥”。元刊本“冻”字下二字残损不可辨，北大本校语云：“第二个空缺字从残存字迹看，疑为冷字。”蓝立萱本则指出“第二个字乃重文符号ㄡ”。〔哭皇天〕元刊本“怨□畅”，吴晓铃本、北大本、马欣来本同，吴国钦本、王学奇本作“怨畅”，王季思本作“怨一场”，蓝立萱本作“怨怅”。〔收尾〕吴晓铃本“□了你这黄卷”之缺字，北大本、吴国钦本、王学奇本、马欣来本、蓝立萱本作“撇”，王季思本作“忘”。元刊本依稀可辨为“撇”。《诈妮子》此类异文有：第一折〔混江龙〕吴晓铃本、北大本、马欣来本“普天下汉子尽□都先有意”之缺字，王学奇本、蓝立萱本作“做”，吴国钦本、王季思本作“教”。元刊本右半虽残损，但左半之“亻”显然可见，故“做”更符原文。第二折〔十二月〕元刊本“挣叩”，王季思本作“挣叩”，其他各本作“纽扣”。“挣叩”不知何意，此处句意更合“纽扣”。大概此处“挣”为“扭”，“叩”为“扣”之声假。〔耍孩儿〕之元刊本“容易”前缺一字，吴晓铃本、北大本、马欣来本、蓝立萱本同，吴国钦本、王学奇本、王季思本补作“忒”。第四折〔阿古令〕元刊本“[illegible]是”之“[illegible]”，吴晓铃本空缺，北大本、吴国钦本、马欣来本、王季思本、蓝立萱本作“便”。

一是各家校本对元刊本字词增损所造成的异文。如《西蜀梦》第一折元刊本“泪双垂”，吴国钦本不知据何删去“泪”字，其他各本同元刊本。第二折〔隔尾〕元刊本“不由我索君王行酝酿个谎”，马欣来本、王季思本、蓝立萱本“君”前增“向”字。郑骞此剧校语云：“无此字则句法不合。”元刊本“腥”，吴晓铃本、北大本、马欣来本同元刊本，吴国钦本、王学奇本、蓝立萱本作“倾”，认为是音近而误，王季思本则增补为“的腥”。第四折〔呆古朵〕元刊本“吉卢”，吴晓铃本、北大本同，吴国钦本、王学奇本、王季思本作“急飐飐”，马欣来本作“急飐”，蓝立萱本作“颉颃”。元刊本“威凛”，吴晓铃本、北大本、马欣来本、蓝立萱本同，吴国钦本、王学奇本、王季思本作“威凛凛”。此二处元刊本明是二字，吴国钦本、王学奇本和王季思本为上下对称而增为三字。元刊本以“祭奠”二字结束全剧，吴晓铃本作“祭奠□□”，校语云：“疑奠字下有脱文。”北大本同元刊本，但校语云：“奠字不叶韵，疑下有脱文。”王学奇本作“祭酒”，校语云：“原作奠，不叶韵，今改。”吴国钦本、马欣来本、王季思本、蓝立萱本作“祭奠酒”。

《拜月亭》第一折〔赚煞〕元刊本“然是弟兄心”之“然”，王季思本增补为“虽然”，其他各本同元刊本。吴晓铃本校语云“疑当作煞”，无据。蓝立萱本校语云“然，虽。”王季思本增补“虽”显然重复。同样的例子在《诈妮子》第三折〔圣药王〕曲中也出现。元刊本“然道户厮迎”之“然”，王季思本同样增补为“虽然”。吴晓铃校语同《拜月亭》认为“然，疑当作煞字”，北大本认为吴晓铃校语和王季思式（北大本之前已有此种做法）增补为“虽然”做法“皆非是”，王学奇本校注云：“然，用作转折连词，犹‘虽’，虽然的意思。”也认为王季思式增补为不必要之重复。《拜月亭》第二折〔贺新郎〕“去住无门”，王学奇本删去“无门”二字，其他各本同元刊本。〔哭皇天〕元刊本“叫唤声疼”，马欣来本作“叫声疼”，其他各本同元刊本。第四折〔挂玉钩〕元刊本“便那里有冤魂现”，吴国钦本少“有”字，其他各本同元刊本。

《诈妮子》第一折〔寄生草〕元刊本“你观国风”，吴国钦本、王季思本据下句“诵的”增补为“你观的国风”，其他各本同元刊本。〔元和令〕元刊本“担寞”，吴晓铃本同元刊本，其他各本增补为“担寂寞”。第二折〔上小楼〕元刊本“一万分”，吴国钦本作“万分”，其他各本同元刊本。第三折〔紫花儿序〕元刊本“灯火清”之“清”，吴晓铃本、北大本、马欣来本同元刊本，吴国钦本、王学奇本、王季思本、蓝立萱本作“青荧”，徐沁君本此剧校语云：“曲谱，应做四字句。”吴国钦本等据此校改。〔小桃红〕元刊本“儿女成”，吴国钦本删为“儿成”，王学奇本删为“儿女”，其他各本同元刊本。第四折〔驻马听〕元刊本“官人石碾连珠”，吴国钦本、王季思本据下句“夫人每是依时按序”为求对称增补为“官人每是石碾连珠”，其他各本同元刊本。元刊本“雁行般但举手都能舞<”，吴晓铃本、北大本、马欣来本同元刊本，吴国钦本、王学奇本、王季思本、蓝立萱本认为元刊本衍一“舞”字。

除了这些个别字词的增损所造成的异文，元刊本系统有些校本在《诈妮子》第二折〔上小楼〕曲中增加大量衬字所致异文，可以说是元刊本系统异文最明显的一处。元刊本曲文“剪了靴檐，染了鞋面，做铺持”，吴晓铃本、北大本、马欣来本同元刊本。蓝立萱本增补为“剪了作靴檐，染了做鞋面，攞了做铺持”，吴国钦本、王学奇本、王季思本又增补为“（带云）这手帕，剪了做靴檐，染了做鞋面，攞了做铺持”，王学奇本“攞”作“捋”。王季思此剧写定本说明中对增补原因做了解释，他说：“〔上小楼〕曲第三、四、五句本应是彼此相对的句子，因此原文应是‘剪了做靴檐，染了做鞋面，攞了做铺持’。”而前面“（带云）这手帕”则是依剧情增补之带白。

一是对元刊本重文符号处理结果不同所致异文。重文符号的使用有两种，一种是字词重文符号，如《西蜀梦》第一折〔油葫芦〕元刊本“受<驱驰”，吴晓铃本作“受受驱驰”，校语云：“下一受字疑衍。”吴国钦本认为此句依律不应重叠，作“受尽驱驰”，北大本、王学奇本、马欣来本、王季思本、蓝立萱本作“受驱驰”，王季思写定本校语云：“‘受’字依律不当叠。‘受’字下系‘尽’字，盖借上文‘又’字为‘尽’字。”〔金盏儿〕元刊本“万<威”，吴晓铃本、北大本同元刊本，王学奇本、吴国钦本、马欣来本、王季思本、蓝立萱本改为“万丈威”。第三折〔斗鹌鹑〕元刊本“那厮<”，王季思本作“那厮”，其他各本作“那厮厮”，郑骞此剧校语云：“上厮字是名词，下厮字是副词。”王季思

本改作“那厮”，非。《拜月亭》第二折〔梁州〕元刊本“邑 <”，吴晓铃本、北大本、王学奇本、马欣来本同元刊本，吴国钦本、王季思本、蓝立萱本作“悒悒”。第四折〔夜行船〕元刊本“车 <”，吴晓铃本、北大本、马欣来本同元刊本，吴国钦本作“香车”，王学奇本、王季思本、蓝立萱本作“高车”。《诈妮子》第四折〔挂玉钩〕元刊本“箒 <”，吴晓铃本作“箒箒”，北大本、马欣来本作“帚帚”，吴国钦本、王学奇本、王季思本、蓝立萱本作“扫帚”。

元刊本有些地方并没有重文符号，元刊本系统有些校本在校勘中为了追求句子之间的对称适当增加字词，这也导致了异文。如《西蜀梦》第四折〔呆古朵〕元刊本“吉点”“威凛”，吴国钦本、王学奇本、王季思本作“急飐飐”“威凛凛”，其他校本则为二字。这种增加字词的校勘结果虽然使曲句更为形象易懂，但有随意增损之嫌。

一种属于曲文句子重文符号，如《西蜀梦》第四折〔叨叨令〕元刊本“元来咱死了也么哥 <”，吴晓铃本、北大本、吴国钦本、马欣来本作“元来咱死了也么哥，咱死了也么哥”，马欣来本“么”作“末”。王学奇本则不重，蓝立萱本、王季思本作“元来咱死了也末哥，元来咱死了也末哥”。《拜月亭》第三折〔叨叨令〕元刊本“直到撞破我也末哥 <”，吴晓铃本、北大本、吴国钦本、王学奇本、马欣来本作“直到撞破我也末哥，撞破我也末哥”，王季思本、蓝立萱本则作“直到撞破我也末哥，直到撞破我也末哥”。第四折〔尾〕元刊本“呆敲才 <”“死贱人 <”，吴晓铃本、北大本、马欣来本作“呆敲才，敲才”“死贱人，贱人”，王学奇本、吴国钦本、王季思本、蓝立萱本则作“呆敲才，呆敲才”“死贱人，死贱人”。从全句重文符号来看，吴晓铃本、北大本、马欣来本则是只重复一部分，王季思本、蓝立萱本是全部重复，且在全部校勘中始终坚持自己的校勘准则，而王学奇本和吴国钦本则有些重复全句，有些则重复句子部分内容，并没有一定的准则。

一是将元刊本一字拆分二字或者二字合为一字所致异文。如《西蜀梦》第一折〔天下乐〕元刊本“折皮”，吴晓铃本、北大本、马欣来本、王季思本同元刊本。吴晓铃本校语云：“折，疑当作踅。”王学奇本、蓝立萱本作“䟫”，王学奇校语云：“原作‘折皮’二字，今改。吴晓铃本独对‘折’字作校勘云：‘折，疑当作踅字。’与‘皮鞭’连读成一词，误。盖当时诸剧，均用‘䟫’字，不用‘踅’字，‘䟫’即‘踅’也，旋转的意思，此处为摇动意。”吴国钦本作“踅”，在《哭存孝》第三折中举《西厢记》第四本第四折〔锦上花〕“四野风来，左右乱踅”为例说明原因。〔金盏儿〕元刊本“不人”，吴晓铃本、北大本同，吴国钦本作“一个人”，王学奇本、王季思本作“坏人”，马欣来本、蓝立萱本作“歹人”。元刊本“不人”无意，“不”当为“一个”之重。至于其他各种校勘则有明显的改动原文之嫌。元刊本〔醉中天〕“曹子刕盛”之“子刕”，当为“孟”之拆分，吴晓铃本、北大本、马欣来本同元刊本，其他各本均作了校改。《拜月亭》第二折〔牧羊关〕元刊本“不见”，吴国钦本、王季思本作“觅”，其他各本同元刊本。《诈妮子》第一折〔混江龙〕元刊本“不抢白”之“不”，吴国钦本、王季思本作“一个”，其他各本同元刊本。〔鹊踏枝〕元刊本“厅独卧”之“厅”，王季思本、蓝立萱本作“一个”，其他各本同元刊本。

一是元刊本字迹清晰且意义明确，各家校本对其有不同理解认识所致异文。如《西蜀梦》元刊本第一〔醉中天〕“十转驰驿”之“十”，吴晓玲同元刊本，其他各家均改为“上”。此处元刊本应不误，“十转驰驿”用来形容张飞快马加鞭、风尘仆仆赶往阆州之情形，若改为“上”则无此意味。〔金盏儿〕元刊本“杀曹仁七万军”之“七”，吴晓铃本、北大本、马欣来本、蓝立萱本同，吴国钦本、王学奇本、王季思本据徐沁君本改作“十”。吴国钦本举《襄阳会》第三折为证。第二折〔一枝花〕吴晓铃本、北大本、吴国钦本、王季思本“易理”，王学奇本、马欣来本、蓝立萱本作“易经”。“易理”是沿误覆元椠本所致，元刊本作“易经”。〔隔尾〕元刊本“村诸亮”，马欣来本改为“诸葛亮”，其他各本同元刊本。〔收尾〕元刊本“三丈”之“三”，蓝立萱本同元刊本，其他各本均作“千”，盖据文意校改。第三折〔上小楼〕元刊本“亏图了他”之“他”，王学奇本、蓝立萱本据文意校改为“他”，其他各本同元刊本。元刊本“僧人”之“人”，吴国钦本改作“厮”，其他各本同元刊本。第四折第二〔滚绣球〕元刊本“痛泪”之“泪”，王学奇本误作“愁”，其他各本同元刊本，〔二煞〕元刊本“千刖”之“千”，吴晓铃本作“十”，盖其底本为覆元椠本作“十”而沿误，其他各本均作“千”。

《拜月亭》第二折〔牧羊关〕元刊本“百解通神散”之“神”、“三一承气汤”之“一”，蓝立萱本据宁希元本改为“圣”“化”。第三折第一〔滚绣球〕元刊本“阐闼”，王季思本改作“挣扎”，其他各本均同元刊本，盖“阐阓”即挣扎之意，无须校改。第四折〔雁儿落〕元刊本“间别”，马欣来本改为“自别”，其他各本同元刊本。〔沽美酒〕元刊本“是那金花诰帝宣”，马欣来本改“帝”为“命”，元刊本本不误，“金花诰”是皇帝封赐的诏书，马欣来改为“金花诰命”则为蒋世隆状元及第的官，正旦王瑞兰亦得诰命夫人之赏，这与本曲内容不符。

《诈妮子》第一折〔那吒令〕吴晓铃本、王学奇本、马欣来本、王季思本、蓝立萱本两处“面盆”，吴国钦本作“面盘”。元刊本第一处为“面盘”，第二处为“面盆”。吴国钦本据第一处改为“面盘”，其他各本则据第二处改为“面盆”。按本曲押韵来说，“面盆”押韵，更合原文。第二折〔粉蝶儿〕元刊本“斗来”，吴国钦本作“斗草”，盖据后文游戏“斗草”而改。其他各本均作“斗来”，但理解有所不同，蓝立萱本据《诗词曲语辞汇释》人文“斗，犹凑，聚”，而王学奇本认为“斗”为“都”的借音字。〔耍孩儿〕元刊本“半良不贱”之“不”，吴晓铃本、北大本、王学奇本、马欣来本、吴国钦本同元刊本，王季思本、蓝立萱本据下文“半良体”“半贱体”改为“半”。〔尧民歌〕元刊本之“好哥剌”，吴国钦本、王学奇本改作“好哥哥”，吴晓铃本、北大本、马欣来本、王季思本、蓝立萱本同元刊本。宁希元指出“好哥剌”即“好哥哥”，是元代俗语。〔五煞〕元刊本之“残花”之“残”，蓝立萱本据宁希元本改作“闲”，其他各本同元刊本。宁希元认为“闲话酿就蜂儿蜜”与下“细雨调和燕子泥”，“均胡紫山下令〔喜春来〕曲中语”，“当以‘闲花’为正、因为‘残花’不可酿蜜”①。〔四〕元刊本“待悔来怎地再”之“再”，吴晓铃本同元刊本，其他各本均据文意改为“悔”。〔尾〕元刊本之“折桂攀高”之“折桂”，吴国钦本、王学奇本改作“接贵”，吴国钦本校语云：“接贵，原音假为折桂。接贵攀高与折桂攀蟾均为当时成语。前者例如《破窑记》第一折：‘攀高接贵，顺水推船。’”这是由于两个成语之误用。第三折〔紫花儿序·幺〕元刊本“了身不正”之“了”，吴晓铃本、北大本、王学奇本、马欣来本同元刊本，王学奇本校注云：“了身不正，谓行为不正，指先与小千户有私情之事。‘了’，用作动词，处理的意思。‘了身’，就是处身的意思。”吴国钦本、王季思本、蓝立萱本改作“其”。大概是据《论语·子路》篇“其身不

① 宁希元：《元刊杂剧三十种新校》，第69页。

正，虽令不从”而改。第四折〔水仙子〕元刊本之“揪毛”之“毛”，吴晓铃本、北大本、马欣来本同元刊本，吴国钦本、王学奇本、王季思本、蓝立萱本据文意改作“住”。

一是元刊本字迹清晰，但意思不明或者明显有错误者，各家校本处理结果不同所致异文。如《西蜀梦》第一折〔金盏儿〕元刊本“汉虬飞”之“虬”，吴晓铃本依旧，校语云：“卢本校改为‘张’，可通。”其他各本均作“张”。第二折〔隔尾〕元刊本之“𡉏帝王”之“𡉏”，蓝立萱本作“汉”，其他各本作“蜀”。第一〔牧羊关〕元刊本“张达那𠂢禽兽”之“𠂢”，吴晓铃本作“厮”，其他各本作“贼”。〔收尾〕元刊本“𧮂”，吴晓铃本、北大本同，其他各本改作“落”。元刊本“坐着䒑担杖”之“䒑”，吴晓铃本、北大本作“举”，其他各本作“条”。徐沁君本剧校语云：“担杖即扁担，是以‘条’称的。上句‘缆椿’云云指渔，这句‘担杖’云云指樵。”[①] 第三折〔迎仙客〕元刊本“闀”，吴晓铃本、北大本同，其他各本改作“围”。〔石榴花〕元刊本“丹𦟛”之“𦟛”，吴晓铃本空缺，校语云：“疑的眼字。”北大本作“颊”，校语云：“或疑为眼字，非是。”吴国钦本、王学奇本、马欣来本、王季思本、蓝立萱本均据徐沁君本作“脸”，盖“脸”之繁体为“臉”，形误省写为“𦟛”。元刊本“却是鸣何”之“鸣”，吴晓铃本同元刊本，校语云：“鸣字不文，疑有误。”北大本、马欣来本作“因”，吴国钦本、王学奇本、王季思本、蓝立萱本改作“为”。〔斗鹌鹑〕元刊本“㑊”，吴晓铃本同，北大本作“㑥”，马欣来本作“宥”，吴国钦本、王学奇本、王季思本、蓝立萱本作“侑”。〔哨遍〕元刊本“抨渪”，吴晓铃本作“抨搏”，王季思本作“评跋”，北大本、吴国钦本、王学奇本、马欣来本、蓝立萱本作“评薄”。〔二〕元刊本“亏闀”，吴晓铃本、北大本、王学奇本同元刊本，北大本校语云：“疑当作亏图。”，马欣来本第二字空缺。吴国钦本、蓝立萱本作“亏图”，王季思本作“刳开”。元刊本“㹙虚拖”，吴晓铃本作“孟虚拖”，北大本、马欣来本作“猛虚拖”，二者均不明何义。王学奇本作“猛覷他”，不免有改字之嫌，吴国钦本、王季思本、蓝立萱本作“猛虎拖”，是最接近原文的校勘。第四折第一〔滚绣球〕元刊本“䩞及邮”，吴国钦本、北大本作“鞭及督

① 徐沁君：《新校元刊杂剧三十种》，第13页。

邮”，其他各本作“鞭督邮”。吴晓铃本校语云：“又疑或作‘鞭及督邮’。”① 徐沁君此剧校语云：“‘及’为‘督’之残字，当改作‘督’，不应‘及’‘督’并存。”② 第二〔滚绣球〕元刊本“擢满”之“擢”，吴晓铃本、北大本、吴国钦本作“择”，王学奇本、马欣来本、王季思本、蓝立萓本作“摆”。第四〔滚绣球〕元刊本“心暗悠悠”之“暗”，吴晓铃本、北大本、马欣来本同，其他各本作“绪”。〔二〕元刊本“千刅”之“刅”，马欣来本作“过”，其他各本均作“则”。

《拜月亭》第一折〔赚尾〕元刊本“断收拾拾”之“拾拾”，吴晓铃本、北大本、马欣来本同元刊本，北大本校语云：“拾拾疑是断拾之声误。”吴国钦本、王学奇本、王季思本、蓝立萓本作“断拾”。元刊本如果二字重复，一般是以重文符号代替第二字，而此处第二字并未用重文符号，故可推断此二字不重，且习语有“断收断拾”，故第二种校勘结果可能更符原文。

《诈妮子》第一折〔寄生草·幺〕元刊本“龙蛇徿”之“徿”吴晓铃本作“徹”，北大本作“彻”，王学奇本作“映”，马欣来本作“胤”，吴国钦本、王季思本、蓝立萓本作“印”，王季思写定本作“乱”。徐沁君此剧校语云：“曲谱，此句应叶韵，‘徹’‘乱’皆失韵。元本盖本作‘胤’字，‘胤’为‘印’之音误。”③ 此可备一说。元刊本此字亦有可能是“徿”字，元刊本最右边省写而为“徿”。第二折〔耍孩儿〕元刊本“扵”，吴晓铃本、吴国钦本、王学奇本、王季思本作“在”，吴晓铃本校语云：“然又疑是於字。”北大本、马欣来本、蓝立萓本作“於”。北大本将此字辨作“抾”，其实元刊本并无误，右边是书写连笔而致。

一是曲文字词乙倒所致异文。如《西蜀梦》第三折〔斗鹌鹑〕元刊本“兄弟更往似火”，吴国钦本作“兄弟性更似火”，其他各本作“兄弟更性似火”。《诈妮子》第三折〔天净沙〕元刊本“俺扑”，吴晓铃本、王学奇本同元刊本，北大本作“扑俺”，吴国钦本、马欣来本、王季思本、蓝立萓本作“掩扑”。王季思写定本说明云：“掩扑是当时一种赌博，掩扑了意即输去了。”④ 又如本曲元刊本“空使心作幸”，北大本、王学奇本同元刊

① 吴晓铃：《关汉卿戏曲集》，中国戏剧出版社1958年版，第64页。

② 徐沁君：《新校元刊杂剧三十种》，第23页。

③ 徐沁君：《新校元刊杂剧三十种》，第97页。

④ 王季思：《诈妮子调风月写定本说明》，第354页。

本，吴国钦本作“空使作心幸”，马欣来本作“空使人作幸”，吴晓铃本、王季思本、蓝立萱本作“空使心作倖”。

一是元刊本代写、省写、假借、俗写现象在各家校本中校勘结果不同所致异文。这类异文可以说占了关汉卿元刊本系统杂剧异文之半数。下面将元刊本系统三剧此类异文一一罗列①。

《西蜀梦》第一折〔点绛唇〕之“勾”“够”（马欣来本、吴国钦本、王季思本），〔混江龙〕之“见”“现”（王季思本）、“槌”“搥”（北大本、马欣来本、吴国钦本、王季思本）“捶”（王学奇本），〔油葫芦〕之“踴”“踊”（北大本、吴国钦本、王学奇本）“勇”（马欣来本），〔天下乐〕元刊本“紧跐定”之“跐”，吴晓铃本空缺，校语云：“疑是蹲字。”北大本、吴国钦本、王学奇本、马欣来本、王季思本、蓝立萱本作“跐”，盖“跐”为“跐”之俗写。第二〔金盏儿〕之“俺”“鞍”（王季思本），〔尾〕元刊本“林流”“淋漓”（吴国钦本）“淋流”（北大本、马欣来本、王学奇本、王季思本、蓝立萱本）、“番”“翻”（吴国钦本、王季思本）。第二折〔一枝花〕之“星”“量”（王季思本、蓝立萱本），〔梁州〕之“注”“註”（吴国钦本）、“不”“下”（吴国钦本、王学奇本、马欣来本、王季思本、蓝立萱本）、“何”“问”（王学奇本、蓝立萱本）、“括”“话”（吴国钦本、王学奇本、马欣来本、王季思本、蓝立萱本），〔隔尾〕之“排叟”“耕叟”（王学奇本、蓝立萱本），第一〔牧羊关〕之“湔”“溅”（吴国钦本、王季思本、蓝立萱本），第二〔牧羊关〕之“威”“感”（北大本、吴国钦本、王学奇本、马欣来本、王季思本、蓝立萱本），〔收尾〕之“勾”“够”（吴国钦本、马欣来本、王季思本）。第三折〔粉蝶儿〕之“失”“去”（吴国钦本、马欣来本、蓝立萱本），〔醉春风〕之“剉”“挫”（吴国钦本、王季思本），〔红绣鞋〕之“惹”“偌”（吴晓铃本、北大本、吴国钦本、王学奇本、马欣来本）、“里”“黑”（北大本）、“陷”“见”（吴国钦本）“随”（蓝立萱本），〔迎仙客〕之“甚么”“什么”（王学奇本），〔石榴花〕之“频”“蘋”（王季思本）、“逐”“过”（吴国钦本）、“那”“挪”（北大本、吴国钦本、王学奇本、马欣来本、王季思本），〔斗鹌鹑〕之“甚

① 以下异文首列元刊本，次列其他校本异文。为方便说明，仅在其他校本异文后括号内说明校本名称，未列出校本名称者则为与元刊本相同者。

么”“什么”（王学奇本），〔上小楼〕之“剉”“挫”（吴国钦本、马欣来本、王季思本）、“固”“图”（北大本、吴国钦本、王学奇本、马欣来本、王季思本、蓝立萱本），〔哨遍〕之“尸”“屍”（马欣来本、蓝立萱本，吴晓铃本据覆元椠本空缺），〔二煞〕之“九顶”“九鼎”（吴国钦本、王学奇本、蓝立萱本）、“刚”“钢”（北大本、吴国钦本、王学奇本、马欣来本、王季思本）、“剉”“挫”（吴国钦本）、“鸦”“鸭”（吴晓铃本、北大本、王学奇本、马欣来本）。第四折第一〔倘秀才〕之“元”“原”（吴国钦本、王季思本），第二〔滚绣球〕之“烈”“列”（吴晓铃本、北大本、吴国钦本、王学奇本、马欣来本、王季思本），〔叨叨令〕之“忽”“皱”（北大本、吴国钦本、王学奇本、马欣来本、王季思本、蓝立萱本）、“早”“阜”（王学奇本）“皂”（吴晓铃本、北大本、吴国钦本、王季思本）、“元”“原”（吴国钦本、王季思本），〔呆古朵〕之“根前”“跟前”（王季思本），第三〔滚绣球〕之“僽”“俅”（北大本、吴国钦本、王学奇本、马欣来本、蓝立萱本）“瞅”（王季思本）、“故旧”“故由”（吴晓铃本、北大本、吴国钦本、马欣来本、王季思本）“故舊”（蓝立萱本）、“伏侍”“服侍”（吴国钦本、王季思本），〔三煞〕之“丁宁”“叮咛”（吴国钦本、王季思本），〔二煞〕之“悲京”“悲凉”（北大本、吴国钦本、王学奇本、马欣来本、王季思本、蓝立萱本）、“潺僽”“僝僽”（北大本、吴国钦本、王学奇本、马欣来本、王季思本、蓝立萱本）、“十则”“千则”（北大本、吴国钦本、王学奇本、马欣来本、王季思本、蓝立萱本）、“丁宁”“叮咛”（吴国钦本、王季思本）。〔尾〕之“挑”“排”（吴晓铃本、北大本、马欣来本、吴国钦本、王学奇本）。

《拜月亭》第一折〔天下乐〕之“荒张”“慌张”（北大本、吴国钦本、王学奇本、马欣来本、王季思本）、“至轻”“至近”（吴国钦本、王季思本），〔醉扶归〕之“折毁”“拆毁”（蓝立萱本）、“搧玭”“搧秕”（吴国钦本、王季思本）“扁秕”（蓝立萱本），〔醉扶归〕之“侵文墨”“亲文墨”（吴国钦本、王学奇本、马欣来本、王季思本）、“那”“哪”（吴国钦本），〔赚尾〕之“您”“恁”（吴国钦本、王学奇本、马欣来本、王季思本）、“番”“翻”（北大本、吴国钦本、王学奇本、马欣来本、王季思本）、“交”“教”（王季思本）、“耿俐”“伶俐”（吴国钦本、王学奇本、王季思本、蓝立萱本）、“假粧”“假妆”（北大本、王学奇本、马欣来本、蓝立萱本）“假装”（吴国钦本、王季思本）、“谩”“瞒”（吴国钦本、王学奇本、王季思本）。第二折〔一枝花〕之“耶”“爷”（北大本、吴国钦本、王学奇本、马欣来本、王季思本），〔梁州〕之“邑邑”“悒悒”（吴国钦本、王季思本、蓝立萱本）、“猜”“倩”（王学奇本、马欣来本、蓝立萱本）“请”（吴国钦本、王季思本）、“怏”“央”（王季思本）、“汤风”“荡风”（吴国钦本、王季思本）、“大”“待”（王季思本）、“截力”“竭力”（吴国钦本、王季思本）、“证”“症”（北大本、王学奇本、吴国钦本、马欣来本、王季思本），〔贺新郎〕之“由自”“犹自”（吴国钦本、王季思本），〔斗虾蟆〕之“刬”“划[①]”（王学奇本），〔哭皇天〕之“较了”“教了”（吴国钦本、蓝立萱本）、“交”“教”（王季思本）、“耶”“爷”（北大本、吴国钦本、王学奇本、马欣来本、王季思本）、“恶傥”“恶党”（吴国钦本、王季思本、蓝立萱本）、“怨□畅”“怨畅”（吴国钦本、王学奇本）“怨一场”（王季思本）“怨怅”（蓝立萱本），〔乌夜啼〕〔三煞〕之“低防”“隄防”（北大本、马欣来本、蓝立萱本）“堤防”（王学奇本）“提防”（吴国钦本、王季思本），〔乌夜啼〕“不失”“不识”（吴国钦本、王学奇本、王季思本、蓝立萱本），〔三煞〕之“大”“待”（吴国钦本、王季思本），〔二煞〕之“绮”“倚”（吴国钦本）、“大”“待”（王季思本）、“我则”“我别”（吴国钦本、王学奇本、王季思本、蓝立萱本），〔收尾〕之“酥”“蘇（苏）”（北大本、吴国钦本、王学奇本、马欣来本、王季思本、蓝立萱本）、“緍望”“惛忘”（蓝立萱本）“昏忘”（王学奇本、吴国钦本、王季思本）、“末”“莫”（吴国钦本、马欣来本、王季思本）。第三折〔滚绣球〕之“背会”“背晦”（吴国钦本、马欣来本、王季思本、蓝立萱本）、“耶”“爷”（北大本、吴国钦本、王学奇本、马欣来本、王季思本）、“纷纷”“忿忿”（吴国钦本、王季思本、蓝立萱本），〔倘秀才〕之“付”“甫”（王季思本）、“刬”“划”（王季思本）、“色”“绝”（吴国钦本、王季思本、蓝立萱本）、“陌”“蓦”（吴国钦本、王季思本），〔呆古朵〕之“钱”“镜”（北大本）、“团圞”“团栾”（蓝立萱本）、“交”“教”（吴国钦本、王季思本），第二〔滚绣球〕之“耶”“爷”（北大本、吴国钦本、王学奇本、马欣来本、王季思

---

① 蓝立萱本校语认为王季思本此字作“劃（划）”，不确，王季思本作“剗（划）”。

本),〔笑和尚〕之“身”“生”(吴国钦本、王季思本),〔倘秀才〕之“耶”“爷”(北大本、吴国钦本、王学奇本、马欣来本、王季思本)、“叠”“迭”(吴国钦本)“谍”(蓝立萱本),〔叨叨令〕之“元”“原”(吴国钦本、王季思本)、“搽搽”“擦擦”(吴国钦本、王季思本),〔倘秀才〕之“元”“原”(吴国钦本、王季思本),〔呆古朵〕之“耶”“爷”(北大本、吴国钦本、王学奇本、马欣来本、王季思本),〔三煞〕之“耶”“爷”(北大本、吴国钦本、王学奇本、马欣来本、王季思本)、“顽”“蚖”(吴国钦本、王学奇本、马欣来本、王季思本、蓝立萱本)、“咗”“嘱”(北大本、吴国钦本、王学奇本、马欣来本、王季思本、蓝立萱本)、“丁宁”“叮咛”(吴国钦本、王季思本),〔二煞〕之“茄”“枷”(吴国钦本、王学奇本、王季思本、蓝立萱本)、“亲耶”“亲爷”(北大本、吴国钦本、王学奇本、马欣来本、王季思本)、“俺耶”“俺爷”(北大本、马欣来本、吴国钦本)“俺那”(王季思本、蓝立萱本),〔尾〕之“从”“纵”(北大本、吴国钦本、王学奇本、马欣来本、王季思本)。第四折〔庆东原〕之“召”“招”(北大本、吴国钦本、王学奇本、马欣来本、王季思本)、“雇”“顾”(北大本、吴国钦本、王学奇本、马欣来本、王季思本),〔镇江回〕之“僻”“避”(吴国钦本、王季思本)“擗”(蓝立萱本)、“尚”“向”(吴国钦本、王学奇本、马欣来本、王季思本、蓝立萱本),〔步步娇〕“嚥”“咽”(王学奇本、王季思本),〔水仙子〕之“耶”“爷”(北大本、吴国钦本、王学奇本、马欣来本、王季思本)、“因眷”“姻眷”(吴晓铃本、北大本、王学奇本、吴国钦本、马欣来本)“婚眷”(王季思本),〔胡十八〕之“交”“教”(吴国钦本、王季思本),〔挂玉钩〕之“在”“狂”(吴国钦本、王季思本),〔夜行船·幺〕之“箄”“等”(吴国钦本、王季思本),〔殿前欢〕之“直”“值”(北大本、吴国钦本、王学奇本、马欣来本、王季思本)、“召”“招”(王季思本)、“可”“何”(王学奇本)。

《诈妮子》第一折〔点绛唇〕之“交”“教”(吴国钦本、王季思本)、“子”“只”(吴国钦本、王季思本),〔混江龙〕之“交”“教”(吴国钦本、王季思本),〔油葫芦〕之“是”“事”(吴国钦本、王季思本、蓝立萱本)、“哏”“狠”(吴国钦本、王季思本)、“止不过”“只不过”(吴国钦本)、“查”“踏”(北大本、吴国钦本、王学奇本、马欣来本、王季思本、蓝立萱本)、“交”“教”(吴国钦本、王季思本),〔天下乐〕之“交”“教”（吴国钦本、王季思本），〔鹊踏枝〕之“甚末”“甚么”（吴国钦本、王季思本）“什末”（王学奇本），〔寄生草〕之“尔”“你”（吴晓铃本、北大本、吴国钦本、王学奇本、马欣来本、王季思本）、“子”“只”（吴国钦本），〔幺〕之“衠”“徹”（吴晓铃本）“彻”（北大本）“胤”（马欣来本）“印”（吴国钦本、王季思本、蓝立萱本）“映”（王学奇本），〔元和令〕之“意梦”“呓梦”（吴国钦本、王学奇本、王季思本）“役梦”（蓝立萱本），〔上马娇〕之“责”“贵”（王季思本）、“子”“只”（吴国钦本、王季思本）、“交”“教”（吴国钦本、王季思本）、“因”“亲”（王学奇本、吴国钦本、王季思本），〔胜葫芦·幺〕之“往侵了”“枉侵了”（北大本、吴国钦本、王学奇本、马欣来本、王季思本、蓝立萱本）、“子末”“怎末”（王季思本），〔后庭花〕之“尔”“你”（吴晓铃本、北大本、吴国钦本、王学奇本、马欣来本、王季思本）、“因”“亲”（吴国钦本、王季思本）、“哏”“狠”（王季思本），〔尾〕之“尔”“你”（吴晓铃本、北大本、吴国钦本、王学奇本、马欣来本、王季思本）、“交”“教”（吴国钦本、王季思本）、“系”“击”（王季思本）。第二折〔醉春风〕之“尔”“你”（吴晓铃本、北大本、吴国钦本、王学奇本、马欣来本、王季思本）、“交”“教”（吴国钦本、王季思本）、“辰”“晨”（北大本、王学奇本、吴国钦本、马欣来本、王季思本），〔朱履曲〕之“风”“疯”（北大本、王学奇本、吴国钦本、马欣来本、王季思本）、“末”“莫”（吴国钦本、马欣来本、王季思本），〔满庭芳〕之“那”“挪”（吴国钦本、王季思本）、“尔”“你”（吴晓铃本、北大本、吴国钦本、王学奇本、马欣来本、王季思本），〔十二月〕之“兔胡”“兔鹘”（吴国钦本、王季思本），〔尧民歌〕之“好哥剌”“好哥哥”（王学奇本、吴国钦本）、“题”“提”（吴国钦本、王季思本），〔江儿水〕之“尔”“你”（吴晓铃本、北大本、吴国钦本、王学奇本、马欣来本、王季思本）、“起”“已”（王季思本），〔上小楼〕之“交”“教”（吴国钦本）、“杂碎”“砸碎”（北大本、吴国钦本、王学奇本、马欣来本、王季思本、蓝立萱本）、“尔”“你”（吴晓铃本、北大本、吴国钦本、王学奇本、马欣来本、王季思本）、“合”“令”（蓝立萱本）“零”（王学奇本、王季思本），〔幺〕之“直”“值”（吴国钦本、马欣来本、王季思本）、“尔”“你”（吴晓铃本、北大本、吴国钦本、王学奇本、马欣来本、王季思本）、“功积”

“功绩”（吴国钦本、王学奇本、王季思本、蓝立萱本），〔哨遍〕之“尔”“你”（吴晓铃本、北大本、吴国钦本、王学奇本、马欣来本、王季思本）、“子”“只”（吴国钦本、王季思本）、“积幸”“积善”（吴晓铃本、王学奇本、马欣来本、王季思本）“积行”（吴国钦本）、“辰”“晨”（北大本、王学奇本、马欣来本、吴国钦本、王季思本），〔耍孩儿〕之“无那则”“无那”（吴晓铃本）“无奈则”（吴国钦本）、“尔”“你”（吴晓铃本、北大本、吴国钦本、王学奇本、马欣来本、王季思本），〔五煞〕之“斩眼”“晰眼”（王季思本）、“到头”“道头”（吴国钦本、王学奇本、王季思本）、“尔”“你”（吴晓铃本、北大本、吴国钦本、王学奇本、马欣来本、王季思本）、“乞”“吃①”（北大本、王学奇本、吴国钦本、马欣来本、王季思本）、“枉常”“往常”（北大本、吴国钦本、王学奇本、马欣来本、王季思本、蓝立萱本），〔四煞〕之“大”“待”（吴国钦本、王学奇本、王季思本）、“加”“价”（王季思本）、“要”“腰”（吴晓铃本）、“带”“戴”（王季思本）、“勾”“够”（吴国钦本、马欣来本、王季思本），〔尾〕之“尔”“你”（吴晓铃本、北大本、吴国钦本、王学奇本、马欣来本、王季思本）。第三折〔斗鹌鹑〕之“倒”“捣”（吴国钦本、王学奇本、王季思本），〔紫花儿序〕之“尔”“你”（吴晓铃本、北大本、吴国钦本、王学奇本、马欣来本、王季思本），〔梨花儿〕之“交”“教”（吴国钦本、王季思本）、“尔”“你”（吴晓铃本、北大本、吴国钦本、王学奇本、马欣来本、王季思本）、“查”“踏”（北大本、吴国钦本、王学奇本、马欣来本、王季思本、蓝立萱本）、“谢成”“谢承”（北大本、吴国钦本、王学奇本、马欣来本、王季思本、蓝立萱本），〔紫花儿序〕之“尔”“你”（吴晓铃本、北大本、吴国钦本、王学奇本、马欣来本、王季思本）、“门程”“门桯”（吴国钦本、王学奇本、蓝立萱本），〔小桃红〕之“向”“问”（吴国钦本、王季思本、王学奇本）、“甚末”“甚么”（吴国钦本、王季思本）“什末”（王学奇本）、“交”“教”（吴国钦本、王季思本）、“等”“弄”（北大本、王学奇本、蓝立萱本），〔圣药王〕之“实成”“实诚”（吴国

① 本折〔十二月〕前宾白元刊本“不乞饭也”之“乞”，仅蓝立萱本同元刊本，其他各本均改为“吃”。

钦本、王学奇本、王季思本)，〔鬼三台〕之“禁声”“噤声”① (王季思本)、“粧”“装”(吴国钦本、王季思本)“妆”(北大本、马欣来本、蓝立萱本)，〔天净纱〕之“交”“教”(吴国钦本、王季思本)，〔东原乐〕之“贤会”“贤惠”(北大本、王学奇本、马欣来本)“贤慧”(吴国钦本、王季思本)、“子”“只”(吴国钦本、王季思本)、“查”“踏”(王学奇本、吴国钦本、王季思本、蓝立萱本)，〔拙鲁速〕之“停停”“婷婷”(王学奇本、王季思本、蓝立萱本)、“孤孤另另”“孤孤零零”(吴国钦本、马欣来本、王季思本)。第四折〔驻马听〕之“兔胡”“兔鹘”(吴国钦本、王季思本)，〔折桂令〕之“尔”“你”(吴晓铃本、北大本、吴国钦本、王学奇本、马欣来本、王季思本)、“元来”“原来”(吴国钦本、王季思本)、“挒”“划”(吴国钦本、王学奇本)“划”(王季思本)，〔水仙子〕之“擊”“击”(北大本)“系”(王学奇本、吴国钦本、马欣来本、王季思本、蓝立萱本)、“恰”“掐”(吴国钦本、王学奇本、蓝立萱本)、“恰恰”“掐掐”(王学奇本、王季思本、蓝立萱本)“尔”“你”(吴晓铃本、北大本、吴国钦本、王学奇本、马欣来本、王季思本)，〔殿前欢〕之“服”“眼”(吴国钦本、王学奇本、王季思本、蓝立萱本)，〔乔牌儿〕之“家”“嫁”(吴国钦本、王学奇本、王季思本、蓝立萱本)，〔挂玉钩〕之“史”“使”(吴晓铃本、北大本、马欣来本)“更”(吴国钦本、王学奇本、王季思本、蓝立萱本)、“克”“剋”(吴晓铃本、王学奇本、王季思本)、“肇”“承”(吴国钦本、王学奇本、王季思本)“擎”(蓝立萱本)、“里”“重”(吴国钦本、王学奇本、王季思本、蓝立萱本)，〔落梅风〕之“交”“教”(吴国钦本、王季思本)，〔得胜令〕之“交”“教”(吴国钦本、王季思本)、“瘫中”“瘫痪”(王季思本)“痪冲”(蓝立萱本)，〔阿古令〕之“子”“只”(吴国钦本、王季思本)。

造成这类异文的因素多种多样，其中有些是需要进行校改的，如那些音近、形近代写、误写、省写之处，而那些元代俗写字“勾”“够”、“见”“现”、“番”“翻”、“惹”“偌”、“那”“挪”、“九顶”“九鼎”、“元”“原”、“根前”“跟前”、“僽”“俶”“瞅”、“伏侍”“服侍”、“丁宁”“叮咛”、“潺僽”“僝僽”、“荒张”“慌张”、“那”“哪”、“您”“恁”、“交”“教”、“假粧”“假妆”“假装”、“谩”“瞒”、“耶”

① 后曲〔天净纱〕之“噤声”，所有校本均是。

“爷”、“怏”“央”、“汤风”“荡风”、“大”“待”、“证”“症”、“由自”“犹自”、“低防”“隄防”“堤防”“提防”、“緍望”“惛忘”“昏忘”、“哥剌”“哥哥”、“末”“莫”、“背会”“背晦”、“付”“甫”、“茄”“枷”、“从”“纵”、“召”“招”、“嚥”“咽”、“直”“值”、“子”“只”、“哏”“狠”、“止不过”“只不过”、“尔”“你”、“意梦”“吃梦”“役梦”、“子末”“怎末”、“辰”“晨”、“风”“疯”、“兔胡”“兔鹘”、“题”“提”、“杂碎”“砸碎”、“到头”“道头”、“倒”“捣”、“实成”“实诚”、“禁声”“噤声”、“贤会”“贤惠”“贤慧”、“孤孤另另”“孤孤零零”之类，为保存元代写法而言，并不需要校改。这些俗写字中，吴晓铃本和蓝立蓂本保存的比较多，而吴国钦本和王季思本则大多作了校改，其他各本则介于中间。以“尔”“你”为例，这在元刊本中均有出现，如在《拜月亭》《西蜀梦》二剧中，元刊本均为“你”，各本均从元刊本。而在《诈妮子》剧中元刊本均作“尔”，只有蓝立蓂本大部分从元刊本作“尔”，但第三折〔天净沙〕后白至〔尾〕之前出现的七处改作“你”。又如《拜月亭》第一折元刊本“谩”，吴国钦本、王学奇本、王季思本改作“瞒”。王学奇本、蓝立蓂本校语均指出此字无须校改。又如元刊本“好哥剌”，王学奇本、吴国钦本改作“好哥哥”，吴国钦校语云：“哥，原错为剌。”非。宁希元此剧校语云：“好哥剌，即好哥哥。剌为语助，无义。”

一是曲白相混所致异文。曲白相混所致异文除前面宾白中所提到的几例以外，还有以下一些异文。如《拜月亭》第二折第一〔牧羊关〕蓝立蓂本“这大夫好”四字据宁希元本作小字排，作为曲中带白处理，其他各本均为曲词。宁本校语云：“〔牧羊关〕曲首二句必为三字对句。”①第三折第二〔倘秀才〕马欣来本“放心，放心，我与你宽打周遭向父亲行说”全为曲中说白，其他各本“我与你宽打周遭向父亲行说”为曲词。第三〔倘秀才〕吴晓铃本“不剌你”三字小字排，北大本、吴国钦本、马欣来本、王学奇本作曲词，王季思本、蓝立蓂本则“不剌”二字小字排。这种情形也造成了本句断句之不同。《诈妮子》第三折“俺两个有比喻”，吴晓铃本、北大本、吴国钦本为曲词，王学奇本、马欣来本、王季思本、蓝立蓂本为宾白。

① 宁希元：《元刊杂剧三十种新校》，第30页。

一是各家校本断句不同所致异文。如《西蜀梦》第一折〔天下乐〕吴晓铃本“紧□定葵花镫。折皮鞭催走似飞坠的双镝。此腿脡无气力”，北大本、吴国钦本、马欣来本断句同北大本。王学奇本、蓝立萱本作“紧跐定葵花镫㲠鞭催，走似飞坠的双镝，此腿脡无气力”，王季思本作“紧跐定葵花镫折，皮鞭催，走似飞，坠的双滴溜腿脡无气力”。从此套曲押韵来看，应在皮、镝、力三处断句，唯“折皮”不明何义，故致前二者各家校本断句不同，王季思本则改字过多，断句亦难经推敲。宁希元本认为“镫折皮”应为“镫鞊皮”，为马具名，指悬系马镫的皮带。有一定的道理，也基本符合此句曲意。但后面断句同样改字过多，亦不可取。

同类异文还有：《西蜀梦》第二折〔一枝花〕“朝野内度星正俺南边上”，王季思本、蓝立萱本改“星”为“量”，且在其后断句，其他各本不断句。〔贺新郎〕吴晓铃本“官里□行坐则是关张”，北大本作“官里行行坐则是关张”，马欣来本作“官里行行，坐则是关张”，吴国钦本、王学奇本、王季思本、蓝立萱本则作“官里行行坐坐则是关张”。第三折〔醉春风〕王学奇本“暮年折挫今日向匹夫行伏落”，其他各本在“今”前断句，吴国钦本、王季思本“挫”作“剉”。〔红绣鞋〕吴晓铃本“九尺躯阴云里，偌大三缕髯把玉带垂过”，马欣来本、北大本断句同吴晓铃本，马欣来本“偌大”后增“的”字，北大本“里”作“黑”。王学奇本作“九尺躯阴云里偌大，三缕髯把玉带垂过”，王季思本、蓝立萱本断句同王学奇本，唯“偌”作“惹”。吴国钦本作“九尺躯阴云里，偌大，三缕髯把玉带垂过”。〔三〕吴晓铃本、北大本“若是将贼臣报君王，将咱祭奠”，王学奇本、吴国钦本、马欣来本、蓝立萱本作“若是将贼臣破，君王将咱祭奠”，王季思本作“若是将贼臣报，君王将咱祭奠”。若以押韵论，当以“破”最合韵脚，但元刊本此字似“收”。〔收尾〕吴晓铃本“也不烟香共灯”，北大本作“也不烟，香共灯”，二本校勘记认为“不”字下疑脱“用”字。吴国钦本作“也不用，香共灯”，马欣来本作“也不□香共灯”，王季思本作“也不用香共灯”，蓝立萱本作“也不须香共灯”。第四折〔叨叨令〕吴晓铃本“碧粼粼绿水波□，忽疏剌剌玉殿香风透”，其他各本均作“碧粼粼绿水波纹皱，疏剌剌玉殿香风透”。元刊本“波”后空缺，各本据文意增“纹”，“纹”不押韵，且“忽”有所残损，有些形似“皱”，故校“忽”为“皱”，在其后断句，则句意完整且合韵脚。〔呆古朵〕吴晓铃本“终是三十年交契，怀着𥿄想相处志意相投”，北大本、马欣来本作“终是三十年交契怀着□，咱心相爱志意相投”。吴国钦本、王学奇本、王季思本断句同北大本，唯吴国钦本、王季思本“□”作“熟”，王学奇本、蓝立蓂本“□”作“愁”。〔二〕吴晓铃本“痛哭悲京少添潺僽。拜辞了龙颜苦度春秋，今番若不说后过难来十则千休”，北大本作“痛哭悲凉，少添潺僽。拜辞了龙颜苦度春秋，今番若不说后过难来千则千休”，吴国钦本、王学奇本、马欣来本、王季思本、蓝立蓂本作“痛哭悲凉，少添潺僽。拜辞了龙颜，苦度春秋，今番若不说，后过难来，千则千休”。〔尾〕吴晓铃本、北大本、王学奇本“火速的驱军校戈矛，驻马向长江雪浪流”，吴国钦本、王季思本、蓝立蓂本断句同，吴国钦本、王季思本“校”作“炫”，蓝立蓂本“校”作“统”，马欣来本作“火速的驱军校，戈矛驻马，向长江雪浪流”。

《拜月亭》第一折〔天下乐〕吴晓铃本、北大本、马欣来本、王学奇本、吴国钦本“慢慢的枉步显得你没气力”，王季思本、蓝立蓂本在“步”后断句。〔金盏儿〕王季思本“哥哥道‘做军中男女若相随，有儿夫的不掳掠，无家长的落便宜’”，其他各本均作“哥哥道做：军中男女若相随，有儿夫的不掳掠，无家长的落便宜”。王季思本此处断句不确。〔赚尾〕吴晓铃本“我自思忆想我那从你的行为”，其他各本作“我自思忆，想我那从小（你）的行为”。第二折第一〔牧羊关〕吴晓铃本、北大本、马欣来本、吴国钦本、王学奇本“这大夫好调理，的是诊候的强”，蓝立蓂本、王季思本作“这大夫好，调理的是，诊候的强”。宁希元本校语云：“〔牧羊关〕曲首二句必为三字对句。”后者断句不仅语意明确，且句式整饬合律。〔贺新郎〕吴晓铃本、王季思本、蓝立蓂本“教俺去住无门徊徨”，北大本、吴国钦本、马欣来本作“教俺去住无门，徊徨”，王学奇本则删去“无门”二字，作“教俺去住徊徨”。第三折第二〔倘秀才〕吴晓铃本、北大本、马欣来本“不似俺忒嗱嗻，劣缺”，王学奇本、王季思本、蓝立蓂本作“不似俺，忒嗱嗻，劣缺”，吴国钦本作“不似俺嗱嗻劣缺”。第三〔倘秀才〕吴晓铃本“不剌你啼哭你为甚迭”，“不剌你”三字小字排，为宾白。北大本、吴国钦本、马欣来本作“不剌你啼哭，你为甚迭”，“不剌你”三字为曲词。王学奇本、蓝立蓂本作“不剌，你啼哭，你为甚迭”，王学奇本为曲词，蓝立蓂本“不剌”二字小字排，为宾白。王季思本作“不剌！你啼哭你为甚迭”，“不剌”二字小字排，为宾白。〔尾〕王季思本“没盘缠在店舍，有谁人厮抬贴？那消疏那凄切，生分离厮抛撇！从相别恁时节，音书无信息绝”，其他各本均为三字一断。第四折〔阿忽令〕王季思本、蓝立萱本“把你这眼前、厌倦、物件”，王学奇本作“把你这眼前厌倦、物件”，吴晓铃本、北大本、马欣来本、吴国钦本不断句。此处应为六字三韵句式。

《诈妮子》第一折〔混江龙〕吴晓铃本、北大本、王学奇本、吴国钦本、马欣来本、蓝立萱本“男儿人若不依本分，不抢白是非两家分”，王季思本作“男儿人若不依，分一个抢白是非两家分”。〔油葫芦〕蓝立萱本“那时节旋洗垢不盘根”，其他各本均在“不”前断句。〔元和令〕吴晓铃本、北大本、吴国钦本“知得有情人不曾来问，肯便待要成眷姻”，王学奇本、马欣来本、王季思本、蓝立萱本作“知得有情人不曾来问肯，便待要成眷姻”。这是对元代风俗“问肯”理解所致断句异文。“问肯”是宋元时订婚前的一种礼俗，前者将之分开断句显然不妥。〔上马娇〕吴晓铃本、蓝立萱本“是他因，子管交话儿因”，北大本、马欣来本作“是他因子管教话儿因”，王学奇本作“是他亲子管交话儿亲”，吴国钦本作“是他亲只管教话儿亲”，王季思本作“是他亲，只管教、话儿亲”。此处除了断句不同，主要不同还集中在两处：一是“子”“只”“交”“教”之区别，二是“亲”“因”的区别。前者为元代俗写与现代标准写法所致。后者则是元代省写习惯所致。王季思写定本说明云：“当时‘姻親’二字经常连用，刻书的人为了减少笔画，用‘姻’字代替‘親’字，又省作‘因’字。”①蓝立萱本校语认为“因犹亲，原字可通，不烦校改。”②〔尾〕吴晓铃本、北大本“休交我逐宵价握雨携云过今春。先交我不系腰裙”，吴国钦本断句同前，但其中句号为逗号，且“交”作“教”。王学奇本、蓝立萱本作“休交我逐宵价握雨携云。过今春，先交我不系腰裙”，王季思本断句同，唯“交”作“教”。马欣来本作“休交我逐宵价握雨携云。过今春先交我不系腰裙”。第二折〔哨遍〕吴晓铃本、北大本、王学奇本“并不是婆娘人把你抑勒招取，那肯心儿自说来的神前誓”，吴国钦本、王季思本、马欣来本、蓝立萱本在“招取”前断句。吴晓铃本、北大本、王学奇本、吴国钦本、王季思本、蓝立萱本“好说话清晨（辰），变了卦今日，冷了心

① 王季思：《诈妮子调风月写定本说明》，《王季思全集》第一卷，河北教育出版社 2005 年版，第 347 页。

② 蓝立萱：《汇校详注关汉卿集》，第 24 页。

晚夕”，马欣来本作“好说话，清晨；变了卦，今日；冷了心，晚夕”。〔四煞〕吴晓铃本“打也阿儿包髻，真加腰带与别人成美，况团衫怎能勾披”，北大本、王学奇本、马欣来本断句同吴晓铃本，唯“真加腰带”作“真加要带”。吴国钦本作“打也阿儿包髻真加要带，与别人成美况团衫怎能够披”，王季思本、蓝立萱本断句同，王季思“真加要带”作“真加要戴”。〔二煞〕吴晓铃本、马欣来本“气夯破肚，别人行怎又不敢提”，北大本、王学奇本、吴国钦本、王季思本、蓝立萱本不断句。第三折〔梨花儿〕吴晓铃本、北大本、王学奇本、吴国钦本、马欣来本“煞是多劳重降尊临卑”，王季思本、蓝立萱本作“煞是多劳重，降尊临卑”，王季思本“重”作“动”。第四折〔殿前欢〕吴晓铃本、北大本、马欣来本“头白相守服，黑处全无”，吴国钦本、王学奇本、王季思本、蓝立萱本作“头白相守，眼黑出全无”。〔阿古令〕吴晓铃本、吴国钦本、王季思本、蓝立萱本“子（只）得和丈夫，一处，对舞”，北大本、王学奇本、马欣来本不断句。

有些断句可能是排版所致异文，如《西蜀梦》第四折第三〔滚绣球〕王学奇本“像那说来的前咒桃园中宰白马乌牛”，其他各本均自“咒”后断句，王学奇本此处有校注符号〔52〕，可能漏排断句符号。

五　明刊本系统宾白、曲词比较

明刊本系统剧作之宾白、曲词之间异文情况远较元刊本系统剧作异文复杂。明刊本系统剧作异文从整体来看，主要是两个方面的因素所造成的。一是元刊本和明刊本的版本差别所造成的异文。如《关大王单刀会》剧，马欣来本、蓝立萱本校勘底本为元刊本，其他五家均以赵琦美《脉望馆钞校本古今杂剧》为底本。二是明刊本与明刊本版本差别所造成的异文，除以上四种杂剧外的十四种杂剧均属此类。其底本有《古名家杂剧》（徐本）、《元曲选》（臧本）、《古杂剧》（息机子本）和《脉望馆钞校本古今杂剧》（赵本）。因《刘夫人庆赏五侯宴》《邓夫人苦痛哭存孝》《山神庙裴度还带》《状元堂陈母教子》均以赵本为底本，无甚大的差别，可作为单独一类进行比较。另外十种杂剧《感天动地窦娥冤》《包待制三勘蝴蝶梦》《赵盼儿风月救风尘》《杜蕊娘智赏金线池》《望江亭中秋切鲙旦》《温太真玉镜台》《钱大尹智宠谢天香》《尉迟恭单鞭夺槊》《包待制智斩鲁斋郎》《钱大尹智勘绯衣梦》（或《王闰香夜月四春园》）是明刊本系统剧作比较研究的重点所在。十种杂剧的七种校本从文字差异来看，北大本、吴国钦本、王学奇本、王季思本基本相同，而吴晓铃本、马欣来本、蓝立萱本三种基本相同，故在后面比较时分别称之以吴晓铃本系统和北大本系统。

这十种杂剧中有两种剧作题目在各家校本中有所不同，这是不同于元刊本为底本剧作的一个特殊现象。吴晓铃本、北大本、蓝立萱本《王闰香夜月四春园》，吴国钦本、王学奇本、马欣来本、王季思本作《钱大尹智勘绯衣梦》。此剧从剧目著录来看，贾本《录鬼簿》著录简名《绯衣梦》。题目正名作“王闰（原作闺）香夜闹（原为昂）四春堂，钱大尹智勘绯（原为非）衣梦”。曹本《录鬼簿》、《今乐考证》、《曲录》著录正名《钱大尹鬼报绯衣梦》。《徐氏家藏书目》《也是园书目》《曲海目》著录正名《钱大尹智勘绯衣梦》，《曲海目》脱“智”字，且失载作者。《也是园书目》于古今无名氏“杂传”类另著录有《王闺香夜月四春园》，即为此剧。《太和正音谱》误将此剧正名分割开来，著录《钱大尹鬼报》与《绯衣梦》二剧。《元曲选目》亦沿其误，著录《钱大尹》（并注云“一作鬼报钱大尹”）与《绯衣梦》。此剧现存版本有三：一为《古名家杂剧》本，题目正名为“王闰香夜闹四春堂，钱大尹智勘非衣梦；李庆安绝处幸逢生，岳神庙暗中彰显报”，版心署“绯衣梦”。庄一拂认为“《绯衣梦》疑有误，剧中梦呓‘非衣两把火’，乃指裴姓名炎，应作‘非衣’”①。此说有理，则知钞校本题目中“非衣梦”是为正确。二为脉望馆本，未署作者，题目正名作“钱大尹智取贼名姓，王闰香夜月四春园”。三为顾曲斋本，题目正名同《古名家杂剧》本。三种版本从内容来看，虽然宾白、曲词有所差异，但故事情节大致相同，整体上同大于异。故可以推断，《王闰香夜月四春园》即《钱大尹智勘绯衣梦》，仅是所据底本不同而导致两种署名结果。后面比较研究中一律标《钱大尹智勘绯衣梦》。

还有两本杂剧标目亦不同。一种是《望江亭中秋切鲙旦》，吴晓铃本、王学奇本、马欣来本、蓝立萱本标《望江亭中秋切鲙旦》，北大本、吴国钦本、王季思本标《望江亭中秋切鲙》。这主要是因为参照底本“题目正名”不同，校者为了与后面“题目正名”相一致，故导致剧作题目不同。另外一种是《关大王独赴单刀会》，马欣来本、蓝立萱本以元刊本为底本，标目作《关大王单刀会》，其他各本以脉望馆本为底本，标目作《关大王独赴单刀会》。同样为和题目正名一致而致标目差异。此二剧题目正名情况见下文。

---

① 庄一拂：《古典戏曲存目汇考》，上海古籍出版社 1982 年版，第 163 页。

下面比较研究时一律标《望江亭中秋切鲙旦》《关大王独赴单刀会》。

（一）宾白比较

郭英德曾说："一部图书在问世以后，或经主要作者（即一部图书问世之前的原作者）修改增饰，或经次要作者（即一部图书问世之后的整理者、增删者、修改者、注释者、校点者、批评者、翻译者等）增删改易，从而导致'一书各本'正文文字内容互有出入或多寡不同的现象，这在中国古代书籍出版史上是屡见不鲜的。"① 这种现象尤其在中国古代小说和戏曲中表现得尤为突出，元杂剧在经过次要作者或多或少的增删改易，甚至各本之间面貌大相径庭，从而造成不同版本内容纷歧的复杂情况。他进一步指出："我认为，根据约定俗成的惯例，在中国古代通俗小说版本研究中，所谓'一书各本'的正文文字内容基本相同这一原则，大致可以非常宽泛地包容次要作者对小说原作的下列著述行为：（1）发凡起例的整理，（2）添枝加叶的附益，（3）删繁就简的删略，（4）修饰润色的修订，（5）逐字逐句的校勘，（6）分句识读的标点，（7）注音释字的注释，（8）条分缕析的批评，（9）不同语种的翻译。所有经由这些著述行为而产生的版本，包括整理本、增订本、删节本、改写本、校勘本、标点本、音注本、注释本、批评本、翻译本等，仅仅构成一部图书不同的版本系统，而不是另起炉灶，构成一部性质不同的图书。"② 虽然是论述小说版本，但同样适用于戏曲版本。

基于以上论述，对七种关汉卿戏曲校勘本之宾白进行比较之后，大致可以得出一个结论：明刊本系统此十一种剧本宾白差异的主要原因是所参照底本不同所致，而不是如元刊本系统宾白那样是校者所采用校勘方式不同所致。这些版本差异都是次要作者对关汉卿原作所作的不同程度的删略改易后的"一剧多本"，他们属于一个大的版本系统，而这十一种主要以明刊本为校勘底本的杂剧又大致可以分为两个系统。通过对这两个版本主要系统宾白比较，可以发现两者之间除了在戏剧效果需要上强调某一部分或由于剧情的需要删节某一部分，宾白在内容、语言的口语等方面大体类似，可知两个系统宾白之间的渊源关系。

---

① 郭英德：《中国古代通俗小说版本刍议》，《探寻中国趣味》，商务印书馆 2017 年版，第 112 页。

② 郭英德：《中国古代通俗小说版本刍议》，《探寻中国趣味》，商务印书馆 2017 年版，第 114 页。

具体来说，其中《窦娥冤》《鲁斋郎》《蝴蝶梦》《救风尘》《金线池》《谢天香》《玉镜台》，吴晓铃本系统以徐本为底本，北大本系统以臧本为底本；《切鲙旦》剧，吴晓铃本系统以息机子本为底本，北大本系统以臧本为底本；《单鞭夺槊》，北大本系统以臧本为底本，吴晓铃本系统中马欣来本以徐本为底本，其他二种以赵本为底本；《绯衣梦》剧，王学奇本和马欣来本以徐本为底本，其他各本以赵本为底本。从总体来说，这四种底本中，徐本和息机子本在提示语规范、宾白简繁等方面均带有明显的元刊本向明刊本的过渡特点，而臧本和赵本在这些方面都较为规范完整。至于《单刀会》剧，马欣来本、蓝立萱本以元刊本为底本，其他五种校本以赵本为底本，元刊本宾白和赵本宾白是异大于同，两者没有比较之必要，故此处不论。而其他十种杂剧宾白则是同大于异，是比较之重点所在。

1. 宾白提示语

从脚色标注而言，吴晓铃本系统提示语中主要脚色名称除第一次出现时用全称外，后面出现者大多用简称，如“正末”“正旦”简称“末”“旦”，而一些次要脚色则第一次出现时或者有脚色名称，或直接称姓名，后面则一律简称，很少用脚色名称代替，如《窦娥冤》中“卜儿”称“卜”，“窦天章”称“窦”或“天章”等。有些虽然偶尔用脚色名称来代替，但整个剧本中并不统一，如“张驴儿”脚色名称“付净”，第一折〔天下乐〕曲前及曲后第一处为“付净”，第三折〔尾正旦声〕曲后一处用“付净”，其他地方则一律为“净”。又如《鲁斋郎》之“鲁斋郎”“张千”“李四”“张珪”等，或称全名，或简称为“鲁”“张”“李”“张”，在剧中混同出现，无一定准则。而在北大本系统中，一般主要脚色“正末”“正旦”以脚色名称标注，次要脚色则全称姓名或者称姓或者称名，但在剧本中一以贯之，中间很少出现混同现象。

从“云”“唱”之标注而言，吴晓铃本系统一折开始宾白或者两曲之间宾白提示语中一般情况不出现，个别地方会出现，体例同样不统一。如《鲁斋郎》楔子：

（冲末扮鲁斋郎引张千上）……（张千）……（鲁）……（张）……（鲁）……（张）……（鲁）……（下）（外扮李四同旦儿徕儿上）……（鲁斋郎引张千上）……（张）……（坐下科）（鲁）……（张）……（张唤科）……（李四荒科）（出门跪科）……（鲁）……（李）……

（鲁）……（李）……（鲁）……（李）……（鲁）……（李四接壶整理科）……（鲁）……（张千）……（鲁斋）……（做筛酒科，李四连饮三杯科云）……（鲁）……（李四）……（旦出拜科）（鲁）……（同旦下）（李四做哭科云）……（下）（贴旦引二男女上）……（李四上）……（正末引祗从上）……（祗候问云）……（李四）……（祗候见末科云）……（末）……（李四）……（末）……（贴旦见末科）……（末）……（贴旦）……（做调药科）……（李四吃药科）……（末）……（李四）……（贴旦）……（做问末科）……（末）……（李四）……（末）……（李四）……（末）……（李四）……（末做掩口科云）……

其中有五处提示语后面出现“云”，大部分均无“云”。这些提示语中所缺之“云”，在北大本系统中均予以补充，且吴晓铃本系统之“旦”“末”“鲁”“张”等简称在北大本系统中均为全称。

一段宾白结束后进入曲词部分，吴晓铃本系统大多数情况一般缺失“唱”，有少数会出现“唱”或者“旦（末）唱”或者“旦（末）”。而北大本系统均补充完全，如前面脚色为非主唱脚色，则在宾白结束后标注“正末（旦）唱”，如果前面为主唱脚色“正末（旦）”宾白，则后面一般为“唱”引起曲词。

一曲结束后宾白中，如果是非主唱脚色宾白开始，提示语中一般标注姓名全称或者简称，如果是主唱脚色宾白开始，吴晓铃本系统大多数情况下一般只有宾白，前面无任何提示语。如《蝴蝶梦》第二折〔牧羊关〕后“包待制爷爷好葫芦提也!”为“正旦”说白，吴晓铃本系统宾白前无任何提示语，而北大本系统则在前面以“（云）”加以提示。

至于一曲中间之插白，吴晓铃本系统插白如是非主唱脚色开始，则以姓名全称或者简称提示，后面也很少出现“云”，如果是主唱脚色开始，则将插白内容小字处理，前面不加任何提示。当插白结束后，大多数情况直接进入曲词，很少用“唱”提示，有少部分用“（唱）”或者“（末）”“（旦）”提示。北大本系统则体例统一，对这些均予以补充。

曲中插白以次要脚色开始者，如《蝴蝶梦》第二折〔牧羊关〕，吴晓铃系统本作：

〔牧羊关〕这个是金呵，有甚么难镕处?（孤）敢是石和尚打死人来？（旦）这个是石呵，怎做的虚？（孤）敢是铁和尚打死人来？（旦）这个便是铁呵，怎当那官法如炉？（孤）打这赖肉顽皮！（旦）非干是孩儿每赖肉顽皮，委的是衔冤负屈。（孤）张千，便好道杀人的偿命，欠债的还钱，把那大的小厮拿出去与人偿命。（旦）眼睁睁难搭救，簇拥着下阶除。教我两下里难顾瞻，百般里无是处。

这些提示语中之“孤”“旦”为“孤云”“正旦唱”之简省，北大本系统均予以补充。

曲中插白以主唱脚色开始者，如《蝴蝶梦》第四折〔太平令〕，吴晓铃本系统作：

〔太平令〕空教我哭啼啼自敦自摔，百般的唤不回来。越教我自生残害，急煎煎不宁不耐。石和孩儿呵！（王三上应云）我在这里！（旦）教我左猜右猜，不知是那里应来？莫不是山精水怪？

北大本系统在“石和孩儿呵”前补“（云）”，补“旦”为“正旦唱”。

还有一种情况是曲中带白，吴晓铃本系统一般是直接将带白内容小字处理，前后不加任何提示语提示，少数情况或仅有前面提示语或者仅有后面提示语“唱”，至于前后均有提示语者则很少。而北大本则一律前面加“带白”，后面加“正末（正旦）唱”提示。如《救风尘》第一折〔赚煞〕，吴晓铃本系统作：

〔赚煞〕这妮子是狐魅人女妖精，缠郎君天魔祟。则他那裤儿里休猜做有腿，吐下鲜红血、则当作苏木水。耳边休采那等闲食，那的是最容易、剜眼睛嫌的，则除是亲近，随着他便欢喜。着他疾省呵，哎，你个双郎子弟，安排下金冠霞帔。一个夫人来到手里了，却则为三千张茶引嫁了冯魁。（下）

北大本系统在“着他疾省呵，哎”和“一个夫人来到手里了”前补“带云”、后补“唱”提示语。

另外，还有一类特殊宾白，当脚色上场、下场所念诵之上、下场诗，或者剧中所念诵整齐韵语及第四折结束时下断之整齐韵语，吴晓铃本系统一般无“诗云”“词云”提示，而北大本系统则一般在上、下场诗前加“诗云”，至于中间韵语和最终断语则视情况在前加“诗云”“词云”提示。

总之，吴晓铃本系统所据底本《古名家杂剧》本和息机子本在诸多方面均保持了元刊本习惯，提示语体例方面凌乱而无统一标准，还处在元刊本向明刊本过渡之阶段。到了《元曲选》本和《脉望馆钞校本古今杂剧》中，虽然极个别地方还保留了元刊本标注习惯，但大多数提示语整齐统一，一以贯之，后世所普遍采用的提示语标注体例开始成熟定型。

2. 宾白简繁

从宾白数量之简繁而言，总体上吴晓铃本系统之宾白要少于北大本系统之宾白。这种简繁差异有时表现为吴晓铃本系统较北大本系统少个别宾白，如《窦娥冤》楔子吴晓铃本系统少：

(做叹科，云)、(正旦做悲科，云)(卜儿云)

第一折少：

(做行科，云)、〔后庭花〕后(卜儿云)、〔寄生草〕后(卜儿云)

第二折少：

(做行科，云)(做行科，叫云)、(张驴儿云)(孛老云)(做见卜儿问科，云)、〔隔尾〕后(做呕科云)、〔隔尾〕曲中(张驴儿云)(做叫科云)(卜儿云)(张驴儿云)(卜儿云)(张驴儿云)(卜儿云)(张驴儿云)、后(正旦云)、〔牧羊关〕前(正旦云)、〔牧羊关〕后(张驴儿云)

第三折少：

〔鲍老儿〕后(监斩官云)(正旦云)、〔一煞〕后(内做风科，刽子云)、〔煞尾〕后(监斩官云)

第四折少：

（做打哈欠科，云）

这样的差异在吴晓铃本系统和北大本系统中比比皆是。这类差异对于剧情发展还没有什么大的影响，但后面这种差异则会造成剧情较大的不同，这就是吴晓铃本系统中缺失大段曲白而造成的剧本简繁差异。如《窦娥冤》第三折〔鲍老儿〕吴晓铃本（刽子）（刽子磨旗科）之间，北大本系统有大段曲白：

（刽子做取席站科，又取白练挂旗上科）（正旦唱）〔耍孩儿〕（刽子云）（正旦再跪科云）（监斩官云）（正旦唱）二〔煞〕（正旦再跪科云）（监斩官云）（正旦唱）〔一煞〕

这段曲白是《窦娥冤》矛盾冲突表现最激烈之处"三桩誓愿"，吴晓铃本系统缺失此情节，则无形中削弱了整个剧本的矛盾冲突，对表现人物性格具有弱化作用。此类差异还有此剧第四折〔得胜令〕后吴晓铃本系统"（天章哭云）（魂旦）（天章）"后接"（魂旦唱）〔尾声〕"，中间北大本系统还有：

（窦天章做泣科云）（魂旦云）（窦天章云）（诗云）（魂旦暂下）（窦天章云）（窦天章做叱科云）（张千做么喝科云）（禀云）（外扮州官入参科）（张千云）（丑扮吏入参科）（窦天章问云）（州官云）（窦天章做怒云）（州官云）（窦天章云）（州官云）（窦天章云）（张千云）（下）（丑扮解子押张驴儿、蔡婆婆同张千上，禀云）（窦天章云）（张驴儿云）（窦天章云）（蔡婆婆云）（窦天章云）（解子云）（窦天章云）（张驴儿云）（窦天章云）（张驴儿云）（窦天章云）（张驴儿云）（窦天章云）（魂旦上云）（张驴儿做怕科云）（魂旦云）（唱）〔川拨棹〕（魂旦做打张驴儿科）（张驴儿做避科云）（丑扮解子押赛卢医上云）（张千喝云）（窦天章云）（赛卢医叩头科云）（窦天章云）（赛卢医云）（窦天章云）（赛卢医做下认科云）（指张驴儿云）（上云）（魂旦唱）〔七弟兄〕（窦天章云）（蔡婆婆云）（窦天章云）（魂旦云）（唱）〔梅花酒〕、〔收江南〕（窦天章云）（魂旦跪科唱）

又如《鲁斋郎》吴晓铃本系统〔四块玉〕后“(贴旦)(末)(贴旦)”后接“(鲁)”，北大本系统中间多：

(正末云)(唱)〔骂玉郎〕(贴旦云)(正末云)(唱)〔感皇恩〕(贴旦云)(正末唱)〔采茶歌〕(正末同旦掩泣科)

此段曲白重在表现市井小人物在面对权贵人士欺凌之悲愤、痛苦而又无可奈何之心态，吴晓铃本系统缺失此段曲白，削弱了杂剧反映社会现实之力度。

又如《金线池》第一折吴晓铃本系统〔金盏儿〕(卜)(正旦)后接〔赚煞〕，北大本系统中间多“〔醉中天〕(云)(卜儿云)(正旦唱)〔寄生〕(卜儿云)(正旦唱)”一段曲白。第二折吴晓铃本系统“〔牧羊关〕(末)(正旦)(三科了)(正旦)”后接〔三煞〕，北大本系统中间多“〔骂玉郎〕(韩辅臣云)(正旦唱)〔感皇恩〕(韩辅臣云)(正旦唱)〔采茶歌〕(韩辅臣跪科云)(正旦唱)”一段曲白。

有时吴晓铃本系统曲白缺失不是前面所述连贯曲白之缺失，而有选择加工之痕迹。如《单鞭夺槊》第二折：

(卒慌上报云)	(卒子慌上报科云) (尉迟云) (元吉云) (正末云) (唱)
	上小楼
   (敬德云) (末云) (敬德云) (末云)	(元吉云) (做叫疼科云) (做出科诗云) (下)(尉迟云) (正末云) (唱)
	幺篇：……(尉迟云)…(正末云)…(唱)……
(茂公云) (末云) (敬德云)	(徐茂公云) (正末云) (尉迟云) (正末唱)

表中所列平行者为二者共有之宾白，空白者为缺失者。吴晓铃本系统删去了大段曲白，但情节之间有所脱节，所以在对白中增加了“敬德云”“末云”来连接“末云”与“茂公云”。又如《救风尘》第四折北大本系统其中一段曲白为：

（正旦云）（唱）〔雁儿落〕、〔得胜令〕（安秀实上云）（孤云）（张千拿入科云）（孤云）（安秀实云）（孤云）（安秀实云）（孤云）

吴晓铃本缺失宾白“（安秀实上云）（孤云）（张千拿入科云）（孤云）（安秀实云）（孤云）（安秀实云）”，这样最后一个“孤云”之内容无处交代，所以将〔雁儿落〕前“正旦云”之宾白“宋引章是有丈夫的，被周舍强占为妻，昨日又与了休书，怎么是小妇人婚赖他的?”调整至〔得胜令〕曲后，使情节不会出现大的脱节。

当然有时吴晓铃本系统所有宾白而北大本系统无之情况。但这种现象较少。这其实涉及宾白简繁的另一种表现，即以《元曲选》和《脉望馆钞校本古今杂剧》为底本的戏曲语言更多地带有文人润色的痕迹。如《金线池》第二折开头吴晓铃本系统宾白为：

（孤上）老夫石好问是也。三年任满朝京，圣人命老夫复任济南府尹。不知兄弟韩辅臣进取功名去，还在此处？张千，门首觑者，看有甚么人来。（张千）理会的。（末上）小生韩辅臣。听的说哥哥复任济南府，有杜蕊娘欺负我，哥哥行告状去来。早来到也。张千，报伏去，道韩辅臣在于门首。（张千）相公，有韩秀才来见。（孤）道有请。（见科）（孤）兄弟也，你还在这里？（末）哥哥，有人欺负我，你与我做主。（孤）是谁欺负你？我拿来处治。（末）是杜蕊娘。（孤）兄弟也，你好无分晓，别人欺负你，我好做主，媳妇儿家务事，我管理不的。（末）哥哥，我唱喏。（孤）我也唱喏。（末）我下跪。（孤）我也下跪。（末）你肯也不肯？（孤）我难下断。（末）石好问，我肚里有私记手本，你便是清官，你若是不与我做主，我上司告你去。（孤）住，住，我若与你整理呵？（末）我便不告。（孤）我若不整理？（末）我便上司告去。（孤）那里有个为老婆放刁的理。兄弟也，我与你些钱钞，你与他母亲便了。（末）您兄弟去也。若成合了便罢，成合不的再有说的话。(下)(孤) 兄弟去了也。为一个妇人，这等用心。若是他成合了时，必然来报我知道。(下)(正旦引梅香上) 我想韩辅臣又无人恼着他，一去半月不来家。若遇着个强似我的，无说话；都是我手下教着过的小妮子，我久以后街上行走呵，教我怎生见人那。

北大本系统此处宾白则大量省减，作：

(韩辅臣上，诗云) 一生花柳幸多缘，自有嫦娥爱少年；留得黄金等身在，终须买断丽春园。我韩辅臣，本为进取功名，打从济南府经过，适值哥哥石好问在此为理，送我到杜蕊娘家安歇。一住半年以上，两意相投，不但我要娶他，喜得他也有心嫁我，争奈这虔婆百般板障。俺想来，他只为我囊中钱钞已尽，况见石府尹满考朝京，料必不来复任，越越的欺负我，发言发语，只要撚我出门去。我是个顶天立地的男子汉，怎生受得一口气？出了他门，不觉又是二十多日。你道我为何不去，还在济南府淹阁？倒也不是盼俺哥哥复任，思量告他，只为杜蕊娘，他把俺赤心相待，时常与这虔婆合气，寻死觅活，无非是为俺家的缘故；莫说我的气高，那蕊娘的气比我还高的多哩。他见我这日出门时节，竟自悻然去了，说也不和他说一声儿，必然有些怪我。这个怪也只得由他怪，本等是我的不是。自此沉吟展转，不好便离此处，还须亲见蕊娘，讨个明白。若他也是虔婆的见识，没有嫁我之心，却不我在此亦无指望了，不如及早上朝取应，干我自家功名去；他若是好好的依旧要嫁我，一些儿不怪我，便受尽这虔婆的气，何忍负之。今日打听得虔婆和他一班儿老姊妹在茶房中吃茶，只得将我羞脸儿揣在怀里，再到蕊娘家去走一遭。(词云) 我须是读书人凌云豪气，偏遇这泼虔婆全无顾忌，天若使石好问复任济南，少不的告他娘着他流递。(下)(正旦引梅香上云) 我杜蕊娘一心看上韩辅臣，思量嫁他，争奈我母亲不肯，倒发出许多说话，将他赶逐出门去了。我又不曾有半句儿恼着他，为何一去二十多日，再也不来看我？教我怎生放心得下？闻得母亲说，他是烂黄齑，如今又缠上一个粉头，道强似我的多哩。这话我也不信，我想，这济南府教坊中人，那一个不是我手下教导过的小妮子？料必没有强似我的。若是他果然离了我家，又去踹别家的门，久以后我在这街上行走，教我怎生见人那？

从说白数量来说，前者说白人物有石府尹、张千、韩辅臣、正旦，后者仅有韩辅臣和正旦。从说白效果来说，前者更多地带有舞台表演的喜剧性，而后者带有更多的案头文学性。从剧情来说，前者略显脱节零散，且与第三折开头宾白重复，而后者从整体剧情考虑删减了一些与剧情无关的宾白，强化了情节的逻辑性。如前者石府尹、张千、韩辅臣之对白在第三折中有重复出现，且此折中石府尹在后面宾白中再未出现，情节略显脱节。又如正旦独白中，前者所说“若遇着个强似我的，无说话；都是我手下教着过的小妮子，我久以后街上行走呵，教我怎生见人那”，意思有所不明，而后者增加部分内容正好弥补了这些不明之处，使情节更为谨严。

此类宾白简繁除了上述这类出于整体情节考虑调整宾白的做法，就是北大本系统所依据底本较吴晓铃本系统底本或增加了许多上下场诗，或加工润色原有的上下场诗。吴晓铃本系统底本上下场诗更多的是一些熟知的俗语、谚语之类，如“花有重开日，人无少年时”之类，对剧情发展、人物性格塑造没有什么联系，文学性不强。北大本系统底本对这些作了增饰润色，案头文学特征增强。现将明刊本底本系统剧作上下场诗列表如下：

剧目	吴晓铃本系统	北大本系统
感天动地窦娥冤	楔子 （冲末扮卜儿上）花有重开日，人无再少年 （窦天章引保儿上）腹中晓尽世间事，命里不如天下人 （做悲科）弹剑自伤悲，文章习仲尼；不幸妻先丧，父子两分离 第一折 （赛卢医上）行医有斟酌，下药依本草；死的医不活，活的医死了 第四折	楔子 （卜儿蔡婆上诗云）花有重开日，人无再少年；不须长富贵，安乐是神仙 （窦天章引正旦扮瑞云上诗云）读尽缥缃万卷书，可怜贫杀马相如；汉庭一日承恩召，不说当炉说子虚 （做悲科唱） 第一折 （净扮赛卢医上诗云）行医有斟酌，下药依本草；死的医不活，活的医死了 第四折 （窦天章冠带引丑张千祗从上诗云）独立空堂思黯然，高峰月出满林烟；非关有事人难睡，自是惊魂夜不眠

续表

剧目	吴晓铃本系统	北大本系统
包待制智斩鲁斋郎	楔子 （冲末扮鲁斋郎引张龙上诗云）花花太岁为第一，浪子丧门再没双；街市小民闻吾怕，则我是权豪势要鲁斋郎	楔子 （冲末扮鲁斋郎引张龙上诗云）花花太岁为第一，浪子丧门再没双；街市小民闻吾怕，则我是权豪势要鲁斋郎
	（鲁斋郎诗云）推整壶瓶生巧计，拐他妻子忙逃避，总饶赶上焰摩天，教他无处相寻觅(下)	（鲁斋郎诗云）推整壶瓶生巧计，拐他妻子忙逃避，总饶赶上焰摩天，教他无处相寻觅。(下)
	第二折 （鲁斋郎引张千上诗云）着意栽花花不发，等闲插柳柳成阴。谁识张珪坟院里，倒有风流可喜活观音	第二折 （鲁斋郎引张龙上诗云）着意栽花花不发，等闲插柳柳成阴。谁识张珪坟院里，倒有风流可喜活观音
	第三折 （李四诗云）我李四今年大利，全不似整壶瓶这般晦气，平白地还了浑家，又得他许多家计。(同旦下)	第三折 （李四诗云）我李四今年大利，全不似整壶瓶这般晦气，平白地还了浑家，又得他许多家计。(同旦下)
	第四折 （孤扮包待制引从人上诗云）咚咚衙鼓响，公吏两边排，阎王生死殿，东岳摄魂台	第四折 （外扮包待制引从人上诗云）咚咚衙鼓响，公吏两边排，阎王生死殿，东岳摄魂台
	（诗云）他不遵王法太疏狂，专要夺人妇女做妻房，被我中间改作鱼齐即，用心智斩鲁斋郎。(下)	（诗云）他不遵王法太疏狂，专要夺人妇女做妻房，被我中间改作鱼齐即，用心智斩鲁斋郎。(下)
	（正末愚鼓简板上诗云）身穿羊皮百衲衣，饥时化饭饱时归；虽然不得神仙做，且躲人间闲是非	（正末愚鼓简板上诗云）身穿羊皮百衲衣，饥时化饭饱时归；虽然不得神仙做，且躲人间闲是非
赵盼儿风月救风尘	第一折 （冲末周舍上）酒肉场中三十载，花星整照二十年；一生不识柴米价，只少花钱共酒钱	第一折 （冲末扮周舍上诗云）酒肉场中三十载，花星整照二十年；一生不识柴米价，只少花钱共酒钱
	（卜儿同外旦上）花有重开日，人无再少年	
	（卜）大姐，你在家执料，我去请那一般的老姊妹去。(下)（外旦）母亲去了，看有甚么人来。（安秀实上）屈子投江千古恨，颜回乐道一生贫	（卜儿云）大姐，你在家执料，我去请那一辈儿老姊妹去来。（周舍诗云）数载间费尽精神，到今朝才许成亲。（外旦云）这都是天缘注定。（卜儿云）也还有不测风云。(同下)（外扮安秀实上诗云）刘蕡下第千年恨，范丹守志一生贫；料得苍天如有意，断然不负读书人
	（周）去辞了母亲，着大姐上轿，咱回郑州去来。(同外旦下)	（周舍云）辞了母亲，着大姐上轿，咱回郑州去来。（诗云）才出娼家门，便作良家妇。（外旦诗云）只怕吃了良家亏，还想娼家做。(同下)
	第三折 （周舍同店小二上）万事分已定，浮生空自忙	第三折 （周舍同店小二上诗云）万事分已定，浮生空自忙；无非花共酒，恼乱我心肠

续表

剧目	吴晓铃本系统	北大本系统
望江亭中秋切鲙旦	（白士中上云）万般皆下品，惟有读书高；一自登科甲，金榜姓名标 （姑姑云）非是贫姑乱主张，只因谭记守空房；观中怕惹风情事，故使机关配俊郎。（下） 第二折 （杨衙内上云）花花太岁为第一，浪子丧门世无对；普天无处不闻名，则我是势力并行杨衙内 某已心下自寻思，一时要娶谭记儿；不期做了别人妇，我标他首级在片时 （院公上云）老汉最殷勤，答应在白门；谨遵老母命，持书见大人 第四折 （白士中领张千上云）民无争讼差徭减，四野欢声乐太平	（正末扮白士中上诗云）昨日金门去上书，今朝墨绶已悬鱼；谁家美女颜如玉，彩球偏爱掷贫儒 （姑姑诗云）非是贫姑硬主张，为他年少守空房；观中怕惹风情事，故使机关配俊郎。（下） 第二折 （净扮杨衙内引张千上诗云）花花太岁为第一，浪子丧门世无对；普天无处不闻名，则我是权豪势宦杨衙内 （诗云）一心要娶谭记儿，教人日夜费寻思；若还夺得成夫妇，这回方是运通时。（下） （院公上诗云）心忙来路远，事急出家门；夜眠侵早起，又有不眠人 第四折 （白士中领祗侯上云）
包待制三勘蝴蝶梦	楔子 （孛老同旦引三末上）月过十五光阴少，人到中年万事休 第一折 （净上）将相本无种，男儿当自强 第二折 （孤扮包待制上）咚咚衙鼓响，公吏两边排，阎王生死殿，东岳摄魂台 （包待制云）我扶立当今圣明主，欲播清风千万古；这些公事断不开，怎坐南衙开封府。（同下） 第三折 （张千上）手执无情棒，怀揣滴泪钱；晓行狼虎路，夜伴死尸眠	楔子 （外扮孛老同正旦引冲末扮王大王二丑扮王三上诗云）月过十五光阴少，人到中年万事休；儿孙自有儿孙福，莫为儿孙作远忧 第一折 （净扮葛彪上诗云）有权有势尽着使，见官见府没廉耻；若与小民共一般，何不随他带帽子 第二折 （外扮包待制上诗云）咚咚衙鼓响，公吏两边排，阎王生死殿，东岳摄魂台 （包待制诗云）我扶立当今圣明主，欲播清风千万古；这些公事断不开，怎坐南衙开封府。（同下） 第三折 （张千同李万上诗云）手执无情棒，怀揣滴泪钱；晓行狼虎路，夜伴死尸眠

续表

剧目	吴晓铃本系统	北大本系统
杜蕊娘智赏金线池	楔子 （孤领张千上）农事已随春雨办，科差尤比去年稀；短窗睡足迟迟日，花落闲庭燕子飞	楔子 （外扮石府尹引张千上诗云）年少知名达礼闱，白头犹未解朝衣；年来屡上陈情疏，怎奈君恩不放归
	（末上）万般皆下品，惟有读书高	（正末扮韩辅臣上诗云）流落天涯又几春，可怜辛苦客中身；怪来喜鹊迎头噪，济上如今有故人
	（孤）兄弟去了也。待三朝五日探望兄弟去。无甚事，且回后堂中去也。（下）	（府尹云）你看我那兄弟，秀才心性，又是那吃酒的意儿，别也不别，径自领着杜蕊娘去了也。且待三朝五日，差人探望兄弟去。古语有云："乐莫乐兮新相知"，岂不信然。（诗云）华省芳筵不待终，忙携红袖去匆匆；虽然故友情能密，争似新欢兴更浓。（下）
	第一折 （卜儿上）花有重开日，人无再少年	第一折 （搽旦扮卜儿上诗云）不纺丝麻不种田，一生衣饭靠皇天；尽道吾家皮解库，也自人间赚得钱
	第二折①	第二折 （韩辅臣上诗云）一生花柳幸多缘，自有嫦娥爱少年；留得黄金等身在，终须买断丽春园
	（末云）杜蕊娘真个不认我。我去告俺哥哥去。（下）	（韩辅臣做叹科云）嗨，杜蕊娘真个不认我了。我只道是虔婆要钱赶我出去，谁知杜蕊娘的心儿也变了。他一家门这等欺负我，如何受的过？只得再消停几日，等我哥哥一个消耗，看他来也不来，再作处置。（诗云）怪他红粉变初心，不独虔婆太逼临；今日床头看壮士，始知颜色在黄金。（下）
	第三折 （石府尹云）……	第三折 （石府尹云）……（诗云）钱为心所爱，酒是色之媒；会看鸳鸯羽，双双池上归。（下）
	第四折 （孤引张千上）	第四折 （石府尹引张千上诗云）三载为官卧治时，别无一事系心窝；唯余故友鸳鸯会，金线池头竟若何？
	（孤）两口儿完成了也。天下喜事，无过夫妇团圆，杀羊造酒，做个庆喜筵席	（韩辅臣同正旦拜谢科云）哥哥请上，您兄弟拜谢。（石府尹答拜科云）贤弟…（词云）韩解元云霄贵客，杜蕊娘花月妖姬，本一对天生连理，被虔婆故意欺凌，耽搁的男游别郡，抛闪的女怨深闺，若不是黄堂上聊施巧计，怎能勾青楼里早遂佳期

① 此折曲词前二系统宾白有较大差别，见前述。

续表

剧目	吴晓铃本系统	北大本系统
钱大尹智宠谢天香	楔子 （正末引旦上）万般皆下品，惟有读书高 第一折 （孤扮钱大尹引张千上）陈纪立纲理庶民，聿遵王法秉彝伦；清廉正直行公道，播取芳名后代闻 第二折 （钱）张千送将去了也那。高日重重赏你。左右，牵马来，回私宅去来。（下） 第四折 （末扮柳耆卿骑马引祇候上）昔日龌龊不足夸，今朝放荡思无涯；春风得意马蹄疾，一日看尽长安花	楔子 （冲末扮柳耆卿引正旦谢天香上）（柳诗云）本图平步上青云，直为红颜滞此身，老天生我多才智，风月场中肯让人 第一折 （外扮钱大尹引张千上诗云）寒蛩秋夜忙催织，戴胜春朝苦劝耕；若道民情官不理，须知虫鸟为何鸣？ 第二折 （钱大尹云）张千送谢天香到私宅中去了也。（诗云）我有心中事，未敢分明说；留待柳耆卿，他自解关节。（下） 第四折 （柳骑马引祇候上诗云）昔日龌龊不足夸，今朝放荡思无涯；春风得意马蹄疾，一日看尽长安花
温太真玉镜台	第一折 （老夫人引梅香上）花有重开日，人无再少日；休道黄金贵，安乐最值钱 （夫人）……（下）（梅香）奉老夫人言语，便与姐姐说知，收拾万卷堂去。（下） 第二折 （媒人上）全凭说合为活计，一生作媒做营生。 第三折 （正末引媒人扶旦鼓乐迎上）（鼓乐住）（末） 第四折 （孤扮府尹引祇从上）龙楼凤阁九重城，新筑沙堤宰相行；我贵我荣君莫羡，十年前是一书生	第一折 （老旦扮夫人引梅香上诗云）花有重开日，人无再少日；生女不生男，门户凭谁立？ （夫人云）……（诗云）只因爱女要多才，收拾书堂待教来。（梅香诗云）从来男女不亲授，也不是我引贼过门胡乱猜。（同下） 第二折 （官媒上诗云）析薪如何，匪斧弗克；娶妻如何，匪媒弗得。 第三折 （正末引赞礼鼓乐上）（赞礼唱科诗云）一枝花插满庭芳，烛影摇红昼锦堂；滴滴金杯双劝酒，声声慢唱贺新郎。请新人出厅行礼！（梅香同官媒拥旦上）（正末唱） 第四折 （外扮王府尹引祇从上诗云）龙楼凤阁九重城，新筑沙堤宰相行；我贵我荣君莫羡，十年前是一书生

续表

剧目	吴晓铃本系统	北大本系统
尉迟恭单鞭夺槊	楔子 （冲末扮徐茂公领卒上云）少年锦带挂吴钩，铁马西风塞草秋；全仗匣中三尺剑，会看唾手取封侯 （敬德引卒上云）幼小曾将武艺攻，钢鞭乌马显英雄；对垒相持曾取胜，则是我勇敢当先尉迟恭 第一折 （敬德云）……我仗义能施离旧主，赤心报国辅朝廷；凭着我点钢枪扶持唐社稷，水磨鞭保佐李乾坤。（下） 第二折 （净扮元吉段志贤同上）（元吉云）朝为田舍郎，暮登天子堂。出的朝阳门，便是大黄庄 （二净上）（元吉云）事有足濯，物有故然 （敬德云）……你看我驱兵领将列刀枪，舍死忘生立大唐；看我水磨钢鞭一骑马，我不杀无徒不还乡。（下） 第四折 （懋功云）帅鼓铜锣一两声，辕门里外列群英；一寸笔尖三尺铁，同扶社稷立乾坤 （懋功云）……唐敬德显耀英雄，单雄信有志无功；真天子百灵相助，大将军八面威风	楔子 （冲末扮徐茂公引卒子上诗云）少年锦带挂吴钩，铁马西风塞草秋；全仗匣中三尺剑，会看唾手取封侯 （净扮尉迟敬德引卒子上诗云）幼小曾将武艺攻，钢鞭乌马显英雄；到处争锋多得胜，则我万人无敌尉迟恭 第一折 （尉迟云）……（诗云）我背暗投明离旧主，披肝沥胆佐新君；凭着我乌骓马扶持唐社稷，水磨鞭打就李乾坤。（下） 第二折 （净扮元吉同丑扮段志贤卒子上诗云）朝为田舍郎，暮登天子堂。出的朝阳门，便是大黄庄 （元吉同段志贤上诗云）我元吉天生有计谋，生拿敬德下牢囚；只待将他盆吊死，单怕他一拳打的我做蠢牛 （尉迟云）……（诗云）舍生容易立功难，谁似吾家力拔山；则这水磨钢鞭一骑马，不杀无徒誓不还。（下） 第四折 （徐茂公上诗云）帅鼓铜锣一两敲，辕门里外列兵刀；将军报罢平安喏，紧卷旗幡再不摇 （徐茂公云）……（诗云）胡敬德显耀英雄，单雄信有志无功；圣天子百灵相助，大将军八面威风

3. 题目正名

吴晓铃本系统和北大本系统宾白差异除以上情况外，在题目正名方面也有较大差异。《钱大尹智勘绯衣梦》剧，题目正名情况较为复杂，有三种情况，吴晓铃本、北大本、蓝立萱本作：

题目：钱大尹智取贼姓名

正名：王闰香夜月四春园

王学奇本、马欣来本作：

题目：王闰香夜闹四春园，钱大尹智勘绯衣梦
正名：李庆安绝处幸逢生，狱神庙暗中彰显报

吴国钦本、王季思本作：

题目：王闰香夜闹四春园
正名：钱大尹智勘非衣梦

另外《关大王独赴单刀会》马欣来本、蓝立萱本以元刊本为底本，其他以脉望馆本为底本，题目正名也有较大差别。马欣来本作：

题目：乔国老谏吴帝，司马徽休官职
正名：鲁子敬索荆州，关大王单刀会

蓝立萱本作：

题目：乔国老谏吴帝，司□□休官职
正名：□□敬索荆州，□大王单刀会

其他各本作：

题目：孙仲谋独占江东地，请乔公言定三条计
正名：鲁子敬设宴索荆州，关大王独赴单刀会

其他九种明刊本底本系统题目正名列表如下：

剧目		吴晓铃本系统	北大本系统
感天动地窦娥冤	题目	后嫁婆婆忒心偏，守志烈女意自坚	秉鉴持衡廉访法
	正名	汤风冒雪没头鬼，感天动地窦娥冤	感天动地窦娥冤
包待制智斩鲁斋郎	题目	三不知同会云台观	
	正名	包待制智斩鲁斋郎	
赵盼儿风月救风尘	题目	念彼观音力，还着与本人	安秀才花柳成花烛
	正名	虚脾瞒俏倬，风月救风尘	赵盼儿风月救风尘

续表

剧目		吴晓铃本系统	北大本系统
望江亭中秋切鲙旦	题目	洞庭湖半夜赚金牌	清安观邂逅说亲
	正名	望江亭中秋切鲙旦	望江亭中秋切鲙
包待制三勘蝴蝶梦	题目	葛皇亲挟势行凶横，赵顽驴偷马残生送	
	正名	王婆婆贤德抚前儿，包待制三勘蝴蝶梦	
杜蕊娘智赏金线池	题目	韩解元轻负花月约，老虔婆间（故）阻燕莺期	
	正名	石好问复任济南府，杜蕊娘智赏金线池	
钱大尹智宠谢天香	题目	柳耆卿错怨开封主	
	正名	钱大尹智宠谢天香	
温太真玉镜台	题目	王府尹水墨宴	
	正名	温太真玉镜台	
尉迟恭单鞭夺槊	题目	单雄信断袖割袍（割袍断义）	
	正名	尉迟恭单鞭夺槊	

题目正名完全相同者为《包待制智斩鲁斋郎》《包待制三勘蝴蝶梦》《钱大尹智宠谢天香》《温太真玉镜台》，《杜蕊娘智赏金线池》与《尉迟恭单鞭夺槊》题目中有个别字词不同，至于《感天动地窦娥冤》《赵盼儿风月救风尘》《望江亭中秋切鲙旦》则差异较大。

（二）曲词比较

明刊本底本系统各剧曲词之间差异之复杂情况也远超元刊本底本系统，主要表现在曲牌异名、曲牌数量多寡、曲牌内容差异（曲牌名同曲词全异与曲牌名同曲词个别差异）三个方面。这十种以明刊本为底本的杂剧从整体来说，除《钱大尹智勘绯衣梦》外，其他九种杂剧仍然可以分为两个系统，即吴晓铃本系统和北大本系统，故下面比较时将吴晓铃本、马欣来本、蓝立萱本统称吴晓铃本系统，北大本、吴国钦本、王学奇本、王季思本统称北大本系统。若两个系统内部有所不同，则具体标明校本名称。至于《钱大尹智勘绯衣梦》则分为另外两个系统，吴晓铃本、北大本、吴国钦本、王季思本、蓝立萱本统称《古名家杂剧》本系统，王学奇本、马欣来本统称赵本（《脉望馆钞校本古今杂剧》）系统。

以明刊本为底本的十一种杂剧[①]异文主要有以下几种情形。

首先是曲牌联套方式方面宫调异名与曲牌异名所导致异文。

宫调异名主要体现在楔子中，明刊本底本十一剧中有五种有楔子，这五种楔子曲牌前宫调题署有两种差异。一是吴晓铃本系统版本失题宫调所致差异，如《包待制智斩鲁斋郎》《包待制三勘蝴蝶梦》《杜蕊娘智赏金线池》《钱大尹智宠谢天香》楔子，北大本系统各本题〔仙吕端正好〕〔仙吕赏花时〕〔仙吕端正好〕〔仙吕赏花时〕，吴晓铃本系统各本缺。这主要是两种系统校本所依据底本题署方式不同所致。吴晓铃本系统底本失题宫调，北大本系统底本题署宫调，校者尤其是吴晓铃本系统各本出于保存底本原貌目的，未补充题署宫调。二是宫调名称不同所致差异。吴晓铃本系统各本在楔子曲牌前失题宫调名的校勘方式并不是一以贯之的，其中《尉迟恭单鞭夺槊》就署有宫调，但吴晓铃本署〔正宫〕，校语云："徐本无〔正宫〕二字。臧本作〔仙吕端正好〕。"[②] 马欣来本、蓝立蓂本则据吴国钦看法改作〔仙吕〕，蓝立蓂本校语明确指出这一点："〔仙吕〕原误作〔正宫〕，今改。吴国钦本校记已指其误。"[③] 吴国钦校语云："《古名家杂剧》本无此二字，脉望馆本作'正宫'，误。按〔正宫端正好〕专用于套数，且句子不增句，此曲显然是增了句的〔端正好〕曲，应属〔仙吕宫〕。"[④] 吴晓铃本系统一般在楔子中是不题宫调的，但由于此处楔子所依据校本《元曲选》和脉望馆本题署有别，校者需要作出自己的判断，故突破了不题宫调惯例，但各本校者理解不同，又导致了新的异文。又如《关大王独赴单刀会》剧，蓝立蓂本以元刊本为底本，四折均未题宫调，马欣来本虽同样以元刊本为底本，但在宫调方面借鉴了脉望馆本。至于其他五种均以脉望馆本为底本，脉望馆本本来就题写有宫调，故校本依底本题写。

从曲牌异名来看，主要有以下几种情况。一是由于校勘各本书写习惯不同所致。如吴晓铃本系统〔梁州〕，北大本系统均作〔梁州第七〕，剧作有《感天动地窦娥冤》《包待制智斩鲁斋郎》《包待制三勘蝴蝶梦》《杜蕊

---

① 宾白比较明刊本系统剧作有十种，因《单刀会》元刊本与明刊本底本间宾白几等同二本，故未列入比较范围。但在曲词方面，元刊本与明刊本底本之间同大于异，故将之列入比较范围。

② 吴晓铃：《关汉卿戏曲集》，第 153 页。

③ 蓝立蓂：《汇校详注关汉卿集》，第 1402 页。

④ 吴国钦：《关汉卿全集》，第 285 页。

娘智赏金线池》《钱大尹智宠谢天香》《温太真玉镜台》等剧之第二折。另外，《钱大尹智勘绯衣梦》第二折仅有王季思本题〔梁州第七〕，其他各本均作〔梁州〕。

二是各本对〔幺篇〕写法不同所致曲牌异名。吴晓铃本大多数情况下题为〔么〕，马欣来本、蓝立萱本题为〔幺〕。如《包待制智斩鲁斋郎》楔子、第三折，《赵盼儿风月救风尘》第一、第三折，《包待制三勘蝴蝶梦》楔子、第三折，《杜蕊娘智赏金线池》楔子、第三折，《钱大尹智宠谢天香》楔子、第四折，《温太真玉镜台》第一、第三折均是。吴晓铃本系统在个别剧作中题为〔幺篇〕，如《尉迟恭单鞭夺槊》第二折与《钱大尹智勘绯衣梦》第三折（马欣来本除外）。吴晓铃本系统有时题〔幺〕，如《关大王独赴单刀会》第三折（马欣来本作〔幺篇〕）。吴晓铃本系统在〔幺篇〕题写上除了以上几种情形，还有一种就是直接题写前曲曲牌，如《赵盼儿风月救风尘》第二折三支〔醋葫芦〕与第三折两支〔滚绣球〕。北大本系统以上各处除《关大王独赴单刀会》第三折北大本、吴国钦本、王学奇本题为〔幺〕外，其他地方均统一题为〔幺篇〕。

三是校勘各本对尾曲题署不同。这是造成曲牌异名最主要的一种原因。也有两种表现形式。一种表现是曲词相同和大部分曲词相同，曲牌不同。如《感天动地窦娥冤》北大本第二折〔黄钟尾〕，吴晓铃本系统将之放在第三折作〔尾声〕；第四折吴晓铃本系统〔尾声〕，北大本系统作〔鸳鸯煞尾〕。《包待制智斩鲁斋郎》第二折吴晓铃本系统〔尾声〕，北大本系统作〔黄钟尾〕。《赵盼儿风月救风尘》第三折吴晓铃本系统〔煞尾〕〔尾声〕，北大本系统作〔二煞〕〔黄钟尾〕。《望江亭中秋切鲙旦》第二折吴晓铃本、蓝立萱本与北大本系统各本作〔煞尾〕，独马欣来本作〔尾声〕；第三折吴晓铃本、蓝立萱本〔尾〕，马欣来本作〔尾声〕，北大本系统各本作〔收尾〕。《包待制三勘蝴蝶梦》第二、三、四折吴晓铃本系统〔收尾〕〔尾声〕〔尾煞〕，北大本系统作〔黄钟尾〕〔尾煞〕〔鸳鸯煞〕。《钱大尹智宠谢天香》第二、三折吴晓铃本系统〔尾声〕，北大本系统均作〔煞尾〕。《温太真玉镜台》第一折吴晓铃本系统〔赚煞〕，北大本系统作〔赚煞尾〕。《尉迟恭单鞭夺槊》第一、二、三折吴晓铃本系统〔尾声〕，北大本系统各本分别作〔赚煞〕〔随煞尾〕〔收尾〕。《关大王独赴单刀会》第一折吴晓铃本〔尾声〕，马欣来本、蓝立萱本作〔赚煞尾〕，北大本系统中除王季思本作〔赚煞〕外，其他各本作〔尾声〕；第二折吴晓铃本、北大本系统各本〔尾声〕，马欣来本作〔尾〕，蓝立萱本作〔煞尾〕；第三折吴晓铃本、北大本系统各本〔尾声〕，马欣来本、蓝立萱本作〔尾〕。《钱大尹智勘绯衣梦》第一折吴晓铃本、北大本、吴国钦本、蓝立萱本〔尾声〕，王学奇本、马欣来本、王季思本作〔赚煞〕。第二种表现是虽然同为尾曲，曲牌不同，曲词也完全不同。这种情况仅有两例，一为《感天动地窦娥冤》第三折吴晓铃本系统〔尾声〕，北大本系统各本作〔煞尾〕。吴晓铃本系统作：

〔尾声〕当日个哑妇含药反受殃，耕牛为主遭鞭。（刽子）天色阴了，呀，下雪了。（刽子捎雪天发愿科）（磨旗刽子遮住科）（旦）霜降始知说邹衍，雪飞方表窦娥冤。

北大本系统作：

〔煞尾〕浮云为我阴，悲风为我旋，三桩儿誓愿明题遍。（做哭科，云）婆婆也，直等待雪飞六月，亢旱三年呵，（唱）那其间才把你个屈死的冤魂这窦娥显。

另一处为《望江亭中秋切鲙旦》第三折，吴晓铃本系统〔尾〕（马欣来本作〔尾声〕），北大本系统作〔收尾〕，曲词也完全不同。吴晓铃本系统作：

〔尾〕两口儿在玩月楼，不放金杯歇，携素手怀揣着趔趄。两口儿吃的醉醺醺紧相偎，向他那冷清清船儿上觉来也。

北大本系统作：

〔收尾〕从今不受人磨灭，稳情取好夫妻百年喜悦。俺这里，美孜孜在芙蓉帐笑春风；只他那，冷清清杨柳岸伴残月。

四是曲牌联套时〔煞〕曲顺序不同所致异名，如《杜蕊娘智赏金线池》第二折吴晓铃本、蓝立萱本〔二煞〕〔三煞〕，马欣来本与北大本系统各本为〔三煞〕〔二煞〕。

五是曲词相同或大致相同，但曲牌名不同。如《感天动地窦娥冤》第四折吴晓铃本系统第一支〔雁儿落〕，北大本系统各本作〔乔牌儿〕。《望江亭中秋切鲙旦》第一折吴晓铃本系统〔游四门〕〔胜葫芦〕，北大本系统作〔胜葫芦〕〔幺篇〕，第二曲相互之间区别较大。《包待制三勘蝴蝶梦》第四折北大本系统〔殿前欢〕，吴晓铃本缺失曲牌，马欣来本、蓝立萱本作〔小妇孩儿〕。北大本系统所据底本臧本曲牌〔殿前欢〕下有二字“孩儿”，吴晓铃本系统所据底本《古名家杂剧》本有“小妇孩儿”而无“〔〕”，脉望馆本增补“( )”。〔小妇孩儿〕即〔殿前欢〕之别名，《太和正音谱》卷上“乐府共三百三十五章·双调一百章”〔殿前欢〕下注云：“即小妇孩儿、风将雏。”① 臧本曲牌下“孩儿”二字本为曲牌〔小妇孩儿〕之残文，曲牌名定为〔殿前欢〕，则“孩儿”二字应为衍文，北大本系统各校本均沿臧本之误。《杜蕊娘智赏金线池》第一折吴晓铃本〔醉中天〕，马欣来本、蓝立萱本与北大本系统各本均作〔醉扶归〕。《尉迟恭单鞭夺槊》第四折吴晓铃本、马欣来本〔水仙子〕，蓝立萱本与北大本系统各本作〔古水仙子〕。

六是曲牌名称虽然相同，但曲牌所关联曲词却完全不同，这也应该视为曲牌异名之一种。如《温太真玉镜台》第一折〔那吒令〕〔鹊踏枝〕二曲，吴晓铃本系统作：

〔那吒令〕孔子为素王，训一人万邦；门生每受讲，立三纲五常；轩车离故乡，走四面八方。他是万代天子师，为四海生灵望，刬地到陈国绝粮。

〔鹊踏枝〕孟子亦荒荒，走齐梁。更不算纣剖桀诛比干龙逢，屈原投大江。周公祷上苍，直到启金縢，才感悟成王。

北大本系统作：

〔那吒令〕他每都恃着口强，便仪秦呵怎敢比量？都恃着力强，便贲育呵怎敢赌当？元（北大本、吴国钦本、王季思本作原）来都恃

① 朱权：《太和正音谱》，《中国古典戏曲论著集成》（三），第59页。

着命强，便孔孟呵也没做主张。这一个是王者师，这一个是苍生望，到底捱不彻雪案萤窗。

〔鹊踏枝〕只落得意彷徨，走四方，昨日燕陈，明日齐梁。若不是聚生徒来听讲，怎留得这诗书腕骨传芳。

《钱大尹智勘绯衣梦》第四折〔乔牌儿〕，马欣来本、王学奇本曲词与其他各本完全不同。马欣来本、王学奇本作：

〔乔牌儿〕终有四春园结下恩，轻言语便随顺，把你那受过的疼痛都忘尽，分毫间不记恨。

其他各本作：

〔乔牌儿〕当日个悔亲呵是俺父亲，赤紧的俺先顺。耽饶过俺便成秦晋，咱两个效绸缪夫妇情。

另外还有《关大王独赴单刀会》第三折之〔剔银灯〕〔蔓菁菜〕亦是此类，具体情况见下文曲牌多寡。

其次是曲牌数量多寡所致异文。

总体来说，北大本系统各本曲牌多于吴晓铃本系统各本。吴晓铃本系统无而北大本系统有之曲牌情形如下：《感天动地窦娥冤》楔子〔赏花时〕、第三折〔耍孩儿〕〔二煞〕〔一煞〕、第四折〔沉醉东风〕〔川拨棹〕〔七弟兄〕〔梅花酒〕〔收江南〕；《包待制智斩鲁斋郎》第二折〔骂玉郎〕〔感皇恩〕〔采茶歌〕、第四折〔收尾〕；《赵盼儿风月救风尘》第二折〔柳叶儿〕、第四折〔沽美酒〕〔太平令〕；《杜蕊娘智赏金线池》第二折〔骂玉郎〕〔感皇恩〕〔采茶歌〕、第四折〔沉醉东风〕；《尉迟恭单鞭夺槊》第一折〔寄生草〕、第二折〔上小楼〕〔幺篇〕。吴晓铃本系统曲牌多寡大多都是对剧作内容删略所致，这种删略有时候直接影响了剧作情节的完整，如《望江亭中秋切鲙旦》第四折，吴晓铃本系统仅有〔双调新水令〕〔雁儿落〕〔得胜令〕三曲，之后就匆匆以李秉忠断词作结，情节明显具有脱略之处。

有些剧作中吴晓铃本系统曲牌多于北大本系统。吴晓铃本系统有而北大本系统无者有《温太真玉镜台》第三折〔六煞〕〔五煞〕，《包待制智斩鲁斋郎》第四折之〔玉交枝〕。

有些剧作各校本曲牌数量互有多寡。如《关大王独赴单刀会》马欣来本、蓝立萱本以元刊本为底本，其他各本以脉望馆本为底本，元刊本曲牌数量有些多于明刊本。如第一折多〔醉扶归〕〔后庭花〕，第二折多〔叨叨令〕，第三折多〔柳青娘〕〔道和〕，第四折多〔风入松〕〔沽美酒〕〔太平令〕。有些地方元刊本曲牌少于明刊本，如第二折之〔隔尾〕。至于第三折〔剔银灯〕〔蔓菁菜〕二曲，吴晓铃本、北大本、王学奇本无后一曲牌，将二曲合为一曲。马欣来本、蓝立萱本此二曲与其他各本有较大差别。马欣来本、蓝立萱本作：

〔剔银灯〕折末他雄赳赳军排成杀场，威凛凛兵屯合虎帐；大将军奇锐在孙吴上，倚着马如龙人似金刚。不是我十分强，硬主张，题着厮杀去摩拳擦掌。

〔蔓菁菜〕他便有快对才，能征将，排戈戟，列旗枪；对仗，三国英雄汉云长，端的豪气有三千丈。

吴晓铃本、北大本、王学奇本作：

〔剔银灯〕折莫他雄赳赳排着战场，威凛凛兵屯虎帐，大将军智在孙、吴上，马如龙、人似金刚；不是我十分强，硬主张，但题起厮杀呵摩拳擦掌，排戈甲，列旗枪，各分战场。我是三国英雄汉云长，端的是豪气有三千丈。

吴国钦本将属于〔蔓菁菜〕之“但提起我是三国英雄汉云长，端的是豪气有三千丈”混入上曲，作：

〔剔银灯〕折莫他雄赳赳军排着战场，威凛凛兵屯虎帐；大将军智在孙、吴上，马如龙、人似金刚；不是我十分强，硬主张，但提起我是三国英雄汉云长，端的是豪气有三千丈。厮杀呵摩拳擦掌。

〔蔓菁菜〕他便有快对付，能征将，排戈戟，列旗枪，对仗。

王季思本则对吴国钦本误入之曲文作了调整。又如《钱大尹智勘绯衣梦》第三折，吴晓铃本、北大本、吴国钦本、王季思本、蓝立萱本之〔金焦叶〕〔寨儿令〕〔幺篇〕，王学奇本、马欣来本[①]无〔金焦叶〕一曲，并将后二曲合为〔寨儿令〕一曲。吴晓铃本、北大本、吴国钦本、王季思本、蓝立萱本作：

> 〔金焦叶〕那厮他每日家吃的十分酩酊，（窦鑑[②]云）他怎么方头不劣？（唱）他见一日有三十场斗争。他吃的来涎涎邓邓，（窦鑑云）他这等利害，好是无礼也！（唱）他则待杀坏人的性命。
>
> （窦鑑云）那厮这等凶泼，每日家做是么买卖？（正旦云）他卖狗肉。他叫一声呵，（唱）[③]
>
> 〔寨儿令〕那厮可便舒着腿脡，他可早叉着门桯[④]，精唇泼口毁骂人。那厮他嘴脸天生，鬼怪[⑤]人憎。他则要寻吵[⑥]闹，要相争。
>
> （窦鑑云）这等凶恶！你若恼着他呵，他敢怎的你？
>
> 〔幺篇〕他去那阁子里扳了窗棂，茶局子里摔碎了汤瓶。他直挺挺的眉踢竖，骨碌碌的眼圆睁，叫一声，白日里要见簸箕星。

王学奇本、马欣来本作：

> 〔寨儿令〕那厮可便舒着腿脡，扠着门桯，精唇口毁骂不住声。嘴脸大生，鬼恶人憎，寻歹斗相争。他待要阁子里扳了窗棂，局子里摔破汤瓶。直双双眉踢竖，古鲁鲁眼圆睁，听，白日里便见簸箕星[⑦]。

再次是曲牌所处折次不同而导致异文。如《感天动地窦娥冤》北大本系统第二折属于〔南吕〕套之〔牧羊关〕〔骂玉郎〕〔感皇恩〕〔采茶歌〕

---

① 马欣来本将原本属于第三折之〔双调〕套曲放在第四折，为论述便，仍放在第三折进行比较。

② 北大本作“鉴”。下同。

③ 吴晓铃本、蓝立萱本此处无“（唱）”。

④ 吴晓铃本作“程”。

⑤ 吴国钦本作“恶”。

⑥ 吴晓铃本、蓝立萱本作“炒”。

⑦ 马欣来本作“听白日里便见簸箕星”。

〔黄钟尾〕，吴晓铃本系统放在第三折开头，与〔正宫〕套混为一折，这显然是不合元杂剧体例的，吴晓铃本系统为了保持底本原貌而未作改动。同样情形还有马欣来本《钱大尹智勘绯衣梦》第三折，仅有宾白无曲词，而将〔越调〕〔双调〕合为第四折。

最后是曲牌所关联曲词内容不同所致异文。这是导致关汉卿剧作各校本异文最多的一种情形，可以说充斥了关汉卿剧作的绝大部分，区别仅在于是同大于异抑或是异大于同而已。总体来说，关汉卿戏曲十一种以明刊本为底本剧作曲词主体大致相同，可以看出是出自一个版本，另外曲文又或多或少存有不同，具有明显的不断经人改篡、删略之痕迹，几乎没有两种刊本是完全相同的。校者在校勘时又根据自己的理解对曲词按照己意再加以增饰删略，导致各校本面目迥异。

第三节　其他名家作品集校勘

除关汉卿戏曲校勘外，其他名家如白朴、马致远、郑光祖等人的元杂剧作品的校勘也是学者关注的重点。但整体来说，校勘成果远远不能跟关汉卿戏曲校勘相比。

一　王文才《白朴戏曲集校注》

白朴剧作，据《录鬼簿》记载有十五种：

> 《唐明皇秋夜梧桐雨》《董秀英花月东墙记》《唐明皇游月宫》《韩翠颦御水流红叶》《韩琼琼月夜银筝怨》《汉高祖斩白蛇》《苏小小月夜钱塘梦》《祝英台死嫁梁山伯》《楚庄王夜宴绝缨会》《崔护谒浆》《高祖归庄》《鸳鸯简墙头马上》《秋江风月凤凰船》《萧翼智赚兰亭记》《阎师道赶江上》

另外《盛世新声》所收署名白朴之《李克用箭射双雕》残折。明清间，曹楝亭所藏《天籁集序》中记载《黄鹤楼》为白朴所作，学者多不取。则白朴共作有十六种杂剧。但大多在流传过程中佚失，今存者全本杂剧有《梧桐雨》《墙头马上》《东墙记》三种，残折《流红叶》《射双雕》二种。

1984 年，王文才《白朴戏曲集校注》由人民文学出版社出版，这是继关汉卿戏曲校勘后最早的元代名家戏曲集校注。《白朴戏曲集校注》收入白朴杂剧、散曲，其中杂剧包括《梧桐雨》《墙头马上》《东墙记》及《流红叶》残折、《李克用箭射双雕》残折。另外，附编《白朴戏剧全目提要》《白朴戏曲评论汇辑》《天籁集编年》《白朴年谱》都具有很高的学术价值。

白朴戏曲现存版本仅有明代刊本，校者将之分为三个系统："杂剧传本，明时约有三个系统：一是《古名家杂剧》、《古杂剧》、《元明杂剧》等所收，……二是《元曲选》整理本。……三是脉望馆钞本。"① 并对三个系统作了简单分析，认为《古名家杂剧》《古杂剧》《元明杂剧》等所收"较近原本"，《元曲选》所收"虽然'句字多所窜易，殊失本来'，但'删抹繁芜'，便于阅读，故最流行。如《梧桐雨》中删去安禄山发兵时，约束部伍的一段说白，又削除第四折前唐肃宗向明皇问安大段赘文，皆使内容更为统一精简。因此，《古今名剧合选》即在旧本的基础上，吸取《元曲选》的优点，作了一些改动"。脉望馆钞本"为适应当时的好尚，多经增改。以现存旧本与之相较，即见其改动之多，与《元曲选》的谨严态度，实不相同"。"至于《盛世新声》《词林摘艳》诸选本，改法亦与钞本相似。这类节选本，曾为明神宗'大内院本'，传唱时增损字句，删减支曲，或移置曲调次序，或擅变原作本意。到了《雍熙乐府》，愈改愈远，更不像样。李开先改《梧桐雨》，只从明代音律角度下手，削足适履，有些句子使人啼笑皆非。"从这些评价看，校者对《元曲选》给予了很高的评价。基于此，在校勘中，校者在选取校勘底本时首选《元曲选》，《元曲选》中无者则采用钞本节本。每剧校记中先叙传本情况，对传本作简单评定，次定底本、校本，后分折出校文。现将每剧传本情况及底本校本过录如下：

《唐明皇秋夜梧桐雨》

今存传本五种，《古名家杂剧》本（钱塘丁氏藏本与脉望馆校本同）、顾曲斋《古杂剧》本及继志斋《元明杂剧》本皆属旧本，保留原貌较多。三本亦间有异文，可互校得失。《新镌古今名剧·酹江集》

① 王文才：《白朴戏曲集校注·前言》，人民文学出版社 1984 年版。下出此书者不另出注。

虽出于旧本，却每据《元曲选》改本斟定文字。本集据《元曲选》整理本过录，参校以上四本。

节选有《盛世新声》《词林摘艳》《雍熙乐府》，皆取二、四两折曲文，并加删节，曲次亦多乱套。《太和正音谱》《北词广正谱》所收零曲，多据旧本。至于《词谑》改第二折曲词以就明人音律，义无可取。

《裴少俊墙头马上》

今存三本：《古名家杂剧》出于旧本；《元曲选》本略有整理，自具特长；《新镌古今杂剧·柳枝集》以旧本为主，参取《元曲选》本，稍改字句，介于二本之间。今据《元曲选》过录，以二本参校。

《董秀英花月东墙记》

本剧仅存脉望馆钞校本，末题："万历四十三年乙卯二月十九日，校抄于小谷藏本。于即东阿谷峰于相公子也。清常道人记。"原钞多错脱处，覆排本《孤本元明杂剧》略为整理，然多臆改，竟有增补至数十字者。《北词广正谱》收第四折越调〔斗鹌鹑〕、〔东原乐〕、〔绵搭絮〕三首，题"白仁甫东墙记杂剧"。今据原抄本移录，间取覆排本校改之字。

《韩翠颦御水流红叶》（残折）

本折据《盛世新声》过录，原无作者、剧日、折数。《词林摘艳》题"元白仁甫流红叶杂剧"，《雍熙乐府》卷二作"御沟红叶"。三本中《摘艳》文同《新声》，《雍熙》多改旧词。《太和正音谱》中吕调选〔柳青娘〕、〔道合〕二曲，题"白仁甫流红叶第三折"；越调中另有白仁甫流红叶〔酒旗儿〕一支，用韵不同，误为第三折（涵芬楼影印洪武本、鄞县孙氏蜗寄庐旧藏明钞本并同），疑属四折残曲。《北词广正谱》亦收此三曲，题"白仁甫撰御水流红叶杂剧"。

《李克用箭射双雕》（残折）

兹据《盛世新声》过录，原无剧名、作者。《词林摘艳》题作"元白仁甫李克用箭射双雕杂剧"；《雍熙乐府》题作《射双雕》，文字各异。《北词广正谱》仙吕宫收此套残曲〔六么遍〕、〔六么序〕、〔蔓青菜〕、〔柳青娘〕、〔道和〕五支，题"白仁甫箭射双雕杂剧"或"白仁甫李克用杂剧"。唯〔道和〕一曲，因在《流红叶》后，乃误题"白仁甫御水流红叶杂剧"。又《广正谱》双调〔新水令〕收"晚风寒峭透窗纱"一首，本《西厢》曲文，亦误为"白仁甫箭射双雕杂剧"。

各剧校勘尽量保存底本面貌，因校注并行，采用折后出注，剧后出校方式。校记仅就每剧个别订正底本处，和后世擅改原作，以及各本差异较大，或别本有显见错误的地方略加说明，至于普通异文改字，则不一一罗列。

校勘时，为了保持底本原貌，校者未轻改原文，但在校记中对底本之是非作了简单分析，读者可据此择其善者而从之。以《唐明皇秋夜梧桐雨》为例，校者持否定态度者如楔子“安禄山上”“正末扮唐玄宗驾上”后，《古名家杂剧》、顾曲斋本、继志斋本、《酹江集》皆有定场诗“躯干魁梧胆力雄，六蕃文字颇皆通。男儿若遂平生志，拄地撑天建大功”。“高祖乘时起晋阳，太宗神武定封疆。守成继统当兢业，万里河山拱大唐。”《元曲选》本删去。校者认为《元曲选》“非是”，因剧中张守珪、张九龄均有上场诗，则此处不当删去安禄山与唐玄宗之定场诗，“本应据各本补入正文，为存底本原貌，姑仍其旧”。张九龄说白“留他必有后患”后，《古名家杂剧》、顾曲斋本、继志斋本、《酹江集》皆有“守珪军令若行，禄山不宜免死”二句，《元曲选》本删去，校者认为此说白“仍用史传原文，似不宜删”。有时对各本文字相同，但指出《元曲选》删削不当之处。如杨国忠“待下官明日再奏”，底本、校本文字同，但校者认为“旧本旦谢恩得禄山为义子后，正末云‘如今无甚事，且回后宫去来。正、旦、净一行下’。继为国忠、九龄于‘明日再奏’屏除禄山，然后同下。次则来日早朝，明皇又引‘国忠一行人上’。《元曲选》既削减明皇、国忠上下变场之烦，此句尚留‘明日’二字，似删除未尽”。其他二剧亦均有此类情况，此处不再赘述。

持肯定态度者如楔子〔幺篇〕“常先事涉权谋，收猛将保皇图。分铁券，赐丹书，怎肯便辜负了你这功劳簿”，《古名家杂剧》、顾曲斋本、继志斋本原作“成大事掌权谋，收猛将保皇图，开举选取名儒，寡人怎肯教闭塞了贤门户”。《酹江集》同《元曲选》，校语云：“幺篇吴兴本改数句，觉胜原本，从之。”王文才转引此语表明自己态度。又如第二折安禄山云：“今日天晚……锦绣江山”，旧本作“众军士听我将令：不许交头接耳，不许语笑喧哗；不许抢人财产，不许掳人妇女。鼓进金退，违令者斩！今日天晚，明日起兵，某且回后帐中去来”。王文才校语认为“此属套语，不适本剧。《元曲选》、《酹江集》删改甚是”。〔满庭芳〕曲“烽火报平安”，《古名家杂剧》、顾曲斋本、继志斋本、《酹江集》作“烽火报长安”，《元曲选》“改用杜甫诗意，较胜”。第三折〔步步娇〕“国家又不曾亏你半掐”之“半掐”，《古名家杂剧》、顾曲斋本、继志斋本、《酹江集》作“半霎”，“《元曲选》改作‘半掐’，曲尽形容”。〔搅筝琶〕“他见请受着皇后中宫”之“请受”，《古名家杂剧》、顾曲斋本、继志斋本、《酹江集》、《北词广正谱》作“情受”，“用词较泛”，《元曲选》改作“请受”，“专指受禄，较胜”。〔太平令〕“你呀、见他、问咱”，《古名家杂剧》、继志斋本、顾曲斋本作“大王见他问咱”，“非是”，脉望馆本改“大王”为“大家”作“大家、见他、问咱”以叶韵。第四折开始，《古名家杂剧》、顾曲斋本、继志斋本皆有唐肃宗上场说白百余字，自叙西向问安，“与史事父子情绝不符，为《元曲选》删去，《酹江集》从之，较为简洁”。〔黄钟煞〕“天故将人愁闷搅”，《古名家杂剧》、顾曲斋本、继志斋本、《酹江集》作“莫不是噀酒栾巴殿阁”，“用事不切”，《元曲选》改之，“甚是”。“如伯牙水仙操”句下，《古名家杂剧》、顾曲斋本、继志斋本、《酹江集》有“洒回廊嫩竹梢，润阶前百草苗”二句，“与〔滚绣球〕曲句稍嫌重复，《元曲选》删繁就简”。

有时对底本有所疑惑时，在校语中予以说明，但不改原貌。如《唐明皇秋夜梧桐雨》第二折〔迎仙客〕“谪来人世间”之“谪”，“疑作‘摘’。白居易《题郡中荔枝》：‘早岁曾闻说，今朝始摘尝；嚼疑天上味，嗅异世间香。’郑谷《荔枝》：‘枉教生处远，愁见摘来稀。’似为本句所出。《词谑》正作‘摘’”。《裴少俊墙头马上》第四折〔耍孩儿〕“卓王孙气量卷江湖”，《古名家杂剧》《元曲选》《柳枝集》俱同，校者疑误，认为“称卓父有湖海气量，似嫌生造，然无异本可以据改。《柳枝集》已知其非，因改下句为‘卓文君曾夜奔相如’以救之，亦不尽合”。

有时校者对底本个别明显错误据别本作了改动，举凡改动底本处均出校记。如《唐明皇秋夜梧桐雨》第一折“各辦着真诚”之“辦”，《古名家杂剧》、顾曲斋本、《元曲选》、《酹江集》皆作“辨”，校者据继志斋本改，校语云：“本折尾曲有‘辦着志诚’句，五本皆同，可证。然明刻剧本往往辦辨不分，自可随文酌意。”第四折〔黄钟尾〕“前度铃声响栈道”之“前”，《元曲选》无，据《古名家杂剧》、顾曲斋本、继志斋本、《酹江集》补，“语意方足”。《裴少俊墙头马上》第一折〔赚煞〕前裴少俊说白中“千金之作”，《元曲选》原无“之”，据《古名家杂剧》《柳枝集》补。“此裴少俊赞李千金诗为千金之作，若去之字，便成作者题识。案上文少俊投诗及《东墙记》酬答诸作，皆未署名，此处不应有作者姓氏，是

《元曲选》脱去‘之’字之证。”第三折〔驻马听〕“妻儿贞烈”，《元曲选》及《古名家杂剧》、《柳枝集》作“妻儿真烈”，校者疑字形之误，改为“贞”。〔挂玉钩〕后尚书云“这罪过逢赦不赦”之“罪”，《元曲选》作“非”，校者据《古名家杂剧》《柳枝集》改。

对原本显见错误及缺字予以校补情形在《董秀英花月东墙记》中最多。如楔子说白“此处董府尹在否”，脉望馆钞本原无“尹”，校者据前后文补。“净云：足下如今那里去”之“净云”及后三处，原本均作“末云”，与上文不符，校者据之改。第一折〔混江龙〕后“生”白“坐见落花长叹息”末三字原缺，《孤本元明杂剧》补作“生叹息”，校者认为若据刘希夷《代悲白头翁》当作“长叹息”，若据韦庄〔木兰花〕变用刘诗，则为“空叹息”，指出王季烈“生”字非，最后据前者校改。〔柳叶儿〕“怎不教心怀忧闷”，脉望馆钞本无“怎”字，语意不足，校者据律认为此句当为七字句而补。第二折“生”白“小生马文辅”，脉望馆钞本“辅”误作“举”，据上下文改。“旦”白“放下香桌”，脉望馆钞本“桌”误作“车”，与剧情不符，据上下文改。第一〔倘秀才〕后“生”歌“相思致疴兮汤药无方”，脉望馆钞本“致”作“未”，校者据《孤本元明杂剧》改，但“亦未尽妥”。“托琴消闷兮韵音悠扬”，“韵音”脉望馆钞本作“韵韵”，据上下文“音韵”改，但此条校记中作“韵音悠扬”，与正文不合。〔滚绣球〕“蔡邕爨下生”后三字脉望馆钞本空缺，据《孤本元明杂剧》补。第二〔倘秀才〕“他在那东墙下”之“他”，校者认为脉望馆钞本各调名下皆空一格，此处独空二格，应有缺文，据文意补。〔呆古朵〕后生云“隔壁董宅好花”之“壁”，脉望馆钞本作“望”，据楔子说白补。“旦云：你师父是谁”，脉望馆钞本无“旦云”二字，据文意补。〔满庭芳〕前旦念诗云“客馆枕凄凉”之“凄凉”，脉望馆钞本作“飘零”，校者从《孤本元明杂剧》改，并云“使起句无韵，不改亦可”。第三折〔醉春风〕后“旦”白“你快些来”之“些”，脉望馆钞本作“此”，是抄写缺笔所致，据文意改。〔贺圣朝〕后“旦”白“我如今写一个期约简儿”之“约”，脉望馆钞本误为“的”，据《孤本元明杂剧》改。另外《董西厢》有“偷期帖儿”，校者认为似亦可作“期帖”。〔满庭芳〕后梅香白“那生必定等哩”之“哩”，脉望馆钞本省作“里”，赵琦美校改作“裡”，校者认为均不是。〔五煞〕“酥胸粉腕”之“胸”，脉望馆钞本作“脑”，据文意改。〔尾煞〕后夫人白“你三个都过来”，脉望馆钞本无“三”字，据《孤本元明杂剧》补。夫人白“席不正不坐”之“席”，脉望馆钞本作“座”，校者据《论语》改。“我入董家为妇”之“入”，脉望馆钞本作“欲”，据《孤本元明杂剧》改。梅香白“安歇于山寿家花木堂中”，脉望馆钞本原缺“花”，据楔子补。“骨肉之丑”，脉望馆钞本原无“肉”，据《孤本元明杂剧》补。生白“先父拜三原县令”之“拜”，脉望馆钞本作“后”，据楔子改。第四折〔斗鹌鹑〕“桃蕊飘霞”之“桃”，脉望馆钞本作“桂”，校者认为与前说白“暮春天道”不合，据《北词广正谱》改。〔络丝娘〕“写罢了眉尖一皱”之“皱”，脉望馆钞本作“纵”，据文意改。〔络丝娘〕后卜云“特请先生调治”，脉望馆钞本无“治”字，据下文“如何调治”补。〔绵搭絮〕“幽僻庭空”，脉望馆钞本作“幽僻空庭”，不合韵，并指出“《北词广正谱》收此曲，亦作‘空庭’，因改下文‘屏风’为‘围屏’，使与‘空庭’相叶，但此四句又与全曲用韵不合，乃谓‘四句皆不叶韵’，非是”。据韵乙转。第五折开始生白“年少先栽帝里春”之“栽”，脉望馆钞本作“裁”，据《孤本元明杂剧》改。〔水仙子〕“谁知道今日团圆”之“道”，脉望馆钞本作“到”，据文意改。〔梅花酒〕“钿车儿古道穿”之“钿”，脉望馆钞本作“细”，据文意改。

除了以上关于字词之校改，有时也涉及剧情之发展。如《董秀英花月东墙记》第四折：

> （生拜夫人科）（旦云）如今暮春天道，是好伤感人也。（唱）〔越调斗鹌鹑〕〔紫花儿序〕

对于这两曲是别前所唱还是别后所唱，不同处理结果导致场景之不同。《孤本元明杂剧》于此曲后，仿《西厢记》补夫人催行及生、旦下场与旦、梅再上场等科白数十字，交代别离情节，使〔斗鹌鹑〕〔紫花儿序〕两曲为行前所唱，〔小桃红〕以下为别后半载闺怨之词，校者认为这种改动“层次虽明”，但“增改过多”而不取。脉望馆钞本则“生拜夫人科”即已分别，“旦云：如今暮春天道”以下，则已换场，俱属别怨及别后闺思之词，校者认为应在“生拜夫人科”与“旦云”中间增入“同下”提示语，则情节场景之转换自然而无滞碍。有些校勘涉及戏曲体例方面，对研究元杂剧体例有极高学术价值。如《裴少俊墙头马上》第四折结尾之散场诗“诗云：从来女大不中留，马上墙头亦好逑；只要姻缘天配合，何必区区结彩楼”，校者对不同版本作了比勘：

> 《古名家杂剧》无此四句散场诗，孤（裴尚书）白后段作：“杂剧卷终。一人有庆安天下，雨顺风调贺太平。”另有念诗四句，下接题目正名。（《柳枝集》改从《元曲选》本）与此同例者，有《孤本元明杂剧》所收秦简夫《陶母剪发待宾》，剧末尾声后，有“末云：杂剧卷终也。天下喜事无过夫妇团圆，文章把笔安天下，武将提刀定太平。题目正名云云”；又无名氏《秋夜云窗梦》尾曲下接以“孤云：天下喜事无过夫妇团圆。杂剧卷终也。题目正名云云”。

校者从杂剧体例方面溯源历史，指出元杂剧散场、题目正名与转变、说话、院本不同，而且杂剧中散场与题目正名也不是一回事，并对散场诗、题目正名在杂剧体例中之位置、念诵者作了分析：

> 知杂剧原本有此例语，或由当场脚色宣告剧终；后世已多删去。案元刊本《古今杂剧》尚有同例七剧，亦在末曲白语后、题目正名前，注“散场”或“出场”。近人论元剧体式，即援此例，谓题目正名亦由主角唱出，恐不足信。若主角唱“散场”，固有剧本可证，且前代转变、说话，亦伎人自作“散场”；但不得遂以正题名目俱属散场，必由主角唱之。元人论唱称“唱题目”，指命题唱曲，犹“题目院本”之类，与此有别。今存剧本，若注脚色“下场”，必在题目之前，所省者不过下场前之散场例语而已，从未见标下场于题目后者，可知散场与题目各属一事。《西河词话》卷二谓：《西厢》五本“每一剧末，有〔络丝娘煞尾〕一曲，于扮演人下场后□唱，且复念正名四句”，因“司唱者在坐间不在场上”。此说未可全非，其误仅在扮演人不唱尾曲，所云下场后由在座者念正名，却甚得体。

总体来说，王文才《白朴戏曲集校注》从底本选择标准“便于阅读，故最流行”可知是为了提供一本“便于阅读”之版本，在杂剧体例方面具有统一规范之一面，故在校注中偏重注而略于校，但其中有些校勘还是具有很高的学术价值，尤其是关于元杂剧体例之论述在元杂剧校勘中虽然片言只语，但弥足珍贵。

二 黄竹三《石君宝戏曲集》

石君宝杂剧，据《录鬼簿》和《太和正音谱》记载，共有《鲁大夫秋胡戏妻》《李亚仙诗酒曲江池》《诸宫调风月紫云亭》《东吴小乔哭周瑜》《士女秋香怨》《汉高祖醢彭越》《柳眉儿金钱记》《穷解子红绡驿》《赵二世醉酒雪香亭》《张天师断岁寒三友》十种。其中现存杂剧仅有《鲁大夫秋胡戏妻》《李亚仙诗酒曲江池》《诸宫调风月紫云亭》三种。

对石君宝戏曲进行集中校勘的是黄竹三。从《石君宝戏曲集》前言可知，校勘工作于1990年2月已完成，直到1992年10月《石君宝戏曲集》由山西人民出版社出版。《石君宝戏曲集》收入石君宝现存的全部杂剧作品，包括《鲁大夫秋胡戏妻》《李亚仙诗酒曲江池》《诸宫调风月紫云亭》，并对原文进行了校勘与注释，每剧内容编排顺序为：剧名、剧情提要、作品、注释（每折后）、校记（全剧后）。同时附录了与石君宝作品有关的资料，有疑为石君宝作的《李太白匹配金钱记》、《历代有关石君宝史料的记载》、《石君宝杂剧本事汇辑》、《石君宝戏曲辑评》及《石君宝剧作研究论文资料索引》。

校本因所收三剧存本多寡不同，采用了不同的校勘方法。《秋胡戏妻》现存《元曲选》本，《紫云亭》现存元刊《古今杂剧》本，采用自校方法。《曲江池》现存《元曲选》和顾曲斋《古杂剧》，采用互校法。校勘时"考虑到臧本在曲文和科白上较为完整"①，故以《元曲选》为底本，而以顾曲斋本为校本。每剧后集体出校。校者在校勘时主要做了以下工作。

一是注明底本与校本文字异同并正字定讹。一般不改定底本文字，但有时校本文字较底本更合剧情文意时，也酌情改动。当底本文字知其误而无法改定者或疑而未能遽断者，在校记中存疑待考。对底本中假借字，查明一律径为改回，在校记中说明。文字显然讹误，或用异体字者，径为改正，且不作校记。其中有些校本文字较底本文字更合剧情文意之处改动多有合理之处，但对底本假借字、异体字中一些能够体现元明时期书写习惯的词语也一律改为通行字的做法，却稍有不妥。如《鲁大夫秋胡戏妻》第一折"止有"改为"只有"、第二折"一火"改为"一伙"、第三折"瞅"改为"瞅"；《诸宫调风月紫云亭》之"交""恁"改为"教""您"。

① 黄竹三：《石君宝戏曲集·前言》，山西人民出版社1992年版。下出此书者不另出注。

二是增补底本所无文句。这主要针对《李亚仙诗酒曲江池》而言，在特殊情况下，据剧情补入校本中有而底本中无的一些文句，使之更晓畅自然，并在校记中说明增补理由，改动处注明原本情况，便于读者检阅。

三是整理科介文字。科介中的不同文字先后多次出现，为避免校记繁复，一般于最先出现处校勘，并在校记中说明，其后则不入校记。其中《鲁大夫秋胡戏妻》底本为《元曲选》，杂剧体例基本完备，无此方面内容。《李亚仙诗酒曲江池》底本为《元曲选》，校本为顾曲斋《古杂剧》，校勘时对顾曲斋本不合杂剧体例之处依据《元曲选》本体例作了说明。如楔子中，顾曲斋本将楔子和第一折合并为一折，无楔子部分，且顾曲斋本杂剧开始处有“正目　老虔婆烟月鸣珂巷，小姨夫云雨绿杨堤，郑元和风雪悲天院，小亚仙花酒曲江池”，这是受到了传奇之影响，故在校记中特为指出。《诸宫调风月紫云亭》杂剧则仅有元刊本，校者依据《元曲选》体例作了规整统一。包括分折、分楔子。“元刊本原未标明楔子及折数，今据所用宫调及科白标出。”补足脚色名称，正旦、正末、外末，“元刊本分别作‘旦’、‘末’、‘外’，今据元杂剧脚色名称补足”。补充、规范舞台提示语。对元刊本中省略的、不规范之提示语一律依据《元曲选》体例予以补足。第一折“正旦云：元刊本作‘旦云’，今据元杂剧脚色名称补足。又，‘卜儿云了’后，元刊本缺‘正旦云’，今据文意补入。又，‘卜儿云了’元刊本无‘儿’字，今补足”。“曲前‘正旦唱’舞台提示，元刊本无，今据文意补入。”“曲中‘带白’及‘唱’等舞台提示亦缺，今据剧情补入。”第二折“外旦云正旦云数句：元刊本于‘外旦云’后无‘正旦云’舞台提示，故‘这妮子’等语遂为外旦之语，误，今据文意补入”，等等。第三折“正旦上了：元刊本无‘正’字及‘云’字，今据元杂剧脚色名称及剧情补入”。“曲中‘外末云了’舞台提示，元刊本无‘末’字，其后亦无‘正旦唱’舞台提示，均据元杂剧脚色名称及剧情补入。”第四折“老孤云了：元刊本无‘老’字，为与上文‘老孤’统一，今补足。其后‘正旦唱’舞台提示，元刊本无，今据剧情补入”等。补充缺失宫调名称。“仙吕赏花时：元刊本原无宫调名，今补入。”后〔仙吕〕〔南吕〕〔中吕〕〔双调〕均为补出。补充订正曲牌，第二折“南吕一枝花曲：据徐沁君、宁希元等校本，认为此处有缺漏，〔一枝花〕仅余曲名，其下并佚去〔梁州第七〕等曲若干，故〔感皇恩〕残文遂混于〔一枝花〕曲名之下，但原本页码相接，当为书坊朦混误刻。徐、宁之说是，从”。“感皇恩曲：元刊本缺曲牌名及开首四句，今补入曲牌名。”“采茶歌曲：此曲曲牌名元刊本作〔幺〕，今据徐、宁诸校本订正。”第三折“哨遍曲：元刊本脱曲牌名，曲文与上曲〔鲍老儿〕误合，今依律析出”。“煞尾曲：元刊本曲牌名作〔收尾〕。”订正题目正名。元刊本原无题目，正名位置亦不同，作：

正名

象板银锣可意娘　玉鞭骄马画眉郎

两情迷到志刑处　落絮随风上下狂

灵春马适意误功名　韩楚兰守志待前程

小秀才琴书青琐帏　诸宫调风月紫云亭

前四句为念诵之诗，后四句为题目正名，校者据元杂剧体例订正。

四是编订全书版式。作品抄录用竖行简体，新式标点。曲文不分正衬，一律用相同字号，齐栏；说白低曲文一格，用小一号字加以区别。曲文中的带云、插白，与曲文连排，不另起行。所收杂剧如未分楔子与折数，或未注明宫调者，皆为增补。各剧原有断句不尽正确者，则据曲谱定格或文意重行校订；原文无断句者，则重新断句、标点。至于《元曲选》楔子及各折后“音释”则径行删去，不复出校。至于臧本在楔子和各折后所有之“音释”，因为臧氏所增，校勘时删去，在校记中不予说明。

从总体来说，《石君宝戏曲集》校勘的目的也是提供一本“通畅自然”之读本，整理性质居多，偏重注释略于校勘，校勘成就逊于关汉卿杂剧校勘，但作为石君宝戏曲唯一一本校勘著作，还是具有一定的学术价值。

三　冯俊杰《郑光祖集》

郑光祖杂剧，据《录鬼簿》著录，共有十七种，今存完本七种：《迷青琐倩女离魂》《㑳梅香骗翰林风月》《醉思乡王粲登楼》《辅成王周公摄政》《虎牢关三战吕布》《立成汤伊尹耕莘》《钟离春智勇定齐》，仅存残曲者一种：《崔怀宝月夜闻筝》。另有《程咬金斧劈老君堂》一本，今存脉望馆本《古今杂剧》中，“或谓宜置德辉名下，然无的据，不可轻信”①，故将之放在附录中。

① 冯俊杰：《郑光祖集·前言》，山西人民出版社 1992 年版。下出此书者不另出注。

对郑光祖杂剧进行校勘的是冯俊杰。从《郑光祖集》前言可知，校勘工作于1990年7月已完成，直到1992年10月《郑光祖集》由山西人民出版社出版。《郑光祖集》收录现存全部杂剧作品，包括《倩女离魂》、《㑳梅香》、《王粲登楼》、《周公摄政》、《三战吕布》、《伊尹耕莘》、《智勇定齐》及《崔怀宝月夜闻筝》残曲，并对原文进行了校勘与注释，每剧内容编排顺序为：剧名、剧情提要、作品、注释（每折后）、校记（全剧后）。同时附录了与郑光祖作品有关的资料，包括《郑光祖生平、剧作》《郑光祖杂剧本事汇辑》《郑光祖戏曲评论汇辑》《程咬金斧劈老君堂杂剧》《郑光祖研究论文索引》。

校勘中，"皆以一本为底本，参校古今名家之本"，校者虽没有明确说明底本选择标准，但从底本的选择的结果可以看出，凡《元曲选》有者有三剧，首选《元曲选》为底本，而不是保存原貌较多之版本。《元曲选》本无者之剧，现存版本仅有一种，则以其为底本。其中《迷青琐倩女离魂》以隋树森《元曲选》整理本为底本，参校脉望馆本、《古杂剧》、《柳枝集》及选本《盛世新声》《词林摘艳》《雍熙乐府》《词谑》与曲谱《太和正音谱》《北词广正谱》；《㑳梅香骗翰林风月》以隋树森《元曲选》整理本为底本，参校息机子《元人杂剧选》《古杂剧》《柳枝集》及选本《盛世新声》《词林摘艳》《雍熙乐府》与曲谱《太和正音谱》《北词广正谱》；《醉思乡王粲登楼》以隋树森《元曲选》整理本为底本，参校脉望馆本、《酹江集》、何煌本及选本《雍熙乐府》《词谑》与曲谱《中原音韵》《太和正音谱》；《辅成王周公摄政》以《元刊杂剧三十种》为底本，参校郑振铎《世界文库》本、卢冀野《元人杂剧全集》本、隋树森《元曲选外编》本、徐沁君《新校元刊杂剧三十种》、宁希元《元刊杂剧三十种新校》；《虎牢关三战吕布》《立成汤伊尹耕莘》《钟离春智勇定齐》以脉望馆本为底本，参校《孤本元明杂剧》《元曲选外编》；《崔怀宝月夜闻筝》残曲四支以《广正谱》"套数分题"为序，参校《北词广正谱》《太和正音谱》《元人杂剧钩沉》。

校者没有像《石君宝戏曲集》那样对自己的校勘原则明确说明，但从校记的分析，可以看出校者主要作了以下几个方面的工作。

一是规整统一杂剧体例。

《迷青琐倩女离魂》《㑳梅香骗翰林风月》《醉思乡王粲登楼》三剧底本为《元曲选》，体例较为完备，校本依底本过录，在校记中对其他各版本与《元曲选》在杂剧体例方面如分折分楔子、脚色名称、舞台提示语、宫调曲牌、题目正名等方面异文一一罗列。校记中此类内容较多，此处不一一赘述。如果《元曲选》有所不妥，则在校记中加以说明，但不改动底本原貌。如《迷青琐倩女离魂》楔子“正末扮王文举上”，校记云：“陈本、顾本皆作‘末扮细酸上’，当是原貌。细酸，宋元俗语对年青读书人之称。《元曲选》改作‘王文举’，方便后世，义有可取；改‘末’为‘正末’，则非是。为存底本原貌，故仍之。孟本作‘末扮王文举上’，较妥。”又如本剧第四折始“(正末上云)……(魂旦上云)……”，魂旦上场前，三本还有“(末下)(老夫人上云)……(末同魂旦上，云)……(魂旦云)……”大段说白，校者认为《元曲选》将上述内容一概删去，“既简洁紧凑又于戏无伤，甚是”。

《辅成王周公摄政》以《元刊杂剧三十种》为底本，不分楔子与折数，无宫调名，科、白、唱之类的提示语多有不明，文字错漏倒衍及漫漶者比比皆是。校者据《元曲选》体例，参照前此校勘成果一一补正，校勘时仅在第一次出现时出校，后者则径直改动，不复出校。如楔子“正末云”，“原本无此三字，今补。类此者复出不记”。《虎牢关三战吕布》《立成汤伊尹耕莘》《钟离春智勇定齐》以脉望馆本为底本，原本虽经赵琦美校改，然其形式仍然参差不一，做科云唱之类详略不一，讹误文字尚存。后经王季烈、隋树森整理划一，改讹补漏，谬误已然不多，校者此三剧校勘中“凡剧本提示语，多遵二本之所补、改，非必要者不再出校”。

二是正字定讹。

校勘中一般不改定底本文字，仅是指出底本与校本文字之间异文，在校记中一一罗列。此类异文罗列较多，不再赘述举例。有时也指出底本文字之不妥之处，但不改动底本原貌。如《迷青琐倩女离魂》第一折〔油葫芦〕底本“教他怎动脚”，校本皆作“教我怎动脚”，校者认为校本做法更好，“因‘被拘箝’者，‘我’也；欲‘动脚’探望王生而不得者，亦‘我’也”。〔寄生草〕后正末说白“有一言动问”后校本均作“当初先父母曾与伯母指腹成亲，俺母亲生下小生，伯母添了小姐”，《元曲选》改“伯母”为“母亲”，以与这段话开头之“母亲”相合，校者认为此举“实亦未安，未若径改开头‘母亲’为‘伯母’妥切”。第四折〔四门子〕《元曲选》“是这等门厮当，户厮撑，怎教咱做妹妹哥哥答应”，“户厮撑”，校本均作“户厮应”，第三句校本作“则怕他言行不清”，校者认为“是”。《㑳梅香骗翰林风月》楔子老旦说白“曾对老身说”后大段说白，校者认为息机子本、《元曲选》、《柳枝集》之“遗言过长，写裴度临终才交代许婚过程，亦不合情理。故此处所写，以顾本为胜”。第一折〔混江龙〕“演周易关西夫子”之“演”，校本皆作“传”，校者认为“是”。诸如此类者较多，但不改动底本文字。有时也对《元曲选》改动之处加以评判，如《迷青琐倩女离魂》楔子“行程也未迟哩”后，脉望馆本、《古杂剧》、《柳枝集》皆作“下次小的每，安设（脉望馆本为排）酒肴，俺后堂中饮酒去来”，《元曲选》改为下场诗：“（诗云）试期尚远莫心焦，且在寒家过几朝。（正末诗云）只为禹门浪暖催人去，因此匆匆未敢问桃夭。”校者认为这种改动“意旨雅赡，却减少了生活情趣”。第一折〔混江龙〕“俺本是乘鸾艳质……染之重梦断魂劳”十二句，脉望馆本、《古杂剧》、《柳枝集》皆作“这鸳帏幼女共蜗舍书生本是夫妻义分，却做兄妹排行，煞尊堂间阻，俺情义难绝。他偷传锦字，我暗寄香囊，都则是家前院后，又不隔地北天南。空误了数番密约，虚过了几度黄昏，无缘配合，有分熬煎。情默默难解自无聊，冷清清谁问他孤吊（古杂剧作另），病恹恹羸（脉望馆本作羸）得伤怀抱，瘦岩岩则怕娘知道。观之远天宽地窄，染之重梦断魂劳”十八句。孟称舜评此曲说：“絮絮叨叨，说尽儿女情肠。吴兴本于此枝删将半，殊觉寂寥矣。”[①] 校者认为此说“甚确”。有时校本文字较底本更合剧情文意时，也酌情改动，这类校改底本处主要集中在不以《元曲选》为底本的《辅成王周公摄政》《虎牢关三战吕布》《立成汤伊尹耕莘》《钟离春智勇定齐》剧中，而以《元曲选》为底本的剧作中则无此类校改。对底本中假借字，查明一律径为改回，在校记中说明。文字显然讹误，原文之部分古今字、异体字，多改为通行字，少数可以引起误解的则留用。如《迷青琐倩女离魂》楔子之“止有一个女孩儿”之“止有”，《辅成为周公摄政》楔子“见为太师”之“见”，为元明时期俗写习惯，校勘时仍然保留原貌，这一点较黄竹三《石君宝戏曲集》此类校勘更为合理。

三是编订全书版式。

同黄竹三《石君宝戏曲集》一样，作品抄录用竖行简体，新式标点。曲文不分正衬，一律用相同字号，齐栏；说白低曲文一格，用小一号字加以区别。曲文中的带云、插白，与曲文连排，不另起行。所收杂剧如未分

① （明）孟称舜：《古今名剧合选·柳枝集》，《续修四库全书》第1763册，第227页。

楔子与折数，或未注明宫调者，皆为增补。各剧原有断句不尽正确者，则据曲谱定格或文意重新校订；原文无断句者，则重新断句、标点。校本断句不妥之处如《钟离春智勇定齐》第三折〔紫花儿序〕曲，《孤本元明杂剧》作“用先天乾坤南北，坎离东西，周回艮兑风雷，一任疾山泽通气”，《元曲选外编》作“用先天乾坤南北，坎离东西，周回，艮兑风雷一任疾”。校者断为“用先天乾坤，南北坎离。东西周回艮兑，风雷一任疾。山泽通气”。校语云：“今重新断过，每句含二卦，层次既清，韵字依然无差。”至于《元曲选》楔子及各折后“音释”则径行删去，不复出校。至于臧本在楔子和各折后所有之“音释”，因为臧氏所增，校勘时删去，在校记中不予说明。

从总体来说，《郑光祖集》和黄竹三《石君宝戏曲集》属于同一系列校勘成果，在校勘体例、校勘目的、校勘方法等方面极为相似，也是为了提供一本“通畅自然”之读本，整理性质居多，重注释略校勘，校勘成就逊于关汉卿杂剧校勘，但作为郑光祖戏曲唯一一本集中校勘著作，具有一定的学术价值。

四　傅丽英等《马致远全集校注》

马致远的杂剧也是元杂剧校勘的主要内容。傅丽英、马恒君等人有感于“被学人誉为散曲史上坐第一把交椅、元人称为第一的剧坛名将马致远，迄今却不见一部全集校注本刊行于世，这岂不是一大憾事”[①]，认为“应该有一部完善的马致远全集校注本”，于1997年将之列入自己研究计划，着手对马致远部分剧作、散曲进行校勘。经过一年时间，完成《马致远戏剧散曲选注》，交由语文出版社准备刊行。王学奇教授提议“最好将未校注完的剧本抓紧时间完成，争取一同出版”。校者欣然采纳王学奇先生建议，补充余剧校勘，改名为《马致远戏剧散曲校注》准备出版，但因超过年度出版计划而搁浅。后来，在河北师范大学学术著作出版基金的资助下，校注者又加入马致远残剧和有争议的作品，在2002年以《马致远全集校注》为名由语文出版社出版。

此书校注中也得到了当时著名戏曲研究者王学奇、杨栋、邵曾祺等人

① 傅丽英等：《马致远全集校注·后记》，语文出版社2002年版，第340页。后出此书者不另出注。

的鼎力相助。如王学奇几次从天津寄给校者他亲自整理的资料和特意复印的《古本戏曲丛刊初集》25 出《苏武牧羊记》，并提出了一些卓有见地的建议。时任河北师大元曲研究所的杨栋教授通审文稿，提供大量资料，并亲手整理了“古人论元曲辑要”，作为附录。最初校者并不打算将《牧羊记》和《刘文龙菱花镜》等作为附录，邵曾祺得知校者论证《牧羊记》本，特致函说：“马致远有南戏，最初我并不相信，不过从《寒山堂曲谱》发现后，张大复言之凿凿，似乎他真见过此书，但几百年后，恐早已化为灰烬，今日所见者《牧羊记》，估计可能是马氏原本，几经舞台演出，曲文越来越少，原作精神虽在，但恐打了不少折扣了。这种情况在过去任何剧种中都存在……因此，我认为现存《牧羊记》仍可称为马所作，这等于现在舞台上演出昆剧的《单刀会》《关公训子》，虽然曲文较元刊本少去许多，当仍能被称为关汉卿原作，一样道理。有人认为现存《牧羊记》是明人抄本，我则认为是清代梨园演出的传抄本。”校者充分采纳邵曾祺看法，将之作为附录加以收录。

《马致远全集校注》杂剧部分包括《破幽梦孤雁汉宫秋》《江州司马青衫泪》《半夜雷轰荐福碑》《西华山陈抟高卧》《吕洞宾三醉岳阳楼》《邯郸道省悟黄粱梦》《马丹阳任风子》及残剧《晋刘阮误入桃源》。校勘依据是臧晋叔《元曲选》（明万历博古堂刻本和中华书局铅字排印本），校本主要是《古本戏曲丛刊》四集之《元刊杂剧三十种》、《古名家杂剧》、《杂剧选》、《古杂剧》（顾曲斋刊本）、《阳春奏》、《元明杂剧》（继志斋本）与《脉望馆钞校本古今杂剧》等，主要参校本有王季思《全元戏曲》、徐沁君《新校元刊杂剧三十种》、王学奇《元曲选校注》等。

在校勘中，不作烦琐考证和列示各校本异文，重点出校的是底本文字上有错误的地方，如脱字、文字颠倒和衍文等，凡有改动处均作了校记，为方便阅读，将校记与注释放在一个序列中。如《破幽梦孤雁汉宫秋》第一折“道犹未了，圣驾早上”之“犹”，校记云：“犹：《元曲选》作‘尤’，此依《古名家杂剧》本改。”第三折〔得胜令〕“那里也架海紫金梁”，原作“他去也不沙架海紫金梁”，据《古杂剧》和《酹江集》本改。〔梅花酒〕“兔早迎霜”之“兔”，原作“色”，据《雍熙乐府》《词林摘艳》曲文改。〔鸳鸯煞〕“我只索”，原作“我煞”，据《酹江集》本改。第四折〔幺篇〕“薄命”原作“得命”，据《古杂剧》本改。《江州司马青衫泪》第一折“老旦扮卜儿上”前原无“同下”，据《古名家杂剧》《柳枝集》

补。第二折〔叨叨令〕"垂杨绿"原作"垂杨线"，据《古杂剧》改。〔满庭芳〕"雁过留声"原无"雁"，据《古杂剧》本补。第三折〔步步娇〕之"冰篮"原作"冰蓝"，据《柳枝集》改。《半夜雷轰荐福碑》第二折〔呆古朵〕前白"诗写就了"之"诗"，原作"将"，据《酹江集》改。《西华山陈抟高卧》第一折〔天下乐〕"论旺相死囚"，元刊本作"论旺气相死囚"，校者认为"气"为衍文，删。此处各家《元刊杂剧三十种》校本均未提及。〔金盏儿〕"主冠带"三字原无，据元刊本补。第四折〔离亭宴带歇指煞〕"除睡外别无伎俩"原无"睡"，据元刊本补；"高打起南轩吊窗"之"南轩"，原作"南山"，据元刊本改。《马丹阳三度任风子》第一折正末任屠白"为我每日好吃那酒，人口顺都叫我任风子"，《元曲选》本无，据元刊本补。〔混江龙〕之"拨万论千"之"论"，《元曲选》作"轮"，据脉望馆本改。〔油葫芦〕"你看那些扎手风乔人"之"你看"，《元曲选》作"你着"，据《酹江集》改。第二折马丹阳白"莫度十乜斜"之"乜"，《元曲选》作"七"，据《酹江集》改。第三折〔醉春风〕"识破这眨眼流光"之"眨眼"，《元曲选》本作"贬眼"，据《酹江集》改，〔上小楼〕"择菜挑齑"，《元曲选》本作"撅菜挑葱"，校者认为葱为道教徒所忌，误，据元刊本、脉望馆本改。

个别地方之曲白改动未注明依据校本，考诸校本相同，为校者据文意校改。如《江州司马青衫泪》第三折〔挂搭沽〕前白"讴哑啁哳"之"哳"，原作"唽"，据文意改。〔川拨棹〕"跟前"原作"根前"，据文意改。《半夜雷轰荐福碑》第三折〔石榴花〕"奔黄州早则无妨碍"之"妨"，原作"方"，据文意改。第四折〔驻马听〕"攀蟾折桂"之"折"，原作"拆"，据文意改。〔收江南〕后白"就招女婿张镐过门"之"门"，原作"问"，据文意改。《西华山陈抟高卧》第三折〔端正好〕前正末白"来到东京汴梁"原作"汴国"，据上下文改。

有时对于一些不能确定之处或两可之处在校记中并列，但不改动原文。如《江州司马青衫泪》第二折第一〔滚绣球〕"唐天子甚些的纳士招贤"之"甚些的"，脉望馆本作"甚"。第三〔滚绣球〕净白"波俏"，《古杂剧》本作"波浪"。第三折〔梅花酒〕"和俺有情人一搭里"之"一搭里"，脉望馆本作"共商议"。《吕洞宾三醉岳阳楼》第一折〔油葫芦〕"翠巍巍当着楚山"之"当着"，脉望馆本作"对着"，两者均可。题目正名《元曲选》作"郭上灶双赴灵虚殿，吕洞宾三醉岳阳楼"，脉望馆本作

“徐神翁斜揽钓鱼舟，汉钟离翻作抱官囚；郭上灶双赴灵虚殿，吕洞宾三醉岳阳楼”。《邯郸道省悟黄粱梦》第二折第一〔幺篇〕“张仪苏季”，《古名家杂剧》本作“张仪苏秦”。第四〔幺篇〕“便怎生教磣可可血泊里倘着尸骸”之“倘”，为“躺”之借字，脉望馆本作“漫”。第四折第一〔倘秀才〕“他怀里又没点点”之“点点”，脉望馆本作“烧饼”，第二〔滚绣球〕“做的来实难结束”之“结束”，脉望馆本作“收撮”，为元明时期北方俗语，后者当较合原貌。题目正名《元曲选》作“汉钟离度脱唐吕公，邯郸道省悟黄粱梦”，脉望馆本作“劝修行离却名利乡，别尘世双赴蓬莱洞；汉钟离度脱唐吕公，邯郸道省悟黄粱梦”，另天一阁本《录鬼簿》题目正名作“钟离单化吕纯阳，开坛阐教黄粮梦”，简名为“黄粮梦”。《马丹阳三度任风子》第一折马丹阳白“下照终南山甘河镇”之“山”，元刊本作“县”。〔混江龙〕“推言”，脉望馆本作“推捻”。〔那吒令〕“作屠户的这些衏衏”，《古今杂剧》本作“行院”。〔寄生草〕“姑姑每屯满七真堂”之“姑姑”，脉望馆本作“道姑”，“屯”，元刊本作“住”；“我道来摇车儿摆满三清殿”之“我道来”，元刊本作“没半年”，脉望馆本作“少不得”。第二折第二〔倘秀才〕之“混天书”，脉望馆本作“混天术”，〔穷河西〕“他把我当拦住”之“当”，元刊本作“挡”。第三折〔醉春风〕“识破这眨眼流光”之“眨眼”，元刊本作“转眼”，〔满庭芳〕后小叔白“我就收了罢”之“收”，脉望馆本作“娶”，意思相同。题目正名《元曲选》作“甘河镇一地断荤腥，马丹阳三度任风子”，元刊本作“为神仙休了脚头妻，菜园中摔杀亲儿死；王祖师双赴玉虚宫，马丹阳三度任风子”，另天一阁本《录鬼簿》作“王祖师重创七香堂，马丹阳三度任风子”，简名“马丹阳”。

个别校勘还对近现代某些版本之断句错误进行了校改。如《半夜雷轰荐福碑》第四折〔收江南〕后白，中华书局1979年版《元曲选》为“宋公序选吉日良辰。就招女婿张镐。过问老夫。杀羊造酒。做一个庆喜的筵席”，校者认为“过问”当为“过门”，故改为“宋公序选吉日良辰，就招女婿张镐过门。老夫杀羊造酒，做一个庆喜的筵席”。

个别地方之注音尚有疏误，如《半夜雷轰荐福碑》第一折〔金盏儿〕“忒乖疏”之“忒”，注音为“tuī”。

本书值得称道的一点是对大多数元明时期之假借字、异体字、俗语等均保持原样，一般的做法是在注释中加以说明，而不改动原文，读者从中可一窥元明时期之书写习惯和语言习惯。现将其罗列如下。

《破幽梦孤雁汉宫秋》楔子之"每（同们）""见（同现）"，第一折"挝（通抓）""万儿（即万机）""勾（通够）""写（通泻）""他家（即他）""兀那（即那）""吾当（即吾）""杀（亦作煞）""破赚（同破绽）""斗（通逗）"，第二折"恁的（亦作恁地）""央及（即殃及）""兜（同篼）"，第三折"摇装（亦作遥装、遥妆）""兜的（同陡的）""火（同伙）""哈喇（亦作哈剌）"。

《江州司马青衫泪》第一折"暇（同假）""狭邪（亦作狭斜）"，第二折"陌（通百，亦作佰）""稍（即捎）""死心搭地（即死心塌地）""递流（同递配）""搂只（即搂着）""子待（即只待）""畅道（亦作唱道）"，第四折"心上打（即打心上）""湫凹（即低凹）""风月排场（即风月场）"。

《半夜雷轰荐福碑》第一折"趱（通攒）"，楔子"措大（亦作醋大）"，第三折"直（同值）""飘麦（同漂麦）"。

《西华山陈抟高卧》第一折"禄马（同禄命）"，第二折"争如（同怎如）""兜（同篼）"，第三折"旁州例（亦作傍州例）""错（通措）"。

《吕洞宾三醉岳阳楼》第一折"底根儿（即最初、本来）"，第二折"风（即疯）""螃蟹眼（亦作蟹眼）"。

《邯郸道省悟黄粱梦》第一折"繙（同翻）"，第二折"胲（同骇）""倘（同躺）"，第三折"狈（猿之俗字）"，第四折"飺飺（亦作饿饿、即饽饽）""播（簸之借字）"。

《马丹阳三度任疯子》第一折"风（同疯）""摘厌（亦作侧厌）"，第二折"恍忽（同恍惚）""街衢（同阶除）""当（同挡）""陇（同垄）""证果（即正果）"。

《马致远全集校注》"从校点到校勘，从注释到行文"，都是"力求给读者提供一个较为完善和全新的本子"，"给广大读者阅读欣赏和研究提供方便"，是"迄今为止的第一部马致远作品的全注本"①，该书的出版，不仅方便了广大读者的阅读和欣赏，对于推进马致远戏曲研究，也起到了积极的影响，丰富了近现代以来元代名家作品集的校勘。

---

① 王学奇：《马致远全集校注·序》，《马致远全集校注》。

第八章　元杂剧选集校勘

第一节　卢前、隋树森杂剧校勘

近现代以来，学者纷纷将目光投诸元杂剧作品选集，进行精心的整理校勘，涌现了一大批卓荦光辉的元杂剧选集著作，这些选集既是元杂剧研究不断深入的灿烂结晶，也促进了元杂剧研究领域迈向纵深，对近现代元杂剧研究具有非常重大的学术价值和意义。从这些著作出现的时间顺序来看，有王季烈《孤本元明杂剧》、卢前《元人杂剧全集》、隋树森《元曲选外编》、王学奇《元曲选校注》、王季思《全元戏曲》以及《元刊杂剧三十种》各种校本等。

一　卢前元杂剧校勘

卢前《元人杂剧全集》和隋树森《元曲选外编》更多意义上是对元杂剧的整理，其中也渗透了编者的校勘之功。如关于卢前《元人杂剧全集》辑录过程，吴梅说：

> 臧晋叔雕虫馆《元曲选》百种，从黄州刘延伯假录共二百种，出自御戏监，晋叔选其半，去其半，而未选之百种，遂亡逸不可问，深可惋惜。且百种中如王子一、谷子敬、蓝楚芳诸子，实为明人，晋叔混为元贤，尤为未考。他如陈与郊《古名家杂剧》，丁氏八千卷楼所藏《元明杂剧零种》（今存盋山图书馆），皆足补臧选所未及。日本帝国大学所藏《古今杂剧三十种》，为上虞罗氏所刊者，有十七种不入臧选，惜科白多未全，字迹多俗体，不易辨识。至涵芬楼所藏关汉卿

《绯衣梦》，为各选本所未及，更为环宝。二十四年夏，卢君冀野汇录各本，得一百三十余种，此后海内或继续发现，而在今日固以此书为最富且备也。忆余与冀野共研此艺，历有岁年，余成《霜厓三剧》、《南北词谱》、《奢摩他室曲丛》，冀野亦有《饮虹簃曲刊》、《饮虹五种》之作，今复成此书。劳劳终岁，詹詹小言，我两人当相视而笑，莫逆于心矣。霜厓吴梅叙。①

从此可知，卢前《元人杂剧全集》编辑时间为民国24年夏（1935），收录了当时所能见到的元杂剧共一百三十多种，虽为“詹詹小言”，但为“最富且备”者，故编者可以“相视而笑”。此书著录体例为作者、剧目目录、作品、拾遗、跋、作者剧目存目。杂剧作品之后之跋语，内容包括作者生平、作品数目、评价、各剧出处及基本情况的简单介绍。如关汉卿跋：

汉卿所作杂剧都六十余种。《太和正音谱》谓为“杂剧之始”，盖以杂剧，始创于汉卿也。汉卿号已斋叟，大都人，官太医院尹。诸剧当作于金元兴与元中统二三十年之间。朱权评其曲如“琼筵醉客”。其在曲家行辈最老，宜卓以前列矣。惜剧多亡佚，存者十四种，具备此集。《玉镜台》、《谢天香》见臧晋叔《元曲选》甲集，《救风尘》见乙集，《蝴蝶梦》见丁集，《鲁斋郎》见戊集，《金线池》见辛集，《窦娥冤》见壬集，《望江亭》见癸集。《绯衣梦》有明时顾曲斋刊本，惜原书略有伪脱，第三折无曲子，第四折有缺文，可憾也。《单刀会》据古杭新刊，《拜月亭》、《调风月》并注明为新刊关目，《西蜀梦》则云大都新编，四种俱见《古今新剧三十种》中。《续西厢》，《录鬼簿》漏未载。徐士范刻《西厢》，此本直署汉卿之名，用附集后。至如《相如题柱》一剧，周宪正《新剧十段锦》内有与同题者，不敢遽以归汉卿，故不录。其见于三十种中者，缺误最多。《单刀会》、《调风月》，关白已简；《拜月亭》、《西蜀梦》，并题目正名亦佚。然如《拜月亭》中呼父为阿马，母曰阿，是女真语，治方言者，

① 吴梅：《元人杂剧全集叙》，卢前：《元人杂剧全集》，上海杂志公司中华民国廿四年（1935）初版。

得以考览焉。王国维曰："关汉卿一空依傍，自铸伟词，而其言曲尽人情，字字本色，故当为元人第一。"又有以唐诗喻之，似白乐天；宋词喻之，似柳耆卿语。而许之衡谓其"所撰太多，泥沙不少"云。乙亥中秋，卢前校记。①

其中有不少不合之处，如将《西厢记》第五本归之于关汉卿名下并单独摘录，评价关汉卿"杂剧之始"为"始创于汉卿"之类，均有所偏差之处。此书对作者残存剧目之拾遗应该说是最早的，这种做法开启了此后作家作品集和元杂剧选集中附录残剧之风气。

二　隋树森元杂剧校勘

隋树森《元曲选外编》校订是在《元曲选》与近几十年陆陆续续发现了《元刊杂剧三十种》和脉望馆钞本的基础上，将"《元曲选》中没有收入的元人杂剧搜罗在一起，对文字略作校订，并加断句，按照作者时代先后的次序"所编成的，经过隋树森的编校，"使分散的元剧得以集中，使比较不易见到的元剧能够普及流通，对《元曲选》具有拾遗补缺的作用"。编校《元曲选外编》的目的，是"想使读者得到《元曲选》和本书，就等于拥有现存全部整本的元人杂剧"，"这对研究者在资料的运用上是有一定的方便的"②。编者还为该书制定了编例，现过录如下：

一、本书汇集《元曲选》以外现存所有元代杂剧及一部分明初杂剧，供一般读者研究者阅读参考。

一、明初作家凡臧晋叔《元曲选》及王季烈《孤本元明杂剧》视为元人者，本书辑录其作品，并时作家而两书未收其作品者，则不复增益。

一、本书编次，以作家为经，杂剧为纬。元代作家先后次序，据曹楝亭刻本杂剧钟嗣成《录鬼簿》排列；个别作家不见《录鬼簿》者，则斟酌插入相当位置。明初作家先后次序，略据朱权《太和正音谱》及天一阁钞本无名氏《录鬼簿续编》排列。

一、现存元人杂剧，其中有颇难确定撰人者。根据今所见文献考

① 卢前：《元人杂剧全集·关汉卿杂剧跋》（一），上海杂志公司中华民国廿四年（1935）初版。
② 隋树森：《元曲选外编·编校说明》，中华书局1959年版。

证某剧为某人作，仅可聊备一说，未必尽确。本书于撰人有异说之杂剧，绝大部分以存本所题者为准，然亦非谓此即足资征信。

一、各家杂剧先后次序，首列见于曹本《录鬼簿》者；曹本不著录者，则先列天一阁钞本《录鬼簿》著录者，次列《太和正音谱》著录者，终列不见著录者。无名氏杂剧，首列见于元刊《古今杂剧》者，次列剧目见于元孙季昌正宫端正好《杂剧剧名咏情》套数者，次列著录于《太和正音谱》或《录鬼簿续编》无名氏项下者，终列《古名家杂剧》《元人杂剧选》《元曲选》《脉望馆钞校本古今杂剧》诸书所辑而不见于著录者。

一、本书中各剧，其有未分楔子与折数或未注宫调者，皆为增补。个别杂剧如关汉卿《绯衣梦》现存各本分折皆不恰当，则为改正。各剧原有断句不尽正确，今皆重行校订；原无断句者，则增加断句。各剧所据版本，详载目录。

一、旧本杂剧文字显然讹误者，编者迳为改正，然此类情形绝少。文字似有讹误而不能确定者，则概不改动。元刊《古今杂剧》讹别字较多，择其显明者改易之，皆不作校语。

一、本书仅收现存整本元人杂剧，明清曲选、曲谱中尚有若干元剧残文，赵景深编为《元人杂剧钩沉》，本书不复辑录。

其中涉及校勘内容主要为对杂剧分折分楔子、增补宫调、断句、改定讹误等方面，其中所收杂剧排列顺序及所据版本列表如下：

作者	剧目	版本
关汉卿	关张双赴西蜀梦	古今杂剧本
	闺怨佳人拜月亭	古今杂剧本
	山神庙裴度还带	脉望馆钞本（存本题关汉卿撰、《录鬼簿》续编贾仲明亦有此剧）
	邓夫人苦痛哭存孝	脉望馆钞本
	关大王独赴单刀会	孤本元明杂剧本
	钱大尹智勘绯衣梦	顾曲斋本
	诈妮子调风月	古今杂剧本
	状元堂陈母教子	脉望馆钞本
	刘夫人庆赏五侯宴	脉望馆钞本（存本题关汉卿撰，或疑为无名氏作）

续表

作者	剧目	版本
高文秀	好酒赵元遇上皇	孤本元明杂剧本
	刘玄德独赴襄阳会	脉望馆钞本
	保成公径赴渑池会	脉望馆钞本
郑廷玉	宋上皇御断金凤拆	脉望馆钞本
白仁甫	董秀英花月东墙记	脉望馆钞本
李文蔚	张子房圯桥进履	脉望馆钞本
	破苻坚蒋神灵应	脉望馆钞本
王实甫	崔莺莺待月西厢记	暖红室本（相传第五本为关汉卿作）
	吕蒙正风雪破窑记	脉望馆钞本
尚仲贤	尉迟恭三夺槊	古今杂剧本
石君宝	诸宫调风月紫云庭	古今杂剧本
费唐臣	苏子瞻风月贬黄州	脉望馆钞本
王伯成	李太白贬夜郎	古今杂剧本
史九敬先	老庄周一枕梦蝴蝶	孤本元明杂剧本
狄君厚	晋文公火烧介子推	古今杂剧本
孔文卿	地藏王证东窗事犯	古今杂剧本
刘唐卿	降桑椹蔡顺奉母	孤本元明杂剧本
宫大用	严子陵垂钓七里滩	古今杂剧本（王国维谓此剧为宫大用作，词林摘艳选此剧第二折亦注宫大用作）
郑德辉	辅成王周公摄政	古今杂剧本
	虎牢关三战吕布	脉望馆钞本
	钟离春智勇定齐	脉望馆钞本
	立成汤伊尹耕莘	脉望馆钞本
	程咬金斧劈老君堂	孤本元明杂剧本
金仁杰	萧何月夜追韩信	古今杂剧本
陈以仁	雁门关存孝打虎	脉望馆钞本（存本题元无名氏撰，兹据太和正音谱所引古竹马定为陈以仁作）
秦简夫	晋陶母剪发待宾	脉望馆钞本
扬　梓	承明殿霍光鬼谏	古今杂剧本
	忠义士豫让吞炭	古名家杂剧本
	功臣宴敬德不伏老	金貂记附刻本

续表

作者	剧目	版本
罗贯中	宋太祖龙虎风云会	古名家杂剧本
杨景贤	西游记	日本覆排明刊杨东来批评本（原本题元吴昌龄撰，兹据孙楷第考证列为杨景贤作）
贾仲明	吕洞宾桃柳升仙梦	孤本元明杂剧本
无名氏	鲠直张千替杀妻	古今杂剧本
	小张屠焚儿救母	古今杂剧本
	诸葛亮博望烧屯	孤本元明杂剧本
	关云长千里独行	脉望馆钞本
	苏子瞻醉写赤壁赋	古名家杂剧本
	郑月莲秋夜云窗梦	脉望馆钞本
	刘千病打独角牛	脉望馆钞本
	施仁义刘弘嫁婢	孤本元明杂剧本
	刘玄德醉走黄鹤楼	脉望馆钞本
	狄青复夺衣袄车	脉望馆钞本
	摩利支飞刀对箭	孤本元明杂剧本
	瘸李岳诗酒玩江亭	孤本元明杂剧本（孤本元明杂剧误题戴善甫作）
	海门张仲村乐堂	孤本元明杂剧本
	十探子大闹延安府	孤本元明杂剧本
	鲁智深喜赏黄花峪	孤本元明杂剧本
	龙济山野猿听经	古名家杂剧本
	二郎神醉射锁魔镜	孤本元明杂剧本
	汉钟离度脱蓝采和	古名家杂剧本
	赵匡义智娶符金锭	元人杂剧选本
	张公义九世同居	孤本元明杂剧本
	阀阅舞射柳蕤丸记	孤本元明杂剧本

卢前《元人杂剧全集》和隋树森《元曲选外编》二书的编校，对当时元杂剧研究者在资料的使用上提供了很大的方便，但这两本书断句还采用旧式句读，校勘亦多有可议之处，尤其是没有将校勘内容出校，是最大的缺点。

元杂剧选集校勘成果除以上诸家成果外，还有《元刊杂剧三十种》各家校本和王季烈《孤本元明杂剧》。《孤本元明杂剧》《元刊杂剧三十种》之校勘前面已经论及，此章主要就王学奇《元曲选校注》与王季思《全元戏曲》作一论述。

第二节　王学奇《元曲选校注》

一　《全元杂剧》校勘设想

《元曲选校注》之前，王学奇本来打算要校勘出版《全元杂剧》。

20世纪80年代，元杂剧整理校勘方面虽先后出现多种选集，但这些选集均未能反映元杂剧全貌，王学奇本着“为适应全民族文化提高的需要，为适应进一步促进科研和教学的需要，为适应日益频繁的国际学术交流的需要”①，接受国务院古籍整理小组的委托，准备将现存全部元杂剧汇为一书，重新爬梳整理，进行编次、标点、校勘、注释，汇为《全元杂剧》一书。1985年11月，王学奇到南京后，江苏古籍出版社约其主持《全元杂剧》编校工作，当时已经完成了计划，拟定了篇目，但“后来河北教育出版社要出版我们的《元曲选校注》。两者不可得兼，必须有所取舍。经过我们反复考虑，认为江南河北，地隔数千里，稿件往来，交换意见，诸多不便，遂婉辞了南京的约请，接受河北教育出版社的盛意，照原计划不变，《全元杂剧》留待以后再搞”②，其后此计划遂无限搁置，这是校者所没有预料到的一件憾事。幸运的是，王学奇在此过程中撰写了《全元杂剧校注发凡》一文，从中也可窥见《全元杂剧》校勘中的一些特点和做法。

从此文中可知王学奇等人为《全元杂剧》校勘做了大量的准备工作，这些工作主要有：第一，收录方面，突出一个特点“全”，预计收录元代姓名可考作家56人整本作品110种，残折33种，共143种；元无名氏作者整本作品36种，残折11种，共47种；元明间缺名作品整本81种。以上共计271种，这还不包括附录部分在内。编者将这271种杂剧厘为22卷，并按照作家为经、杂剧为纬的结构收录。第二，确定校勘

① 王学奇：《全元杂剧校注发凡》，《沧州师范专科学校学报》1992年第1期。
② 王学奇：《元曲选校注·编后记》，河北教育出版社1994年版，第4419页。

底本和校本、参校本。底本为剧本来源如《元曲选》《元曲选外编》《孤本元明杂剧》《元人杂剧钩沉》，校本为《古本戏曲丛刊》第四集所收元明各刊本和抄本，并参考其他有关散曲、史书、杂著及其他有关资料。参校本主要为近代一些有影响的校本。第三，统一杂剧体例。为方便读者阅读，作品体例一律以《元曲选》为准。一方面对来源本剧作体例不妥之处和脱漏之处按照《元曲选》体例进行校补，另一方面对《元曲选》本明显讹误予以校订。第四，采用新式标点断句。第五，制定四条校勘原则。第六，校勘曲白字词。校勘内容包括错字、别字和不规范的自造的简化字，脱字、衍文、颠倒等情况存在不少。第七，编写校记。

总之，校者要在校勘中做到“重证据，避空谈，要求每一条校记，都有根有据，落到实处”①，这也决定了《全元杂剧》的校勘准备工作处在了元杂剧校勘历史中一个较高的地位，是一项具有一定的学术价值的工作。此项工作虽因各种原因无限搁浅，成为元杂剧校勘史上一大遗憾，但其中大多数设想为其后的《元曲选校注》所采用，某种程度上也可以说是对这一缺憾的弥补。

二 《元曲选校注》概述

《元曲选》，一名《元人百种曲》，是明代著名戏曲学家臧懋循编选的元杂剧选集。现存元杂剧中很多优秀作品主要依靠《元曲选》得到保存和广泛传播。王骥德说：“近吴兴臧博士晋叔校刻元剧，上下部共百种，自有杂剧以来，选刻之富无逾此。”“百种之中，诸上乘从来脍炙人口者，已十备八七。”② 徐复祚也说：“晋叔不闻有所构撰，然其刻元人杂剧多至百种，一一自删定，功亦不在沈（璟）先生下矣。”③《元曲选》在过去相当长时期内，不仅对元杂剧传播起到了至关重要的作用，而且为元杂剧研究提供了主要依据。进入新时期，由于“旧版的《元曲选》，还是竖排繁体字，断句还是旧式句读，又由于《元曲选》经过长期的流传和辗转翻印，文字上鲁鱼亥豕的情况，逐渐增多，特别是元曲的方言俚语，很多不易理解，有的甚至完全不可思议”④，加之几百年以来还没有人对其进行系统的

① 王学奇：《全元杂剧校注发凡》，《渤海学刊》1992 年第 1 期。

② 王骥德：《曲律》，《中国古典戏曲论著集成》，第 170 页。

③ 徐复祚：《曲论》，《中国古典戏曲论著集成》，第 240 页。

④ 王学奇：《元曲选・前言》，《元曲选校注》，河北教育出版社 1994 年版。

校勘注释，一定程度上阻碍了元杂剧的阅读、流传和研究。远在“四人帮”垮台之初，为适应新时期的需要，王学奇等就考虑过校注《元曲选》，只因工程太大，一时未便着手。于是王学奇与王静竹、吴振清等人先从校注关汉卿戏曲开始，期望以此为试点，积蓄经验后再着手《元曲选》校注。1981 年 10 月，王学奇在宣化任课时和张永钦曾草拟校注《元曲选》规划，由于当时正忙于关汉卿戏曲校注，尤其是《元曲释词》处于扫尾阶段，于是暂缓此项工作开展。一直到 1985 年应河北教育出版社之邀，才正式开展校注工作，1990 年此项工作全面结束，1991 年，《元曲选校注》由河北教育出版社出版。

从每剧后署名，可知参加此书校勘工作的有多人，下面将其姓名与具体负责篇目罗列如下：

王学奇：元曲选序、元曲选序二、天台陶九成论曲、燕南芝庵论曲、高安周挺斋论曲、吴兴赵子昂论曲、丹丘先生论曲、涵虚子论曲、温太真玉镜台、钱大尹智宠谢天香、赵盼儿风月救风尘、东堂老劝破家子弟、包龙图智赚合同文字、冻苏秦衣锦还乡、翠红乡儿女两团圆、陶学士醉写风光好、黑旋风双献功、包待制智斩鲁斋郎

张国藩：元曲论

王静竹：同乐院燕青博鱼、临江驿潇湘夜雨、布袋和尚忍字记、铁拐李度金童玉女、包待制智赚灰阑记、崔府君断冤家债主、㑳梅香骗翰林风月、吕洞宾三度城南柳、须贾大夫谇范叔、汉高皇濯足气英布、两军师隔江斗智、马丹阳度脱刘行首、月明和尚度柳翠、刘晨阮肇误入桃源、感天动地窦娥冤、望江亭中秋切鲙

窦永丽：破幽梦孤雁汉宫秋、李太白匹配金钱记、包待制陈州粜米、玉清庵错送鸳鸯被、随何赚风魔蒯通、杨氏女杀狗劝夫、相国寺公孙汗衫记、争报恩三虎下山、张天师断风花雪月、李亚仙花酒曲江池、楚昭公疏者下船、庞居士误放来生债、薛仁贵荣归故里、裴少俊墙头马上、唐明皇秋夜梧桐雨、散家财天赐老生儿

王洪：朱砂担滴水浮沤记、便宜行事虎头牌

马恒君：李素兰风月玉壶春、玎玎珰珰盆儿鬼、荆楚臣重对玉梳记、逞风流王焕百花亭、金水桥陈琳抱妆盒、冯玉兰夜月泣江舟

张永钦：吕洞宾度铁拐李、小尉迟将斗将认父归朝、看钱奴买冤

家债主、都孔目风雨还牢末、洞庭湖柳毅传书、风雨像生货郎旦、马丹阳三度任风子、萨真人夜断碧桃花、沙门岛张生煮海

吴振清：鲁大夫秋胡戏妻、神奴儿大闹开封府、半夜雷轰荐福碑、谢金吾诈拆清风府、吕洞宾三醉岳阳楼、包待制三勘蝴蝶梦、说鱄诸伍员吹箫、河南府张鼎勘头巾、迷青琐倩女离魂、西华山陈抟高卧、尉迟恭单鞭夺槊、杜蕊娘智赏金线池

杜淑芬：庞涓夜走马陵道、救孝子贤母不认尸、邯郸道省悟黄粱梦、杜牧之诗酒扬州梦、醉思乡王粲登楼、昊天塔孟良盗骨

孙继献：朱太守风雪渔樵记、江州司马青衫泪、四丞相高会丽春堂、孟德耀举案齐眉、包龙图智勘后庭花、死生交范张鸡黍、玉箫女两世姻缘、宜秋山赵礼让肥、郑孔目风雪酷寒亭

杨栋：桃花女破法嫁周公、陈季卿误上竹叶舟

张占根：谢金莲诗酒红梨花

傅希尧：李云英风送梧桐叶、花间四友东坡梦、王月英元夜留鞋记

萧望卿：张孔目智勘魔合罗、秦翛然竹坞听琴、赵氏孤儿大报仇、包待制智赚生金阁

杨桂森：梁山泊李逵负荆、萧淑兰情寄菩萨蛮、锦云堂暗定连环计、罗李郎大闹相国寺

王学奇作为主编，还负责制订计划、拟定体例、部署人力以及在最后统稿、定稿阶段补充材料、修改文字、统一风格工作。

三　校勘主要工作

在整理校勘中，校者做了以下工作。

一是改竖排为横排，改繁体为简体。为适应现代人阅读习惯，全书版式一律改为横排，并按照国家颁布的《简化字总表》，改繁体字为简体字，并统一了异体字。

二是改旧式句读为新式标点。《元曲选》原刻本，“句”“读”均无，后来的排印本，虽然加上了句号，但仍无读号，句号一圈到底，仅起到了断句作用，但曲词之间复杂的曲意难以揭示。之前出版的《元曲选》，大多是旧版本，只有句，没有读，对于一般读者正确理解曲文含义有所不

便，甚或带来误解。“为减少对曲文的误解，这种情况再也不能继续下去了，顺势改用新式标点符号，才便于科研工作者使用，才能把元曲这份宝贵遗产普及到广大的读者中去，去粗取精，古为今用。”① 故王学奇《元曲选校注》将采用新式标点，看作整理古籍的首要工作，标点符号不但有句号、逗号，还有问号、感叹号、破折号等，不仅起到了断句之功能，而且能说明曲白意，还能表达其中之感情。比如《赵盼儿风月救风尘》第一折〔赚煞〕前白：

（周舍云：）请姨姨吃些茶饭波。（正旦云：）你请我？家里饿皮脸也，揭了锅儿底也，窨子里秋月——不曾见这等食！

其中破折号前后的句子“窨子里秋月”“不曾见这等食”，赵盼儿借这种不可能的事嘲讽周舍极端吝啬，不会请自己吃丰盛的饭。若依排印本圈点断句，句意虽明，但隐含其后的那种嘲讽意味没有如此强烈。

又如《东堂老劝破家子弟》第四折〔沉醉东风〕后白：

（扬州奴云：）是。（做读文书科，云：）“今有扬州东关里牌楼巷住人赵国器。”——这是我父亲的名字。——“因为病重不起，有男扬州奴不肖，暗寄课银五百锭在老友李茂卿处，与男扬州奴困穷日使用。”——莫不是我眼花么？等我再读。

引号中文字为书信文字，破折号的插句“这是我父亲的名字”是用来区别书信之文字，而后面插句“莫不是我眼花么？”则强烈表示了扬州奴读到此处时那种惊喜和难以相信之复杂心情，这些都是旧式句读所没有办法体现出来的。

三是按照人物上下场次对宾白分段。《元曲选》旧版本，只有折次之分，宾白一贯到底，眉目不清，《元曲选校注》依照剧中人物上下场次，把宾白分成段落，更好地帮助读者清晰了解剧情发展脉络。在排版中，曲间宾白较曲词缩两格书写，曲中宾白则以小一号字体书写。如《赵盼儿风月救风尘》第一折，《元曲选》旧版本中起始宾白只为一段，

① 王学奇：《元曲选·前言》，《元曲选校注》。

《元曲选校注》根据人物上下场次分为三段，其中“冲末扮周舍上”至“下”为一段，“卜儿同外旦上，云”至“同下”为一段，“外扮安秀实上，诗云”至“唱”为一段，层次分明，剧情发展更为明晰，更符今人阅读习惯。

四是选择底本、校本与参校本，制定校勘原则。《元曲选校注》是根据雕虫馆校定的明万历博古堂刻本，并参照中华书局铅字排印本作为底本，采用《古本戏曲丛刊》第四集所收元刊本和明代各刊本作为校本，以此前出版的较有影响的元杂剧校本作为参校本。

本书校勘底本的选择有别于其他杂剧选集，是采用了两种版本作为底本，校者交代了采用这种做法的原因：

> 我们所以根据雕虫馆校定的博古堂刻本，是因为它是编选者臧晋叔本人的校定本；它是最早的本子，后来的影印本和排印本皆源于此。但它也并非完整无缺，例如：“窗”字，博古堂刻本作“窻”；“纸”字，博古堂刻本作“帋”；“怪”字，博古堂刻本作“恠”；“履”字，博古堂刻本作“屨”；“铁”字，博古堂刻本作“銕”；又“坐”字，博古堂本误刻为“生”；“曾”字，博古堂本误刻为“会”；“春”字，博古堂本误刻为“眷”；“浇”字，博古堂本误刻为“烧”；“折”字，博古堂误刻为“斩”；如此等等，后来的中华书局排印本皆已改正。但中华本在改正的同时，又出现了不少把简化字改为繁体字的问题，例如：博古堂刻本“烟”字，中华本改为“煙”；博古堂刻本“托”字，中华本改为“詑”；博古堂刻本“携”字，中华本改为“攜”；博古堂刻本“庄”字，中华本改为“莊”；博古堂刻本“踪”字，中华本改为“蹤”；等等。在过去通行繁体字的时候，这也许是为了规范化，但已不符合今天简化汉字的要求。在这些地方，我们仍从博古堂刻本。

从此可知，校者选择博古堂刻本为底本是因为这是最早的版本，且经过编选者臧晋叔亲自校订，后来各种关于《元曲选》的本子都是来源于此，其是最合原貌的本子。选择中华书局排印本是由于此版本对博古堂本一些错误有所改正，虽然有些地方将博古堂刻本简化字改为繁体字，但仍有可取之处。

校勘所采用的校本有：

《元刊杂剧三十种》本（简称元刊本）

《古杂剧》本（即顾曲斋本）

《杂剧选》本（即息机子本）；如收在《脉望馆古今杂剧》中，则称《脉望馆杂剧选》本，以示区别

《古名家杂剧》本（即陈与郊本）；如收在《脉望馆古今杂剧》中，则称《脉望馆古今杂剧》本，以示区别

《元明杂剧》本（即继志斋本）

《阳春奏》本（即尊生馆本）

《柳枝集》本（即孟称舜本）

《酹江集》本（即孟称舜本）

脉望馆抄本

所采用参校本主要有：

王季烈《孤本元明杂剧》本

卢冀野《元人杂剧全集》本

吴晓铃等《关汉卿戏曲集》本

北大中文系编校小组《关汉卿戏剧集》本

徐沁君《新校元刊杂剧三十种》本

王季思等《中国戏曲选》本

除此之外，凡可资借鉴之一鳞半爪者均予以参校，例如《两世姻缘》第三折〔小桃红〕“俺主人酒杯嫌杀春风凹”，“春风凹”意不通，校语云：

《词谑》校记〔381〕“春风凹”条云：陆（注：陆贻典）本作“春风面”，是。面、凹形近而误。①

① 王学奇：《元曲选校注·玉箫女两世姻缘》，第2501页。

诸如此类，虽然没有改动底本，但在校语中指出其中疑惑和不妥。

校者在为剧目进行详细说明时，其中涉及内容有著录情况、今存版本、各本异同、剧情概要、流传情况、剧作评价等方面，尤其是在各本异同中，先从整体上对各版本进行比较，借此可让读者和研究者对版本流传有一个整体了解。将这些资料钩稽出来，就构成了一部《元曲选》所收杂剧作品之流传和演变之简史。如《破幽梦孤雁汉宫秋》：

> 今存《元曲选》本、《脉望馆古名家杂剧》本、《古杂剧》本、《酹江集》本。各本曲词，除第一折〔混江龙〕增句有出入外，其余无大异。《脉望馆古名家杂剧》本结尾四句打散诗，因与剧情无大关联，故被《元曲选》删去。①

校者为本书校勘制定了校勘原则。

一是避免烦琐。校者认为无原则的异文必录，不但无补于理解《元曲选》词义，反而会分散读者注意力，如果没有必要，不罗列各校本异文。

二是突出四个尊重。第一尊重底本，如字义可通，一般均不按校本改动；第二，尊重古今用字的不同习惯，如关于人称多数，今人习用“们”，元人习用“每”；关于禽卵，今人习用“蛋”，元人习用“弹”；关于配偶，今人习用“夫妻”，元人习用“妻夫”等，绝不以今代古。第三，尊重元曲中的通假字，如借“题、元、交、辩、见、箱、竦、世、班、欧”为“提、原、教、辨、现、厢、耸、誓、斑、殴”等，均不作改动。第四，尊重元曲中方言土语，如元人称呼身体之身起、身奇、身已、身己、身肌，形容脸上皱纹之忔皱、乞皱、合皱、扢皱、乞惆、吃皱，形容翻跟头之筋斗、筋陡、觔斗、觔陡、金斗、斤斗，形容用尖刻的话讥刺人之签、欠、堑、倩、咁、尖、鸧、嚵、啮、诟等，写法纷繁，校勘时不强求一致，保持方言土语之原状。当校勘中遇此类字词时，在校记中将其他不同写法一一罗列，如《包待制陈州粜米》第三折“劈溜扑剌”，校语云：

> 象声词，形容说话声、喷哺声。亦作必丢不搭、必丢疋搭、必

① 王学奇：《元曲选校注·破幽梦孤雁汉宫秋》，第170页。

丢仆答、必溜不剌、必律不剌、必力不剌、劈丢扑塔等等。音近义并同。以发声音出之，为“必丢不搭”；以送气音出之，为“劈丢扑搭”。①

诸如此类，不胜枚举。

校勘的主要内容为误、脱、衍、倒、文字前后不一致之处以及校本词义明显有助理解的地方。以上凡是有所增删改动或并举比勘之处，都出校说明。特别是参考前人或者时人重要校勘成果之处，本着尊重学术之态度，尤其注意交代清楚出处。校勘和校记坚持实事求是原则，重证据，避空谈，引用别人成果时，经过反复推敲，仔细比勘，斟酌损益，择善而从，有些还附有校者自己的研究成果。在编写校记时，考虑到有些注释同时也起到了校勘作用，校勘某种程度上也有一定注释作用，所以在每折后将校勘和注释编写在一起，方便读者翻检方便。

四　校勘内容

《元曲选》经过臧晋叔校订后，杂剧体例规范，曲词宾白舛误较少，主要集中在个别字句的讹误衍倒方面，而在杂剧体例如分折分楔子、脚色标注、宾白提示语、宫调曲牌、题目正名等方面涉及较少。为更好地体现《元曲选校注》之校勘，现根据前列校勘内容分类罗列如下。

（一）文字讹误。校勘中对《元曲选》底本讹误进行校改，并在校记中具体说明。列表如下：

剧目	折次	《元曲选》原文	校改依据及结果
汉宫秋	三	梅花酒：白早迎霜	据雍熙乐府、词林摘艳改为兔
汗衫记	一	赚煞尾：庞涓般雪恨	据元刊杂剧三十种改为挟
谢天香	一	赚煞前白词云：免使少年光阴虚过	据柳永原作改为年少
	四	幺篇：不敢道是厮问厮当	据文意改为答
		哨遍：坐衙紧换	据文意改为唤
		耍孩儿：三年甚事	据文意改为时

① 王学奇：《元曲选校注·包待制陈州粜米》，第 297 页。

续表

剧目	折次	《元曲选》原文	校改依据及结果
救风尘	一	周舍白：我一心待妻他	据脉望馆古名家杂剧改为娶①
		安秀实白：我去與他劝一劝	据脉望馆古名家杂剧改为央
		点绛唇：知重咱风流媚	据脉望馆古名家杂剧改为婿
	三	小闲白：传消寄信都是我	据文意改为书
	四	新水令后外旦白：周舍咬了我的休书也	据上下文改为咬碎
东堂老	一	混江龙后：正净入见正末	据文意改为二
	二	三煞：你䘯宽也那褶下	据脉望馆杂剧选改为裉
		煞尾：早闪的我	据脉望馆杂剧选改为你
	三	卜儿上云：老身李氏	据脉望馆杂剧选改为赵
		蔓菁菜：则吃你那大食店里烧羊去（说白）	据脉望馆杂剧选改为曲词
燕青博鱼	楔子	人号顺天呼保义	据脉望馆抄本改为绰②
	二	油葫芦后正末白：赢了呵	据脉望馆抄本改为赢
	四	端正好前兴儿白：若打醒了睡，要打我哩	据古杂剧改为惊觉大人
		笑和尚后解子词云：想必你不经出外	据古杂剧改为曾
来生债	一	混江龙：不恋那一生钱	据文意改为文
合同文字	二	第一滚绣球后张秉彝白：你则休生忘了俺两口儿也	据杂剧选改为生忿
冻苏秦	一	油葫芦后王长者白：先生也会饮酒来么	形误，据文意改为曾
翠红乡	二	黄钟尾：由着他责	据脉望馆杂剧选改为索
		青哥儿：俺姐姐真守到	据脉望馆杂剧选改为直
玉壶春	一	天下乐：则待要	据杂剧选改为抵多少
	楔子	端正好：趋天阙	据杂剧选改为朝
	三	教小生如何忍柰	据杂剧选改为耐
铁拐李	一	外吕洞宾白：奉宁郡	徐沁君校语："'军'，原作'郡'，今改。按《宋史 1 地理志》：'郑州，荥阳郡，奉宁军节度。'"据此校改为军

① 此处如果将"妻"解为名词作动词亦可。

② 此处实无必要改，"人号"为人送绰号之意。

续表

剧目	折次	《元曲选》原文	校改依据及结果
	三	得胜令：探爪迟	据元刊杂剧三十种改为疾
		梅花酒：斯搬递卖东西	据元刊杂剧三十种改为寄[①]
	四	鲍老催：掂脚舒腰拜	据元刊杂剧三十种改为展
		幺篇：装在布袋 悲悲邓邓	据徐沁君新校元刊杂剧三十种改为直 据元刊杂剧三十种改为滴滴溜溜
小尉迟	一	冲末刘季真：大势雜兵	据脉望馆抄本改为雄
风光好	四	粉蝶儿：除了名氏	据脉望馆古名家杂剧、阳春奏改为名字
神奴儿	楔子	赏花时后李德义白：撞了我打是么不紧	据上下文改为什么
	三	十二月：道他将亲来所图	据上下文改为儿
荐福碑	二	第三滚绣球后正末白：将写就了	据酹江集改为诗
忍字记	三	梅花酒：我从来可烧香	据脉望馆杂剧选改为不
翰林风月	楔子	老旦白：多亏步将白参军	据古杂剧改为部
	一	寄生草：芳草烟	据古杂剧、脉望馆杂剧选、柳枝集改为茵
	三	络丝娘：儿曾做这般出丑膪臢勾当	据古杂剧、脉望馆杂剧选、柳枝集改为腌臢
		收尾中白：你若风握得志	据古杂剧改为风池
	四	新水令后山人白：豫备香花果品	据古杂剧、脉望馆杂剧选改为预
单鞭夺槊	楔子	冲末徐茂公白：刘文靖为前部先锋	据历史及上下文改为静
		尉迟白：单轮岂碾四辙	据脉望馆抄本改为双
	二	小梁州后元吉白：我若不说谎就遭瘟	据脉望馆抄本改为是
城南柳	三	牧羊关：离你那汴河堤早程三百	据脉望馆古名家杂剧、杂剧选、柳枝集改为有[②]
谇范叔	二	红芍药：则恁这待佳宾筵会上	据杂剧选改为您
金线池	三	醉高歌后正旦白：折白道字	据脉望馆古名家杂剧改为拆
留鞋记	三	上小楼：我金莲步狭	据脉望馆杂剧选改为步踏

① 下句“寄东西到家里”亦可证。

② 本曲下句“隔您那灞陵桥有路八千”，亦可证。

续表

剧目	折次	《元曲选》原文	校改依据及结果
隔江斗智	二	周瑜白：时定一计	据酹江集改为暗
	楔子	刘玄德白：荆州还隔彩云偎	据酹江集改为隈
	四	卒子报科云：偌！报的军师得知	据酹江集改为喏
		锦上花：扬扬不採	据酹江集改为倸
误入桃源	一	那吒令：叹纷纷尘事搏沙	据柳枝集改为抟
	三	二煞：遛递了五百里芳草王孙去路迷	据古名家杂剧改为迢递
盆儿鬼	三	小桃红后正末白：俺的性儿撮盐入水	据脉望馆抄本改为撮盐入火
		天净沙中白：俺的性儿，撮盐入水	
玉梳记	楔子	正旦白：凭小生文学	据古杂剧、脉望馆古名家杂剧、柳枝集改为才
百花亭	一	卜儿白：孩儿和梅香都出城去了也	与前文“明日是清明节令”时间上有矛盾，据脉望馆抄本改为：孩儿恁明日早些儿回来，休着我忧心
		正末白：小生姓王名焕，字明秀	与下〔后庭花〕“你道我说海口王明彦”不一，据脉望馆抄本改为：明彦
		醉中天：你道他点星眸眉湾秋月	据脉望馆抄本改为弯
		赚煞：弄玉传香无尽歇	据文意改为抟
	三	集贤宾：妆孤苦表	据脉望馆抄本改为苫①
赵氏孤儿	三	鸳鸯煞：这孩儿一岁死后偏知小	据上句“我七旬死后偏何老”改为何
	四	醉春风后：程婴做眼泪科	据上下文改为掩
		一煞：锥子生跳他贼眼珠	据句意改为挑
李逵负荆	一	醉中天中白：啗阿啗阿	据酹江集改为唊
菩萨蛮	四	四门子：尽心的拚	据脉望馆古名家杂剧改为欢
柳毅传书	二	紫花儿序：怕不喊杀了	据古杂剧改为吓
货郎旦	四	一枝花：锦片也排着节使	据脉望馆抄本改为席次
切鲙旦	一	正旦白：妾身乃学士季希颜的夫人	与下文不符，据脉望馆杂剧选、古杂剧改为李

① 苫表，苫婊子，占着妓女的意思。

续表

剧目	折次	《元曲选》原文	校改依据及结果
任风子	一	混江龙：拨万轮斤	据脉望馆抄本改为论
	二	马丹阳白：莫度十七斜	据酹江集改为乜
	三	醉春风在：识破这贬眼流光	据酹江集改为眨眼 元刊杂剧三十种作转眼
		上小楼：撅菜挑葱①	据元刊杂剧三十种、脉望馆抄本改为择菜挑齑
碧桃花	一	寄生草：我只索悄悄冥冥俞把容颜认	据杂剧选改为偷
张生煮海	四	外白：他两个暗面关情	据柳枝集改为睹
生金阁	一	混江龙：常把药的那来扶	据脉望馆杂剧选改为服
蝴蝶梦	二	梁州第七后白：（做开枷科）（王大兄弟云）	据古名家杂剧②　改为王三
	三	第一滚绣球：迍邅	据脉望馆古名家杂剧改为熬煎
伍员吹箫	一	外扮芊建抱芈胜上	据上下文及历史改为芈
	三	迎仙客后白：有什大功勋	据上下曲文改为十
双献功	楔子	金焦叶后店小二白：是有什么人来	据脉望馆抄本改为看
		幺篇后搽旦白：我自唱一声咱 孙孔目白：我到田间可	据脉望馆抄本改为是唱 据脉望馆抄本改为我倒由闲可
	三	得胜令后牢子白：一个傻弟子孩儿，休要多着	据脉望馆抄本改为看
倩女离魂	三	十二月：纵横大笔	据柳枝集改为雄才
		尧民歌：占伦魁	据柳枝集改为抡
陈抟高卧	三	正末白：来到东京汴国	据上下文改为汴梁
	四	离亭宴带歇指煞：南山	据元刊杂剧三十种改为南轩
马陵道	四	题目：孙膑晚下云梦山	据脉望馆抄本、录鬼簿续编改为悔
王粲登楼	楔子	赏花时后白：我俺上这门儿	据脉望馆古名家杂剧、酹江集改为掩
鲁斋郎	二	一枝花：双折散	据文意改为拆
	三	迎仙客后李四白：你早则要了俺家两个儿也	据上下文意改为人
		斗鹌鹑：他将了俺的媳妇	剧脉望馆古名家杂剧改为你
		上小楼：不识新疏	据脉望馆古名家杂剧改为亲
	四	张徕冠带与小旦上白：云台观追荐父亲去	据下文校改为父母

① 校语云："原作'撅菜挑葱'，误。因葱为道教徒所忌的五荤之一。"

② 应为《脉望馆古名家杂剧》，校本缺"脉望馆"三字。

有时校者怀疑曲白有讹误，在校记中加以说明，但不改动底本。如《争报恩三虎下山》楔子搽旦白“我见你这小的，生的干净济楚，委的着人”之“着”，校者认为当为“招”，属于音近而误。此处“着”实不误，意为确实让人喜欢之意，着，爱也①。《李亚仙花酒曲江池》第一折〔油葫芦〕“如今那统镘的郎汉又村”之“统镘”，校者认为应作“捅镘”，并引用《集韵》解释说明：“捅，吐孔切，前进也，又引也。”今北语以为送人之谓。“统镘”即“送钱”，亦即挥霍。第四折〔梅花酒〕“显不着你悲合”之“悲合”，校者认为当是“捭阖”之误。《翠红乡儿女两团圆》第三折〔金菊香〕“自推自跌自伤嗟”之“推”，有时作“堆”，校者认为都应作“捶”，为形近致误。《小尉迟斗将认父》第一折〔后庭花〕“他将一个后老子来忒紧攻”之“紧攻”，校者疑为“敬恭”之别写，云：“紧攻，与下句‘不敬重’对举，是不敬重的反义词，当作‘敬恭’才是。应改。敬恭，‘恭敬’之倒文，因叶韵而倒。”《鲁大夫秋胡戏妻》第二折〔煞尾〕“我说你个驴马村夫为仇气”之“气”，校者疑是“隙”之误。《崔府君断冤家债主》第二折〔集贤宾〕“自分开近并来百事有”之“并”，校者疑为“新”之误，近新来，近来的意思。《尉迟恭单鞭夺槊》第三折〔秃厮儿〕“格截架解”，校者认为“格”应作“隔”。《须贾大夫谇范叔》第一折〔金盏儿〕“吃的是醽醪一醉酒”之“醽”，不见于字书，校者疑为“浊”字。《王月英元夜留鞋记》第三折〔粉蝶儿〕“把咱牵挂”之“咱”，“从上下文看，应是‘他’”。《逞风流王焕百花亭》楔子〔端正好〕“折散”，“当为‘拆散’，形近而误”。《萧淑兰情寄菩萨蛮》第二折正旦白“推床倒枕”，校者认为“倒，‘捣’的讹字。推，当为‘捶’字之误”。《看钱奴买冤家债主》楔子旦儿白“秀才，不知好着俺领了长寿孩儿一路同去么”之“不知”，疑为“不如”之误。《锦云堂暗定连环计》第四折〔水仙子〕中白“其妻貂蝉亦国君”之“国君”，校者疑为“县君”之误，校语云：

> 按封建时代，妇女亦有封号。晋时褚裒妻封浔阳县君，庾琛妻丘氏封安阳县君，为县君名号之始。唐制，五品母、妻为县君，宋元因之，明惟宗室女仍称县君。其地位在郡主、县主之后，但未见“国

① 张相：《诗词曲语辞汇释》，第301页。

君”之说，疑为县君。[1]

《风雨像生货郎旦》第三折〔幺篇〕“摄到三姑”之“三姑”，校者认为依剧情当为“玉娥”之误，“因四本均同，暂不改，以存旧貌”。《沙门岛张生煮海》〔太平令〕“东华仙看定婚书”，“看”字，《柳枝集》同，“当作‘勘’，因无校本可依，故未改，以存原貌。婚书，即婚历。勘定婚书，依据婚历察考男女双方之命是否合于婚配”[2]。《河南府张鼎勘头巾》第二折〔隔尾〕“豹子的令史”，意为值班的令史，校者疑“豹子”为“豹直”之误，盖“子”“直”音近而误。

有时在校勘中不仅据校本作了相应校改，还指出校本较底本合理之处，如《玎玎珰珰盆儿鬼》第三折〔小桃红〕后正末白“俺的性儿，撮盐入火”与〔天净沙〕中白“俺的性儿，撮盐入火”，两处“撮盐入火”原作“撮盐入水”，均据脉望馆抄本改。而后面〔鬼三台〕中白“撮盐入水”照旧。校者认为：

> 撮盐入水，“撮盐入火”的戏谑说法。盐投入火里会爆炸，投入水里就溶化了。撮盐入水比喻什么脾气也没有了。在《盆儿鬼》这本戏里，张懒古被刻画成幽默人物。前面的几个“撮盐入火”都是他吹嘘自己胆壮气粗，不怕鬼魅邪祟，而真的遇上鬼，他的虚怯就露了出来。等到盆儿鬼问他“可不道你这性儿撮盐入火哩”时，他只好承认自己是“撮盐入水”。剧情为之滑稽生动。若将前面的“撮盐入火”一律改成“撮盐入水”，剧情中的包袱就丧失殆尽。脉望馆抄本在这一点上处理得较好，故将前面几处的“撮盐入水”据校。[3]

在对有些曲词校勘注释中，《元曲选》此剧中字词不误，但其他版本或者其他整理校勘本之其他剧作有误，一并在校勘中指出。如《赵盼儿风月救风尘》第一折〔寄生草〕“南头做了北头开，东行不见西行例”，校语云：

---

① 王学奇：《元曲选校注·锦云堂暗定连环计》，第3942页。
② 王学奇：《元曲选校注·沙门岛张生煮海》，第4324页。
③ 王学奇：《元曲选校注·玎玎珰珰盆儿鬼》，第3540页。

元时俗谣，意为不接受前人的教训而重蹈覆辙。《元刊杂剧三十种》本《铁拐李》三折〔川拨棹〕：“你瞒人怎抵俺伤人易，这的是东行不见西行利。”《玉壶春》四折〔驻马听〕：“老虔婆坐儿不觉立儿饥，甚黑子东行不见西行利。”《百花亭》三折〔双雁儿〕：“得道也夸经纪，东行不见西行利。”语意皆同，利，应作“例”，以同音误。①

《元刊杂剧三十种》本《铁拐李》多种校本均未对此予以校勘，《元曲选校注》之校改可补其缺漏。又如第二折〔集贤宾〕“一个个嘴卢都似跌了弹的斑鸠”之“弹”，校语云：

宋元时“卵”的俗称，犹后来称“卵”为蛋。宋·吴自牧《梦粱录》卷十六“荤素从食店”条和宋·周密《武林旧事》卷六“蒸作从食”条，所记南宋临安市的点心，其中均有“鹅弹”一色，这是以“鹅蛋”作“鹅弹”。又宋·周密《齐东野语》卷十六《文庄公滑稽》云：“其法乃以凫弹，黄白各聚一器。”这是以“鸭蛋”作“凫弹”。明·李实《蜀语》也说：“禽卵曰弹。弹见《大明会典》……俗用蛋字非。”今之注元曲者，不知古今用字之区别，都把“弹”解作“枪弹”之“弹”（见《元杂剧选注》等书），或说“弹”是“蛋”的讹字（见《元人杂剧选》），皆误。②

又如《唐明皇秋夜梧桐雨》第一折〔油葫芦〕“打个呓挣”之“呓挣”，校语云：

在梦中由于下意识作用而引起的言行或猛然吃惊作声，打冷噤、发怔，谓之“呓挣”。仅河北省某些地方仍沿袭此说法。山东人所说“愣挣”，与此略有不同。王季烈校元明杂剧，改“意挣”为“艺症”，是由于不谙方言，误“挣”为“症”。③

---

① 王学奇：《元曲选校注·赵盼儿风月救风尘》，第647页。
② 王学奇：《元曲选校注·赵盼儿风月救风尘》，第656页。
③ 王学奇：《元曲选校注·唐明皇秋夜梧桐雨》，第1020页。

有些剧作中底本曲白不误，但校者认为适当调整更为合适。如《冻苏秦衣锦还乡》楔子最后“孛老诗云：眼观旌节旗，耳听好消息”，此本为戏曲习用俗语，校语云：

这两句原指军队作战，等候捷报。后来便泛喻等候胜利（成功）的心情。节，应作“捷”。《飞刀对箭》一折〔尾声〕白：“老汉无甚事，回我那家中去也。眼观旌捷旗，耳听好消息。”《柳毅传书》一折白：“孩儿去了也。眼望旌旗捷，耳听好消息。”皆可证。但“旌捷旗”或“旌旗捷”都不如改作“捷旌旗”，与下句“好消息”对仗为工。①

王骥德《曲律·论讹字第三十八》亦云：

“眼望旌节旗，耳听好消息”。出元人杂剧，今皆讹作“旌捷旗”，然似不如“捷旌旗”与下“好消息”对，为的。②

《吕洞宾度铁拐李》楔子〔赏花时〕“望着番滚滚热油叉”，校者认为有些版本中将“叉”改为“扎（煠）”不确，说：

此句《元刊杂剧三十种》本作“将我去翻滚滚油锅内扎”。扎，《新校元刊杂剧三十种》校改为“煠”，并引郑廷玉《看钱奴》第一折“又不曾将他去油锅里煠”、无名氏《鸳鸯被》第二折“好着我便心是热油煠”为证。按：此作“叉”，不误。此句承上“牛头云：‘我一叉挑下油镬去。’”③

《孟德耀举案齐眉》第一折〔幺篇〕“兀的是豹子峨冠士大夫”之“豹子”，校者疑为“豹直”之误。《汉高皇濯足气英布》第二折〔一枝花〕“现如今两国吞并”之“吞并”，《元刊杂剧三十种》本作“鳷争”，校者云：

① 王学奇：《元曲选校注·冻苏秦衣锦还乡》，第1204页。
② 王骥德：《曲律》，第146页。
③ 王学奇：《元曲选校注·吕洞宾度铁拐李》，第1383页。

疑“飶”是“搀”的误字，“搀争”，谓争夺也。《谢金吾》二折〔梁州第七〕：“不听的做夜市的炒（吵）闹，争地铺的搀夺。”《大战邳彤》一折〔那吒令〕：“这先锋合当我做，你怎么来搀行夺市的?”皆可证“搀”是“夺”的意思，而“飶”字义不可通。①

有时，通过校勘指出戏曲曲目著录文献之异或误。如《吕洞宾度铁拐李》题目“韩魏公断借尸还魂”，天一阁本《录鬼簿》作“韩魏公谮托柄曹司”。这是文献记载之异。正名之“李岳”，天一阁本《录鬼簿》作“李兵”，明贾仲明为《录鬼簿》补的吊岳伯川挽词亦作“李兵”，“兵”为“岳”之形近而误。这是文献记载之误。

当然《元曲选校注》有些地方也有不妥之处，如《尉迟恭单鞭夺槊》第三折〔圣药王〕“避乖龙”，校者认为“避”当为“劈”字之讹。《须贾大夫谇范叔》第二折〔红芍药〕“则您这待佳宾筵会上”之“您”，原作“恁”，校者认为“义不可通，依《杂剧选》本改”。《马丹阳度脱刘行首》第四折〔碧玉箫〕“恁莫痴”之“恁”，校者认为应作“您”。近人姚华《菉猗室曲话》卷二云：“您、恁二字，传奇每每互讹，亦由形与音皆相近也。”

有些校勘前后也有不甚统一之处，如《月明和尚度柳翠》楔子搽旦白“折白道字”之“折”，校记云“折，应作拆，以形误”，而未改动底本，但《杜蕊娘智赏金线池》第三折〔醉高歌〕后正旦白“折白道字”，则据《脉望馆古名家杂剧》改为拆。又如《马丹阳三度任风子》第一折马丹阳白“贫道昨宵看见青气冲天，下照终南山甘河镇”之“终南山”，校记云：

《元刊杂剧三十种》本作“终南县”。《元史·地理志三》：“至元初，并终南县入周至。”因此《元曲选》本改“县”为“山”。但剧中改而未尽，如本折〔寄生草〕：“你道是先生每闹了终南县。”②

有些地方有漏校之处，如《荆楚臣重对玉梳记》楔子开始：

---

① 王学奇：《元曲选校注·汉高皇濯足气英布》，第3246页。

② 王学奇：《元曲选校注·马丹阳三度任风子》，第4215页。

（旦同荆楚臣上，云：）小生想来，堂堂七尺之躯，生于天地间，被人如此数说。……（正旦云：）楚臣主见不差……

按照元杂剧惯例，“旦同荆楚臣上，云”，此后说白发出者为“旦”，但说白语气显然属于荆楚臣，同时后面宾白提示语“正旦云”，亦可证。则此处当为漏校，应为“荆楚臣同旦上，云”，或者“旦同荆楚臣上，荆楚臣云”，前者较后者更为简明。

（二）补充文字脱略。《元曲选校注》校勘中对一些文字脱略之处据底本或者文意予以补充。列表如下：

剧目	折次	校补结果	校补依据
谢天香	三	煞尾后：（钱大尹云：）张千，拣个吉日良辰，立天香做小夫人，老夫且回后堂歇去	原无，据脉望馆古名家杂剧补
	四	〔粉蝶儿〕前：（张千云：）理会的。（做叫科，云：）谢夫人，相公前厅待客，请夫人哩	原无，据脉望馆古名家杂剧补
救风尘	一	（卜儿同外旦上，云）前（下）	原无，据脉望馆古名家杂剧补，如少此宾白提示语，则下“（周舍上，云）”无从交代
		元和令：他终不解其意	原无，据脉望馆古名家杂剧补
		幺篇后正旦白：揭了锅儿底也	原无，据脉望馆古名家杂剧补
	二	金菊香：我当初作念你的言词，今日都应口	原无，据脉望馆古名家杂剧补，以应下句“今日”
	三	第二滚绣球·幺篇中白：杭州客火	原无，据上下文补
东堂老	楔子	正末怒科	原缺，据脉望馆杂剧选补
	一	柳隆卿做见卖茶的、卖茶的云	原无，据脉望馆杂剧选补
		〔混江龙〕后：旦儿上，云	原无，据脉望馆杂剧选补
	三	扬州奴同旦儿下、卖茶的上、旦儿上云、旦儿云：扬州奴在门首哩、〔剔银灯〕情理难容	原无，据脉望馆杂剧选补
	四	小末尼做入报科	原无，据脉望馆杂剧选补
燕青博鱼	楔子	端正好后白：（正末做没眼科，云：）您众兄弟每第三折	原无，据脉望馆抄本、酹江集补
	三	倘秀才中白：休往月亮处行	原无，据脉望馆抄本补
潇湘夜雨	一	正旦白：他将我似亲女儿一般看待	原无，据古杂剧补

续表

剧目	折次	校补结果	校补依据
墙头马上	三	川拨棹后尚书白：兀那淫妇，不坏了少俊前程，辱没了裴家祖上	三句原无，据脉望馆古名家杂剧、柳枝集补
冻苏秦	楔子	张仪白：父亲呼唤俺两个	原无，据文意补
玉壶春	一	幺篇后：梅香见末科，云	原无，据杂剧选补
	二	采茶歌后白：见科，云	原无，据杂剧选补
	三	红绣鞋后白：做见科，云	原无，据文意补
冤家债主	二	穷河西前：做奠酒科	原无，据脉望馆抄本补
单鞭夺槊	四	煞尾后徐茂公白：窨下酒	原无，据脉望馆抄本、古名家杂剧补
谇范叔	一	金盏儿后驺衍白：请饮个双杯	原无，据酹江集补； 杂剧选作“吃个双杯”
梧桐叶	楔子	赏花时后：（末云：）则今日好的日辰，便索长行也。（下）	原无，据杂剧选、脉望馆古名家杂剧补
金线池	三	普天乐后正旦白：行不的罚饮金线池里凉水	原无，据曲意补
玉梳记	一	油葫芦中白：姻缘必不久矣	原无，据古杂剧、柳枝集补
		青歌儿后卜儿白：恋着这穷书生	原无，据古杂剧、脉望馆古名家杂剧、柳枝集补
	四	清江引曲中：（带云：）像我今日呵，（唱）	原无，据柳枝集补
切鲙旦	三	马鞍儿后：（李稍云：）黄昏无旅店，（张千云：）今夜宿谁家？	原无，据脉望馆杂剧选、古杂剧补
碧桃花	四	太平令后真人白：老相公不知 老相公你当初曾将	原无，据杂剧选补
蝴蝶梦	二	张千白：早是我问你，喏	原无，据脉望馆古名家杂剧补
	三	滚绣球后：（下）（张千随下）	原无，据脉望馆古名家杂剧补
双献功	三	张千云：理会的，当面	原无，据脉望馆抄本补
		夜行船后正末白：他就在俺家里住下	原无，据文意补
		雁儿落后白：呆厮跟着我	原无，据脉望馆抄本补
倩女离魂	三	耍孩儿：有意送征帆	原无，据柳枝集补
陈抟高卧	一	天下乐：论旺气，相死囚	原无，据元刊杂剧三十种补
		金盏儿：主冠带，水成形	原无，据元刊杂剧三十种补
	四	离亭宴带歇指煞：除睡外别无伎俩	原无，据元刊杂剧三十种补

续表

剧目	折次	校补结果	校补依据
王粲登楼	一	天下乐后蔡相白：下不得一拜，只唱个偌	原无，据脉望馆古名家杂剧补
	二	第二倘秀才后蒯越白：不字底下着个口字是个否字	原无，据脉望馆古名家杂剧补
鲁斋郎	二	采茶歌后鲁斋郎白：你与了我你的浑家	原无，据脉望馆古名家杂剧补

有时对《元曲选》无而其他校本有者，并不在原文中补充出来，而在校记中加以说明，如《钱大尹智宠谢天香》第四折〔幺篇〕后钱大尹白“胆不试不苦”，《脉望馆古名家杂剧》本后还有“丁宁说破，教你备细皆知”句。《赵盼儿风月救风尘》第二折〔集贤宾〕前正旦白“几时是了也呵”，《脉望馆古名家杂剧》本此句下有“我也待寻个前程，这些时消息也甚好”两句。此类情况较多，参看后面曲白异文表。

或是对原本脱略之处有所疑惑，亦在校记中加以说明，如《钱大尹智宠谢天香》第四折〔二煞〕“见天香颜色当春昼”句下，校者疑有脱略，但无从校补。或者对曲白中脱略之处在校记中加以说明，但不改动底本文字，如《风雨像生货郎旦》第一折〔油葫芦〕“休这般枕上说”，“休”字后省略“听她”二字。《冯玉兰夜月泣江舟》第一折〔鹊踏枝〕后正旦白“俺在车此来一路奔驰”，语意不通，校者认为此句应有脱字，但无从校补。

（三）删衍。《钱大尹智宠谢天香》第三折〔煞尾〕前钱大尹云“后堂中换衣服去”后原有“下”宾白提示语。此处校者疑为衍文删去。其实按照《元曲选》原本，〔煞尾〕后再无说白，此处宾白提示语“下”，提示钱大尹下场，然后再由正旦谢天香唱〔煞尾〕结束本折，是完全符合剧情发展的。但校者根据《脉望馆古名家杂剧》本补充了〔煞尾〕后钱大尹说白，则此处钱大尹并未下场，则此宾白提示语即为衍文，当删去。这样处理于剧情来说更为合理，因为〔煞尾〕后钱大尹说白为下折内容之过渡提示做好了伏笔，但从校勘角度而言，则有轻改底本之嫌。《赵盼儿风月救风尘》第一折〔鹊踏枝〕曲中白“问那厮要钱”。原本“问”前有“不”，据曲意为衍文，删。《荆楚臣重对玉梳记》楔子正旦白“俱是金珠”，原作“俱是金银珠”，其中“银”为衍文，据《古杂剧》本、《脉望馆古名家杂剧》本、《柳枝集》本删。《锦云堂暗定连环计》第三折〔滚绣球〕后“（正末云）：禀太师，此事已有成议”，“正末”后原有“科”字，删。《望江亭中秋切鲙旦》第三折〔收尾〕后“（做失惊科，云：）李稍，张二嫂怎么走了”，“李稍”后原有“云”字，为衍文，据《脉望馆杂剧选》《古杂剧》删。《醉思乡王粲登楼》第二折第一〔倘秀才〕后荆王白“自古道”后原有“诗云”二字，疑为衍文，据《脉望馆古名家杂剧》《酹江集》删。

有时，校者虽疑其为衍文，但不改动底本，仅是在校记中加以说明。如《崔府君断冤家债主》第二折〔醋葫芦〕“将那俺养家儿搭救”之“那”，脉望馆抄本无此字，疑衍。

（四）文字颠倒。如《赵盼儿风月救风尘》第一折〔胜葫芦〕“掷弃”，原本作“弃掷”，因不合韵而校改。〔赚煞〕后白“咱回郑州去来”之“咱回”，原作“回咱”，据《脉望馆古名家杂剧》本改。“回咱”其实不误，无必要校改。《冻苏秦衣锦还乡》第二折〔朝天子〕“你常好是坐儿不觉立儿饥”，原作“立儿不觉坐儿饥”，其中“坐”“立”二字颠倒，此为宋元时俗语，据正。《陶学士醉写风光好》第三折第三〔滚绣球〕“向月明中独立黄昏”之“月明”，原作“明月”，据《脉望馆古名家杂剧》本改。《尉迟恭单鞭夺槊》楔子〔端正好〕“事急也那权做三日”之“也那权”原作“也权那”，据脉望馆抄本、《古名家杂剧》乙。《逞风流王焕百花亭》第一折〔后庭花〕“那愁他没鸾胶将断弦接”之“断弦”，原倒，据脉望馆抄本乙。第二折〔尧民歌〕“正是一家女儿百家求”之“女儿”，原倒，据脉望馆抄本乙。

（五）并举校本异文。《元曲选校注》校勘时，对底本与校本异文情况，往往在校记中罗列校本异文，这些异文大多数与底本文字意义相同，某种程度上可以看作对底本文字的一种互证。现将这些异文列表如下[①]：

剧目	折次	《元曲选》本文字	校本文字
汉宫秋	二	牧羊关：命悬君口	脉望馆古名家杂剧本：命悬君手
	四	粉蝶儿：吾当	古名家杂剧：吾身
		幺篇：得命	古杂剧：薄命
鸳鸯被	三	圣药王：弊幸[②]	古杂剧：婢行

① 表格中对《元曲选校注》有些文字之注释采用脚注方式予以解释。

② 谓作弊以图侥幸，即设圈套之意。亦作“弊行”。唐宋元各代，行之为“行”，每写作“幸”。

续表

剧目	折次	《元曲选》本文字	校本文字
玉镜台	一	侄儿	脉望馆古名家杂剧、古杂剧：从侄
		姑娘[1]	脉望馆古名家杂剧、古杂剧：从姑
		寄生草·幺篇：疏旷	脉望馆古名家杂剧、古杂剧：虚旷
	二	第一牧羊关：敬	脉望馆古名家杂剧、古杂剧：爱
		煞尾后白：磕头	脉望馆古名家杂剧、古杂剧：万福
	三	醉春风：划地[2]	脉望馆古名家杂剧、古杂剧：怎地
		普天乐：向空闲	脉望馆古名家杂剧、古杂剧：空闲中
		二煞：瑶池仙子	脉望馆古名家杂剧、古杂剧：王母瑶池
	四	请客	脉望馆古名家杂剧、古杂剧：请双客
杀狗劝夫	一	青歌儿：各姓他人[3]	脉望馆抄本：世海他人
	二	第二滚绣球后白：倘[4]	脉望馆抄本：卧
		第二倘秀才：撮棒[5]	脉望馆抄本：帮扶
		脱布衫：气丕丕[6]	脉望馆抄本：气噉噉
	四	红绣鞋：雕刺	脉望馆抄本：刁刺
相国寺	一	油葫芦后白：汉子	脉望馆抄本：兀那君子
	二	紫花儿序后正末白：水扑花儿[7]	元刊杂剧三十种：水胡花
	三	上小楼：潇潇洒洒	元刊杂剧三十种：停停当当
谢天香	楔子	柳诗云：才思	脉望馆古名家杂剧：才智
	一	钱大尹白：小友	脉望馆古名家杂剧：故友
		混江龙：妆演[8]	脉望馆古名家杂剧：班演
	二	一枝花：眉黛舒	脉望馆古名家杂剧：脸儿上忻

① 宋元人习称父亲的姐妹为姑娘，犹如今之姑妈、姑母。
② 宋元书写习惯为“划地”。
③ 即各不相涉、毫无关系的人。
④ 意同“躺”，为同音借用。
⑤ 揶掇、怂恿意。
⑥ 非常生气的样子，亦作气勃勃、气扑扑、气呸呸、乞丕丕。
⑦ 喻幼儿面容的水亮嫩生。
⑧ 即搬演，搬有时音假作“班”。

续表

剧目	折次	《元曲选》本文字	校本文字
谢天香	三	第一滚绣球：踸踔	脉望馆古名家杂剧：跨踔
		二煞：睡呓	脉望馆古名家杂剧：睡语
		二煞后钱大尹白：悲啼	脉望馆古名家杂剧：哭啼
救风尘	一	村里迓鼓：气息[①]	脉望馆古名家杂剧：气思
	二	后庭花：情书[②]	脉望馆古名家杂剧：知心书
		脱布衫：稳[③] 怎见	脉望馆古名家杂剧：忍 脉望馆古名家杂剧：不忍
		黄钟尾：眼下人	脉望馆古名家杂剧：门内人
燕青博鱼	一	雁过南楼：象板	脉望馆抄本：笋板
		尾声：拓动	脉望馆抄本、《酹江集》：掮动
	四	离亭宴带歇指煞：皖子城上稍	脉望馆抄本：梁山泊 酹江集：上梢
潇湘夜雨	三	古水仙子：图	古杂剧、柳枝集：诬
曲江池	一	鹊踏枝：没乱[④]	古杂剧：恼乱
疏者下船	三	龙神白：汉阳	脉望馆抄本：汉阳江
薛仁贵	三	粉蝶儿：沙势[⑤]	元刊杂剧三十种：杀势
		满庭芳：言无关典[⑥]	元刊杂剧三十种：言无按典
墙头马上	一	正末白：一车装送	脉望馆古名家杂剧：铺车装送
		油葫芦：迎新来	柳枝集：近新来
	三	裴舍白：连宅里人也不知道	脉望馆古名家杂剧、柳枝集：宅下人都知道
梧桐雨	楔子	正末白：宫闱之变	脉望馆古名家杂剧：武韦之变

① 二者同义，即“气”的意思，息、思均为语助词。

② 并不是男女间的私情信，而是一般友谊函件。

③ 为元时歇后语，意为烦恼和痛苦，只好自己隐忍着。古时稳、忍二字音近通用。

④ 意为迷离惝恍，心神无主，手足无措。多附杀、煞、死等甚词。重言之则为没撩没乱、没留没乱、迷留没乱、迷溜没乱、迷留闷乱，极状神志不清、烦恼愁闷、心烦虑乱。说“撩乱”为“没撩乱”或“没撩没乱”，犹如说“颠倒”为“没颠没倒”，都是以反语见义，起加重语气的作用。

⑤ “村沙样势”的省文，粗野的样子。亦倒作势煞、势杀、世杀，义并同。

⑥ 谓讲的话不正确。关，纳入。典，制度，法则，故“关典”即指符合统治阶级所规定的标准和法则。

续表

剧目	折次	《元曲选》本文字	校本文字
老生儿	一	混江龙：凭脉	元刊杂剧三十种：平脉①
朱砂担	一	金盏儿中白：角子里	脉望馆抄本：阁子里
合同文字	一	那吒令：热地上蚰蜒	杂剧选：热釜上蚰蜒
		赚煞尾：就着 六神亲眷	古杂剧：就在 六亲人眷
		赚煞尾后白：也见的我久要不忘之意	杂剧选：便是我平生愿足也
	二	第一滚绣球：跃锦鳞，过禹门	杂剧选：折桂枝，跳禹门
		终有日际会风云	杂剧选：终有日访白衣走上青云
翠红乡	楔子	赏花时：簸扬②	脉望馆杂剧选：掀扬
	一	混江龙：既不沙	脉望馆杂剧选：既不索
		油葫芦：悲悲戚戚	脉望馆杂剧选：吒吒戚戚
		寄生草：智识	脉望馆杂剧选：见识
	二	王兽医白：后门	脉望馆杂剧选：角门
		黄钟尾：老惫	脉望馆杂剧选：老迈
荐福碑	一	鹊踏枝：阁落	脉望馆古名家杂剧、元明杂剧：各剌
	二	煞尾后曳剌白：傻屌	元明杂剧：洒屌
	三	快活三：逃乖	元明杂剧：逃灾
渔樵记	一	冲末王安道白：文齐福不齐	杂剧选：文齐福不到
		混江龙：一搭儿	杂剧选：一答儿
	二	端正好：既不沙	杂剧选：既不索
		滚绣球：飒剌剌 匆，匆，匆	杂剧选：疏剌剌 吻，吻，吻
		倘秀才后旦儿白：哈叭	杂剧选：合叭
		第二滚绣球中白：害杀	杂剧选：禁害杀

① 唐人称为“评脉”，元刊本“平”为“评”之省写。

② 语出《诗·小雅·大东》：“维南有箕，不可以簸扬。”此乃扬米去糠之意，这里引申为宣扬、声张。

续表

剧目	折次	《元曲选》本文字	校本文字
渔樵记	二	朝天子：叵耐 害杀 一粧儿 布摆	杂剧选：颇耐 禁害杀 一庄儿 刮划
		醉太平后旦儿白：各别 淘过	杂剧选：各白① 洎过
		随煞尾：亲将姓氏开	杂剧选：亲将姓氏该②
	三	正末白：眼中扑簌簌的只是跳	杂剧选：眼中扑簌簌泪掉下来
		迎仙客：不嫌贫	杂剧选：不妆幺
		满庭芳：端的是雌太岁、母凶神	杂剧选：你是个雌吊客破丧门
	四	川拨棹：共起同眠	杂剧选：抵足而眠
		雁儿落：罚愿	杂剧选：发愿
		落梅风后刘二公白：势到今日 王安道白：牵牵搭搭	杂剧选：事到今日 杂剧选：牵牵答答
青衫泪	一	混江龙：只办③	古名家杂剧④：子办
		醉扶归：厌饫	古杂剧、脉望馆古名家杂剧：压噎
		金盏儿：笑哈哈	脉望馆古名家杂剧：笑呷呷
		赚煞：辱没	脉望馆古名家杂剧：辱末
	二	滚绣球：甚些的	脉望馆古名家杂剧：甚
		滚绣球后卜儿白：颓气	古杂剧、脉望馆古名家杂剧：魋气
	四	鲍老儿：兜搭	古杂剧：兜答
丽春堂	二	迎仙客：宫锦	脉望馆古名家杂剧：宫锦袍
	四	醉娘子：凄惶	脉望馆古名家杂剧：悲伤

① 今河北省邯郸地区读“白”为“别”。“各别世人”，意为无关的人。

② 该、开，古代二字同音。前〔脱布衫〕“我去那休书上郎然该载”之“该载”，即写下来，记载下来。“该”即“开”，开，写、记的意思。

③ 只、子一声之转。

④ 此应为《脉望馆古名家杂剧》，校本失“脉望馆”三字。

续表

剧目	折次	《元曲选》本文字	校本文字
举案齐眉	一	混江龙：梳云掠月	脉望馆抄本：梳云掠鬓
		天下乐：非浪语	脉望馆抄本：非假语
	二	石榴花：调弄	脉望馆抄本：调戏
	三	斗鹌鹑：茅团	脉望馆古名家杂剧①：茅庵
		秃厮儿：折莫	脉望馆古名家杂剧②：者莫
		鬼三台：调弄	脉望馆抄本：卖弄
	四	得胜令后张小员外白：打的屁股能重	脉望馆抄本：打的皮肤忒重
		挂玉钩：下稍	脉望馆抄本：下梢
后庭花	一	混江龙：立钦钦	脉望馆古名家杂剧：立勤勤
		油葫芦：笊篱	脉望馆古名家杂剧：罩篱
		天下乐后正末白：似此怎生区处	脉望馆古名家杂剧：似此怎生了
	三	新水令：头踏	脉望馆古名家杂剧：头答
		新水令后正末白：报复	脉望馆古名家杂剧：报伏
		风入松：胡扑搭	脉望馆古名家杂剧：胡扑塔
		胡十八：缰鞚	脉望馆古名家杂剧：缰控
		沽美酒：莫惊吓	脉望馆古名家杂剧：莫惊怕
	四	粉蝶儿：耽干系	脉望馆古名家杂剧：耽干计
		朝天子：抵对	脉望馆古名家杂剧：支对
		红绣鞋：硬抵讳	脉望馆古名家杂剧：胡抵对
		红绣鞋后张千白：料下去	脉望馆古名家杂剧：丢下去
		剔银灯：呆打颏	脉望馆古名家杂剧：呆打孩
		干荷叶：跷蹊	脉望馆古名家杂剧：侥傒
		第一倘秀才：户尉	脉望馆古名家杂剧：护尉

① 应为脉望馆抄本。

② 应为脉望馆抄本。

续表

剧目	折次	《元曲选》本文字	校本文字
范张鸡黍	一	点绛唇：阴阳运	元刊杂剧三十种、脉望馆杂剧选：阴阳蕴
		鹊踏枝：齐了行[①]	元刊杂剧三十种：园了行，徐沁君新校元刊杂剧三十种：团了行
		寄生草：贾长沙痛哭	元刊杂剧三十种、脉望馆杂剧选：贾长沙上书[②]
		寄生草后王仲略白：塌撒	脉望馆杂剧选：塌八四
	二	梁州第七：舜庭八凯 絮叨叨请俸日月	元刊杂剧三十种：舜庭八恺 脉望馆杂剧选：干请俸日月
		三煞：奠楹	脉望馆杂剧选：奠英魂
		黄钟尾：到黄昏	脉望馆杂剧选：到黄泉
	三	青哥儿：不终留	元刊杂剧三十种：不中留
		柳叶儿：光前裕后	脉望馆杂剧选：光前绝后
	四	石榴花：端详	脉望馆杂剧选：行藏
		一煞后祗候白：当面	脉望馆杂剧选：跪着
两世姻缘	一	正末韦皋白：巫峡台端梦	古杂剧、杂剧选：云雨阳台梦
		油葫芦：嘴骨邦	古名家杂剧：嘴骨搒
		赚煞：赤紧	古名家杂剧：吃紧
	三	东原乐：厮蹅踏	古杂剧：厮踏踏
		拙鲁速后正旦白：节使	古名家杂剧、杂剧选：节度使
	四	卜儿白：反与张节使[③]	古杂剧、古名家杂剧、杂剧选：反教张节度使
		新水令：恰只是	古名家杂剧：恰子是
		折桂令：遮莫	古杂剧、古名家杂剧、杂剧选：折末

① 《元曲选校注》正文作"齐了行"，校记中作"齐行"，缺"了"。

② 按：据下句"董仲舒对策"看，《脉望馆杂剧选》对仗稍工。

③ 由此折上文"张节度使家歌女玉箫"可知，此处与上第三折〔拙鲁速〕后白均应为缺"度"。

续表

剧目	折次	《元曲选》本文字	校本文字
赵礼让肥	一	那吒令：笑恰	脉望馆杂剧选：笑甲甲
		鹊踏枝：存札	脉望馆杂剧选：存扎①
		醉扶归：喜洽②	脉望馆杂剧选：喜恰
		后庭花：风梢	脉望馆杂剧选：风稍
	三	秃厮儿：这搭儿	脉望馆杂剧选：这塔儿
酷寒亭	楔子	冲末李府尹白：禀复	古名家杂剧：禀伏
	一	混江龙：旧娇娃	古名家杂剧：旧浑家
	二	小桃红：闲炒刺	古名家杂剧：闲剿刺
	三	贺新郎：娇娥	古名家杂剧：尧婆
		骂玉郎：风流罪犯	古名家杂剧：风流罪过
		感皇恩：颤钦钦	古名家杂剧：战钦钦
		哭皇天：眼摩挲	古名家杂剧：眼睛花
		乌夜啼：九伯风魔	古名家杂剧：九陌风魔
		黄钟尾：把市郭	古名家杂剧：把了市郭
桃花女	楔子	端正好后彭大白：毛、毛、毛	脉望馆抄本：羞毛毛
	一	混江龙：野疃③	脉望馆抄本：村疃
		柳叶儿：不邓邓	脉望馆抄本：焰腾腾
竹叶舟	一	寄生草：炼药垆	元刊杂剧三十种：炼药炉
	三	感皇恩：云影油油	元刊杂剧三十种：云影悠悠
		黄钟尾：故丘	元刊杂剧三十种：坟丘
	四	十二月：笊篱手把	元刊杂剧三十种：手拿着笊篱
忍字记	一	天下乐：量度	脉望馆杂剧选：端详
红梨花	二	梁州第七：媚景	古杂剧、古名家杂剧、柳枝集：夜景
	三	石榴花：东君④	古杂剧、古名家杂剧、柳枝集：情人
	四	得胜令：班女	古杂剧、古名家杂剧：班姬

① 扎、札均为语助词。

② 《元曲选校注》正文作“喜洽”，校记作“喜恰”。洽、恰均为语助词。

③ 后〔寄生草〕曲中白有“一村疃儿居住的”，当为“村疃”。

④ 春神，这里比喻情人。

续表

剧目	折次	《元曲选》本文字	校本文字
金童玉女	三	凤鸾吟：琳宫绀宇	脉望馆古名家杂剧、元明杂剧：蓬莱玉宇
冤家债主	楔子	正末白：高堂邃宇	脉望馆抄本：兰堂画屋
	一	鹊踏枝：早早	脉望馆抄本：闻早①
	三	粉蝶儿：时序 销乏	脉望馆抄本：时务 消乏
		耍孩儿：机变	脉望馆抄本：随机而变
翰林风月	楔子	老旦白：一番家	古杂剧：但②
	一	混江龙：哀先相 振厥家声	古杂剧、脉望馆杂剧选、柳枝集：哀先相国 振乎家声
		六幺序：忻怯	古杂剧、脉望馆杂剧选：乔怯
单鞭夺槊	一	混江龙：关隘	脉望馆抄本、古名家杂剧：营寨
	三	调笑令：冷笑 微躬	脉望馆抄本、古名家杂剧：哂笑 残生
	四	徐茂公白：兵刀	脉望馆抄本：群英 古名家杂剧：英雄
		煞尾：急离披	脉望馆抄本、古名家杂剧：落荒
		煞尾后白：胡敬德	脉望馆抄本、古名家杂剧：唐敬德
城南柳	二	小梁州幺篇后净白：好是跷怪	脉望馆古名家杂剧、杂剧选、柳枝集：好怪也
	三	梁州第七：江堧	脉望馆古名家杂剧、杂剧选、柳枝集：江边
		哭皇天：巧计千般	脉望馆古名家杂剧、杂剧选、柳枝集：巧计千条
谇范叔	一	外驺衍白：有隙	杂剧选：有仇
	二	隔尾后须贾白：酒肉摊场吃	杂剧选：坛场吃③
	三	三煞：厌着	杂剧选：压着

① 谓趁早或赶早也。

② 一番家，一次，一回。据上下文意看，在这里有每次之意。《古杂剧》本“但”，也表示不是一次。

③ 摊场吃，即放量、尽情地吃。摊，开也（见《说文解字》），手布也（见《韵会》）。皆展开、布陈之意。《杂剧选》本作“坛场吃”，音近义同。原字应是“摊”，“坛”是借字。

续表

剧目	折次	《元曲选》本文字	校本文字
气英布	一	汉王白：睢水	元刊杂剧三十种：濉水
		樊哙白：黥面	元刊杂剧三十种：黥额
		油葫芦：恁么	元刊杂剧三十种：恁末
		天下乐：案不住	元刊杂剧三十种：按不住
		玉花秋：收撮	元刊杂剧三十种：收敛
		后庭花：做科	元刊杂剧三十种：佐科
	二	隔尾：扑剌剌	元刊杂剧三十种：古剌剌
		哭皇天：知识	元刊杂剧三十种：相识
	四	尾声：促律律	元刊杂剧三十种：足吕吕
隔江斗智	二	尧民歌：立钦钦	脉望馆古名家杂剧：立勤勤
刘行首	二	第一滚绣球：碌簌	脉望馆古名家杂剧：碌速
		叨叨令：低声闹高声闹	脉望馆古名家杂剧：叫
	三	净白：小生姓林名盛	脉望馆古名家杂剧前有：在城多少名利客，不识明星直到老
度柳翠	一	后庭花：种下祸根	杂剧选、柳枝集：生下丛根
	二	梁州第七：赤力力	杂剧选、柳枝集：闹垓垓
		第一牧羊关：剩受	杂剧选、柳枝集：胜受
		第二牧羊关：剩积些	杂剧选、柳枝集：胜积下
		骂玉郎：抖搜	杂剧选、柳枝集：抖擞
	三	干荷叶后正末白：今生	杂剧选、柳枝集：如今
误入桃源	一	醉中天：措大	脉望馆杂剧选：醋大
	二	第二倘秀才：调哄	柳枝集》：指空画空
	三	醉春风：一重天地	古名家杂剧、脉望馆杂剧选、柳枝集：一壶天地
		红绣鞋：透迤	古名家杂剧、脉望馆杂剧选、柳枝集：高低
		普天乐：星霜	古名家杂剧、脉望馆杂剧选、柳枝集：风霜
魔合罗	一	点绛唇：怎避	元刊杂剧三十种：怎遮
		混江龙：云锁了	元刊杂剧三十种：云闭了
	二	喜迁莺：量度 扑速速	元刊杂剧三十种：想着 普速速
		出队子：阴阴的	元刊杂剧三十种：暗暗
		节节高：天道	元刊杂剧三十种：神道

续表

剧目	折次	《元曲选》本文字	校本文字
魔合罗	三	集贤宾：笔尖注生死	元刊杂剧三十种：笔尖定生死
		逍遥乐：参详	元刊杂剧三十种：端详
		第二醋葫芦第一幺篇：早难道	元刊杂剧三十种：大古里
	四	粉蝶儿：研究	元刊杂剧三十种：推详
		白鹤子第五幺篇：段疋	元刊杂剧三十种：绫罗
		滚绣球：明晃晃	元刊杂剧三十种：黄烘烘
		蔓菁菜：刷卷	元刊杂剧三十种：刷案
		道和：啜赚	元刊杂剧三十种：啜脱
盆儿鬼	一	混江龙：半竿残日	脉望馆抄本：半竿残照
	四	第一滚绣球：扻	脉望馆抄本：拿
玉梳记	一	正旦白：捻	古杂剧：赶
		混江龙后荆楚臣白：衔结难报	古杂剧、柳枝集：衔环难报
		青歌儿：玉阮香温	古杂剧、脉望馆古名家杂剧、柳枝集：玉娇香润
	三	斗鹌鹑：美貌娇容	古杂剧、脉望馆古名家杂剧、柳枝集：玉软香娇
		二煞：送人情	古杂剧、脉望馆古名家杂剧、柳枝集：随人情
赵氏孤儿	二	梁州第七：眼如蒙	元刊杂剧三十种：眼如盲
	三	新水令：笞掠	元刊杂剧三十种：凌虐
		七弟兄：拽扎起	元刊杂剧三十种：提起
		收江南：兀的不是	元刊杂剧三十种：早难道
	四	迎仙客：掩泪珠	元刊杂剧三十种：淹泪痕
冤家债主	三	集贤宾：四面儿墙匡	元刊杂剧三十种：四堵城墙
		逍遥乐：万种彷徨	元刊杂剧三十种：万种恓惶
还牢末	楔子	净扮李得白：扳	脉望馆抄本：搬
	一	后庭花：可正	脉望馆抄本、古名家杂剧：可正是
货郎旦	二	殿前欢：眼黄眼黑	脉望馆抄本：眼黄面黑
	四	梁州第七后驿子白：一签烧肉	脉望馆抄本：一盘烧肉
		二转：密臻臻	脉望馆抄本：齐臻臻
		七转：救拔	脉望馆抄本：救他

续表

剧目	折次	《元曲选》本文字	校本文字
切鲙旦	一	村里迓鼓：散诞	脉望馆杂剧选、古杂剧：散袒
		赚煞尾：是看	脉望馆杂剧选、古杂剧：试看
		后姑姑白：硬主张	脉望馆杂剧选、古杂剧：乱主张
	三	鬼三台后衙内白：勿勿勿	脉望馆杂剧选、古杂剧：吻吻吻
任风子	一	那吒令：衏衏	脉望馆抄本：行院
		寄生草：屯	元刊杂剧三十种：住
		赚煞尾：扑	元刊杂剧三十种：拍
	二	第一滚绣球：恍忽 轻轻抬举 街衢	元刊杂剧三十种、脉望馆抄本、酹江集：恍惚 轻举 脉望馆抄本、酹江集：阶衢
		穷河西：当拦	元刊杂剧三十种：挡拦
		三煞：跨鸾乘凤	元刊杂剧三十种：跨鹤乘凤
	三	满庭芳：耽是耽非	脉望馆抄本：担是担非①
		满庭芳后小叔白：我就收了罢	脉望馆抄本：我就娶了罢
生金阁	二	紫花儿序：说短论长	脉望馆杂剧选：数黑论黄
岳阳楼	一	净扮酒保白：溺得	脉望馆古名家杂剧：尿得
		油葫芦：当着	脉望馆古名家杂剧：对着
	二	梧桐树后白：可碜	脉望馆古名家杂剧：可嗲
		黄钟尾：莫怠慢	古名家杂剧②：早动弹
	三	滚绣球：煞时	脉望馆古名家杂剧：煞是
		倘秀才：扯曳	脉望馆古名家杂剧：扯住
勘头巾	二	做打门科云：叔待	脉望馆古名家杂剧：叔叔
		令史白：赃仗	脉望馆古名家杂剧：赃伏
		梁州第七后府尹白：狠偻㑩	脉望馆古名家杂剧：狠娄罗
	三	逍遥乐：端详就里	脉望馆古名家杂剧：察详就里
		挂金索：合酪	脉望馆古名家杂剧：合洛
双献功	二	油葫芦：必丢不搭	脉望馆抄本：叨叨絮絮
		醉扶归：扳	脉望馆抄本：搬
黄粱梦	四	第二滚绣球：结末	脉望馆古名家杂剧：收撮
扬州梦	楔子	张太守白：报复	古名家杂剧：报覆

① 校语云："此语承上面的'担火院'，作'担是担非'，语义双关，较好。"

② 应为《脉望馆古名家杂剧》，校本缺"脉望馆"三字。

有时仅是罗列校本之异文，列表如下：

剧目	折次	《元曲选》本文字	校本文字
汉宫秋	四	剔银灯：更说甚	脉望馆古名家杂剧：更作到 酹江集：便奏着
玉镜台	一	上场诗：花有重开日，人无再少年。生女不生男，门户凭谁立	脉望馆古名家杂剧、古杂剧：花有重开日，人无再少年。休道黄金贵，安乐最值钱
		金盏儿：没相妨	脉望馆古名家杂剧、古杂剧、柳枝集：恰相当
	二	四块玉：何幸	脉望馆古名家杂剧、古杂剧：余庆
		第二牧羊关：灰土儿	脉望馆古名家杂剧、古杂剧：塘
		煞尾后白：析薪如何，匪斧弗克；娶妻如何，匪媒弗得	脉望馆古名家杂剧、古杂剧：全凭说合为活计，一生作媒做营生
	三	红绣鞋：人都道刘家女	脉望馆古名家杂剧、古杂剧：谁
	四	驻马听：青春	脉望馆古名家杂剧、古杂剧：白头
		驻马听后白：水墨宴	脉望馆古名家杂剧、古杂剧：玳瑁宴
		挂玉钩：怎知 我倒身无措	脉望馆古名家杂剧、古杂剧：自今日 脉望馆古名家杂剧、古杂剧：且
谢天香	楔子	正末白：乃钱塘郡人也	脉望馆古名家杂剧本“钱塘”前赵琦美校补“余杭”二字
		净张千白：在这开封府做着个乐探执事	脉望馆古名家杂剧本赵琦美其后增补“何为是乐探”五字
		幺篇：待得	脉望馆古名家杂剧：谁有
	二	钱大尹白：事不关心，关心者乱	脉望馆抄本：事有足诧，物有故然
		贺新郎：怎不的	脉望馆古名家杂剧：大人那
		贺新郎后正旦唱云：无奈	脉望馆古名家杂剧赵琦美墨校为：意
	三	端的谁知	脉望馆古名家杂剧：谁敢道挂口儿啮题
		第二滚绣球：怎敢便话不投机	脉望馆古名家杂剧：怎敢失了尊卑
救风尘	二	集贤宾：回头	脉望馆古名家杂剧：来由
	四	外旦白：我怎能勾出的这门也	脉望馆古名家杂剧本无“我”字
东堂老	一	混江龙：则恐怕命中无福也难消	脉望馆杂剧选：我则怕到头来无福也怎生消

续表

剧目	折次	《元曲选》本文字	校本文字
燕青博鱼	一	大石调六国朝：刺绣的青黛和这朱砂	脉望馆抄本：多应是黑瘦了雕青臂，浑减动朱砂
	二	醉扶归：他将那恶性儿把咱哏	脉望馆抄本：嗔
薛仁贵	一	金盏儿：苫庄	元刊杂剧三十种：刨庄
墙头马上	三	七弟兄后尚书白：八烈周公	脉望馆古名家杂剧：八烈周士①
		梅花酒：谩懒懒	脉望馆古名家杂剧：慢
梧桐雨	四	端正好·幺篇：玉叉儿	脉望馆古名家杂剧、元明杂剧：玉仪儿
老生儿	一	点绛唇：拥并	元刊杂剧三十种：涌并
	二	呆骨朵前卜儿白：折乏	酹江集：折
朱砂担	二	邦老白：一坛酒	脉望馆抄本：罇
		正末白：我剔的这灯	脉望馆抄本：我剔的这灯明
		正末白：我是看	脉望馆抄本赵琦美墨校“是”为“试”
		黄钟尾前邦老白：檐梢	脉望馆抄本：哨
合同文字	一	天下乐：我想从也波前	杂剧选：我想从前
	二	煞尾：心愁岂觉途路稳	杂剧选：心忙何愁风雪紧②
	三	石榴花：世不分居	杂剧选：复旧如初
翠红乡	楔子	福童白：我便买羊头打旋饼请你	脉望馆杂剧选：饼
	一	天下乐：也那、年叶波纪、可便	脉望馆杂剧选无此三词
铁拐李	一	醉扶归：左解③	元刊杂剧三十种：坐解
		金盏儿：粉壁迟④	元刊杂剧三十种：粉壁低

① 校者引用王季思《中国戏曲选》注云：“疑用八义氏为赵氏存孤的故事。”言下之意即《脉望馆古名家杂剧》本是。

② 校者认为臧晋叔改得较好。

③ 解，在此义不详。古有“解构”一词，解构，谓附会造作。《后汉书·隗嚣传·光武帝报隗嚣书》：“自今以后，手书相闻，勿用傍人解构之言。”解，似为“解构”的省文。这里的“左解冤仇”，意当为由错误的附会造作而成的冤仇。

④ 粉壁，宋元时，居民门前供政府张贴法令，书写告示的墙壁。《汉宫秋》一折〔金盏儿〕：“你便晨挑菜，夜看瓜，春种谷，夏浇麻，情取棘针门粉壁上除了差法。”《还牢末》一折白：“如今上司画影图形，排门粉壁，捉拿他哩。”粉壁迟，意为未按规定时间刷好门前供政府张贴法令告示的墙壁。

续表

剧目	折次	《元曲选》本文字	校本文字
铁拐李	楔子	赏花时：望着翻滚滚热油叉	元刊杂剧三十种：将我去翻滚滚油锅内扎；新校元刊杂剧三十种校改扎为煠
	三	七弟兄：那一七、二七哭啼啼，尽七少似头七泪。亲人约束外人欺，独自坐地独自睡	元刊杂剧三十种：那一七、二七哭啼啼，三七、四七在坟前立，五七、六七脚儿稀，尽七少似头七泪
小尉迟	一	冲末刘季真白：闲了敬德	脉望馆抄本：老了敬德
	三	调笑令后：做追科	脉望馆抄本：虚下
风光好	一	韩熙载白：横江	脉望馆古名家杂剧、阳春奏：长江
	三	陶谷白：放此夫人回去	脉望馆古名家杂剧：出来
	四	粉蝶儿：绝无人至	脉望馆古名家杂剧：全
渔樵记	二	第二滚绣球：裁排	杂剧选：花白
青衫泪	一	后庭花：你酒肠宽似海	脉望馆古名家杂剧：他
		第二金盏儿：洛阳街	古杂剧、脉望馆古名家杂剧：绿杨街
	楔子	端正好：情惨惨，意踌躇	古杂剧、脉望馆古名家杂剧：一尊酒尽青山暮
	二	第一倘秀才：他便是	古杂剧、脉望馆古名家杂剧：便是
		第三滚绣球中净白：波俏	古杂剧、脉望馆古名家杂剧：波浪
	三	七弟兄：告他谁	古杂剧：靠他谁
丽春堂	一	胜葫芦：飞熊	脉望馆古名家杂剧：飞龙
		幺篇：人列绣芙蓉	脉望馆古名家杂剧：人立玉芙蓉
	三	小桃红：水生山色两模糊	脉望馆古名家杂剧：相宜
		绵搭絮：出落的满地江湖	脉望馆古名家杂剧：虽是蓑笠纶竿
	四	五供养：一划地济济跄跄	脉望馆古名家杂剧：一个个壮貌堂堂
		古都白：可怜我疏狂	脉望馆古名家杂剧：孤孀
举案齐眉	一	油葫芦：这须是五百年前天对付	脉望馆抄本：也是咱合配天缘我便主
		幺篇：豹子峨冠士大夫	脉望馆抄本：吾官士大夫
后庭花	二	贺新郎：和大嫂你来我去	脉望馆古名家杂剧无"和"字
范张鸡黍	二	梁州第七：鲁诸生也索缄口藏舌	脉望馆杂剧选：文宣王也索缄口藏舌 元刊杂剧三十种：文宣王缄口藏舌
	四	斗鹌鹑：又不曾学傅说做楫为霖	脉望馆杂剧选：又不比傅说墙，微臣作楫为霖；元刊杂剧三十种：又不是傅说墙，用微臣作楫为霖

续表

剧目	折次	《元曲选》本文字	校本文字
两世姻缘	一	天下乐：鸡爪风扭了半边	古名家杂剧：半编
		后庭花：天津桥	古名家杂剧、古杂剧、杂剧选：洛阳桥
	二	集贤宾：坠露飞萤	古名家杂剧、杂剧选：啜露
	三	络丝娘：那里有娶媳妇当筵厮喑哑	杂剧选：那里娶媳妇郎君厮喑唬
		水仙子：官官相为	古名家杂剧、杂剧选、古杂剧：畏
		太平令：那壁似狼吃了幞头般宁耐	杂剧选：那壁似狼吃了豹头般寻耐 古名家杂剧：那壁似狼吃了幞头般寻耐
赵礼让肥	三	调笑令：肉折皮开	脉望馆杂剧选：拆
酷寒亭	一	正末白：今日他嫂嫂央我到萧行首家 则说他嫂嫂死了也	古名家杂剧：俺嫂嫂着赵用来 俺嫂嫂
桃花女	楔子	老旦扮卜儿上	脉望馆抄本：冲末扮石婆婆领石增福上
忍字记	二	梁州第七：索强如恁[1]买柴籴当家	脉望馆杂剧选无此字
红梨花	一	赚煞：兜兜搭搭	古名家杂剧、古杂剧、柳枝集：秀才也与咱攀话
金童玉女	一	正末白：嫡亲的两口儿	脉望馆古名家杂剧、元明杂剧：双亲早亡，嫡亲的两口儿
冤家债主	一	天下乐：做娘的早喝采	脉望馆抄本：放乖
	二	醋葫芦第一幺篇：怎干休	脉望馆抄本：怎生收
	三	红绣鞋：又何必满堂金才是福	脉望馆抄本：但存一个身安乐却是福
	四	驻马听：死了也可有你那一些儿分	脉望馆抄本：死了也则落的万人唾骂千人恨
		太平令：他平日里常只待寻争觅衅	脉望馆抄本：他共我常怀着冤恨
		水仙子：莫瞒天地莫瞒人，莫作瞒心与祸邻	脉望馆抄本：莫瞒天地莫瞒神，心不瞒人祸不侵
翰林风月	一	六幺序幺篇：樊素实曾	古杂剧、脉望馆杂剧选：实情
	三	斗鹌鹑：花月精神	古杂剧、脉望馆杂剧选：梳妆

① 注释作“曲中衬字，无义”，当为“您”之意。

续表

剧目	折次	《元曲选》本文字	校本文字
单鞭夺槊	楔子	冲末徐茂公白：被俺统兵围住介休城	脉望馆抄本下有墨笔校增“使倒城之计”
	一	那吒令：气概 身材	古名家杂剧：象台；脉望馆抄本：象胎 古名家杂剧、脉望馆抄本：人财
		那吒令后：尉迟云	脉望馆抄本：茂公云；古名家杂剧：茂
	二	元吉白：打的我吐血数里	古名家杂剧、脉望馆抄本无此二字
		滚绣球后元吉白：久已后也是去的	脉望馆抄本、古名家杂剧：后患
		小梁州：亲送辕门	脉望馆抄本、古名家杂剧：执盏擎台
	四	出队子后徐茂公白：便应黑煞下天台	脉望馆抄本：便似黑天蓬下界来 古名家杂剧：便似黑杀天蓬下界来[①]
城南柳	四	驻马听：只待学赚神女楚襄王	脉望馆古名家杂剧、杂剧选、柳枝集：恨襄王
谇范叔	三	叨叨令：猛可便扭回身	杂剧选无此字
梧桐叶	一	鹊踏枝后任继图白：小生见佛殿在侧	古杂剧、脉望馆古名家杂剧：左[②]
金线池	楔子	韩辅臣白：元来见面胜似闻名	脉望馆古名家杂剧、古杂剧：闻名不曾见面，见面胜似闻名
	四	太平令：纸褙子[③]	脉望馆古名家杂剧、古杂剧：紫
气英布	一	鹊踏枝：谁着你钻头就锁	元刊杂剧三十种：谁交你自创入龙潭虎窝
	二	一枝花：现如今两国吞并	元刊杂剧三十种：巉争
	三	端正好：不争的信随何说谎谩天口，你道咱封王业时当就	元刊杂剧三十种：信随何说谎谩天口，待把富贵夺，功名就
刘行首	一	正末白：他化作二道人 他道：俺去也	脉望馆古名家杂剧：凡仙 二师言道
		油葫芦：他满眼尽愚民	脉望馆古名家杂剧：尽是
		天下乐：你则待贪也波嗔	脉望馆古名家杂剧：贪嗔

① 校语云：“黑杀”即“黑煞”，迷信传说中的凶神名，与“天蓬”连文，则“天蓬”亦显然是黑面天神，这里也是形容尉迟恭威武貌黑的形象。

② 笔者按：左，更为明确。

③ 校语云：褙，本是裱褙，此指状纸。“今日个纸褙子又将咱欺骗”，意为今天你一张状纸又把我控告，把我欺凌。一说：纸褙子是官妓所穿的帔；纸，《脉望馆古名家杂剧》本、《古杂剧》本作“紫”，指帔的颜色。“紫褙子又将咱欺骗”，意为借她是官妓失误了官身来欺侮她。

续表

剧目	折次	《元曲选》本文字、	校本文字
	二	搽旦上场诗：教你当家不当家，及至当家乱如麻。早起开门七件事，柴米油盐酱醋茶	脉望馆古名家杂剧：花有重开日，人无再少年
		搽旦白：等闲坐一会咱	脉望馆古名家杂剧：闲
		刘行首白：妾身刘倩娇	脉望馆古名家杂剧：刘行首
	三	上小楼：我着你便蓬岛风清	脉望馆古名家杂剧：香生
		满庭芳后：做见旦闹科	脉望馆古名家杂剧：旦见外
		满庭芳后林员外白：这先生倒会管老婆舌头	脉望馆古名家杂剧无此字
	四	新水令：才得个中味	脉望馆古名家杂剧：个玄中味
		水仙子：空忙杀这顽皮	脉望馆古名家杂剧：乌兔走东西
		风入松后旦白：到今日才知道了也	脉望馆古名家杂剧：不识好人也呵
		幺篇：空叹英雄	脉望馆古名家杂剧：叹杀
		收江南：又不图甚的，毕竟是那一个得便宜	脉望馆古名家杂剧：又无甚的身闲乐，今日个落便宜
		收江南后东华帝君白：驾青鸾证果朝元	脉望馆古名家杂剧：天凤
度柳翠	楔子	赏花时：也不是我脱空卖弄	杂剧选、柳枝集：你休笑我指空画空
	一	那吒令：休看我似那陌上的这征尘	杂剧选、柳枝集：行人
	二	隔尾幺篇：只要你凡情灭尽元无垢，划的道枝叶萧条渐到秋	杂剧选、柳枝集：你只愁柳败着蟾光救，他划的道杨叶着风越不秋
	三	醉春风后旦儿白：安排斋食供养	杂剧选、柳枝集无此二字
		十二月：风前浪底	杂剧选、柳枝集：兰舟浪里
		耍孩儿：斜阳古道愁如织 渭城	杂剧选、柳枝集：红尘路上风云会 霸桥
		三煞：再不见那影蹁跹比张绪多娇媚	杂剧选：绿阴荡荡风声细
	四	驻马听：一世飘扬，不离红尘大道傍	杂剧选、柳枝集：尘世飘扬，不住东风上下狂

续表

剧目	折次	《元曲选》本文字	校本文字
		驻马听后正末白：云板	杂剧选、柳枝集：檀板
		得胜令后长老偈云：眼看一片祥云里，知是天花堕那边	杂剧选、柳枝集：天花坠落祥光现，缥缈云中上九天
误入桃源	一	混江龙：不想去待漏东华	脉望馆杂剧选、古名家杂剧、柳枝集此句后多：棘围射策，薇省宣麻，捐躯为国，戮力忘家
	二	第三滚绣球：又不是数声仙犬鸣天上，又不是几处樵歌起谷中	杂剧选[1]、古名家杂剧、柳枝集：只听的金铃犬吠梧桐月，红袖人歌杨柳风
		醉太平：早忘却更长漏永	古名家杂剧、脉望馆杂剧选、柳枝集：盼更长漏永
	四	驻马听：休官不止	脉望馆杂剧选、柳枝集：上
		得胜令后正末白：愚民肉眼，不识大仙	古名家杂剧、脉望馆杂剧选：小生有眼不识泰山；柳枝集：愚夫肉眼，不识大仙
魔合罗	三	集贤宾：我如今身耽受公私利害 怎敢仓皇	元刊杂剧三十种：公徒 行唐
		第二醋葫芦第二么篇：则你这为吏的见不长	元刊杂剧三十种：不见长
盆儿鬼	一	混江龙带云：你看这日色，不淹淹的落下去了	脉望馆抄本：日头淹淹的落下去了也
		天下乐带云：常言道饮酒须饮大深瓯，戴花须戴大开头	脉望馆抄本：便好道有花方饮酒，无月不登楼
		那吒令：花丛内展下，这软簌簌的坐榻	脉望馆抄本：花丛里展下，草坡前坐榻
		幺篇：叫一声君子休耽怕，那太仆两手忙叉。哎，你个老爷爷是救命的活菩萨。你莫不是龙图待制，开府南衙	脉望馆抄本：叫一声客旅休惊怕，那太仆两手忙叉，哎你个老爷爷是救我命的活菩萨。存留的我性命，兀的不惭愧，天那
		金盏儿后店小二白：一了说春天的梦，秋天的屁，有什么准绳在那里	脉望馆抄本：春梦秋屁不妨事
		净扮盆罐赵白：行不更名，坐不改姓	脉望馆抄本此句前有上场诗：打家截道为活计，杀人放火作营生

① 《杂剧选》当为《脉望馆杂剧选》，校本缺“脉望馆”三字。

续表

剧目	折次	《元曲选》本文字	校本文字
盆儿鬼	一	赚煞后搽旦白：留这死尸在家里也不了当	脉望馆抄本：丢在这窑里也不是个了手
	二	粉蝶儿：怎将他碜磕磕把盆儿捏做	脉望馆抄本：碜磕磕斧头锤过
		醉春风：捣骨旋烧灰	脉望馆抄本：烧盆
		耍孩儿：休做别生活	脉望馆抄本：功课
	四	包待制上场诗：法正天心顺，伦清世俗淳	脉望馆抄本：诵诗知国正，讲易见天心
		醉高歌：零星瓦查	脉望馆抄本：瓦相
玉梳记	一	净白：先留五十两银子	古杂剧、柳枝集：二十两
		净白：也不到的剩一分回去	古杂剧、柳枝集：料着二十载棉花，不剩四两回去
		天下乐中白：见了那名公文士每来呵	古杂剧、脉望馆古名家杂剧：见了那名公丈夫士书会先生每来呵
	楔子	荆楚臣白：必夺取一个状元回来	古杂剧、脉望馆古名家杂剧：必夺取皇家富贵也
	二	三煞：俺这狠心的婆婆	古杂剧、脉望馆古名家杂剧、柳枝集：俺这女夜叉的奶奶
		二煞：弄得个七上八落	古杂剧、脉望馆古名家杂剧、柳枝集：前吊砖后吊瓦
	三	荆楚臣白：自离了松江赴京	古杂剧、脉望馆古名家杂剧、柳枝集：玉香
		煞尾：为妻儿的号县君享受福	古杂剧、脉望馆古名家杂剧、柳枝集：得
	四	新水令：凭空的唤县君有何颜面	古杂剧、脉望馆古名家杂剧、柳枝集：今日个做夫人也蚤酬了心愿
百花亭	一	天下乐后白：折得名花心自愁，春光一去可能留	脉望馆抄本：折得茉莉迎风香，更有何人共此香
		醉中天后生白：东风若是相怜惜，争忍开时不并头	脉望馆抄本：假使花娥再添朵，两枝相并一丛香
	二	红绣鞋：撅了弹的斑鸠	脉望馆抄本：颠了旦
		满庭芳：柳秀才你是个丽春园除了名的败柳	脉望馆抄本：玩江楼除了名的柳侯
		尧民歌：谁想俺锦鸳鸯翻做了浪中鸥	脉望馆抄本：半世飘蓬水浮沤
		耍孩儿：筑坛台	脉望馆抄本后又“张子房”三字

续表

剧目	折次	《元曲选》本文字	校本文字
	三	金菊香：木瓜心小帽儿齐抹着卧蚕眉	脉望馆抄本：巾帻
	四	雁儿落：兵不择少共多	脉望馆抄本：夏不把纨扇摇
		乔牌儿：正遇着敌头至.	脉望馆抄本：泄漏了这公事
竹坞听琴	一	村里迓鼓：至心修炼	古杂剧：志心
		胜葫芦：晨钟暮鼓 空劳碌自年年	古名家杂剧、古杂剧：空中舞旋 五更天
		赚煞：一曲瑶琴声婉转	古名家杂剧、古杂剧：三尺丝桐琴韵里
	四	得胜令：夫妻成对好	古名家杂剧、古杂剧：完备了
窦娥冤	一	一半儿：一半儿丑	脉望馆古名家杂剧：羞
		后庭花：怎将这云霞般锦帕兜	脉望馆古名家杂剧、酹江集：怎戴那销金锦盖头
		赚煞：领着个半死囚	脉望馆古名家杂剧：不律头
	二	黄钟尾：婆婆也	酹江集本此后有：我怕把你来便打的打的来恁的①
	三	端正好：不堤防遭刑宪	脉望馆古名家杂剧：葫芦提
		倘秀才：则被这枷纽的我左侧右偏	脉望馆古名家杂剧：杻
	四	鸳鸯煞尾：屈死的于伏罪名儿改	脉望馆古名家杂剧赵琦美墨校为“招伏”
		后窦天章白：奸占寡妇	酹江集：谋
李逵负荆	一	金盏儿后正末白：有什么见证	酹江集：显证
菩萨蛮	三	得胜令：点勾般圈红问，描朱似刷画儿临	脉望馆古名家杂剧：点彀般圈红筒，描朱似刷画儿淋
连环计	一	混江龙：怎的个叶落归秋 若得他一人定国，也不枉万代名留	脉望馆杂剧选：不见个 若一朝施谋定国，博的个万古留名
	二	絮虾蟆：这计谋，怎脱免	脉望馆杂剧选：施计谋，他怎脱免

① 眉批云：“此句一字一点泪。吴兴本删去，照原本增入。”

续表

剧目	折次	《元曲选》本文字	校本文字
相国寺	楔子	苏、孟引净扮汤哥	脉望馆古名家杂剧：净扮侯兴
	一	点绛唇：岁月频回首	脉望馆古名家杂剧：如番手
		一半儿：那一日不秦楼	脉望馆古名家杂剧：登楼
	楔子	赏花时：我不是引的狼来屋里窝	脉望馆古名家杂剧：正是
冤家债主	一	混江龙：但存的那心田一寸是根芽 异锦的这轻纱	元刊杂剧三十种：存着心田一寸种根芽 异锦轻纱
	二	第二滚绣球：香浓也胜琥珀 哥哥也你莫不道小人现钱多卖	元刊杂剧三十种：红 末不见
		塞鸿秋：早跳出了齐孙膑这一座连环寨	元刊杂剧三十种：早离了晋石崇金谷园门外
还牢末	楔子	李得白：你好莽也	脉望馆抄本：险
柳毅传书	三	后庭花：便抹着可更分了你身	古杂剧：揪
货郎旦	四	驿子白：只有姊妹两个	脉望馆抄本：一个男人一个女人
切鲙旦	一	（下）（姑姑云）	脉望馆杂剧选、古杂剧：虚下
	三	紫花儿序：案上罗列	脉望馆杂剧选、古杂剧：岸
		调笑令：官人远离一射	脉望馆杂剧选：一舍
		鬼三台：和个人儿热	脉望馆杂剧选、古杂剧：心肠超
		络丝娘：那一番周折	脉望馆杂剧选、古杂剧：一场欢悦
		马鞍儿后衙内白：这厮每扮戏那	脉望馆杂剧选、古杂剧：南戏
	四	雁儿落：今日逢颜面	脉望馆杂剧选、古杂剧：今日重相见
任风子	一	冲末马丹阳白：名从义	脉望馆抄本、酹江集后有：字宜甫
		混江龙：并不推言	脉望馆抄本：推捻
		油葫芦：一谜里瀍 都是些猪脖脐狗奶子乔亲眷	元刊杂剧三十种：往外 脉望馆抄本：都是些狐群狗党乔亲眷
		寄生草：姑姑 我道来	脉望馆抄本：道姑；元刊杂剧三十种：到晚来姑姑 元刊杂剧三十种：没半年；脉望馆抄本：少不的

续表

剧目	折次	《元曲选》本文字	校本文字
任风子	二	第二倘秀才：混天书	脉望馆抄本：术
		煞尾：修无量乐有余 看读玄元道德书	元刊杂剧三十种：兴 元刊杂剧三十种：先生 脉望馆抄本：先王
碧桃花	一	油葫芦：孤儿寡女	杂剧选：鬼魂
		那吒令：纤纤月痕 微微露痕	杂剧选：月明 露冷
张生煮海	四	新水令：受了些活地狱 下了些死功夫	柳枝集：前有“我”字 前有“你”字
		得胜令后东华白：如今偿还夙契	柳枝集：夙债
生金阁	楔子	赏花时：非是你孩儿自夸得这自奖 我若是不富贵，可兀的不还乡	脉望馆杂剧选无此二字或三字 此二字、三字均为衬字，无义
	一	混江龙：同云黯淡	脉望馆杂剧选：彤云
	三	梁州第七：我也则为那万般愁常萦心上，两条恨不去眉梢 可不道有丹青也便巧笔难描	脉望馆杂剧选：我也则为这家国恨应缠在我这肺腑，都则为这庙堂愁蹙损我这眉梢 脉望馆杂剧选无此字
	四	太平令后正末词云：庞衙内倚势多狂狡	脉望馆杂剧选：奸狡
岳阳楼	一	那吒令：登真的伯阳	脉望馆古名家杂剧：参同契
蝴蝶梦	二	菩萨梁州：再不须大叫高呼	脉望馆古名家杂剧：公人每
		菩萨梁州后包待制白：莫言罪律难轻纵	脉望馆古名家杂剧：犯
	三	叨叨令：行方便	古名家杂剧①：休埋怨
		叨叨令后王大白：家中有一本《论语》	古名家杂剧②：四书
		端正好：都是些	脉望馆古名家杂剧：学成
		滚绣球：抵多少平空寻觅上天梯	脉望馆古名家杂剧：却甚一举成名天下知
	四	殿前欢后白：一家门望阙沾恩	脉望馆古名家杂剧：谢恩

① 应为《脉望馆古名家杂剧》，校本缺“脉望馆”三字。

② 应为《脉望馆古名家杂剧》，校本缺“脉望馆”三字。

续表

剧目	折次	《元曲选》本文字	校本文字
勘头巾	一	赚煞：则要你妆痴妆坌	脉望馆古名家杂剧此句后有：忍一时之念，免百日之忧
	二	贺新郎：菜园里埋伏	脉望馆古名家杂剧：土昧
	四	新水令：那里也	脉望馆古名家杂剧：你可甚
双献功	一	孙孔目白：这浑家要跟随将我去	脉望馆抄本前有“我”字
		笑和尚后宋江白：山儿，你便写得是了，只要你下山去	脉望馆抄本无此句
	楔子	搽旦上云：妾身是孙孔目的浑家郭念儿	脉望馆抄本有上场诗：昧已瞒心事，恣情纵意为。世人不能晓，惟有老天知
	二	天下乐：你烦恼因甚些	脉望馆抄本：也
		天下乐后白：不见俺嫂嫂么	脉望馆抄本无此字
	三	新水令后：（内应云）	脉望馆抄本：外杂当上云
		落梅风中白：两只手臂	脉望馆抄本：腿
		甜水令中白：替他将油灯钱、苦恼钱	脉望馆抄本：灯油钱、免苦钱
	四	上小楼：贪花恋酒 不识羞 贼禽兽	脉望馆抄本：依前如旧 泼贱妻 吃剑头
		上小楼后正末白：这厮醉了	脉望馆抄本：了也
陈抟高卧	四	雁儿落：天将降	脉望馆古名家杂剧、杂剧选：傍 元刊杂剧三十种：谤
马陵道	一	卒子报科，云：偌	脉望馆抄本：喏
	三	雁儿落：我常担着	脉望馆古名家杂剧①：忍饥
	四	粉蝶儿：不能相借	脉望馆抄本原作借，赵琦美墨校改为“接”
黄粱梦	二	醋葫芦第四幺篇：血泊里倘着尸骸	脉望馆古名家杂剧：漫
	四	第一倘秀才：我怀里又没点点	脉望馆古名家杂剧：烧饼
扬州梦	一	混江龙：润八万四千户	柳枝集、元明杂剧：透
		鹊踏枝：花比他不风流，玉比他不温柔	柳枝集、元明杂剧：少、欠
	二	煞尾：风送纱窗月影通	柳枝集、元明杂剧：横

① 校本误题，应为脉望馆抄本。

续表

剧目	折次	《元曲选》本文字	校本文字
王粲登楼	一	鹊踏枝后蔡相白：明珠遭杂	酹江集：离
鲁斋郎	楔子	外扮李四，同旦、二徕上，云：小可许州人氏	此前脉望馆古名家杂剧有上场诗二句：万事分已定，浮生空自忙
		李四接壶科	脉望馆古名家杂剧：接壶整理
		李四做哭科，云：清平世界，浪荡乾坤	脉望馆古名家杂剧：郎朗
	二	牧羊关：高筑座营和寨	脉望馆古名家杂剧：莺花寨
		四块玉：失了便宜	脉望馆古名家杂剧：落人
	四	外扮包待制引从人上白：两个孩儿留在家里，着他学习文字，早是十五年光景	脉望馆古名家杂剧：也留、都着、十年
		川拨棹：听你两道三科	脉望馆古名家杂剧：语话喧聒

有时也对校本异文作出评判，但不改动底本文字。如《温太真玉镜台》第三折〔迎仙客〕“紧逐定”之“逐”，《脉望馆古名家杂剧》本、《古杂剧》本作“皱”，误。《唐明皇秋夜梧桐雨》第三折〔庆东原〕“雁行班排”，《脉望馆古名家杂剧》本作“雁行般排”，校者认为“‘般’字与下句‘鱼鳞似亚’中的‘似’对仗较工些”①。《翠红乡儿女两团圆》第二折“丑扮王兽医，拿捩鼻木上”之“捩鼻木”，《脉望馆杂剧选》本作“烈鼻木”，这是旧时道士所持的辟邪的手杖，校者疑其为“雷劈木”之讹。《陶学士醉写风光好》第三折〔黄钟煞〕“这谐和有气分”之“谐和”，《脉望馆古名家杂剧》作“成合”，“意更明确”。《江州司马青衫泪》第二折〔叨叨令〕“闻得声马嘶也木断垂杨线”之“垂杨线”，《古杂剧》本作“垂杨绿”，“是”；第四折〔迎仙客〕“愿陛下海量宽纳”之“宽纳”，《古杂剧》《脉望馆古名家杂剧》作“宽洪”，“是”；〔红绣鞋〕“他有数百塊名高月峡”之“名高月峡”，《古杂剧》《脉望馆古名家杂剧》作“名高天下”，“是”。《四丞相高会丽春堂》第一折〔鹊踏枝〕后李圭白“我这马眼义”之“义”，《脉望馆古名家杂剧》作“乂”，“是”，义、乂，形近而误，即后文所说眼生、眼迷奚，意思为牲畜胆小，眼眯眯着不敢睁

① 王学奇：《元曲选校注·唐明皇秋夜梧桐雨》，第1035页。

开。《死生交范张鸡黍》第四折〔一煞〕“得蜀望陇”“恰便似撅折了千寻白玉擎天柱”之“撅”，《元刊杂剧三十种》作“得陇望蜀”“损”，“是”。《宜秋山赵礼让肥》第二折〔端正好〕“空着我穷似投林鸟”，《脉望馆杂剧选》作“空着我仰羡投林鸟”，“意较佳”。《郑孔目风雪酷寒亭》第二折〔圣药王〕后正末白“有时蘸水在秤头秤”后一“秤”，《古名家杂剧》作“称”，“是”。《陈季卿误上竹叶舟》第一折〔油葫芦〕“陶朱公贵像”，《元刊杂剧三十种》作“陶朱公遗像”，“是，盖陶朱公富而不贵也”；〔寄生草〕“我则是任来任去随缘住”，联系上下文，意甚难通，《元刊杂剧三十种》作“俺那房任来任去随身住”，“甚为简明”。第三折“打渔”，应为“打鱼”，“‘渔’系习惯误写”。第四折〔十二月〕“这一个篮关前将文公度脱”之“篮”，当为误刻。《布袋和尚忍字记》第一折〔河西后庭花〕“多管是南方在道”之“在道”，《脉望馆杂剧选》作“左道”，“是”。《铁拐李度金童玉女》第一折〔赚煞尾〕“休则管相拦纵”之“拦纵”，《脉望馆古名家杂剧》《元明杂剧》作“搬弄”，“意更明确”。《吕洞宾三度城南柳》第二折〔端正好〕“到世间不是我尘缘冗”之“冗”，《脉望馆古名家杂剧》《杂剧选》《柳枝集》作“重”，“于曲意较近”。《杜蕊娘智赏金线池》第三折〔粉蝶儿〕“明知道书生教门儿负心短命”之“短命”，《脉望馆古名家杂剧》《古杂剧》作“薄幸”，“较好”，元杂剧中一般负心、薄幸连用。《汉高皇濯足气英布》第一折〔天下乐〕“缺叫咱案不住心上火”之“案”，《元刊杂剧三十种》作“按”，“较妥”。《月明和尚度柳翠》第四折〔驻马听〕后正末白“等柳翠来时，击响云板”之“云板”，《杂剧选》《柳枝集》本作“檀板”，“是”，校语云：

> 云板，报时报事之器，俗谓之点，板形铸成云状，故名。旧官署，寺院用以召集众人。又旧时贵族、官僚之家，男女防闲，内外隔绝，悬云板在中堂边侧，遇有大事，亦敲云板作响，借以通知后堂。本剧“云板”二字《杂剧选》本、《柳枝集》本均作“檀板”，是。因这里檀板是作为拍板，为伴唱用的。下文〔挂玉钩〕曲云：“我则听的檀板轻敲绕画梁。”可证。①

① 王学奇：《元曲选校注·月明和尚度柳翠》，第 3415 页。

《刘晨阮肇误入桃源》第三折〔红绣鞋〕“过了这百千重山路逶迤”之“逶迤”，《古名家杂剧》《脉望馆杂剧选》《柳枝集》作“高低”，“意较当，正可呼应‘下坡如投地阱，蓦岭似上天梯’句”。第四折〔驻马听〕“休官不止长安道”之“止”，《古名家杂剧》《脉望馆杂剧选》作“上”，“是”；〔得胜令〕后正末白“愚民肉眼，不识大仙”，《古名家杂剧》《脉望馆杂剧选》作“小生有眼不识泰山”，“不如臧氏所改”，《柳枝集》本作“愚夫肉眼，不识大仙”，“把臧氏‘民’字改为‘夫’字，更胜一筹”。《荆楚臣重对玉梳记》第一折〔天下乐〕中白“见了那名公文士每来呵”，《古杂剧》《脉望馆古名家杂剧》作“见了那名公丈夫士书会先生每来呵”，“比较之，臧氏改得简明”。第三折〔煞尾〕“为妻儿的号县君享受福”之“号”，《古杂剧》《脉望馆古名家杂剧》《柳枝集》作“得”，“意较明确”。《秦翛然竹坞听琴》第一折〔胜葫芦〕“空劳碌自年年”之“自年年”，《古名家杂剧》《古杂剧》作“五更天”，“意较佳”。《感天动地窦娥冤》第一折〔后庭花〕“怎将这云霞般锦帕兜”，《脉望馆古名家杂剧》《酹江集》作“怎戴那销金锦盖头”，“意较‘锦帕’更明确”。《感天动地窦娥冤》第三折〔倘秀才〕“则被这枷纽的我左侧右偏”之“纽”，《脉望馆古名家杂剧》作“杻”，“义不可通，臧晋叔改得好。《柳枝集》收此剧从之”。第四折〔鸳鸯煞尾〕后窦天章白“奸占寡妇”之“奸”，《酹江集》作“谋”，“更合剧情”。《看钱奴买冤家债主》第二折〔塞鸿秋〕“早跳出了齐孙膑这一座连环寨”，《元刊杂剧三十种》本作“早离了晋石崇金谷园门外”，“语意较明”。《望江亭中秋切鲙旦》第四折〔雁儿落〕“今日逢颜面”，《脉望馆杂剧选》《古杂剧》作“今日重相见”，“正与第三折谭记儿去望江亭，智赚杨衙内的势剑金牌事相照应，较‘今日逢颜面’为佳”。《庞涓夜走马陵道》第一折“卒子报科，云：偌”之“偌”，脉望馆抄本作“喏”，“是”。《马丹阳三度任风子》第一折〔那吒令〕“非任屠自专，大河里有船；相知每共言，囊橐里有钱”，校记云：

> 大河里有船，意为长途贩运。囊，有底的口袋。橐，没有底的口袋，装好东西后，将两头之口用绳扎紧。“大河里有船”，“囊橐里有钱”，意为家财富有。囊橐里有钱，他本（注：《元刊杂剧三十种》和脉望馆抄本）均作“旱地上有田”。“旱地上有田，水路上有船，人头

上有钱”，为当时成语。《元曲选》本不用成语，义较明。[①]

有时对臧懋循《元曲选》删改不当之处作出评价，如《马丹阳三度任风子》第一折“（正末扮任屠同旦李氏上，云：）自家终南山甘河镇人氏，姓任，是个操刀屠户”。其后《元刊杂剧三十种》本和脉望馆抄本有任风子得命的原因，《元刊杂剧三十种》作“为我每日好吃那酒，人口顺都叫我任风子”，脉望馆抄本作“我幼出母胎，满部须髯，人口顺唤我任胡子，见我吃了酒后，有些疏狂，又唤我任风子”，《元曲选》删去，“非是”。《吕洞宾三醉岳阳楼》第三折第一〔滚绣球〕“煞时”，《脉望馆古名家杂剧》作“煞是”，“是”。

有时底本、校本异文涉及杂剧体例，或者是杂剧之分折分楔子方面，如《温太真玉镜台》“第一折”，《柳枝集》本作“楔子”；《包待制智斩鲁斋郎》之“楔子”“第一折”，相当于《脉望馆古名家杂剧》“第一折”。或者是曲牌异名方面，如《钱大尹智宠谢天香》第三折曲牌〔随尾〕，《脉望馆古名家杂剧》本作〔煞尾〕。《赵盼儿风月救风尘》第二折〔醋葫芦〕第一〔幺篇〕，《脉望馆古名家杂剧》本作〔醋葫芦〕；第三折〔滚绣球〕之〔幺篇〕〔二煞〕〔黄钟尾〕，《脉望馆古名家杂剧》本作〔滚绣球〕〔煞尾〕〔尾声〕。《同乐院燕青博鱼》第二折〔赚煞尾〕，脉望馆抄本作〔尾声〕。《临江驿潇湘夜雨》第一折〔赚煞〕，《古杂剧》本作〔尾声〕；第四折〔笑和尚〕，《古杂剧》本作〔笑歌赏〕。《硃砂担滴水浮沤记》第二折〔黄钟尾〕，脉望馆抄本作〔尾声〕。《朱太守风雪渔樵记》第一折〔上马娇〕〔胜葫芦〕，《杂剧选》作〔游四门〕〔上马娇〕；第三折〔一煞〕，《杂剧选》作〔二煞〕。《孟德耀举案齐眉》第一折〔胜葫芦〕〔幺篇〕〔赚煞〕，脉望馆抄本作〔游四门〕〔胜葫芦〕〔尾声〕；第二折〔笑歌赏〕〔煞尾〕，脉望馆抄本作〔醉高歌〕〔尾声〕。《包龙图智勘后庭花》第三折〔鸳鸯煞〕，《脉望馆古名家杂剧》作〔尾煞〕。《死生交范张鸡黍》第三折〔幺篇〕，《脉望馆杂剧选》作〔醋葫芦〕，〔高过浪来里〕，《元刊杂剧三十种》作〔高平煞〕〔随调煞〕，《元刊杂剧三十种》《脉望馆杂剧选》作〔尾声〕；第四折〔二煞〕〔一煞〕，《元刊杂剧三十种》作〔幺篇〕〔九煞〕。《玉箫女两世姻缘》第一折〔赚煞〕，《古名家杂剧》作〔赚

① 王学奇：《元曲选校注·马丹阳三度任风子》，第4217页。

煞尾〕；第二折〔尚京马〕，《古名家杂剧》《杂剧选》作〔上马娇〕；第三折〔秃厮儿〕〔圣药王〕，《古名家杂剧》《古杂剧》作〔圣药王〕〔秃厮儿〕。《马丹阳度脱刘行首》第一折〔后庭花〕〔赚煞〕，《脉望馆古名家杂剧》作〔古后庭花〕〔尾声〕。《玎玎珰珰盆儿鬼》第四折〔滚绣球〕〔小梁州〕，脉望馆抄本作〔醉春风〕〔上小楼〕。《罗李郎大闹相国寺》第一折〔醉中天〕，《脉望馆古名家杂剧》作〔醉扶归〕；第三折〔金菊香〕〔幺篇〕，《脉望馆古名家杂剧》作〔金菊香〕〔醋葫芦〕。或者有关曲牌数量多寡，如《玉箫女两世姻缘》第三折〔东原乐〕〔拙鲁速〕，《古名家杂剧》《杂剧选》为一曲，作〔东原乐〕。或者是关于曲词多寡方面，如《温太真玉镜台》第三折〔粉蝶儿〕“安排下佯小心、妆大胆、丹方一味”，《脉望馆古名家杂剧》本、《古杂剧》本无“佯小心、妆大胆”六字。或是关于题目正名方面①，列表如下：

剧目	元曲选	其他版本
救风尘	安秀才花柳成花烛，赵盼儿风月救风尘	脉望馆古名家杂剧：念彼观音力，还着于本人；虚脾瞒俏倬，风月救风尘
小尉迟	老尉迟鞭对鞭当场赌胜，小尉迟将斗将认父归朝	脉望馆抄本：老尉迟鞭对鞭父子团圆，小尉迟将斗将将鞭认父”
荐福碑	三封书谒扬州牧，半夜雷轰荐福碑	脉望馆古名家杂剧、元明杂剧：三载漫思龙虎榜，十年身到凤凰池；三封书谒扬州牧，半夜雷轰荐福碑 酹江集：题目正名改为“正目”，列于剧名后、楔子前
刘行首	北邙山倡和柳梢青，马丹阳度脱刘行首	脉望馆古名家杂剧：大夫松假作章台柳，顷刻花能造逡巡酒；醉猱儿磨障欠先生，马丹阳度脱刘行首
度柳翠	题目：显孝寺主诵金经（柳枝集同）	杂剧选题目：风光独占出墙花
看钱奴	题目：穷秀才卖嫡亲儿男	元刊杂剧三十种：疏财汉典孝子顺孙 天一阁本录鬼簿：贪财汉空使幸劳神
还牢末	李山儿生死报恩人，都孔目风雨还牢末	古名家杂剧、脉望馆抄本：烟花则说他人过，僧柱赛娘遭折挫；山儿李逵大报恩，镇山孔目还牢末
货郎旦	题目：抛家失业李彦和	录鬼簿续编：抛家弃业李彦和
任风子	甘河镇一地断荤腥，马丹阳三度任风子	元刊杂剧三十种：为神仙休了脚头妻，菜园中摔杀亲儿死；王祖师双赴玉虚宫，马丹阳三度任风子

① 关于题目正名之校勘，有些在剧作第四折，有些在剧目说明中。

续表

剧目	元曲选	其他版本
碧桃花	题目：张明府醉题青玉案	杂剧选：张斗南断弦应再续
岳阳楼	郭上灶双赴灵虚殿，吕洞宾三醉岳阳楼	脉望馆古名家杂剧：徐神翁斜揽钓鱼舟，汉钟离番作抱官囚；郭上灶双赴灵虚殿，吕洞宾三醉岳阳楼
陈抟高卧	识真主汴梁卖课，念故知征贤敕佐；寅宾馆天使遮留，西华山陈抟高卧	元刊杂剧三十种、杂剧选无题目正名 脉望馆古名家杂剧、阳春奏：识真主买卦汴梁，醉故知征贤敕佐；寅宾馆敕使遮留，西华山陈抟高卧
黄粱梦	汉钟离度脱唐吕公，邯郸道省悟黄粱梦	脉望馆古名家杂剧：劝修行离却名利乡，别尘世双赴蓬莱洞；汉钟离度脱唐吕公，邯郸道省悟黄粱梦 天一阁本录鬼簿：钟离单化吕纯阳，开坛阐教黄粱梦
扬州梦	张好好花月洞房春，杜牧之诗酒扬州梦	柳枝集：改题目正名为正目，放在剧名后 天一阁录鬼簿：李梦娥花月洞房春，杜牧之诗酒扬州梦
燕青博鱼	梁山泊宋江将令，同乐院燕青博鱼	脉望馆抄本：杨衙内倚势行凶，同乐院燕青博鱼
合同文字	刘安住认祖代宗亲，包龙图智赚合同文字	狠伯娘打伤孝顺侄男，包待制智赚合同文字
儿女团圆	白鹭村夫妻双拆散，翠红乡儿女两团圆	脉望馆杂剧选无题目正名
风光好	宋齐丘明识新词藻，韩熙载暗遣闲花草；秦弱兰羞寄断肠诗，陶学士醉写风光好	脉望馆古名家杂剧、阳春奏：韩熙载暗算文章老，宋丞相明宣闲花草；秦弱兰错寄断肠诗，陶学士醉写风光好 天一阁本录鬼簿：秦弱兰新配凤鸾吟，陶学士醉写风光好
双献功	及时雨单责状，黑旋风双献功	天一阁本录鬼簿：孙孔目上东岳，黑旋风双献功 脉望馆抄本：白衙内倚势挟权，害良人施逞凶顽。孙孔目含冤负屈，遭刑宪累受熬煎。黑旋风拔刀相助，劫囚牢虎窟龙潭。秉直正替天行道，众头领与孔目庆贺开筵①
青衫泪	浔阳商妇琵琶行，江州司马青衫泪	脉望馆古名家杂剧、古杂剧、柳枝集：一曲拨成莺燕约，四弦续上鸳鸯会；浔阳商妇琵琶行，江州司马青衫泪
丽春堂	李监军大闹香山会，四丞相高宴丽春堂（酹江集同）	脉望馆古名家杂剧：乐善公遭贬济南府，四丞相歌舞丽春堂
灰阑记	题目：张海棠屈下开封府	天一阁本录鬼簿题目：张海棠屈死下阴牢
梧桐叶	题目：任继图天配凤鸾交	脉望馆古名家杂剧、古杂剧题目：任继续图重配凤鸾交
留鞋记	郭秀才沉醉误佳期，王月英元夜留鞋记	脉望馆杂剧选：贤府尹断成匹配，小梅香说合和谐；郭明卿灯宵误约，王月英元宵留鞋

① 王学奇：《元曲选校注》此处题目正名过录有误。脉望馆抄本应该是缺失题目正名，校注本过录者为全剧结束后之断语。

续表

剧目	元曲选	其他版本
气英布	题目：随大夫衔命使九江	元刊杂剧三十种题目：张子房附耳妬随何
隔江斗智	元曲选：两军师隔江斗智，刘玄德巧合良缘①	酹江集正目：刘玄德巧合良缘，两军师隔江斗智
百花亭	题目：赏名园贺氏千金笑	脉望馆抄本题目：花艳裹贺赏郊园怜
竹坞听琴	郑彩鸾草庵学道，秦翛然竹坞听琴	古名家杂剧、古杂剧：惜花人引转真心，知音人还遇知音；郑彩鸾茅庵慕道，秦翛然竹坞听琴 柳枝集：惜花人引转花心，知音人还遇知音；郑彩鸾茅庵悟道，秦翛然竹坞听琴 天一阁本录鬼簿：郑彩鸾茅庵悟道，秦翛然竹坞听琴
赵氏孤儿	公孙杵臼耻勘问，赵氏孤儿大报仇（酹江集同）	元刊杂剧三十种：韩厥救舍命烈士，程婴说妬贤送子；义逢义公孙杵臼，冤报冤赵氏孤儿 天一阁本录鬼簿：象（义）公逢公孙杵臼，冤报冤赵氏孤儿
窦娥冤	秉鉴持衡廉访法，感天动地窦娥冤（酹江集同）	脉望馆古名家杂剧：后嫁婆婆忒心偏，守志烈女意自坚；汤风冒雪没头鬼，感天动地窦娥冤（天一阁本录鬼簿只载后两句）
切鲙旦	清安观邂逅说亲，望江亭中秋切鲙	脉望馆杂剧选、古杂剧：洞庭湖半夜赚金牌，望江亭中秋切鲙旦
生金阁	题目：李幼奴掝伤似玉颜	脉望馆杂剧选：依条律赏罚断分明 录鬼簿续编：庞衙内打点没头鬼

有时在校勘中，对于一些脱误之处无明确根据，故在校记中存疑。如《钱大尹智宠谢天香》第二折〔一枝花〕“我则道是那个面前桑”之“桑”，疑为“嗓”之误，“面前桑”意为在面前张开嗓门喊叫。第三折第一〔滚绣球〕“到早起过洗面水”，“过”前疑脱一“送”字。

有些校勘涉及戏曲中一些理论问题，如《破幽梦孤雁汉宫秋》第三折〔鸳鸯煞〕之“唱道”，校语云：

元剧中〔双调·鸳鸯煞〕的定格，第五句开头，必用此二字作衬字，犹如〔叨叨令〕定格中必用“也么哥”、“也波哥”一样。其词义很不固定，有的简直看不出它的明显意义。正如张相所说，成为话搭头性质，不能强解，一般则像总结某折或某句的内容，有真正是、

① 校语指出题目正名似相颠倒，但未改底本，仍依原貌。

端的是、简直是等意；有的相当于地方剧下场诗前面的“正是”一词，很可能是元代舞台演出的术语。亦作“畅道”。①

这在前文关于《西厢记》比较研究中有具体说明，此处不再赘述。

《元曲选校注》在剧本体例、曲白校勘等方面时有疏漏之处，除前面提到之处外，在正文曲牌题写方面也有前后不一致之处，如《唐明皇秋夜梧桐雨》第四折〔白鹤子〕后联套为〔幺〕〔幺〕〔幺〕，其他地方均为〔幺篇〕，等等。

（六）考订作者。全书一百种剧本的作者，除无名氏外，其中署名作者有四十二位。校者对这些作家均作了详略不等的介绍，对臧懋循作品署名上的差误作了系统的考订。臧懋循《元曲选》作品误署情况有以下几种：一，对戏曲著录书目中明确作者记载者，臧懋循不注撰者。如《昊天塔》《桃花女》《谇范叔》《气英布》《度柳翠》《看钱奴》《来生债》等，《录鬼簿》分别列于朱凯、王晔、高文秀、尚仲贤、李寿卿、郑廷玉、刘君锡名下；《录鬼簿续编》列《梧桐叶》于李唐宾名下，臧懋循均不注作者。如《桃花女》，校者云：“此剧在《录鬼簿续编》、《太和正音谱》、《元曲选目》等书中，均列入佚名作者类。曹本《录鬼簿》王晔名下有《破阴阳八卦桃花女》剧目，当即此剧。据此可断定作者系王晔。”② 二，有些剧作戏曲著录书目归之于无名氏名下，臧懋循误题作者姓名。《留鞋记》《罗李郎》，《录鬼簿续编》与《太和正音谱》归无名氏名下，臧懋循分别误署曾瑞卿、张国宾；《生金阁》，《录鬼簿续编》归无名氏，臧懋循误署武汉臣；《还牢末》，《太和正音谱》归无名氏，臧懋循误署李致远。如《留鞋记》，校语云：“《脉望馆杂剧选》本为佚名作者，《元曲选》本署曾瑞著，恐误。曾瑞所作乃《才子佳人误元宵》，臧氏认为《王月英元夜留鞋记》是元宵故事，故误题为曾瑞作。”③ 三，有些剧作戏曲著录书目记载为某作家作品，臧懋循误署为另一作家。如《玉壶春》，《录鬼簿续编》归贾仲明，臧懋循误署武汉臣。对以上这些显见误署之处，校者都作了考订，一一予以改正。

---

① 王学奇：《元曲选校注·破幽梦孤雁汉宫秋》，第202页。
② 王学奇：《元曲选校注·桃花女破法嫁周公》，第2579页。
③ 王学奇：《元曲选校注·王月英元夜留鞋记》，第3193页。

另外，当校者认为《元曲选》署名无误，而其他文献典籍记载有异时，同样予以详细考证。如《儿女团圆》剧，校者云：

> 其中《儿女团圆》（全称《翠红乡儿女两团圆》），《脉望馆杂剧选》本、《元曲选》本、《太和正音谱》均指明杨文奎撰，只有《录鬼簿续编》说是高茂卿作。据今人邵曾祺考证说："杂剧以《两团圆》为名的有二：一是《翠红乡儿女两团圆》，一是《豫章城人月两团圆》。前者据《录鬼簿续编》说是高茂卿作，后者不知是否杨作，因不知杨作的题材内容，故无法断定。"我认为邵氏仅根据《录鬼簿续编》即断为高茂卿撰，理由是不充分的，而且《录鬼簿续编》在《两团圆》剧目下的题目、正名为"鸳鸯村夫妻双拆散，翠红乡儿女两团圆"。其中"鸳鸯村"与《元曲选》本的"白鹭村"也不相符，故我以为《翠红乡儿女两团圆》的版权似仍应断给杨文奎。高茂卿所撰可能是另一种，有待进一步考证。①

另外，还有一些剧作由于年代久远，文献记载本身就有争议，著作归属权到底属谁，今天已经很难说明，如《忍字记》，《元曲选》署名郑廷玉，《脉望馆杂剧选》亦署名郑廷玉，但在该剧首页的夹缝处墨笔题写："于谷峰先生查元人孟寿卿作。"但遍查各本《录鬼簿》却不见孟寿卿之名；《单鞭夺槊》、《古名家杂剧》和《元曲选》署名尚仲贤，而脉望馆抄本署名关汉卿，今人邵曾祺主张将其"暂定为佚名作者的作品为妥"②。所有这些记载和署名之不同，校者在引证古籍介绍作家时，皆有所记录和分析，并采取了一种较为客观的处理办法：一是根据校者研究，提出认定结果；二是客观介绍各种不同说法，供读者和研究者作进一步的考证。

此书问世后，陆续有学者对其作了补充，如陈林华、宋颂对《元曲选校注》未释的二则典故作了考证③，左鹏军补充注释 51 条④。但从总体来说，《元曲选校注》内容丰富，举凡元曲研究的领域，几无所不涉，是一

① 王学奇：《元曲选校注·翠红乡儿女两团圆》，第 1259 页。

② 邵曾祺：《元明北杂剧总目考略》，中州古籍出版社 1985 年版，第 562 页。

③ 陈林华、宋颂：《〈元曲选校注〉未释典故二则考证》，《湖南广播电视大学学报》2014 年第 4 期。

④ 左鹏军：《〈元曲选校注〉匡补》，《文献》1999 年第 3 期。

部全新的版本、一部新的元曲释词、一部元曲作家专论新选、古代曲论的宝库、元曲作品述评集。① “真可以说，尽元曲之大观也。”②《元曲选校注》的出版“不仅在古籍整理上，而且在文化史上亦是一件值得大喜大贺的事”，是“一部划时代的曲学巨著”③，是“古籍整理与元曲研究的新丰碑”④，使“元剧古籍焕发了青春，对推动元人杂剧的研究、改编，弘扬民族的戏曲文化，丰富人民的精神生活，都是十分有益的”⑤。

第三节　王季思《全元戏曲》

至20世纪末，元杂剧校勘取得了前所未有的大发展，然“自有元一代始，至今已七百余年。中间虽时有慧眼聪心之士披肝沥胆寻微探源，元曲整理成果却依旧是诸侯分镇，未成一统。与《全唐诗》、《全宋词》相比，元曲犹如三足鼎之缺一足，遂成历史空白，令多少文人学士扼腕”⑥，元杂剧总集编撰之需要越来越有必要。1985年，王学奇有整理《全元杂剧》之计划，最终由于种种原因而未竟全功，但元杂剧“全”集整理校勘工作的开展已成日趋明显之必然趋势。1986年，王季思先生集合老、中、青三代学者，开始《全元戏曲》的整理校勘，历经六年时间，于1991年完成了12卷本元代戏曲全集，“实现了整理元代戏曲总集的共同心愿”⑦，真可称得上是“七百年一梦始成真”⑧。

参加《全元戏曲》编校的学者有王季思、吴国钦、林建、康保成、黄天骥、黄仕忠、董上德、郑尚宪、欧阳光、薛瑞光、罗斯宁、苏寰中等

---

① 张拱贵、孙羡：《〈元曲选校注〉的成就》，《江苏教育学院学报》1997年第1期。

② 张月中：《喜读王学奇教授〈元曲选校注〉》，《河北学刊》1995年第4期。

③ 霍三吾：《一部划时代的曲学巨著——读王学奇教授的〈元曲选校注〉》，《渤海学刊》1996年第1期。

④ 东元：《古籍整理与元曲研究的新丰碑——〈元曲选校注〉简评》，《渤海学刊》1995年第3期。

⑤ 袁世硕：《元剧名刻　精光奂焉——读〈元曲选校注〉》，《河北师院学报》1996年第1期。

⑥ 张福海：《七百年一梦始成真——写给〈全元戏曲〉的出版》，《新闻出版交流》1997年第3期。

⑦ 王季思：《全元戏曲·前言》，人民文学出版社1999年版，第14页。

⑧ 张福海：《七百年一梦始成真——写给〈全元戏曲〉的出版》，《新闻出版交流》1997年第3期。

人，但具体校勘剧目并没有像王学奇《元曲选校注》那样加以说明。此书出版时间也不同，第一卷为1990年1月出版，第二卷为1990年11月出版，第三至十二卷为1999年2月出版。在1999年2月出版后十卷时，同时也将前二卷再次印刷。此时王季思先生已作古，竟未及一睹毕生心血的结晶，实为出版界一大憾事。

一 《全元戏曲》编校工作

从"凡例"可知，编校者主要做了以下工作。

（一）确定收录作品范围及编排次序

《全元戏曲》在编校首先面临的一个问题就是哪些作品应该看作元杂剧①。而要解决这个问题，就有一个如何认识戏曲文本的流传演变问题。

戏曲文本的流传演变有其自身特点，与诗文大不相同。一方面，诗文文本"一般不容许他人加工或改动，文本较为稳定"，而"加工改动往往成为戏曲文本在流传过程中的常见现象"。比如《元刊杂剧三十种》是元杂剧的当代刊本，其中二十九种题目中署有"新编""新刊"字样，这说明"即使在元代，随着戏曲的深入人心及戏曲文本的商品化，已有人对流行的剧本重加整理，并冠以'新'字，以示与旧本相区别"，"这是戏曲文本在元代已进入流传演变状态的显证"。而那些现存明刊本杂剧，不同版本之间"互有出入，其不一致的地方反映出被人加工过的痕迹"。另一方面，剧本经过舞台表演得到观众认可后，剧情的稳定性得到加强，这"决定了戏曲文本的加工一般只能是有限的"。这是一个问题的看似矛盾而又不可分割的两个方面。王季思在"前言"中说："就同一作品的多种本子而言，其加工变动大体是：出数有增减、曲牌有更易、曲白有变换等，但都没有改变剧本原有的人物关系、矛盾性质和剧情梗概。由此可见，戏曲的剧本，有所变，有所不变，可变因素与不变因素并存，是为戏曲文本在流传过程中的一大特色"②，而且这种特色并不因戏曲文本流传的环境而改变，无论是在民间还是宫廷中都具有这一特色。

正是从这一点出发，解决了哪些作品可以被看作元杂剧予以收录的问

① 《全元戏曲》收录有杂剧和南戏作品，因研究中心为元杂剧校勘，故戏文部分不予论述。

② 王季思：《全元戏曲·前言》，人民文学出版社1999年版。

题，换句话来说，就是如何看待明代文人加工本的问题和如何看待脉望馆抄本失名杂剧问题。这一问题的解决，赋予《全元戏曲》一个最大的特点，就是“全”。这个特点具体体现在以下几个方面。

首先，收录全本杂剧最全。收录剧作时，对于明代文人加工本而言，只要是有关戏曲文献目录书籍如《录鬼簿》《太和正音谱》《永乐大典目录》《南词叙录》等已经著录为元代作品的，均视为元人之作予以收录；对于脉望馆抄本中失名杂剧而言，“从多方面加以辨析，视乎证据是否充足，分别采取予以收编、暂予收编的做法”，避免不应有的遗漏。从作品时限来说，“原则上以元世祖中统元年（1260）至元顺帝至正二十八年（1368）为断。凡跨越金元、宋元之间的作家、剧作，一并收入；元明之间的作家，其戏剧活动主要在元代者，其剧作亦予以收入。至于元明之间无名氏的作品，除有确凿证据证明其非元人所作者，均予收录。对暂时无法确定者，以存疑态度收入，并予以说明”①。尤其是元明之间剧作，均说明了收录原因，如无名氏《压关楼叠挂午时牌》，“剧目说明”云：

> 本剧所出年代不详。剧中所演李存孝事迹，正史中记载很少。宋代所刊残本《五代史平话》涉及李存孝的也极少，然而元杂剧中李的事却大量出现。例如关汉卿有《邓夫人苦痛哭存孝》剧、陈存甫有《十八骑误入长安》剧、无名氏有《雁门关存孝打虎》剧等，说明这是一个元代剧作家热心创作的题材，因此本剧极有可能为元人所作。
>
> 另外，值得注意的是本剧情节与关汉卿《邓夫人苦痛哭存孝》剧有不少相似之处。例如，二剧李克用上场诗均为：“番，番，番；地恶，人奔；骑宝马，坐雕鞍。飞鹰走犬，野水青山。渴饮羊酥酒，饥餐鹿脯肝。凤翎箭手中施展，宝雕弓臂上斜弯。林间酒阑胡旋舞呵，着丹青写入画图间。”又如，二剧中康君立、李存信均为净扮，其声口、表演亦都相似等。说明本剧与关剧创作年代相距不会太远。据此今暂将本剧收入。②

从剧名来说，所有剧作以所用底本为据，其他版本别名则缀于其后。

---

① 王季思：《全元戏曲·凡例》。

② 王季思：《全元戏曲》（八），第234页。

这是前此杂剧选集所没有的。从数量来说，《全元戏曲》收录全本杂剧210种，其中元代有名氏作家作品104种，分别是：

关汉卿：邓夫人苦痛哭存孝、包待制三勘蝴蝶梦、关大王独赴单刀会、赵盼儿风月救风尘、杜蕊娘智赏金线池、望江亭中秋切鲙、钱大尹智勘绯衣梦、感天动地窦娥冤、钱大尹智宠谢天香、温太真玉镜台、山神庙裴度还带（晋国公裴度还带）、状元堂陈母教子、刘夫人庆赏五侯宴、包待制智斩鲁斋郎、尉迟恭单鞭夺槊、诈妮子调风月、闺怨佳人拜月亭、关张双赴西蜀梦

白仁甫：董秀英花月东墙记、唐明皇秋夜梧桐雨、裴少俊墙头马上

高文秀：黑旋风双献功（黑旋风双献头）、刘玄德独赴襄阳会（刘先主襄阳会）、保成公径赴渑池会、须贾大夫谇范叔（须贾谇范雎）、好酒赵元遇上皇

马致远：西华山陈抟高卧（泰华山陈抟高卧）、马丹阳三度任风子、半夜雷轰荐福碑、破幽梦孤雁汉宫秋、江州司马青衫泪、吕洞宾三醉岳阳楼、邯郸道省悟黄粱梦（开坛阐教黄粱梦）（与李时中、红字李二、花李郎合作）

王实甫：崔莺莺待月西厢记、四丞相高宴丽春堂（四丞相歌舞丽春堂）、吕蒙正风雪破窑记

杨显之：临江驿潇湘夜雨、郑孔目风雪酷寒亭

李寿卿：月明和尚度柳翠（月明三度临歧柳）、说专诸伍员吹箫

王伯成：李天白贬夜郎

孙仲章：河南府张鼎勘头巾

刘唐卿：降桑椹蔡顺奉母（蔡顺摘椹养母）

武汉臣：散家财天赐老生儿

王仲文：救孝子贤母不认尸

李文蔚：破苻坚蒋神灵应（谢玄淝水破苻坚）、张子房圯桥进履、同乐院燕青博鱼（报冤台燕青扑鱼）

岳伯川：吕洞宾度铁拐李岳

康进之：梁山伯李逵负荆

费唐臣：苏子瞻风雪贬黄州

石子章：秦修然竹坞听琴

李好古：沙门岛张生煮海

狄君厚：晋文公火烧介子推

孔文卿：地藏王证东窗事犯

张寿卿：谢金莲诗酒红梨花

吴昌龄：花间四友东坡梦、谢天师断风花雪月、西游记

石君宝：李亚仙花酒曲江池、鲁大夫秋胡戏妻、诸宫调风月紫云亭

李行道：包待制智勘灰阑记

纪君祥：赵氏孤儿大报仇

史九敬先：老庄周一枕蝴蝶梦

孟汉卿：张孔目智勘魔合罗（张鼎智勘魔合罗）

尚仲贤：洞庭湖柳毅传书、汉高皇濯足气英布、尉迟恭三夺槊

戴善夫：陶学士醉写风光好

郑廷玉：宋上皇御断金凤钗、包待制智勘后庭花（包龙图智勘后庭花）、布袋和尚忍字记、楚昭公疏者下船、看钱奴买冤家债主

李直夫：便宜行事虎头牌（武元皇帝虎头牌）

张国宾：相国寺公孙合汗衫、薛仁贵荣归故里（薛仁贵衣锦还乡）、罗李郎大闹相国寺

宫大用：严子陵垂钓七里滩（严子陵钓鱼台）、死生交范张鸡黍

郑德辉：虎牢关三战吕布、钟离春智勇定齐、立成汤伊尹耕莘（放太甲伊尹扶汤）、醉思乡王粲登楼、㑳梅香骗翰林风月、迷青琐倩女离魂、辅成王周公摄政

金志甫：萧何月夜追韩信

范子安：陈季卿悟道竹叶舟（陈季卿误上竹叶舟）

曾瑞卿：王月英元夜留鞋记

杨梓：承明殿霍光鬼谏（古杭新刊关目霍光鬼谏）、忠义士豫让吞炭、功臣宴敬德不伏老（下高丽敬德不伏老）

秦简夫：宜秋山赵礼让肥（孝义士赵礼让肥）、东堂老劝破家子弟、晋陶母剪发待宾

乔梦符：李太白匹配金钱记（唐明皇御断金钱记）、杜牧之诗酒扬州梦、玉箫女两世姻缘

萧德祥：杨氏女杀狗劝夫（王翛然断杀狗劝夫）

朱凯：昊天塔孟良盗骨（放火孟良盗骨殖）、刘玄德醉走黄鹤楼

王日华：桃花女破法嫁周公（破阴阳八卦桃花女）

元末明初作家作品14种，分别是：

罗贯中：宋太祖龙虎风云会（赵太祖龙虎风云会）
谷子敬：吕洞宾三度城南柳
杨景贤：马丹阳度脱刘行首（王祖师三化刘行首）
李唐宾：李云英风送梧桐叶
高茂卿：翠红乡儿女两团圆
刘君锡：庞居士误放来生债
詹时雨：围棋闯局（补西厢弈棋）
贾仲明：荆楚臣重对玉梳记、李素兰风月玉壶春、萧淑兰情寄菩萨蛮、铁拐李度金童玉女、吕洞宾桃柳升仙梦
王子一：刘晨阮肇误入桃源（刘晨阮肇误入天台）
黄元吉：黄廷道夜走流星马

无名氏作品92种，分别是：

诸葛亮博望烧屯、新编足本关目张千替杀妻、古杭新刊小张屠焚儿救母、包待制陈州粜米、玉清庵错送鸳鸯被、随何赚风魔蒯通、争报恩三虎下山、硃砂担滴水浮沤记、包龙图智赚合同文字、冻苏秦衣锦还乡、小尉迟将斗将认父归朝、神奴儿大闹开封府、谢金吾诈拆清风府、庞涓夜走马陵道、朱太守风雪渔樵记、孟德耀举案齐眉、两军师隔江斗智、玎玎珰珰盆儿鬼、逞风流王焕百花亭、金水桥陈琳抱妆盒、锦云堂暗定连环计、风雨像生货郎旦、崔府君断冤家债主、萨真人夜断碧桃花、冯玉兰夜月泣江舟、关云长千里独行、苏子瞻醉写赤壁赋、郑月莲秋夜云窗梦、刘千病打独角牛、施仁义刘弘嫁婢、狄青复夺衣袄车、摩利支飞刀对箭、瘸李岳诗酒玩江亭、海门张仲村乐堂、十探子大闹延安府、鲁智深喜赏黄花峪、二郎神醉射锁魔镜、汉钟离度脱蓝采和、赵匡义智娶符金锭、张公艺九世同居、阀阅舞射柳蕤丸记、十八国临潼斗宝、田穰苴伐晋兴齐、后七国乐毅图齐、吴起敌秦挂帅印、韩元帅暗度陈仓、运机谋随何骗英布、司马相如题桥

记、邓禹定计捉彭庞、马援挝打聚兽牌、云台门聚二十八将、薛苞认母、刘关张桃园三结义、张翼德大破杏林庄、张翼德单战吕布、张翼德三出小沛、关云长单刀劈四寇、莽张飞大闹石榴园、周公瑾得志娶小乔、走凤雏庞掠四郡、曹操夜走陈仓路、阳平关五马破曹、寿亭侯怒斩关平、关云长大破蚩尤、十样锦诸葛论功、都孔目风雨还牢末、陶渊明东篱赏菊、程咬金斧劈老君堂、魏征改诏风云会、长安城五马投唐、徐茂公智降秦叔宝、贤达妇龙门隐秀、招凉亭贾岛破风诗、李嗣源复夺紫泥宣、压关楼叠挂午时牌、立功勋庆赏端阳、尉迟恭鞭打单雄信、赵匡胤打董达、穆陵关上打韩通、杨六郎调兵破天阵、焦光赞活拿萧天佑、八大王开诏救忠臣、梁山五虎大劫牢、梁山七虎闹铜台、王矮虎大闹东平府、宋公明排九宫八卦阵、张于湖误宿女真观、清廉官长勘金环、观音菩萨鱼篮记、吕翁三化邯郸店、时真人四圣锁白猿、徐伯株贫富兴衰记

这个数目远远超过了以往所有元杂剧选集，称为“全”是实至名归。特别是那些元代有名氏作家之剧作，原来分散各本，现在将之集中整理校勘，合则为全集，分则为作家作品集，对这些剧作的传播和流传居功至伟。

其次，所附录的元刊本和残曲、逸文是最全的。《元刊杂剧三十种》大部分剧作校勘底本为明刊本，只有个别没有明刊本者以元刊本为底本，凡是明刊本为底本的均附录了元刊本，以资比较。这是其他杂剧选集所没有的。这些附录有元刊本的剧作有16种，为：

关大王独赴单刀会、西华山陈抟高卧、好酒赵元遇上皇、马丹阳三度任风子、散家财天赐老生儿、吕洞宾度铁拐李岳、赵氏孤儿大报仇、张孔目智勘魔合罗、汉高皇濯足气英布、楚昭公疏者下船、看钱奴买冤家债主、相国寺公孙汗衫记、薛仁贵荣归故里、死生交范张鸡黍、醉思乡王粲登楼、陈季卿悟道竹叶舟

尤其是其中《醉思乡王粲登楼》，除了附录郑骞校录本，还附录了脉望馆抄本《王粲登楼跋》和何煌校勘记，实际上等于提供了三种不同版本。这16种杂剧和其他以元刊本为底本的14种，实际上是一部完整的《元刊杂剧三十种》之校勘著作，这也是有些研究者和笔者在论及《元刊

杂剧三十种》整理校勘时总会提到《全元戏曲》之原因。

另外，《全元戏曲》本有些作家作品全本佚失，但还有个别残折、残曲、逸曲保存在浩如烟海的文献典籍中，编校者到“全国各地的图书馆去做辑佚的工作，力求搜罗完备”，将这些残曲钩稽出来，构成了一个最全的元杂剧逸曲钩沉著作。这些逸曲钩沉主要有以下几种类型。

一是作品全本尚存之异文。主要有：

关大王独赴单刀会（附《九宫大成谱》异文一曲）、诈妮子调风月（附《北词广正谱》佚曲一首）、梁山伯李逵负荆（附《北词广正谱》异文三曲）、便宜行事虎头牌（附录《北曲拾遗·虎头牌》残曲）

二是作品全本已佚，但尚存残折、残曲、异文、残句。主要有：

关汉卿：唐明皇哭香囊（残折）、风流孔目春衫记（残曲）、孟良盗骨（残曲）

白仁甫：韩翠颦御水流红叶（残折）（附《太和正音谱》异文二曲）（附《北词广正谱》异文二曲）、李克用箭射双雕（残折）（附《北词广正谱》异文一曲）

高文秀：周瑜谒鲁肃（残折）

马致远：晋刘阮误入桃源（残曲）

王实甫：苏小卿月夜贩茶船（信安王断没贩茶船）（残折）、韩彩云丝竹芙蓉亭（残折）

费君祥：才子佳人菊花会（残句）

花李郎：相府院曹公勘吉平（残曲）、懒懆判官钉一钉（残曲）

李寿卿：鼓盆歌庄子叹骷髅（残折）

赵明道：陶朱公范蠡归湖（残本）

武汉臣：虎牢关三战吕布（残句）

王仲文：诸葛亮秋风五丈原（残曲）

李进取：神龙殿栾巴噀酒（残折）

岳伯川：罗公远梦断杨贵妃（残折）（附《北词广正谱》异文四曲）

石子章：黄桂娘秋夜竹窗雨（残折）

纪君祥：陈文图悟道松阴梦（残折）

尚仲贤：陶渊明归去来兮（残曲）、凤凰坡越娘背灯（残曲）、海神庙王魁负桂英（残曲）（附《北词广正谱》异文一曲）

戴善夫：柳耆卿诗酒玩江楼（残曲）

李直夫：邓伯道弃子留侄（吴太守邓伯道弃子）（残曲）

郑德辉：崔怀宝月夜闻筝（残曲）

鲍天佑：王妙妙死哭秦少游（残曲）、史鱼尸谏卫灵公（残曲）

陈以仁：十八骑误入长安（残曲）

周文质：持汉节苏武还朝（残曲）

郑仲谊：死葬鸳鸯塚（残折）

陆进之：韩湘子引渡升仙会（残曲）

杨景贤：卢时长老天台梦（残曲）

春牛张：贤达妇荆娘盗果（残曲）

无名氏：千里独行（残折）、像生番语罟罟旦（残折）、楚金仙月夜杜鹃啼（残折）、风风魔魔纸扇记（残曲）、火烧阿房宫（残曲）、张顺水里报冤（残曲）、蓝关记（残曲）、蓝采和锁心猿意马（残曲）、拂尘子仁义礼智信（残曲）、望思台（残折）、唐三藏西天取经（残折）

在剧作收录方面还有个别遗漏和著录中正目、分目不符之处。① 其中漏收之剧有《包待制智勘生金阁》《雁门关存孝打虎》《龙济山野猿听经》三种。《包待制智勘生金阁》，《元曲选》作者武汉臣，但《录鬼簿》武汉臣名下无。《录鬼簿续编》“诸公传奇失载名氏并附于此”有《包待制智勘生金阁》（简名《生金阁》），《全元戏曲》未收，应在“无名氏作品”部分。《雁门关存孝打虎》，《录鬼簿续编》无名氏目有此剧，简名《存孝打虎》，《脉望馆钞校本古今杂剧》有此剧，书页边称《雁门关存孝打虎》，正文剧名《存孝打虎》，署名“元无氏”，不分折。《元曲选外编》亦收此剧，在脉望馆本基础上分折。《孤本元明杂剧》亦收此剧，简名《雁门关》，署“元阙名”，对个别字句作了校正。《元曲选外编》署名陈以仁作，《录鬼簿》陈以仁名下无此剧。《全元戏曲》未收，应补在“无名氏作品”部分。《龙济山野猿听经》，《脉望馆钞校本古今杂剧》收此剧，简名《猿

① 此两点内容参考罗斯宁《对〈全元戏曲〉的补正及反思》，《文化遗产》2008 年第 1 期。

听经》，未署作者。《元曲选外编》亦收此剧，目录归元无名氏作，个别字句与脉望馆本有所不同。《全元戏曲》未收，应补在“无名氏作品”部分。

著录剧目之总目录和分目录不符之处有：李文蔚《张子房圯桥进履》，总目误作《张子房圮桥进履》，分卷目录和正文题目无误。无名氏《冯玉兰夜月泣江舟》，总目误作《冯玉兰夜月泣红舟》，分卷目录和正文题目无误。黄元吉《黄廷道走千里流星马》，总目剧目下有“（残曲）”二字，误，分卷目录无此二字，无误。另该剧分卷目录和正文剧名均为《黄廷道夜走流星马》，与总目不同，应补别名《黄廷道夜走流星马》。杨景贤《卢时长老天台梦》为残曲，总目该剧下无“（残曲）”二字，应补。分卷目录有此二字，正文为残曲，无误。

（二）制定编排体例

《全元戏曲》采用新式标点，断句以曲律为主，兼顾文意，充分采纳了前人研究成果。字体采用繁体字，大体上以1955年中国文字改革委员会颁布的《第一批异体字整理表》为据，并参照海外流行用法。关于字体问题，编校者最初考虑元代戏曲中有不少简体字，在整理时意欲保留那些已被收进《简化字总表》的字，以便更能反映作为通俗文艺的元代戏曲的原貌。但因全书用繁体字排印，一些简体字夹杂其中，字体不一致，而且，把简体字、异体字改为正体，是古籍整理工作的基本要求。所以最后经过慎重讨论，决定以后者为重，放弃保留部分简体字的设想，以求全书字体的统一。

《全元戏曲》杂剧编排顺序以天一阁本《录鬼簿》所列作家作品次序排列，并参考学术界有关的研究成果。作者的署名沿用《录鬼簿》《元曲选》旧例，并参考学术界意见，有争议者，予以说明。有名氏作者剧作编排内容包括作者、小传、剧名、剧目说明、剧作正文、校记。剧作正文分折分楔子，曲白分离，宾白按照人物上下场分段，用小一号字低两格书写。

（三）撰写作者小传

凡作者可考者，为之编撰小传，介绍作家生平、交游、创作概况、作品简述、后世评价及文学史地位等方面情况，实际上构成了一部以作者为中心的元代杂剧史。如“关汉卿小传”：

关汉卿，大都人。约生于十三世纪初，卒于元成宗大德元年(1297)以后。《录鬼簿》一本记其为“太医院尹”，别本《录鬼簿》则作“太医院户”。查《元史》和《金史》，未见有“太医院尹”之官职，而“医户”却是元代户籍之一，故关汉卿可能是属于太医院户籍的一位杂剧作家。

关汉卿是元代前期杂剧界的领袖人物，玉京书会里最著名的才人。《析津志》说他“生而倜傥，博学能文，滑稽多智，蕴藉风流，为一时之冠”。臧晋叔《元曲选·序》说他“躬践排场，面傅粉墨，以为我家生活，偶倡优而不辞”。他和当时杂剧作家杨显之、费君祥、散曲作家王和卿以及著名女艺人珠帘秀等均有交往。

关汉卿撰有杂剧六十多种，现存约十七八种。计为：《感天动地窦娥冤》、《包待制智斩鲁斋郎》、《赵盼儿风月救风尘》、《望江亭中秋切鲙旦》、《钱大尹智宠谢天香》、《杜蕊娘智赏金线池》、《关大王独赴单刀会》、《温太真玉镜台》、《钱大尹智勘绯衣梦》、《状元堂陈母教子》、《包待制三勘蝴蝶梦》、《邓夫人苦痛哭存孝》、《关张双赴西蜀梦》、《闺怨佳人拜月亭》、《诈妮子调风月》、《刘夫人庆赏五侯宴》、《尉迟恭单鞭夺槊》、《山神庙裴度还带》。(后三种研究者有不同意见)

关汉卿的部分剧作，如《窦娥冤》、《拜月亭》、《单刀会》等剧，都在舞台上演出不衰，影响深远。他的杂剧抒写了元代封建压迫下人民悲惨的遭际，具有重大的历史认识作用与审美价值。他的剧作塑造了许多感人至深的下层妇女的艺术典型，那是《红楼梦》出现之前我国文学和戏剧中最具光彩的系列女性形象。关汉卿是我国文学史和戏剧史上伟大的戏剧家，元代杂剧艺术的奠基人。元末明初贾仲明在为《录鬼簿》补写的挽词中说他：“驱梨园领袖，总编修帅首，捻杂剧班头。姓名香四大神州。”从元代周德清的《中原音韵》、明代何良俊的《四友斋丛说》，到近代王国维的《宋元戏曲史》，都把关汉卿列为元曲四大家之首。元代著名的杂剧作家高文秀在当时被誉为“小汉卿”，杭州戏曲作家沈和甫被称为“蛮子汉卿”，足见关汉卿在元代戏曲创作中的地位。王国维在《宋元戏曲史》中认为关汉卿的《窦娥冤》“列之于世界大悲剧中亦无愧色”。一九五八年，关汉卿被世界和平理事会列为世界文化名人，北京隆重举行关汉卿戏剧活动七百年的纪念大会。关汉卿的杂剧，今天已成为中国人民和世界人民共同的精神财富。

除杂剧外，关汉卿还是元代一位杰出的散曲作家。据任中敏、隋树森等专家辑录，今存套曲十多套，小令约四十首。其作品在元代散曲史上占有重要的地位。①

（四）撰写剧目说明（确定底本、校本、参校本）

编校者为每剧撰写一份“剧目说明”，内容包括作者、著录情况、现存版本、底本、校本及参校本等。如关汉卿《邓夫人苦痛哭存孝》：

本剧为关汉卿所撰当无可怀疑。《录鬼簿》于关氏名下著录《邓夫人哭存孝》剧，即本剧。《说集》本、天一阁本、孟称舜本、《太和正音谱》等均作简名《哭存孝》，脉望馆本剧名作《邓夫人苦痛哭存孝》。

本剧现存版本，有《脉望馆抄校本古今杂剧》与王季烈编《孤本元明杂剧》。现以前者为底本，用后者参校。②

1. 考述作者

对于一些杂剧作者问题，有争议之处，均作简略说明，凡是没有确凿证据证明可以推翻者，均按照《录鬼簿》和《元曲选》为据。如关汉卿《山神庙裴度还带》：

关于此剧作者，《录鬼簿》于关汉卿名下著录《晋国公裴度还带》剧，天一阁本、《说集》本、孟称舜本《录鬼簿》仅作《裴度还带》。天一阁本正名为“香山寺裴度还带”（“寺”误作“扇”），《脉望馆抄校本古今杂剧》本题“元关汉卿撰”，题目正名为“邮亭上琼英卖诗，山神庙裴度还带”。按元末明初贾仲明也有《裴度还带》剧，天一阁本《录鬼簿续编》所载题目正名为“长安市璛琟报恩，山神庙裴度还带”。因此，有人认为本剧为贾仲明所作，但证据并不充分。③

① 王季思：《全元戏曲》（一），第1—2页。

② 王季思：《全元戏曲》（一），第3页。

③ 王季思：《全元戏曲》（一），第257页。

此类有争议的作家作品还有：

钱大尹智勘绯衣梦、状元堂陈母教子、刘夫人庆赏五侯宴、包待制智斩鲁斋郎、尉迟恭单鞭夺槊（关汉卿）、刘玄德独赴襄阳会、保成公径赴渑池会（高文秀）、月明和尚度柳翠（李寿卿）、河南府张鼎勘头巾（孙仲章）、破苻坚蒋神灵应、张子房圯桥进履（李文蔚）、地藏王证东窗事犯（孔文卿）、张天师断风花雪月、西游记（吴昌龄）、诸宫调风月紫云亭（石君宝）、布袋和尚忍字记（郑廷玉）、罗李郎大闹相国寺（张国宾）、严子陵垂钓七里滩（宫大用）、虎牢关三战吕布、钟离春智勇定齐、立成汤伊尹耕莘（郑德辉）、翠红乡儿女两团圆（高茂卿）、李素兰风月玉壶春（贾仲明）、包待制陈州粜米、崔府君断冤家债主、瘸李岳诗酒玩江亭、十样锦诸葛论功、程咬金斧劈老君堂、（无名氏）

2. 选择底本、参校本

说明各剧所采用底本、参校本是“剧目说明”的主要内容。《全元戏曲》底本选择原则是“凡《元曲选》已载者，则以之为底本，其他则择善而从”，根据全书底本选择，可知其“善”，首选明刊本，只有当某剧无明刊本时，才以元刊本或者近代版本作为底本。现将全部杂剧底本、校本、参校本罗列如下：

剧目	底本	参校本
邓夫人苦痛哭存孝	脉望馆本	王季烈本
包待制三勘蝴蝶梦	元曲选本	古名家杂剧本
关大王独赴单刀会	脉望馆本	元刊本、王季烈本、与众曲谱本
附录元刊本	元刊本	郑骞本、徐沁君本
赵盼儿风月救风尘	元曲选本	古名家杂剧本
杜蕊娘智赏金线池	元曲选本	古名家杂剧本、顾曲斋本、柳枝集本
望江亭中秋切鲙	元曲选本	息机子本、顾曲斋本
钱大尹智勘绯衣梦	脉望馆本	古名家杂剧本、顾曲斋本
感天动地窦娥冤	元曲选本	古名家杂剧本、酹江集本
钱大尹智宠谢天香	元曲选本	古名家杂剧本

续表

剧目	底本	参校本
温太真玉镜台	元曲选本	古名家杂剧本、顾曲斋本、柳枝集本
山神庙裴度还带	脉望馆本	王季烈本
状元堂陈母教子	脉望馆本	王季烈本
刘夫人庆赏五侯宴	脉望馆本	王季烈本、北大本、隋树森本①
包待制智斩鲁斋郎	元曲选本	古名家杂剧本
尉迟恭单鞭夺槊	元曲选本	脉望馆本、古名家杂剧本
诈妮子调风月	元刊本	隋树森本、吴晓铃本、郑骞本、北大本、徐沁君本、刘靖之《关汉卿三国故事杂剧研究》、宁希元稿本
闺怨佳人拜月亭	元刊本	隋树森本、吴晓铃本、郑骞本、北大本、徐沁君本、刘靖之《关汉卿三国故事杂剧研究》、宁希元稿本
关张双赴西蜀梦	元刊本	隋树森本、吴晓铃本、郑骞本、北大本、徐沁君本、刘靖之《关汉卿三国故事杂剧研究》、宁希元稿本
唐明皇哭香囊	赵景深本	
风流孔目春衫记	不明	
孟良盗骨	北词广正谱	
董秀英花月东墙记	隋树森本	脉望馆本、王季烈本
唐明皇秋夜梧桐雨	元曲选本	脉望馆本、顾曲斋本、继志斋本、酹江集本、盛世新声、词林摘艳、雍熙乐府、太和正音谱、北词广正谱、词谑
裴少俊墙头马上	元曲选本	脉望馆本、柳枝集本
韩翠颦御水流红叶	盛世新声	雍熙乐府、词林摘艳、太和正音谱、北词广正谱
李克用箭射双雕	雍熙乐府	北词广正谱
黑旋风双献功	元曲选本	脉望馆本
刘玄德独赴襄阳会	隋树森本	脉望馆本、王季烈本
保成公径赴渑池会	脉望馆本	
须贾大夫谇范叔	元曲选本	息机子本、酹江集本
好酒赵元遇上皇	隋树森本	元刊本、脉望馆本、卢前本、郑骞本、徐沁君本、王季烈本
附录元刊本	元刊本	脉望馆本、郑骞本、徐沁君本
周瑜谒鲁肃	赵景深本	

① 剧目说明“用王季烈《孤本元明杂剧》本等参校”，其中“等”者校语中提到此两种。

续表

剧目	底本	参校本
西华山陈抟高卧	元曲选	元刊本、息机子本、脉望馆本、阳春奏本、改定元贤传奇本①
附录元刊本	元刊本	元曲选本、息机子本、脉望馆本、阳春奏本、郑骞本、徐沁君本、太和正音谱②
马丹阳三度任风子	元曲选本	元刊本、脉望馆本、酹江集本
附录元刊本	元刊本	元曲选本、酹江集本、脉望馆本、郑骞本、徐沁君本③
半夜雷轰荐福碑	元曲选本	脉望馆本、继志斋本、酹江集本
破幽梦孤雁汉宫秋	元曲选本	脉望馆本、顾曲斋本、酹江集本
江州司马青衫泪	元曲选本	脉望馆本、顾曲斋本、柳枝集本、改定元贤传奇本、阳春奏本、今乐府选本
吕洞宾三醉岳阳楼	元曲选本	脉望馆本
邯郸道省悟黄粱梦	元曲选本	脉望馆本
晋刘阮误入桃源	赵景深本	
崔莺莺待月西厢记	集评校注西厢记1986年版	弘治本、元人题评西厢记等
四丞相高宴丽春堂	元曲选本	脉望馆本、酹江集本
吕蒙正风雪破窑记	隋树森本	脉望馆本、王季烈本
苏小卿月夜贩茶船	赵景深本	
韩彩云丝竹芙蓉亭	赵景深本	
临江驿潇湘秋夜雨	元曲选本	顾曲斋本、柳枝集本
郑孔目风雪酷寒亭	元曲选本	古名家杂剧本④
才子佳人菊花会	青楼集	

① 剧目说明中有现存版本而未明确说明参校本，仅为“参校其他所见各本”，其中《改定元贤传奇》本，《刘晨阮肇误入桃源》剧目说明说未见此本，但此处而未加以说明，和后面所云前后矛盾，故暂列入。下《江州司马青衫泪》同。

② 据校语统计。校勘中“他本”“诸本”之类较多，未明确指何本。

③ 参校本此据校语统计。

④ 剧目说明“另有钱塘丁氏八千卷楼旧藏珍本《元明杂剧》本，实是《古名家杂剧》本篡订；《元人杂剧全集》乃重订《元曲选》本者”。言下之意即此二本无参校价值，故不列。

续表

剧目	底本	参校本
相府院曹公勘吉平	不明①	
懒慢判官钉一钉	太和正音谱、北词广正谱	徐于室《北词谱》
月明和尚度柳翠	元曲选本	息机子本、柳枝集本
说专诸伍员吹箫	元曲选本②	
鼓盆歌庄子叹骷髅	赵景深本	盛世新声、词林摘艳、雍熙乐府、北词广正谱
李太白贬夜郎	元刊本	卢前本、郑骞本、隋树森本、徐沁君本
河南府张鼎勘头巾	元曲选本	脉望馆本
陶朱公范蠡归湖	赵景深本	
降桑椹蔡顺奉母	脉望馆本	王季烈本、隋树森本
散家财天赐老生儿	元曲选本	酹江集本
附录元刊本	元刊本	郑骞本、徐沁君本
虎牢关三战吕布	北词广正谱	
救孝子贤母不认尸	元曲选本	
诸葛亮秋风五丈原	太和正音谱	赵景深本
神龙殿栾巴噀酒	赵景深本	盛世新声、词林摘艳、雍熙乐府、北词广正谱、
破苻坚蒋神灵应	脉望馆本	王季烈本、隋树森本
张子房圯桥进履	脉望馆本	王季烈本、隋树森本
同乐院燕青博鱼	元曲选本	脉望馆本、酹江集本
吕洞宾度铁拐李岳	元曲选本	元刊本、酹江集本
附录元刊本	元刊本	元曲选本、郑骞本、徐沁君本
罗公远梦断杨贵妃	雍熙乐府	
梁山泊李逵负荆	元曲选本	酹江集本
苏子瞻风雪贬黄州	脉望馆本	王季烈本、隋树森本
秦修然竹坞听琴	元曲选本	顾曲斋本、古名家杂剧本、柳枝集本
黄桂娘秋夜竹窗雨	词林摘艳	赵景深本

① 剧目说明“以下三曲皆见《北词广正谱》。《太和正音谱》亦收〔镇江回〕曲，并注明为第三折”。

② 剧目说明“另有《元人杂剧全集》本，此乃重印《元曲选》者，并作了断句。兹以《元曲选》为底本，对个别文字作了校订”，未明是否参校了卢前本。故不列参校本。

续表

剧目	底本	参校本
沙门岛张生煮海	元曲选本	柳枝集本
晋文公火烧介子推	元刊本	卢前本、郑骞本、隋树森本、徐沁君本
地藏王证东窗事犯	元刊本	郑骞本、隋树森本、徐沁君本
谢金莲诗酒红梨花	元曲选本	顾曲斋本、古名家杂剧本、柳枝集本、明刊《红梨花》附录本
花间四友东坡梦	元曲选本	
张天师断风花雪月	元曲选本	脉望馆本
西游记	杨东来批本	柳枝集本、隋树森本
李亚仙花酒曲江池	元曲选本	顾曲斋本
鲁大夫秋胡戏妻	元曲选本	
诸宫调风月紫云亭	元刊本	卢前本、隋树森本、郑骞本、徐沁君本
包待制智勘灰阑记	元曲选本	卢前本
赵氏孤儿大报仇	元曲选本	酹江集本、元刊本
附录元刊本	元刊本	元曲选本、郑骞本、徐沁君本
陈文图悟道松阴梦	雍熙乐府	赵景深本
老庄周一枕蝴蝶梦	脉望馆本	王季烈本、隋树森本
张孔目智勘魔合罗	元曲选本	元刊本、脉望馆本、酹江集本
附录元刊本	元刊本	元曲选本、脉望馆本、郑骞本、徐沁君本、盛世新声
洞庭湖柳毅传书	元曲选本	顾曲斋本、柳枝集本
汉高皇濯足气英布	元曲选本	元刊本、雍熙乐府
附录元刊本	元刊本	元曲选本、郑骞本、徐沁君本①
尉迟恭三夺槊	元刊本	隋树森本、郑骞本、徐沁君本
陶渊明归去来兮	太和正音谱	
凤凰坡越娘背灯	太和正音谱	
海神庙王魁负桂英	雍熙乐府	
陶学士醉写风光好	元曲选本	古名家杂剧本、阳春奏本
柳耆卿诗酒玩江楼	雍熙乐府	词林摘艳、盛世新声、赵景深本
宋上皇御断金凤钗	脉望馆本	王季烈本、隋树森本

① 参校本据校语统计。

续表

剧目	底本	参校本
包待制智勘后庭花	元曲选本	脉望馆本
布袋和尚忍字记	元曲选本	息机子本
楚昭公疏者下船	元曲选本	脉望馆本
附录元刊本	元刊本	元曲选本、脉望馆本、郑骞本、徐沁君本①
看钱奴买冤家债主	元曲选	息机子本
附录元刊本	元刊本	元曲选本、息机子本、何煌校本、郑骞本、徐沁君本②
便宜行事虎头牌	元曲选本	雍熙乐府、词林摘艳、北曲拾遗
郑伯道弃子留侄	北词广正谱	太和正音谱、赵景深本
相国寺公孙合汗衫	元曲选本	元刊本、脉望馆本
附录元刊本	元刊本	郑骞本、徐沁君本
薛仁贵荣归故里	元曲选本	
附录元刊本	元刊本	郑骞本、徐沁君本
罗李郎大闹相国寺	元曲选本	脉望馆本
严子陵垂钓七里滩	元刊本	隋树森本、郑骞本、徐沁君本、雍熙乐府、词林摘艳
死生交范张鸡黍	元曲选本	元刊本、脉望馆本、酹江集本
虎牢关三战吕布	脉望馆本	王季烈本、隋树森本
钟离春智勇定齐	脉望馆本	王季烈本、隋树森本
立成汤伊尹耕莘	脉望馆本	王季烈本、隋树森本
醉思乡王粲登楼	元曲选本	脉望馆本、酹江集本、雍熙乐府
附录元刊本	郑骞本	
㑳梅香骗翰林风月	元曲选本	脉望馆本、顾曲斋本、柳枝集本
迷青琐倩女离魂	元曲选本	顾曲斋本、脉望馆本、柳枝集本
辅成王周公摄政	元刊本	隋树森本、郑骞本、徐沁君本
崔怀宝月夜闻筝	赵景深本	
萧何月夜追韩信	元刊本	隋树森本、郑骞本、徐沁君本
陈季卿悟道竹叶舟	元曲选本	元刊本
附录元刊本	元刊本	元曲选本、郑骞本、徐沁君本

① 参校本据校语统计。

② 参校本据校语统计。

续表

剧目	底本	参校本
王月英元夜留鞋记	元曲选本	脉望馆本、何煌校本
王妙妙死哭秦少游	赵景深本	
史鱼尸谏卫灵公	赵景深本	
十八骑误入长安	太和正音谱	脉望馆《雁门关存孝打虎》
持汉节苏武还朝	赵景深本	
承明殿霍光鬼谏	元刊本	隋树森本、郑骞本、徐沁君本
忠义士豫让吞炭	脉望馆本	王季烈本
功臣宴敬德不伏老	明富春堂刊《金貂记》附录本	脉望馆本、隋树森本
宜秋山赵礼让肥	元曲选本	脉望馆本
东堂老劝破家子弟	元曲选本	脉望馆本、酹江集本
晋陶母剪发待宾	脉望馆本	王季烈本
李太白匹配金钱记	元曲选本	古名家杂剧本、顾曲斋本、柳枝集本、词谑、雍熙乐府
杜牧之诗酒扬州梦	元曲选本	古名家杂剧本、继志斋本、柳枝集本、词谑、雍熙乐府
玉箫女两世姻缘	元曲选本	古名家杂剧本、顾曲斋本、息机子本、柳枝集本、词林摘艳、雍熙乐府、盛世新声、词谑
杨氏女杀狗劝夫	元曲选本	脉望馆本
昊天塔孟良盗骨	元曲选本	
刘玄德醉走黄鹤楼	脉望馆本	王季烈本、隋树森本
桃花女破法嫁周公	元曲选本	脉望馆本
宋太祖龙虎风云会	脉望馆本	杂剧选本、古杂剧本、阳春奏本、酹江集本
吕洞宾三度城南柳	元曲选本	脉望馆本、息机子本、柳枝集本、雍熙乐府
死葬鸳鸯塚	赵景深本	雍熙乐府、词林摘艳、北词广正谱
韩湘子引渡升仙会	赵景深本	
马丹阳度脱刘行首	元曲选本	脉望馆本
卢时长老天台梦	不明	
李云英风送梧桐叶	元曲选本	脉望馆本、顾曲斋本
翠红乡儿女两团圆	元曲选本	脉望馆本
庞居士误放来生债	元曲选本	
围棋闯局	暖红室刊本	弘治本、郁郁堂本

续表

剧目	底本	参校本
荆楚臣重对玉梳记	元曲选本	脉望馆校古名家杂剧本、柳枝集本、古杂剧本
李素兰风月玉壶春	元曲选本	息机子本
萧淑兰情寄菩萨蛮	元曲选本	古名家杂剧本、顾曲斋本、柳枝集本
铁拐李度金童玉女	元曲选本	古名家杂剧本、继志斋本
吕洞宾桃柳升仙梦	脉望馆本	王季烈本、隋树森本
刘晨阮肇误入桃源	元曲选	古名家杂剧、柳枝集、脉望馆本
黄廷道夜走流星马	脉望馆本	王季烈本
贤达妇荆娘盗果	北词广正谱	
诸葛亮博望烧屯	脉望馆本	元刊本、王季烈本、隋树森本
附录元刊本	元刊本	脉望馆本、郑骞本、徐沁君本、王季烈本[①]
张千替杀妻	元刊本	隋树森本、郑骞本、徐沁君本
小张屠焚儿救母	元刊本	隋树森本、郑骞本、徐沁君本
包待制陈州粜米	元曲选	
玉清庵错送鸳鸯被	元曲选	脉望馆本、息机子本[②]
随何赚风魔蒯通	元曲选	脉望馆本
争报恩三虎下山	元曲选	
硃砂担滴水浮沤记	元曲选	脉望馆本
包龙图智赚合同文字	元曲选	息机子本
冻苏秦衣锦还乡	元曲选	
小尉迟将斗将认父归朝	元曲选	脉望馆本
神奴儿大闹开封府	元曲选	
谢金吾诈拆清风府	元曲选	
庞涓夜走马陵道	元曲选	脉望馆本
朱太守风雪渔樵记	元曲选	息机子本
孟德耀举案齐眉	元曲选	脉望馆本
两军师隔江斗智	元曲选	
玎玎珰珰盆儿鬼	元曲选	脉望馆本

① 参校本据校语统计。

② 参校本据校语统计。

续表

剧目	底本	参校本
逞风流王焕百花亭	元曲选	脉望馆本
金水桥陈琳抱妆盒	元曲选	雍熙乐府
锦云堂暗定连环计	元曲选	息机子本、纳书楹曲谱本
风雨像生货郎旦	元曲选	脉望馆本、雍熙乐府
崔府君断冤家债主	元曲选	脉望馆本
萨真人夜断碧桃花	元曲选	息机子本
冯玉兰夜月泣江舟	元曲选	
关云长千里独行	脉望馆本	王季烈本、隋树森本
苏子瞻醉写赤壁赋	脉望馆本	王季烈本、隋树森本、太和正音谱
郑月莲秋夜云窗梦	脉望馆本	王季烈本、隋树森本、词林摘艳
刘千病打独角牛	脉望馆本	王季烈本、隋树森本
施仁义刘弘嫁婢	脉望馆本	王季烈本
狄青复夺衣袄车	脉望馆本	王季烈本、盛世新声、雍熙乐府
摩利支飞刀对箭	脉望馆本	王季烈本
千里独行	赵景深本	
瘸李岳诗酒玩江亭	脉望馆本	王季烈本、隋树森本
海门张仲村乐堂	脉望馆本	王季烈本、隋树森本
十探子大闹延安府	脉望馆本	王季烈本、隋树森本
鲁智深喜赏黄花峪	脉望馆本	王季烈本、隋树森本
二郎神醉射锁魔镜	古名家杂剧本	脉望馆本
汉钟离度脱蓝采和	古名家杂剧本	
赵匡义智娶符金锭	脉望馆本	隋树森本
张公艺九世同居	脉望馆本	王季烈本、隋树森本
阀阅舞射柳蕤丸记	脉望馆本	王季烈本、隋树森本
十八国临潼斗宝	脉望馆本①	
田穰苴伐晋兴齐	脉望馆本	王季烈本
后七国乐毅图齐	脉望馆本	王季烈本

① 剧目说明“本剧据脉望馆抄校明内廷演出本移录”，王季烈《孤本元明杂剧》收录此剧，但本剧校勘仅有一条，且剧目说明中未提到王季烈本，不明是否参校此本，故不列。

续表

剧目	底本	参校本
吴起敌秦挂帅印	脉望馆本	王季烈本
韩元帅暗度陈仓	脉望馆本	王季烈本
运机谋随何骗英布	脉望馆本	王季烈本
司马相如题桥记	脉望馆本	杂剧十段锦本
邓禹定计捉彭庞	脉望馆本	王季烈本
马援挝打聚兽牌	脉望馆本	王季烈本
云台门聚二十八将	脉望馆本	王季烈本
薛苞认母	脉望馆本①	王季烈本
刘关张桃园三结义	脉望馆本②	王季烈本
张翼德大破杏林庄	脉望馆本	王季烈本
张翼德单战吕布	脉望馆本	王季烈本
张翼德三出小沛	脉望馆本	王季烈本
关云长单刀劈四寇	脉望馆本	王季烈本
莽张飞大闹石榴园	脉望馆本	王季烈本
周公瑾得志娶小乔	脉望馆本	王季烈本
走凤雏庞掠四郡	脉望馆本	王季烈本
曹操夜走陈仓路	脉望馆本	王季烈本
阳平关五马破曹	脉望馆本	王季烈本
寿亭侯怒斩关平	脉望馆本	王季烈本
关云长大破蚩尤	脉望馆本	王季烈本
十样锦诸葛论功	脉望馆本	王季烈本
都孔目风雨还牢末	元曲选	脉望馆本、古名家杂剧
陶渊明东篱赏菊	脉望馆本	王季烈本
程咬金斧劈老君堂	脉望馆本	王季烈本、隋树森本
魏征改诏风云会	脉望馆本	王季烈本
长安城四马投唐	脉望馆本	王季烈本
徐茂公智降秦叔宝	脉望馆本	王季烈本

① 剧目说明“此剧仅有脉望馆藏明抄本”，从校语中可知参校本为王季烈本。

② 此剧至《十样锦诸葛论功》剧目说明为“此剧现存脉望馆抄校本，王季烈《孤本元明杂剧》据以校印”。据“择善而从”标准定底本为脉望馆本。

续表

剧目	底本	参校本
贤达妇龙门隐秀	脉望馆本	王季烈本
招凉亭贾岛破风诗	脉望馆本	王季烈本
李嗣源复夺紫泥宣	脉望馆本	王季烈本
压关楼叠挂午时牌	脉望馆本	王季烈本
立功勋庆赏端阳	脉望馆本	王季烈本
尉迟恭鞭打单雄信	脉望馆本	王季烈本
赵匡胤打董达	脉望馆本	王季烈本
穆陵关上打韩通	脉望馆本	王季烈本
杨六郎调兵破天阵	脉望馆本	王季烈本
焦光赞活拿萧天佑	脉望馆本	王季烈本
八大王开诏救忠臣	脉望馆本	王季烈本
梁山五虎大劫牢	脉望馆本	王季烈本
梁山七虎闹铜台	脉望馆本	王季烈本
王矮虎大闹东平府	脉望馆本	王季烈本
宋公明排九宫八卦阵	脉望馆本	王季烈本
张于湖误宿女真观	脉望馆本	王季烈本
清廉官长勘金环	脉望馆本	
观音菩萨鱼篮记	脉望馆本	
吕翁三化邯郸店	脉望馆本	雍熙乐府
时真人四圣锁白猿	脉望馆本	
徐伯株贫富兴衰记	脉望馆本	王季烈本
像生番语罟罟旦	赵景深本	盛世新声、词林摘艳、雍熙乐府、北词广正谱、太和正音谱
楚金仙月夜杜鹃啼	赵景深本	词林摘艳、北词广正谱
风风魔魔纸扇记	赵景深本	
火烧阿房宫	赵景深本	
张顺水里报冤	赵景深本	
蓝关记	赵景深本	
蓝采和锁心猿意马	赵景深本	
拂尘子仁义礼智信	赵景深本	
望思台	赵景深本	盛世新声
唐三藏西天取经	赵景深本	

从底本、参校本之选择中，亦可见出自众手之痕迹。如《脉望馆钞校本古今杂剧》所收一些内府本，另有隋树森《元曲选续编》本和王季烈《孤本元明杂剧》本，这些剧本一般采用脉望馆本为底本，但《吕蒙正风雪破窑记》却以隋树森《元曲选续编》为底本，而脉望馆本、王季烈本为参校本。另外，大部分剧作明确说明了底本、参校本，有些仅说明了底本，而参校本或者语焉不详，如《五侯宴》"用王季烈《孤本元明杂剧》本等参校"，从校语可知参校本还有北大本《关汉卿戏曲集》、隋树森《元曲选外编》；又如《伍员吹箫》"另有《元人杂剧全集》本，此乃重印《元曲选》者，并作了断句。兹以《元曲选》为底本，对个别文字作了校订"，以此观之好似没有参校《元人杂剧全集》，但校语中却参校了此书。或者在剧目说明中没有提到参校本，如《临潼斗宝》"据脉望馆抄校明内廷演出本移录"，王季烈《孤本元明杂剧》收录此剧，但本剧校勘仅有一条，且剧目说明中未提王季烈本，不知是否参校此本。又如《薛苞认母》"仅有脉望馆藏明抄本"，未提参校本，但从校语可知王季烈本为参校本。或者仅列版本，不说明底本、参校本情况，如脉望馆本所收内府本剧作，王季烈《孤本元明杂剧》亦予以收录，大部分剧作均明确说明了底本、参校本情况，但从《桃园三结义》到《诸葛论功》十三剧剧目说明均为"此剧现存脉望馆抄校本，王季烈《孤本元明杂剧》据以校印"，参照其他剧作惯例，脉望馆本当为底本，王季烈本当为参校本。或者前面剧作为底本、参校本参照后面剧作，如《诈妮子》《拜月亭》"用近人各种校订本参校（详见关张双赴西蜀梦剧目说明）"，而《西蜀梦》排列顺序在此二剧后。可能是校者先校勘了《西蜀梦》，后校勘《诈妮子》《拜月亭》，故作此安排，与一般惯例不同。

另外，《元刊杂剧三十种》之十六种附录本之底本、参校本说明具有位置不一、体例不一之处。底本、参校本说明位置有三种：或者位于正剧剧目说明中，如《魔合罗》《范张鸡黍》《王粲登楼》《竹叶舟》；或者位于附录之剧名与正文中间，如《老生儿》《汗衫记》《衣锦还乡》；或者位于附录剧作结束后之附记、说明，如《单刀会》《遇上皇》《看钱奴》。说明体例不一而足，或者明确交代底本、参校本，如《单刀会》《老生儿》《汗衫记》《衣锦还乡》《魔合罗》《看钱奴》《范张鸡黍》《王粲登楼》《竹叶舟》；或者在剧名下注明"（元刊本）"，表示底本，而不说明参校本，如《疏者下船》《博望烧屯》；或者不交代底本、参校本，如《陈抟高卧》《任风子》《铁拐李》《赵氏孤儿》《气英布》。或者底本、参校本全称、简称不统一，并没有很好遵循《凡例》所云“本书所用版本，首次出现时用全称，以后用简称”之规定。

这种底本、参校本说明之不统一在一些残折、残曲中体现得尤为明显。大部分残折、残曲底本、参校本有明确说明，表中既有底本又有参校本者即此类。而有些残折、残曲底本、参校本说明情况则较为复杂，或者底本、参校本不明，如《风流孔目春衫记》，剧目说明云：“《北词广正谱》录此曲。……故依赵景深《元人杂剧钩沉》定此曲为关汉卿作。”这是由于二本文字完全相同，不需要分别底本、校本。或者据他本移录，未说明参校本者，如《苏小卿月夜贩茶船》，剧目说明云：“《盛世新声》、《词林摘艳》、《雍熙乐府》、《北词广正谱》皆收此残折。赵景深据《雍熙乐府》卷七收录入《元人杂剧钩沉》，删去原题名‘思怨’二字。现据赵本移录，订正了个别字误。”表中所有底本为赵景深本，参校本空缺者均为此类。或者收录本互为补充，不需要说明底本、参校本者，如《相府院曹公勘吉平》，剧目说明云：“以下三曲皆见《北词广正谱》。《太和正音谱》亦收〔镇江回〕曲，并注明为第三折。”或者因疏忽而底本、参校本不明者，如《卢时长老天台梦》，剧目说明云：“《太和正音谱》收佚名作者撰《梦天台》残曲三首。一般都认为《梦天台》即《天台梦》，赵景深将此三曲收入《元人杂剧钩沉》杨暹名下。……因目前尚无法详考两剧本事，故暂从赵说将《天台梦》置杨暹名下。”甚至有些残曲有两种底本，如《懒懆判官钉一钉》，剧目说明云：“此曲自《太和正音谱》、《北词广正谱》摘出。徐于室《北词谱》亦收此曲，与前二本个别词语有异，今用作参校。”

（五）校勘文本，编订校记

《全元戏曲》不是采用有异必录的校勘方式，是立足底本，校雠谬误，并举异文，删衍补脱。充分利用前人校勘成果，是者从之，非则改之。杂剧校勘采用折后出校方式，凡是有所改动删补、并举异文之处均在校记中说明。该书着重校勘的内容如下。

1. 规范杂剧体例

元杂剧元明刊本除《元曲选》外，其他版本在杂剧体例方面都或多或少存在不规范现象，《全元戏曲》校勘时，在分折分楔子、宾白提示语、宫调曲牌等方面均以《元曲选》体例为准作了规整统一工作。

分折分楔子。所收杂剧版本来源主要有两种：元刊本和明刊本。元刊本十四种以《元刊本》为底本，这十四种本不分折，校者据《元曲选》体例划分折次。凡涉及此类者均不出校。其他十六种中，两种以脉望馆本为底本，十三种以《元曲选》为底本，一种以《元曲选外编》为底本，这些底本均划分折次，校本据以过录校勘。至于明刊本则大多数划分了折次。

校者所作主要工作如下。

一是校订底本谬误，如《贬黄州》底本脉望馆本第三折后“楔子”在〔赏花时〕后，据王季烈本、隋树森本移至“驾上”之前。《三战吕布》《智勇定齐》底本脉望馆本“头折”，依杂剧例改为“第一折”。《宋太祖龙虎风云会》底本脉望馆本第一折前无楔子，据《酹江集》《杂剧选》本划分。《千里独行》《黄花峪》底本脉望馆本不分折，据王季烈本划分。

二是对参校本划分折次不同之处加以说明，如《蝴蝶梦》《金线池》《窦娥冤》《鲁斋郎》《酷寒亭》，《元曲选》楔子、第一折，《古名家杂剧》本为第一折。《玉镜台》，《元曲选》第一折，《柳枝集》误作楔子。《荐福碑》，《元曲选》第一折、楔子，脉望馆本、继志斋本合并为第一折。《青衫泪》，《元曲选》楔子、第二折，脉望馆本、继志斋本合并为第二折。《岳阳楼》，《元曲选》楔子、第三折，脉望馆本合并为第三折。《黄粱梦》《勘头巾》，《元曲选》楔子、第二折，脉望馆本合并为第二折。《红梨花》第一折，明刊《红梨花》附录本作“第一齣”，其下并多“楔子”二字。《曲江池》，《元曲选》楔子、第一折，顾曲斋本作第一折。《罗李郎》，《元曲选》本两楔子，分别位于第一折前后，脉望馆本将之并入第一折和第二折开端。《两世姻缘》，《古名家杂剧》、顾曲斋本、息机子本第一折及《酹江集》本楔子部分均有金童玉女下凡化为韦皋与玉箫事，底本《元曲选》无，校者过录备考。《城南柳》，《元曲选》楔子、第一折，《古名家杂剧》、息机子本合并为第一折。《误入桃源》，《元曲选》楔子、第三折，脉望馆本、《古名家杂剧》并为第三折，《古名家杂剧》在〔赏花时〕曲下标“楔子”二字。《赤壁赋》，《元曲选外编》楔子、第三折，脉望馆本并为第三折。《还牢末》，《元曲选》楔子、第一折，脉望馆本、《古名家杂剧》并为第一折。

也有部分折次标注错误之处，如《蒋神灵应》第三折误写为第二折。《铁拐李》第二折误写为第三折。《曲江池》第三折误写为第二折。

宾白提示语。《全元戏曲》校勘中，对底本脚色标注和科介不一之处作了统一。元刊本脚色标注和科介前面已有多处论及，此处不再赘述。明刊本宾白提示语虽然较元刊本而言有所规范，但个别地方还是存在脚色标注和科介错误、漏标之现象，《全元戏曲》校勘中均对其作了改正、补充。如《蝴蝶梦》第二折〔梁州第七〕后白：

> （包待制云）张千，开了行枷，与那解子批回去。（做开枷科）（王三云）母亲，哥哥，咱家去来。

其中“王三云”《元曲选》本作“王大兄弟”，则说白中“哥哥”无处交代，故据《古名家杂剧》本改为“王三云”，不仅与后面说白正相符合，而且和全剧中王三之插科打诨之脚色性质一致。又如《哭存孝》第三折〔尧民歌〕后白：

> （刘夫人云）苦死的儿也！（莽古歹云）他临死时，将存孝棍棒临身，毁骂了千言万语，眼见的命掩黄泉。（刘夫人云）存孝儿衔冤负屈，孩儿怎生死了来？

底本脉望馆本“莽古歹云”、第二“刘夫人云”原缺。校者认为“存孝临死前遭棍棒毒打的言语，应出自莽古歹之口，因此时刘夫人尚不知情”，故据文意补。而后面“存孝儿衔冤负屈”显然为刘夫人口吻，故补。诸如此类，在《全元戏曲》校勘中比比皆是。

宫调曲牌。校勘中或对底本宫调曲牌脱漏、误题、二曲合为一曲等现象进行补缺正误。如《谢天香》第四折〔煞尾〕，《元曲选》作〔随尾〕，据《古名家杂剧》改。附录元刊本《拜月亭》第四折〔太平令〕，底本原作〔阿忽令〕，据郑骞本改。《襄阳会》第一折〔赚煞〕，底本《元曲选外编》作〔尾声〕，据律改题。《渑池会》第二楔子〔仙吕赏花时〕，脉望馆本缺宫调，据律补正。附录元刊本《遇上皇》第一折〔金盏儿〕原缺，据律补题，〔赚煞〕原作〔尾〕，据律改题；第二折〔煞尾〕原作〔尾〕，据律改题。附录元刊本《陈抟高卧》第二折元刊本〔带黄钟煞〕，其他各本无“带”字，从改；第四折元刊本〔离亭煞〕，据《元曲选》改题《离亭宴带歇指煞》。附录元刊本《任风子》第一折〔赚煞〕，元刊本作〔尾〕，据诸本改。《贬夜郎》第三折元刊本〔尧民歌〕，校者据郑骞本、徐沁君本分为二曲，题〔十二月〕〔尧民歌〕。附录元刊本《老生儿》第一折〔赚煞〕、第二折〔煞尾〕、第三折〔收尾〕，元刊本原作〔尾〕，校者据律改题。附录元刊本《铁拐李》第一折〔醉扶归〕，元刊本作〔醉中天〕，据《元曲选》改；第二折〔滚绣球〕元刊本缺，据底本校笔补，〔煞尾〕元刊本作〔尾声〕，据《元曲选》改题；楔子〔幺篇〕底本原缺，据《元曲选》补；第三折〔收江南〕原缺，据《元曲选》补，〔古调太清歌〕元刊本作〔古调大青歌〕，据律改题；第四折元刊本〔鲍老儿〕，据《元曲选》析为二曲，题〔快活三〕〔鲍老儿〕。《贬黄州》第一折〔天下乐〕，底本脉望馆本原圈去，据王季烈本、隋树森本复原。《紫云亭》第三折元刊本〔鲍老儿〕，郑骞、徐沁君均据律分为二曲，郑骞本题〔鲍老儿〕〔哨遍〕，徐沁君本题〔鲍老儿〕〔古鲍老〕，校者从郑骞本题。附录元刊本《赵氏孤儿》第一折〔河西后庭花〕，元刊本作〔后庭花〕，据《元曲选》本补；〔赚煞〕，元刊本作〔尾〕，据《元曲选》及曲律改。第二折〔菩萨梁州〕〔煞尾〕，元刊本作〔梁州〕〔尾〕，据《元曲选》改补；〔楚江秋〕，元刊本作〔楚江云〕，据郑骞本及曲律改题。附录元刊本《魔合罗》第一折〔赚煞〕，元刊本作〔尾〕，据曲律及脉望馆本、《元曲选》改；第四折〔醉春风〕，元刊本作〔子母调醉春风〕，据曲律无此曲牌，从脉望馆本、《元曲选》改；〔煞尾〕，元刊本作〔尾〕，据曲律及《元曲选》改题。《气英布》第三折《元曲选》〔尾〕，校者据《太和正音谱》改题〔啄木儿煞〕。附录元刊本《气英布》第一折底本〔收尾〕，校者据律改题〔赚煞〕；第二折底本〔收尾〕，据《元曲选》改题〔煞尾〕；第三折〔幺篇〕，元刊本作“唱”，据律改。《三夺槊》第一折元刊本〔尾〕，校者据律改题〔赚煞〕，第二折元刊本〔斗奄亨〕，校者改题〔斗鹌鹑〕，并按语云：“〔斗鹌鹑〕非南吕宫属曲，而南吕宫之〔鹌鹑儿〕只有九句，与此曲不合；此外，中吕宫之〔斗鹌鹑〕为八句，越调之〔斗鹌鹑〕为十句，均与此曲不合，兹照录存疑。”① 元刊本〔尾〕，据郑骞本改题〔煞尾〕。第三折元刊本〔尾〕，据律改题〔鸳鸯煞〕。《金凤钗》第三折〔梁州第七〕，脉望馆本、王季烈本、隋树森本均作〔梁州〕，校者补正。附录元刊本《疏者下船》第一折元刊本〔尾〕，据习用曲律改题〔赚煞〕。第三折〔四煞〕，校者据律改题〔耍孩儿〕。附录元刊本《看钱奴》第四折〔胜葫

① 王季思：《全元戏曲》（三），第799页。

芦〕，元刊本作〔圣葫芦〕，校者据习用调名改；〔高过煞〕，校者云：“此调习用名称为〔高平煞〕，亦作〔高平调煞〕、〔高过浪来里煞〕，题〔高过煞〕者仅见此剧。臧本题〔高过浪来里煞〕，此本疑脱〔浪来里〕三字。”[①] 附录元刊本《汗衫记》第三折元刊本〔小梁州〕，校者据《元曲选》析为〔小梁州〕〔幺篇〕二曲。附录元刊本《薛仁贵》第一折元刊本〔醉中天〕，校者据律改题〔醉扶归〕，第二折元刊本〔三〕，据律改题〔幺篇〕，第三折元刊本〔尧民歌〕，校者据郑骞本、徐沁君本析为〔十二月〕〔尧民歌〕二曲，元刊本〔五煞〕〔二煞〕〔三煞〕〔四煞〕，据徐沁君本改题〔五煞〕〔四煞〕〔三煞〕〔二煞〕。《罗李郎》第三折〔金菊香〕后二〔幺篇〕，据脉望馆本改题〔醋葫芦〕〔金菊香〕。《范张鸡黍》第一折《元曲选》〔赚煞〕、第三折〔随调煞〕，据脉望馆本、《酹江集》改题〔赚煞尾〕〔尾声〕，第三折《元曲选》〔村里迓鼓〕，据脉望馆本补题为〔仙吕村里迓鼓〕，表示以下七曲为借宫。附录元刊本《范张鸡黍》第三折元刊本〔幺〕〔幺〕〔尾〕三曲，据《元曲选》、郑骞本、徐沁君本改为〔幺篇〕〔高过浪来里〕〔尾声〕；第四折元刊本〔上小楼〕后〔幺〕，据脉望馆本补题为〔幺篇〕，〔耍孩儿〕后〔幺篇〕元刊本脱漏，据徐沁君本补。《三战吕布》二楔子、《钟离春》楔子与《伊尹耕莘》楔子，脉望馆本〔赏花时〕，校者均据律补题〔仙吕〕。《周公摄政》第一折元刊本〔六幺令〕，校者据律改题〔六么序〕。附录元刊本《竹叶舟》第一折元刊本〔尾〕，据《元曲选》、郑骞本、徐沁君本改题〔赚煞〕，第二折元刊本〔沽高酒〕，从三本改题〔沽美酒〕，元刊本此曲，校者据三本析为〔沽美酒〕〔太平令〕二曲，元刊本〔离亭宴煞〕，据三本改题〔鸳鸯煞〕，第三折元刊本〔收尾煞〕，据《元曲选》改题〔黄钟尾〕，第四折元刊本〔又〕，据徐沁君本改题〔幺篇〕，元刊本〔尧民哥〕，据《元曲选》改题〔十二月〕。《霍光鬼谏》第二折元刊本〔收尾煞〕，据曲谱改题〔煞尾〕；第三折第二〔倘秀才〕后一曲元刊本曲牌脱，据郑骞本补〔幺篇〕；元刊本〔收尾煞〕，据曲谱改题〔煞尾〕。《敬德不服老》第一折底本明富春堂刊本《薛平辽金貂记》附录本〔寄生草〕后〔前腔〕，隋树森本同，校者据曲谱及脉望馆本改题〔六幺序〕。《两世姻缘》第二折底本《元曲选》〔尚马京〕，据律改题〔上马京〕，底本〔高过随调煞〕，据《盛世新声》

---

① 王季思：《全元戏曲》（四），第179页。

《词林摘艳》改题〔浪来里煞〕；第三折底本〔收尾〕，据律及《盛世新声》《词林摘艳》《雍熙乐府》《词谑》改题〔尾声〕。《桃花女》第一折《元曲选》〔赚煞〕，校者据律补题〔赚煞尾〕，脉望馆本作〔尾声〕；第三折《元曲选》〔尾煞〕，校者据律改题〔煞尾〕，脉望馆本作〔尾声〕。《城南柳》第二折《元曲选》〔啄木儿尾〕，校者据律改题〔啄木儿煞〕，《古名家杂剧》、息机子本、《柳枝集》三本作〔煞尾〕。《刘行首》第一折《元曲选》〔赚煞〕，校者据律改题〔赚煞尾〕，《古名家杂剧》作〔尾声〕。元刊本《博望烧屯》第一折〔收尾〕，校者据谱改题〔赚煞〕。《张千替杀妻》第一折元刊本〔尾声〕，校者据律改题〔赚煞〕。《小张屠》第二折元刊本〔鬼三台〕，校者据律改题〔耍三台〕，第四折元刊本〔沽美酒〕，校者据各校本析为〔沽美酒〕〔太平令〕二曲。《阀阅舞》《骗英布》《老君堂》《四马投唐》《智降秦叔宝》《龙门隐秀》《锁白猿》楔子〔赏花时〕底本缺曲牌，据律补题〔仙吕〕。《打董达》第三折脉望馆本〔中宫粉蝶儿〕，校者据王季烈本改题为〔中吕〕。《闹铜台》第三折脉望馆本〔倘秀才〕〔倘秀才〕〔倘秀才〕，据王季烈本改为〔倘秀才〕〔幺篇〕〔幺篇〕。

有些曲牌题写虽然校者有所怀疑，且其他校本也作了改题，但校者认为无确凿根据，并未轻改底本。如《小张屠》第一折元刊本〔醉扶归〕，校者云："此曲调名与〔醉中天〕常互相误题，徐本改题〔醉中天〕，不从。盖该曲末句五字变六乙，其上多一句，似〔醉扶归〕之增句体，而末句用平韵收，又似〔醉中天〕，难于确定，姑从底本。"① 或多种校本改题不同曲牌，校者择善而从，如《小张屠》第二折元刊本〔调笑令〕，徐本改题〔秃厮儿〕，郑骞校本改题〔圣药王〕，今从郑本。校语云："此曲绝不类〔调笑令〕，然似〔秃厮儿〕而增一五字句，似〔圣药王〕而少一七字句。此刊本脱误甚多，增句的可能性不大，脱去一句则甚有可能，故不改题〔秃厮儿〕。"② 有些曲牌校者虽然对底本作了校正，但并不否定其他校本校改结果，如《小张屠》元刊本〔二煞〕〔煞〕〔尾声〕〔煞尾〕，校者认为"一套之中自不能有二〔尾声〕"，改题为〔三煞〕〔二煞〕〔一煞〕〔煞尾〕，认为徐沁君本改题〔二煞〕〔三煞〕〔四煞〕〔煞尾〕之结果

① 王季思：《全元戏曲》（六），第74页。
② 王季思：《全元戏曲》（六），第79页。

“亦无不可”①。

或对不同版本之间曲牌多寡加以说明。如《单刀会》第三折〔尾声〕前，《元曲选》本较元刊本少〔柳青娘〕〔道和〕二曲。《单鞭夺槊》第一折《元曲选》〔寄生草〕，脉望馆本、《古名家杂剧》无此曲。《酷寒亭》第二折〔天净沙〕〔调笑令〕〔秃厮儿〕〔圣药王〕及〔寨儿令〕〔幺篇〕，《古名家杂剧》均无。《铁拐李》第四折《元曲选》〔红绣鞋〕〔喜春来〕〔迎仙客〕，元刊本无。《竹坞听琴》第四折《元曲选》〔乔牌儿〕，顾曲斋本、《古名家杂剧》无。《张生煮海》第三折《元曲选》〔滚绣球〕，《柳枝集》无；第四折〔太平令〕前，《柳枝集》较《元曲选》多〔快活三〕曲。《红梨花》第四折《元曲选》〔沉醉东风〕（后白）、〔挂玉钩〕（后白），顾曲斋本、《古名家杂剧》、明刊《红梨花》附录本均无。《风花雪月》第一折《元曲选》〔鹊踏枝〕〔一半儿〕〔醉扶归〕〔醉中天〕、第四折〔折桂令〕〔雁儿落〕〔得胜令〕，脉望馆本无。《柳毅传书》第一折《元曲选》、《柳枝集》〔天下乐〕，顾曲斋本无。《气英布》《元曲选》第二折〔骂玉郎〕〔感皇恩〕〔采茶歌〕、第四折〔侧砖儿〕〔竹枝儿〕〔水仙子〕，元刊本无。《看钱奴》第二折《元曲选》第四〔滚绣球〕、第四折〔醋葫芦〕，息机子本无。第三折最后息机子本较《元曲选》多〔尾声〕一曲。《汗衫记》第四折《元曲选》较脉望馆本多〔殿前喜〕一曲。《罗李郎》第四折《元曲选》较脉望馆本多〔收尾〕一曲。《王粲登楼》第一折〔寄生草〕后《雍熙乐府》较《元曲选》多〔幺篇〕一曲，脉望馆本较《元曲选》少〔醉扶归〕一曲，〔赚煞〕前，《雍熙乐府》较《元曲选》多〔醉扶归〕一曲；第四折《元曲选》较脉望馆本多〔沉醉东风〕一曲。《王粲登楼》第三折《元曲选》、脉望馆本、《柳枝集》〔麻郎儿〕〔幺篇〕二曲，顾曲斋本合为一曲作〔麻郎儿〕。《倩女离魂》第四折《元曲选》〔古寨儿令〕〔古神仗儿〕，顾曲斋本、脉望馆本并作〔寨儿令〕，且曲词大异。《敬德不服老》第二折底本明富春堂刊本《薛平辽金貂记》附录本较脉望馆本多〔红绣鞋〕一曲。《东堂老》第三折《元曲选》〔醉春风〕〔叫声〕二曲，脉望馆本合为一曲〔醉春风〕。《杀狗劝夫》第三折《元曲选》较脉望馆本多〔骂玉郎〕一曲。《桃花女》曲词《元曲选》较脉望馆本多八曲，分别为第一折〔寄生草〕、第二折〔叨叨令〕、第三折〔迎仙

① 王季思：《全元戏曲》（六），第84页。

客〕、第四折〔沉醉东风〕〔雁儿落〕〔得胜令〕〔川拨棹〕〔鸳鸯煞尾〕。《城南柳》第一折《元曲选》、《古名家杂剧》、息机子本、《柳枝集》〔后庭花〕〔醉扶归〕〔赚煞〕三曲,《雍熙乐府》无,《雍熙乐府》另有三曲〔满庭芳〕〔清江引〕〔又〕为其他各本所无。《刘行首》第四折《元曲选》〔锦上花〕〔幺篇〕,《古名家杂剧》合为一曲〔锦上花〕。《玉梳记》第四折《元曲选》〔水仙子〕,《古名家杂剧》、顾曲斋本无,〔锦上花〕〔幺篇〕二曲《古名家杂剧》、顾曲斋本、《柳枝集》无,〔清江引〕〔离亭宴煞〕二曲《古名家杂剧》、顾曲斋本无,《柳枝集》仅无〔离亭宴煞〕,另有〔收尾〕一曲。《玉壶春》《元曲选》较息机子本少第二折〔骂玉郎〕、多第四折〔水仙子〕。《金童玉女》第一折〔寄生草〕与〔元和令〕后,二校本即后面《古名家杂剧》和继志斋本,《元曲选》分别多〔贤圣吉〕与〔游四门〕,〔胜葫芦〕后〔幺篇〕,二校本无;第四折〔青天歌〕,二校本无。《赚蒯通》第四折《元曲选》较脉望馆本多〔沽美酒〕〔太平令〕〔鸳鸯煞〕三曲。《硃砂担》第三折《元曲选》较脉望馆本多〔醉太平〕一曲。《合同文字》第一折《元曲选》较息机子本多〔柳叶儿〕〔青哥儿〕二曲,第三折多〔十二月〕〔尧民歌〕二曲,第四折多〔甜水令〕〔折桂令〕二曲。《小尉迟》第四折《元曲选》较脉望馆本多〔驻马听〕一曲。《举案齐眉》第三折《元曲选》较脉望馆本多〔麻郎儿〕〔幺篇〕〔络丝娘〕三曲;第四折脉望馆本无〔鸳鸯煞〕曲。《盆儿鬼》第二折脉望馆本较《元曲选》少〔二煞〕〔一煞〕二曲。《百花亭》第四折《元曲选》较脉望馆本多〔鸳鸯尾煞〕曲。《抱妆盒》第二折《元曲选》较《雍熙乐府》多〔隔尾〕曲;第三折〔沽美酒〕〔太平令〕,《雍熙乐府》合为一曲作〔沽美酒带太平令〕。《连环计》第四折息机子本较《元曲选》少〔得胜令〕〔水仙子〕二曲,且此处说白大异。《货郎旦》第一折《元曲选》〔那吒令〕〔鹊踏枝〕二曲,脉望馆本合为〔那吒令〕一曲,脉望馆本少〔后庭花〕〔柳叶儿〕;第二折脉望馆本多〔七弟兄〕〔梅花酒〕〔收江南〕三曲;第四折脉望馆本少〔梁州第七〕一曲。《冤家债主》第二折《元曲选》〔穷河西〕,脉望馆本无,此处脉望馆本另作〔后庭花〕。

有时这种曲牌不是个别曲牌之多寡,在不同版本中差别较大,如《竹叶舟》第四折,《元刊杂剧三十种》和《元曲选》均打破了一折用同一宫调之曲牌联套惯例,除用〔正宫〕套曲外,还增用〔仙吕宫〕数曲,《元刊杂剧三十种》曲牌作:

〔节节高〕〔元和令〕〔上马娇〕〔游四门〕〔胜葫芦〕〔又（即幺篇)〕〔后庭花〕〔柳叶儿〕〔正宫端正好〕……

《元曲选》作：

〔村里迓鼓〕〔元和令〕〔上马娇〕〔胜葫芦〕〔正宫端正好〕……

其中元刊本〔节节高〕即《元曲选》〔村里迓鼓〕，《元曲选》较元刊本少四曲，曲牌相同四曲曲文完全不同，且演唱者亦不同，元刊本由吕洞宾唱，《元曲选》由列御寇唱。又如《敬德不服老》第二折〔尾声〕前脉望馆本较底本明富春堂刊本《薛平辽金貂记》附录本多三〔幺篇〕及大段说白，第四折底本〔双调·新水令〕后脉望馆本多〔驻马听〕〔乔牌儿〕二曲。《赵礼让肥》第三折《元曲选》较脉望馆本多〔络丝娘〕〔东原乐〕二曲，第四折《元曲选》较脉望馆本多“赵孝云”一段说白和〔沉醉东风〕及下〔雁儿落〕〔得胜令〕及“卜儿”“邓禹”说白。《金钱记》底本《元曲选》与其他校本相比，第一折增〔那吒令〕〔鹊踏枝〕〔醉扶归〕三曲，删〔青哥儿〕一曲，改〔寄生草〕一曲；第四折增〔沽美酒〕〔太平令〕二曲，改〔雁儿落〕〔得胜令〕二曲。《鸳鸯被》第一折《元曲选》〔柳叶儿〕后至〔赚煞〕前大段曲白，息机子本、脉望馆本仅有一段简略说白，无〔青哥儿〕〔寄生草〕二曲；第四折差别更为明显，《元曲选》曲牌联套为：

〔双调·新水令〕〔步步娇〕〔雁儿落〕〔得胜令〕〔沽美酒〕〔太平令〕〔锦上花〕〔幺篇〕〔清江引〕

息机子本、脉望馆本曲牌联套为：

〔双调·新水令〕〔雁儿落〕〔得胜令〕〔沽美酒〕〔太平令〕

二者之间相差四支曲牌，《元曲选》〔步步娇〕前说白为息机子本、脉望馆本所无，《元曲选》〔太平令〕后大段说白和曲词，息机子本、脉望馆本简省为李府尹一人道白，无张瑞卿、刘员外二人争妻李云英、李府尹断案认女之情节，从而使瑞卿、云英、府尹一家团圆之情节过于牵强。《硃砂担》第四折《元曲选》〔双调新水令〕至〔沽美酒〕之间曲词〔沉醉东风〕〔乔牌儿〕〔甜水令〕〔折桂令〕〔落梅风〕及曲词间说白为脉望馆本所无，脉望馆本仅作一句道白："我来到家中，我那妻儿随了贼汉，兀的不痛杀我也!"

或列举不同版本曲牌异名。如《救风尘》第三折《元曲选》〔二煞〕，《古名家杂剧》作〔煞尾〕。《金线池》第一折《元曲选》〔醉扶归〕，《古名家杂剧》、顾曲斋本作〔醉中天〕。《切鲙旦》第一折《元曲选》〔胜葫芦〕〔幺篇〕，息机子本作〔游四门〕〔胜葫芦〕。《荐福碑》第四折《元曲选》〔雁儿落〕〔得胜令〕，脉望馆本、继志斋本将此二曲合一，作〔雁儿落带得胜令〕。《汉宫秋》第一折《元曲选》〔赚煞〕，脉望馆本、顾曲斋本、《酹江集》作〔赚尾〕；第四折《元曲选》〔随煞〕，脉望馆本、顾曲斋本、《酹江集》作〔尾声〕。《青衫泪》第三折《元曲选》〔鸳鸯煞〕，顾曲斋本、《柳枝集》作〔离亭宴煞〕。《丽春堂》第一折《元曲选》〔胜葫芦〕〔幺篇〕，脉望馆本合为一曲作〔胜葫芦〕；第三折《元曲选》〔拙鲁速〕〔幺篇〕、第四折〔相公爱〕〔醉娘子〕〔金字经〕，《盛世新声》作〔绵搭絮〕〔络丝娘〕〔驸马还朝〕〔真个醉〕〔西文经〕。《酷寒亭》第四折《元曲选》〔鸳鸯煞〕，《古名家杂剧》作〔尾煞〕。《老生儿》第二折《元曲选》〔煞尾〕、第三折〔收尾〕，《酹江集》作〔随尾煞〕〔尾声〕。《李逵负荆》第一折《元曲选》〔赚煞〕，《酹江集》作〔尾声〕。《竹坞听琴》第一折《元曲选》〔赚煞〕，顾曲斋本、《古名家杂剧》作〔尾声〕。《红梨花》第一折《元曲选》〔赚煞〕，顾曲斋本、《古名家杂剧》、明刊《红梨花》附录本作〔尾声〕；第二折《元曲选》〔尾煞〕，顾曲斋本、《古名家杂剧》、明刊《红梨花》附录本、《柳枝集》作〔尾声〕。《风花雪月》第二折《元曲选》〔三煞〕，脉望馆本作〔尾声〕。《疏者下船》第一折《元曲选》〔赚煞〕，脉望馆本作〔尾声〕。第三折《元曲选》〔煞尾〕，脉望馆本作〔尾声〕，且曲词全异。《汗衫记》第一折《元曲选》〔赚煞尾〕，脉望馆本作〔尾声〕。《罗李郎》第一折《元曲选》〔醉中天〕、第二折〔梁州第七〕，脉望馆本作〔醉扶归〕〔梁州〕。《王粲登楼》第一折《元曲选》〔赚煞〕，脉望馆本、《雍熙乐府》作〔尾声〕。《翰林风月》第一折《元曲选》〔赚煞〕，顾曲斋本作〔尾声〕，脉望馆本、《柳枝集》作〔赚煞尾〕；第二折《元曲选》〔赚煞尾〕，顾曲斋本、脉望馆本、《柳枝集》作

〔随煞尾声〕。第三折元刊本第一曲失题曲牌宫调，校者依曲律补题〔越调斗鹌鹑〕，元刊本〔子花序〕，校者据曲例补题为〔紫花儿序〕，元刊本第二〔拙鲁速〕，据郑骞本改题〔幺篇〕。《追韩信》第一折元刊本〔尾〕，校者据徐沁君本及曲律改题〔赚煞尾〕，第二折元刊本〔尾〕，据郑骞本、徐沁君本及曲律改题〔鸳鸯煞〕，第三折元刊本二〔么〕〔尾〕，据律改题〔幺篇〕〔煞尾〕，第四折元刊本〔收尾〕，据律从徐沁君本改题〔煞尾〕。《赵礼让肥》第一折《元曲选》〔醉扶归〕，脉望馆本作〔醉中天〕。《东堂老》第二折《元曲选》〔煞尾〕，脉望馆本作〔随煞〕。《两世姻缘》第一折底本《元曲选》〔赚煞〕，其他各校本作〔赚煞尾〕，第二折底本〔浪里来〕，《词林摘艳》《盛世新声》作〔浪来里〕，《雍熙乐府》作〔浪来里煞〕。《桃花女》第二折《元曲选》〔煞尾〕，脉望馆本作〔尾声〕。《刘行首》第三折《元曲选》〔煞尾〕，《古名家杂剧》作〔尾声〕；第四折《元曲选》〔七弟兄〕〔梅花酒〕，《古名家杂剧》作〔梅花酒〕〔七弟兄〕。《梧桐叶》第一折《元曲选》〔金盏儿〕〔醉中天〕，顾曲斋本、脉望馆本作〔醉扶归〕〔金盏儿〕，校者云："以上二曲既非〔金盏儿〕，亦不是〔醉扶归〕或〔醉中天〕。第一曲首四句合〔醉扶归〕谱，末四句则合〔金盏儿〕谱。第二曲首四句合〔金盏儿〕谱，末四句合〔醉中天〕谱。今仍按底本所题，不作改动。"[①]《儿女两团圆》《元曲选》第一折〔赚煞尾〕、第三折〔浪里来煞〕，脉望馆本均作〔尾声〕。《玉梳记》第二折《元曲选》〔黄钟煞〕，《古名家杂剧》《柳枝集》《古杂剧》作〔尾声〕。《玉壶春》第二折《元曲选》〔黄钟尾〕，息机子本作〔随煞尾〕。《金童玉女》《元曲选》第一折〔赚煞尾〕、第二折〔黄钟尾〕、第三折〔啄木儿尾〕，《古名家杂剧》作〔赚煞〕〔尾声〕〔尾声〕，第四折〔幺篇〕，《古名家杂剧》、继志斋本作〔醉娘子〕。《鸳鸯被》第一折底本《元曲选》〔赚煞〕，息机子本作〔赚煞尾〕，脉望馆本作〔尾声〕，第二折〔黄钟尾〕，息机子本作〔随煞尾〕，脉望馆本作〔尾声〕。《马陵道》《元曲选》第一折〔赚煞尾〕，脉望馆本作〔尾声〕，且曲词大异；第三折〔步步娇〕〔离亭宴带鸳鸯煞〕，脉望馆本曲牌为〔驻马听〕〔离亭宴煞〕，曲词也完全不同。《举案齐眉》第一折《元曲选》〔胜葫芦〕，脉望馆本作〔游四门〕，曲词有所差别；第二折〔笑歌赏〕〔煞尾〕，脉望馆本作〔醉高歌〕

---

① 王季思：《全元戏曲》（五），第353页。

〔尾声〕；第三折〔收尾〕，脉望馆本作〔尾声〕，曲词有所差异；第四折〔庆宣和〕，脉望馆本作〔雁儿落〕，曲词全异。《盆儿鬼》第一折《元曲选》〔赚煞〕，脉望馆本作〔尾声〕；第三折《元曲选》〔黄蔷薇〕〔庆元贞〕，脉望馆本作〔庆元贞〕〔黄蔷薇〕。《百花亭》第一折《元曲选》〔赚煞〕，脉望馆本作〔尾声〕；第二折〔鲍老催〕，脉望馆本作〔鲍老儿〕。《抱妆盒》第二折《元曲选》〔采茶歌〕〔黄钟尾〕，《雍熙乐府》作〔楚江秋〕〔尾声〕。《货郎旦》第一折《元曲选》〔赚煞〕，脉望馆本作〔尾声〕，曲词差异较大；第二折〔鸳鸯尾煞〕，脉望馆本作〔收尾〕；第三折〔随尾〕，脉望馆本作〔尾声〕，曲文差异较大。

以上仅是《全元戏曲》校语及剧目说明中明确提示之内容，还有一些曲牌异名、曲牌多寡等现象并未加以说明，如《单鞭夺槊》楔子《元曲选》〔仙吕端正好〕，脉望馆本作〔正宫端正好〕。有时也有脱漏宫调之处，如《贬黄州》《临潼斗宝》《伐晋兴齐》《吴起敌秦》《暗度陈仓》《三出小沛》《庞掠四郡》《陈仓路》《打韩通》楔子〔赏花时〕失题宫调，《大破蚩尤》有二楔子，第一楔子〔赏花时〕失题宫调，第二楔子〔赏花时〕前有宫调〔仙吕〕，《乐毅图齐》第一折〔点绛唇〕失题宫调等。

2. 纠谬辨误

校勘中对底本曲白中一些显见错误进行校正。有些为宾白提示语中脚色（或人物）标注之误，如《城南柳》第三折〔煞尾〕后“（外扮官人上云）今日升衙，是谁这等吵闹”，校者认为本折上文已有“外扮公人上”宾白提示语，此处上场者显为另一脚色，故据《古名家杂剧》、息机子本、《柳枝集》改作“孤扮官人上”。又如元刊本《博望烧屯》第四折〔尧民歌〕后“（拿曹操出）（驾断出）”之“曹操”，校者据脉望馆本第三折张飞再次迎战夏侯惇关目改为“夏侯惇”。有些为脚色标注前后不一致，如《张千替杀妻》第二折开头“（云了）（员外上，云了）”之“员外”，校者据楔子将此处及其后一律改为“外末”，以与楔子脚色标注一致。有些为曲牌标注不合惯例，如《升仙梦》曲牌为南北合套，底本《古名家杂剧》曲牌题写为〔中吕·粉蝶儿北〕〔好事近南〕〔上小楼北〕等之类，不合惯例，校者据隋树森本改为〔北中吕·粉蝶儿〕〔南好事近〕〔北上小楼〕等。有些为历史人物姓名之误，如《博望烧屯》脉望馆本“夏侯敦”“刘峰”为“夏侯惇”“刘封”之误，校者据历史校改。《小尉迟》中《元曲选》“尉迟公”为“尉迟恭”之误，校者据脉望馆本校改。《捉彭庞》脉望馆本“姚期”为“铫期”之误，据王季烈《孤本元明杂剧》本改。《紫泥宣》等剧“康均利”为“康君立”之误，据王季烈本改。有些人名不误，但为了保持民间文艺之原貌而作校改，如《智降秦叔宝》之“程知节”即“程咬金”，程知节，为隋末瓦岗寨起义的传奇人物。“民间通俗文学中其名多作‘咬金’。为保持民间文艺原貌，并与《魏征改诏风云会》、《程咬金斧劈老君堂》、《长安城四马投唐》等剧统一，今改为‘咬金’。”①但有时为了保存宋元通俗文学之特征，有些人名之误保持原样，如《老君堂》之“茂公”，即徐懋功，王季烈本、隋树森本均据正史改为“懋功”，校者认为不必，云：“宋元话本、剧本中未讲说易明，或阅读易晓，每改正正史中人名，如蒯通为蒯文通，潘美为潘仁美，徐懋功为徐茂公，表现宋元通俗文学的特征，应仍其旧。”② 有些为地名、江河名之误，如《博望烧屯》第二折脉望馆本“汉洋江”为“汉阳江”之误，校者据底本校笔改。有些为曲白混淆之误，如元刊本《博望烧屯》第一折〔混江龙〕中“道童，安排接驾，准备烹茶”原为大字，校者据曲谱改作夹白，前加提示语“带云”。有些说白误入曲中，校者对其位置有所移动，如《小张屠》第一折元刊本“〔油葫芦〕大嫂，你学几个古人”，校者将其移至曲牌前，作“（云）大嫂，你学几个古人。（唱）”。有些为曲白之误，这一类校改所占比例较多，仅举数例为证。如《衣袄车》第三折底本脉望馆本〔集贤宾〕“名传于世，委实无敌、（正末见科，云）报报报！喏！（唱）寰中第一”。校者认为〔集贤宾〕曲谱无此格，是底本之误，故据《盛世新声》将此三句曲文作为〔逍遥乐〕曲，改为“端的是名传于世，看了他四海无敌，不枉了寰中第一”。

有些底本确而其他校本有误之处，有时也在校语中加以说明。如《独角牛》第一折底本脉望馆本〔单雁儿〕后“孛老儿做打折拆驴科”，王季烈《孤本元明杂剧》改“折拆驴”为“正末”，校者认为“从剧情勘，孛老原欲打正末，但被正末避过而误中折拆驴。故底本作‘打折拆驴’符合剧情，王本改误”③。《玩江亭》第四折〔双调新水令〕“则您这出家儿受用强似俺那富家郎”，王季烈本在“受用”后断句，校者据律认为“非”。

① 王季思：《全元戏曲》（八），第141页。

② 王季思：《全元戏曲》（八），第43页。

③ 王季思：《全元戏曲》（六），第784页。

《村乐堂》第三折脉望馆本〔醋葫芦·幺篇〕后“徕儿”白“我娘着送饭我去来来到这牢门首”，王季烈本于“饭”后断句，隋树森《元曲选外编》自“饭”和“去”字断句，校者认为二者“语气欠通畅”，将“我去”二字倒乙，改为“我娘着送饭去，我来到这牢门首”，则徕儿四句宾白的句式一致，且语义通畅明白。

3. 删衍补脱

衍文。如《玉梳记》第二折第三〔滚绣球〕，《元曲选》“须不是过房的买到前窝”之“的”，校者据《古名家杂剧》《柳枝集》《古杂剧》删。《升仙梦》第一折吕洞宾白“先将他点化为人，后指引来入仙队”之“后”前，底本《古名家杂剧》原有“然”字，不合七字句格，校者据隋树森本删。《流星马》第一折〔村里迓鼓〕，脉望馆本“你不在了做唤做那文章魁首”第一“做”字为衍文，校者据文意删。《神奴儿》第一折《元曲选》〔混江龙〕后搽旦白“李二是您叔嫂”之“嫂”为衍文，校者据文意删。总体来说这类校勘在《全元戏曲》中要远少于其他种类。

补脱。有些脱文为宾白提示语，这在元刊本中最为显著。元刊本宾白提示语脱略较多，校者均如《元曲选》例予以补充。此类脱略之处如“云”“唱”“带云”之类，校者一般径直补充，一般不予出校说明，有些特殊情况则在校语中予以说明，如《博望烧屯》第三折〔步步娇〕后“(把酒了)(末云)”之间本无提示语，校者据〔步步娇〕前“赵云上见住了”补“刘封上见住了”。其他剧作脱略之处有时是个别字词，如《霍光鬼谏》第二折元刊本“(二净上)(小旦了)”，郑骞本同，徐本“小旦”后补“献”字，校者认为此处“显落一字”，故从徐沁君本补“献”字。〔醉春风〕元刊本“不似这途□远”，第一个字脱落，校者据“曲谱此处应用叠字”而补“远”字。诸如此类，在校勘中比比皆是。有些则为曲白之一句或者数句脱略，如《救风尘》第一折〔元和令〕“他终不解其意”句，底本《元曲选》本缺，据《古名家杂剧》本校补；又如《望江亭》第四折〔得胜令〕后李秉忠说白“小官乃巡抚湖南都御史李秉忠是也”前底本《元曲选》无上场诗，据息机子本、顾曲斋本校补“紧骤青骢马，星火赴潭州”二句。有些则为一曲或者数曲及说白之脱略，如《留鞋记》底本《元曲选》楔子本无〔幺篇〕，据脉望馆本何煌校笔补；第一折《元曲选》〔金盏儿〕后为〔后庭花〕，校者据脉望馆本何煌校笔补〔醉扶归〕曲，据脉望馆本补〔金盏儿〕〔幺篇〕及曲间说白，所补内容如下：

〔醉扶归〕有缘千里能相会，刘晨曾入武陵溪，崔护曾在庄前觅水，柳毅曾把音书寄，千金女在墙头有意，是少俊在马前相会，这几个几曾用媒人，都做了夫妻。

（做写诗科，云）我亲笔写下一首诗在此，你与我送与那生去咱。（正旦唱）

〔金盏儿〕把相思句中题，搜情意蹙双眉，锦笺染泪衣衫湿。苦心分付笔尖儿，起头将情词写，末后把姓名题。成就了洞房花烛夜，便是你金榜挂名时。

（梅香云）姐姐约定几时相会？说的明白着。（正旦唱）

〔幺篇〕约佳期在他时，上元节夜重相会，金莲灯下效于飞。常言道秀才每无信行，我则说识字人有诚实。你则索惜花春起早，爱月夜眠迟。

（梅香云）将甚么为定？

第二折据脉望馆本补底本所无之〔醉太平〕〔倘秀才〕〔滚绣球〕〔倘秀才〕〔滚绣球〕五曲及说白，第三折据脉望馆本何煌校笔补〔幺篇〕及后说白，据脉望馆本补〔耍孩儿〕（后白）、〔四煞〕（后白）、〔三煞〕〔二煞〕（后白），第四折据脉望馆本何煌校笔补〔水仙子〕一曲，曲文从略。又如《追韩信》第四折元刊本原无〔转调货郎儿〕一曲，校者据《北词广正谱》补，且对补充之理由及位置、校补情况作了详细论述，校语云：“《北词广正谱》卷二有〔正宫·转调货郎儿〕一曲，曲牌下注‘金志甫撰《追韩信》’，而此剧仅第四折用正宫套，故此曲为此剧第四折佚曲无疑。又按律，〔货郎儿〕在〔滚绣球〕之后，故将此曲置于两支〔滚绣球〕之间，中间当还有若干佚曲。郑本已补，他本均无。”①

4. 列举异文

这在《全元戏曲》校勘中占了多数。异文范围广泛，既有前面所提及的有关曲牌、脚色、科介等不同，也有曲白内容方面。异文种类或表现为说白分折之不同，如《杀狗劝夫》第二折《元曲选》“（孙大同柳、胡上云）……（做取科，云）便冻杀了你，也不干我事。（下）”一段说白，脉望馆本在第一折末；《元曲选》第三折“（旦上云）俺员外今日又吃酒去

① 王季思：《全元戏曲》（四），第640页。

了也。……（旦云）员外，你放心，咱两口儿去来。（下）”大段说白，脉望馆本在第二折末。又如《桃花女》第一折《元曲选》开头之“（周公同彭大上）（彭大云）老官人不要怪我老人家多嘴……（做哭科，云）天阿，教我怎当的这板字也阿！（下）”大段周公为彭大算命的说白，脉望馆本均放在楔子结尾，语句大同小异。《宋太祖龙虎风云会》第二折脉望馆本开头“（苗光裔儒扮上，楚昭辅戎装随上，苗云）……（石云）领圣旨。（并下）”大段说白，《酹江集》《杂剧选》均在第一折末尾，〔尾〕后说白“（吴越王引相国吴程冠服上，诗云）……”一段说白，《酹江集》位于第三折开头，《杂剧选》“（吴越王引相国吴程冠服上，诗云）……纳士未为迟也。（共下）”一段位于第二折末尾，其后“（南唐李主引丞相徐铉上，诗云）……斯为得策。（下）”一段位于第三折开头。《货郎旦》第一折《元曲选》最后“那李彦和虽然娶了我”至结束说白，脉望馆本位于第二折开头；第三折“（李彦和上云）不听好人言，果有恓惶事”之前情节，脉望馆本位于第二折末。

或说白曲词归属不同脚色。说白者如《宋太祖龙虎风云会》脉望馆本第二折苗光裔说白“近日闻得北汉兵入寇……准备出征则个”，《酹江集》本放在第一折末，宾白发出者为同苗光裔一同出场之楚昭辅。曲词者如《城南柳》第四折〔滴滴金〕〔折桂令〕二曲，《元曲选》主唱者为正末，《古名家杂剧》、息机子本为众人合唱，《柳枝集》不明唱者，《元曲选》〔随尾〕为正末唱，《古名家杂剧》、息机子本、《柳枝集》三本作〔尾声〕，由众人合唱。

或表现为个别字词、句子之不同，如《王粲登楼》第二折第三〔滚绣球〕，《元曲选》作：

〔滚绣球〕我不让姜子牙兴周的显战功；（荆王云）你谋策如何？（正末云）论谋策呵，（唱）我不让张子房佐汉的有计划；（荆王云）你扎寨如何？（正末云）论扎寨呵，（唱）我不让周亚夫屯细柳安营扎寨；（荆王云）你点将如何？（正末云）论点将呵，（唱）我不让马服君仗霜锋点将登台；（荆王云）你胆气如何？（正末云）论胆气呵，（唱）我不让蔺相如渑池会那气概；（荆王云）你行兵如何？（正末云）论行兵呵，（唱）我不让霍嫖姚领雄兵横行边塞；（荆王云）你操练如何？（正末云）论操练呵，（唱）我不让孙武子用兵法演习裙钗；

（荆王云）你智量如何？（正末云）论智量呵，（唱）我不让齐孙膑捉庞涓去马陵道上施埋伏；（荆王云）你决战如何？（正末云）论决战呵，（唱）我不让韩元帅困霸王在九里山前大会垓，胸卷江淮！

脉望馆本文字与此有所不同，作：

〔滚绣球〕我不让姜太公伐无道一战功，（荆）论谋略呵，（末）论谋略呵，我不让孙武子减灶法下营寨；（荆）论边征呵，（末）论边征呵，我不让周亚夫领雄师过雁门紫塞；（荆）论迎敌若何？（末）论迎敌呵，我不让蔺相如渑池会上那气概；（荆）论胆量呵，（末）论胆量呵，我不让管夷吾霸诸侯那手策；（荆）论屯住呵，（末）论屯住呵，我不让燕乐毅仗双锋走上将台；（荆）论智量呵，（末）论智量呵，我不让齐孙膑捉庞涓去那马陵道上兀的便诛了逸佞；（荆）论行兵呵，（末）论行兵呵，我不让韩元帅困霸王在九里山前大会垓，胸卷江淮。

从这里可见，《元曲选》不仅在脚色标注、宾白提示语之科介方面较脉望馆本规范统一，而且在宾白与曲词对应关系方面也较脉望馆本略胜一筹。

或为全曲曲词之不同，如《张天师断风花雪月》第二折《元曲选》作：

〔三煞〕我越劝着越装出风势，则说是病在心头那个知。怎么耳边旁不住相嘲戏，百般的话不投机。待着俺早些回避，我可道不关亲耽干系。就也着冷眼儿来看你，且看你直等的月色沉西。

脉望馆本作：

〔尾声〕你不肯十年身得登科记，九载寒窗晓夜习。八节登高有甚迟，七夕牛郎得欢会，六意凡夫人怎知？你不肯五句诗章记在心内，你则待四更初却赴期。你也则是三心得这二意，要相逢呵则除是一枕南柯梦儿里。

或曲牌及所对应曲词互乙。如《货郎旦》第三折《元曲选》〔滚绣球〕〔倘秀才〕二曲文，脉望馆本为〔倘秀才〕〔滚绣球〕。这种情况的原因不是简单的二曲曲牌、曲文互乙，而是因为脉望馆本〔正宫端正好〕后还有一曲，但这一曲失题曲牌名，此曲依律当为〔滚绣球〕，因此后面二曲曲牌联套为〔倘秀才〕〔滚绣球〕，而《元曲选》则缺少此失题曲牌一曲，故按照曲牌联套规律，将此二曲顺序互乙，这样就造成了二本曲牌、曲文异文现象。

或为大段情节之不同，如《张生煮海》第二折开头处，《柳枝集》多“正旦同四旦扮毛女打鱼鼓简子上”的场面，正旦唱五支〔出队子〕和一支〔十棒鼓〕曲，内容为劝人戒“酒色财气”，其中还有“众旦同和唱”的细节，因与后面剧情无关，故校者未录。《元曲选》本无。有些大段情节不同则在校语中过录，如《疏者下船》第三折《元曲选》本最后为：

> （芊旋云）哥哥去了也，我往这小路儿去罢。（龙神引鬼力上，云）……（诗云）汉水东连扬子江，几多舟楫此中亡。凡事劝人休碌碌，举头三尺有龙王。（下）

脉望馆本芊旋白后增四句诗，龙神诗云内容完全不同，在此后尚有旦徕上场一段内容，为《元曲选》所无。其内容为：

> （芊旋云）哥哥去了也，我往这小路儿去罢。则为这湛卢宝剑灿光寒，惹起干戈非等闲。兄弟妻子皆失散，哥也，别时容易见时难。（龙神引鬼力上，云）……（诗云）义夫节妇非等闲，弟敬兄爱友相逢。父慈子孝天性理，一家四口保平安。（下）
>
> （旦儿上云）妾身乃楚公子之妻，谢天地可怜，不知怎生到这岸上，可着我那里去的是？（徕儿上云）兀的不是我奶奶？我叫他一声。奶奶！（旦儿云）这不是孩儿么？你爹爹在于何处？那你怎生到的这里来？（徕儿云）自从奶奶下水，风浪越大了。那艄公道：不亲是再着一个下水。我爹爹看着我道：您叔叔亲，您不亲，您当下水。您儿跳在水中，不知怎生到的这岸上。（旦儿云）昭公，你好下的也！当初是你自家不是了。为一口剑打甚么不紧，惹起这场事来！我领着孩儿不问那里，寻将去也。湛卢宝剑结冤仇，吴楚交兵通郢州。无奈孤

身当受窘，夫妇今朝一旦休！（同下）

有些剧作一折内容甚至仅有个别曲白相同，其他完全不同。如《马陵道》第四折，共有十一支曲词，其中仅有〔醉春风〕〔上小楼〕〔十二月〕〔尧民歌〕〔煞尾〕五曲基本相同，其他七支曲词基本不同。说白方面，脉望馆本较《元曲选》关目热闹，显得较为粗糙，可能更接近于舞台表演本，《元曲选》明显经过臧晋叔浸润，具有鲜明的案头读本的特点，无论在语言方面还是本事表现方面都是胜于脉望馆本的。

有时一折内容情节基本相同，但是曲牌却完全不同。如《盆儿鬼》，前三折《元曲选》和脉望馆本仅有几首曲词有所差异，但第四折曲牌却完全不同。《元曲选》为：

〔正宫端正好〕〔滚绣球〕〔叨叨令〕〔醉高歌〕〔红绣鞋〕〔小梁州〕〔幺篇换头〕〔快活三〕〔朝天子〕〔四边静〕

脉望馆本为：

〔中吕·粉蝶儿〕〔醉春风〕〔醉高歌〕〔红绣鞋〕〔上小楼〕〔幺篇换头〕〔快活三〕〔朝天子〕

脉望馆本第二折即为〔中吕〕套曲，第四折又有〔中吕〕套，这在元杂剧中属于特例，校者认为“可能因此缘故，臧晋叔对第四折进行了改写”，并且指出臧晋叔在脉望馆本基础上进行改写的方式，说：“中吕套曲牌中有许多可借入正宫套曲内，因此改成正宫套曲时，只需把部分曲牌改写为正宫曲牌，部分曲牌则可原封不动地借用。如脉望馆本的中吕〔粉蝶儿〕、〔醉春风〕与《元曲选》本的正宫〔端正好〕、〔滚绣球〕，脉望馆本的〔上小楼〕带换头与《元曲选》的〔小梁州〕带换头，曲词都大致相同，其他同名的中吕曲牌则是无甚出入。这些都可以看出《元曲选》是依赖脉望馆本改写的。”①

有些剧作虽然情节基本相同，但是剧作主角却不同，如《渔樵记》，

① 王季思：《全元戏曲》（六），第473—474页。

此剧主角《永乐大典杂剧目》《录鬼簿续编》与息机子本皆作王鼎臣，息机子本题目正名作“王道安水陆会宾朋，王鼎臣风雪渔樵记”，《元曲选》主角则为朱买臣，题目正名作“严司徒荐达万言书，朱太守风雪渔樵记”。从剧本敷演情节来看，叙述的正是民间盛传的朱买臣休妻和马前泼水的故事。校者据第二折“五军都督府”一词及剧终以“皇明日月光非遍”祝语，认为此剧已经明人增改。至于为什么现存版本和剧目著录之主角不同，校者从明代禁讳方面作了考证，认为：

> 明初特重语禁，《永乐大典》、《录鬼簿续编》的编者怕“朱”字犯讳，故改为王鼎臣，息机子本则依旧本标题。到臧晋叔时已届明末，不再忌讳，就恢复了朱买臣的姓名。①

关于此问题，严敦易《元剧斟疑》提出了三种可能，一种同样是从明代禁讳方面出发，认为“原先是朱买臣，后改易为王鼎臣，《元曲选》不过是再校正转来的一种”②；一种认为此《渔樵记》为庾天锡所撰《会稽山买臣负薪》；一种是从元杂剧次本现象考证，认为此剧为末本，而《买臣负薪》为旦本。严敦易说：“关于《渔樵记》是否是《买臣负薪》的问题，正如王鼎臣之于朱买臣一样，现在或许还不是最后定谳的时候。但是我倒衷心愿望他是可能，并获得支持，予以承认的，因为庾吉甫作剧十六本，就量说，亦元剧一大家，但其剧作，则至今无一本或一折流传，是一个很大的缺憾。倘若这本《渔樵记》可以认为是《买臣负薪》，虽或未免穿凿之讥，终是一桩值得高兴提供的事。”③ 严敦易自己也清楚后两种说法论证之牵强，但从戏曲文献发现的角度很希望此剧即为庾吉甫的《买臣负薪》，但这种良好的愿望不能替代文献论证之科学严谨，故《全元戏曲》本剧校者取其第一种说法，至于第二、三种说法则“论欠实据，未敢苟同”④ 了。

有些剧作虽然全剧情节大致相同，但是分折分楔子以及曲牌数量差异较大。如《还牢末》现存脉望馆本、《古名家杂剧》本、《元曲选》本三种，前二种均为四折，曲词完全相同，显然是出自同一版本系统。其中第一折仅

① 王季思：《全元戏曲》（六），第382页。

② 严敦易：《元剧斟疑》，中华书局1960年版，第248—249页。

③ 严敦易：《元剧斟疑》，中华书局1960年版，第251页。

④ 王季思：《全元戏曲》（六），第382页。

有〔仙吕赏花时〕一曲，第二折则有〔仙吕点绛唇〕和〔中吕普天乐〕两套曲词。《元曲选》本则为四折一楔子，对前二本第一、二折分为楔子、第一折、第二折。二者中有六支曲子不同，《元曲选》第三折多〔沉醉东风〕〔乔牌儿〕〔落梅风〕〔川拨棹〕〔七弟兄〕〔梅花酒〕〔收江南〕、第四折多〔耍孩儿〕〔二煞〕共九支曲子，显然是臧晋叔增删润色之结果。

参考文献

《古本戏曲丛刊》编辑委员会：《古本戏曲丛刊四集》，商务印书馆 1958 年版。

《元刊杂剧三十种》，《古本戏曲丛刊四集》影印本。

包建强、胡成选：《〈元刊杂剧三十种〉的版本及其校勘》，《西北师范大学学报》（社会科学版）2010 年第 1 期。

北京大学中文系编校小组：《关汉卿戏剧集》，人民文学出版社 1976 年版。

蔡毅：《中国古典戏曲序跋汇编》，齐鲁书社 1989 年版。

陈耀旭：《现存明刊〈西厢记〉综录》，上海古籍出版社 2007 年版。

陈耀旭、罗念：《凌濛初校刻〈西厢记〉之底本、校本考》，《文献》2009 年第 2 期。

（明）陈与郊：《古名家杂剧》，《古本戏曲丛刊四集》影印本。

（明）戴贤：《盛世新声》，文学古籍刊行社 1955 年版。

邓绍基：《关于戏曲研究“基本建设”的卓见——读吴晓玲先生〈我研究戏曲的方法〉》，《中国韵文学刊》2008 年第 1 期。

笃青梅：《关学大厦的两块坚厚基石——两种关汉卿全集的比较雏议》，《学术研究》1990 年第 4 期。

杜海军：《〈元刊杂剧三十种〉的刻本性质及戏曲史意义》，《艺术百家》2010 年第 1 期。

杜海军：《赵琦美校勘杂剧之功及对戏曲文学发展的贡献——兼论孙楷第说赵琦美于脉望馆杂剧校勘无功说》，《戏曲艺术》2007 年第 4 期。

冯俊杰：《郑光祖集》，山西人民出版社 1992 年版。

伏涤修：《西厢记接受史研究》，黄山书社 2008 年版。

傅惜华：《元代杂剧全目》，作家出版社 1957 年版。

傅晓航：《西厢记集解 · 贯华堂第六才子书西厢记》，甘肃人民出版社 2013

年版。
古月:《关学史上的新篇章——读〈关汉卿全集校注〉》,《河北学刊》1989年第4期。
(明) 郭勋:《雍熙乐府》,《四部丛刊》本。
郭英德:《探寻中国趣味》,商务印书馆2017年版。
(明) 何良俊:《曲论》,《中国古典戏曲论著集成》第四册本。
黄秉泽:《王季思先生研究〈西厢记〉的杰出贡献》,黄天骥主编:《王季思从教七十周年纪念文集》,中山大学出版社1993年版。
黄季鸿:《〈西厢记〉研究史(元明卷)》,中华书局2013年版。
黄季鸿:《论王骥德在〈西厢记〉研究上的贡献》,《东北师大学报》2001年第3期。
黄季鸿:《论周宪王本〈西厢记〉之真伪》,《社会科学战线》2001年第1期。
(清) 黄丕烈:《也是园藏书古今杂剧目录》,《中国古典戏曲论著集成》第七册本。
(明) 黄正位:《阳春奏》,《古本戏曲丛刊四集》影印本。
黄竹三:《博大·精深·严谨·开拓——王季思先生的学术思想》,《戏曲研究新论——祝贺黄竹三先生七十初度暨戏曲研究新思路漫谈会文集》,三晋出版社2009年版。
黄竹三:《石君宝戏曲集》,山西人民出版社1992年版。
霍三吾:《一部划时代的曲学巨著——读王学奇教授的〈元曲选校注〉》,《渤海学刊》1996年第1期。
蒋星煜:《明刊本西厢记研究》,中国戏剧出版社1982年版。
蒋星煜:《西厢记的文献学研究》,上海古籍出版社1997年版。
(明) 焦循:《剧说》,《中国古典戏曲论著集成》第八册本。
蓝立萱:《汇校详注关汉卿集》,中华书局2006年版。
(明) 李开先:《改定元贤传奇》,明嘉靖刻本。
(清) 李玉:《北词广正谱》,王秋桂主编:《善本戏曲丛刊》第六辑本,学生书局1987年版。
李占鹏:《〈元刊杂剧三十种〉整理研究综述》,《通化师范学院学报》2012年第3期。
李占鹏:《二十世纪发现戏曲文献及其整理研究论著综录》,人民出版社2013年版。

（明）梁廷枏：《曲话》，《中国古典戏曲论著集成》第八册本。
（明）凌濛初：《凌刻套版绘图西厢记》，上海古籍出版社 2005 年版。
刘世珩辑刻：《暖红室汇刻传剧》，贵池刘氏暖红室 1919 年刻本。
卢前：《元人杂剧全集》，上海杂志公司中华民国廿四年（1935）初版。
罗锦堂：《中国戏曲总目汇编》，香港万有图书公司 1966 年版。
马欣来：《关汉卿剧作版本的比较和选择》，《河北学刊》1988 年第 3 期。
马欣来：《辑校关汉卿集》，山西人民出版社 1996 年版。
马延闾：《关学研究的里程碑——读〈关汉卿全集校注〉》，《渤海学刊》1992 年第 1 期。
（清）毛奇龄：《毛西河论定西厢记》，康熙间学者堂刻本。
（明）孟称舜：《新镌古今名剧合选》，《续修四库全书》本。
苗怀明：《不谈六经爱五剧 西厢浪子是前身——王季思和他的戏曲研究》，《文化遗产》2009 年第 1 期。
宁希元：《读曲日记》，《中国古代小说戏曲研究丛刊》2005 年第 3 辑。
宁希元：《元刊〈古今杂剧〉中形声字的“省借”和校读问题》，《兰州大学学报》1979 年第 2 期。
宁希元：《元刊杂剧三十种新校》，兰州大学出版社 1988 年版。
（明）沈德符：《顾曲杂言》，《中国古典戏曲论著集成》第四册本。
隋树森：《读〈新校元刊杂剧三十种〉》，《文学遗产》1981 年第 4 期。
隋树森：《王校孤本元明杂剧志误》，《读曲杂志》，《文史杂志》1942 年第四卷。
隋树森：《元曲选外编》，中华书局 1959 年版。
孙楷第：《也是园古今杂剧考》，上杂出版社 1953 年版。
王国维：《宋元戏曲史》，上海古籍出版社 1998 年版。
王国维：《王国维戏曲论文集》，中国戏剧出版社 1984 年版。
王季烈：《孤本元明杂剧》，中国戏剧出版社 1957 年版。
王季思：《集评校注西厢记》，上海古籍出版社 1987 年版。
王季思：《全元戏曲》，人民文学出版社 1999 年版。
王季思：《王季思全集》，河北教育出版社 2005 年版。
王季思：《玉轮轩曲论新编》，中国戏剧出版社 1983 年版。
王季思、黄天骥：《我们的几点想法》，《社会科学战线》1980 年第 4 期。
（明）王骥德：《古杂剧》，《古本戏曲丛刊四集》影印本。

（明）王骥德：《曲律》，《中国古典戏曲论著集成》（四），中国戏剧出版社 1959 年版。

（明）王骥德：《新校注古本西厢记》，明万历四十二年（1614）王氏香雪居刻本。

王秋桂：《善本戏曲丛刊》，（台北）学生书局 1984—1987 年版。

（明）王世贞：《曲藻》，《中国古典戏曲论著集成》（四），中国戏剧出版社 1959 年版。

王文才：《白朴戏曲集校注》，人民文学出版社 1984 年版。

王学奇：《评〈新校元刊杂剧三十种〉》，《河北师范大学学报》（哲学社会科学版）2004 年第 5 期。

王学奇：《全元杂剧校注发凡》，《渤海学刊》1992 年第 1 期。

王学奇：《元曲选校注》，河北教育出版社 1994 年版。

王学奇、傅丽英等：《马致远全集校注》，语文出版社 2002 年版。

王学奇、吴振清、王静竹：《关汉卿全集校注》，河北教育出版社 1988 年版。

（明）无名氏：《录鬼簿续编》，《中国古典戏曲论著集成》（二），中国戏剧出版社 1959 年版。

（明）无名氏：《元明杂剧》，《古本戏曲丛刊四集》，国家图书馆出版社 2016 年版。

吴观澜：《读吴国钦校注〈关汉卿全集〉》，《汕头大学学报》1989 年第 2 期。

吴国钦：《关汉卿全集》，广东教育出版社 1988 年版。

吴梅著，王卫民编校：《吴梅全集》（理论卷），河北教育出版社 2002 年版。

吴晓铃：《关汉卿戏曲集》，中国戏剧出版社 1958 年版。

吴晓铃：《校注西厢记》，人民文学出版社 1963 年版。

（明）息机子：《杂剧选》，《古本戏曲丛刊四集》，国家图书馆出版社 2016 年版。

（明）徐复祚：《南北词广韵选》，《续修四库全书》，上海古籍出版社 2002 年版。

徐沁君：《新校元刊杂剧三十种》，中华书局 1980 年版。

徐沁君：《元刊杂剧三十种校勘举例》，《扬州师院学报》1983 年第 1 期。

严敦易：《元剧斟疑》，中华书局 1960 年版。

（清）叶堂：《纳书楹曲谱》，《续修四库全书》，上海古籍出版社 2002 年版。

袁世硕：《元剧名刻　精光奂焉——读〈元曲选校注〉》，《河北师院学报》

1996 年第 1 期。
(明) 臧懋循:《元曲选》, 万历吴兴臧氏刻本、中华书局 1958 年重印本。
张拱贵、孙羡:《〈元曲选校注〉的成就》,《江苏教育学院学报》1997 年第 1 期。
(明) 张禄:《词林摘艳》, 文学古籍刊行社 1953 年影印原刊本。
(明) 张琦:《衡曲麈谈》,《中国古典戏曲论著集成》(四), 中国戏剧出版社 1959 年版。
张人和:《〈点鬼簿〉与〈录鬼簿〉》,《戏曲研究》1984 年第 11 辑。
张相:《诗词曲语辞汇释》, 中华书局 1953 年版。
张燕瑾、弥松颐:《西厢记新注》, 江西人民出版社 1979 年版。
张元济:《张元济全集》, 商务印书馆 2009 年版。
(明) 赵琦美:《脉望馆钞校本古今杂剧》,《古本戏曲丛刊四集》影印本。
赵山林:《中国戏剧学通论》, 安徽教育出版社 1995 年版。
郑骞:《从〈元曲选〉说到〈元刊杂剧三十种〉》,《大陆杂志》1954 年第 8 期。
郑骞:《孤本元明杂剧读后记》,《景午丛编》(上), 台湾"中华书局"1972 年版。
郑骞:《介绍元刻杂剧三十种》,《读书青年》1945 年第 8 期。
郑骞:《校订元刊杂剧三十种》, 世界书局 1962 年版。
中国戏曲研究院:《中国古典戏曲论著集成》, 中国戏剧出版社 1959 年版。
(元) 钟嗣成著, 王钢校:《校订录鬼簿三种》, 中州古籍出版社 1991 年版。
(清) 周祥钰等:《新定九宫大成南北宫词谱》,《续修四库全书》本。
周续赓:《谈〈新编校正西厢记〉残页的价值》,《文学遗产》1984 年第 1 期。
庄一拂:《古典戏曲存目汇考》, 上海古籍出版社 1982 年版。
左鹏军:《〈元曲选校注〉匡补》,《文献》1999 年第 3 期。

后　　记

《元杂剧校勘研究》是我主持的国家社会科学基金西部项目（项目编号：13XTQ010）的最终成果。

项目的获准是在2013年，当时刚从武威职业学院调入甘肃行政学院工作。因为刚调入，在申请项目时将时间错过了，甘肃行政学院所收集的本子已经上交省社科办，时任科研处处长胡登旭当即打电话联系，申请书才得以提交。当时并没有对此抱多大希望，因为对这个课题从没有涉及，而且与我博士学位论文也没有多大联系，完全是一个陌生领域。申请书提交以后，对这件事情也再没有予以关注。到了2013年5月底，忽然收到很多好友的祝贺，才得知项目中了。这实在是意外之喜。

项目开题时，时任甘肃行政学院书记、常务副院长石玉亭亲自主持开题报告。石院长对学院科研非常重视，邀请了校外的几位专家，对我和另一位同事的项目开题报告作了评价，并提出了一些建设性的意见和建议。当时也有学院领导对我项目的参与人提出了异议（因为我是2012年12月进入行政学院，3月份提交项目时，对学院很多老师还不熟悉，加之元杂剧校勘方面的研究需要一定的专业知识，所以我邀请了甘肃其他高校一些从事戏曲研究的青年学者作为参与人）。我对此异议进行了解释，但理由毕竟不是很服众，最后还是石院长鼓励联合外校智能力量，促进行政学院科研发展，开题报告才得以顺利通过。

在项目开展期间，资料的获得一直是一个横亘在前的难关。2014年甘肃省西部访问学者项目给行政学院分配了一个名额，我获知消息并提交了申请书。因为当时我受学院委派，主持“甘肃行政学院院史”的编纂工作，我自觉希望不大。申请提交后，人事处处长就此事专门向石院长汇报，石院长出于我个人发展计，很快就批准了申请。我才有机会在中国社会科学院文学研究所访学，其间看到了很多以前难以看到的珍贵书籍，为后面项目的顺利开展奠定了基础。2015 年我妻子在中国科学院兰州分院博士毕业后，到宝鸡文理学院工作，我也面临工作调动的问题。后来还是石院长出手相助，我顺利调动。石玉亭先生是令我特别敬佩的一位长者、领路人，在行政学院期间给予我很多的帮助，借此机会特别表示感谢！

感谢我的导师李占鹏先生。2005 年我忝列先生弟子之列，在先生的指导下，得以与戏曲文学、文献研究结缘。先生刚正为人、厚积薄发的立人治学之道始终影响着我，前后六年的指导之恩永难忘怀。项目申请前夕，我将本子拿给先生把关。先生充分肯定选题，并对部分内容作了细致修改。项目开展期间，如果有资料方面需要，先生总是慨然相助。等到结项时，我还是有点担心不能通过审核，给已经调入海南师范大学的先生发了电子版，并提出了自己的担心。过了几天，先生就给了回复，让我不要担心。2018 年先生的国家重大社科项目《曲海总目提要新编》立项后，我前去海南参加开题报告，到先生家见面后第一句话就是让我不要担心，并说有可能还会被评定为优秀。我知道先生是鼓励我，当时并不敢有此奢望，只希望能够顺利结项即可。后来，结果正如先生所料，被评定为优秀，其中先生的指导、鼓励功不可没。而今先生忙于《曲海总目提要新编》之撰写，在论著付梓之际，请先生写序也慨然应允，再次感谢先生。

感谢中国社会科学院文学所李玫先生。李老师是我 2015 年在文学所访学期间的指导老师。第一次见面时，我汇报了访学计划，提到在资料查找方面存在困难，李老师说她可以提供帮助。后来在李老师的帮助下，我见到了很多平日难以看到的戏曲典籍，尤其是一些珍贵的《西厢记》版本。在访学期间，我在完成了明清时期《西厢记》校勘部分后，将其中自以为不错的王骥德《西厢记》校勘部分请先生指导。过了半月后，文章反馈过来，打开一看，顿时汗颜不已，电子稿件布满了李老师的红笔批注，对错误之处和需要补充之处一一说明理由，并提出修改意见。至今我还保留着这份电子稿件，每每在自己心态急躁不沉稳之时打开，警惕自满之心。论著付梓之际，感念先生。

项目开展过程中，也走了一些弯路。项目开展伊始，《元刊杂剧三十种》是我首先比勘的对象，当时也没有很好地规划，纯粹采用最笨的方法，将郑骞、徐沁君、宁希元三位先生校勘著作以表格形式，逐字逐句地将所有曲词、宾白以及校语罗列出来，其实相当于对《元刊杂剧三十种》做了一个全面集校的工作。等到后来写的时候，才发现这种全面比勘的方法不太理想，所需材料还得重新整理、归纳，最后其实是又重新做了一次比勘的工作。虽然看上去是做了一番无用功，但正是因为这样，才为后来其他剧作校勘的比较研究寻找到了一条可行的方法。课题写作到中期的时候，又碰到了一件让人懊丧的事。在写作期间，为了方便计，每章建一文档放在桌面，等完成后再转入F盘“已完成章节”中。当完成“关汉卿杂剧校勘研究”一章后，就将其剪切复制，也未做仔细检查。其后一段时间在电脑上做了一些其他方面的操作。等继续项目写作时，才发现这一章五万多字不翼而飞了。当时的心情可想而知。先是自己四处寻找，下载复原文件软件，当然是没有找到。随后到宝鸡电脑城寻找专业人士，未果。后来别人介绍西安某家公司这方面做得很好，最终还是仅仅找到了前面一些介绍各家校本的文字，而后面比较部分始终没有找到。寻找无果后，又重新撰写了近现代关汉卿杂剧校勘之比较部分，实际上是将十八种杂剧的七种版本做了两次全面的比勘工作。由于有前一次的基础，这次有了一些新的想法和发现。这部分完成后自己也感觉有点满意，这又是意外之收获了。

感谢宝鸡文理学院文学与新闻传播学院的兰拉成院长，对项目结项和论著出版时时关注，以及一直以来对我的关怀和帮助；感谢项目组成员金艳霞、张志峰、曹岚、侯宗辉，从项目立项到结项所给予的支持和帮助；感谢甘肃行政学院何军民、张银，他们在我离开行政学院后为项目转动和结项工作所做的琐碎事务；感谢中国社会科学出版社郭晓鸿主任等对论著出版所做的编校工作。论著受宝鸡文理学院2017年度校级重点规划项目及学科建设项目经费资助，谨此致谢！

最后感谢我的家人，你们无怨无悔的支持与付出是我学术努力的最大动力，让我得以满怀希望地追寻梦之所在，谨以此书献给你们！

窦开虎

2020年9月22日